U0615299

推理群星闪耀时

〔日〕江户川乱步——编

曹逸冰——译

GREAT
SHORT STORIES
OF
DETECTION

Edogawa
Rampo

［上卷］

浙江文艺出版社
Zhejiang Literature & Art Publishing House

果麦文化 出品

序

　　自爱伦·坡起，短篇推理小说已经走过了百十余年。要从中选出最出色的十篇或二十篇，似乎难于登天。所幸欧美前人时常精选杰作出版合集，所以在这些合集的基础上，结合我的个人喜好加以斟酌，倒也不是难事。

　　我也曾多次放眼有史以来的各国侦探小说作品，构思并发表自己的杰作榜单，比如《幻影城》的"英美短篇杰作集与奇妙余味[1]"及书末的"欧美短篇推理小说杰作集"列表、《续幻影城》的"英美短篇侦探小说吟味"等等。

　　编撰这套合集时，我采用的标准也是上述文章提到过的观点，因此为方便读者参考，我决定再次引用欧美的各种杰作榜单，并附上我构思的两组榜单，以明确合集的挑选标准。

一、《埃勒里·奎因推理杂志》的 BEST 12

　　美国《埃勒里·奎因推理杂志》（*EQMM*）于 1950 年请十二位作家与评论家票选有史以来最出色的十二篇短篇推理小说杰作，结果如下（按总得票数从高到低排列）：

1. 托马斯·柏克

1　奇妙な味：江户川乱步的自造词，指作品没有惊人的诡计，没有妖魔鬼怪，但看完之后会产生独特的余味。

《奥特摩尔先生的双手》（*The Hands of Mr. Ottermole*）

2. 埃德加·爱伦·坡

《失窃的信》（*The Purloined Letter*）

3. 阿瑟·柯南·道尔

《红发会》（*The Red Headed League*）

4. 安东尼·伯克莱

《铤而走险》（*The Avenging Chance*）

5. 罗伯特·巴尔

《健忘者协会》（*The Absent-Minded Coterie*）

6. 杰克·福翠尔

《逃出十三号牢房》（*The Problem of Cell 13*）

7. 吉尔伯特·基思·切斯特顿

《狗的启示》（*The Oracle of the Dog*）

8. 梅里维尔·戴维森·卜斯特

《那勃提的葡萄园》（*Naboth's Vineyard*）

9. 阿道司·赫胥黎

《蒙娜丽莎的微笑》（*The Gioconda Smile*）

10. 亨利·克里斯托弗·贝利

《黄色鼻涕虫》（*The Yellow Slug*）

11. 埃德蒙·克莱里休·本特利

《货真价实的战袍》（*The Genuine Tabard*）

12. 多萝西·L.塞耶斯

《猜疑》（*Suspicion*）

二、奎因 BEST 10 草案

在上述票选的四年前（1946 年），奎因于 *EQMM* 发表了 BEST 10

草案。值得注意的是，草案中的第十名《奥特摩尔先生的双手》在十二人投票中跃居榜首。

1. 埃德加·爱伦·坡

《失窃的信》（*The Purloined Letter*）

2. 阿瑟·柯南·道尔

《红发会》（*The Red Headed League*）

3. 吉尔伯特·基思·切斯特顿

《秘密花园》（*The Secret Garden*）

4. 梅里维尔·戴维森·卜斯特

《杜姆多夫谜案》（*The Doomdorf Mystery*）

5. 理查德·奥斯汀·弗里曼

《拼图锁》（*The Puzzle Lock*）

6. 杰克·福翠尔

《逃出十三号牢房》（*The Problem of Cell 13*）

7. 安东尼·伯克莱

《铤而走险》（*The Avenging Chance*）

8. 邓萨尼勋爵

《两瓶调料》（*The Two Bottles of Relish*）

9. 罗伯特·巴尔

《健忘者协会》（*The Absent-Minded Coterie*）

10. 托马斯·柏克

《奥特摩尔先生的双手》（*The Hands of Mr. Ottermole*）

三、十五种杰作集的收录次数 TOP 14

我曾统计过十五种英美著名杰作集收录的作品，被三种以上杰作集收录的作品如下所示（按收录次数从高到低排列）。只有爱伦·坡的《失窃的信》为六次，巴尔至伯克莱的三篇各四次，柯林斯以下均为三次。次数相同的作品大致按照发表年代排列。

1. 埃德加·爱伦·坡

《失窃的信》（*The Purloined Letter*）

2. 罗伯特·巴尔

《健忘者协会》（*The Absent-Minded Coterie*）

3. 欧内斯特·布拉玛

《布鲁克班德乡村别墅的悲剧》（*The Tragedy at Brookbend Cottage*）

4. 安东尼·伯克莱

《铤而走险》（*The Avenging Chance*）

5. 威尔基·柯林斯

《害人反害己》（*The Biter Bit*）

6. 阿瑟·柯南·道尔

《红发会》（*The Red Headed League*）

7. 阿瑟·莫里森

《莱顿宅邸失窃案》（*The Lenton Croft Robberies*）

8. 艾玛·奥希兹女男爵

《都柏林谜案》（*The Dublin Mystery*）

9. 吉尔伯特·基思·切斯特顿

《神秘的脚步声》（*The Queer Feet*）

10. 杰克·福翠尔

《逃出十三号牢房》（*The Problem of Cell 13*）

11. 埃德蒙·克莱里休·本特利

《无害的上校》（*The Inoffensive Captain*）

12. 亨利·克里斯托弗·贝利

《小房子》（*The Little House*）

13. 安东尼·韦恩[1]

《塞浦路斯蜜蜂》（*The Cyprian Bees*）

14. 罗纳德·A. 诺克斯

《密室里的行者》（*Solved by Inspection*）

四、我的两种 BEST 10

（A）侧重谜的结构（大致按发表年代排列）

1. 埃德加·爱伦·坡

《莫格街凶杀案》（*The Murders in the Rue Morgue*）

2. 阿瑟·柯南·道尔

《歪唇男人》（*The Man with the Twisted Lip*）

3. 理查德·奥斯汀·弗里曼

《布罗茨基命案》（*The Case of Oscar Brodski*）

4. 阿瑟·莫里森

《莱顿宅邸失窃案》（*The Lenton Croft Robberies*）

5. 欧内斯特·布拉玛

《布鲁克班德乡村别墅的悲剧》（*The Tragedy at Brookbend Cottage*）

6. 梅里维尔·戴维森·卜斯特

《杜姆多夫谜案》（*The Doomdorf Mystery*）

7. 吉尔伯特·基思·切斯特顿

《隐形人》（*The Invisible Man*）

8. 杰克·福翠尔

《逃出十三号牢房》（*The Problem of Cell 13*）

1　罗伯特·麦克奈尔·威尔逊（Robert McNair Wilson）的笔名。

9. 埃德加 · 杰普森和罗伯特 · 尤斯塔斯

《茶叶》（*The Tea Leaf*）

10. 罗纳德 · A.诺克斯

《密室里的行者》（*Solved by Inspection*）

（B）侧重"奇妙余味"（大致按发表年代排列）

1. 埃德加 · 爱伦 · 坡

《失窃的信》（*The Purloined Letter*）

2. 罗伯特 · 巴尔

《健忘者协会》（*The Absent-Minded Coterie*）

3. 阿瑟 · 柯南 · 道尔

《红发会》（*The Red Headed League*）

4. 吉尔伯特 · 基思 · 切斯特顿

《神秘的脚步声》（*The Queer Feet*）

5. 邓萨尼勋爵

《两瓶调料》（*The Two Bottles of Relish*）

6. 休 · 沃波尔

《银面具》（*The Silver Mask*）

7. 托马斯 · 柏克

《奥特摩尔先生的双手》（*The Hands of Mr. Ottermole*）

8. 阿加莎 · 克里斯蒂

《夜莺别墅》（*Philomel Cottage*）

9. 安东尼 · 伯克莱

《铤而走险》（*The Avenging Chance*）

10. 康奈尔 · 伍尔里奇（署名威廉 · 艾里什）

《指甲》（*The Fingernail*）

本书的编辑方针是以我构思的两种 BEST 10 为中心，网罗近一个世纪（19 世纪中叶到二战后）问世的名作。作家以英美两国的为主，外加俄国的契诃夫、法国的勒布朗与生于奥地利的格罗勒。至于内容，除了注重诡计的本格作品与我所谓的"奇妙余味"类作品，还囊括了幽默推理、硬汉派等类型。

江户川乱步

目录

上卷　　谜的结构

GREAT
SHORT STORIES
OF
DETECTION

害人反害己

威尔基·柯林斯 ｜ Wilkie Collins

（1824.1.8—1889.9.23）

英国文豪。与狄更斯的友谊广为人知。作品众多,《白衣女人》（1860）和《月亮宝石》（1868）这两部长篇作品更是在爱伦·坡与柯南·道尔之间发挥了承前启后的作用，堪称推理小说史上的不朽名作。大作《月亮宝石》在诡计与结构方面别出心裁，诺贝尔奖获得者 T. S. 艾略特将其誉为"第一部最长且最好的推理小说"。本书收录的《害人反害己》为柯林斯短篇推理小说的代表作，是短篇集《红心皇后》（*The Queen of Hearts*, 1859）的第六篇。哪怕在百年后的今天，字里行间那猛烈的讽刺依然鲜活如初。范·达因（S. S. Van Dine）等名家选编的各类文集均有收录。

——乱步评

刑侦处西克斯通高级督察 致 布尔默警长

伦敦 18×× 年 7 月 4 日

布尔默警长：

辖区内发生了一起重大案件，需本处经验最为丰富的探员集中精力进行侦破。请将你正在调查的那起盗窃案转交给带来这封信的青年，

3

告知他案件的调查进度，将你取得的资料（如果有的话）一并交给他，助其锁定窃贼。后续的调查工作交给他即可。今后他就是盗窃案的全权负责人。若他能妥善处理此案，功劳也归他所有。

我想向你传达的命令到此为止。

接下来，我想与你分享一些信息，有关将要接替你的这位新人。他叫马修·夏宾。他将有机会一跃成为本处的一员——如果他能力过硬的话。你定会感到疑惑，不知他是如何得到了这样的特权。我只能告诉你，某位身份高贵之人给了他非比寻常的支持。至于支持者的身份，你我恐怕都无法大声提起。他当过律所的书记员，看起来阴险下作，同时也非常自负。据他自己说，他辞去原先的工作进入本处，是出于自由意志与选择。但你恐怕会与我一样，难以相信这套说辞。据我猜测，他许是设法打探出了一些与雇主的客户事务有关的隐私信息，抓住了雇主的把柄。若继续留他在律所，将来恐有大患。但若是就此解雇他，使其陷入困境，他也有可能威胁到雇主。创造前所未有的机会，为他加入本处扫清障碍，其实无异于让他保持沉默的封口费。但无论如何，马修·夏宾都将接手你正在调查的案件。案件万一告破，他定会将那丑恶的鼻子伸进我们的办公室。我之所以告诉你这些，也是出于一片好心，希望你不要落下把柄，给这位新人留下向总部投诉你的机会，自毁前程。

你的朋友 弗朗西斯·西克斯通

马修·夏宾 致 西克斯通高级督察
伦敦 18×× 年 7 月 5 日

尊敬的长官：

布尔默警长已对我下达了必要指示，因此我会谨遵命令，将今后的一举一动写成报告并提交，供总部审查。

我已知悉我写这封信的目的，以及这封信呈给上级机关之前会由您进行审查的目的，是让缺乏经验的我在调查的任何阶段及时得到我所需要的建议（虽然我认为这并不必要）。由于正在调查的案件十分特殊，我无法在取得一定进展之前离开失窃现场，所以我也无法亲自向您咨询。虽然我也认为口头汇报更为妥当，但受上述条件所限，我不得不以书面形式向您汇报详情。如果我没有搞错的话，这就是我们目前的处境。以上就是我关于这个问题的看法。写这些，正是为了尽早与您相互理解。

您的下属 马修·夏宾 敬上

西克斯通高级督察 致 马修·夏宾

伦敦 18×× 年 7 月 5 日

先生：

你已经浪费了不少时间、墨水与纸张。当我让你带着书信拜访布尔默警长时，我们对各自的立场应该已有清楚的认识，根本不需要再以书面形式重复。今后只需将笔墨用于你正在侦办的案件即可。

我希望你进行汇报的不过三点。第一，以书面形式提交布尔默警长下达的指示。这是为了证明你的记忆没有遗漏，并充分了解了委派给你的案件的所有情况。第二，告知你计划以怎样的方法开展调查工作。第三，逐日汇报调查进展，如有必要则逐小时汇报，无论巨细。这是你的义务。至于我的义务，我会在必要的时候另行通知你。

草草不尽。

弗朗西斯·西克斯通 敬复

马修·夏宾 致 西克斯通高级督察

伦敦 18×× 年 7 月 6 日

先生：

　　您年事已高，难免会对我这般生命和能力正值盛年的人心生嫉妒。在这种情况下，我认为我有义务对您抱有同情，同时不对您的小缺点过于苛责。因此我决定不对您书信中的语气感到愤慨，以此充分展示我与生俱来的宽宏大量，将您那简慢无礼的话语从我的记忆中抹去——总之，西克斯通高级督察，我决定原谅您，专注于眼前的任务。

　　我的首要义务是将布尔默警长下达的指示写成一份完整的报告。以下就是带有我个人观点的报告。

　　苏荷区拉瑟福德街十三号有一家文具店。店主姓亚特曼。他已经成婚，但尚无子女。除了亚特曼夫妇，家中只住着一个自称杰伊的单身汉（租住在三楼沿街一侧的房间）、店员（睡在阁楼）与做些日常杂务的女仆（住在后厨）。此外，有一个女帮佣会来家中帮女仆干活，每周只来一个上午。以上显然就是平时能够自由出入那栋房子的所有人。

　　亚特曼先生经商多年，文具店的生意很是红火。作为他这种地位的人，这家店已足以维持他的生活。不幸的是，他企图通过投机来增加自己的资产，进行了大胆的投资，可谓拼死一搏。奈何运气不佳，不到两年的工夫，他又变回了一个穷人。经过一番资产梳理，两百英镑成了他仅剩的资产。

　　亚特曼先生告别了他早已习惯的奢侈与安乐，尽最大努力适应境遇的变化。但他意识到，自己的节俭并不足以攒下文具店的收入。近年来，文具店的生意也在走下坡路——因为打廉价广告的同行影响了公众对店家的信赖。因此到上星期，亚特曼先生仅剩的财产，便是资产梳理后剩下的两百英镑。他将这笔钱存在了一家极有信誉的股份制银行。

　　八天前，亚特曼先生与房客杰伊聊起了目前在各方面导致业绩不佳的商业障碍。杰伊（他维生的手段是向报社提供有关事故与犯罪的简短报道和其他普通的新闻稿件——简而言之，他以鬻文为业）告诉房东，他那天在城里听说了关于股份制银行的负面传闻。这些传闻已经通过其他渠道传进了亚特曼先生的耳朵。先前的损失还历历在目，因此在房客证实了传闻之后，亚特曼先生便下定决心，立即去银行提取存款。

当时已近黄昏。亚特曼先生即刻赶往银行，总算在临关门的时候取到了钱。

他以银行券[1]的形式领到了存款，包括一张五十镑面额的、三张二十镑面额的、六张十镑面额的和六张五镑面额的。他用这种形式提钱，是为了能立刻让本地小商贩以可靠资产为抵押，向他们发放小额贷款。不少小商贩生活困窘，吃了上顿没下顿。在亚特曼先生看来，这是眼下最安全、最有利可图的投资。

他将钞票装进信封，塞在胸前的口袋里。回家后，他让店员把一个小而扁的铁皮钱盒找出来。这个钱盒已经好几年没有用过了，不过亚特曼先生记得它的大小很合适，正好可以用来装这些纸钞。店员找了好久都没找到。亚特曼先生便大声询问妻子是否知道钱盒放在哪里。当时正在端茶的女仆和正要下楼去剧院的杰伊都听到了这句话。最终，钱盒被店员找到了。亚特曼先生把钞票放进去，用挂锁锁好，再放进衣袋。盒子只会露出来一点点，但足以让人看到。当晚，亚特曼先生一直待在二楼。其间无人来访。他在十一点就寝，钱盒就放在枕头下面。

第二天早上，夫妇二人醒来时，盒子已经不见了。英格兰银行立即停止了银行券的兑付。但直到现在，这笔钱依然下落不明。

到此为止，案情非常明确。窃贼定是住在那栋房子里的某个人，这个结论绝不会错。因此本案的嫌疑人是女仆、店员和杰伊。前两人

1　在金银作为货币本位的时代，由无货币铸造发行权的银行发行的特殊银行本票，以金银货币为兑换对象，有固定兑换面额，不设兑换期限。当时这种银行券也被称为钞票。

知道雇主在找钱盒，却没听说雇主要把什么东西放进去。但他们当然能想象出雇主要放的是钱。两人都有机会（女仆可以在撤下茶具的时候，店员可以在打烊后把账房钥匙交给雇主的时候）看到亚特曼先生口袋里的钱盒，并根据钱盒的位置推断出他打算晚上把钱盒带进卧室。

而杰伊在那天下午聊起股份制银行时得知，房东在银行存了两百英镑。他也知道房东有意提取存款。后来他下楼的时候，也听到了房东大声询问钱盒的所在。因此他定能推断出那笔钱就在家里，而钱盒就是房东用来装钱的容器。然而，他应该不可能知道亚特曼先生打算把钱放在什么地方过夜。因为他在钱盒被找到之前出了门，直到房东就寝后才回来。因此，如果窃贼是他，那就意味着他完全是靠瞎猜进了卧室。

说起卧室，就不得不提它在家中的位置。另外有必要注意的是，旁人是可以在夜间轻易进入卧室的。

这个房间位于二楼深处。由于亚特曼夫人素来对火灾神经过敏（所以她担心要是锁上房门，万一发生火灾，自己说不定会被活活烧死在卧室里），亚特曼先生没有锁卧室门的习惯。夫妻二人都承认他们向来睡得很沉。因此，心怀不轨溜进卧室的人所要冒的风险几乎可以忽略不计。他们只需转动门把，就可以进入房间。走动时只需稍加小心，就不必担心吵醒熟睡中的亚特曼夫妇。这一点使我们进一步确信，窃贼就是住在家里的人。因为种种迹象显示，盗窃案是由某个不如惯犯那样具有高度警觉性与偷窃技术的人所犯。

这就是布尔默警长首次前往犯罪现场时了解到的情况。亚特曼先生希望警方揪出窃贼，若有可能的话追回丢失的钞票。布尔默警长开展了最缜密的调查，却没能找到任何指向某位嫌疑人的证据。他们在得知钞票失窃后的言行举止完全符合无辜者的特征。布尔默警长从一开始就觉得本案需要暗中调查与观察。于是他首先建议亚特曼夫妇假装完全相信家中住客的清白，然后开始跟踪女仆，摸排她的交友关系、习惯和秘密。战争的号角就这样吹响了。

　　警长和协助调查的能干探员经过三天三夜的努力，收获的结果足以使他们确信，他们没有切实的理由去怀疑那位女仆。

　　接着，警长又对店员进行了同样的调查。在店员浑然不知的情况下，查明他的品性比调查女仆更加困难，也有更多的不确定因素，即便如此，警长还是扫清了障碍，艰难取得了成果。虽然店员的清白不如女仆那般确凿，但我们仍有合理的理由认为，他与钱盒盗窃案毫无关系。

　　上述调查的必然结果，就是嫌疑人只剩下了房客杰伊。

　　当我将您的介绍信交给布尔默警长时，他已经对这位青年进行了一定的调查。截至目前，结果并不理想。杰伊的日常生活十分散漫。他经常出入酒馆，和许多无赖之徒来往密切，在和他有生意往来的小商贩那儿欠了很多钱，上个月的租金都还没有交纳给亚特曼先生。昨天晚上喝得酩酊大醉回来，上周有人看见他在和一个拳击手说话。总而言之，虽然杰伊因为低价卖稿件给报社以记者自居，但他是一个品味低下、举止粗俗、习惯不良的青年。目前我们尚未发现任何有助于提升其信誉的事实。

　　布尔默警长告知我的一切已事无巨细地汇报在了这封信中。我相信您也不会找到任何遗漏。而且您应该也会承认，尽管您对我有偏见，但您肯定从未收到过比我这封信更为翔实的报告。我的下一项义务，是向您汇报此案由我接手后的调查计划。

　　首先，在布尔默警长完成交接之后，侦办此案显然就是我的职责。我信赖警长的权威，因此我已没有必要再调查女仆与店员了。两人的人品已经非常明确了。仍需暗中调查的是"杰伊是否有罪"这个问题。在放弃寻找失窃的钞票之前，我必须尽可能查明杰伊是否对钞票的下落有所了解。

　　以下就是我在征得亚特曼夫妇全面同意的基础上，为查明杰伊是否为窃贼制订的计划。

　　我提议伪装成正在物色住处的青年，于今日拜访亚特曼家。亚特曼夫妇将带我去参观三楼靠里的房间。然后，我今晚将作为一个希望在伦敦找一家体面的商店或办公室工作的乡下人住进那个房间。

　　我将以这样的方式住进杰伊隔壁的房间。隔开房间的墙壁不过是板条和灰泥罢了。只需在墙壁横木边上开一个小洞，就能通过这个洞看到杰伊在房间里的一举一动，也可以听到朋友来访时他说的每一句话。只要他在家，我就会守着小洞监视。而他出门时，我也会全程跟踪。只要持续监视，我坚信自己定能发现他的秘密——只要他对失窃的钞票有所知情的话。

　　我不确定您对我的监视计划做何感想。在我看来，这项计划兼具大胆与简明这两项难能可贵的优点。我想怀着这份坚定的信念，带着对未来的无限乐观结束本次汇报。

您的下属 马修·夏宾 敬复

马修·夏宾 致 西克斯通高级督察
7月7日

先生：

　　由于您没有回复我的上一封信，我猜测您尽管对我存有偏见，但之前的汇报给您留下了不错的印象，正如我所料。您的沉默已经说明了一切，代表了您的认可。我感到无比欣慰，决定继续汇报过去二十四小时内取得的进展。

　　我已经舒舒服服地住进了杰伊隔壁的房间。而且我得以在墙上开了两个洞，而不是一个，这令我非常满意。我有天生的幽默感，虽有不合时宜之嫌，但我还是给这两个洞取了合适的名字。一个叫窥视孔，另一个叫导管孔。第一个名字无须我多做解释。第二个名字取自插在洞里的铁皮细管。在我监视隔壁的时候，细管的口子正对着我的耳朵。如此一来，当我通过窥视孔监视杰伊的时候，我便可以通过导管孔听到他在房间里说的每一句话。

坦率到极点是我从小就拥有的美德。因此在继续汇报之前，我必须先说明，在我提议的窥视孔的基础上加一个导管孔的绝妙创意出自亚特曼夫人。这位女士绝顶聪明，极有教养，平易近人，却也与众不同——她怀着无论如何赞美都不为过的热情与智慧参与了我的小计划。亚特曼先生因钱财失窃沮丧不已，无法给我任何帮助。亚特曼夫人深爱着丈夫，比起失去钱财，丈夫的悲哀更让她心痛。她一心想帮助丈夫走出消沉，振作起来。

"丢点钱也不要紧呀，夏宾先生，"昨天晚上，她噙着泪水对我说道，"只要省吃俭用，用心做生意，总能把钱赚回来的。我盼着早点抓到小偷，只是因为我丈夫太沮丧了。这也许只是我的错觉吧，可你一进家门，我仿佛就看到了成功的曙光。我相信，如果真有人能找到偷钱的恶贼，那就一定是你。"我能够体察这番令人欣慰的称赞背后的真意——我坚信，我总有一天能拿出成绩来，证明自己完全配得上这番恭维。

说回正题。刚才说到了窥视孔和导管孔。

我已在无人打扰的状态下对杰伊进行了长达数小时的观察。亚特曼夫人告诉我，他平时很少在家，今天却一整天都没出门。这本身就很可疑。另外我还要向您汇报，他今天早上起得很晚（对一个年轻男人而言，这总归不是个好兆头），而且他起床后又是打哈欠，又是自言自语抱怨头痛，浪费了大量的时间。和其他自甘堕落的人一样，他几乎没吃几口早餐。用餐后，他便抽起了烟斗——那是一支脏兮兮的陶烟斗，绅士恐怕会羞于把它放在唇间。抽完烟后，他拿出纸笔与墨水，坐了下来，哼哼唧唧地写起了东西——我无从得知他的闷哼来源于偷窃钞票的懊悔，还是对眼前任务的厌恶。写了几行字后（他离窥视孔太远，因此我没有机会隔着他的肩膀看到具体的内容），他靠在椅背上哼起了流行歌曲。至于这些曲子是不是他与同伙用于交流的暗号，还有待观察。哼了一会儿之后，他起身在房中踱步，时不时停下来，往桌上的稿纸添上几笔。后来，他走到一个上锁的柜子前，将它打开。我顿时屏息凝神，期待着有所发现。只见他小心翼翼地从柜子里拿出了一样东西——此时他转身朝着我——我看到，那竟是一瓶一品脱的白兰地。喝了一些酒后，这个懒到极点的无赖又躺回了床上，五分钟后就睡熟了。

听了至少两个小时的鼾声后，一阵敲门声让我回到了窥视孔边。只见杰伊一跃而起，迅速开门，显得十分可疑。

一个脸上脏兮兮的小男孩走进来说道："他们在等您的稿子呢。"说完便一屁股坐在椅子上，双脚都碰不到地。不一会儿，他就睡着了。杰伊咂了咂嘴，把一条湿毛巾绑在头上，坐回稿子跟前，开始发奋写稿。其间，他时不时起身把毛巾放在水里浸一浸，然后重新绑好。他就这样持续工作了将近三个小时。接着，他把写好的稿纸折起来，叫醒男孩，把稿子递给他，说出了一番值得深究的话："喂，你这小瞌睡虫，快起来——该出发了。见了老板记得告诉他，让他把钱准备好，这样我一去就能立刻拿到了。"男孩咧嘴一笑，离开房间。我险些输给跟踪"瞌睡虫"的诱惑，但转念一想，还是觉得继续盯着杰伊更为稳妥。

大概半小时后，他戴上帽子出门去了。我当然也戴上帽子跟了出去。下楼时，我碰巧撞见了正在上楼的亚特曼夫人。我们早已约定，在我全程跟踪杰伊期间，夫人会帮忙搜查他的房间。他径直走向最近的一家酒馆，点了两份羊肉当晚餐。我坐在他隔壁的卡座，也点了两份羊肉。进店不到一分钟，坐在对面餐桌的一个举止相貌都非常可疑的青年拿着黑啤酒杯坐去了杰伊那桌。我假装在看报纸，为履行职责全神贯注偷听他们说话。

"刚才杰克来找我打听你的消息了。"那个青年说道。

"他有没有留下什么口信？"杰伊问道。

"嗯，"对方回答，"他让我在见到你的时候告诉你，他特别希望在今晚见你一面，有事要谈。他会在七点去你在拉瑟福德街的住处。"

"好，我会及时赶回去的。"

听到这话，那个面目可疑的青年便将黑啤一口饮尽，告辞离去，说他也有急事要办（此人十有八九是同伙）。

六点二十五分半——在侦办此类大案时，需格外注意时间——杰伊用餐完毕，付了账。二十六分四十五秒，我也吃完了，付清了饭钱。十分钟后，我回到拉瑟福德街的房子，在走廊里见到了亚特曼夫人。她脸上的表情写满了忧郁和失望，看得我也不禁陷入了悲观。

"看来您没能在杰伊的房间里找到能证明他行窃的证据。"我如此说道。

她摇了摇头，叹了口气。那是一声轻柔的、沉郁的、充满焦虑的叹息。实话告诉您，我的心不禁为之一动。在那一刻，我忘记了自己的任务，对亚特曼先生的羡慕之情油然而生。

"千万别绝望，夫人，"我的语气温和而殷勤，似是打动了她的心，"我听到了一段神秘的对话——我得知他要进行一场十分可疑的会面。我非常期待今晚能通过窥视孔和导管孔有所收获。请您不要太过激动。我认为今晚正是决定我们能否发现重要线索的关键。"

我对职务的全情奉献就这样赢过了心中的柔情。我看了她一眼，对她眨了眨眼，点了点头，然后便走开了。

回到监视点一看，杰伊正叼着烟斗坐在扶手椅上悠闲消化刚吃的羊肉。桌上放着两个水杯和一壶水，还有我之前见过的一品脱白兰地。当时已近七点。一到点，那个被称为杰克的人就进来了。

他显得很激动——我可以很高兴地告诉您，他看上去非常激动。一想到侦查即将成功，（如果使用比较夸张的说法）我从头到脚都感受到了无上的欢喜。我屏住呼吸，透过窥视孔望过去，只见那个来访者——就是这起令人愉快的案件中的"杰克"——与杰伊隔桌而坐，面对着我。若不考虑两人面部表情的差异，这两个无赖在其他方面竟是如此相像，以至于我瞧了一眼便得出结论：他们是兄弟。杰克的打扮更干净些，穿的衣服也比较体面。我一开始便承认了这一点。这也许是我的一个缺点，我总喜欢把正义与公正发挥到极致。我不是法利赛人[1]那样的伪善之徒。再缺德的人只要有可取之处，我便会公平对待——没错，无论如何，我都公平对待缺德之人。

"怎么了，杰克？"杰伊问道。

"看到我的表情，你还不明白吗？"杰克说道，"不能再拖了。别再犹豫不决了，赌一把吧，就在后天！"

"这么快？"杰伊惊呼道，"好吧，只要你愿意，我就没意见。不过杰克，'另一位'也准备好了吗？你有把握吗？"

说这话的时候，他微微一笑——多么可怕的笑容——而且在"另一位"上加了重音。很显然，本案还有第三个姓名不详的恶徒与不法分子参与。

"你大可明天来见我们，自己判断。明天早上十一点来摄政公园，到通往爱文义路的转角等我们。"

"好，我会去的，"杰伊说道，"来杯白兰地吗？你起来干什么？这就要走了？"

"走了，"杰克说道，"不瞒你说，我太激动了，无论在哪儿都没法待够五分钟。你肯定会觉得我很滑稽，但我的神经时刻都紧绷着，生怕被人发现。只要有人在街上多看我两眼，我都忍不住怀疑他是不是间谍——"

听到这句话时，我的腿都差点软了。唯有坚定的意志力强撑着我守住窥视孔——我以名誉担保，唯有意志力，没有别的。

1　Pharisees，犹太人宗派，基督指责法利赛人（派）在律法上轻重不分，本末倒置，而且指出他们所持的传统，与律法的本意相去甚远。

"荒唐！"杰伊天不怕地不怕地喊道，一看就是惯犯，"我们都保守秘密这么久了，怎么会没法守到最后呢。来，喝杯白兰地吧，喝了就会和我一样成竹在胸了。"

杰克还是拒绝了白兰地，坚持要走。

"散会儿步也许能稍微冷静一些，"他说道，"别忘了，明天早上十一点，摄政公园靠近爱文义路的那一边。"

杰克撂下这句话扬长而去。他那无情的兄弟则大笑起来，又抽起了那脏今今的陶烟斗。

我坐在床边，因激动浑身颤抖。这话毫不夸张。

窃贼显然尚未尝试兑现那些银行券。另外我应该可以补充一下，布尔默警长将案子交给我的时候也是这样认为的。通过上述对话，我自然会得出一个结论：那群犯罪分子将在明天碰头分赃，并商讨什么样的方法能让他们在后天安全兑现。毫无疑问，杰伊是本案的主犯，而他也极有可能冒最大的风险——负责兑现五十英镑的票据。因此，我将继续跟踪他，在明天前往摄政公园，尽我所能探听他们的对话。如果他们相约后天再会，我当然也会到场，不过这都是后话了。关于明天的调查，我需要立即得到两位得力探员的协助（需考虑到恶徒在碰面后分头行动的可能性），这是用来跟踪杰伊的两名手下。但我必须如实告诉您，即便恶徒一同离去，我应该也会留下那两位前来支援的下属。我天生野心勃勃，如果可能的话，我希望把查明窃贼的功劳全部归于自己。

7月8日

感谢您迅速派遣两名下属前来支援——我实在不认为他们能力出众，所幸我应该能在他们身边及时予以指导。

今天上午的第一项任务，当然是向亚特曼夫妇交代两个陌生人的到来，防患于未然。亚特曼先生（私下说一句，他着实是个可怜的、软弱无力的人）只是摇了摇头，嘟囔个不停。亚特曼夫人却露出了无比迷人的表情，一看便知她已心领神会（多么优秀的女人啊）。

"哦，夏宾先生！"夫人如此说道，"看到那两个人，我真是遗憾极了。你竟会找人帮忙，看来你已经在怀疑自己能否取得成功了。"

我偷偷向她眨了眨眼（看到我这么做，她也全然不生气），用我惯用的幽默口吻告诉她，她有些小小的误会。

"夫人，正因为我有把握成功，才会叫他们过来。我一定会追回那笔钱的。这不仅是为了我自己，也是为了亚特曼先生——还有您。"

我在最后三个字上用了不少力气。她又说了一遍："哦，夏宾先生！"——与此同时，两颊染上了柔美的绯红——然后便低头望向了手中的针线活。要是亚特曼先生不在了，我定能和她走到天涯海角。

我让两名下属先走一步，去摄政公园边的爱文义路等我的指示。三十分钟后，我也跟着杰伊朝同样的方向走去。

两名同伙准时到达约定地点。我羞于记录自己看到的景象，却又不得不写。实不相瞒，第三名恶徒——也就是我在报告中提及的"姓名不详的不法分子"，或者，如果您愿意的话，也可以称其为两兄弟谈话中提到的"另一位"——竟然是一个女人！更糟糕的是，那是一个年轻的女人！最可悲的是，她长得十分漂亮！长久以来，我一直在抵抗一种越来越强烈的信念，那就是人世间的所有罪恶都必然有女性的介入。然而今早的经历，让我再也无法抗拒这个可悲的结论了。我已对女性——除亚特曼夫人以外的所有女性不抱希望了。

那个叫杰克的男人向她伸出手臂。杰伊走到了她的另一边。三人在树丛中缓缓行走。我与他们保持着合适的距离，尾随其后。两名下属则跟在我身后，也保持着恰当的距离。

令我深感遗憾的是，我无法靠近他们偷听谈话，毕竟有被发现的风险。因此我只能根据他们的手势和动作推断，他们正在讨论一个三人都十分感兴趣的话题，气氛十分热烈。他们就这样聊了整整十五分钟，随后突然转身，原路返回。哪怕遇到这种突发情况，我也没有丧失冷静。我向两名下属打了个手势，让他们装作漫不经心的样子继续往前走，我则迅速躲到了一棵树后。当他们从我身边走过时，我听到杰克对杰伊说了这么一句话：

"那就定在明天早上十点半吧。还有，别忘了坐马车来。因为这一带很难找到马车。"

杰伊给了简短的回答，但我没听清。他们走回之前会合的地方，胆大包天地在那里握了手，看得我很不舒服。之后他们便分开了。我负责跟踪杰伊。两位下属也谨慎地跟在另两人身后。

杰伊没有回拉瑟福德街，而去了斯特兰德。他在一栋看起来破败不堪的房子跟前停了下来。根据门上的文字，那是一间报社。但据我判断，它的外观完全符合买卖赃物的黑店应有的特征。

在屋里待了没几分钟，杰伊便吹着口哨出来了，手插在背心口袋里。换一个不如我谨慎的人来，恐怕会当场逮捕他。但我想起了抓住那两个同伙的必要性，而且他们刚约好在第二天上午碰面，千万不能打草惊蛇。在我看来，能在如此紧迫的情况下不失冷静，对一个初出茅庐的刑警来说应该是相当难能可贵的。

离开那间可疑的屋子之后，杰伊去了一家卷烟店，一边抽烟，一边翻看杂志。离开卷烟店后，他溜达到了小酒馆，又点了羊肉。我也慢步走进酒馆吃了羊肉。吃完后，他就回了住处。我也在吃完后回到了亚特曼家。一听到他的鼾声，睡魔便向我袭来，于是我也上床就寝了。

第二天一早，两名下属前来汇报情况。

通过跟踪，他们发现那个叫杰克的男人在离摄政公园不远的一座相当豪华的别墅门口与那个女人分别，随后向右拐去，走上一条郊外住宅区模样的街道。住在那里的人以商店老板为主。走了一会儿，他在其中一户人家的侧门前停下，用自己的钥匙开门进屋——据说他在开门时环顾四周，将怀疑的视线投向了在街道另一侧闲逛的下属。这就是下属汇报给我的情况。我把他们留在我的房间里，以便随时调派，自己则通过窥视孔继续监视杰伊。

他正忙着打扮自己，试图抹去身上的所有邋遢痕迹。这正是我所期待的。杰伊这般游手好闲的人也很清楚，当他要冒险兑现偷来的票据时，把自己收拾得体面些尤为重要。十点零五分，他最后刷了刷那顶破旧的帽子，用面包屑擦了擦肮脏的手套。十点十分，他出门走向最近的停车场。我和下属紧随其后。

见他上了马车，我们也上了一辆车。昨天在公园跟踪他们的时候，我没能听到他们约在哪里会合，但我很快就发现，马车朝着爱文义路的方向去了。

杰伊乘坐的马车缓缓拐进公园。我们则让马车停在公园外，以免引起怀疑。我下了车，准备徒步跟踪对方的马车。就在这时，我看到对方的马车也停了下来，两名同伙从树丛中走了过去。他们上车后，马车便迅速折返了。我跑回自己的马车，告诉车夫先让那辆马车过去，再按之前的方法跟上。

车夫听从了我的命令，只是太笨手笨脚了，让对方起了疑心。跟踪了三分多钟后（对方原路返回了），我把头伸出窗外，想看看两辆车相隔多远，却见两颗戴着帽子的脑袋伸出了那辆马车的窗口，两张脸正朝我这边看。我不禁冷汗直流，缩回座位。这样的描写未免粗糙，但别的说法无法淋漓尽致地描写我在那个痛苦瞬间的立场。

"他们发现了。"我淡淡地对下属说道。两人投来惊愕的视线。我的情绪瞬间从绝望的深渊攀升至愤怒的顶点。

"都怪那笨手笨脚的车夫……你们派个代表下车，"我用威严十足的口吻说道，"给我揍扁他的头！"

他们没有听从我的指示（希望有人将他们违反命令的行为上报总部），而是探头望向窗外。不等我把他们拉回来，两人便坐回了原处。我正要发火，他们竟嬉皮笑脸道："您看看外面吧。"

我照办了。窃贼们的马车已经停了下来。

您猜车停在了哪儿？

竟是教堂门口！

我不知道这个发现会对普通人产生什么影响。我是一个信仰虔诚的人，因此这一幕光景让我沉浸在畏惧之中。我经常在书中读到犯罪分子无法无天的阴谋狡猾，但"窃贼企图躲进教堂甩掉跟踪自己的人"这样的事情着实闻所未闻。这般厚颜无耻的亵渎，在犯罪史上恐怕也是绝无仅有的。

我皱起眉头，制止嬉笑的下属。我能轻而易举地看出他们肤浅的头脑想到了什么。如果我无法透过现象看本质，当我看到两个衣着光鲜的男人和一个女人在周日上午十一点走进教堂的时候，兴许也会和我的下属一样，得出某个草率的结论。但事实是，区区假象无法将我蒙骗。我下了车，带着一名下属进了教堂。我吩咐另一名下属守在祭衣室门口。你们再精明狡诈，也骗不过我马修·夏宾。

我蹑手蹑脚爬上回廊的楼梯，绕到风琴所在的那一层，透过正面的窗帘缝隙望出去。只见那三人都坐在下面的长椅上——没错，简直难以置信，可他们竟规规矩矩坐在下面的长椅上！

就在我犹豫不决的时候，一位身着正式祭衣的牧师走出祭衣室，后面还跟着一位执事。我的脑海中掀起一股龙卷风，视野模糊一片。发生在祭衣室的盗窃案的黑暗回忆涌上心头。我为那个穿着华丽祭衣的牧师而颤抖——甚至也在为那个执事颤抖。

牧师在祭坛栏杆内立定。三个无赖之徒向他走去。牧师打开《圣经》，开始朗读。您肯定会问：他念了哪一段？

我可以毫不犹豫地回答，是婚礼的引言。

厚脸皮的下属看了我一眼，然后把手帕塞进嘴里。我却完全没把注意力放在他身上。当我看清杰克是新郎，杰伊充当了父亲的角色，把新娘交到他手里之后，我就带着下属离开了教堂，和另一名守在祭

19

衣室的下属会合。换成别人，定会略感沮丧，认为自己也许犯下了非常愚蠢的错误。但我没有丝毫的疑虑。因为我丝毫不觉得自己的判断有错。万幸的是，哪怕在三小时后的此刻，我的心依然平静，充满希望。

与下属在教堂外会合后不久，我便劝他们继续跟踪对方的马车，哪怕刚看到那样的情景。要不了多久，您就会明白我为何做出这样的决定。两名下属却对我的决定感到惊讶。其中一人竟狂妄地说道："恕我直言，请问我们要跟踪的究竟是谁？是一个偷了钱的人，还是一个偷了别人老婆的人？"

另一个下流的下属哈哈大笑，怂恿他继续往下说。他们都应该受到正式的惩戒。我也坚信，他们定会受到应有的惩罚。

婚礼结束后，那三人上了马车。我们的马车则再一次跟了上去（为了不让他们发现我们的车就停在附近，我们巧妙地藏在了教堂拐角后）。

我们跟着他们来到了西南铁路的终点站。新婚夫妇买了去里士满的车票——他们用半枚金镑付了车费，剥夺了我逮捕他们的乐趣。如果他们用钞票买票，我一定会那么做的。与杰伊告别时，他们说道："别忘了地址，巴比伦台地十四号。下周一起吃饭吧。"杰伊答应了，还半开玩笑道，他要马上回家去，把干净的衣服脱掉，换回脏兮兮的打扮，好好放松放松。我不得不向您汇报，我眼睁睁看着杰伊顺利回家，（借用他那无耻的用词）换回了一身脏兮兮的衣服。

问题就此告一段落。我所定义的第一阶段到此为止。

我很清楚，那些草率判断的人会对我此前采取的行动做何评价。他们定会断言，我犯了一个彻头彻尾又无比荒唐的错误，并认定我所汇报的那些可疑对话所围绕的不过是私奔结婚的困难与危险。他们会以教堂里的那一幕作为如山的铁证，证明他们的主张正确无误。他们愿意那么想就那么想吧。到此为止，我也没有任何异议。但是作为一个通晓世间人情的聪明人，我想提出一个问题。哪怕是与我不共戴天的敌人，恐怕也无法轻易给出答案。

就算结婚的事实不容否认，可它能证明这三个参与秘密交易的人是无辜的吗？我不这么认为。恰恰相反，这件事加强了我对杰伊和他的同伙的怀疑。因为它给出了偷钱的明确动机。打算去里士满度蜜月的绅士需要用钱。债台高筑的绅士也要用钱。将其视作犯罪动机，又有何牵强？我以被踩蹦的道德之名否认这一点。这两个男人已经联合起来偷走了一个女人。那他们为什么不能联合起来偷一个钱盒呢？我的立场是基于亘古不变的美德逻辑。我将英勇挑战一切试图动摇我分毫的缺德诡辩。

说起美德，我需要补充一下，我已经跟亚特曼夫妇分享了自己对本案的见解。这位有教养、富有魅力的女士起初似乎也很难跟上我的缜密逻辑。我很乐意告诉您，夫人起初摇头落泪，和她的丈夫一起为痛失两百英镑而哀叹，过早地放弃了希望。但我做了一番细致的解释，她也在认真倾听后改变了自己的看法。如今，她很赞同我的观点，认为这场出人意料的秘密婚礼无益于排除杰伊、杰克或那名私奔女子的嫌疑。夫人将那名女子形容为"厚脸皮的女流氓"，但我决定当作没听到。更重要的是，亚特曼夫人并没有对我失去信心，而且亚特曼先生也答应以她为榜样，尽最大努力寄希望于今后的成果。

因事态有变，我不得不等候总部的进一步指示。我已规划好下一步的计划，因此心态从容。从教堂门口跟踪那三人到车站期间，我便有了这么做的两个动机。第一，我依然坚信他们就是窃贼，跟踪他们是为了破案。第二，把跟踪当成私人的投机问题，找到这对私奔夫妇的藏身之处，将这份情报作为商品，卖给年轻女子的家人和朋友。如此一来，无论事态朝哪个方向发展，我都能为自己没有浪费时间而得意。如果总部认可我的行动，我也有进一步的计划。如果总部不认可，我就带着有价值的情报前往摄政公园附近的豪宅。总之，本案定能让我大赚一笔。作为一个异常精明的人，我的洞察力也能得到更高的评价。

另外需要补充的是，如果有人胆敢断言杰伊和他的同伙与钱盒失窃案无关（哪怕那个人是您），我倒想反问一句，在苏荷区的拉瑟福德街行窃的究竟是谁？

您的下属 马修·夏宾 敬上

西克斯通高级督察 致 布尔默警长

伯明翰 7 月 9 日

布尔默警长：

那个愣头青马修·夏宾果然如我所料，把拉瑟福德街的案子搞得一团糟。我因公务无法离开伯明翰，写这封信是想请你重新调查此案。随信附上几份不知所云的信，夏宾那厮称之为"报告"。你不妨一看。当你厘清那些胡言乱语时，我想你定会同意我的看法，那个自负的傻瓜犯了所有能犯的错误，唯独没往对的方向寻找窃贼。事已至此，你定能在五分钟内将窃贼绳之以法。请你立刻解决此案，向我汇报。并请告知夏宾，他已经被停职了，没有通知不得前往总部。

草草不尽。

你的朋友 弗朗西斯·西克斯通

布尔默警长 致 西克斯通高级督察

伦敦 7 月 10 日

西克斯通高级督察：

信与附件已安全送达。人们常说，智者甚至能从愚者身上学到东西。正如您所料，看完夏宾那蠢相毕露、絮絮叨叨的报告后，我便看清了拉瑟福德街盗窃案的结局。半小时后，我前往亚特曼家。而我在那里见到的第一个人正是夏宾。

"您是来帮我的吗？"他问道。

"不完全是，"我回答，"我是来报信的。你被停职了，没有通知不得前往总部。"

"很好，"他全然没有被挫了锐气的样子，"我就知道您会眼红我的，这也是理所当然，我不怪您。请进吧，把这里当成自己的家。我要去摄政公园附近做些侦探的私活。拜拜喽，警长。"

他撂下这句话，扬长而去——这正是我求之不得的。

女仆一关门，我便提出要和她的雇主私下聊一聊，让她进去通报。女仆把我带到店后的会客室。亚特曼先生正在那里独自看报。

"我是为那起盗窃案来的……"我说道。

亚特曼先生很是不快地打断了我——毕竟他本就是个穷酸、软弱、毫不阳刚的人。

"行了行了，我都知道。那个能干的家伙在我家三楼的墙壁上钻了两个洞，却犯了大错，逮捕窃贼的线索都被他弄丢了。"

"没错，我正是为此事而来，但我还有别的事情要告诉您。"

"你能告诉我钱是谁偷的吗？"他的口气又多了几分不悦。

"是的，我想我可以。"

他放下报纸，表情略显焦虑和害怕。

"不会是店员干的吧？看在他自己的分上，可千万别是他啊。"

"不是他。您再猜猜看。"我说道。

"是那个好吃懒做的女仆？"

"她确实好吃懒做，这一点在初步调查中得到了证明。但钱不是她偷的。"

"那到底是谁啊？"亚特曼先生问道。

"恕我冒昧，只是我接下来要说的话是您做梦也想不到的，也会让您很不愉快，所以请您先做好思想准备。考虑到您听完后也许会发怒，为保险起见，我要先强调一下，我比您强壮，如果您对我动手，我可能会出于纯粹的自卫伤到您。"

他顿时面如死灰，把椅子拉到离我三尺远的地方。

"您问我，是谁偷了您的钱，"我接着说道，"如果您实在想要一个答案的话——"

"我确实很想知道，"他用虚弱的声音说道，"到底是谁偷的？"

"您的夫人。"我用平静却斩钉截铁的语气说道。

他顿时从椅子上跳了起来，仿佛被我捅了一刀似的，拳头狠狠砸在桌子上。因他用力过猛，木板都被砸裂了。

"冷静点，"我劝道，"您这么激动，我就没法跟您讲述真相了。"

"你胡说！"他的拳头再次砸向桌子，"这是一个下流、卑劣、不知廉耻的谎言。你凭什么——"

他突然语塞，一屁股坐回椅子，茫然环顾四周，随即号啕大哭。

"等您恢复理智以后，"我说道，"您定会收回刚才那番话，毕竟您也是位绅士。在那之前，如果可以的话，请听我讲讲事情的来龙去脉。夏宾向本处的高级督察提交了几份乱七八糟、荒唐至极的报告。其中不仅记录了他所有的愚蠢言行，还提到了亚特曼夫人的言行举止。在大多数情况下，这样的报告就该被扔进废纸篓。但夏宾在报告中的胡言乱语反而让我们得出了某种结论——那个写报告的傻瓜从头到尾全然没有察觉到的结论。我对这个结论有十足的把握。因此，如果亚特曼夫人没有利用那个青年的愚蠢和自负，故意怂恿他怀疑错误的人，试图掩盖自己的罪行，我甘愿辞去这份工作。我甚至敢告诉您，我很清楚亚特曼夫人为什么要偷钱，以及她用那笔钱或其中一部分做了什么事。见过她的每一个人，都不可能不被她的衣品与美丽打动——"

当我说出最后这句话的时候，亚特曼先生终于拾回了说话的气力。他立刻打断了我，那口气就好像他是一位公爵，而不是文具店老板。

"你大可用更高明的方法对我的妻子进行卑鄙的诽谤，"他如此说道，"她这一年的服饰店发票都订在我的发票簿里。"

"恕我直言，这不能证明什么。服饰店有一种非常狡诈的习惯，干我们这行的早已是见怪不怪了。已婚女士若有需要，服饰店就会为她们开具两份发票。一份是给丈夫看的假发票，另一份才是保密的真发票。额外买的商品都记在真发票上，夫人们可以分期付款，在兜里有钱的时候偷偷付给店家。根据我们平时的经验，分期付款的钱大多出自家庭日常开支。而您夫人恐怕有没付清的货款。店家威胁她，再不支付便要发起诉讼。亚特曼夫人知道您的财政状况有变，走投无路，便用您钱盒中的钱付清了货款。"

"我不信！"他说道，"你说的每一个字，都是对我们夫妇的恶毒侮辱！"

"如果您是个顶天立地的男子汉，"为节省时间，少说废话，我毅然打断了他，"就把您刚才说的发票拆出来，立即跟我去一趟亚特曼夫人常去的服饰店，如何？"

一听这话，他便涨红了脸，立即取出发票，戴上帽子。我从文件夹里拿出那张写有遗失票据号码的单子，与他一起出门去了。

抵达服饰店后（如我所料，是一家位于西区的高档服饰店），我告知老板娘，我们有一个非常重要的问题要与她私下详谈。这不是我和老板娘第一次因为这类微妙的调查见面。她一看到我就派人去找她丈夫。我将亚特曼先生介绍给他们，表明来意。

"是非常私密的问题吧？"店老板问道。我点了点头。

"你们会保密的吧？"老板娘问道。我又点了点头。

"我想把账簿拿给警长看一看，你可有异议？"老板问妻子道。

"你觉得合适就行。"老板娘回答。

在此期间，可怜的亚特曼先生是满脸的惊愕与沉痛，与谈话的礼貌气氛格格不入。老板取来了账簿——只需看一眼写有亚特曼夫人姓名的页面，就足以证明我所说的每一句话都是千真万确。

其中一本账簿上记着亚特曼先生已经结清的账目。而另一本账簿上，记着需要保密的账目，货款也结清了。支付日期是钱盒失窃的第二天。根据账簿上的记录，亚特曼夫人三年来的秘密消费多达一百七十五英镑外加若干先令，其间没有付过一次款。最后一行下面写着这样一句话："第三次催款 六月二十三日。"我指着它问老板娘，这封催款信是否写于"今年六月"。那确实是今年六月的事情。老板娘在催款的同时表示她将采取法律手段，而她现在为此深感懊悔。

"我本以为你们会让好主顾赊账三年。"我说道。

老板娘看了亚特曼先生一眼，在我耳边低声回答："她们的丈夫陷入困境的时候可不行。"

说着，老板娘指了指账簿。在亚特曼先生的财政状况出问题之后，亚特曼夫人的花销与前一年并无差别，远超她的地位应有的水平。也许她在其他方面有所节约，但在衣着打扮方面，她显然没有委屈自己。

之后，我们只需走个形式，检查一下现金出纳簿即可。货款是用银行券支付的，金额和号码也与我的单子完全一致。

调查结束后，我觉得我有必要将亚特曼先生立刻带离那家店。他的状态惨不忍睹，所以我叫了一辆马车，送他回了家。起初，他像个孩子似的又哭又闹。但在我的安慰之下，他很快就平静了下来——为了他的名誉，我必须补充一点，当马车抵达家门口时，他为自己先前的发言向我郑重道歉了。作为回报，我本想给他一些建议，告诉他如何与妻子和睦相处。他却没搭理我，自顾自上楼去了，嘀咕着要离婚。亚特曼夫人恐怕很难熬过这个难关。据我猜测，她也许会歇斯底里，大喊大叫，吓得这个可怜的男人原谅她。但这些事与我们无关。站在我们的角度看，本案已经结束了。本报告也可随之画上句号。

你的朋友 托马斯·布尔默

又及：还需要补充一下，离开拉瑟福德街时，我遇到了回来收拾东西的马修·夏宾。

"瞧瞧！"他兴高采烈地搓着手说道，"我刚从那栋豪宅回来。一表明来意，他们就把我轰出来了。有两个目击者看到他们对我施暴了。要我说啊，这事儿值一百英镑。"

"那真是恭喜你了。"我如此说道。

"多谢，"他说道，"那我什么时候可以恭喜您抓到小偷呢？"

"随时都可以，"我回答，"因为小偷已经找到了。"

"我就知道您想等我把活都干完了再横插一脚，独占功劳——肯定是杰伊偷的吧？"

"不。"

"那是谁？"

"你去问亚特曼夫人吧，"我说道，"她正等着告诉你呢。"

"好吧，我也宁愿听那位迷人的女士说。"说着，他就迫不及待地进了屋。

您觉得怎么样,西克斯通督察？您想和夏宾换一换吗？我可不想！

西克斯通高级督察 致 马修·夏宾
7月12日

先生：

布尔默警长应该已经告诉你了，你被停职了，如无通知不得前往总部。现在，我以我的权限明确拒绝你进入刑侦处。请将这封信视作正式的解雇通知。

我可以私下告诉你，此次解雇无意对你的人格造成任何影响。它仅仅意味着你还不够聪明，无法胜任我们的工作。如果本处要招募新人，亚特曼夫人恐怕比你合适百倍。

弗朗西斯·西克斯通 谨上

西克斯通关于上述书信的补充说明

本人无须对最后一封信附加任何重要的补充。据悉，在屋外见到布尔默警长的五分钟后，马修·夏宾便离开了拉瑟福德街的亚特曼家——他带着恐惧和惊讶的表情，左脸颊上有一块明显的红印，似是女性掌掴所致。店员听到他以极其恶毒的措辞咒骂亚特曼夫人。有人看到他在跑过街角时死死攥紧拳头。自那天起，我们再也没有听说过他的消息。据猜测，他已离开伦敦，打算去外地警局提供他那极有价值的服务。

至于亚特曼夫妇那耐人寻味的家庭问题，我们掌握的信息就更少了。但已经可以肯定的是，亚特曼先生从服饰店回来那天，他们家的主治医生被急忙请了过来。不久后，附近的药店就收到了为亚特曼夫人开的镇静剂处方。次日，亚特曼先生在同一家药店购买了嗅盐，随后来到流动图书馆，希望借几本描写上流生活的小说，为家中的女病人解闷。从上述情况可以推断出，他认为自己不宜将离婚这一威胁之词付诸实践——至少在夫人（也许）过于敏感的神经组织好转之前是不行的。

莱顿宅邸失窃案

阿瑟·莫里森｜Arthur Morrison

(1863.11.1—1945.12.4)

推理小说家，与柯南·道尔活跃在同一时期。代表作有以马
丁·休伊特为主人公的短篇故事集《马丁·休伊特探案集》
(*Martin Hewitt: Investigator*, 1894) 与长篇小说《绿色钻石》(*The
Green Eye of Goona*, 1904)。本作出自上述短篇集，堪称经典，
兼具某种不经意的幽默，而这也是英国作家的共同点。

——乱步评

　　毗邻斯特兰德街的一条小巷中，有一栋非常破旧的办公楼。走进
常年敞开的大门，爬上尘土飞扬的楼梯，正前方便是一扇嵌有磨砂玻
璃的门。布满灰尘的门板上只写了一个词："休伊特（Hewitt）"。右下
角则写了一行小字："办公室（Clerk's Office）"。

　　某日早晨，在底楼办公室的职员还没来上班的时候，一位戴着眼
镜、衣冠楚楚、个子不高的青年急忙冲进了办公楼的大门，在楼梯底
下和另一个人迎头撞上。

　　"抱歉，"戴眼镜的人说道，"请问休伊特侦探事务所在这里吗？"

　　"没错，你找个职员问问吧。"

　　说完，对方便快步上楼去了。

　　他身材微胖，胡子刮得干干净净，中等个子，长着一张精力充沛

的圆脸。

青年随他上楼，在逼仄的接待处逮住一个手指墨迹斑斑的利落小厮，要求与所长会面。小厮记下访客的姓名与来意，走进里屋。片刻后，小厮再次现身，请他进屋。

走进里屋一看，只见正中央摆着一张大号书桌，而坐在桌后的，分明是刚才在楼下让他"找个职员问问"的男人。

"早上好，劳埃德先生——弗农·劳埃德先生，"那人看着字条亲切地说道，"无论访客是谁，我都会像这样先了解一下情况再会面。你是为詹姆斯·诺里斯爵士的事情而来？"

"我是詹姆斯爵士的秘书。百忙之中实在抱歉，不知可否请您立刻去一趟莱顿宅邸？实不相瞒，爵士的命令是发电报给您，可我不清楚贵事务所的确切地址，只能直接上门拜访了。请问您能否坐下一班火车出一趟差？如果坐十一点半从帕丁顿出发的列车，现在出门应该也来得及——"

"来是来得及，但我想先了解一下出了什么事。"

"宅邸发生了盗窃案，客人的珠宝失窃了，而且还不止一次。到昨晚已是第三起了。第一起盗窃案发生在几个月前——几乎是近一年前。我就不多说了，更具体的还是请您去现场了解吧。另外，詹姆斯爵士吩咐我说，如果您答应了，就给他发封电报，这样他就可以亲自去车站迎接。我必须抓紧时间发电报，否则就来不及了。因为从宅邸到车站相当远，很是费时……您是答应了吧，休伊特先生？坐车到特怀福德站即可。"

"那我便坐十一点半那班车吧。你也坐同一班车回去吗？"

"不，我还有些事要办，会坐再迟一些的车。那我先告辞了。我这就发电报通知爵士——"

马丁·休伊特立刻收拾好文件资料，锁上书桌的抽屉，叫来小厮，让他找一辆马车来。

抵达特怀福德车站时，詹姆斯·诺里斯爵士已备好马车等候多时。他身材高大，虽已年近五旬，面色却很红润。他不仅家财万贯，还是小有名气的乡土史权威，在本地更是家喻户晓的狩猎爱好者。不过他名下的广阔猎场也时常遭到偷猎者的侵扰。一见到休伊特，爵士就立刻请他上了马车。

"宅邸离车站足有七英里，可以边赶路边说。我也希望和你私下谈谈，免得被人听了去，所以才特意独自前来车站。"

休伊特点了点头。

"劳埃德应该已经告诉你了，我之所以请你过来，是因为昨晚宅邸中发生了盗窃案。这已经是第三起了。三起案件的作案手法十分相似，定是同一人所为。昨天临近傍晚的时候——"

"且慢——请您按时间顺序，从第一起盗窃案讲起，这样有助于厘清头绪——"

"有道理，那我就从头开始讲。大约十一个月前，府邸举办了一场盛大的晚宴。宴会邀请了众多宾客，希斯上校夫妇也在其列。希斯夫人是亡妻的亲戚，当时刚回国不久，你说不定也有所耳闻。因为上校曾任职于印度，希斯夫人收集了各种各样的珠宝，其中最贵重的一件便是镶有珍珠的手镯。手镯上的珍珠硕大迷人，据说是上校离开印度时当地土王（maharajah）赠送的饯别礼物。黄金底座巧夺天工，薄如蝉翼，戴在手上都感觉不到它的重量。那颗珍珠更是璀璨夺目，稀世罕见。

"上校夫妇在晚宴当天临近傍晚时抵达了宅邸。第二天用过午餐后，男宾便一起出门打猎去了。之后，小女与舍妹邀请希斯夫人一起去摘蕨菜。奈何舍妹每次出门都要花许多时间梳妆打扮，小女早有准备，便决定去希斯夫人的房间等候。

"于是希斯夫人便把她收藏的珠宝统统摆出来给她看。你也知道，女人就爱做这种事。过了好一会儿，舍妹总算准备好了，她们就直接走了，都没把珠宝收起来。自不用说，那只手镯也和其他珠宝一起摆在了梳妆台上。"

"稍等一下。一行人出门的时候，有没有把门关好？"

"关了，据说还上了锁。小女格外留意了的，错不了。因为当时宅邸新雇了几个仆人。"

"窗户呢？"

"窗户保持原样，没关。又过了一会儿，她们带着蕨菜回来了。我的秘书劳埃德也跟她们一起，说是半路碰上的。当时天色已晚，快到晚餐时间了。希斯夫人打算回房更衣，可进屋一看——那只手镯竟然不见了！"

"房间里乱不乱？"

"纹丝不乱。除了手镯，所有东西都放在原处。"

"您肯定报警了吧？"

"那是自然，第二天一早就让苏格兰场派人来了。来的是个相当聪明的家伙，他注意到梳妆台上有一根火柴棍，离原本摆着手镯的地方大概一两英寸的样子。似乎有人先点着了火柴，然后立刻把火吹灭了。诡异的是，那天压根没人在房里用过火柴，即便有人用过，也绝不会把火柴棍扔在梳妆台上，我的宅邸中理应没那般没教养的人。总而言之，盗窃案似乎发生在天黑之后，也就是希斯夫人回来前不久。窃贼显然在匆忙中借助了火柴的亮光，拿走了各色珠宝中最值钱的一件。"

"其他东西都没被动过？"

"完全没有。而且窃贼明明是在女士们散步归来前不久动的手，却没被一个人撞见。这么看来，他只可能是从窗户逃走的。可细细一查，这个观点又有些站不住脚了。要是那扇窗户附近有雨水管之类的东西，还有可能顺着管子爬到地面，可是根本就没有啊。宅邸虽备有梯子，可园丁只在正午过后用过一小会儿，然后便收进了库房，全无被人动过的迹象。"

"会不会是有人拿出来用过，然后放回了原处？"

"苏格兰场的刑警起初也这么怀疑过，对园丁一再逼问，但很快就认定他对此事一无所知。没人在宅邸看到陌生人出没。再者，外人也不可能料到女士们外出时会把珠宝留在桌上。警方由此得出结论，窃贼不可能来自宅邸之外，也不可能在行窃后逃出去，此人定是宅邸的内部人员。于是他们调查了仆人的所有物品，却全无收获。没找到任何线索，调查工作就宣告结束了。这就是第一起盗窃案的经过。你可听明白了？"

"您说得很清楚。我还有两三个问题想要请教，不过这个等查看过案发现场以后再说吧。第二起案件呢？"

"之后失窃的是件便宜货，要不是有其他案子，恐怕大家都不会放在心上。事情发生在希斯上校夫人丢了手镯的四个多月后，也就是今年二月。那时阿米蒂奇夫人来到了宅邸。

"她是位年轻的寡妇，社交季期间必须待在伦敦。每年社交季一结束，她都会立刻来我家宅邸做客。当时她也在宅邸逗留了一周左右。

"阿米蒂奇夫人毕竟还很年轻，精力充沛，到宅邸的第一天，她在屋里还没待够半小时，就和小女伊娃坐马车去村里拜访她结婚前认识的熟人了。她们是正午过后出发的，在村里兜了一圈，临近晚餐时间才回来。

"盗窃案就发生在夫人外出期间。她放在房间里的小胸针不见了。胸针虽以纯金制成，但那不过是用来固定大衣领口的便宜货，充其量只值两三镑。据说夫人出门时，将它别在了梳妆台的针垫上。"

"她住的是上校夫人用过的那个房间吗？"

"不，是另一个房间。胸针显然是被匆忙拿走的，因为人回房间时发现针垫上有一条小破口。梳妆台上明明放着更值钱的珠宝，好比戒指，价值至少是那胸针的十倍。窃贼千挑万选，却偏偏拿走了不值钱的胸针，我实在是想不通——

"房门是上了锁的。阿米蒂奇夫人不记得她有没有锁门，但回来的时候发现门是锁着的。那天我侄女一直在家。宅邸的煤气管刚好坏了，她便叫工人来修。需要修理的地方刚好在夫人的房间附近，于是我们便把工人叫来问了问。那工人也说，门是锁好了的。

"当然，我们仔细调查了工人的身份与品行，发现他是个很老实的人，断然干不出偷鸡摸狗的事。

"至于窗户，窗户的拉绳在那天早上突然断了，所以阿米蒂奇夫人把刷子用作撑脚，把窗撑开了一英尺左右。出门时也没关窗。回来一看，窗户仍是原样。可仔细一琢磨，你就会意识到窗户根本不成问题。悄无声息地打开一扇断了拉绳的窗户，进出时还不能让撑着窗户的刷子掉下来，寻常人哪有这么大的本事啊。"

"确实。不过那枚胸针真的失窃了吗？会不会是夫人把它遗忘在了别处？"

"宅邸里里外外都找过了。"

"只要把窗打开，就能溜进房间了吗？"

"对有心人来说还是很简单的。那扇窗户下面是台球室的屋顶。台球室由我亲手设计，是最近刚扩建的，它刚好位于那个房间的窗口正下方。所以只要翻窗出去，就能轻松来到台球室的屋顶。不过窃贼实际上不可能走这条路逃跑。因为我为了采光，给台球室设计了玻璃屋顶。要是有人在屋顶上走，下面的人肯定看得一清二楚。而且那天下午我刚巧在台球室练了两个多小时的球，要是真有人翻窗，我绝不可能无知无觉。"

"原来如此。然后呢？"

"我们严格审问了每个仆人，却找不出一个可疑的人。当时我也有意报警，但当事人阿米蒂奇夫人表示反对，只得作罢。她是不愿意为了一枚廉价胸针大动干戈。到头来，这件事只能不了了之，但窃贼肯定在仆人之中。那人一定是觉得，要是偷太贵重的珠宝，必定会掀起轩然大波，警方也会立刻查到他头上，所以他才刻意选择了便宜货。这便是我的看法。"

"您说得很有道理。不过窃贼若没有丰富的作案经验，照理说是没有时间精挑细选的。这一点暂且不论，请问是什么使您把这两起盗窃案联系在一起的？"

"我起初也没想到这两起案子之间会有什么关联。谁知一个多月前，我在布莱顿偶遇了阿米蒂奇夫人。我们碰巧聊起了那件事，我还跟她详细描述了希斯夫人的手镯失窃的经过。结果她突然惊呼道——'天哪，太不可思议了！我丢东西那次，梳妆台上也有火柴！'"

"用过的火柴是吧？"

"也就是说，在这两起案子里，梳妆台上都留下了用过的火柴，而且和失窃珠宝的距离都是一英寸左右。怎么样？是不是诡异得很？于是我从布莱顿回来之后，就立刻叫来秘书劳埃德说起了这件事，他也觉得很是古怪。"

"不仔细调查一下，我也无法确定这是不是值得深究的重要问题，毕竟人人都会用火柴——"

"总之这个诡异的巧合让我吃了一惊。于是我把警察请来，讲了讲之前没上报的胸针失窃案，请警方追查它的下落。警方立刻彻查了当铺。其实手镯失窃的时候，警方也对当铺开展了调查，却没有任何收获。但这次失窃的胸针是便宜货，说不定窃贼会立刻拿去典当，所以我认为，我们也许能通过这枚胸针一并查明手镯的去向。"

"这个主意相当不错。调查结果如何？"

"正如我所料！警方查到，有个女人把胸针拿去了切尔西的一家当铺，就在伦敦附近。但这件事已经过去很久了，当铺老板都不记得她长什么模样了。警方还发现她留下的地址和姓名都是假的，线索就这么断了。"

"在那个女人前往当铺之前，宅邸有没有仆人请过假？"

"一个都没有。"

"那么在胸针被典当的那天，有哪个仆人外出过吗？"

"也没有啊。那天所有仆人都在宅邸，是我亲自打听的，绝不会有错。"

"好，请您接着讲下一起案件。"

"就是昨天的事。接连发生了三起类似的案子，我实在坐不住了，这才派人请你过来。事情是这样的……我的妻妹上周二来宅邸做客。我安排她住进了那个手镯失窃的房间。妻妹也有一枚胸针，这枚胸针绝不是便宜货。里面装着她亡父的肖像，造型虽然古朴，却镶嵌着三颗硕大的钻石，周围也点缀着许多小宝石，十分精美——哦，我们到了。进屋后接着说吧。"

休伊特按住爵士的胳膊说道：

"啊，别停车，詹姆斯爵士，我们继续走吧。我想在马车上听完全部的案情。"

"也是，"詹姆斯爵士掉转马头，扬鞭说道，"昨天下午，妻妹在更衣时想起了什么事，去找了一趟小女。小女的房间就在她隔壁，而且她离开房间的时间最多不过三四分钟。谁知回来一看，放在桌上的胸针竟然不见了。这一回，窗户关得严严实实，门虽然敞开着，可小女也开着房门，若有人接近，照理说她们一定会听到脚步声。这还不是最诡异的地方——令我惊愕到几乎晕厥的是，原本放胸针的地方又出现了一根用过的火柴！那可是光天化日之下啊！"

休伊特揉了揉鼻头，若有所思。

"哦……那真是太诡异了。还有什么需要告诉我的吗？"

"剩下的就得靠你查了。我已吩咐家里人把房门锁好，在你赶来之前不让任何人进屋。"

"请您放宽心，我定会处理妥当。那就请您掉头回宅邸吧——对了，宅邸近期可有改造或增建的计划？"

"没有，怎么了？"

"那您就说我是为了装修宅邸的房间或者搭建马车库房请来的建筑技师吧。顶着这样的身份，在宅邸内四处调查应该会方便不少——"

"你的身份是严格保密的，除了家人和劳埃德，谁都不知道。请你尽心调查此事。至于酬金，我很乐意在你们事务所的常规收费标准的基础上另加三百镑。"

马丁·休伊特恭敬地鞠了一躬。

"我将竭尽所能，不负众望。作为一名职业侦探，报酬自然是多多益善。不过比起报酬，这起案件本身更为有趣。"

"我也有同感，这案子实在是离奇得很。三位女士来我家宅邸做客，刚将珠宝放在梳妆台上，珠宝便失窃了，只剩下一根用过的火柴。放置珠宝的房间根本就溜不进去。而且那窃贼还没留下任何线索！"

"在查看案发房间之前，我不想发表太多见解，不过您大可放心，因为人世间就没有破不了的案子。哦，那就是贵府的院门吧？站在那儿的可是第一起案件发生后因为梯子被警方细细盘问了一番的园丁？"

休伊特朝一个正在修剪篱笆的人扬起下巴。

"没错。你要找他问话？"

"不急。切记，我是建筑技师，今日上门是为了宅邸的改造工程。如果您不介意的话，我想立刻去那个房间看看。"

"我妻妹卡萨诺瓦夫人暂住的房间吗？好，这就带你去。"

卡萨诺瓦夫人是一位中年妇人，虽已不见当年的风韵，却精力充沛，活泼开朗。得知马丁·休伊特的名字后，她微微欠身，点头致意。

"休伊特先生，感谢您百忙之中前来调查。若能在您的帮助下找到窃贼，我定会感激不尽。我们这就带您去房间，请尽情检查。"

房间位于三楼——那也是宅邸的顶层。换下的衣物尚在房间的角落。

37

"看来房间还保持着胸针失窃时的原样。"

"什么都没动过。出事后，我们立刻锁好门窗，我也搬去了别的房间。"

休伊特立刻走到梳妆台前。

"看来这就是那根用过的火柴了。它一开始就在这儿？"

"是的。"

"胸针原本放在哪里？"

"几乎就在火柴的那个位置，距离不会超过一英寸的。"

休伊特拿起火柴，细细检查。

"它是刚点着就被吹灭了。对了夫人，您当时有没有听到擦火柴的声响？"

"没有。"

"那就劳烦您去一趟小姐的房间吧，我想做个试验。我会在这里擦几根火柴，到时候请您告诉我，您在那边能不能听到声响。如果能听出我擦了几根，也请一并告知。"

那个房间的火柴盒是空的，于是一行人去爵士千金的房间取来火柴，做了试验。哪怕房门紧闭，也能隔着墙壁清楚地听到擦火柴的声响。

"昨天您和小姐都敞开着房门？"

"是的。"

"多谢夫人，我暂时没有其他问题了，"休伊特转身对站在门边的爵士说道，"那就去其他房间看看吧。然后……如果您不介意的话，我还想在宅邸周围走走。啊，说起火柴，您还留着前两起案件的火柴吗？"

"都送去苏格兰场了。"

阿米蒂奇夫人在案发时入住的房间也没有丝毫异常。窗外数英尺下方便是台球室的屋顶，为采光安装的玻璃闪闪发亮。休伊特查看了四面墙壁，又仔细检查了房中的家具与摆设，然后提出想从外面查看窗户。

"詹姆斯爵士，请您仔细回想一下案发时的情况。比如，能否请您讲一讲三起案件发生时您都做了些什么，我想用作参考。"

"上校夫人丢失手镯的时候，我正在塔格利森林打猎。阿米蒂奇夫人那次也是。昨天我去农场了。你不会是把我也当成了嫌疑人吧？"

他盯着休伊特的脸哈哈大笑。

"瞧您说的，我只是觉得您若能回忆起自己当天的行动，就更容易想起宅邸内其他人的情况了，请千万不要误会。话说您有格外怀疑的人吗？"

"仆人的情况我也不甚了解。需要你逐一审问。"

"我的方针是确定相关者在案发时的所在，锁定有可能作案的人。通过物证揪出嫌疑人也未尝不可，但我刚才说的方法会更便捷一些。不过这需要您的协助——话说昨天贵府还有其他客人吗？"

"一个都没有。"

"哦……至于令媛，如果我没有记错的话，她在两起案件中都是和被害者一起外出了。您的侄女呢？"

"岂有此理，休伊特先生！我不能眼睁睁看着你怀疑到我侄女头上！她父母去世后，一直是我在照顾她，我绝不允许你怀疑她！"

休伊特再次急忙摆手。

"不是才跟您解释过吗，我还没锁定嫌疑人呢。我只想先了解清楚案发时每个人身在何处，这样调查起来会更轻松些。我记得在第二起案件中，就是您的侄女作证说阿米蒂奇夫人的房门是上了锁的。"

"没错。"

"因为阿米蒂奇夫人自己都不记得有没有锁门，我才问了一句——那侄女昨天出过门吗？"

"应该没有吧。那孩子体弱多病，平时都待在家里，很少出门。听说希斯夫人丢手镯那天她也在家。但我无论如何都不愿相信她与此事有关。"

"您可别误会了，我只是在了解每个人的行动轨迹罢了。您的家人就这么几位对吧？其他人的情况您大概也不清楚，但您应该知道秘书劳埃德先生的行踪——"

"你问劳埃德？嗯，第一起案件发生时，他和女士们一起出门去了。但我不清楚他在第二起案件时身在何处。至于昨天，他应该在自己的房间。"

詹姆斯爵士一脸疑惑地凝视着这位和蔼可亲的侦探，不知他在打什么主意。休伊特咧嘴笑道：

"一个人不可能同时出现在两个地方。正因为如此，不在场证明才是破案的关键。所以我才会搜集这方面的事实。

"至于下一步，我想调查一下家中的仆人。我们去宅邸外面瞧瞧吧。"

莱顿宅邸是一座随时代的变迁逐步增建的建筑，所以它虽然宏伟，却给人以散乱的印象。借用詹姆斯·诺里斯爵士的说法，宅邸活像一堆多米诺骨牌。宅邸的大部分只有两层，仅一小部分设有三层。

休伊特在宅邸周围缓缓走动，不一会儿便来到了出事的两个房间的窗口正下方。他停下脚步仰望片刻，便再次迈开步子，走向紧挨着的马厩和马车库房。马夫正忙着清洗马车的车轮。

"您不介意我抽烟吧。您要来一根雪茄吗？需要我帮您点吗？口味不算重的。没火柴吗？我去找马夫借个火。"

就在詹姆斯爵士把手伸进口袋掏火柴的时候，休伊特快步走进了马车库房。他找马夫借了火柴，点了雪茄。这时，一条可爱的梗犬从库房深处跑来。休伊特摸了摸它的头，与马夫聊了起来。爵士在库房外等了一会儿，百无聊赖地踢起了地上的石子。见两人没有要结束对话的迹象，他露出没辙的表情，转身离去。

休伊特与马夫聊了将近二十分钟，这才回到宅邸。在玄关见到爵士时，他说道：

"请您原谅，詹姆斯爵士。那条梗犬真不错啊。"

"是吗？"

一番苦等似乎令爵士稍感不快。休伊特却似是全然没将爵士的脸色放在眼里。

"还有一件事要向您请教。昨天卡萨诺瓦夫人住在三楼的房间，那正下方的房间都是谁在用呢？"

"一楼那间是我的居室。二楼是劳埃德的，他应该是把那个房间当书房用的。"

"也就是说，在第一起案件中，如果窃贼在院子里架起梯子，企图溜进上校夫人的房间，您或者劳埃德先生是有可能看见的。"

"苏格兰场派来的探员也是这么说的。可惜那天案发时，两个房间都没人在。至少没人透过窗户往外看。"

"关于这一点，我想亲自调查一下。如果当时楼下的房间有人，那个人能看到什么，或是不能看到什么——我想用自己的双眼做一番确认。"

詹姆斯·诺里斯爵士先带他去了楼下的居室。两人走到门口时，刚好见到一位年轻的女士拿着书本匆忙走了出来。

"是令嫒吗？"

"不，是我的侄女。如果你有什么想问的，就尽管问吧。朵拉，这位是休伊特先生，是我请来调查那些盗窃案的。把你知道的都告诉他吧。"

女士微微点头，回答道：

"要问我吗？可是伯父，我真的什么都不知道啊。"

"小姐，听闻您作证说阿米蒂奇夫人的门在案发时是上了锁的？"

"对，门是锁着的。"

"钥匙有没有插在门板内侧？"

"这……我没看那么仔细。"

"哦，那您有没有察觉到其他不寻常的事情？再微不足道的小事也没关系，还请务必告知。"

"真的没有啊……完全没印象。"

"那真是太遗憾了。那我们进去看看吧，詹姆斯爵士。"

然而，休伊特并没有在那个房间里逗留太久，随便瞥了眼窗口便去了二楼。正如爵士所说，那是秘书劳埃德的房间。休伊特在此进行了更为细致的调查。

放眼望去，房间布置得颇为舒适，但家具摆设的风格似乎偏阴柔了些。家具上盖着饰有刺绣的丝布，暖炉上摆着日本产的舞扇。窗边挂着笼子，里面有一只灰色的鹦鹉。书桌上则摆着足足两个花瓶。

"如你所见，劳埃德是个品味细腻的人。他不许别人在他外出时进屋，说不定也是因为这个。所以手镯失窃的时候，这个房间应该也是空无一人。"

"是吗？"

休伊特将犀利的视线投向窗外，就此一言不发。接着，他掏出牙签伸进鸟笼，逗了逗里头的鹦鹉。突然，他惊呼道：

"咦，那个从远处走来的人不是劳埃德先生吗？"

"哦，还真是他，我过去瞧瞧。这个房间还有什么需要调查的地方吗？"

"没有了，我跟您一起下去吧。"

两人走下楼去。詹姆斯爵士去找他的秘书了，休伊特则在大厅等候。爵士一回来，休伊特便在他耳边低声说道：

"詹姆斯爵士，我已经有头绪了。"

"什么！此话当真？你找到线索了？到底是谁干的？"

"没错，我已经找到了确凿的证据。虽然现在还不能透露太多，但我有十足的把握。不过查明了窃贼的身份之后，您是否会将他交给警方？”

“那是自然。失窃的财物并不属于我，不把案子查个水落石出，我心里也不痛快啊。哪怕被害者不追究，我也绝不能姑息。他敢在宅邸干出这等缺德的事情，我就不能坐视不理。”

“好。那就请您派人去特怀福德警局请两位警官过来吧。不过最好别派仆人去……”

“那就让劳埃德去吧。虽然他刚从伦敦回来，但毕竟事关重大，只能辛苦他了。”

“请警局务必派出两名警官，在傍晚之前赶到宅邸。如果劳埃德先生陪他们一起来，那就最好不过了。”

詹姆斯爵士摇铃后，劳埃德立刻现身。爵士下达指令的时候，休伊特在居室内来回走动。

“给你添麻烦了，劳埃德先生。我还有些事情没查完，使者又必须是可靠的人，只能劳烦您了。最好是你回来的时候顺便把警官带回来。需要两位警官。你只需办好这件事就行。请务必对仆人们保密。另外，两位警官之中最好有一位女警。啊，算了，还是不用了。女士们的随身物品送去警局调查就是了……”

休伊特一边与劳埃德低声商议，一边将他送到玄关。待他回来，爵士说道：

“天哪，休伊特先生，忘了安排你用午餐了。都怪我满脑子想着那些案子……晚餐是七点开始，在那之前还是吃些东西垫一垫为好，实在抱歉。”

“不必费心，几块饼干就够了。如果您不介意的话，我想一个人吃——因为我想理一理思路。能否请您为我安排一个房间？”

“随便哪间都行。你中意哪间？餐厅未免太大，我的书房又小了点……”

“要不就去劳埃德先生的房间吧？有个三十分钟就足够了——”

"没问题，我这就差人准备餐食。"

"如果可以的话，请再帮我准备一些方糖和核桃——抱歉，我的喜好有些古怪。"

"什么？方糖和核桃？"詹姆斯爵士正要摇铃的手停了下来，他带着疑惑的表情说道，"你的要求是有些奇怪，不过既然你想要，那我就让人拿来吧。"

爵士被侦探的奇特嗜好惊得瞠目结舌，但还是大步流星地走出了房间。

不久后，一辆马车回到玄关。秘书劳埃德与两名警官走了下来。休伊特急忙下楼，在楼梯下遇见了詹姆斯·诺里斯爵士和卡萨诺瓦夫人。见侦探提着硕大的鸟笼，两人又是一脸诧异。休伊特却兴高采烈地对他们说道：

"事情总算要画上句号了。特怀福德派来的警官恰好也到了。"

看到休伊特提着的鸟笼，与警官一同站在大厅中的劳埃德顿时脸色一变。

"窃贼就是他。"

休伊特指着劳埃德对警官说道。

"什么，是劳埃德干的？胡说八道！"

詹姆斯爵士大惊失色。

"您问问他就知道我有没有胡说八道了。"

休伊特镇定地断言道。劳埃德一屁股坐在一旁的椅子上，目不转睛地盯着自己今天早上专程去伦敦接来的侦探。他的嘴唇抽动了几下，却发不出任何声音。发蔫的花朵从外套的扣眼落下，他却纹丝不动。

"这就是他的同伙，"休伊特把装有鹦鹉的笼子放在桌上，"不过警方也不能把鹦鹉抓回去起诉——"

鹦鹉歪着脑袋，连连发出嘶哑的叫声。詹姆斯·诺里斯爵士张口结舌，呆若木鸡。劳埃德则翻来覆去说着一些意味不明的话。

"这只鸟既是他的搭档，又是他的爪牙。所有的坏事都是利用鹦鹉干的。请警官们逮捕他吧。"

休伊特的这番话给了劳埃德致命一击。只见他用游泳般的动作跌下椅子，抽泣起来。警官们扣住他的胳膊，把他拽回椅子上。

两个多小时后，休伊特在詹姆斯爵士的书房里摇头晃脑，徐徐道来。

"虽说调查有理论可循，可我并没有预先制定调查方法。我所依靠的无非是常识与敏锐的双眼。在这一系列的案件中，我首先关注的便是那没燃尽的火柴，听说苏格兰场的探员也顺着这个方向调查过，但我通过火柴发现了将三起案件串联起来的线索。

"那就从头说起吧。首先，留在案发现场的火柴并不是用来照亮桌面的。卡萨诺瓦夫人的案子发生在光天化日之下，这便是最好的证据。那用火柴的目的究竟是什么呢？我起初也全无头绪。

"窃贼往往迷信，有些人非得在现场留下些奇奇怪怪的东西不可。小石子啦，一块炭啦……我起初还以为本案的窃贼也好这口。

"火柴显然来自案发现场之外。因为我打算用火柴做试验的时候，那个房间的火柴盒是空的。而且火柴也不是在那个房间被擦亮的，否则令媛房间里的人肯定会听见。试验是当着各位的面做的，不会有错。

"那便意味着火柴是在其他房间被擦亮后立刻吹灭，然后被带进了案发的房间。为什么要如此大费周章？窃贼带火柴进屋，不可能没有任何目的。之所以先把火柴点着，再立刻吹灭，恐怕是因为不提前处理好，火柴就有可能被意外点燃。因此我认为，无论使用火柴是出于怎样的目的，这个目的都不会是火柴本来的用途。窃贼只把火柴当成了一小片木头。

"假设我的推论是正确的，继续往下想。请您仔细观察这根火柴。如您所见，火柴两侧各有两处小小的、隐约可见的凹痕，位置恰好相对。那应该是某种锋利的工具留下的夹痕。您猜出这是什么痕迹了吗？

您可能没什么头绪，其实啊，这是鸟嘴叼出来的。

"怎么样？您可想明白了？除了鸟，还有谁能在不用梯子的情况下通过窗户溜进上校夫人的房间？阿米蒂奇夫人那次也一样，窗户只开了一英尺左右。案发现场明明有各种各样的物品，可每次失窃的都是一件闪闪发光的东西。如果行窃的是人，定会把看中的珠宝统统拿走，但鸟显然没那个本事。

"那么，为什么鹦鹉要叼着火柴进屋呢？理由显而易见。它肯定接受过相应的训练。那种鸟生来吵闹，所以窃贼必须想办法让它在溜进房间之后、叼着猎物出来之前保持安静。最简单也最有效的方法，莫过于在训练它把东西叼出来的同时，教它叼着某种东西溜进屋里，如此一来便能确保它全程不发出叫声。用一石二鸟来形容这招再合适不过了。

"这时，我立刻联想到了小乌鸦和喜鹊，它们都是出了名的爱偷东西。问题是，火柴上的鸟嘴痕迹隔得比较开，说明鸟的体形相对较大。我便想，作案的兴许是大乌鸦。

"于是我去了马车库房，找马夫聊了几句。从出现在库房的梗犬聊起，打听了一下宅邸饲养的动物。马夫告诉我，宅邸里没有养乌鸦，这令我略感失望。但那场对话绝不是白费工夫，因为他借了火柴给我，而那火柴很粗，顶端呈红色，和案发现场的火柴完全一样，可见宅邸的内部人员都在用这种火柴。

"就在这时，我得知劳埃德先生养了一只鹦鹉。鹦鹉也是一种相当聪明的鸟，而且马夫告诉我，那只鹦鹉不算闹腾，训得很好。此外，我还了解到马夫曾多次看到劳埃德先生把鹦鹉藏在大衣下，穿过花园往回走。当时劳埃德先生还抱怨说，那鹦鹉近来学会开笼子逃跑了，他费了好大的工夫才把鸟逮回来。

"我没向诸位透露这些线索，因为我当时还没找到确凿的证据。后来，我看准机会来到劳埃德先生的房间，逗了逗那只鹦鹉。它果然咬住了我伸进笼子的牙签。无须对比火柴上的凹痕，便能看出两者完全吻合。如此一来，我便有了十足的把握。火柴的用途并非照明，因为案子发生在白昼。不，如果我的推论没错，那么更准确的说法就是'正因为当时是白昼，窃贼才会作案'。

"上校夫人那次，房门虽然关着，但窗户是敞开着的。劳埃德先生只需从位于二楼的房间爬上窗框，就能轻而易举地让鹦鹉飞进三楼的窗口。而且在那之前，他让鸟叼住了一根火柴。所以三起案件的现场都留下了火柴。这一系列案件绝不可能由人实施，背后却显然有人在动脑筋——这便是本案的关键特征。

"待女士们热热闹闹出门后，劳埃德立刻实施了犯罪。作案后，他有足够的时间，所以他算准了女士们摘菜归来的时间，刻意前往半路迎接。

"火柴这件小道具选得妙极了。因为火柴是有可能出现在梳妆台上的东西，即便有人起疑，也很有可能误导警方。

"阿米蒂奇夫人丢了一枚廉价胸针，贵重的戒指却平安无事。乍看之下，窃贼似乎愚蠢至极，毫无鉴赏宝石的眼力。殊不知他不只不蠢，还狡猾到了极点。可惜他的爪牙不是人，不关心宝石的价值。

"在第二起案件中，房门是关着的，但有工人在走廊修理煤气管道，所以窃贼无法从走廊进入房间。窗户虽然开着，却只是用刷子撑开了一条缝而已。如果有人翻窗进屋，刷子定会被弹飞。然而事实摆在眼前，刷子仍在原处撑着窗子。是窃贼离开房间后把刷子放回了原位吗？多磨蹭一分钟，被人发现的风险就会提高一分。如果窃贼如此小心谨慎，愿意进行如此繁琐的伪装，那他应该不至于在拔出胸针的时候因为动作太过粗暴弄坏针垫。

"总而言之，都是鸟干的好事。正因为是鸟，才能钻进窗户的狭窄缝隙。可悲的是，正因为它是鸟，拔出胸针的时候才需要用爪子按住针垫，针垫的破口就是这么来的。

"而昨天发生的盗窃案与前两起案子有很大的区别。窗户关上了，但房门敞开着。卡萨诺瓦夫人只离开了几分钟，其间也没有听到进出房间的脚步声。

"那就意味着，也许窃贼一开始便躲在了卡萨诺瓦夫人的房间里。它潜伏在房间的某处，等待夫人离开。房间里有各种布罩和窗帘，藏一只鸟再容易不过了。等夫人走出房门，鸟便立刻叼起猎物，无声无息地从房门逃跑。

"瞧您这表情，您是觉得鹦鹉不可能像人那样懂得把握时机吧。但这绝不是我异想天开。离奇古怪的案件用的往往都是常人难以想象的奇异手段，这次的案子也不例外。只要训练到位，鸟也能做出教人瞠目结舌的事情来。您有没有在伦敦街头见过用小鸟表演节目的艺人？那些鸟表演的把戏那叫一个复杂。

"总之，我坚信自己的推论准确无误，但是为保险起见，我想提前确定一下鹦鹉有没有那个本事。为此，我找了个借口把劳埃德打发走，趁机和他的鹦鹉套近乎。

"众所周知，鹦鹉爱吃糖，更爱吃劈成两半的核桃。于是我请您帮着准备了这两样东西，做起了试验。起初那鹦鹉不肯跟我亲近，但过了一会儿，它就开始表演那套把戏了。打开笼门，让它叼住火柴，它便会立刻跳到桌子上，然后撂下火柴，叼起它最先看到的一件亮闪闪的东西，得意洋洋地在房间里飞来飞去。不过我跟它还不太熟悉，所以它不肯把到手的猎物交给我……

"能观察到这些便足够了。但我看时间还早，便在房间里搜查了一番，果然找到了一些仿造的戒指和手镯。毫无疑问，那是用来训练鹦鹉的道具。

"证据已经非常充分了。他肯定会坦白交代的，毕竟他看起来也不像是不见棺材不落泪的人。不过詹姆斯爵士，卡萨诺瓦夫人的胸针能否物归原主，恐怕还是个未知数。因为劳埃德今天去了伦敦，我怀疑他趁机处理了赃物。"

在休伊特叙述的时候，惊愕与赞叹的表情在詹姆斯爵士脸上交替出现。听完之后，他猛抽了几口雪茄，说道：

"可阿米蒂奇夫人的胸针是被一个女人拿去当铺的啊。"

"说不定劳埃德也很反感自己的小运气。他大概是把胸针交给了伦敦的相好，然后她便拿去当了。事已至此，怕是这辈子都查不到了。毕竟这种人是绝不会说出自己的真实住址的。"

说罢，两人各自抽烟，沉默不语。

片刻后，休伊特继续说道：

"不过劳埃德把鸟训得再好，也不可能每一次都轻松得手。恐怕他只偷成了那三次，其余的都失败了。也许他还遭遇过许多惊魂时刻，只是您没发现罢了。马夫说他经常看到劳埃德把鹦鹉藏在大衣里走回宅邸，那肯定就是他失手的时候。

"不过我们不得不承认，他的点子确实不错，甚至值得夸赞。因为，即使鸟叼着珠宝溜出房间的时候被人撞见了——他只需要说一句'这只鸟真是太调皮了！真是一刻都放松不得'，便能蒙混过关。"

都柏林谜案

艾玛·奥希兹女男爵 ｜ Baroness Orczy

（1865.9.23—1947.11.12）

终于轮到 20 世纪的作品了。艾玛·奥希兹女男爵是极负盛名的英国通俗小说家。其代表作是以法国大革命为背景的《红花侠》(*The Scarlet Pimpernel*) 系列。本作出自推理短篇集《角落里的老人》(*The Old Man in the Corner*, 1909)，堪称安乐椅侦探（不前往犯罪现场，单靠他人转述推理出真相）的先驱。文中没有给出主人公即侦探的姓名，只称其为"角落里的老人"。在星光璀璨的名侦探中，他与使用无数假名的亚森·罗宾形成了鲜明的对比。

——乱步评

一

"在我所了解的伪造遗嘱案里，恐怕没有比这一桩更耐人寻味的了。"

那天，角落里的老人开口说道。他已一言不发地坐了许久。他若有所思地从小夹子里翻出几张照片，挑来选去，反复打量。我猜他很快就会将其中的一张摆在我面前，让我细看。果然，我没等太久。

"这是老布鲁克斯，"老人指着其中一张照片说，"人称'百万富翁布鲁克斯'。他有两个儿子，珀西瓦尔和莫雷。这桩案子真是奇妙极了，对吗？警方全无头绪，我个人觉得，那倒也情有可原。要是那支可敬的队伍里，碰巧有人和伪造遗嘱的罪魁祸首一样聪明，这个国家的悬案可就少多啦。"

"所以我才一直劝你帮帮那群无能的警察，借几分伟大的洞察力与智慧给他们。"我如是说道。

"我知道你那么说是出于善意，"老人用一如既往的淡然口吻说道，"但我终究是个玩票的外行人。唯有精妙棋局一般的犯罪才能让我跃跃欲试。种种繁复的布局，只为达成一个结果——把对手，也就是警方将死。这桩'都柏林谜案'就完完全全把能力超群的我国警方给将死了。"

"那是自然。"

"公众也不例外。这一桩谜案其实牵涉到了两起犯罪事件，令警方摸不着头脑。其一是帕特里克·韦瑟德律师遇害，其二是百万富翁布鲁克斯的假遗嘱。爱尔兰本就没几个百万富翁，难怪老布鲁克斯广受敬仰。他生意做得很大——主营业务是生产培根——若是换算成现金，他的资产足足超过两百万英镑。

"他的小儿子莫雷是位受过高等教育的青年，文质彬彬，是都柏林社交界的宠儿。顺便一提，他也是老爷子的心头肉。他长得玉树临风，舞技出色，马术更是完美。自不用说，他是爱尔兰婚恋市场公认的'抢手货'，许多达官贵人都向这位百万富翁的宝贝儿子敞开了自家大门。

"至于老布鲁克斯的长子珀西瓦尔·布鲁克斯呢，照理说，他将继承父亲的庞大财产，以及那红火企业的大半股份。他的容貌毫不逊色于弟弟，骑马跳舞的本事也不赖，而且谈吐不俗。然而早在多年以前，那些家有待嫁少女的豪门贵夫人就将珀西瓦尔·布鲁克斯剔除出了女婿候选人的名单。

"只怪珀西瓦尔迷恋上了一个叫梅茜·福特斯克的女人。这位小姐曾以奔放的舞姿震撼了伦敦与都柏林的音乐厅，确实魅力无穷，只是她的出身不明不白。这一点广为人知，因此所谓的名门之后都对她望而却步。

"不过珀西瓦尔·布鲁克斯会不会娶梅茜·福特斯克为妻，倒很值得怀疑。毕竟老布鲁克斯对自己名下的财产握有绝对的支配权，如果长子珀西瓦尔硬要把一个来路不明的女人娶进自家'菲茨威廉大厦'的豪门，那些财产可能就没有珀西瓦尔的份儿了。这便是案子的背景。"

角落里的老人继续说道：

"一天早上，老布鲁克斯的死讯传遍了都柏林社交界。每个人都为之惊愕，哀悼富翁的离世。据说他在自家突然发病，只撑了几个小时便咽下了最后一口气。起初，大家都以为他是中风发作了，毕竟在去世的前一天，他还精神矍铄地处理着公务。谁知第二天，也就是二月一日深夜，他就突然去世了。

"大家是在二月二日的早报上读到这一噩耗的。而且当天早报上还刊登了另一条令人震惊的新闻，用'祸不单行'来形容真是再合适不过了。这件事打破了都柏林多年以来的宁静与平和，为一场惊天骚乱拉开了序幕。

"报道称，就在都柏林首屈一指的富豪突然去世的同一天，他的顾问律师——帕特里克·韦瑟德先生于傍晚五时许在菲尼克斯公园遇害了。而且他出事前刚去过菲茨威廉大厦，拜访他的委托人，凶案就发生在他回家的路上。

"帕特里克·韦瑟德是位能干的律师。他总能巧妙地引导证人，套出自己想要的信息。这样一个人莫名惨死，自然在全城引起轩然大波。这位六十岁的律师被粗重的棍棒状物体击中了后脑勺，然后被勒死。歹徒把他扒了个精光，现金、手表和钱夹都不见了。警方从死者家属口中得知，他在当天下午两点离家时，随身带着手表和钱夹。毫无疑问，他身上应该也是带了钱的。

"警方进行了常规的死因推断，得出的结论是：此案是某个或数个不明人物制造的蓄意谋杀。

"殊不知，席卷都柏林全城的闹剧才刚刚开始。百万富翁布鲁克斯死后备享哀荣，葬礼极尽盛大、庄严之能事。他的长子和唯一的遗嘱执行人珀西瓦尔·戈登·布鲁克斯随后办理了遗嘱的认证手续。死者的企业与个人资产估值约合二百五十万英镑。根据遗嘱，遗产全部由长子珀西瓦尔继承。至于幼子莫雷——当哥哥珀西瓦尔沉迷芭蕾舞者和音乐厅明星的时候，他把大部分时间花在了父亲身上，用心陪伴，鞍前马后，也因此得到了父亲的青睐——却只能拿到每年三百英镑的生活费，而且就连都柏林数一数二的大企业'布氏父子'的股份，他也没有分到一杯羹。

"布鲁克斯家族位于市内的豪宅里显然发生了某些事情。公众和都柏林社交界铆足了劲，想要查个水落石出，但都徒劳无功。年轻的莫雷·布鲁克斯在婚恋市场身价大跌，顿时成了众人眼中一文不值的'垃圾'。名流贵妇与待字闺中的年轻淑女们都在琢磨要如何在社交场合婉转地疏远莫雷。谁知所有的骚动，都因一起轰动的丑闻戛然而止——在接下来的三个月里，它成了都柏林家家户户茶余饭后的绝佳谈资。

"原来莫雷·布鲁克斯向法院提起了诉讼，要求法院认证亡父在一八九一年立下的一份遗嘱。他宣称，如果法院认定这份遗嘱合法，那么后来他父亲在去世当天立下、以他哥哥珀西瓦尔为唯一执行人的那份遗嘱就没有法律效力，是一份假遗嘱。"

二

"这起诡异的案件扑朔迷离，疑云重重，让所有人一头雾水。正如我之前所说，老布鲁克斯的故人都很疑惑，不明白他为何要将自己最疼爱的小儿子彻底排除在遗嘱之外，只给一点微薄的生活费。

"众所周知，大儿子珀西瓦尔一直令老爷子头疼不已。又是赛马，又是赌博，成天往剧院和音乐厅跑……想必在那位当屠夫起家的老人眼里，珀西瓦尔干出来的这些事都是难以容忍的滔天大罪。而且菲茨威廉大厦的所有人都能证明，父子二人时常因大少爷赌博或赛马欠下的债务激烈争吵。不少了解老布鲁克斯的人都猜他宁可把钱捐给慈善机构，也不愿看到它们被挥霍在装点音乐厅舞台的明星和舞女身上。

"初秋时分，法院开始审理此案。那时，珀西瓦尔·布鲁克斯已经和狐朋狗友彻底断绝了来往，在菲茨威廉大厦安顿下来，继承了亡父的生意，不靠任何经理人，而是凭着一股热忱与先见之明把生意搞得有声有色——看来他还有些宝贵的才华，只是过去长期浪费在寻欢作乐上了。

"莫雷则搬出了他出生长大的老宅，免得触景伤情。他借住在威尔逊·希伯特先生家里，希伯特先生是那位遇害的律师帕特里克·韦瑟德的合伙人。他们一家都是文静朴实的人，住在基尔肯尼街的一栋小房子里，很是寒酸。可怜的莫雷不仅要平复失去父亲的悲痛，还要忍受从豪宅到陋室、从锦衣玉食到粗茶淡饭的巨大落差，心里肯定委屈得很。

"如今，哥哥珀西瓦尔·布鲁克斯继承了父亲留下的生意，每年收入超过十万英镑，但却严守父亲遗嘱上的每个字眼，一年只给弟弟三百英镑，多一分都不给。这种丝毫不知变通的做法招致外界的激烈批评。毕竟对他而言，这点微不足道的小钱无异于从豪门盛宴上丢下来点面包屑。

"因此，这场围绕遗嘱真假的诉讼引起了全社会的广泛关注，所有人都热切期盼着开庭的那一天。那警方在此期间又做了什么呢？他们侦办帕特里克·韦瑟德律师遇害一案时曾滔滔不绝，公布了不少案情。然而从某天起，警方开始三缄其口，发布的信息也少到了极点。

这种沉默在公众心中引起了相当程度的不安。直到有一天，《爱尔兰时报》刊登了一段诡异而神秘的报道：

权威消息称，本地名流韦瑟德律师遇害一案将有重大进展。据信，警方已掌握一条极为关键且耸人听闻的线索，但为顺利实施逮捕行动，警方目前仍在想方设法隐瞒此事，以待某众所周知的遗嘱认证诉讼尘埃落定。

"于是都柏林市民在开庭当天拥进法院，生怕错过了这场遗嘱大战的法庭辩论。连我都大老远去了一趟都柏林。拨开拥挤的人群，成功在旁听席落座后，我便观察起了这出大戏的主角们。因为我是打算作为一个观众看个尽兴的。

"首先是诉讼的当事人，珀西瓦尔与莫雷。兄弟俩都很英俊，衣着得体。就位后，两人不约而同地与各自的律师谈笑风生，这恐怕是为了表现出他们都对这场诉讼胜券在握，对即将开始的法庭辩论的走向毫不在意。与珀西瓦尔·布鲁克斯一起出庭的是爱尔兰著名皇家律师亨利·奥兰莫尔。而陪同莫雷的律师则是司法界的后起之秀沃尔特·希伯特，也就是威尔逊·希伯特的儿子。

"莫雷要求认证的遗嘱是老布鲁克斯在一次病危后立下的，签署日期是一八九一年。这份遗嘱一直由韦瑟德与希伯特律所保管，也就是死者的顾问律师那里。根据这份遗嘱，老布鲁克斯的个人财产将平均分给他的两个儿子，而公司企业将由小儿子全部继承，每年从公司账上拨出两千英镑给大儿子珀西瓦尔。这下你肯定明白了，莫雷·布鲁克斯是想以这份遗嘱为依据，让法庭认定第二份遗嘱无效。

"原告方代理人沃尔特·希伯特深得老奸巨猾的父亲希伯特律师的真传，做了一番精彩的开场白。他告诉在场的所有人——他将代表委托人证明，一九〇八年二月一日的那份所谓的'新遗嘱'绝不可能是已故的老布鲁克斯先生所立，因为它与死者生前态度截然相反。即便老先生确实在那天立下了新的遗嘱，也绝对不是珀西瓦尔·布鲁克斯先生所认证的那一份，因为那是一份彻头彻尾的假遗嘱。作为原告代理人，他希望传唤几位证人出庭，以证实己方的主张。

"而皇家律师亨利·奥兰莫尔的表现也毫不逊色，给出了痛快却不失礼貌的反驳。他也打算传唤几位证人，证明老布鲁克斯先生确实在那天订立了新遗嘱。至于遗产的分配方式，无论死者以前有何意图，他都无疑在去世当天改了主意。因为珀西瓦尔·布鲁克斯先生办理过认证手续的新遗嘱是在老布鲁克斯先生去世后发现的，压在其枕头底下。上面有死者的正式签名，以及两名见证人的签名，在各方面都合规合法。

"唇枪舌剑就此开始。双方争议的焦点，是一个平平无奇的小人物，名叫约翰·奥尼尔。他是菲茨威廉大厦的管家，为布鲁克斯家族服务了三十年之久。

"'那天早上，我正在收拾早餐的餐具，却听见隔壁书房传来老爷的声音。天哪，老爷好像气坏了。我听见他骂了什么不知羞耻啦、无赖啦、骗子啦，什么竟敢骗他之类的，还提到音乐厅的舞娘怎么怎么样，反正都是辱骂某位女士的话。因为老爷骂得有些难听，我就不在这里重复了。'

"'起初我并没有放在心上，因为老爷生前常用那种话责骂大少爷，我早就听惯了。于是我拿着东西下楼去了。谁知我刚开始擦洗银器，书房的铃声便是一通猛响。只听见大少爷在大厅里喊我的名字。他说，约翰，快来，赶紧去请穆里根医生！又说老爷身子不舒服！让我叫个人去请大夫，再上去帮他把老爷扶到床上去。我就派了个马夫去请医生……'

"约翰继续作证。旁人一看便知，他十分敬爱过世的雇主，直到现在仍沉浸在悲哀之中。'我赶忙去二楼查看老爷的情况。只见他倒在书房的地上，大少爷正用手撑着他的头。大少爷说，老爷突然就晕倒了！他急需有人帮把手，在穆里根医生赶来之前，先把老爷抬到卧室去。'

"'当时大少爷脸色煞白，慌得六神无主——这也难怪啊。把老爷挪上床之后，我便跟大少爷说，我觉得这件事也得通知小少爷一声，但他一个多小时前去办公室了，要不要我跑一趟？可就在这时，医生赶来了，于是大少爷也没来得及下指示。'

"'我仔细观察老爷的面色，只觉得大限之期不远了。而且一个多小时后，我送医生回去的时候，医生也说他要不了多久就会再来的。一听到这话，我就知道情况不妙了。'

"'过了没几分钟，老爷摇铃让我过去，命我立刻派人去请韦瑟德律师。如果他来不了，请同一家律所的希伯特律师也行，十万火急。老爷还对我说——他说，他已经没有多少时间可活了，他的心脏不行了。是医生说的，他的心脏彻底废了。老爷还说，也许男人就不应该结婚生子，因为孩子迟早会顶撞父母，让你心碎哀叹。'

"'听老爷这么说，我也是心烦意乱，不知该如何回答才好。但我还是按他的吩咐，马上派人去了趟韦瑟德律师的律所。当天下午三点整，律师亲自来了。'

"'他和老爷在房间里单独谈了一个多小时。然后，我被叫了进去。律师对我说，老爷希望我和另一位仆人见证他签署一份文件——那份文件当时就放在床头桌上。于是我叫来了车夫领班帕特·穆尼。在我们的见证下，老爷在文件上签了名。接着，韦瑟德律师把笔递给我，让我在老爷的签名下面写上自己的名字，帕特·穆尼也要这么做。签好名之后，他就让我们退下了。'

"第二天，殡仪馆的工作人员上门接收遗体，却在枕头下面发现了一张纸。管家约翰·奥尼尔也见证了这一幕。才瞥了一眼，他便意识到那就是自己前一天签过名的文件，便把它拿给了大少爷。

"在回答原告代理人沃尔特·希伯特的问题时，约翰不假思索地断言——他从殡仪馆工作人员手里接过那张纸之后，就带着它直奔大少爷的房间。

"'房间里只有大少爷一个人。我把纸递了过去。他一看就吃了一惊，却什么都没说。所以我也立刻退下了。'

"'你一口咬定那是你家老爷前一天签署的文件，可你凭什么断定那张纸就是当时的那份文件呢？'

"希伯特律师直截了当地抛出了这个问题。旁听者们听得聚精会神，大气都不敢出，而我也不禁探出身子，凝视证人的脸。

"'在我看来，那就是同一张纸。'

"证人的回答有些模棱两可。

"'那你看过那张纸的内容吗？'希伯特律师追问道。

"'当然没有！我怎么会随便看呢！'

"'那前一天呢？那时你看过吗？'

"'没有，我哪儿敢啊！我只是看着老爷签名罢了。'

"'那你是只凭纸张的外表，便认定了是同一张纸？'

"'反正在我看来就是同一张纸。'

"证人固执己见。说到这儿，你肯定也明白了。"

角落里的老人滔滔不绝说了这么多，此刻却显得格外起劲，他从大理石小桌的那边倾过身子，又继续往下讲："总而言之，莫雷·布鲁克斯的代理人的论点是，老布鲁克斯确实新立了一份遗嘱，却出于某种原因把它藏在了枕头底下。那份遗嘱按约翰·奥尼尔刚才讲述的经过落到了大儿子珀西瓦尔手里。大儿子销毁了那份遗嘱，换了一份伪造的遗嘱，把父亲的万贯家财全部留给了自己。这是一项非常大胆也非常严重的指控——毕竟，被指控的那位绅士虽然曾经年少轻狂放荡不羁，但早已浪子回头，成了爱尔兰上流社会举足轻重的人物。

"庭上所有人都被他们听到的内容吓破了胆。我周围也有不少人窃窃私语。总的来说，舆论似乎不太支持莫雷·布鲁克斯对他哥哥的大胆指控。

"然而，约翰·奥尼尔的证词还没有结束。原来沃尔特·希伯特律师还藏了一手。他又拿出了一张纸——正是珀西瓦尔·布鲁克斯办理了认证手续的那份遗嘱。他向约翰·奥尼尔展示了遗嘱，问他有没有印象。

"'当然有，'约翰回答得不假思索，'那就是殡仪馆的工作人员在我们家老爷的枕头底下发现的纸，我一拿到就把它送去了大少爷的房间。'

"接着，律师将折起来的纸展开，放在证人面前。

"'那我再问你一个问题，奥尼尔，这是你的签名吗？'

"约翰盯着那张纸看了一会儿，然后说了一句'抱歉'，从怀里掏出一副眼镜，小心翼翼地戴上，再仔仔细细打量那张纸。

"最后，他若有所思地摇了摇头，如此回答：

"'那好像不是我的签名。'说完，他又补充道：'乍一看确实像，但仔细一瞧就觉得不像了。'话音刚落，我就看到一种表情从珀西瓦尔·布鲁克斯脸上闪过。"

角落里的老人用温和的语气继续说道："我立刻就明白了。事发当天的争吵、突然发病的老布鲁克斯，还有伪造的遗嘱，我明白这一切到底是怎么回事了。没错，我看见了，看得清清楚楚！还有帕特里克·韦瑟德遇害之谜，也跟着都解开了。

"一旦搞清楚这些问题，我便是越想越觉得不可思议。线索明明白白摆在眼前，怎么一个个都察觉不到呢？诉讼双方都有学识渊博的律师协助，可他们愣是在争论、演讲和盘问证人上耗费了将近一个星期的时间，却总也无法得出最要紧的结论——打从一开始就显而易见，无论从哪个角度看都不存在其他可能性的结论。

"一言以蔽之，那份万众瞩目的遗嘱是伪造的——而且伪造得非常拙劣，非常荒唐。因为约翰·奥尼尔和帕特·穆尼这两位证人都断言纸上的签名并非自己所写。伪造者唯一模仿得比较成功的地方，就是老布鲁克斯的签名。

"这里牵涉到了一个奇妙的巧合。正是这个巧合，使伪造者得以迅速了事。也许是韦瑟德律师赶到后意识到委托人大限将至，想要节约时间，他没有起草格式与用词都很考究的常规遗嘱，而是采用了在任何一家文具店都能买到的现成表单。

"珀西瓦尔·布鲁克斯当然全面否认了对方的严重指控。他承认，管家在他父亲去世后的第二天早上给他送来了那份文件。他看了一眼之后，也确实非常惊讶，因为他发现那竟是父亲的遗嘱。但他表示，令他惊讶的绝非遗嘱的内容，因为他早已知晓父亲的意图。之所以吃惊，只是因为他认定父亲立好遗嘱之后会当场将它托付给韦瑟德律师罢了。毕竟长久以来，父亲的法律事务都是由韦瑟德律师负责的，立遗嘱的事情自然也少不了他的参与。

"'至于遗嘱上的签名，我只是粗略地看了一眼，'珀西瓦尔的语调自始至终非常冷静清晰，'我做梦都没想到，那些签名竟然是伪造的。我父亲的签名模仿得非常好，哪怕你们告诉我那是伪造的，我都难以置信。至于两位证人的签名，我就不好下定论了——因为我恐怕从没见过他们的签名。反正，我当时直接把文件拿给巴克斯顿先生与莫德先生看。这两位律师之前一直为我处理事务。他们向我保证，那份遗嘱是有效的，格式与用词都没有任何疏漏。'

"当被问及他为什么没有把遗嘱交给父亲的顾问律师时，他如此回答——

"'原因很简单。就在遗嘱来到我手中的半小时前，我在报上看到了帕特里克·韦瑟德律师在前一天晚上遇害的消息。我个人也不认识他们律所的初级合伙人希伯特律师。'

"之后，笔迹鉴定专家就死者的签名上台作证。虽然只是走个形式，但专家滔滔不绝讲了许久。证词的内容不仅没有与确定无疑的推论相抵触，反而进一步提升了它的可信度。于是法庭认定，一九〇八年二月一日订立的新遗嘱是伪造的，一八九一年订立的旧遗嘱才是合法有效的。莫雷·布鲁克斯成了唯一的遗嘱执行人。"

三

"两天后，警方申请了对珀西瓦尔·布鲁克斯的逮捕令。他因涉嫌伪造文书遭到了逮捕。

"后来，检察官正式提起公诉。这一回，被告聘请的仍是著名的皇家律师奥兰莫尔。我永远也忘不了一九〇八年十月的那一天。站在被告席上的珀西瓦尔泰然自若，仿佛他坚信自己的清白，全然没有考虑到法院有时也会误判。毕竟他是百万富翁之子，哪怕执行旧遗嘱，他依然可以分到相当可观的资产。想必他的许多朋友直到今天仍然清楚地记得他那从容不迫的模样。

"在当天的审理中，与老布鲁克斯的最后时刻和那份假遗嘱有关的所有证据都被重新过了一遍。公诉方认为，改写后的遗嘱对被告极度有利，其他人都被排除在受益人之外。由此可见，除了假遗嘱的受益人，没有任何人有伪造遗嘱的动机。

"听到公诉方逐一列举不利于自己的证据，饶是珀西瓦尔·布鲁克斯也不禁面色苍白。他有一双深凹的漂亮眼睛，极具爱尔兰风情。然而他的双眸之间，早已刻上了深深的皱纹。

"他时不时转向奥兰莫尔律师，与他轻声交换意见。律师的神情却十分冷静，可谓面不改色。

"你见过奥兰莫尔律师在法庭上的表现吗？真是太令人印象深刻了——他就像一个从狄更斯的小说里走出来的人。尽管他说起话来有浓重的爱尔兰口音，身材肥胖，脸也是圆滚滚的，却刮得干干净净，一双硕大的手也不总是一尘不染的——讽刺漫画家经常用这一点大做文章。

"这场令人难忘的庭审开始后，人们很快便发现，为了让法庭做出有利于委托人的裁决，这位律师准备了两张王牌。而且他运用了自己的所有技巧，将这两张王牌用到了极致。

"王牌之一是时间问题。约翰·奥尼尔在接受奥兰莫尔律师的盘问时毫不犹豫地表示，他是在上午十一点把遗嘱交给大少爷的。紧接着，著名的皇家律师把巴克斯顿律师请上了证人席。他就是在被告拿到遗嘱之后立刻接收了文件的律师。

"证人席上的巴克斯顿律师在国王街开设了律所，在业界以能力过人著称。他明确表示，珀西瓦尔·布鲁克斯在当天十一点四十五分来到了他的办公室。律所的两名工作人员也出庭作证，表示巴克斯顿律师给出的时间准确无误。奥兰莫尔律师据此主张，短短四十五分钟时间，不足以让珀西瓦尔·布鲁克斯前往文具店购买遗嘱表单，伪造起草了真遗嘱的韦瑟德律师的笔迹，再模仿亡父、约翰·奥尼尔和帕特·穆尼的签名。

"如果珀西瓦尔早有计划，做好了万全的准备，也反复练习过，那也不是完全不可行。更进一步讲，如果他有能力应付伪造遗嘱带来的一系列麻烦事，倒也未尝不可。然而站在常识的角度看，他恐怕没有那么大的本事。

"法官心里似乎还没有下定论。这位著名的皇家律师的辩护确实极大地动摇了法官对被告的印象，但这还不足以彻底洗清被告的嫌疑。不过律师还没有使出第二张王牌。他以堪比卓越编剧的技巧，将王牌留到了大戏即将落幕的时刻。

"他一直在仔细观察法官脸上的表情。而那模棱两可的表情，让他意识到自己的委托人还没有绝对安全。于是，他请出了压箱底的两位证人。

"其中之一名叫玛丽·沙利文，是菲茨威廉大厦的女仆。二月一日下午四点十五分，厨娘派她把护士吩咐厨房准备的热水送到老爷的房间去。她正要敲门，门却开了，韦瑟德律师走了出来。玛丽端着水盆停在门口。这时，律师转身望向房内，清清楚楚地说道：'您就放心吧。心态放平，保持冷静。您的遗嘱就在我的口袋里，无论如何都不可能改变，除您之外的任何人都不可能改写它——一个字都改不了。'

　　"当然，法庭是否认可女仆的证词是个非常微妙的问题，这也是法律的棘手之处。你看——她引用的是一个已经死去的人对另一个已经死去的人说的话，充其量不过是传闻证词罢了。毫无疑问，如果对方拿出有力的证据或证词与之对抗，玛丽·沙利文的证词就会变得一文不值。但是正如我先前所说，法官明显已经动摇了，不再认定被告有罪。而奥兰莫尔律师使出的最后一击，彻底瓦解了法官的疑虑。

　　"他使出了怎样的一击呢？他请出了穆里根医生。作为医生，他有无可置疑的权威，说他是都柏林医学界的第一人也毫不为过。而他的证词印证了玛丽·沙利文的证词。他在当天下午四点半第二次前往布鲁克斯家，并从患者口中得知律师刚离开不久。

　　"老布鲁克斯虽然非常虚弱，但他心态平和，很是镇定。虽然医生认为，他因突发的心脏病生命垂危，随时都有可能断气，但他的意识依然清晰，还能在痛苦的喘息间告诉医生：'我现在感觉轻松多了，医生……我立下了遗嘱……韦瑟德刚来过……他把遗嘱装在口袋里带走了……所以我可以放心了……谁都动不了了……'

　　"他的话到此为止，之后便再也没说出过一个字。咽气之前，两个儿子都来了，可老布鲁克斯几乎没认出他们，甚至没看他们一眼。"

四

　　"就是这么回事，你看，"角落里的老人总结道，"事已至此，诉讼的失败成了板上钉钉的事。但奥兰莫尔还要乘胜追击。遗嘱确实是伪造的，这一点千真万确。遗嘱是为了珀西瓦尔·布鲁克斯伪造的，只对他一个人有利——这也是不争的事实。

"那么珀西瓦尔有没有察觉到遗嘱是伪造的呢？莫非他明知那遗嘱是伪造的，却佯装不知？这一点并没有得到证明。而且据我所知，没有一项事实可以体现出珀西瓦尔知情。这些证据表明，单就'伪造'这一行为而言，他显然置身于离有罪最遥远的地方。你看——穆里根医生的证词是不可动摇的，玛丽·沙利文的证词同样坚不可摧。

"总而言之，有两位证人明确表示，老布鲁克斯在去世前不久新立的遗嘱是由韦瑟德律师保管的，他在四点十五分离开菲茨威廉大厦的时候带走了遗嘱。而当天下午五点，律师死在了菲尼克斯公园。但从下午四点十五分到晚上八点，珀西瓦尔·布鲁克斯没有离开过自家一步——这一点后来也被奥兰莫尔律师证明得一清二楚。因此第二天早上在老布鲁克斯枕头底下发现的遗嘱显然是后来伪造的遗嘱。那么他临死前立下，之后被韦瑟德塞进口袋带走的那份真的新遗嘱究竟上哪儿去了呢？"

"当然是被偷走了，"我说道，"就是那群杀害律师，把他扒了个干净的家伙。对他们来说，遗嘱一文不值。他们肯定把遗嘱撕碎扔了，免得警方通过遗嘱查到他们。"

"看来你认为律师的死只是个巧合？"角落里的老人起劲地反问道。

"您的意思是——"

"韦瑟德遇害被劫的时候，正是他口袋里揣着那份遗嘱的时候——也正是有人在伪造另一份遗嘱的时候。这会是巧合吗？"

"听您这么一说，确实有些蹊跷——如果是巧合，那未免也太巧了。"我沉思着说道。

"没错，太巧了，"他带着尖刻的讽刺重复道，同时跟往常一样，用那骨节分明的手指拨弄着那根绳子，"多么奇妙的巧合啊。你想想看，梳理一下整件事的经过。一位拥有庞大财富的老人。他有两个儿子。他溺爱其中的一个，跟另一个却势同水火，经常吵架。

"一天，他又跟儿子吵了起来，这场争吵比之前的任何一次都要激烈，都要不堪入耳。父亲终于被这一切弄得失望透顶，突发心脏病倒下了——说他是心碎而死也不为过。没过多久，他就更改了遗嘱。在他死后，人们发现了新遗嘱。谁知查了以后才发现，那份遗嘱是伪造的。

"事已至此，所有人——包括警方、媒体和公众，都会得出同一个结论。既然珀西瓦尔·布鲁克斯是假遗嘱的唯一受益者，那么伪造遗嘱的一定是他。"

"可是'找出犯罪的受益者'也是您的一贯主张啊。"我争辩道。

"哦？"

"珀西瓦尔·布鲁克斯分到了足足两百万英镑的财产啊！"

"不，他拿不到那么多钱。他得到的遗产，只有弟弟继承的份额的一半。"

"现在是这样没错，但那只是旧遗嘱里的规定啊——"

"然而那份新遗嘱伪造得太过拙劣了，签名一看就是假的。也就是说，人们会立刻发现那遗嘱是伪造的。你就不觉得这有什么问题吗？"

"是很奇怪，可是——"

"没有什么'可是'，"他打断了我，"从一开始，我就觉得整件事跟白昼一样清清楚楚。听着，那天的父子口角——从结果看，正是这场争吵要了老布鲁克斯的命——并非如大家所想，发生在父亲与大儿子之间。争吵的对象，其实是故人视若珍宝、信赖有加的小儿子。你还记得约翰·奥尼尔听到的那些字眼吗？——老布鲁克斯骂对方是'骗子'，还说了'竟敢骗他'，对吧？

"珀西瓦尔·布鲁克斯从未欺骗过他的父亲。每个人都把他的放荡看在眼里。而小儿子莫雷总是表现得规规矩矩，一味讨好父亲，阿谀奉承。然而和大多数伪君子一样，他的恶行终于败露了。也许是因为赌博，也可能是因为牵涉到女人的丑闻，总之他背上了一笔巨额的债务——具体多少钱我就不知道了——作为绅士，他当然不能赖账。而且这件事突然传到了父亲的耳朵里。你就不觉得，这才是在他生命中的最后一天导致了那场激烈争吵的原因吗？

　　"你应该还记得，是珀西瓦尔一直陪着病倒的父亲，也是他把父亲抬去了卧室。在那个漫长而痛苦的日子里，在父亲奄奄一息的时候，莫雷到底身在何处？——那个被父亲百般溺爱，捧在手心里的小儿子呢？没有一个人在证词里提到，家里乱作一团的时候，莫雷是在家的。但他很清楚自己惹恼了父亲，也料到了父亲会改写遗嘱，让他身无分文。他知道韦瑟德律师被请来了，也知道律师在四点过后不久离开了他们家。

　　"之后的事情可以充分体现出他的精明。他埋伏在公园，看准机会用棍子猛击韦瑟德律师，将其杀害，夺走了新遗嘱。但他不能彻底销毁它。因为，也许有其他证人知道老布鲁克斯立了一份新遗嘱——好比韦瑟德律师的合伙人，律所的工作人员，或者菲茨威廉大厦忠实的仆人们。这就意味着在老人死后，必须有一份新遗嘱出现才行。

　　"话虽如此，莫雷·布鲁克斯并不擅长伪造文书。那可是一项高难度的技术，需要多年的钻研才能掌握。就算他伪造一份新遗嘱，也会立刻露出马脚——没错，露出马脚是必然的结果。

　　"那么，如果打从一开始就做得明显一点，让人一看就知道它是假的呢？伪造的遗嘱不需要太精巧。等造假的事情败露，法院正式认定它是假遗嘱后，一八九一年订立的旧遗嘱——也就是对这位毒辣的青年极为有利的那份遗嘱就成了合法有效的遗嘱。

　　"莫雷之所以伪造一份显而易见的假遗嘱，又在遗嘱上写下极其有利于哥哥珀西瓦尔的内容，究竟是出于对哥哥的恶意，还是格外的谨慎所致？事到如今，也没人说得清楚了。

"不管怎么说，这才是他巧妙至极的犯罪计划中最为高明而恶毒的一笔。能想到这样的坏点子着实不易，但执行的难度并不高。他有几个小时的时间来布局，入夜后把假遗嘱塞到死者的枕头下也不费吹灰之力。毕竟莫雷·布鲁克斯这样的人本就不会对这种亵渎神灵的行为抱有畏惧之心。

"之后的事情，想必你也有所耳闻——"

"那珀西瓦尔·布鲁克斯后来怎么样了？"

"陪审团判他'无罪'。因为本就不存在任何能证明他有罪的证据。"

"可遗产呢？那个无赖不会还独占着遗产吧？"

"那是当然。他确实逍遥了一阵子。但在三个多月前，他突然死了，而且没有提前订立遗嘱。到头来，他的哥哥珀西瓦尔还是继承了所有生意。如果你有机会去都柏林，一定要试试布氏父子牌培根。我保证，味道相当不错。"

逃出十三号牢房

杰克 · 福翠尔 | Jacques Futrelle

（1875.4.9—1912.4.15）

本作是福翠尔的短篇小说代表作，构思精妙。"福翠尔"是
个听起来像法国人的姓氏，但杰克·福翠尔是纯正的美国人，
其最知名的作品是以"思考机器"凡杜森博士为主角的系
列短篇小说。本作出自 1907 年汇编成书的《思考机器》（*The
Thinking Machine*）。1912 年，作者在那艘著名的泰坦尼克号
上不幸遇难，为他的一生画上了极富戏剧性的句号。如果
他没有英年早逝，不知能写就多么出色的作品，后世的评
论家也为此深感痛惜。

——乱步评

一

"奥古斯都 · S. F. X. 凡杜森[1]"这个本名已是冗长到诡异，用上了
二十六个字母中的一半。再加上他作为科学家取得了种种辉煌的成就，
于是在此过程中，剩下的那些字母也以头衔的形式附加在他身上。最
终，他的称呼变成了一连串的头衔，长到了把二十六个字母都用上还

1　英文原名为 Augustus S. F. X. Van Dusen。

不够的地步。他是 Ph.D.（哲学博士）、LL.D.（法学博士）、F.R.S.（皇家学会会员）、M.D.（医学博士）和 M.D.S（牙科硕士）。不仅如此，他的学识还得到了各国大学与学会的认可，于是又冒出了一堆连他自己都搞不清楚的头衔。

令人惊讶的不仅仅是他的头衔，他的外表同样与众不同。他总是将消瘦的身子微微前倾，顶着一张避世学究所特有的苍白脸庞，胡须永远刮得干干净净。在厚重的镜片之后，是一双碧蓝的眸子。他总是眯着眼睛，透过眼睑的缝隙射出尖针般的视线，似是在打量某种微小的物体——眼睛上方的特征更是异样，那是宽得教人咋舌的额头，无论是高度还是宽度，都能让每一个见到他的人瞠目结舌。再往上看去，则是一头浓密而蓬乱的黄发。无论从哪个角度看，这些特征都能体现出他是一个奇特到怪诞的人。

凡杜森教授有德国血统，祖上都是科学家，因此生出他这样一位称得上科学精粹的人也绝非偶然。在他将近半个世纪的生涯中，他已将整整三十五年的时间用在了证明"二加二永远都等于四"这个命题上。为了实现这一目的，他将祖祖辈辈积累起来的科学能力运用到了极致。难怪只有八号的帽子才能套上凡杜森教授的脑袋。

世人送了他一个雅号，"思考机器"。最先喊出这个雅号的是一家报社。事情要从一场国际象棋大赛说起。开赛前，他傲然宣称：只要能有效运用逻辑思维能力，哪怕是从没下过象棋的人，都能轻而易举地击败一个毕生致力研究棋局的专业棋手。而在那场大赛中，他也确实证明了这一点。思考机器！也许和其他众多头衔相比，这四个字更能直截了当地概括他的特质。他总会把自己关在朴实无华的研究室里，一关就是好几个星期，甚至好几个月，日夜沉浸在思考之中，然后突然推门而出，发表震撼学界乃至全世界的惊人成果。

所以来拜访他的客人寥寥无几，声名显赫的科学家查尔斯·兰索姆博士和阿尔弗雷德·菲尔丁先生便是其中之二。那天，两人也在傍晚时分一齐来访，围绕某个科学理论与思考机器开怀畅谈。谈话的内容与故事并无直接关系，略过不表。聊着聊着，话题偏向了意料之外的方向。

谈话期间，兰索姆博士坚持主张：

"这是绝对不可能的！"

"没有什么是不可能的，"思考机器的语气同样斩钉截铁，甚至带了几分火气，"精神高于物质。思考能力能主宰一切。当我们的科学充分认识到自己与生俱来的能力时，定能实现长足的进步。"

"那飞船呢？"

兰索姆博士问道。

"这有何难，"思考机器断言道，"在不远的未来，它就会被发明出来。只要我想做，也能毫不费力地做出来，只是我太忙了，没工夫搞罢了。"

兰索姆博士落落大方地笑了。

"你就爱说这种话，但那都是毫无意义的胡话。也许在理论层面，精神确实能主宰物质，但是如何把精神运用在现实就是另一码事了。你找到合适的方法了吗？任你如何绞尽脑汁思考，都不可能让物质消失不见。哪怕将百万人的思考汇集在一起，主宰物质也只是荒唐的空想罢了。"

"比如？"

思考机器用挑衅的口吻问道。兰索姆博士吐出一口烟，沉思片刻后回答：

"嗯……比如说监狱的墙壁。一旦被关进牢房，任你如何调动思考能力都不可能脱身。如果逃得出去，'囚犯'这个概念岂不是完全失去了意义？"

"但我依然认为，只要把头脑用到极致，越狱便轻而易举。"

思考机器明确断言。兰索姆博士似乎对这个问题产生了些许兴趣，探出身子说道：

"假设有个死刑犯被关在了牢房里。死期将至。在这种恐惧的驱使下，他定会想方设法越狱，不惜采取各种粗暴的手段。你的意思是，如果你是那个死刑犯，也能成功脱身吗？"

"当然。"

思考机器斩钉截铁。

"要是把牢房炸开，"菲尔丁先生第一次在两人的对话中插嘴，"那肯定是能逃出来的，可囚犯哪来的炸药啊。"

"根本不需要采取如此野蛮的手段！你们大可像对待死刑犯那样把我关起来。我定会成功越狱给你们看。"

"带着越狱工具进牢房可不行。"

思考机器显然有些恼火，碧眼猛然一亮。

"你们可以随时把我关进任意一座监狱的任何一间牢房。我保证在一星期以内逃出去。"

他犀利地断言道。兰索姆博士也激动地坐直了身子。菲尔丁先生又点了一支雪茄。

"你是说，你真能靠思考越狱？"兰索姆博士问道。

"没错。"这便是思考机器的回答。

"你是认真的吗？"

"那是当然。"

兰索姆博士和菲尔丁先生沉默了许久。

"你真想试试吗？"菲尔丁先生问了最后一遍。

"当然，"凡杜森教授用略带讽刺的口吻说道，"我曾为了让别人相信某个真理，做过比这更无聊的事情。"

语气中充满挑衅。双方之间产生了某种近似于愤怒的紧张气氛。自不用说，这是一个荒唐的玩笑，凡杜森教授却对他的主张异常执着。实验就这么说定了。

"那就立刻开始吧。"兰索姆博士补充道。

"我更希望从明天开始，因为——"思考机器说道。

"不，还是立刻开始为好，"连菲尔丁先生都插嘴道，"我们要在朋友们得知你被'逮捕'的消息之前、在你还没来得及联系任何人之前把你关进牢房。你会享受到和死刑犯一样的待遇和监视。你没意见吧？"

"没问题。那就照你们说的办吧。"

说着，思考机器站起身来。

"你会被关在奇肖姆监狱。"

"奇肖姆监狱的死牢吗？"

"你准备穿什么去？"

"尽量轻装上阵吧。鞋袜、裤子和衬衫——差不多就这些。"

"我们可是要搜身的。"

"按正常囚犯的流程来吧。太严格倒也不必，但也不用打折扣。"

在正式开展实验之前，当然还需要征得典狱长的许可。不过三位当事人在学界都是有头有脸的大人物，用电话打声招呼就足够了，尽管监狱长官们得知这场实验的目的是探讨某个纯科学问题时显得十分困惑。恐怕凡杜森教授将是他们监狱有史以来最杰出的囚犯。

思考机器换上他准备在关押期间穿的衣物后，唤来一个身材矮小的大娘。那是他的女仆兼厨娘。

"玛莎，现在刚好是九点二十七分。我要临时出一趟远门，一星期后回来。那天晚上九点半的时候，我要和几位先生在这里共进晚餐，记得准备好。你知道兰索姆博士爱吃什么菜吧？"

接着，三人前往奇肖姆监狱。因为提前打电话联系过，典狱长已恭候多时。他只知道著名的凡杜森教授将成为他的囚犯，被关押一个星期。虽然教授没有犯罪，但在关押期间，监狱要像对待其他囚犯那样对待他。

"搜身。"

兰索姆博士一声令下。思考机器的全身被搜了个遍，但没有找到任何可疑物品。裤子的口袋是空的，白衬衫甚至没有口袋。鞋袜也一一脱下，仔细检查后再让他穿上。搜身期间，凡杜森教授老老实实，规规矩矩。孩童般的身子，看着就很虚弱——苍白的脸，纤弱的胳膊——看着看着，兰索姆博士竟产生了些许后悔，也不知是怎么了。他感觉到，自己开启了一个不得了的实验。

"没问题吧？你真要试？"

"如果我不试一下，你们就不会接受我的意见，不是吗？"思考机器反问道。

"当然不会。"

"那我就做给你们看。"

他的语气足以冲散兰索姆博士片刻前产生的同情心。一定要将实验进行到底——博士对教授那傲慢的自尊心产生了激烈的抵触。

"入狱后，他将不可能与外界的任何人取得联系，是吧？"

"那是当然，"典狱长回答道，"连通信都是严令禁止的。"

"那狱卒应该也不会帮他递纸条吧？"

"绝对不会，不管是直接还是间接，这一点您大可放心。狱卒会把囚犯说过的话逐一汇报给我，提供给囚犯的任何物品都会被交到我手里。"

"那就好。"

菲尔丁先生心满意足道。他对这次实验十分起劲。

"戒备如此森严，他肯定是无法脱身的。不过等实验结束，我提出要求后，还请立刻将他释放。"

"没问题。"典狱长回答。

思考机器默默听着他们的问答，直到这时才插了一句：

"我有三个小要求，不知可否满足？当然，答不答应都由你们——"

"特殊要求可不行。"菲尔丁先生提醒道。

"没那么夸张。首先，我想要些牙粉。如果你们担心东西有问题，可以仔细检查后再拿给我。然后，我还想要一张五美元的钞票和两张十美元的钞票。"

兰索姆博士、菲尔丁先生和典狱长惊讶地交换了一下眼神。牙粉暂且不论，可监狱里哪里用得上现金呢？

"在他能接触到的人里，有能用二十五美元买通的人吗？"兰索姆博士问典狱长。

"您就别说笑了，两千五百美元都没用。"

典狱长愤然作答。

"那就给他吧，完全没问题。"菲尔丁先生如此说道。

"第三个要求是什么？"兰索姆博士问道。

"希望时不时有人帮我把鞋擦亮。"

这句话着实出乎意料，三人再次面面相觑。最后一个要求是最荒唐的，但也没什么危险，所以他们同意了。于是，思考机器被关进了实验的舞台——死牢。他要做的，就是逃出那间牢房。

"这里是十三号牢房，"典狱长在铺着钢板的走廊的第三扇门前停下，"是我们关押死刑犯的地方。没有我的允许，囚犯不得出门一步，与外界的联系也会被完全切断。关于这一点，我敢用我的名誉担保。而且这间牢房与我的办公室只隔着三道门，哪怕有异常情况发生，我也会立刻发现。"

"呵……各位觉得这间牢房关得住我吗？"

思考机器的声音依然透着讽刺。

"足够了。"

典狱长如此回答。

伴随着嘎吱的响声，沉重的铁门被推开了。一阵细碎的响动传来。思考机器迈着活力十足的步子走进阴暗的牢房。牢门被立刻关上，典狱长亲手上了两道锁。

"刚才的声响是怎么回事？"

兰索姆博士隔着门闩问道。

"老鼠——还不少呢。"思考机器淡淡地回答道。

三个人道了晚安，正要转身离开时，牢中传出了思考机器的声音。

"典狱长，可否告知现在的准确时间？"

"十一点十七分。"典狱长回答道。

"哦，那么请三位在一周后的晚上八点半在典狱长办公室等我吧。到时候，我自会现身——"

"万一你食言了呢？"

"对我而言，这种万一是不可能发生的。"

二

奇肖姆监狱是一座宏伟的建筑。广阔的园区中央，矗立着花岗岩结构的四层大楼，朝四个方向展开它的巨翼。园区周围设有十八英尺高的牢固石墙，无论内外，表面都非常光滑，再专业的攀爬者都找不到地方下脚。为保险起见，围墙顶端还插着一排五英尺长的尖头铁杆。这便是隔开自由世界与监狱的壁垒。即使囚犯能顺利逃出牢房，也不可能翻过这道墙。

监狱大楼与围墙之间设有二十五英尺宽的院子，四面皆有。那是允许在户外活动的囚犯散步的地方，但关在十三号牢房的凶恶罪犯当然是去不了的。无论昼夜，院子里都有武装警卫看守，东西南北各部署一人，负责沿大楼外壁巡逻。

到了晚上，院子里也是灯火通明，简直与白昼无异。因为大楼四面均设有巨大的弧光灯，装在足以俯瞰石墙的高度。警卫们能借助灯光看清园区内的一草一木，灯光也照亮了石墙顶端的尖头铁杆。给弧光灯供电的电线沿着大楼外壁向上延伸，经过多个白色的绝缘子来到顶层，再沿着伸出来的灯柱抵达弧光灯。

这一切都被思考机器透过牢房的窗口看在眼里。由于窗户设在墙面的高处，嵌有细密的铁条，要想看到窗外的情况，就必须站在床上。即便如此，他还是在第二天早上完成了入狱后的第一项工作，充分掌握了园区内的情况。与此同时，他还通过不远处传来的汽船马达声与不时飞上蓝天的水鸟扑扇翅膀的声音了解到，石墙外有一条相当宽大的河。同一个方向还传来了孩子们玩耍的喊声，其中混杂着球杆与球碰撞的声响。他立刻意识到，河与监狱围墙之间有一片相当大的空地，成了孩子们的球场。

奇肖姆监狱拥有完美的防越狱设施。思考机器躺在床上分析其所见，思考其背后的缘由。石墙建于二十多年前，但依然坚固。牢房的窗户也装着新换的铁条，没有一丝锈迹。而且窗户本就很小，哪怕没有铁条，成年男子恐怕也得费一番工夫才能钻出去。

不过思考机器并没有气馁，反而愈发泰然自若了。他打量着青天白日下的巨大弧光灯，用眼睛描摹电线沿大楼外壁爬行的路线。据他推测，那条电线定是沿着离这间牢房不远的墙面抵达地面的。这确实是一项值得记下的发现。

根据典狱长昨天说过的话，不难猜出十三号牢房与典狱长、狱卒的办公室都在同一层楼——也就是说，这间牢房不在地下，也不可能在太高的楼层。从正门到典狱长的办公室所在的走廊，他只上了几级台阶。因此这间牢房距离地面也不过三四英尺而已。他看不到窗户正下方的地面，但能看到院子之后、石墙周边的地面。根据窗户的高度，可知若能突破窗户，跳到地面就是轻而易举的事情。好极了。

接着，思考机器开始回忆自己来到这间牢房的过程。首先是门卫的岗亭。它是石墙的一部分，设有威风凛凛的钢门，还上了两道沉甸甸的门闩。这道门时刻有人把守，进出都需要门卫取钥匙开门，每次只允许一人出入。典狱长办公室自然在监狱大楼里。要想从正门前往那间办公室，必须经过一扇只有一个窥视孔的牢固铁门。若要前往十三号牢房，还需要通过走廊上的一道厚重木门与两道铁门。牢房门上的两道锁也与这一系列的防范设备遥相呼应。

无须思考机器细细计算，便知从十三号牢房到外面的自由世界，他需要突破七道关卡。不过此刻的他与世隔绝，倒是能避免多余的烦扰。早上六点，狱卒带着餐食出现在牢房门口。除此之外，他还会在正午与傍晚六点前来送餐。然后便是晚上九点的一次检查。除此之外，囚犯与外界没有任何交流。

"你们监狱的制度设计得着实不错，"思考机器不禁佩服道，"等实验结束了，我得好好研究一下。我从没见过运营得如此井井有条的监狱。"

牢房里的东西少得可怜，煞风景极了。只有一张孤零零的铁床。它十分牢固，无法拆下任何一个部分，除非用榔头或锉刀。他当然也没有这样的工具。除此之外，牢房中没有桌椅，也没有空罐与碎陶片，什么都没有！用餐时，狱卒会守在旁边。一旦用餐完毕，他便会收走木碗与勺子，迅速离开。

思考机器将这些事实逐一输入大脑。完成这项工作之后，他起身对牢房进行了调查。从房顶开始，沿着四面的墙壁，仔细检查石块和固定石块的水泥。接着，他用双脚踩了踩地面，发现地面也是用水泥浇筑而成的，非常坚固。调查结束后，思考机器奥古斯都·S.F.X.凡杜森坐在铁床边上，久久地沉浸在冥想之中。他似乎已经有了思路。

冥想被一只老鼠打断了。起初，老鼠只是在他脚边窜来窜去。谁知片刻后，它似乎是被自己的大胆行为吓到了，窜回了牢房的阴暗角落。思考机器盯着那片黑暗看了一会儿。随着眼睛逐渐适应黑暗，他发现刚逃走的小家伙正瞪着滚圆的眼睛看着他。定睛一瞧，老鼠竟不止一只。细数下来，黑暗中竟有六双小眼珠子炯炯发光。似乎还不止这几只，但他看不太清楚。

牢门与地面之间有一条两英寸左右的缝隙。思考机器斜眼瞄着那条缝，猛然冲向小眼珠闪着光的角落。小细腿踩出慌乱逃跑的脚步声，还有咬牙切齿的吱吱声传来，好不刺耳……然后，一切重归寂静。

没有一只老鼠从牢门的缝隙逃跑。但此时此刻，牢房里不见一只老鼠。由此可见，牢房里定有一条供老鼠出入的通道。思考机器手脚并用，趴在地上，用修长的手指在黑暗中摸索起来。

他的努力很快便收获了回报。只见角落里的墙壁上，在和水泥地板差不多高的位置，有一个和一美元银币差不多大的圆形洞口。就是它！这就是老鼠的通道。他把手指伸进去探了探，发现洞口似乎接着一条已被废弃的排水管。

这项发现暂时满足了他。他又在床上躺了一个多小时，然后以墙上的小窗为中心开展了又一波调查。透过窗户望出去的时候，院子里的一名警卫刚好背靠石墙，盯着他所在的方向。但这位极负盛名的科学家丝毫不以为意。

正午时分，狱卒又来送餐了。思考机器平时就不太讲究吃食，所以吃监狱的粗茶淡饭也不觉得有多痛苦。在他进餐期间，狱卒照例站在走廊把守。思考机器用很是随意的口吻说道：

"这座监狱近几年有没有装修过？"

"没有大修过，也就四年前翻新了石墙——"

"没动过这栋监狱大楼吗？"

"外壁重新粉刷过了。还换了排水设备，大概是七年前吧。"

"果然啊！"因犯说道，"顺便问一句，那条河离这儿有多远？"

"大约三百英尺吧。石墙与河之间的空地成了孩子们的球场。"

思考机器没有再问下去。但狱卒正要走的时候，他要求对方送些水来。

"在这儿待着，总觉得口渴难耐。可否帮我打些水在碗里送过来？"

"我去请示一下典狱长。"

大约半小时后，他端来一个装着水的小陶碗。

"典狱长准许你留着这个碗，但你必须在我前来检查时把它给我看。如果它被打碎了，我们绝不会提供第二个。"

"多谢，我会小心轻放的。"

狱卒离开十三号牢房，继续履行他的职责。思考机器似乎想继续发问，但临时改了主意，没再多言。两小时后，同一位狱卒在经过十三号牢房门口时听到了从门后传来的怪声。可他一靠近，怪声便戛然而止，仿佛对方听到了他的脚步声。他通过牢门上的监视窗悄悄望去，只见思考机器匍匐在地，在牢房的一角动来动去，带出一片尖锐的吱吱声。狱卒饶有兴趣地瞧着。

"总算逮到了！"

"逮到什么了？"

"老鼠啊，你瞧！"

在科学家修长的手指之间，有一只不住挣扎的灰色小老鼠。囚犯站起身，将它拿到箭矢般射入牢房的阳光下细细打量。

"是只水老鼠。"

"再无聊也没必要用抓老鼠打发时间吧。就不能干点别的吗——"

"放任这些东西在牢房中横行有损监狱的名誉，还是赶紧消灭为好。还有几十只呢。"

狱卒接过那只不住尖叫、扭动不止的水老鼠，将它猛摔在地上。一声惨叫之后，它便不再动弹了。事后，狱卒把这件事详细汇报给了典狱长。典狱长一笑了之。

同一天下午的日落时分，在院子里巡逻的武装警卫又一次在十三号牢房的窗口看到了囚犯的脸。只见他将一只手伸出铁窗动了动，某个白色的东西飘然落地。冲过去一看，是一小卷亚麻布，显然是从衬衫上撕下来的，上面系着一张五美元的钞票。警卫抬头望向窗户，但囚犯的脸已经不见了。

警卫阴笑着把布卷和五美元纸钞拿去典狱长办公室。两人一同解读起了用某种奇怪的墨水写在布卷表面的暗号状文字。字迹有多处模糊不清，乍一看写着：

请将此物交给查尔斯·兰索姆博士

典狱长扑哧一笑。

"一号越狱计划胎死腹中了啊，"说到这儿，他思索了片刻，"可他为什么要找兰索姆博士呢？"

"先不管这个，长官，您说他是从哪儿弄来的笔墨啊？"警卫一脸讶异地问道。

两人面面相觑。他们并没有解开这个谜团的办法。警卫仔细检查了布卷，却只能摇头。

"罢了，看看他想对兰索姆博士说什么吧。"

警卫带着疑惑不解的神情展开布卷。上面写着这样一行字：

Epa cseot d'net niiy awe htto n'si sih. T

三

典狱长花了一个多小时破解密码，又花了足足半个小时琢磨他的囚犯为何要想办法送这样一封信给兰索姆博士——毕竟兰索姆博士正是把他关进牢房的人。狱卒也没闲着，一直在思考囚犯是从哪里搞到了笔墨。为此，他又翻来覆去检查了那块亚麻布。它确实是从衬衫上撕下来的，边缘并不齐整。

他虽能解释布的来源，却无论如何都想不明白囚犯是如何搞到了书写工具。而且，囚犯使用的书写工具既不是钢笔，也不是铅笔。那会是什么呢？狱卒也是一头雾水。不过思考机器是他负责的囚犯，如果囚犯试图通过向外界发送密信达到越狱的目的，他就有义务立刻阻止，就像对待其他囚犯那样——

典狱长姑且赶往十三号牢房。只见思考机器再一次匍匐在地，忙着对付老鼠。听到典狱长的脚步声，他急忙回头仰望。

"这些老鼠真是太让人头疼了，足有几十只！"

"其他囚犯都能忍。先别抓老鼠了，请你站起来，换一件衣服。我另外拿了一件过来。"

"为什么要换衣服？"

思考机器有点慌张。句尾明显在颤抖，难掩狼狈之色。

"我知道你想传字条给兰索姆博士，"典狱长严厉地说道，"我绝不容许自己监管的囚犯做出这种事。"

思考机器沉默片刻后说道：

"好吧，我遵命。"

典狱长露出带着奚落的笑。囚犯起身脱下衬衫，换上典狱长带来的条纹囚服。典狱长立刻拿起他脱下的衬衫，只见衣角确实有破损之处。与密信使用的布条一对比，裂口完全吻合。见状，思考机器用玩笑的口吻说道：

"啊哈，那位警卫果然把东西拿给你了。"

"那是当然，"典狱长得意洋洋地回答，"这下你的逃跑计划就彻底泡汤了。"

典狱长当着思考机器的面比对了布条与衬衫，确定囚犯只撕下了两块布。

"你是用什么写的？"

"查清这一点不是你的职责吗？"

思考机器很是不爽地说道。

典狱长本想严厉反驳，却硬是压住了火气，对牢房和囚犯进行了一番仔细的搜查。然而，他找不到任何可疑物品，连一根可能被用作笔的火柴或牙签都没找到。有可能用作墨水的东西也不见踪影。典狱长一脸疑惑地离开了十三号牢房，不过能确定亚麻布条出自囚犯的衬衫，他多多少少还是松了一口气。

"光是在衬衫上写两句暗号，显然是没法让他脱身的……"典狱长心满意足地喃喃道，将布条姑且收进了书桌的抽屉，"要是他这么容易就能走，我还不如赶紧辞职算了。"

入狱第三天，思考机器使出了公然贿赂的手段。当班的狱卒在正午时分送来了餐食。只见囚犯从装有铁条的牢门窗口探出头来，仿佛已等候许久。他开口问道：

"这座监狱的排水管是通向那条河的吧？"

"是的。"

"管子肯定很细吧？"

"你打什么鬼主意都没用，肯定没法顺着排水管爬过去。"

狱卒冷笑着回答道，然后便沉默不语，直到思考机器吃完。

"我虽然被关进了牢房，但并不是罪犯。你应该是知道的吧？"

"知道。"

"那你应该也知道，我随时都有权要求你们释放我吧？"

"对。"

"我本以为自己能轻易脱身的——"说到这里，囚犯将犀利的视线投向狱卒，"怎么样？要不要帮我越狱啊？我愿在事后重金酬谢。"

可当班的狱卒偏偏是个老实人。他大吃一惊，盯着囚犯瘦弱的身躯看了好一阵子，才发出由衷的叹息。

"监狱可不是你们这样的人能随随便便逃出去的地方啊。"

"帮帮我吧，有什么要求尽管提。"

囚犯几乎是在恳求。

"我拒绝。"

狱卒一口回绝。

"我愿意出五百美元。我可不是真的罪犯。"

"不。"

"一千？"

"不行。"

狱卒转身便逃，似是为了逃避囚犯的诱惑。离开门边时，他回头道："哪怕你给我一万，我也不能放你走。再说了，你要出去得穿过七道门，可我只有其中两道门的钥匙。"

自不用说，狱卒把事情的经过详细汇报给了典狱长。

"二号越狱计划也以失败告终。不过他竟然想到了贿赂，看来是走投无路了啊。"

典狱长快活地笑了。

傍晚六点多，送晚餐的狱卒在走廊上吓了一跳，不禁停下脚步。因为他分明听见十三号牢房里传出了钢铁与钢铁的刮擦声。对方似乎听见了他的脚步声，响声戛然而止。所幸牢房里的人无法看到走廊的情况，狱卒便原地踏步，装出走远的样子，同时竖起耳朵……透过牢门的铁条望去，只见思考机器正站在铁床上，对面朝院子的小窗上的铁条动手脚。他的手臂正在前后摆动，似是在用锉刀。

狱卒蹑手蹑脚地赶回典狱长办公室。典狱长闻讯后赶往十三号牢房，发现那可疑的刮擦声仍未停歇。典狱长听了一会儿，然后突然把头伸进牢门的窗口。

"你在干什么？"

床上的思考机器猛然回头，迅速跳到地上，不顾一切地想把手里的东西藏起来。典狱长走进牢房，右手一伸道："交出来。"

"不！"

囚犯不从。

"还不快交出来！我也不想再搜你的身。"

"不给。"

囚犯重复道。

"那到底是什么？——锉刀？"

思考机器低着头，抬眼偷瞄典狱长，脸上写满了失望。

"看来你的三号越狱计划也失败了，"典狱长发出源自肺腑的笑声，"真可怜，你选的这个法子着实不太明智。"

囚犯一言不发。

"搜他的身！"

典狱长一声令下，狱卒立刻动手。最终，他们在囚犯的裤腰带里发现了一块长约两英寸的钢片，一侧弯成半月形。

"是从鞋跟抠出来的吧。"

典狱长从狱卒手中接过那钢片，愉快地笑道。狱卒继续搜索，在裤腰带的另一侧又发现了一块一模一样的钢片。这一块白得发亮，看来囚犯就是用它锉的铁条。

"用这些东西是锉不断铁条的，哈哈哈……"

"不，锉得断。"思考机器依然嘴硬。

"锉上半年也许还有戏。"

典狱长再次哈哈大笑。

囚犯早已羞红了脸。

"你可以放弃这个计划了吧？"

"不，我的计划才刚刚开始。"

典狱长与狱卒顺便对牢房进行了详尽的搜查。两人一齐上阵，连床都翻了个底朝天，却什么都没找到。监狱长还亲自爬上床，检查了囚犯刚用工具锉过的窗口铁条。

"看来你锉得挺卖力啊，都发白了。"

听到这话，囚犯顿时垂头丧气。典狱长还用双手抓住铁条用力摇了摇，但它们一动不动，牢牢镶嵌在坚实的花岗岩墙壁上。不过他还是依次检查了每一根铁条，排除一切异常的可能。忙完这一通，他才心满意足地下了床。

"你就死了越狱的心吧，教授。"

思考机器却固执地摇了摇头。典狱长也没有多啰唆，带着狱卒走了。当他们的脚步声从走廊消失时，思考机器坐在床边，蜷起身子，双手抱头。

"他真是疯了。"狱卒对典狱长说道。

"再折腾也出不去。不过他到底是名震天下的学者，我倒是很好奇他想用那些暗号表达什么意思。"

第二天凌晨四点，一阵钻心刺骨的骇人惨叫打破了监狱的寂静。喊声似乎来自大楼中央周边的牢房，充满了战栗、痛苦、畏惧——教人毛骨悚然。典狱长惊得飞身跃起，带着三个狱卒穿过长廊，冲向十三号牢房。

四

半路上，骇人的喊声再次响起。不过这一次，喊声中带了几分啜泣，然后越来越细，最后消失。在面朝走廊的牢房，脸色煞白的囚犯纷纷探出头来。

"真能闹腾！肯定是十三号牢房的囚犯干的！"

典狱长怒不可遏。

一行人来到那间牢房跟前。一位狱卒把拿着提灯的手伸进门里，定睛一瞧，只见"十三号牢房的疯子"正仰面张嘴躺在床上，鼾声大作。喊声的源头并不是这里！就在典狱长等人探头张望的时候，刺耳的喊声再次在正上方响起。典狱长脸色铁青，转身冲上楼去。爬了两层，来到监狱大楼的顶层，才发现喊声是从十三号牢房正上方的四十三号牢房传出来的。探头一看，囚犯正蜷缩在牢房的角落。

"怎么回事？"

典狱长喝道。

"谢天谢地，你们总算来了，我终于得救了！"

囚犯扑向牢门。

"到底出什么事了？"

典狱长又问了一遍，同时走进牢房。囚犯一把抱住典狱长的腿。他吓得面色煞白，双眼大睁，抓着典狱长膝盖的手指冰凉无比。

"快带我离开这间牢房！我受不了了！求你们了！快带我出去吧！"

"你到底是怎么了？"

"我听到了一些声音——奇怪的声音……"

囚犯瑟瑟发抖道，带着惊恐的眼神环视牢房。

"你听到什么了？"

"我——我、我不能告诉你——"

囚犯支支吾吾，却又突然在恐惧的驱使下喊道："带我出去！求你们了！快给我换间牢房吧——"

典狱长和三名狱卒面面相觑。

"这人是谁？犯了什么事？"

典狱长问道。

"他叫约瑟夫·巴拉德，是个杀人犯。他往情妇脸上泼硫酸，把人弄死了。"

"罪名还没定呢！——警方还没法证明呢！快，快带我离开这里！"

他揪着典狱长不松手。典狱长没好气地甩开他，冷冷地俯视着他说道：

"我问你，巴拉德，你究竟听到了什么？老实交代！"

"你就饶了我吧，我不能说啊——"说到这儿，囚犯啜泣起来。

"声音从哪儿来的？"

"我也不知道，像是这边，又像是那边——可我清清楚楚听到了，亲耳听到了！"

"不知所云……是人的声音吗？"

"饶了我吧！别再问下去了——只要能让我离开这间牢房就行！"囚犯苦苦哀求。

"不，你必须回答，这是命令！给我老实交代！"典狱长毫不留情地说道。

"是声音，可——可实在不像是人的声音——"

说到这里，囚犯再次泣不成声。

"是声音，但又不是人的声音？"典狱长疑惑地重复道。

"嗯，听起来很闷——像是从远处传来的，鬼魂的声音——"囚犯磕磕巴巴地解释道。

"声音的源头是牢房的里面还是外面？"

"我也不确定……反正我就是亲耳听见了！"

典狱长仔仔细细审了将近一个小时，巴拉德却始终语焉不详。后来，他干脆闭口不言，一声不吭，只是恳求典狱长把他安排去另一间牢房，或者派一名狱卒在他身边守到天亮。然而，典狱长不仅没有满足他的要求，还下了最后通牒。

"听着，巴拉德！你要再敢大喊大叫，我就把你扔进禁闭室！"

撂下这句话，典狱长转身便走。而可怜的巴拉德只得抓着牢门的铁条，顶着一张因恐惧扭曲的脸，面朝走廊站到天亮。

这一天是凡杜森教授入狱后的第四天，接二连三发生了各种事件。他将那一天的大部分时间用在了隔窗远眺上，并故技重施，当着警卫的面扔下一块亚麻布。忠实的警卫连忙将它捡起，拿给典狱长。上面只写了一句话：

——只剩三天了。

典狱长对他读到的内容丝毫不感到惊讶。他认为思考机器是在虚张声势，言外之意：实验只剩三天了，我定会在此期间成功越狱。可那是天方夜谭。不过话说回来，这块布究竟是从哪儿来的？他仔细检查了布条。那是一块质地细腻的白布，显然是缝制衬衣的材料。他拿出前一天没收的衬衫比对了一下，除了写密信时撕下的部分，衬衫上并没有其他破损。可这块布分明和衬衫的用料一模一样。

"他——他究竟是从哪儿搞来了这块布？"一头雾水的典狱长咬牙切齿道。

那天傍晚时分，思考机器透过牢房的窗户跟院子里的武装警卫搭话。

"今天是几号？"

"十五号。"

思考机器在脑海中做了一番天文计算，确定月亮要今晚九点以后才会升起。然后他又问：

"弧光灯是谁在管啊？"

"从配电公司请的人。"

"你们监狱没雇个电工吗？"

"没有。"

"雇个专业技师反而更省钱哎。"

"这又不是我们说了算的。"警卫回答道。

那一天，思考机器的脸频频出现在牢房的窗口。但他总显得心神不宁，很是焦躁，厚重镜片后的眼睛里尽是焦虑。不过见的次数多了，警卫也就习惯了，没有格外留意。毕竟每个囚犯都会在入狱后不久萌生出对外界的渴望，时不时探头张望。

天色渐晚，警卫就要换班了。就在这时，教授的脑袋再次出现在窗口。只见他把手伸出铁条，一张纸飘落在地。警卫冲过去捡起来一看，是一张五美元的钞票。

"这是给你的。"

头顶的囚犯说道。

警卫照常把东西呈给典狱长。典狱长接过钞票，满腹狐疑地把它放在电灯下照了照。看来他已确定了方针，只要是从十三号牢房出来的东西，不管它是什么，都要先带着怀疑检查一番。

"他说那是给我的。"警卫解释道。

"大概是想给你小费。别客气，拿着吧。"

说到这儿，典狱长突然意识到哪里不对，陷入沉默——他记得思考机器进入十三号牢房时携带的现金只有两张十美元的钞票和一张五美元的钞票，总共二十五美元。那张五美元的钞票被绑在他从牢房窗口扔出来的第一块亚麻布上，此刻还在典狱长的书桌抽屉里。典狱长拿出来细细一瞧，确实是五美元的没错。可这里又出现了一张五美元的钞票。照理说，思考机器应该只剩两张十美元了啊……

"大概是有人帮他换了零钱吧。"

最后，典狱长只得用这样的呢喃自我宽慰。

不过话说回来，为什么一个囚犯能在他这个典狱长的眼皮底下随意书写密信、兑换零钱？简直岂有此理。他愤然下定决心，要彻查十三号牢房。怪事一桩接一桩，可见他负责的这座监狱也许存在某种根深蒂固的不法行为。晚上搞个突击检查好了，半夜三点——这应该是最合适的时间。

凌晨三点，典狱长蹑手蹑脚走向十三号牢房。他在门口停了下来，竖起耳朵听了一会儿。然而，除了囚犯富有规律的呼吸声，没有任何声音传来。他掏出钥匙，打开了两道门锁，然后走进牢房，把门锁好，再用提灯猛照床上的人。

如果典狱长是想让思考机器大吃一惊,那他的如意算盘就落空了。因为对方只是平静地抬起眉毛,伸手去摸放在枕边的眼镜,用沉稳的语气问道:

　　"谁啊?"

　　典狱长没有吭声,而是迅速展开了搜查,每一寸都不放过。于是,他找到了墙上那个临近地面的圆洞。他把粗大的手指伸进洞里,感觉指尖碰到了什么东西,掏出来放在提灯下一看——

　　"啊!"

　　典狱长一声大喊。那竟是一只老鼠——一只死老鼠。片刻前的疑念,仿佛在阳光下散开的雾气。但他没有气馁,继续搜索。思考机器一言不发地下了床,抬脚把老鼠踢出牢房。

　　典狱长爬到床上,检查了窗口的铁条,却没有查出任何问题。牢门的铁条也一样牢固。

　　接着,典狱长检查了囚犯的衣服和鞋子。里面什么也没藏。裤腰带也检查了,一切正常。然后是裤子的口袋。口袋里竟然有好几张钞票。

　　"五张一美元的!"

　　典狱长喘着气喊道。

　　"没错。"囚犯说道。

　　"可,这——你明明只有两张十美元的和一张五美元的——这到底是怎么回事?"

　　"这是我的秘密。"思考机器装模作样道。

　　"是狱卒帮你换的零钱?——请如实告诉我!"

　　思考机器沉默片刻后吐出两个字:"不是。"

　　"那你是怎么搞到这些钞票的?"典狱长无论如何都要问个清楚。

　　"这是我的秘密。"囚犯重复了一遍。

　　典狱长死死瞪着这位杰出的科学家。莫非他是在嘲弄自己?可典狱长无论如何都想不出他是如何做到的。如果他也成了被关在牢房里的囚犯，也许他也能不费吹灰之力地想到那个方法。也正因为如此，他才为自己无法查明真相烦躁不已。两人都瞪着对方，纹丝不动站了许久。突然，典狱长一个转身，走出牢房，狠狠关上牢门。看来他是一句话都不想跟教授多说了。

他看了看钟，现在是三点五十分。好不容易躺回床上，那撕心裂肺的喊声再次响彻监狱。典狱长狠狠咒骂了两三句，一跃而起，点上提灯，冲向顶层的牢房。

只见巴拉德整个人贴在牢门上，尖叫不止，直到典狱长用提灯照亮他身后的牢房。

"放我出去！求你们了！"囚犯再次尖叫起来，"是我干的，我招！是我杀了她！饶了我吧！别再折磨我了！"

"别再什么？"

典狱长问道。

"是我把硫酸泼在她脸上的——是我干的！我招！快带我出去——带我离开这里！"

真是惨不忍睹。典狱长起了恻隐之心，把他带到了走廊上。巴拉德就像一只走投无路的野兽，蜷缩在角落里，双手紧紧捂住耳朵。典狱长花了半个多小时才让他平静下来，开口讲述事情的来龙去脉。根据他语无伦次的叙述，他在四点不到的时候听到了不知从何处传来，却又骇人至极的声音，语气哀怨无比，犹如泣诉，仿佛来自墓地的呻吟。

"具体说了什么？"

"它一直在责问我，'酸——酸——酸'！"囚犯喘息着说道，"没错，酸！是我泼了硫酸，弄死了那个女人！"惊恐令他颤抖不止。

"酸？"

典狱长疑惑地应道。事情过于离奇，已然超出了他的理解范围。

"没错，酸——酸……翻来覆去都是那个字，重复了好几次。好像还说了别的，但我没听清……"

"那是昨晚的事吧？今晚又怎么了——你怎么会怕成这样？"

"都一样！今晚也是'酸——酸——酸！'……翻来覆去这个字……"巴拉德双手掩面，瑟瑟发抖，"我对她泼了硫酸，可我没想杀她啊！那个声音非要折磨我——不停地折磨我……"

说完这句话，他便咕哝起来，就此沉默。

"你就没听到别的吗？"

"听是听到了，可是听不清。只听到了———一两句。"

"说的什么？"

"重复了三次'酸'以后，呻吟似的声音持续了很久，再然后，我就听到了'八号的帽子'。"

"八号的帽子？那是什么鬼话？——八号？你良心的苛责，怎么会提到帽子的尺码！"

"他疯了。"

一名狱卒如此断言。

"我看也是。他肯定是疯了。他肯定是听到了什么，受到了惊吓。瞧他抖成那样——不过话说回来，八号帽子算怎么回事啊？"

五

思考机器入狱第五天的早晨终于来临。典狱长眼中忧色渐浓，因为他愈发担心事态的发展了。那位名震天下的囚犯似乎越来越起劲了，开始变着法子消遣自己。那天，囚犯又在警卫眼前扔下一块亚麻布——上面写着"只剩两天了"。与之前一样，他随"信"附上了五十美分。

典狱长刚去十三号牢房调查过，绝对错不了。那里没有笔墨，更没有亚麻布和五十美分的钞票。这不是什么理论，而是典狱长亲眼所见的事实。

又是"酸"，又是"八号帽子"的，巴拉德那怪谈一般的证词也在典狱长脑海中挥之不去。它们当然没有任何意义，不过是一个疯狂杀人犯的呓语。只是这所监狱从没发生过那么多怪事。而且所有的事情，都是从思考机器入狱后开始的。

第六天，典狱长收到了来自兰索姆博士和菲尔丁先生的信。信上说，如果凡杜森教授未能在明天（星期四）晚上之前成功越狱，他们便会如约来到奇肖姆监狱。

如果他没能成功越狱的话——典狱长暗暗冷笑。

可就在那一天，思考机器用第三封信再次震惊了典狱长。用的还是那种亚麻布条，上面写着"星期四晚上八点半 典狱长办公室见"。这是科学家在入狱当晚便说定了的。

第七天终于来临。当天下午巡逻时，典狱长特意在十三号牢房门前听了一会儿，瞧了瞧牢房里的情况。只见思考机器正躺在铁床上打着瞌睡。乍一看，牢房与平时别无二致。当时是四点，典狱长坚信，哪怕他有天大的本事，也绝不可能在八点半之前逃出那间牢房。

巡逻归来时，典狱长再次路过十三号牢房，传入耳中的依然是平稳的呼吸声。典狱长走到门边往里看。毕竟今天已经是最后一天了，对方却如此泰然自若，这反而令他毛骨悚然。

午后的阳光透过牢房高高的窗户射进来，落在教授的睡脸上。那是典狱长第一次清楚地看到他脸上的疲惫与憔悴。就在这时，思考机器翻了个身。典狱长匆匆离去。

当天傍晚六点多，典狱长叫来一个狱卒问道：

"十三号牢房可有异常？"

"没有，一切正常。不过他似乎没什么食欲。"

到了七点，兰索姆博士和菲尔丁先生如约而至。典狱长把两人带去自己的办公室，一路上难掩安心的神色，仿佛他刚刚顺利完成了某项重大任务。他将亚麻布条等物品拿给两位客人看，详细叙述这一个星期的煎熬。谁知他还没说完，负责河边那片院子的武装警卫急急忙忙冲了进来，告知典狱长：

"我责任区的弧光灯不亮了！"

"什么？灯不亮了？哪里出故障了？怎么又出问题了……实话告诉二位，自从他来了以后，我们监狱的怪事就没停过……"

警卫汇报完之后便回到了一片漆黑的院子。典狱长立刻打电话去配电公司：

"这里是奇肖姆监狱，弧光灯坏了，请立刻派人来修！"

对方答应后，典狱长放下听筒，赶往院子查看情况。兰索姆博士和菲尔丁先生留在办公室等候。就在这时，园区正门的门卫送来了一封快信。兰索姆博士一看到信封上写着的寄件人姓名便是一声惊呼。

"怎么了？"

菲尔丁先生吓了一跳，连忙问道。博士默默指了指那封信，菲尔丁先生接过来凝视了一番，说道：

"肯定是哪里搞错了。嗯，肯定是搞错了。"

典狱长回到办公室时已近八点。配电公司派来的电工们已经坐车赶来了，正忙着修理电灯。典狱长按铃呼叫了把守园区正门的门卫。

"来了几个电工？啊？四个？哦，三个穿连体裤和工作服的工人，外加一个监工？哼，礼服加丝质礼帽？呵……行吧。一会儿他们出门的时候要格外小心，听明白没有？"

接着，典狱长转向兰索姆博士和菲尔丁先生笑道：

"做我们这种工作的人，必须处处小心，尤其是牢房里有科学家的时候。"

他的语气中带着几分讽刺。然后，他拿起那封快信，打开了信封。

"请二位稍等一下，容我看看这封信。还有很多与本次实验有关的事情要跟你们汇报。"

他边说边看信。可看着看着，他突然瞠目结舌，一动不动地盯着那封信。

"怎么了？"菲尔丁先生问出了同样的问题。

"这封快信来自十三号牢房……是晚宴的请帖。"

"什么？"

两位科学家不约而同地站了起来。

典狱长还盯着那封信，茫然若失。片刻后，他探出头去，大声叫来一名狱卒。

"赶紧去十三号牢房看看！"

狱卒领命而去。兰索姆博士和菲尔丁先生则检查着那封信。

"这确实是凡杜森的笔迹。我们见过许多次，错不了。"

就在这时，门卫打来电话。

"什么？两位记者要见我？那就让他们进来吧。"他转向博士和菲尔丁先生，"请二位放心，越狱这种荒唐的事情在我们这里是不可能成功的。"

这时，狱卒回来了。

"一切正常，他老老实实睡在牢房里，人就躺在床上。"

"我就说嘛，"典狱长似乎松了口气，"可他是怎么寄出那封信的呢？"

就在这个时候，有人敲了敲隔开典狱长办公室和院子的铁门。

"肯定是门卫说的记者，让他们进来。"典狱长吩咐狱卒去开门，然后对两位绅士说道，"最好别在记者面前多嘴。"

门开了，两个男人走进办公室。

"晚上好，先生们。"

其中一人说道。典狱长认识这位记者，他叫哈钦森·哈奇。

"怎么样啊，诸位？"另一个开口说道，"我如约现身了。"

那人正是思考机器。

他眯起眼睛打量着典狱长，眼神中带着挑衅。典狱长惊得目瞪口呆，半晌说不出话来。兰索姆博士和菲尔丁先生没听完事情的来龙去脉，但同样惊愕异常。不过他们只是惊讶罢了，典狱长却像是被人砸了一闷棍，险些当场晕倒。唯独记者哈钦森·哈奇充分发挥了他的职业精神，用贪婪的目光注视着每个人的表情。

"为、为什么——你是怎么溜出来的？"典狱长喘息着问道。

"回了牢房再说吧。"

思考机器的语气与平时一样性急，科学界的同仁都很熟悉。

典狱长仍处于近乎恍惚的状态，照他说的带头走了出去。

来到十三号牢房跟前后，思考机器又下了一道命令。

"把灯打开。"

典狱长照他说的按下开关。牢房内一如往常，没有任何变化——思考机器分明和刚才一样躺在床上。那个人不是他还会是谁！这不是顶着一头黄发吗?！典狱长看了看自己身边的男人，又看了看床上的"思考机器"，还以为自己正置身于梦境之中。

他用颤抖的手打开牢门。思考机器快步走了进去。

"看清楚了！"

他边说边踢牢门底部的铁条，顿时踹开了其中的三根，剩下的一根则断成两半，滚落在走廊上。

"还有这里。"

接着，他爬上铁床，用手扫了一下窗口。窗口的铁条竟然全被他卸了下来。

"躺在床上的是谁？"典狱长问道。

"一顶假发。掀开被子看看吧。"

典狱长照做了。被子下面有一卷三十英尺长的粗绳、一把匕首、三把锉刀、十英尺长的电线、一把小而有力的钢钳、一把带柄的小锤——还有一把德林格手枪。

"这些东西是哪儿来的？"典狱长惊呼。

"我发过请帖了，请各位在九点半来我家用餐。别误了时间，走吧。"

"可你是怎么——"

典狱长还在嘟囔。

"这件事应该能让你认识到，别以为你能关住一个会动脑的人。走吧，要迟到了。"

六

凡杜森教授家的晚宴教人心神不宁，常有沉默降临。除了兰索姆博士、菲尔丁先生和典狱长，还多了一个哈钦森·哈奇。

晚宴在凡杜森教授一周前指定的时间开席，分秒不差。菜式也是按他之前吩咐准备的。菜都上齐之后，思考机器转身正对着兰索姆博士，投去犀利的视线。

"怎么样，兰索姆博士？这下你总能接受我的意见了吧？"

"确实。"

博士如实回答。

"你承认这是一场公正的实验吧？"

"我承认。"

博士也和典狱长等人一样，只想尽快听到教授的解释。

"希望你能解释一下越狱的方法。"

菲尔丁先生焦急难耐，开口问道。

"没错，快说说你是怎么做到的！"典狱长说道。

思考机器扶了扶眼镜，环视众人两三圈之后缓缓道来。他的叙述从一开始就极富逻辑，在场的所有人都听得十分投入，两眼放光。

"我的任务是只带着必要的衣物进入牢房，并在一周内越狱。在此之前，我从未去过奇肖姆监狱。进牢房前，我要求你们提供牙粉、两张十美元的钞票和一张五美元的钞票，以及帮我擦鞋。即使这些要求被拒绝，我也可以想其他办法，不会对我的计划造成本质性的影响。但你们都答应了。

"我就没指望牢房里会有我用得上的东西。所以在典狱长锁好牢门之后，使用这三样东西似乎成了我唯一能采取的手段。任何一个死刑犯提出那样的要求都会被批准的，不是吗？"

"提供牙粉、帮忙擦鞋当然没问题，但钞票就不好说了——"典狱长如此回答。

"看起来再无害的东西，只要到了头脑灵光的人手里，就会立刻化作危险的武器。"思考机器接着说道，"第一天晚上，我什么都没做，赶过老鼠就睡了。我也知道自己第一天晚上怕是什么都做不了，所以当晚就老老实实睡了，准备等第二天再说。你们以为我需要时间和外面的人安排越狱计划，其实不然。因为只要我想，我随时都能和任何一个人取得联系——"

典狱长呆呆地望着他，默默抽烟。

"第二天早上六点，我被吵醒了，狱卒送来了早餐。我通过那位狱卒得知，午餐是十二点，晚餐是六点。也就是说，我可以在两餐之间不受打扰地忙我的事情。

"用过早餐后，我立即通过牢房的窗口对院子开展了侦查。一看便知，即使我能通过窗口逃离牢房，也很难翻过那堵石墙。而我不仅要逃离牢房，还要逃离监狱本身。虽然以我的能力，也不是不可能翻墙而过，但那需要更长的时间来谋划。因此我暂时打消了走那条路越狱的想法。

"不过通过第一次观察，我了解到石墙外有一条河，河与石墙之间有一片空地，常有孩子在那里玩耍。我也通过警卫证实了这些猜测。这一点当然有必要纳入我的考量。要想不知不觉接近这座监狱，只有从那个方向突破才行。这一点非常重要。我将它牢记在心。

"不过牢房外最值得关注的东西是连接弧光灯的电线。电线离我那间牢房的窗口不过几英尺远，因此我可以在有必要让弧光灯熄灭时充分利用这一点。"

"你今晚用的就是这招吧？"

典狱长问道。

思考机器充耳不闻，继续说道：

"我先构思起了逃离监狱大楼的方法。我回想了一下自己是如何进入牢房的，细细琢磨将我与外界隔开的七道门。逐一通过这七道门绝非易事，所以我放弃了走原路越狱的念头。在坚实的花岗岩墙壁上开洞也很费事。这意味着，我必须想出一个石破天惊的法子来。"

思考机器停顿片刻。兰索姆博士又点了一支雪茄。沉默几分钟后，这位越狱科学家继续说道：

"就在我琢磨这些事情的时候，一只老鼠从我的脚边跑过。一看到它，我便有了新的灵感。牢房里总有五六只老鼠跑来窜去——我能在黑暗中看到它们炯炯发亮的小眼珠。而且，没有一只老鼠是从牢门下的缝隙进出的。这说明它们有另一条路可走。我试着吓唬它们，牢房里的老鼠全都不见了，一只都没剩下。牢房显然还有另一个出口。

"我很快就找到了那个出口。那是一条老旧的排水管，换了新的排水设备之后就没用过，里面堵满了尘土。老鼠走的就是排水管。这条管子的另一头在哪儿呢？照理说，排水管通常是通向监狱外面的，那么它的另一头很有可能在河边。这种管道很是结实，无论是铅管还是铁管，都不太可能中途出现破口。因此老鼠肯定是从管道的另一头钻进来的。

"狱卒来送午餐时，我在他毫不知情的情况下套出了两条重要线索：第一，监狱在七年前更换了排水设备，这条管道就是当时留下的旧设备；第二，河与我的距离不过三百英尺。从牢房到出口，管道必然是向河倾斜的。问题是，管道的另一头是在河里，还是在陆地上？

"搞清这个问题，便是我的下一项任务。我在牢房里抓了几只老鼠，成功找到了答案。见我忙着抓老鼠，狱卒们肯定都惊呆了。因为我至少抓了一打。我发现，那些老鼠的表面是干燥的，没有一只是湿漉漉的。也就是说，它们无须蹚水，就能钻进这根排水管。而且那不是家鼠，而是田鼠，因此它们必然来自室外。由此可见，排水管的另一头不在河里，而在陆地上。这是很有利用价值的发现。

"于是我决定，朝这个方向推进我的越狱计划。而我做的第一件事，就是把典狱长的注意力转移到别处去。"

典狱长的神情愈发沮丧，却还是认真听着。

"我想的第一个办法，就是让你误以为'我处心积虑想跟兰索姆博士取得联系'。我撕破衬衫，写了一封给博士的密信，还在上面绑了一张五美元的钞票，扔出窗外。我很清楚警卫捡到之后会把它交给典狱长。要是典狱长能按我写的，把密信交给博士，那就更美妙了。对了，典狱长，你还留着那封密信吗？"

典狱长拿出写有暗号的布条，同时问道：

"这到底是什么意思？"

"倒着念，从'T'这个署名开始，别管单词之间的空格。"

典狱长按思考机器说的，倒过来一看——

This is not the way I intend to escape.

（我不打算如此逃跑。）

"明白了吧？"思考机器说道，"如果你们绞尽脑汁破解了暗号，也只会读到相当犀利的讽刺。"

兰索姆博士仔细检查了布条，把它递给菲尔丁先生，同时问道："你是用什么写的？"

"这个。"

昔日的"囚犯"把脚一伸。此刻穿在他脚上的正是他入狱期间穿的那双鞋。只是鞋油被刮没了。

"用水化开的鞋油就是我的墨水。鞋带顶端的金属配件是相当好用的笔头。"

典狱长突然抬起头来，哈哈大笑。看来他是意识到自己的工作并无疏漏，顿感欣慰，又觉得整件事分外滑稽。

"你的脑袋真是绝了……然后呢？"

"我最开始的设想是，"思考机器面朝典狱长说道，"让典狱长尽快来搜查我的牢房。搜个两三次，却什么都没找到，是个人都不会再碰钉子的。而事情也正如我所料。"

典狱长顿时红了脸。

"当时，典狱长没收了我的衬衫，让我换上囚衣。他以为我只从衬衣撕下了用于第一封密信的两块布条。但在他搜查我的牢房时，我嘴里还含着一团大约九英寸见方的布，同样出自那件衬衫。"

"九英寸见方的布！你是从哪儿撕下来的？"

典狱长惊讶地问道。

"只要是质量过硬的白衬衫，胸口都会做成三层的。我撕下的正是衬里，仔细一查便知。但毕竟还剩了两层，乍一看确实发现不了。"

思考机器稍稍停顿了一下。典狱长露出尴尬的笑容，依次打量在场的每一个人。

"我通过这些烟幕弹，姑且把典狱长的注意力转移到了别处，这样便能专心构思越狱计划了，"凡杜森教授继续说道，"排水管通往墙外的空地。有很多孩子在空地玩耍。进出牢房的正是来自空地的老鼠——我手头有这么多材料，怎么会无法跟外界联系呢！不过，我还需要一条长长的、牢固的绳子。你们瞧，我用的就是这个。"

他拉起裤腿，只见两只袜子的顶端都不见了。那部分以纤细却牢固的蕾丝线织成。

"我拆起了袜子。动手一试，才发现难度也不是很高。我轻轻松

101

松拆出了一条四分之一英里长的线，强度也够用。

"接着，我取出先前藏起来的亚麻布，写了一封信。这封信写得相当费力。收信人就是这位绅士……"

他指了指一旁的哈钦森·哈奇。

"我坚信他会助我一臂之力，因为没有比这更有趣的新闻材料了。我把一张十美元的钞票牢牢绑在这封密信上，没有比这更能引人注意的方法了。我还在亚麻布上写了这么一段话。

"——请将此信交给《美国日报》记者哈钦森·哈奇，他将额外支付酬金十美元。

"下一步就是把这封信平安送去墙外的空地，让孩子们发现它。可行的方法有两个，我选择了最好的那个。

"首先，我抓了一只老鼠。我已然成了捕鼠专家，不费吹灰之力便抓到了。接着，我把亚麻布和钞票绑在了老鼠的一条腿上，再把我拆出来的那条蕾丝线绑在另一条腿上，然后把它赶进了排水管。老鼠天性胆小，定会冲去排水管的另一头，再迅速啃下亚麻布和钞票。

"然而从老鼠消失在排水管中的那一刻起，我便担心起来。仔细一想，失败的可能性也不是完全没有。虽然我攥着蕾丝线的另一头，可老鼠也许会在半路上咬断它。半路上遇到的其他老鼠也可能咬断丝线。就算老鼠跑出了排水管，也有可能把亚麻布和钞票留在没人看得到的地方。出错的可能性实在太多了，越想就越忧心。

"焦虑持续了一小会儿，但老鼠似乎一直在往下跑。眼看着手头的丝线只剩下几英尺长了，看来老鼠应该已经跑出管道了。只要那封信能到哈奇先生手里，后面的事情就不用担心了，我在信里都安排好了。问题是，他能顺利收到吗？

"除了等待，别无他法。考虑到这项计划有可能以失败告终，我还制订了另一套计划。通过试探狱卒，我得知自己和外界隔着七道门，而狱卒只有其中两道门的钥匙。

"然后，为了扰乱典狱长的心神，我决定采用心理战术。我从鞋跟抠出铁片，装出锉窗户铁条的样子。果不其然，典狱长大闹了一场，还抓住铁条摇了摇。见铁条依然牢固，他便放心了。殊不知——这种状态不会持续太久。"

典狱长再次苦笑。他都不记得"惊讶"二字该怎么写了。

"换言之，这一切也在我的计划之内。办完这些事之后，我要做的便是静候结果。我也不知道密信是顺利送到了，还是半路上被老鼠啃下来了，只能攥着联通外界的那条线，耐心等待。

"那天晚上，我彻夜未眠。因为哈奇先生一旦拿到那封信，就一定会抽动蕾丝线，发信号给我。正如我所料，到了三点多，我感觉到有人在排水管的另一头拉了拉。恐怕没有一个死刑犯能体会到我在那一刻的欣喜。"

凡杜森教授暂停片刻，转向记者说道：

"该你说了。你做了什么，还是由你自己讲述为好。"

"那就由我来吧——在空地打棒球的孩子给我送来了用亚麻布写成的密信。我意识到这会是一条大新闻，如约给了那孩子十美元。我准备了几卷丝线、粗捻线和细铁丝，让那个孩子带我去捡到密信的地方。

"等天黑之后，我打着手电，展开了搜索。排水管的另一头藏在杂草中，所以我费了好一番工夫才找到。那是一根相当粗的管子，嗯……大概有十二英寸宽吧。我发现管口露出了一截蕾丝线，便用力拉了拉。结果教授立刻就有了反应，也拉了拉。

"接着，我把带来的丝线固定在蕾丝线上，发出信号。另一头的教授立刻收线。我生怕那蕾丝线中途断裂，真是心惊肉跳。我把粗捻线系在丝线的尽头，又把铁丝系在了粗捻线的尽头。最终，我们通过排水管打造出了一条老鼠啃不断的联络线，联通了牢房与外界。"

这时，思考机器举起一只手，示意哈奇停下，自己接着往下讲。

"这些事都是暗中进行的。不过拿到铁丝的时候，饶是我也差点欢呼起来。

"然后，我们又进行了另一项实验，那就是把排水管用作通话管。可惜效果不太好，听不清楚。因为我不敢大声说话，怕被监狱里的其他人听见。历经波折，我终于让哈奇先生听明白了我想要的东西。要硝酸的时候格外费劲，天知道我重复了几遍'酸'字！

"就在这时，上方的一间牢房突然传出一阵惨叫。我心里一惊，意识到我们被人听到了，连忙装出在睡觉的样子。片刻后，典狱长的脚步声传来。如果你当时进了我的牢房……我的越狱计划就会彻底暴露。好在你就这么走了。现在回想起来，那恐怕是我最危险的时刻。

"不难想象，多亏了这条简易联络线，我可以随意得到想要的东西，或是让它们随意消失。如有需要，把东西塞进排水管就行了。哪怕典狱长发现了排水管，把手指伸进去，也不会摸到铁丝的。因为你的手指太粗了。你瞧，我的手指更加纤长。而且为保险起见，我还在排水管的入口处放了一只死老鼠——你应该还记得吧。"

"当然记得。"

典狱长皱着眉头说道。

"我心想，就算有人想到了调查排水管，那只死老鼠也会让他打消那个念头——毕竟哈奇先生也不可能立刻送来我想要的东西，至少得等到第二天晚上才能准备好。作为实验，当晚我让他帮忙换了十美元的零钱。等待期间，我还需要推进其他方面的计划。

"为了成功实施这项越狱计划，我必须让院子里的警卫习惯看到我出现在牢房的窗口，而不产生怀疑，于是我当着他的面多次投下亚麻布条。这是个一石二鸟的法子，可以同时在心理层面对典狱长展开攻势，让他相信我正试图与外界取得联系。我就是为了达到这个目的，才在窗边站好几个小时，观察窗外的情况的。偶尔还要跟警卫说几句话。通过这种方式，我了解到监狱没有常驻电工，如果设备出了问题，只能请配电公司派人来修。

"我的越狱计划就这样敲定了。在我被监禁的最后一天傍晚，我准备了一条铁丝，上面绑着浸有硝酸的东西。天一黑，我就用它烧断了离牢房的窗户只有几英尺远的电线。如此一来，我那间牢房面朝的院子就没有了弧光灯的光亮。为了修理电线被烧断的部分，监狱定会请配电公司派人过来。于是哈奇先生就能堂而皇之地进入园区了。

"离开牢房之前，我还需要做一件事。那就是和哈奇先生商定最后的细节。在我被监禁的第四天晚上，典狱长恰好来了我的牢房。但在他离开的半个小时后，我们就通过排水管进行了沟通。

"谁知哈奇先生总也听不清我说的话，害得我重复了好几遍'酸'这个字。我还让他替我准备一顶八号的帽子。第二天，我才通过狱卒得知，我们的对话竟碰巧成了四楼的囚犯坦白罪行的契机。排水管也连着楼上的牢房，但我正上方的牢房没有人住，反倒是四楼的囚犯听见了我的声音。

"用硝酸烧断窗户的铁条还是比较容易的。哈奇先生把硝酸装进小锡瓶里，通过排水管送了进来。当然，烧断铁条需要一定的时间。第五天、第六天、第七天……我一直都在武装警卫的眼皮底下把蘸了硝酸的铁丝按在铁条上，并用牙粉防止酸液流到别处。

"在此期间，我可以装出呆呆地眺望窗外的样子。每过去一分钟，酸液都会腐蚀得更深。我注意到，狱卒们检查的时候总是摇动铁条的上端，而非下端。因此我只在下端动手脚，而且还留了一丁点，大概剃刀那么厚吧。"

思考机器停顿片刻，继续说道：

"该讲的大概就这些。其他的都是用来迷惑典狱长和狱卒的烟幕弹。好比你们在我床上找到的那堆东西，就是哈奇先生的主意，他说这样能让新闻更具戏剧性，让你们吓一跳。至于那封快信，是我在牢房里用哈奇先生的钢笔写好送出去的，由他负责邮寄。"

"可你好像是先离开了监狱的园区，然后再走正门来到了我的办公室啊？"典狱长问道。

"非常简单。我用硝酸烧断了电线。所以傍晚一通电，警卫会发现只有那盏弧光灯不亮。我知道你们需要很长时间才能找到故障的原因，所以警卫去典狱长办公室汇报时，我就爬窗来到了一片漆黑的院子。那窗户也是够窄的，我好不容易才钻出来，再踩着大楼表面的小小凸起，把铁条装回原位。不一会儿，电工来了。正如我所料，哈奇先生就混在里头。

"我一发信号，他便立刻把帽子、工作服和连体裤递了过来。典狱长刚好在这个时候出来查看情况，而我就在你的眼皮底下从容不迫地换着衣服。

"接着，哈奇先生把伪装成工人的我叫了过去，让我跟他回车里拿工具。于是我们就一起走正门离开了园区。门卫认定我们是刚进门的工人，想也不想就放我们走了。我们在外面又换了衣服，以记者的身份堂堂正正地请求会面。"

几分钟的沉默后，兰索姆博士率先发言：

"妙极了！太精彩了！"

"哈奇先生为什么能跟电工一起进去啊？"菲尔丁先生问道。

"因为他的父亲是配电公司的经理。"

思考机器回答道。

"要是没有哈奇先生这样的人帮忙，你准备怎么越狱啊？"

"任何一个企图越狱的囚犯，都至少有一个外面的朋友愿意帮他的忙。"

"假设——这只是假设——牢房里没有留下原来的排水设备呢？"这回轮到典狱长发问了，他的眼中闪着好奇的光芒。

"还有两种方法。"

思考机器神神秘秘地说道。

106

十多分钟后，电话铃响了。是找典狱长的电话。

"哦？弧光灯亮了？"典狱长在电话里说道，"肯定是十三号牢房旁边的电线被弄断了。对，我知道。啊？多了一个电工？什么意思？两个出去了——哦，然后呢？"

典狱长转过身来，一脸疑惑的表情。

"门卫说，他明明只放了四个电工进来，先前出去了两个，可园区里还剩三个。"

"多出来的那个就是我。"

思考机器说道。

"哦，我明白了。"说完，典狱长对着电话喝道，"让第五个人走吧，他没问题。"

Die seltsame Fährte

奇怪的踪迹

鲍杜因·格罗勒 │ Balduin Groller

（1848.9.5—1916.3.22）

奥匈帝国作家。创作了一系列以"侦探达戈贝尔特"为主人公的推理小说，被誉为"奥地利的柯南·道尔"。本作出自 1909 年上市的《侦探达戈贝尔特的冒险故事》（*Detektiv Dagoberts Taten Und Abenteuer*），也被收录在著名的范·达因版《侦探小说编年文集》（*The Great Detective Stories*,1927）中，因此广为人知。

——乱步评

在九月的一个晴朗的早晨——而且还是星期六一大早六点钟，仆人唤醒了美梦中的达戈贝尔特。

原来是工业家俱乐部主席安德烈亚斯·格伦巴赫派来使者，请达戈贝尔特立即去一趟,说是发生了一起谋杀案。达戈贝尔特一跃而起,匆匆赶往浴室。他没有疏忽平日的习惯,冲了冷水澡,让仆人给他擦身,还做了一日不落的体操，然后才在仆人的协助下迅速换好衣服。在此期间，对方派来的使者——格伦巴赫的专属司机马律斯叙述了案件的始末。

这位司机仍因惊恐而面色苍白，又因为全速赶路显得有些兴奋。他唾沫横飞地说道，格伦巴赫夫妇这几日都下榻在多瑙河畔的帕尔廷城堡。城堡临近尼伯龙根的波赫拉恩古城，位于一座大庄园中。庄园里有帕尔廷、希尔索、艾希格拉本——

"这些就不必说了，然后呢？"达戈贝尔特催促道。他对那地方的了解远胜于司机。

"昨天晚上，"使者继续说道，"森林管理员马蒂亚斯·迪瓦尔特来了一趟城堡。他每周五都会来城堡的财务室，领取猎场守门人和樵夫的工资。那些钱会暂时存放在迪瓦尔特的办公室，到了周六，也就是今天，再支付给每一个人。谁知迪瓦尔特没有回办公室。等到昨晚十一点还不见人影，林务员便带着两个助手出去找人了。找到凌晨三点，才在森林边缘发现了他。他被人害死了，身上的钱也被抢走了。林务员急忙跑回城堡，派人叫醒了熟睡中的老爷。"

"夫人也听说了？"达戈贝尔特问道。一想到夫人不得不面对骇人的恐慌，他便如坐针毡。

"是的。没过多久，夫人也起来了。就是夫人让老爷赶紧派人来请您的。当然，我也不知道迪瓦尔特是怎么死的，但死状肯定很——"

达戈贝尔特摆摆手，打断了他。他什么都不想听。在调查开始之前不接收第二手、第三手信息是他的一贯原则。

他问司机："你是什么时候从城堡出发的？"

"四点整，达戈贝尔特先生。六点整就开到了。"

"要开多远？"

"九十六英里。"

"两小时内开到啊——不错！回程肯定能开得更快。"

"达戈贝尔特先生！——没法再快了啊！"

"再加把劲。对一辆六十马力的奔驰来说，这个要求并不过分。我帮你掐表计时。听着，马律斯！只要你能在两小时内开到，每节约一分钟，我就奖励你两克朗。在这种情况下，时间就是金钱！"

马律斯倒是听明白了，只用了一小时三十二分钟便开回了城堡，喜滋滋地将五十六克朗奖金塞进了口袋。

维奥莱特夫人一看到达戈贝尔特那神似圣彼得的脑袋钻出大型汽车，便走室外楼梯冲下了城堡的阳台，诚挚地迎接他们夫妇的挚友。她仍然脸色苍白，因强忍恐惧心神不宁，所幸达戈贝尔特的到来有助于平复她的心绪。毕竟夫人也很清楚，要解决这起骇人的案件，他们必须采取所有妥善的措施。

"我帮你备了早餐，"夫人开口说道，"但你只有二十分钟。到了八点半，审理组委会的成员会在城堡里集合，协商后正式开始调查。安德烈亚斯正忙着召集委员呢。"

达戈贝尔特享用了他的早餐。事出紧急，他没法用了早餐再出发，这份心意着实令人感激。

委员们准时现身。格伦巴赫简单介绍了每一个人，然后立即进入正题。与会者包括地区法院的法官和公所书记、"代理检察官"、辖区医官拉姆绍尔博士、本地巡警队长和林务员。"代理检察官"并非正式官员。由于小规模的地区法院没有余力设置检察官，担任这一职务的是本地的理发师。若有案件发生，就由他负责提出关于"适用法律"的建议。由于本案较为复杂，照理说不应该由地区法院负责，而是应该交由上级法院审理。问题是，检察官与上级法院的预审法官要第二天才能赶到，因此当务之急是为他们准备一份尽可能详细的报告。这份报告不能有任何疏漏，只要是有助于查明案情的线索，都必须一一确认。

会议很快就结束了。因为众人齐聚城堡的目的不过是"一起出发去犯罪现场"罢了。他们的计划是先调查犯罪现场，再根据调查结果写报告。不过在那之前，他们也不是什么都没做。林务员发现尸体后，立刻让两个助手守着犯罪现场，保持一定的距离，以免有人在组委会赶到之前靠近尸体，随便乱摸。然后，他叫醒了地区法官和巡警队长。经过协商，他们派了两名巡警和两名携带武器的森林管理员前去侦查。

来到城堡的委员们都已得知将有一位著名的侦探参与本案的调查工作。他们望向达戈贝尔特，似乎是在询问他是否同意目前为止采取的一系列措施。

"没有任何问题，"达戈贝尔特回答了这个无声的问题，"现在，我们应该尽快赶往犯罪现场。一分钟都浪费不得。"

发现尸体的地方离城堡大约有十五分钟的路程。格伦巴赫问，是走过去还是坐马车。马车已经备好了，但如果步行前往，也许能在半路上找到线索。达戈贝尔特斩钉截铁道，应该坐马车去。去过犯罪现场之后再调查也不迟。

委员们分乘两辆马车。维奥莱特夫人与达戈贝尔特上了马律斯驾驶的汽车，紧随其后。才开了不到两分钟，维奥莱特夫人便让司机停车。她走下车，往一个坐在路边的瘸腿乞丐的帽子里放了些钱。

"您大可把钱扔给他的，夫人。"夫人上车时，达戈贝尔特如此说道。

"不，达戈贝尔特，我不能那么做。他都走不了路，要是我没扔进帽子里，他就拿不到了啊。"

达戈贝尔特仔细观察了一番。那确实是个双脚萎缩的骇人怪物。

他顶着一个大脑袋，表现出了脑积水的特征。肩膀很是健壮，还有两条长而有力的胳膊，很是引人注目。下半身却发育不良，简直惨不忍睹。他的腿好似四岁的孩子，还扭成了奇怪的角度，派不上用场。确实难以想象他究竟是如何走动的。

"开车吧，马律斯！"维奥莱特夫人坐稳后，达戈贝尔特喊道，"我们必须第一个到达。"

片刻后，汽车便追回了损失的时间，还将马车远远地甩在身后。维奥莱特夫人又说起了那个乞丐。

"他是这一带唯一的乞丐，"她用辩解的口吻补充道，"我本想找个地方收留他，这样他就不必乞讨了。可是转念一想，也许不让他行乞反而是一种残忍。每天坐在路边，好歹能看到一点外面的世界，不是吗？仅仅因为走不了路，就被关在屋里过一辈子，那也太可怜了。待在路边，大家也会时不时给些施舍的。"

精心铺设的本地公路伸向森林的入口。一个负责把守犯罪现场的助手映入眼帘时，达戈贝尔特吩咐司机停车。

"夫人，您就留在车里吧。尸体不是您该看的东西。如果我发现了重要的线索，自会向您汇报。"

说完，达戈贝尔特走向犯罪现场。两个助手还坚守在自己的岗位上，一看便知他们把现场保护得很好，没有让闲杂人等靠近。从结果看，林务员采取的措施很是妥当。因为许多本地人正站在远处，战战兢兢地望着尸体，一言不发。达戈贝尔特也没有接触死者，而是用犀利的目光扫视四周，搜寻线索。

委员们赶到后，医官率先上前检查。他跪在尸体旁边，费了好大的力气才把死者翻过来——因为那人是面朝下趴在地上的。达戈贝尔特弯下腰，助医官一臂之力。医官断断续续地发表了自己的意见，每句话之间有比较长的空白。

"可以排除自杀与意外。无疑是谋杀。他是被掐死的。手指的痕迹非常明显。喉结凹陷，喉部的甲状软骨和小角软骨也断了。必然是当场死亡。总之，他死于十二到十四小时前。谋杀案恐怕发生在午夜之前。"

"恕我冒昧，医生，"达戈贝尔特开口说道，"更准确的死亡时间也许会成为破案的关键。您应该有办法将范围再缩小一些吧？"

"恐怕不行啊，达戈贝尔特先生，"医官回答道，"将死亡时间精确到几点几分——无异于背弃科学。"

"那就得在不用科学的情况下试试看了。昨晚到今天凌晨下过一场雨。路面已经干了，但仍能看出下过雨的痕迹，尤其是这具尸体周边。死者的衣服快干了，只是仍带着些潮气，潮湿的边缘在地面留下了痕迹。可以确定雨是什么时候开始下的吗？"

"可以，"林务员说道，"昨晚七点四十五分到八点下了一场电闪雷鸣的大暴雨。"

"于是我们便有了线索，"达戈贝尔特继续说道，"谋杀发生在下雨之前。诸位请看，尸体所覆盖的那片地面布满尘土。路面也是干的，但还没有积起灰尘。还有其他迹象表明，雨是谋杀后不久开始下的，但我想稍后再与各位分享。因为证据有时也具有欺骗性，我决定先放一放。不过灰尘是不会撒谎的。所以迪瓦尔特必然死在七点四十五分之前。已知他在六点半的时候去城堡的财务室领了钱，然后把钱装进一个打过蜡的小布袋，塞进怀里。还有目击证词称，他在半路上去了小酒馆，喝了半升酒，七点钟声响起后不久便离开了。之后的时间就有些对不上了——不过也就差了十来分钟。我确信迪瓦尔特在雷雨落下的不久前来到了这里。这段路本身最多只需要走十五分钟。可他至少花了两倍的时间才走到，也不知道中间发生了什么。但我们至少可以把时间范围缩小到十五分钟以内了。"

委员们热烈讨论，发表各自的推测与观察。达戈贝尔特没有打扰他们，而是回到车里，坐在焦急等待的维奥莱特夫人身边，并命令马律斯以最慢的"步行速度"往回开。

"达戈贝尔特，"维奥莱特夫人问道，"有希望破案吗？"

达戈贝尔特简短地汇报了情况，边说边观察马路两侧，然后再次陷入沉思。

"这是一起寻常的劫杀案，"他在思考了一段时间后开口说道，"却有着相当不寻常的难点。因为线索产生了某种非常奇怪的矛盾。凶手必然是熟悉情况的本地人。如果他不知道森林管理员带着巨款，又怎会袭击那个贫苦的男人。"

"为了区区四百五十克朗！"维奥莱特夫人一声惊呼，泪水夺眶而出，"我们宁愿给他十倍、百倍的钱。他竟然为了这点钱，害死了一个忠心的仆人……"

"只有本地人才知道迪瓦尔特每周五的例行公事。然而种种迹象表明,凶手来自外地。夫人,昨天……或者说最近几天,村里有没有来过江湖艺人和马戏团?我的意思是,您近来有没有见过杂耍演员?"

"没有啊,达戈贝尔特。"

"也可能是吉卜赛人。"

"也没有啊。"

"周边的教堂举办过节庆活动吗?"

"完全没有。"

"那真是奇了怪了。自我入行以来,还从没遇到过这种情况。我敢发誓,凶手是一个杂耍演员。"

"怎么会是杂耍演员呢?"

"那村里有没有擅长杂耍的人?"

"也没有啊。"

"这是要逼疯我啊……我可以证明,凶手只可能是本地人。可我也能证明,凶手不可能是本地人……"

说着说着,他们又见到了那个双腿萎缩的乞丐。达戈贝尔特一挥手,扔给他两个古尔登银币。两枚硬币飞散开来,都没有进到帽子里,而是落在几米开外的街上。达戈贝尔特下了车,却没有急于帮乞丐捡起硬币,而是无情地看着乞丐用双手爬向硬币,一副饶有兴致的样子。然后他回到车上,和夫人一起回到城堡。委员们也刚到。

众人立刻开始讨论,起草调查报告。达戈贝尔特表示自己留下也是碍事,想出去散散步。说完便出去了。

由地区法官口述、公所书记执笔的调查报告花了一个多小时才完成。正准备再次宣读,并请在场的所有人签名时,"散步"归来的达戈贝尔特现身了。格伦巴赫觉得他回来得正是时候,让他也听听,没有异议的话就签个名。

"没有这个必要，"达戈贝尔特一边回答，一边在绅士们的会议桌旁落座，"我们恐怕得起草一份全新的调查报告。先别说这个了，我找到了赃款。"

说着，他把一个蜡布包放在桌上。大家一眼便认出，那正是迪瓦尔特的钱袋。打开一看，分文不少。所有人都沉浸在无尽的欣喜之中。维奥莱特夫人向达戈贝尔特投去感激和自豪的一瞥。她早就知道达戈贝尔特是最可靠的，平时也没少帮他宣传。

人们七嘴八舌地发问。既然达戈贝尔特带回了被抢走的钱，那就意味着他肯定掌握了凶手的线索！

"至于凶手，恕我僭越，"达戈贝尔特回答道，"我已将他移交至拘留所。我亲自将他送进了辖区警署的大牢。"

"谁——到底是谁干的？"

"请允许我按顺序一一汇报。负责验尸的医官确定了两件事，一是'自杀的可能性可以排除'，二是'死者是被掐死的'。但是通过勘验，我们还能得出另一项结论，但医官没有明说——毕竟那不属于医官发表见解的范畴——种种迹象显示，袭击者来自死者的背后。脖子上清晰可见的指痕与尸体面朝下趴在地上的事实就是铁证。现场并没有打斗的痕迹。这便造成了本案的第一个难点：寻常人几乎不可能以如此惊人的速度完成这样一场袭击。被攻击的人甚至来不及回头看袭击者。第二个难点更加令人困惑，饶是我都没遇到过这种情况，兴许真是前所未有的。巡警队长尽职尽责地勘察了脚印，而调查结果可以用喜忧参半来形容。'忧'的是下雨前还能看到的种种痕迹都被雨水冲走了。'喜'的则是，由于土壤为石灰质，雨后形成的印迹在泥土变干后显得十分清晰，仿佛烤出来的模具。

"除了三四个显然是死者本人留下的脚印，我们没有在现场发现其他脚印，却发现了别的痕迹——正是那些被我们一度忽略的奇妙痕迹，构成了一道极不寻常的谜题——那便是手印。我毫不费力地将那些手印串联起来，并得出了一个错误的结论：凶手是杂耍演员。他在实施犯罪后以倒立的方式逃离了现场，以免留下脚印。

"这个假设是错误的，却说对了一点——谋杀是由一个用手走路的人犯下的。放眼望去，只有一个人符合上述条件——那就是乞丐利普。他就是凶手。"

"不可能，怎么可能啊！"众人齐声喊道，"他根本动不了啊！"

"诸位别激动，凶手确实是他。他用犯罪行为回报了他人的善心与同情，这令他的罪孽显得更加卑劣。他请迪瓦尔特背他走一段路。迪瓦尔特答应了。就是这份恻隐之心，注定了他的悲惨命运。我注意到的时间差问题也有了解释。因为他背着一个人，所以十五分钟的路程花了足足半个小时才走完。

"我的调查到此为止了。顺便一提，这是他的认罪状，上面写着他当着两个证人的面做出的陈述。那两个证人就是我和司机马律斯。方才离开城堡时，我带上了马律斯，还让他带了一条牢固的绳索。我自己则问巡警队长借了一副钢制手铐。全副武装后，我们驱车赶往利普的棚屋。他的监护人是个唠叨的老妇人。她火冒三丈地告诉我们，昨晚利普在小酒馆待到了十点，很晚才回来。我们很快便查到，他并没有去过酒馆。而且我也计算过了，按照他的移动方式，从犯罪现场回到住处至少需要两个小时。

"之后的事情就很简单了。我搜查了他的住处，在一块松动的地板下找到了钱袋。然后我们开车找到了在街边行乞的利普。我毫不留情地说'杀害迪瓦尔特的就是你'。他本想矢口否认，但我大喝一声，拿出钱袋给他看——他顿时气焰全无，颤抖着招认了，说'是的，是我干的'。

"我打了个手势，马律斯立刻从他身后套上绳圈，把他的手臂紧紧绑在躯干上。他举起前臂，想要挣扎，但这样反而让我更容易铐住他了。然后我们把他抬上车，送去了监狱。我已经尽到了自己的职责，最终判决还是要请法官定夺，毕竟判断他是否具备完全行为能力是法官的职责。那我就先失陪了，因为我还有一桩非常棘手的案子要办。"

达戈贝尔特向委员们道别，如骑士般轻吻夫人的玉手。两分钟后，他再次坐上马律斯驾驶的汽车，踏上归途。

布罗茨基命案

奥斯汀 · 弗里曼 | Austin Freeman

(1862.4.11—1943.9.28)

> 20 世纪初有众多科学家侦探同台竞技,"桑代克博士"尤
> 其值得一提。作者奥斯汀 · 弗里曼本是医生,1904 年开始
> 专注写作。他以 1912 年发表的《歌唱的白骨》(*The Singing
> Bone*)开创了倒叙推理小说的先河。本作堪称倒叙推理的巅
> 峰杰作。
>
> ——乱步评

一、犯罪经过

关于良心的废话何其多。有关于悔恨(极端的条顿民族学者似乎
倾向于称之为"苛责")的,也有关于"良心安宁"的——这些东西
被认为是决定幸福与否的关键因素。

当然,"良心安宁"这一观点确实有一定的道理,但它终究不过
是以假设为论据的论点。某种特别坚韧的良心哪怕是在极为不利的条
件下——在更脆弱的良心会因为"苛责"受尽折磨的条件下,依然保
持安宁与平静。而且,某些幸运的人似乎根本就没有良心。这种负面
的天赋使他们游离在普通人精神层面的荣枯兴衰之外。

塞拉斯 · 希克勒就是一个典型。看到他那张开朗的圆脸、满脸的

仁慈和永不消逝的微笑，又有谁会想到他是一个罪犯呢？尤其是他那位优秀的高教会派保姆。她见证了塞拉斯平日里的和蔼可亲，经常听到他为这栋房子送上轻快的赞歌，听到他在用餐时对菜品赞不绝口。

殊不知，塞拉斯那微薄却足以让他过上安乐生活的收入皆来自风雅的行窃。这固然是一种不稳定且风险极大的职业，但只要足够谨慎、足够节制，就不是特别危险。而塞拉斯显然是一个非常谨慎的人。他总是独自行事，自主思考。他没有共犯，不会有人在关键时刻说出不利于他的证词，也不会有人一气之下冲去苏格兰场告发。他也不像大多数罪犯那样贪婪，花钱也不大手大脚。"大捞一笔"的情况少之又少，而且他总会花时间精心策划，秘密执行。不仅如此，他还将行窃所得投资于"每周都有收益的不动产"，可谓明智。

塞拉斯早年曾从事过与钻石交易有关的工作，现在也会偶尔做些交易。同行怀疑他在非法收购钻石，甚至有商人背地里说他"收购赃物"，是多么不祥。塞拉斯却露出友善的微笑，走自己的路。每件事都在他的掌握之中，荷兰首都阿姆斯特丹的客户也不爱刨根问底。

塞拉斯·希克勒就是这样一个人。十月的某个黄昏，他在自家的院子里随意散步。此刻的他，看上去就是一个生活朴素的中产富人的典型。他穿着去欧洲大陆旅行用的旅行服。旅行包已经打包好，放在起居室的沙发上。一小包钻石（那是他在南安普敦正经采购的，没有问对方任何多余的问题）装在背心的内袋里，另一包更贵重的钻石则藏在他右脚靴跟的洞里。再过一个半小时，他就该出发去枢纽站搭乘港口联运列车了。在那之前，他没有什么可做的，只能在光线渐弱的院子里散散步，琢磨该如何投资即将到手的交易收益。保姆去韦勒姆采购一星期的东西，至少要十一点左右才会回来。他独自待在院子里，觉得有点无聊。

就在他准备进屋时，一阵脚步声从经过院子尽头的那条未铺设的道路传来。他停下脚步，竖起耳朵。附近没有其他住宅，而且那条路也没有明确的目的地，直通他家对面的荒地。是访客吗？不，不太可能。因为几乎没人会来塞拉斯·希克勒家做客。与此同时，脚步声继续接近，愈发响亮的回声从遍布石子的坚硬小路飘来。

塞拉斯悠然走到院门口，靠在门板上，带着些许好奇向外望去。片刻后，一团光亮照亮了一个男人的脸。对方许是在点烟。然后，模糊的人影走出笼罩四周的黑暗，向他靠近，停在了院子对面。只见他摘下嘴里的卷烟，呼出一团云朵般的烟雾，问道——

"请问沿这条路走，能走到巴萨姆枢纽站吗？"

"不能，"希克勒回答，"但更远处有一条通往车站的田间小路。"

"田间小路？"对方吼道，"我可受够田间小路了！我从伦敦来到卡特里，本打算走去枢纽站。沿着公路走了没多久，就有个傻瓜给我指了一条'捷径'。拜他所赐，我几乎是摸黑走了半个小时。因为我的眼睛不太好。"他补充道。

"你想坐哪趟车啊？"希克勒问道。

"七点五十八分的。"对方如此回答。

"我也要坐那趟车，"塞拉斯说道，"但我要再等一个小时才会出发。车站离这里只有四分之三英里。要是你不介意，就进屋休息一会儿吧。这样我们可以一起走过去，你也不用担心迷路了。"

"你真是个善心人，"对方隔着眼镜朝昏暗的房子望去，"不过……我还是……"

"在这儿等总比在车站等舒服些。"塞拉斯一边打开院门，一边用他特有的和蔼口吻说道。对方犹豫片刻后进了门，扔掉烟头，跟着塞拉斯来到小别墅风格的房屋门口。

起居室里很是昏暗，只有即将熄灭的炉火发出微弱的亮光。不过比客人先进屋的塞拉斯用火柴点亮了挂在天花板上的油灯。当油灯的火光照亮小小的房间时，两人细细打量了对方一番。

"咦，这不是布罗茨基嘛！"希克勒看着他的客人暗想，"他显然没认出我——也难怪，都那么多年了，他的视力又那么糟糕。请坐吧，先生。"后半句是他说出口的。"愿意和我喝两杯打发时间吗？"

布罗茨基嘟囔着答应了。当房主转身打开柜子的时候，他把帽子（硬硬的灰色毛毡帽）挂在角落里的一张椅子上，又把包放在桌子边上，把雨伞靠在上面，自己则选了一张小扶手椅坐下。

"吃饼干吗？"希克勒边说边把威士忌酒瓶、两个最高级的带星形图案的玻璃酒杯和虹吸壶放在桌上。

"多谢，那我就不客气了，"布罗茨基说道，"毕竟我坐了一路车，还走了那么多路……"

"可不是嘛，"塞拉斯附和道，"哪能饿着肚子出门啊。只能请你吃些硬邦邦的燕麦饼干将就将就了。这会儿家里只有这一种饼干。"

布罗茨基赶忙表示："我特别爱吃燕麦饼干。"为了证明这一点，他给自己调了一杯浓酒，然后便啃起了饼干，仿佛那是什么美味佳肴。

布罗茨基用餐时向来谨慎，但他似乎是真的饿了。他以非常规律的动作嚼着饼干，以至于无暇聊天。所以说话的重任都落在了塞拉斯身上。饶是这位和蔼可亲的犯罪分子，都觉得这项任务十分艰巨。最自然的话引子当然是问一问客人要去哪里，去干什么。但这正是希克勒想要回避的话题。因为他知道布罗茨基的目的地与此行的目的，而且本能告诉他，他应该把这些藏在心底。

布罗茨基是一位颇有名气的钻石商人，而且生意做得很大。他主要采购未经加工的原石，鉴别原石的眼光也着实厉害。众所周知，他偏爱尺寸和价值非比寻常的原石，而且攒够一批货后，他便会亲自前往阿姆斯特丹，监督工匠切割。希克勒也很了解他的习惯。他毫不怀疑，布罗茨基正准备踏上他的定期旅程，而那身稍显破旧的衣服的某处，恐怕正藏着价值几千英镑的纸包。

布罗茨基坐在桌边，单调地咀嚼着，几乎没说几句话。希克勒坐在他对面，神经质地说着话，有时甚至显得有些疯狂。他凝视着自家

121

的客人，只觉得自己的心被渐渐吸引。宝石，特别是钻石，是希克勒的专长。他从来不碰所谓的"硬货"，好比银器。至于金子，他只会偶尔处理一些非货币形式的货物。只有宝石可以藏在鞋跟里批量运输，并以绝对安全的形式处理掉，所以钻石成了他的主要商品。而此时此刻，有一个人坐在他对面。这个人的口袋里装着小包裹，包裹里的东西足以匹敌他十二次"大捞一笔"的所得。那些宝石的价值，恐怕——想到这里，他连忙克制住自己，滔滔不绝起来，只是说出口的话没什么连贯性。因为在说话的同时，下意识形成的其他词句悄然潜入了句子的夹缝，令他处于同时想着好几件事的状态。

"最近天一黑就好冷啊，不是吗？"希克勒说道。

"确实。"布罗茨基附和道，继续细嚼慢咽，用鼻孔大声呼吸。

"至少有五千英镑，"下意识的思绪重启，"可能是六七千，搞不好有一万……"塞拉斯心神不宁地坐着，努力将注意力集中在他感兴趣的话题上。他愈发不快地意识到，一种新的、异常的心理状态正笼罩着他。

"你对园艺感兴趣吗？"他问道。除了钻石和每周都有收益的"不动产"，最令他心醉的便是倒挂金钟[1]。

布罗茨基抿嘴笑了笑，显得全然不感兴趣。"还是去哈顿花园更方便——"停顿片刻后，他补充道，"毕竟我是个伦敦人。"

突如其来的停顿引起了塞拉斯的注意。他也毫不费力地猜到了停顿的原因。毕竟，一个身上带着巨额财宝的人在说话时必须格外小心。

"也是，"塞拉斯心不在焉地回答，"看来园艺是没法成为伦敦人的爱好了。"然后，他将意识收回一半，用最快的速度算了一笔账。假设钻石价值五千镑，那么把它换成每周都有收益的不动产呢？先前买的那批房子是每套两百五十镑，他以每周十先令六便士的价格租了

1　原产于热带美洲的观赏植物，开红、白、紫色的花。

出去。这么算下来，五千镑能买二十套房子，每套每周能赚出十先令六便士——姑且算作每周十英镑吧——每天一镑八先令——每年五百二十镑——这样的收入将持续终生，形成一笔相当可观的财产。再加上他已经拥有的，那就更不得了了。有了这笔收入，哪怕他把吃饭家伙统统扔进河里，也能舒舒服服过完下半辈子。

他偷瞄了一眼桌对面的客人。只消一眼，他便感到内心深处升起了某种与生俱来的冲动，于是立刻移开视线。他必须抹去这种冲动。他向来认为，针对肉体的犯罪无异于精神错乱。诚然，他干掉过一个威布里奇的警察，但那是意外和无奈的结果，说到底是那个警察的错。还有埃普瑟姆的老保姆，没错，那次也是因为那个糊涂老太婆发出了那种疯狂的尖叫——没错，应该将其定性为极其令人遗憾的意外。他敢肯定，没人比他更为此事而懊悔。可这一次是故意杀人！——抢夺人家带着的东西！只有十足的疯子才会干出这种事！

当然，如果他碰巧是那种人，这便是千载难逢的机会。猎物是那样诱人，家里空空荡荡，周围不见一个人影，还远离大路和其他民宅。此刻天色已晚——不过，他当然需要考虑好尸体的问题。尸体向来是最棘手的。要如何处理尸体——就在这时，他听见了快车在房子后方的荒地转弯时发出的刺耳汽笛声。那声音带来了一种新思路。就在他沿着这条思路不断深入的时候，他的目光一直定格在无知无觉、一言不发的布罗茨基身上。而布罗茨基正若有所思地喝着威士忌。最后，塞拉斯好不容易移开视线，突然从椅子上站起来，转身看着壁炉上的钟，对逐渐熄灭的炉火张开双臂。奇怪的激情扰乱了他的心绪。他心想，还是离开这栋房子为好。身子明明在发热，丝毫不觉得冷，他却微微发抖。他扭头望向门口。

"好像有股贼风吹进来了，"塞拉斯又抖了抖，"也许是门没关好。"他大步穿过房间，把门打开，向漆黑一片的院子望去。刹那间，迫切的冲动袭来。他想去路上——去外面透透气，驱散那不断敲打着脑门的疯狂。

"是时候出门了吧？"他将憧憬的视线投向那阴暗的、没有星星的天空。

布罗茨基似乎才回过神来，回头说道："那个钟准吗？"

塞拉斯不情愿地回答，准。

"走去车站要多久？"布罗茨基问道。

"二十五分钟到半小时的样子。"塞拉斯下意识夸大了距离。

"哦，"布罗茨基说道，"那还有一个多小时呢。在这儿待着，总比在车站闲逛舒服点。太早出门也没用。"

"那是自然。"塞拉斯表示同意。某种诡异的情绪在脑海中涌动，一半是遗憾，另一半则是胜利的欣喜。他在门边站了一会儿，恍惚凝视着屋外的夜色，然后轻轻关上门，悄无声息地转动了插在锁眼里的钥匙，似乎并没有发挥意志力的迹象。

他走回椅子，试图与沉默寡言的布罗茨基聊两句，说起话来却是支支吾吾、断断续续。他感到脸上越来越烫，脑髓紧张得快要炸了，双耳都能听见微弱而高亢的响声。他意识到自己正抱着一种全新的、令人毛骨悚然的兴趣注视着他的客人，只得拼命靠意志力转移视线。但片刻后，他发现自己的双眼带着愈发恐怖的激烈情绪，再次不由自主地回到了那个全无知觉的人身上。一个血腥暴力的人会在这种情况下做的事情排着长队，在他心中蠢蠢欲动。狰狞的集合体将犯罪构想的各个细节组合起来，并按适当的顺序排列，直到它们形成一连串合理连贯的事件。

他心神不宁地从椅子上站起来，眼睛却仍盯着自家的客人。他不能再坐在那个带着贵重宝石的人对面了。他怀着恐惧和惊奇认识到的那股冲动，每时每刻都变得更加难以抑制。如果他坐着不动，怕是很快就会被它压倒。然后——这个可怕的念头令他惊恐地退缩，可他的手指却开始发痒，只想摆弄摆弄那些钻石。无论是在天性层面，还是

124

在习性层面，塞拉斯终究是罪犯，也是猛兽。他的生活费从来都不是靠劳动挣来的，而是来自更隐秘的方式。如有必要，他还会使用暴力。他的本能是贪婪的。而近在咫尺却毫无防备的宝石在暗示他巧取豪夺，仿佛那是一个合乎逻辑的结果。不愿让这些钻石消失在他伸手无法触及的地方——这个念头迅速拥有了压倒性的力量。

但他想再努力一次，逃离这种诱惑。他决定远离布罗茨基，直到出门的时刻到来。

"抱歉，"他说道，"我想去那边换一双更厚的靴子。一连好几个大晴天，也许天气会有变化。而且出门时脚湿答答的，总归是很不舒服的。"

"确实，那样也很危险。"布罗茨基应道。

塞拉斯走向隔壁的厨房。借着点亮的小油灯，他看到了那双厚实的乡村靴。靴子被擦得干干净净，随时都能穿。他坐在椅子上，开始换鞋。当然，他并不打算穿这双靴子出门，因为钻石就藏在他此刻穿着的那双靴子里。但他准备先换上，然后再装出改了主意的样子。这样能打发不少时间。他深吸一口气。无论如何，只要能离开起居室，便是莫大的解脱。如果他一直待在厨房里，诱惑说不定会就此消失。到时候，布罗茨基肯定会自己出门去的——要是他能一个人上路就好了——如此一来，危险便会过去——机会一旦消失——钻石就——

他慢慢解开靴子的鞋带，同时抬起双眼。从他坐的地方，可以看到布罗茨基坐在桌边，背对着厨房的门。他已经吃得差不多了，正用淡定的动作卷着一支烟。塞拉斯喘着粗气，脱下一只靴子，一动不动地坐了一会儿，死死注视着对方的背影。然后，他解开另一只靴子的鞋带，同时跟丢了魂似的盯着那位什么都没发现的客人。他把脱下的靴子轻轻放在地上。

布罗茨基默默卷好烟，舔了舔烟纸，收起烟袋，掸去膝头的烟屑后，开始在口袋里摸索火柴。突然，一股无法抑制的冲动让塞拉斯站了起来，蹑手蹑脚沿走廊走向起居室。他脚上只穿着袜子，不会发出一丝声响。他像猫一样悄无声息地摸过去，用张开的嘴唇轻轻呼吸，直至他走到起居室的门槛。他的脸红得淡淡发黑，双眼圆睁，在灯下闪闪发亮。体内奔腾的血流在耳边高声作响。

布罗茨基划了一根火柴——塞拉斯注意到，那是一根短木梗火柴——点着了他的卷烟。然后他立刻吹灭火柴，把它扔进了壁炉的栅栏，接着将火柴盒放回口袋，开始抽烟。

塞拉斯蹑足而行，无声无息地走进房间，像猫一样难以察觉。他走到了布罗茨基坐着的那把椅子后面——他们离得那么近，以至于塞拉斯不得不把头别开，以免自己呼出的气撩动对方的头发。他就这样一动不动站了半分钟，好似一尊象征谋杀的雕像。他用闪着凶光的眼睛盯着一无所知的钻石商人，透过张开的嘴急促地呼吸，却没发出一点声音。他的手指缓缓扭动，活像巨型水螅的触手。接着，他又静悄悄地退回到门口，迅速转身，走回厨房。

他深吸一口气。好险。布罗茨基在那一刻几乎命悬一线。他本可以轻易得手。事实上，如果塞拉斯站在那个人的椅子后面时，碰巧拿着凶器——好比一把锤子，或者一块石头——

他环视厨房，视线落在一根铁棍上。那是搭建新温室的工匠留下的，截自方形的铁架。长约一英尺，大概四分之三英寸厚。如果一分钟前，他拿着这根棍子……

他拿起铁棍，上手感觉了一下，又绕着自己的头挥了挥。它是一件可怕的武器，不会发出任何声响，而且也完美契合他在脑海中勾勒的计划。呸！还是赶紧扔了为好。

但他没有扔掉铁棍，而是走到厨房门口，又看了看布罗茨基。对方还是老样子，背对厨房坐着，抽着烟，似乎正沉浸在冥想之中。

突然间，塞拉斯身上起了变化。他的脸涨得通红，面容狰狞，脖子上青筋暴起。他一把拽出怀表，狠狠看了一眼，再把表塞回去。然后，他迈开大步，迅速而无声地沿走廊前往起居室。

在离受害者的椅子还有一步之遥时，他停了下来，仔细瞄准。铁棍高高举起。然而，在铁棍"嗖"的一声划破空气的那一刹那，布罗茨基迅速回头，引得塞拉斯一动，衣物发出了轻微的摩擦声。而且这个动作影响了行凶者瞄准的角度。铁棍从受害者头上掠过，只造成了一道轻微的伤口。布罗茨基身体剧震，惨叫出声，他猛地站了起来，使出浑身力气，牢牢抓住行凶者的双臂。

可怕的搏斗就此开始。两人拼死扭打，时而前进，时而后退，来回摇摆，你推我搡。椅子被掀翻了，空杯子被扫下了桌子，和布罗茨基的眼镜一起粉碎在脚下。那骇人的、可怜的、颤抖的叫声在夜色中响了三次，这让一心想置对方于死地的塞拉斯提心吊胆，生怕碰巧路过的旅行者听到。他使出最后一分力气，将受害者的背死死按在桌上，抓住桌布的一角蒙在他的脸上，在他试图再次开口尖叫时把塞进了他的嘴。在整整两分钟时间里，两人几乎一动不动，仿佛某种悲剧寓言中的一幕。当最后一次微弱的痉挛消失后，塞拉斯松开手，让那具软弱无力的身体轻轻滑落在地。

结束了。无论好坏，一切都结束了。塞拉斯大口大口喘着气，一边擦着脸上的汗水，一边望向时钟。指针停在六点五十九分的位置。整个过程花了三分多钟。他有将近一个小时的时间清理现场。他计划之中的那趟货车将在七点二十分通过，而他家到铁路不过三百码而已。但他决不能浪费时间。他早已恢复镇定，只是担心有人听见布罗茨基的叫声。如果没人听到，一切都会如他所愿。

他弯下腰，将桌布从死者的齿间轻轻抽出，然后仔细搜查他的口袋。没过多久，他就找到了要找的东西。当他捏着纸包，感觉到里面的小硬物在互相摩擦时，对这起事件的微弱懊悔便被无尽的欢喜所吞没。

他时不时瞥一眼壁炉上的钟，麻利地收拾起来。桌布上有两三滴较大的血迹，死者头边的地毯上也有一小摊血迹。塞拉斯从厨房里取来水、指甲刷和干布，洗掉桌布上的污渍——桌布下方的松木桌子也仔细检查了一遍——地毯上的污渍也刷干净了，还用干布擦干了弄湿的地方。然后，他在尸体的头部下面塞了一张纸，免得鲜血弄脏更多的地方。接着，他把桌布摆正，扶起椅子，将破碎的眼镜放在桌上，捡起打斗期间被踩扁的卷烟，扔进炉子。碎玻璃也统统扫进簸箕。其中有酒杯的碎片，也有眼镜的碎片。他将碎片倒在一张纸上，仔细查看，挑出比较大的、能看出是镜片的碎片，转移到另一张纸上，再把一些细小的碎片收集起来。剩下的碎片倒回簸箕里。他匆匆穿上鞋子，把碎片拿去了屋后的垃圾堆。

是时候出门了。他十万火急地剪下一段从绳盒里拿出来的绳子——塞拉斯是个一丝不苟的人，向来鄙视那些用边角料绳子敷衍了事的家伙——把死者的包和伞绑起来，挂在肩上。把放着碎玻璃的纸折好，和眼镜一起塞进口袋，再扛起尸体。布罗茨基身材瘦小，体重不超过九英石[1]。对塞拉斯这种体格健壮、身材高大的人来说，这点分量算不了什么。

那晚一片漆黑。当塞拉斯透过黑洞洞的院门望向通往铁路的荒地时，他连二十码开外的东西都看不清楚。他小心翼翼地听了听，确定四周没有任何声响之后才走了出去，在身后轻轻地关上院门。他提防着地面的坑坑洼洼，用相当快的速度前进。然而，行走并不像他所希望的那样安静。地上有不少碎石，野草稀稀疏疏。它们足以使他的脚步声消失，奈何来回摇摆的包和伞发出了恼人的噪声。那些噪声对塞拉斯的阻碍远胜过沉重的尸体。

从他家到铁路大约是三百码，平时三四分钟就能走到。但他此刻身负重物，还得格外小心，不时停下来听一听，所以他花了整整六分钟才走到铁路栅栏边上，栅栏有三道横杆，隔开了荒地和铁轨。他暂

　1　英制重量单位，1英石等于14磅，约合6.35千克。

停片刻，再次仔细聆听，环视周围的黑暗。这个阴森的地方不见一个人影，也没有人的气息。唯有远处传来的刺耳汽笛声催促他赶紧动手。

他轻而易举地扛着尸体翻过栅栏，把它运到几码开外的地方。那正是铁轨急转弯的位置。他让尸体横放在铁轨上，脸朝下，脖子卡在左侧的轨道上。然后掏出小刀，切断固定包和伞的绳子，切口在靠近伞的那一头。他把包和伞扔在轨道上的尸体旁边，小心翼翼地把绳子装进口袋，唯独漏了割开绳子的一头时掉在地上的绳圈。

逐渐靠近的货车发出的急促蒸汽声和带有金属质感的轰鸣已是清晰可闻。塞拉斯迅速从口袋里掏出破损的眼镜和那包碎玻璃。他将眼镜扔在死者的头边，又把那包东西倒在手里，将碎玻璃撒在眼镜周围。

他的动作很快，却快得恰到好处。机车急切而激烈的蒸汽轰鸣已近在咫尺。塞拉斯顿时产生了一种冲动，想留下来见证一切，见证将谋杀转变成意外或自杀的最后一幕。问题是，这样并不安全。他也许无法在不被人看到的情况下撤退。因此还是不要待在附近为好。他匆忙翻过栅栏，大跨步穿过荒地。在此期间，货车伴随着震耳欲聋的轰鸣朝转弯处驶去。

快走到自家后门时，从铁轨传来的声音使他突然停了下来。那是一阵长长的汽笛声，伴随着刹车的呻吟和车厢相互碰撞的金属巨响。机车的声音就此停止，取而代之的是喷射而出的蒸汽穿透大气发出的"咝咝"声。

货车停了。

在那一刹那，塞拉斯倒吸一口冷气，张着嘴呆若木鸡，仿佛石化了一般。然后他快步走向后门，进屋后又悄悄锁上了门。此刻他确实心惊胆寒。铁轨上究竟发生了什么？尸体肯定已经被发现了。问题是，此刻究竟是个什么情况？警察会找过来吗？他走进厨房，再次停下来细细聆听——天知道什么时候会有人来敲门——他走进起居室，环顾四周。一切似乎都收拾妥当了。然而在搏斗时落地的铁棍还躺在原处。

他捡起铁棍，举在灯下细看。上面没有血迹，但挂了一两根头发。他心不在焉地用桌布擦了擦，然后穿过厨房，来到后院，把它扔向围墙之外的荨麻丛。他并不认为铁棍上留有疑似罪证的东西，然而在他这个把铁棍用作凶器的人眼里，它似乎蒙上了某种不祥的阴影。

他觉得自己好像可以立刻出发去车站了。时候还早，才刚到七点二十五分。可万一有人找上门来呢？他可不希望对方发现自己在家。他的软帽和包一起放在沙发上，而他的雨伞也用皮绳绑在包上。他戴好帽子，拿起包，走到门口。然后折回油灯处，打算把灯关了。当他站着把手伸向灯的螺丝时，视线忽然瞥到了房间的昏暗角落。只见布罗茨基的灰色毡帽还挂在椅子上。那是死者进屋时亲手挂上的。

塞拉斯呆立片刻，额头上浮出一层恐惧带来的冷汗。他差点就关灯走人了。如果他就这么走了——他大步走向椅子，拿起帽子一看。果不其然，帽子的衬里上分明印着死者的名字，"奥斯卡·布罗茨基"。如果他撂下帽子走了，一旦被人发现，便是万劫不复。事实上，如果此刻有一支搜索队入室调查，他必然会被送上绞刑架。

想到这里，塞拉斯不禁背脊发凉，四肢发抖。他吓破了胆，却没有失去自制力。他冲进厨房，拿来一把用来点火的干树枝，塞进起居室的壁炉。火已经熄灭了，但炉灰还是热的。他将之前垫在布罗茨基头下的纸揉成一团——直到此刻，他才注意到纸上有一小块血迹——塞到树枝下面，擦亮火柴点着。木头着火后，他用小刀将帽子撕碎，扔进火堆。

在此期间，塞拉斯的心怦怦直跳，双手不住颤抖，生怕事情败露。毛毡碎片绝非易燃物。它们不会瞬间起火，然后化作灰烬，而是变成了一团形似炉渣的东西，冒出股股黑烟。更令他慌乱的是，除了毛毡燃烧时散发的臭味，帽子的碎片还发出了刺鼻的树脂臭味。为了驱散恶臭，他不得不打开厨房的窗户（因为他不敢打开前门）。而且，就在他用火处理帽子的碎片时，他仍然努力地听着，生怕在树枝炸开的噼啪声中听到骇人的脚步声——以及带来命运召唤的敲门声。

时间飞速流逝。还有二十一分钟就到八点了！再过几分钟就得出门了，否则就赶不上火车了。他将撕碎的帽檐丢在燃烧着的木头上，然后冲上二楼，打开了一扇窗户。因为他必须在出门前关闭厨房的窗户。回来一看，帽檐已经变成了一团铁渣似的漆黑玩意，像融化的脂肪一般冒着泡，咝咝作响，将呛人的烟雾送进烟囱。

还有十九分钟！该出门了。他拿起火钳，小心翼翼地把残渣打碎，并将它们搅进木头和煤炭的鲜红火苗里。乍一看，壁炉没有任何异常。他素来习惯把书信和其他没用的东西扔进壁炉烧掉——所以保姆肯定也不会注意到任何不寻常之处。况且在她回来之前，残渣肯定已经化为灰烬了。他仔细检查过，帽子上并没有任何会烧剩下的金属配件。

他再次拿起包，最后一次环视四周，然后关灯。打开前门，让门敞开片刻后，他走了出去，锁好门，把钥匙放进口袋（另一把钥匙在保姆手里），然后快步走向车站。

最终，他在刚刚好的时间走到了车站。买好票后，他漫步走去站台。列车进站的信号尚未亮起，周围却似乎有种不寻常的骚动。乘客们聚集在站台的一端，朝铁轨的一头望去。在令人作呕的好奇心的驱使下，塞拉斯走向他们。这时，两个人自黑暗中现身，抬着用防水布盖住的担架走上通往站台的缓坡。乘客们让出一条路让抬担架的人通过，仿佛被粗布下隐约可见的尸体迷住了，看得目不转睛。担架被抬进信号室后，人们的视线又集中在了拎着手提包和伞的搬运工身上。

突然，其中一位乘客冲上前去，惊呼道：

"那是他的伞吗？"

"是的。"搬运工停下脚步回答道，把伞拿给那人看。

"我的天哪！"那位乘客一声叫唤，猛地转向站在自己身边的高个男人，激动地说道，"我敢断定，那是布罗茨基的伞！你应该还记得布罗茨基吧？"高个子点了点头。那位乘客再次转向搬运工说道："我认得那把伞。它属于一位姓布罗茨基的绅士。看看他的帽子就知道了，衬里上肯定写着他的名字。他习惯把名字写在帽子里。"

"我们还没有找到他的帽子，"搬运工说道，"不过站长正沿着铁路过来，就快到了。"等站长赶到，搬运工立刻告诉他："这位先生好像认出了那把伞。"

"哦，"站长说道，"你认出了这把伞，是吗？要不你随我去一趟信号室，看看你是否能认出死者吧？"

乘客面露惊讶，慌张地问道：

"呃，这……他……伤得很重吗？"

"嗯，是挺重的，"站长如此回答，"毕竟火车好不容易停下的时候，已经有六节车厢从他身上轧了过去。事实上，他的脖子被连根轧断了。"

"太可怕了……太可怕！"那位乘客喘着气说道，"如果你不介意的话……我……我还是不去了。博士，你也觉得我没必要去的吧？"

"不，我觉得很有必要，"高个子回答道，"尽快确认死者的身份也许是最重要的。"

"看来我是不得不去了……"乘客说道。

他非常不情愿地随站长进了信号室。这时，铃声响起，通知乘客们列车即将进站。塞拉斯·希克勒跟在看热闹的人群后，站在关着的门外。片刻后，那位乘客跑了出来，脸色煞白、惊恐万状地冲向他那位高大的朋友。

"真的是他！"他气喘吁吁地喊道，"是布罗茨基！可怜的布罗茨基！我浑身都在发抖！我们说好了在这里碰头，然后一起去阿姆斯特丹的……"

"他有没有——携带什么财物？"高个子问道。塞拉斯竖起耳朵，试图捕捉到乘客的回答。

"他肯定带了一些宝石，但我不清楚具体带了什么。他家掌柜肯定是知道的。对了，博士，你能帮我查一查这起案子吗？我只想确定这到底是意外，还是——你懂的。毕竟我跟布罗茨基是老相识了。我们是同乡，都出生在华沙。希望你帮着把把关。"

"没问题，"对方表示，"我会查到自己满意为止——确定此事没有更多的内情，我便会向你汇报。这样行吗？"

"多谢！你真是太好了。啊，火车来了。请你留下来处理这件事，肯定会给你添不少麻烦吧——"

"那倒不会，"博士回答道，"我们只需要在明天下午之前赶到沃明顿即可。把需要知道的东西都调查清楚再上路也完全来得及。"

塞拉斯盯着那个身材高大、仪表堂堂的男人看了许久。他仿佛在与自己对弈，而赌注则是自己的性命。思虑深沉的脸，与决然而镇定的态度，让塞拉斯视其为可怕的对手。上车后，塞拉斯回头望着自己的敌人，怀着不快的心情想起了布罗茨基的帽子，只希望自己没有其他疏漏。

二、推理过程

（由克里斯托弗·杰维斯医学博士记录）

家住哈顿花园的著名钻石商人奥斯卡·布罗茨基之死的特异情况，非常有力地证明了法医学实践层面的一两点重要性，而桑代克一贯认为，这些要点没有得到充分的重视。至于这些要点是什么，我将让我的良师益友在适当的时候亲口说明。由于本案对我极有启发，我将按时间顺序进行记录。

十月的一个傍晚，黄昏将至。车厢的吸烟室中只有桑代克与我。我们发现，火车即将驶入卢德姆的小车站。当列车快要停下的时候，我们透过窗口看见站台上有一群乡村居民正在等车。突然，桑代克一声惊呼："咦，那肯定是博斯科维奇！"几乎与此同时，一个动作敏捷的小个子男人飞快地冲进我们那节车厢的车门，用"连滚带爬"形容也毫不夸张。

"非常抱歉，打扰二位老师说话了！"

他与我们热烈握手，很是冲动地把格莱斯顿旅行包往架子上一甩，同时说道：

"但我在窗口看到了二位。能有幸与你们同行，我自是激动得很。"

"你可真会拍马屁，"桑代克说道，"拍得我们都无话可说了。不过是什么风把你吹来了？你怎么会在这儿——这地方叫什么来着——对了，卢德姆——你在这儿干什么呢？"

"我弟弟在离这一英里远的地方有栋宅子，我在那儿待了两三天，"博斯科维奇解释道，"我准备去巴萨姆枢纽站换车，然后搭港口联运列车去阿姆斯特丹。二位这是上哪儿去呀？那个神秘的绿色小箱子就挂在帽架上，看来你是要去执行某种神秘的任务吧？是要去揭露某种复杂离奇的罪行吗？"

"不，"桑代克回答道，"我们要去沃明顿办些俗事。格里芬人寿保险公司委托我旁听明天将在那里举行的死因审理。毕竟要横跨荒野，所以我们今晚就上路了。"

"那你带这个神奇的盒子干什么呀？"博斯科维奇抬头看了一眼帽架问道。

"我每次出门都会带上它，"桑代克答道，"毕竟谁也不知道接下来会发生什么事。和遇到突发事件时有称手器具可用的笃定相比，随身携带它的麻烦根本算不了什么。"

博斯科维奇瞠目结舌，盯着那个裹着威莱斯顿防水帆布的小箱子。片刻后，他说道："我时常琢磨，你去切姆斯福德处理那起银行谋杀案的时候，箱子里究竟装了什么——话说回来，那起案子真是太令人吃惊了。你的调查方法都让警方结结实实吃了一惊呢！"见他一直用饱含憧憬的眼神望着箱子，桑代克很是爽快地把它拿下来，打开了锁。

其实他也以自己的"便携式实验室"为荣。那个箱子可谓是"压缩的极致"。因为它虽然很小——只有一英尺见方，四英寸深——却囊括了初步调查所需的各种器具和用品。

"不得了！"看到箱子在自己面前被打开，博斯科维奇顿时发出了感叹。箱子里装着一排排小试剂瓶、小试管，还有小型酒精灯、小型显微镜……各种器具仿佛都出自小人国。"简直跟娃娃屋一样——我甚至有种倒过来看望远镜的感觉。不过这些小东西真的管用吗？好比这部显微镜——"

"倍率不算高，但功能还是很齐全的，"桑代克表示，"它看起来像个玩具，其实不然。它有着世界顶尖水平的镜头。当然，大号显微镜用起来更方便——可我总不能带着那么大的仪器出门啊，只能用袖珍镜头将就了。久而久之，就凑齐了这样一套微型仪器。总比什么仪器都没有强吧。"

博斯科维奇端详着箱子里的东西，一边用手指轻轻碰触，一边打听它们的用途。聊了半个多小时，他的好奇心才被满足了一半，而火车已经开始减速了。

"天哪！"他一声惊呼，起身拿起旅行包，"已经到枢纽站了。二位也要在这里换车是吧？"

"对，"桑代克回答，"我们要换乘支线列车，前往沃明顿。"

踏上站台时，我们发现某种不寻常的事情正在发生，或是已经发生了。只见所有乘客、大多数搬运工和工作人员聚集在车站的一头，每个人都盯着昏暗的铁轨。

博斯科维奇问车站巡查员："出事了？"

"是的，"巡查员回答道，"有人在一英里外的铁轨上被货车碾死了。站长带着担架收尸去了。那盏离我们越来越近的提灯应该就是他们的。"

摇曳的灯光瞬间变亮，在光滑的铁轨上留下斑驳的亮点。这时，一个男人从售票处走到站台，加入了围观的人群。事后回想起来，他之所以会引起我的注意，主要有两个原因：第一，他有一张看起来很是开朗的圆脸，脸色却非常苍白，表情也十分紧张，甚至有些狰狞。第二，尽管他将极度好奇的视线投向了黑暗，却没有向旁人提问。

摇晃的提灯逐渐靠近。突然，两个男人闯入我们的视野。他们抬着一副盖着防水布的担架。粗布下的人形隐约可见。他们沿缓坡走上站台，将担架抬去信号室。于是乘客们好奇的视线便转移到了拿着手提包和雨伞的搬运工和拿着提灯殿后的站长身上。

就在搬运工从我们面前经过时，博斯科维奇激动地上前问道：

"那是他的伞吗？"

"是的。"搬运工停下脚步回答道，把伞拿给他看。

"我的天哪！"博斯科维奇一声惊叫，转向桑代克喊道，"我敢断定，那是布罗茨基的伞！你应该还记得布罗茨基吧？"

桑代克点了点头。博斯科维奇再次转向搬运工说道："我认得那把伞。它属于一位姓布罗茨基的绅士。看看他的帽子就知道了，衬里上肯定写着他的名字。他习惯把名字写在帽子里。"

"我们还没有找到他的帽子，"搬运工说道，"不过站长正沿着铁路过来，就快到了。"站长一到，搬运工立刻告诉他："这位先生好像认出了那把伞。"

"哦，"站长说道，"你认出了这把伞，是吗？要不你随我去一趟信号室，看看你是否能认出死者吧？"

博斯科维奇面露惊讶，手足无措，语气也战战兢兢："呃，这……他……伤得很重吗？"

"嗯，是挺重的，"站长答道，"毕竟火车好不容易停下的时候，已经有六节车厢从他身上轧了过去。事实上，他的脖子被连根轧断了。"

"太可怕了……太可怕了！"博斯科维奇喘着气说道，"如果你不介意的话……我……我还是不去了。博士，你也觉得我没必要去的吧？"

"不，我觉得很有必要，"桑代克回答道，"尽快确认死者的身份也许是最重要的。"

"看来我是不得不去了……"博斯科维奇说道，非常不情愿地随站长进了信号室。这时，刺耳的铃声响起，通知乘客们港口联运列车即将进站。博斯科维奇显然用最短的时间完成了认尸。因为没过多久，他便跑了出来，脸色煞白、惊恐万状地冲向了桑代克。

"真的是他！"他气喘吁吁地喊道，"是布罗茨基！可怜的布罗茨基！我浑身都在发抖！我们说好了在这里碰头，然后一起去阿姆斯特丹的……"

"他有没有——携带什么财物？"桑代克问道。这时，刚才引起我注意的陌生男子朝我们一步步挪过来，似乎是想听清博斯科维奇的回答。

"他肯定带了一些宝石，但我不清楚具体带了什么。"博斯科维奇回答道，"他家掌柜肯定是知道的。对了，博士，你能帮我查一查这起案子吗？我只想确定这到底是意外，还是——你懂的。毕竟我跟布罗茨基是老相识。我们是同乡，都出生在华沙。希望你帮着把把关。"

"没问题，"桑代克表示，"我会查到自己满意为止——确定此事没有更多的内情，我便会向你汇报。这样行吗？"

"多谢！"博斯科维奇说道，"你真是太好了。啊，火车来了。请你留下来处理这件事，肯定会给你添不少麻烦吧——"

"那倒不会，"桑代克回答道，"我们只需要在明天下午之前赶到沃明顿即可。把需要知道的东西都调查清楚再上路也完全来得及。"

在桑代克说话的时候，那个陌生人一直站在我们身边，显然是想偷听我们在说什么。只见他用非常诡异的眼神细细打量桑代克。直到火车稳稳停在站台边，他才匆匆离开，去找自己的包厢。

火车刚出站，桑代克便找到站长，告诉他博斯科维奇委托自己调查此事。"当然，"桑代克最后补充道，"我们不能在警察到来之前轻举妄动。你应该已经报警了吧？"

"那是当然，"站长回答道，"我当时就通知了郡警察局局长。他本人或督察应该快到了。事实上，我正想溜出去看看人到了没有。"站长显然想在发表任何声明之前先与警官私下谈谈。

站长走后，桑代克和我开始在空荡荡的站台来回踱步。他若有所思地梳理了案件的特征。这是我的朋友开展新的调查工作时的习惯。

"遇到这种情况时，我们必须明确案件的性质是三种说得通的解释中的哪一种，即意外、自杀还是他杀。而这个结论可以通过基于三组事实的推理得出。第一，案件的一般事实。第二，通过检查尸体获得的特殊信息。第三，通过检查发现尸体的地点获得的特殊信息。目前我们了解到的一般事实是，死者是钻石商人，为某个特定的目的出门，可能随身携带体积小、价值高的财物。这些事实在某种程度上削弱了自杀的可能性，更倾向于他杀。和意外相关的事实包括事发路段是否有道口、街道与小路，有无围栏，围栏有无木门，以及其他使死者可能或不可能碰巧出现在尸体发现地点的事实。由于我们尚未掌握这方面的事实，进一步深入了解是非常必要的。"

"要不找那个送来手提包和雨伞的搬运工，问几个谨慎的问题？"我建议道，"他和检票员聊得正欢，肯定会举双手欢迎新听众的。"

"这个主意不错啊，杰维斯，"桑代克回答，"看看他会说些什么。"我们走向搬运工。正如我所料，他迫不及待地要和大家分享这个悲惨的故事。

"事情大概是这样的，"他回答了桑代克的问题，"那个地方刚好有个急转弯。货车正准备拐弯的时候，司机突然发现，铁轨上横着个东西。等车转过去，车灯照到那个东西的时候，司机才意识到那是一个人。他立刻关了蒸汽，拉响汽笛，使劲刹车。可你们也知道，火车不是说停就停的。等车完全停稳的时候，车头和六节货车厢已经从那个可怜人身上轧过去了。"

"司机有没有看到那人是怎么躺在铁轨上的？"桑代克问道。

"看到了，看得清清楚楚。因为车灯的光都打在他身上啊。他面朝下躺着，脖子卡在下行线左侧的铁轨上。头在轨道外侧，身子在轨道边上，看起来就好像他是故意那么躺下的。"

"那一带有道口吗？"桑代克问道。

"没有。没有道口，没有街道，也没有小路，啥都没有啊。"为了强调这一点，搬运工连语法都不顾了，"他肯定是穿过那片荒地，翻过栅栏，走去了铁轨那儿。八成是想不开自杀的。"

"这些事你是怎么知道的？"桑代克问道。

"司机和他的搭档把尸体挪开以后去了下一个信号站，打电报通知了我们车站。跟站长沿着铁路往那儿走的时候，他都跟我说了。"

桑代克对搬运工道了谢，朝信号室走去。一路上，他分析了这些新事实的意义。

"搬运工说对了一点——本案不是意外事故。被害者不可能莫名其妙翻过栅栏去挨火车的撞，除非他是近视眼、聋人或傻瓜。但考虑到他横躺在铁轨上的姿势，事实只可能是两种说得通的假设中的一种：要么如搬运工所说，他是想不开自寻短见；要么就是被火车撞到的时候，这个人已经死了，或是失去了意识。不过进一步的推论还是等看到尸体再说吧。前提是警察允许我们查看尸体。站长带着警官回来了，不管怎么样，先问问看吧。"

站长与警官显然打算拒绝任何外部援助。他们表示，法医会进行必要的检查，用正常的方法就能获取足够的信息。然而，桑代克一掏出名片，情势便出现了些许变化。督察端详着名片沉吟许久，总算同意让我们查看尸体了。于是我们也进了信号室。站长先一步进屋，打开了煤气灯。

担架放在墙边的地上，骇人的尸体仍盖着粗布。手提包、雨伞和缺了镜片的破烂镜框一起被放在一个大箱子上。

"这副眼镜是在尸体旁边发现的吗？"桑代克问道。

"是的，"站长回答道，"就在头边。道砟上都是破碎的镜片。"

桑代克在笔记本上记了几笔。督察揭开粗布后，他低头望去，只见尸体无力地躺在担架上。头部与躯干分离，四肢扭曲，惨不忍睹，叫人毛骨悚然。借助督察举着的大号提灯发出的亮光，桑代克盯着尸体看了一分多钟，一言不发。然后他挺直身体，平静地告诉我：

"我认为，我们可以排除三种假设中的两种。"

督察迅速瞥了他一眼，正要提问，却被桑代克放在架子上的旅行箱分散了注意力。只见桑代克打开箱子，取出两把解剖镊。

"我们没有验尸的权限。"督察表示。

"嗯，我们当然没有，"桑代克说道，"我只是想看看他嘴里的情况。"他用一把镊子翻开死者的嘴唇，检查嘴唇的内侧，然后又仔细检查了牙齿。

"抱歉，可否借你的放大镜一用，杰维斯？"我打开折叠放大镜递了过去。督察把提灯凑近死者的脸，急切地向前靠了靠。桑代克采用了他一贯的系统性检查法，透过镜片逐一检查死者参差不齐的尖牙，再将镜片挪回起点，更加细致地检查上门牙。最后，他以非常微妙的动作，用镊子从两颗上门牙之间夹出了某种小东西，并把它举到透镜的焦点处。我料到他下一步要做什么，便从箱子里拿出一张贴有标签的显微镜载玻片，连同解剖针一起递给他。当他把牙齿之间的小东西转移到载玻片上，并用针将其展开时，我把小号显微镜摆在了架子上。

"来一滴固定液，外加一片盖玻片，杰维斯。"

我把瓶子递给他。他在那个小东西上滴了一滴固定液，覆上盖玻片，然后将玻片放在显微镜的载物台上，仔细观察起来。

我无意中看了督察一眼，发现他脸上挂着一抹浅笑。察觉到我的视线后，他殷勤地克制住了这种笑。

"我觉得吧，"督察用辩解的口吻说道，"调查死者晚餐吃了什么，似乎有些偏题了。毕竟他并非死于不卫生的饮食。"

桑代克微笑着抬头望向督察。"在这种类型的调查中，主观臆断任何一件事从而偏题都是不可取的，督察。因为每个事实都必然有某种意义。"

"我可不认为一个掉了脑袋的人吃过的东西能有什么意义。"督察高高在上地反驳道。

"是吗？"桑代克说道，"横死之人的最后一餐，难道还不值得我们关注吗？好比散落在死者马甲上的碎屑，难道我们不能通过它们了解到什么吗？"

"我是想象不出你能研究出什么东西来。"督察依然顽固。

桑代克用镊子一一夹起碎屑，放在载玻片上，先用放大镜检查，再用显微镜细看。

"这些碎屑告诉我，"他说道，"故人临死前吃过某种麦粉做的饼干，可能掺有燕麦。"

"这样的发现又有什么意义？"督察说道，"我们要搞清的问题并不是死者吃了什么点心，而是他的死因。他是自杀的，还是意外身亡？还是因为某种犯罪行为丢掉了性命？"

"恕我冒昧，"桑代克说道，"有待解决的问题只剩一个了。那就是'谁出于怎样的动机杀害了他'。就我而言，其他问题已经有了答案。"

督察目瞪口呆，一脸的难以置信。

"这么快就下定论了？"

"这是一起相当明确的凶杀案，"桑代克说道，"至于动机，故人是个钻石商人。据推测，他携带了许多宝石。我建议你对尸体进行搜查。"

督察发出一声厌恶的感叹。"好吧。但这只是你的推测吧。因为死者是个钻石商人，带着贵重财宝，所以他是被谋杀的……"他直起身，将责备的眼神投向桑代克，补充道，"但你必须明白，这是一次司法调查，而不是报上常见的有奖竞猜。搜查尸体本就是我此行的主要目的。"他用夸张的动作背过身去，开始逐一翻找死者的口袋。取出来的物品都放在了安置手提包和雨伞的箱子上。

就在督察忙活的时候，桑代克查看了尸体全身，尤其关注靴子的鞋底。他用透镜彻底检查了鞋底。督察差点忍不住笑出来。

"我觉得这双脚还是比较大的，应该能用肉眼看清吧，"督察说道，"不过，你恐怕是……"他偷瞄了站长一眼，"有点近视。"

桑代克微微一笑，似是被逗乐了。在督察继续调查尸体的时候，他查看了放在箱子上的那些物品。钱包和笔记本当然要等督察打开查看，但他细细检查了看书用的放大镜、小刀、名片夹和口袋里的其他小东西。督察强忍着笑，用眼角余光偷偷看他。只见桑代克把放大镜举到灯光下，计算折射率，又看了看烟袋里的东西，翻开一叠卷烟中的纸，检查纸张的水印，还看了看银质火柴盒里的东西。

"你觉得能从他的烟袋里找到什么东西吗？"警官从死者的口袋里掏出一串钥匙，放在箱子上问道。

"烟草，"桑代克凝重地回答，"但我没想到里头装的是切成细丝的拉塔基亚烟草[1]。我从没见过有人把纯净的拉塔基亚烟草做成卷烟抽。"

"你可真是兴趣广泛啊。"督察斜眼瞧了瞧呆立着的站长。

"没错，"桑代克表示同意，"话说回来，他的口袋里似乎并没有钻石。"

"对，我们也不知道他到底有没有携带钻石。但我找到了一块金表和金链子、一个钻石领带夹，还有钱包……"他打开钱包，把里面的东西倒在手上，"里面装着十二英镑的金币。怎么看都不像是抢劫。事到如今，你还认为这是一起谋杀案吗？"

　　1　一种产自土耳其的高档烟草。

"我的看法没有改变，"桑代克说，"对了，我想调查一下发现尸体的地方。车头检查过了吗？"最后的问题是说给站长听的。

"我给布拉德菲尔德打了电报，让他们去查了，"站长回答道，"报告可能已经来了。下铁轨之前最好先看一看。"

我们走出信号室，只见巡查员正拿着电报等候在外。他将电报递给站长。站长朗读道：

"'我们仔细检查了车头，发现前轮附近有一小块血迹，第二个车轮上有更小的血迹。除此之外并无其他痕迹。'"站长疑惑地瞥了一眼桑代克，桑代克点头道："看看铁轨是否呈现出同样的情况，也是一件很有趣的事情。"

站长一脸莫名，显然想问个明白。奈何将死者的随身物品装进口袋的督察却迫不及待要出发了。桑代克收拾好他的箱子，要求车站借他一盏提灯。我们沿铁轨走向陈尸地点。桑代克提着灯，我则拿着那只不可或缺的绿色箱子。

"我有一点没想明白，"我让督察和站长先走，确定他们已经走到听不见我们说话的地方后，向桑代克问道，"你很快就得出了结论。是什么让你立即确定这是谋杀而非自杀的呢？"

"因为我发现了一个微小却非常有说服力的事实，"桑代克回答道，"想必你也注意到了，尸体左侧太阳穴上方的头皮有一处小小的伤口。那是擦伤，极有可能是车头造成的。问题是——那个伤口出血了，而且出血的状态持续了相当之久。尸体面部有两道始于伤口的血迹，都已凝固，甚至有一部分已经干了。但被害者的头被轧断了，如果这个伤口是由车头造成的，那么它必然形成于身首分离之后。因为在车头不断接近的时候，有伤口的部分位于离车头最远的一侧。而且与躯干分离的头颅是不会出血的。因此，那道伤口形成于身首分离之前。

"可伤口不仅流血了，还形成了两股呈直角的血迹。根据血迹的状态，第一道血迹沿着脸的侧面往下流，落在了衣领上。第二道血迹

143

则流向了后脑勺。你也知道，杰维斯，引力法则是没有例外的。如果血顺着脸流向下巴，那么被害者的头部在那个时候必定处于垂直状态。若有血从前面淌到后脑勺，那就意味着被害者的头在那个时候处于水平状态，脸朝上。但司机看到被害者的时候，他是脸朝下趴着的。唯一说得通的推论是，在伤口形成的时候，被害者与地面垂直——不是站着就是坐着。然后，在他还活着的时候，他仰面躺了一段时间，所以血才会流向后脑勺。"

"原来是这样……真是太惭愧了，我连这些都推理不出来。"我懊悔地说道。

"迅速的观察与推理建立在实践之上，"桑代克回答，"话说通过那张脸你能推测出什么？"

"我认为有明显的窒息迹象。"

"没错，这是毫无疑问的，"桑代克说道，"那是一张窒息者的脸。你肯定也注意到了，被害者的舌头出现了明显的肿胀，上唇内侧有牙齿留下的压痕，还有若干处小伤口，显然是口腔受到重压造成的。请你试想一下，这些事实和推论与头皮上的伤口是多么吻合。如果我们知道死者头部受到打击，与袭击者搏斗，最后被压倒并窒息而死，我们要寻找的正是在那具尸体上发现的那些痕迹。"

"话说你好像在被害者的牙齿之间找到了什么东西，那是什么啊？我刚才没来得及通过显微镜仔细观察。"

"哦，没错。那个东西不仅让我有了十足的把握，还进一步充实了我们的推论。那是一缕织物纤维。通过显微镜，可以看出它是由染成各种颜色的数种纤维组成的。主要部分是染成深红色的羊毛纤维，但也掺杂着染成蓝色的棉纤维和一些染成黄色的黄麻状纤维。它显然出自杂色织物，也许是女人穿的裙子。不过考虑到纤维中掺有黄麻，我更倾向于劣质窗帘或地垫之类的东西。"

"那它的重要性体现在哪里呢？"

"如果它不是衣服的一部分，那就必然来自家居用品。而家居用品暗示着住处。"

"可我不觉得它是决定性的证据啊……"我表示反对。

"没错，但它是宝贵的确证。"

"它能证明什么？"

"证明被害者鞋底所提供的暗示。我仔细检查了鞋底，却完全没有发现沙石与泥土的痕迹。要知道，他必须穿过荒地才能到达他被发现的地方。而我找到的是细碎的烟灰、踩雪茄或卷烟时形成的焦痕、饼干屑和一些彩色纤维，挂在戳出来的针头上，显然出自地毯。这些证据都在暗示我们，被害者是在铺有地毯的房子里遇害的，然后才被挪到了铁路上。"

我沉默了好一会儿。尽管我很了解桑代克，可他的这番话还是让我惊叹不已。这是我每次陪他开展调查时都会重新品尝到的感动。他总能将表面上无关紧要的事实综合起来，梳理出合理有序的因果关系，使它们道出一个连贯的故事。在我看来，他的这种能力是无比神奇的现象，而他每次展示这种能力，都能让我大开眼界。

"如果你的推论正确，"我说道，"那案子几乎已经破了。那栋房子里肯定留有大量的痕迹。唯一的问题是，案件发生在哪栋房子里。"

"完全正确，"桑代克回答道，"这就是问题的所在。而且这个问题非常棘手。只要看一眼那房子的内部，所有的谜团都能迎刃而解。可我们要如何才能看到那一眼呢？总不能胡乱闯进别人家里寻找凶杀的证据吧。眼下我们手里的线索都断了。线索的另一头在某栋陌生的房子里。如果我们不能把线索的两头连起来，案子就无法水落石出。归根到底，我们要解决的问题是'谁杀了奥斯卡·布罗茨基'。"

"那你接下来打算怎么办？"

"调查的下一阶段，是将这起案件与某栋特定的房子联系起来。为此，我只能收集所有可用的事实，并从所有可能的角度逐一推敲它们之间的联系。如果我无法将那些事实串联起来，这场调查就会以失败告终，我们将不得不重新开始——如果正如我所料，布罗茨基随身携带了钻石，到时候就得从阿姆斯特丹查起了。"

我们的对话被打断了。因为此刻我们已经走到了发现尸体的地点。站长停了下来，和督察一起借着提灯的光亮检查左侧的铁轨。

"血迹非常少啊，"站长说道，"这样的事故我遇到过好几次了，照理说车头和铁轨上都会有大量的血迹，真是奇了怪了。"

桑代克只是瞥了一眼铁轨而已。这个问题已经无法再引起他的兴趣。他正用提灯照着铁轨边的地面——地上铺满了松散的、混有白垩碎片的小石子。提灯还照到了蹲在轨道旁的督察的鞋底。

"你看到了吗，杰维斯？"他低声说道。我点了点头。督察的鞋底沾满了碎石颗粒，踩踏白垩留下的痕迹更是清晰可见。

"你们还没有找到那顶帽子吧？"桑代克问道。他弯腰捡起了轨道边地上的一小截绳子。

"没有，"督察回答，"但它不会跑去太远的地方。哟，这是又找到什么线索了？"他瞥了一眼那截绳子，冷笑着说道。

"还不好说呢，"桑代克说道，"是一截白麻绳，里面混有绿色的捻线——也许它稍后会告诉我们一些东西。总之先收着吧。"说着，他从口袋里掏出一个马口铁小盒子，里面有好几种装种子的小封袋。他把绳子塞进其中一个封袋，用铅笔在外面潦草地写了几笔。督察带着纵容的微笑看着他，然后继续检查轨道。这一回，桑代克也加入了他们的行列。

"那可怜虫貌似是个近视眼，"督察指着打碎的镜片说道，"也许这就是他误入铁轨的原因。"

"有可能。"桑代克说道。他早已注意到散落在枕木和道砟上的碎镜片。只见他再次掏出"收集盒"，拿出另一个种子封袋。"能借我一把镊子吗，杰维斯？"他说道，"你也拿上一把，帮我收集碎片。"

我照办了。督察很是莫名地抬起头，望着我们。

"这镜片显然是死者的，"他说道，"他肯定是戴眼镜的，因为我看到了他鼻子上的印子。"

"不过，验证一下这个事实也无妨，"桑代克说道。然后，他压低声音对我补充道："把你能找到的所有碎片都捡起来，杰维斯。也许它们将成为最重要的证物。"

"我还不明白这些碎片为什么重要……"我借着提灯的光亮在石子中寻找微小的玻璃碎片。

"你不明白吗？"桑代克说道，"看看这些碎片。其中有几片相当大，但枕木上的大多非常小。再考虑考虑碎片的数量。玻璃的状态显然与周围的环境不一致。厚厚的凹透镜被打碎了，形成了大量的微小碎片。问题是，镜片是如何破碎的呢？很明显，它不是被随随便便砸碎的。因为那种镜片落地时，一般会碎成几个大碎片。它也不是被车轮碾碎的，因为车轮会把镜片变成细小的粉末，而粉末也必定会出现在轨道上。但事实上，我们并没有发现那样的痕迹。你可能还记得，镜框也存在类似的矛盾点。它的损毁程度很是严重，显然不仅仅被摔在了地上，却又没有严重到被车轮碾过的地步。"

"那你认为这意味着什么？"我问道。

"从表面上看，眼镜似乎被人踩过。但考虑到尸体被运到了这里，那么眼镜也很可能是被凶手带来这里的，而且眼镜当时十有八九已经坏了。因为它看起来更像是在搏斗过程中被踩坏的，而不是凶手拿过来之后踩坏的。所以再小的碎片也要捡起来，每一片都至关重要。"

"可你为什么觉得碎片很重要呢？"不得不承认，这个问题相当愚蠢，可我还是得问。

"因为如果我们捡起了所能找到的每一块碎片，就一定会发现镜片比我们料想的缺了更多，而这一事实也许可以支持我们的假设，带领我们在其他地方找到缺失的部分。如果情况正相反，我们找到的碎片和事前料想的一样多，那就不得不得出'镜片是在这里被打碎的'这一结论了。"

在我们搜索碎片的时候，督察与站长到处搜寻那顶不见踪影的帽子。等我们终于捡起最后一块碎片，甚至用放大镜仔仔细细查了一遍，也没有发现更多的碎片时，他们的提灯已经挪到了离铁轨有一段距离的地方，如鬼火般摇曳不止。

"在他们回来之前，我们可以整理一下自己的成果，"桑代克瞥了一眼飘摇的灯火说道，"把箱子放在栅栏边的草地上吧。可以拿它当桌子用。"

我照做了。桑代克从口袋里掏出一张信纸，将它打开，平铺在箱子上。尽管那是一个平静的夜晚，没有刮风，他还是用两块石头压住了信纸。然后，他把种子封袋里的东西倒在纸上，小心翼翼地摊开玻璃碎片，一言不发地看了一会儿。看着看着，他的脸上浮现出一种非常奇妙的表情。说时迟那时快，他夹起大块碎片，十分专注地将它们逐一放在他从名片盒里取出的两张名片上，动作无比迅疾。在他拼接碎片的过程中，两片镜片在卡片上逐渐成形。我越看越激动。因为朋友的神态告诉我，某种发现已近在咫尺。

片刻后，两片椭圆形的玻璃出现在了两张名片上，除了一两处小缝隙，其他部分堪称完美。其余碎片则非常微小，无法拼回原处。这时，桑代克向后靠了靠，平静地笑道：

"这个结果着实出乎意料。"

"怎么说？"我问道。

"你还不明白吗？这里的玻璃太多了。我几乎复原了破碎的镜片，可剩下的碎片大大超过了填补缺口的需要。"

我看了看那堆微小的碎片，立刻意识到他说得没错。小碎片太多了。

"太诡异了，"我说，"怎么会这样？"

"这些碎片应该会告诉我们的，"他回答道，"只要我们用足够智慧的方法去询问。"

他把纸和两张名片小心翼翼地放到地上，然后打开箱子，取出小显微镜，装上最低倍的物镜和目镜——两者相合的放大率只有十倍。接着，他将微小碎片转移到载玻片上，把提灯用作显微镜灯，开始仔细观察。

"呵！"不一会儿，他便发出一声惊呼，"这个案子越来越有意思了。这里的玻璃不单单是'太多了'，还'太少了'。我的意思是，在这堆碎片里，眼镜的碎片不过一两块，不足以重构镜片。其余碎片出自质地较软且不均匀的模制玻璃器皿，很容易与透亮且坚硬的光学玻璃区分开。这些不同质地的碎片都带着弧度，恐怕都出自某种圆柱体，不是高脚杯就是平底杯。"他将载玻片移动了一两下，然后继续说道："我们太走运了，杰维斯。我发现其中一块碎片上有两条放射状的蚀刻线，显然是射出八条光线的星形图案的一部分——另一块碎片上也有三条线——是三条射线的末端。有这么多线索，重构那个玻璃器皿便不是难事。它是一种透明的薄玻璃——大概是平底酒杯——以星形图案装饰。你肯定也见过这种设计的玻璃器皿。有些款式多一条装饰带，但大多数只有星形图案。你来看看这个标本吧。"

就在我看显微镜的时候，站长和督察回来了。见我们围着个显微镜坐在地上，饶是严肃的督察也不禁笑了好一会儿。

"请二位原谅，"片刻后，督察用辩解的口吻说道，"可是说真的，在我这种老古板看来，这一幕实在是有点——呃……你们懂的——我也知道显微镜是一种非常有趣又好玩的东西。但碰上这种案子，它肯定是派不上什么用场的吧……"

"也许吧，"桑代克回答，"对了，你们找到帽子了吗？"

"没有啊。"督察略显困窘地回答。

"那我们也帮忙找吧，"桑代克说道，"如果二位愿意稍等片刻，我们这就过去。"他在卡片上滴了几滴二甲苯香胶，将重组的镜片固定在衬纸上，连同显微镜一起装进箱子，宣布他可以走了。

"这附近有没有村庄乡镇？"他问站长。

"最近的是科菲尔德，离这儿大概半英里。一路上没有其他村落。"

"那离这儿最近的路在哪里？"

"在三百码开外的房子边上，有一条没完全铺好的路，是某家房产公司弄的。此外还有一条通向车站的乡间小道。"

"附近还有其他房子吗？"

"没有了，那是方圆半英里内唯一的房子。这附近也没别的路可走了。"

"那布罗茨基十有八九就是从那个方向来的，因为尸体是在铁轨的那一边被发现的。"

督察同意这个观点，于是我们便在站长的带领下朝那栋房子进发，边走边搜索地面。我们经过的荒地尽是酸模和荨麻的草丛，所以督察不得不边走边踹，用脚和提灯寻找失踪的帽子。走了三百码后，我们来到一堵围着院子的矮墙前。墙后是一栋小巧精致的房子。我们停下不动，督察则钻进了墙边的荨麻丛，使劲踢来踢去。突然传来一阵金属的响声，其中还夹杂着督察的谩骂声。片刻后，督察捂着一只脚跳了出来，骂骂咧咧。

"是哪个蠢货把这种东西扔进荨麻丛的啊！"他揉着吃痛的脚直嚷嚷。桑代克把那东西捡起来，用提灯照了照。原来是一截一英尺长、四分之三英寸厚的铁棍。"看来它没在草丛里待太久，"桑代克细细观察着说道，"几乎没有任何锈迹。"

"对我来说够久了，久到能撞到我的脚了！"督察咆哮道，"我真想对准那个混账的脑袋来一棍子！"

桑代克对督察的痛苦无动于衷，继续平静地检查那根铁棍。不一会儿，他把提灯放在墙上，拿出袖珍透镜细细查看。这一举动使督察非常恼火，气得他拖着受伤的腿走开了。站长也跟了过去。片刻后，便传来了他们拍打房子前门的声音。

"给我一张载玻片，杰维斯，再来一滴固定液，"桑代克说道，"这根铁棍上粘着某种纤维。"

我准备好载玻片，把它和盖玻片、镊子与解剖针一并递过去，又把显微镜架在了墙上。

"我同情督察的遭遇，"桑代克盯着显微镜说道，"但对我们而言，这一脚着实幸运。来看看这个标本吧。"

我看了看显微镜，挪动载玻片，看清上面的物体后陈述了自己的意见："红色的羊毛纤维、蓝色的棉纤维和疑似黄麻的黄色植物纤维。"

"没错，"桑代克说道，"与我们在死者齿缝里发现的那束纤维相同，可能出自同一块布。凶手很可能用那块闷死了可怜的布罗茨基的窗帘或垫子擦过这根铁棍。先把它放在墙上吧，以便后期比对。当务之急是想办法进入这栋房子。这个提示太明显了，不能视若无睹。"

我们匆忙收拾好箱子，赶到房子正面。督察与站长的模糊身影就在没修好的那条路上。

"房里亮着灯，"督察说道，"但家里没人。我敲了十几下，却没人应门。在这里逛下去也没什么意义。帽子恐怕就在发现尸体的地方附近，明天早上肯定能找到。"

桑代克没有回答，而是走进院子，轻轻敲了敲门，随即弯下腰，把耳朵贴在钥匙孔上细细聆听。

"家里真的没人。"督察烦躁地说道。桑代克却继续听着。见状，他气得走开了，嘴里不住地嘟囔。他一走，桑代克立刻用提灯照了照门板、门槛、门径和小花坛。片刻后，我便看见他弯下腰，从一个花坛里捡起了什么东西。

"这个东西带来了不少启示，杰维斯，"他走到院门口，向我展示了一支只抽了半英寸的卷烟。

"什么启示？"我问道，"你能从它看出什么？"

151

"很多事情，"他回答道，"这是一根点燃后没多久就被扔掉的烟。这体现出了意图的突然改变。烟被扔在房门口，不难想象是某个正准备走进房子的人扔的。那人并不是房子的居民，否则他应该会把烟带进去。但他本没有进入这栋房子的打算，否则他就不会点这支烟了。以上是寻常的推论。而这支烟的特殊之处在于，用来卷烟的纸是 Zig-Zag 牌的，有非常明显的水印。而布罗茨基的卷烟纸也是这个牌子的——它因拉出来呈锯齿状得名。让我们看看里面装着什么样的烟草吧。"他取下大衣的别针，从卷烟没点着的那头钩出一缕呈浑浊暗褐色的烟草，递到我眼前。

"切成细丝的拉塔基亚！"我毫不犹豫地说道。

"没错，"桑代克说道，"这支烟里装的烟草和布罗茨基烟袋里的一样，用的卷烟纸也和布罗茨基的一样。怀着对三段论法的第四条规则的敬意，我认为这支烟出自奥斯卡·布罗茨基之手。不过我们还要寻找更确凿的补充证据。"

"什么证据？"我问道。

"你可能已经注意到了，布罗茨基的火柴盒装着短短的圆木梗火柴——这种火柴也比较特殊。由于他肯定是在离大门不远的地方点的烟，我们应该能找到他用于点烟的火柴。让我们沿着他可能经过的路线找找看。"

我们沿着那条路慢慢行走，同时用提灯搜索地面。才走了十几步，我便在凹凸不平的路上找到了一根火柴，又惊又喜地将它捡起。那是一根圆木梗火柴。

桑代克饶有兴趣地检查了它，把它和卷烟一起放进了"收集盒"，然后折回了那栋房子。"毋庸置疑，布罗茨基就是在这栋房子里遇害的。我们终于将案子和这栋房子联系起来了。接下来，我们必须进屋去，把其他线索串联起来。"我们快步绕到房子的后侧，却见督察正在和站长说话，神情郁闷。

"我们还是撤吧，"督察说道，"我都不知道我们大老远跑来这里是为了什么。可——慢着！使不得！"只见桑代克毫无预兆地飞身一跃，把他的一条长腿放在了围墙的另一侧。

"不许擅闯民宅！"督察继续喊道。桑代克却悄然翻进墙内，转身面对墙外的督察。

"请听我一言，督察，"他说道，"我有充分的理由相信，被害者布罗茨基进过这栋房子。事实上，我已经准备为此发誓了。但时间不等人，我们必须趁着犯罪的气味还在，迅速追击。而且我并不打算直接闯入房子，只是想检查一下垃圾桶。"

"垃圾桶？"督察喘着气说道，"好吧，你真是个怪人！你想在垃圾桶里找什么？"

"平底酒杯或高脚酒杯的碎片。酒杯很薄，饰有小小的八角星图案。它也许在垃圾桶里，也许在屋里。"

督察犹豫片刻，但终究还是被桑代克洋溢着自信的态度压倒了。

"垃圾桶里有什么东西一看便知，我倒是不介意，"督察说道，"不过我实在搞不明白，酒杯的碎片能和案子扯上什么关系。你要查就查吧。"他跳上墙头，落入院子。站长和我紧随其后。

就在督察与站长匆匆走上小路的时候，桑代克在院门边停留了一会儿，仔细检查地面。但他没有发现任何能引起他兴趣的东西，便犀利地环视四周，向房子走去。谁知刚走到一半，我们便听到了督察兴奋的喊声。

"有了！就在这儿！"他大声喊道。快步走过去一看，只见他和站长正俯视着一小堆垃圾，一脸的惊愕。他们的提灯照亮了垃圾堆，将带有星形图案的薄玻璃杯碎片呈现在我们面前。

"我无法想象你是如何猜到它在这里的……"督察的语气中充满了新的敬意，"话说你准备怎么处理它啊？"

"这不过是证据链中的一个环节，"桑代克边说边从箱子里拿出一把镊子，弯腰查看垃圾堆，"应该还会有别的发现。"他夹起几块小碎片仔细查看，又把它们放下。突然，他的目光捕捉到了垃圾堆底部的小碎片。他用镊子夹住它，在强烈的灯光下把它举到眼前，并拿出透镜仔细检查。"嗯，"片刻后，他说道，"这就是我在找的东西。可否帮我取出刚才那两张名片，杰维斯？"

我拿出那两张固定着眼镜碎片的名片，把它们放在箱盖上，用提灯照亮。桑代克细细端详了一会儿，又看了看他手中的碎片。然后，他转身对督察说道："你是否亲眼看到我捡起了这块碎片？"

"是的。"督察回答道。

"你也看到了我们是在哪里发现了这些眼镜的碎片，并知道眼镜属于谁。"

"没错。那是死者的眼镜，你是在发现尸体的地方找到了那些碎片。"

"很好，"桑代克说道，"请看。"督察与站长张着嘴探出头去。只见桑代克将小碎片放在其中一块镜片的缝隙中，然后轻轻向前一推。碎片竟完全嵌入了缝隙，与周围的碎片严丝合缝。镜片的那一部分就此恢复完整。

"天哪！"督察不禁感叹，"你到底是怎么知道的？"

"这个得稍后再解释了，"桑代克说道，"当务之急是进屋看看。我们应该能在屋里找到一支被踩过的卷烟——也可能是雪茄。还有麦粉做的饼干、一根圆木梗火柴外加那顶下落不明的帽子。"

一听到"帽子"，督察便迫不及待地冲向后门，却发现门被闩上了。于是他又试了试窗户，可窗户也被牢牢锁住了。因此他只得根据桑代克的建议，绕去前门。

"这扇门也锁着，"督察说道，"恐怕我们只能费点力气破门而入了。"

"试试窗户吧。"桑代克建议。

督察试图用小刀打开搭扣，费了好一番工夫也没成功。

"不行啊，"他回到门口，"看来我们只能——"话到一半，他便瞠目结舌。因为门分明开着，而桑代克正把什么东西装回口袋。

"你的朋友可真会抓紧时间——在开锁这方面也一样。"当我们跟着桑代克进屋时，督察对我说道。不过片刻后，他的这种想法就被新的惊喜所取代。桑代克率先进入一间小起居室。吊灯被调得很暗，整个房间昏暗无比。

我们进去之后，桑代克把灯调亮，扫视整个房间。桌上放着威士忌酒瓶、虹吸壶、一个平底酒杯和饼干盒。桑代克指着饼干盒对督察说道："看看那盒子里装了什么。"

督察掀开盒盖，站长也透过他的肩膀看过去，然后两人都瞪大眼睛望向了桑代克。

"你到底是怎么知道屋里有麦粉饼干的？"站长惊呼。

"我要是说了，你肯定会很失望的，"桑代克回答，"不过你们看看这个。"他指了指壁炉前的地面。只见那里躺着一根扁扁的、抽了一半的卷烟，还有一根圆木梗火柴。督察惊得一句话都说不出来，注视着那些东西。站长则继续盯着桑代克，脸上的表情甚至有几分带有迷信色彩的敬畏。

"你带着被害者的随身物品吧？"桑代克问道。

"带着，"督察回答，"为安全起见，都装在我的口袋里。"

"那么，"桑代克捡起那支被压扁的烟，"请你拿出他的烟袋。"

督察拿出烟袋，并将它打开。桑代克则用他锋利的小刀仔细割开了香烟。"你看，烟袋里装着什么烟？"

督察拿起一撮看了看，又皱着眉头闻了闻。"这是一种有怪味的烟草，经常放在混合烟草里的——应该是拉塔基亚吧。"

"那这些呢？"桑代克指着割开的卷烟问道。

"也是拉塔基亚，毫无疑问。"督察回答道。

"再看看卷烟纸。"

督察从口袋里掏出那一小本卷烟纸——不过每张纸都是分开的，说"一叠纸"也许更贴切——并抽出其中一张作为样本。桑代克把那张烧了一半的纸放在旁边。督察对比了两张纸，把它们举到灯光下。

"显然是 Zig-Zag 牌卷烟纸的水印，错不了，"督察说道，"这支烟是死者卷的，不可能有任何疑问。"

"还有一点，"桑代克把烧剩下的圆木梗火柴放在桌上，"你有他的火柴盒吗？"

督察掏出银色的小盒子，拿出里面的圆木梗火柴，与烧剩下的火柴梗进行比对，然后"啪"的一声关上盒子。

"你彻底证明了自己的推论，"他说道，"如果我们能找到那顶帽子，证据链就完整了。"

"眼下可不能断言我们没找到帽子，"桑代克说道，"想必你也注意到了，除了煤之外，壁炉里还烧过别的东西。"

督察冲向壁炉，开始用激动的动作挑出炉渣。"炉渣还是热的，"他说道，"而且显然不全是煤渣。煤的上面还烧过木头，但这些小黑块既不是煤，也不是木头。也许是帽子的残渣。可……天哪！烧成这样，谁还看得出来啊？我们可以把破碎的镜片拼起来，却不能用几块炉渣堆出一顶帽子啊。"他拿出一把小小的、漆黑的海绵状的炉渣，沮丧地看着桑代克。桑代克从他手中接过来，把它放在一张纸上。

"我们当然无法重构帽子，"桑代克点头道，"但也许可以确定这些残渣的来源。也许它压根就不是帽子的残渣。"他点燃一根蜡火柴，拿起其中一块烧焦的残渣，用火灼烤。残渣立刻被烧化了，发出水被煮开似的声音，同时冒出浓浓的烟雾。空气中顿时充满了一股刺鼻的树脂味，其中还夹杂着动物性物质燃烧的臭味。

"闻起来像清漆……"站长说道。

"是的，虫胶清漆，"桑代克表示，"第一次实验结果喜人。接下来的实验也许需要更多的时间。"

他打开绿色箱子，拿出用于马什试验的小烧瓶，外加安全漏斗、溢气管、小号折叠三脚架、酒精灯和用作沙浴的石棉盘。仔细查看过残渣之后，他挑出其中几块放入烧瓶，灌满酒精，再放在石棉盘上，将其置于三脚架上。然后点燃下方的酒精灯，坐下来等待酒精沸腾。

"有一个最好在这里解决的小问题，"当烧瓶开始冒泡的时候，桑代克说道，"请给我一片滴有固定液的载玻片，杰维斯。"

就在我准备载玻片的时候，桑代克用镊子采集了一缕桌布的纤维。"这种织物让我产生了似曾相识之感。"说着，他把那缕纤维放在固定液中，再将载玻片架在显微镜上。"没错，"他看着目镜继续说道，"果然是那种织物。红色的羊毛纤维、蓝色的棉纤维和黄色的黄麻纤维。必须立刻在标签上写一笔，否则容易跟其他标本搞混。"

"被害者是怎么死的，你可有头绪？"督察问道。

"有，"桑代克回答，"我认为，凶手把他引诱到这个房间，并为他提供了茶点。凶手坐在你那把椅子上，布罗茨基则坐在那把小扶手椅上。然后，凶手可能用你在荨麻丛中发现的那根铁棍袭击了他，但没能一击毙命。经过一番搏斗，凶手用桌布闷死了他。顺便说一下，你还记得这截绳子吗？"他从"收集箱"里拿出了那截在铁轨边捡到的麻绳。督察点了点头。"看看你身后，你就知道它是从哪儿来的了。"

督察猛地一转身，视线落在壁炉架上的绳盒上。他取下盒子后，桑代克从里面抽出一段混有绿色捻线的白色麻绳，把它和自己手中的那截绳子做了对比，说道："麻绳中的绿色捻线足以让我们确定，两者是同一种绳子。当然，这根绳子是用来固定雨伞和手提包的。凶手扛着尸体，所以没法把它们拿在手里。话说回来，另一份标本应该已经准备好了。"

他取下三脚架上的烧瓶，使劲摇晃，并用透镜观察里面的东西。酒精已经变成了暗褐色，而且明显变浓稠了，好似糖浆。

"作为一个粗略的实验，它已经给出了足够说明问题的结果，"说着，他从箱子里掏出滴管与载玻片，将滴管插入烧瓶，从瓶底吸出几滴酒精后滴在载玻片上。

接着，他用盖玻片盖住那一小摊酒精，将载玻片架在显微镜上，仔细查看。我们屏息凝神，默默等候。

片刻后，他抬起头来，对督察问道："你知道毡帽是用什么做的吗？"

"我还真不知道……"督察回答。

"好吧，优质毡帽是用家兔和野兔的毛制成的——就是非常柔软的绒毛——用虫胶清漆固定那些绒毛，便成了帽子。毫无疑问，这些残渣含有虫胶清漆。而且我通过显微镜看到了许多野兔的绒毛。因此我可以断定，这些残渣是烧剩下的硬毡帽。另外，兔毛似乎没有染过色，因此帽子很有可能是灰色的。"

就在这时，一阵匆忙的脚步声沿院子里的小路接近，打断了我们的对话。我们一齐回头望去，只见一位上了年纪的妇人冲进房间。

她惊得呆立片刻，然后环视在场的所有人，用激烈的语气问道："你们是谁？！你们在这里干什么？"

督察起身说道："我是警察。目前我还不能向你透露更多的信息。恕我冒昧，请问你是哪位？"

"我是希克勒先生的保姆。"她回答道。

"那希克勒先生呢？是不是就快可来了？"

"不，"她冷冷地回答，"希克勒先生出门去了。坐今晚的港口联运列车走了。"

"去阿姆斯特丹？"桑代克问道。

"应该是吧。可他去哪儿关你们什么事？"保姆回答。

"我猜，他应该是钻石掮客或钻石商人吧，"桑代克说道，"做那种工作的人经常坐那趟车。"

　"是啊，"保姆说道，"他确实从事着和钻石有关的工作。"

"哦。那我们也该走了,杰维斯,"桑代克说道,"这边已经完事了,得找家酒店或旅馆落脚。督察,可否借一步说话?"

督察此刻已是满脸的谦卑和恭敬。他随我们来到院子,接受桑代克的临别建议。

"你最好立刻封锁这栋房子,并赶走那个保姆。不要碰屋里的任何东西。保存好那些炉渣,确保没人乱动垃圾堆。最重要的是,别让保姆打扫房间。站长或我会联系警方,让他们派接替你的警员过来。"

伴着友好的"晚安",我们在站长的带领下离开了那栋房子。我们与此案的关系也到此为止了。希克勒(事后得知,他的教名是塞拉斯)在下船时被捕。警方在他身上搜出一包钻石。经调查,那确实是奥斯卡·布罗茨基的财产。但他并未受到审判,因为回国途中,当船接近英国海岸时,他想方设法甩开了看守。三天后,一具戴着手铐的尸体出现在奥福德纳斯的荒凉海岸,当局这才得知塞拉斯·希克勒的命运。

"对一起奇特而又典型的案件来说,这倒是一个恰当的、戏剧性的结局,"桑代克放下报纸说道,"希望本案有助于拓展你的见识,杰维斯,并使你得出一两个有用的推论。"

"我更想听你歌颂法医学。"我回答道,同时像众所周知的蠕虫那样转向他,咧嘴一笑(虫子当然不会这么做)。

"我知道,"他皱着眉头反驳道,"我为你缺乏积极进取的精神感到遗憾。不过这起案件可以证明以下几点。第一,拖延的危险性。在转瞬即逝的脆弱证据蒸发之前,必须立即采取行动。在本案中,如果我们再晚去几个小时,也许就找不到任何线索了。第二,再微小的线索也要彻查,那副眼镜就是最好的例子。第三,迫切需要训练有素的科学家来协助警方。最后……"他笑着总结道,"我们切身体会到了,不带上那个宝贵的绿色箱子就绝不出门。"

红绸围巾

莫里斯·勒布朗｜Maurice Marie émile Leblanc

（1864.11.11—1941.11.6）

生于法国鲁昂，年过四十才开始向报刊投稿，推出了十多部作品，长短皆有。1905 年，他受创刊不久的《无所不知》之托，开始创作有罗宾登场的动作类作品，因好评如潮一举成为家喻户晓的人气作家。说起法国的推理作家，勒布朗是与加博里欧、鲍福（Fortuné du Boisgobey）、勒鲁（Gaston Leroux）齐名的黎明期大师。

亚森·罗宾！这位拥有大量假名的英雄时而以怪盗的身份示人，时而化身为名侦探。他在《奇岩城》《813 之谜》等长篇作品中的抢眼表现已无须赘述，关于他的短篇也同样精彩。本作出自《亚森·罗宾的隐情》（Les Confidences d'Arsène Lupin, 1913），故事中的罗宾既是怪盗，又是名侦探。除此之外，罗宾系列的短篇集还有《侠盗亚森·罗宾》（Arsène Lupin, Gentleman-cambrioleur）、《亚森·罗宾智斗福尔摩斯》（Arsène Lupin contre Herlock Sholmès）、《钟敲八点》（Les Huit coups de l'horloge）等等。

——乱步评

一天早晨，高级督察加尼玛尔和往常一样出门前往法院。走到佩尔戈莱斯大街时，他注意到走在自己前面的人举止很是奇怪。

那人衣着寒酸，明明是十一月，却戴着草帽。每走五六十步，他都要停下来做些小动作，比如弯腰系一下鞋带、捡起掉在地上的手杖……而每次停下的时候，他都会从口袋里拿出一小块橘子皮，悄悄放在人行道的边缘。

也许这只是某种怪癖、某种幼稚的娱乐，谁都不会多看一眼。但加尼玛尔是一位敏锐的观察者，无法对眼前的一切无动于衷，不搞清事情的秘密缘由，他就不会心满意足。于是他立刻对那名男子开展了跟踪。

谁知当男子向右拐去，走上大军团大街时，督察发现他和一个十二岁左右的男孩交换了信号。男孩正沿着左手边的房屋行走。

又走了二十多米，只见那人弯下腰，撩起裤腿，留下一片橘子皮。与此同时，男孩停了下来，用粉笔头在路旁房屋的墙上画了一个白色的十字，再用圆圈把它圈起来。

两人继续前行。一分多钟后，他们又停下了。神秘男子捡起一枚别针，扔下一块橘子皮。男孩同时在墙上画了第二个十字，同样以白圈圈住。

"好家伙……"督察满意地沉吟道，思索起来。

（太可疑了……这两位到底有什么企图？）

那两人穿过弗里德兰大道和圣奥诺雷街，但没有发生任何值得额外注意的事情。

两人几乎每隔一段时间就要把那套动作机械性地重复一次。不过显而易见的是，放橘子皮的男人总是在男孩选定做标记的房子之后才完成他的工作，而男孩也总是在看到同伴的信号之后才会在房子上做标记。

因此两人之间必然存在某种协议。而高级督察也对这些他无意中

161

发现的小动作产生了不小的兴趣。

走到博沃广场后，男子犹豫片刻，然后似是下了决心，撩起裤腿两次又放下。见状，男孩在人行道边缘坐下，正对着在司法部门口站岗的哨兵，在石板上画了两个小十字和两个圆圈。

来到爱丽舍宫那个路口时，他们也进行了同样的仪式。只不过在总统官邸的哨兵来回走动的人行道上，多出了三个标记，而不是两个。

"他们到底想干什么？"加尼玛尔心神不宁地喃喃自语，脸色苍白。他想起了自己的宿敌，罗宾。每每遇到诡异的情况，他都会想起那个名字……

"他们到底想干什么？"

督察险些拦住那两人细细盘问。但他太聪明了，不至于干出这种蠢事。而且放橘子皮的男人点了一支烟，那个男孩叼起一个烟头走向他，显然是想借个火。

两人交换了两三句话。然后男孩立刻把一个东西递给了他的同伴。在督察看来，那个东西——像是装在套子里的手枪。两人都弯腰对着那个东西，男子面朝墙壁，掏了六次口袋，做了几个疑似给枪装子弹的动作。

完事后，两人又走了起来，拐进苏雷内大街。督察冒着被他们察觉的风险，尽可能紧随其后。只见他们走进了一栋老房子的门道。房子共有四层，除了顶楼，其他窗户都放下了百叶窗。

督察赶紧跟上。门廊的尽头是宽阔的院子，院子内侧挂着住在那栋房子里的油漆工的招牌，左手边则是楼梯口。

他上了楼梯，刚到二楼便陡然加速，因为他听见顶楼传来了疑似打斗的声响。

冲到最后的楼梯平台一看，房门是开着的。督察走进去，竖起耳朵，听清楚之后立刻冲向传出声音的房间。冲到门槛时，他已是气喘吁吁。站住一瞧，却惊讶地发现那个放橘子皮的男人和男孩正拿着椅子砸地板。

就在这时，第三个人从隔壁房间走了出来。那是个二十八岁到三十岁模样的青年，留着短短的胡须，戴着眼镜，身着羊羔皮领的家居服，看起来像外国人，兴许是俄国人。

"早上好，加尼玛尔。"青年说道。

然后，他转向两名同伴。

"多谢了，朋友们。感谢你们成功完成了任务。这是我答应你们的酬劳。"

青年掏出一张一百法郎纸币递过去，将两人推到外面，再背手关上两扇门。

"抱歉啊，请你原谅，"他对加尼玛尔说道，"我想和你谈谈……事出紧急。"

青年伸出了手，却见督察仍然愣在那里，面容因愤怒而扭曲，便夸张地感慨道：

"你似乎还不明白……事情不是一清二楚的吗？……我有急事找你啊……我能怎么办呢？"

接着，他又假装在回应对方的反驳：

"不不不，老伙计，话不能这么说。我要是写信或者打电话，你肯定不会来的……要么就是带着一个连队的人来。可我想单独见你啊。于是我心想，唯一的办法就是吩咐那两个体面人当着你的面撒些橘子皮，画些十字和圆圈，把你引到这儿来。怎么啦？为什么你一脸困惑？怎么了？大概是没认出我吧。我是罗宾啊，亚森·罗宾……去你的记忆里翻一翻……难道这个名字没有让你想起什么吗？"

"混账！"加尼玛尔咬牙切齿道。

罗宾显得有些沮丧，用满是怀念的口吻说道：

"生气啦？嗯，一看你的眼神我就知道了……我猜是因为杜格利瓦的事吧？我是不是应该等着你来抓我啊？……老天，我可从没想过这个问题！我保证，下次一定……"

"好你个恶棍！"加尼玛尔怒骂道。

"实话告诉你，我还以为你会很高兴呢。我告诉自己，'我都好久没见到那善良的老胖子加尼玛尔了。他一看到我，肯定会撒腿冲过来！'"

加尼玛尔呆立了许久，纹丝不动。直到此刻，他才摆脱茫然自失的状态。他环视四周，又看了看罗宾，然后扪心自问，自己是不是差点朝罗宾冲去。他控制住自己，抓住一把椅子，坐了下去，似是突然决定要听听对方的解释。

"说来听听，"督察说道，"少说废话，我忙得很。"

"我要的就是这句话，"罗宾回答，"那就让我们谈谈吧。如此幽静的地方可不好找。这是罗什洛尔公爵名下的老宅。公爵从没在这里住过，不过他把这层楼租给了我，让我有幸与漆匠师傅住在同一屋檐下。我还有好几处类似的住处，都非常实用。在这里，我以俄国大贵族的面貌示人，而我的身份则是前内阁部长让·多布瑞尔先生……你也知道，我是不想惹人注目，所以才选了这种麻烦的职业……"

"这与我何干？"加尼玛尔打断了他。

"确实，我在浪费唇舌，你又公务繁忙。请原谅。我不会占用你太多时间的……就五分钟……那就切入正题吧……要来根雪茄吗？不用？很好，我也不想抽。"

罗宾也坐了下来，若有所思，用手指敲击着桌面，仿佛是在演奏钢琴。他缓缓道来：

"一五九九年十月十七日，那是温暖、快乐的一天，秋高气爽……你在听吗？……一五九九年十月十七日……不过，我是不是有必要带你回到亨利四世在位时，细细讲一讲新桥的由来？不，我不认为你熟知法国的历史。提起那些，只会让你更加困惑。所以你只需要知道，昨晚半夜一点左右，有个船夫驾船从新桥靠河左岸的最后一个桥洞下经过，当时他听到有什么东西落在驳船前方，发出一阵水声。那东西是从桥上扔下来的，扔它的人显然是为了让东西沉入塞纳河的河底。船夫养的狗狂吠着冲上前去。船夫走到船头一看，只见狗正用嘴扒拉一团报纸，报纸里裹着一些东西。船夫把没有掉进水里的东西搜集起来，走进船舱仔细检查了一番。结果很是耐人寻味。船夫恰好认识我的一位朋友，朋友便派人通知了我。于是今天早上，我被生生吵醒，知道了事情的始末，还拿到了船夫捡到的东西，就是这些。"

罗宾指着摆在桌上的物品说道。首先是报纸的碎片。然后是一个大号水晶墨水瓶，瓶盖上系着一条长长的线。还有一些玻璃的小碎片，以及被揉皱撕碎的软纸板。最后是一小块鲜红色的丝绸，带着一根材质与颜色相同的穗子。

"你看，这就是我们的证据，"罗宾继续说道，"都怪那条狗，弄丢了一些东西。如果所有东西都在，问题确实会更容易解决。不过在我看来，哪怕只有手头这些，只要稍稍调动头脑与智慧，问题便能迎刃而解。而这方面正是你的特长。你觉得呢？"

加尼玛尔面不改色。他可以忍受罗宾的啰唆，但他的尊严要求他不能回答一个字，甚至不能点头或摇头，因为这可能被认为是表达赞同或批评。

"看来我们是英雄所见略同啊，"罗宾全然不顾高级督察的沉默，继续说道，"我可以简单概括一下这些证物呈现在我们眼前的案情。昨晚九点到午夜之间，有人用匕首捅伤了一名打扮艳丽的年轻女子，然后掐死了她。凶手是个衣冠楚楚的男人，戴着单片眼镜，经常出入赛马场。案发前，两人吃了三块蛋白糖和一个咖啡闪电泡芙。姑且能推测出这些吧。"

罗宾点了一支烟，抓住加尼玛尔的袖子说道：

"怎么样，督察，是不是吃了一惊？你以为在侦探推理这方面，外行人是不可能达到这种水平的。可你错了！罗宾堪比小说里的侦探，在推理方面宛若魔术师。你要我证明自己的推论？一切都是明明白白，简单得跟骗小孩的把戏一样。"

他一边论证，一边指着相应的物证，继续说道：

"我之所以断言案件发生在昨晚九点至午夜，是因为这张报纸的碎片上有昨天的日期，还印着'晚报'。而且如你所见，报纸上贴着黄色的纸带。那是给提前订购的读者送报时才会用到的东西，而晚报总是由九点那班的邮递员送出的，否则就来不及了——所以案发时间在九点以后。之所以说凶手是个衣冠楚楚的男人……你仔细看，这块玻璃碎片的边缘有一个小洞，那正是单片眼镜的洞。而单片眼镜向来是贵族爱用的配饰。这就意味着有个衣冠楚楚的男人走进了蛋糕店。里面不是还有一些形似盒子的软纸板吗？上面还沾着一点蛋白糖和闪电泡芙的奶油。把这两种糕点放在一起是常有的事。然后，这位戴单片眼镜的先生提着糕点盒见了一个年轻的女人。这条鲜红的围巾足以证明她打扮得十分艳丽。见到她之后，出于某种未知的原因，男人先用匕首捅了她，然后用这条围巾勒死了她。督察，你大可用放大镜仔细看看。你会看到，丝绸上有一片颜色略深的污渍。这是匕首擦过围巾时留下的痕迹，那是沾了血的手擦出来的。行凶后，男人为了隐匿证据，从口袋里掏出订购的报纸。你看看这张碎片，便知这是一份赛马报纸。稍加调查，就知道是哪一份报纸了。然后，他又掏出了一根绳子。一查就知道，那是马鞭上的绳子。这两个事实可以体现出，凶手热衷于赛马，而且也会骑马。接着，他将打斗时破碎的镜片收集起来，再用剪刀剪下围巾被弄脏的那部分。一查便知，这是剪刀造成的切口。剩下的围巾应该还留在被害者攥紧的手中。之后，他把蛋糕店的纸盒揉成一团，顺便处理掉其他有可能成为证据的东西，好比那把刀。此刻，它们肯定都沉在塞纳河底。他把所有的东西裹在报纸里，用绳子捆好，再系上一个水晶墨水瓶增加重量，然后逃离现场。片刻后，包裹便落了在驳船跟前。大概就是这么回事，呵呵。我都说出汗了。怎么样，你有何高见？"

罗宾观察着加尼玛尔，揣摩自己这番长篇大论对督察产生了怎样的效果。加尼玛尔依然保持沉默。

罗宾忍俊不禁。

"其实你心底里又是恼火，又是惊讶。而且你还产生了戒心——'为什么罗宾那家伙要来找我？要是他不告诉别人，独自追捕凶手，说不定还能捞到点好处。'你肯定是这么想的。你的疑问确实合情合理。可是我没有时间啊。眼下我的工作非常繁忙，根本抽不出空来。伦敦和洛桑各有一起入室盗窃案，马赛的儿童调包案，还要拯救一位死神缠身的姑娘。这么多事情都落在了我的肩头。于是我心想：'假如我把这桩案子交给善良的加尼玛尔呢？我已经帮他解决了一半，他有足够的能力查到底。这可是帮了他的大忙啊！这桩案子会给他带来多少美名啊！'

"想到这里，我便说干就干。今早八点，我派那个拿着橘子皮的人等你出来。你也确实上钩了。到了九点，你便急吼吼地找了过来。"

罗宾站了起来，朝督察稍稍弯腰，盯着对方的眼睛说道：

"还有最后一点。我已经把整个故事都告诉了你。要不了多久，你就会知道被害者是谁了……恐怕她不是芭蕾舞演员，就是某家音乐厅的歌手。而凶手很可能住在新桥附近，十有八九是左岸。我把这桩案子送给你，放手去查吧。我只留下这一小片围巾。如果你想拼出一条完整围巾，就把剩下的部分，也就是警方将在被害者的脖子上发现的那部分带来。如果你要来，那就等四个星期，十二月二十八日上午十点再来。那时，你肯定能在这里找到我。别担心，我没跟你开玩笑。而且我向你发誓，我刚才说的都是千真万确的，你可以放心大胆地查。哦，对了，还有一点很重要：逮捕那个戴单片眼镜的家伙时，请务必小心，因为他是左撇子。那我就失陪了，祝你好运！"

罗宾一个转身走到门口，打开房门，不等督察打定主意便消失不见了。加尼玛尔这才回过神来，一个箭步追了出去，却立刻发现门把手因为某种莫名其妙的机关转不动了。他花了十分钟才打开门锁，又花了十分钟才拧开门厅的锁。当他连滚带爬冲下三层楼的时候，早已没有任何希望追上亚森·罗宾了。

而且督察也没打算追。罗宾让他产生了某种奇妙而复杂的情绪。其中包含着焦虑、怨恨、不由自主的赞美，以及一种模糊的直觉——任他如何努力，如何坚持不懈地调查，都不可能战胜这样一位对手。追逐罗宾是出于职责与自尊心，但他也一直在害怕自己会被那位可怕的神秘人蒙骗，在那些一心等着嘲笑他一败涂地的公众面前出丑。

尤其是关于红绸围巾的这件事，让他觉得十分可疑。整件事确实耐人寻味，可他想来想去都不觉得这一切是真的。而且罗宾的解释乍一听很是合乎逻辑，但无论从哪个角度看，都经不起细细推敲。

"不，这肯定是一场恶作剧……"加尼玛尔心想，"尽是些想象和假设，没有任何依据。这招可骗不了我！"

来到金银匠河岸三十六号时，他已下定决心，就当早上的一切都没有发生过。

督察走上犯罪调查部的楼梯。这时，一位同事问道：

"见过部长了吗？"

"没有。"

"他刚才在找你，让你赶紧去一趟。"

"啊？"

"没错，快追过去吧。"

"他在哪儿？"

"伯尔尼街。昨晚那里出了桩凶杀案。"

"啊？被害者是谁？"

"我也不太清楚……好像是个音乐厅的歌手。"

加尼玛尔不禁喃喃自语：

"天哪！"

三十分钟后，加尼玛尔下了地铁，朝伯尔尼街走去。

被害者在演艺界以"珍妮·萨菲尔"的艺名为人所知。她居住的小公寓位于街边一幢房子的三楼。在一名巡警的带领下，高级督察穿过两间起居室，来到一间卧室。负责调查的地方法官、犯罪调查部的迪杜伊部长与验尸官都在。

才看了那房间一眼，加尼玛尔便觉毛骨悚然。因为他分明看见年轻的女性死者横躺在沙发上，双手紧紧攥着一块红绸碎布！她的上衣敞开，露出了一侧的肩膀，上面有两个伤口，周围有凝固的血迹。狰狞发黑的脸上，仍带着疯狂而骇人的表情。

刚完成检查的验尸官如此说道：

"我的第一个结论极为简单明了。被害者先被匕首捅了两刀，然后才被勒死。直接死因是窒息。"

"天哪！"加尼玛尔想起了罗宾的那番话，以及他对案件的预测，不禁再次喊道。

预审法官表示反对。

"但被害者颈部毫无皮下溢血的迹象。"

"勒死她的工具，"验尸官说道，"可能是她的丝绸围巾，留在这里的就是围巾的碎片。被害者为了保护自己，用双手紧紧攥着那条围巾。"

"可为什么只剩下了这一块呢？"法官问道。

"其余的部分可能沾上了血，所以被凶手带走了。用剪刀匆忙剪断的痕迹清晰可辨。"

"天哪！"加尼玛尔咬着牙发出第三次感叹，"罗宾那个混账明明没来过这里，可每件事都被他料中了！"

"那行凶的动机呢？"法官问道，"锁被砸坏了，橱柜也被翻得乱七八糟。迪杜伊部长，你们可有头绪？"

部长答道：

"我至少可以根据仆人的陈述提出一个假设。被害者因美貌而非她作为歌手的天赋而出名。两年前，她去了一趟俄国，并带回了一颗绝美的蓝宝石，据说是宫中贵人相赠。从那时起，人们便管她叫珍妮·萨菲尔[1]了。她以那件礼物为荣，不过为谨慎起见，她从未佩戴过它。因此我大胆推测，盗窃那颗蓝宝石也许就是犯罪的动机。"

"问题是，那个仆人知道宝石在哪儿吗？"

"不知道，也没别人知道。房间里的一片狼藉，也能体现出凶手同样不知道。"

"我们会找那个仆人问话的。"预审法官说道。

迪杜伊部长把高级督察拉到一边，说道：

"加尼玛尔，你的脸色好像不太对劲啊，怎么回事？莫非你已经有头绪了？"

"完全没有，部长。"

"真叫人头疼。我们部门必须漂漂亮亮地破一桩案子。近期发生了数起同类案件，却迟迟没能将犯罪分子逮捕归案。这一回，我们无论如何都要把凶手揪出来……而且要快！"

"这案子不好办啊，部长。"

"不好办也要办！听我说，加尼玛尔。那个仆人说，珍妮·萨菲尔的生活很有规律。在过去的一个月里，她经常和一个人见面，每次都是她从音乐厅回来之后，也就是十点左右。而对方每次都要待到午夜时分才走。珍妮·萨菲尔声称：'他是个有头有脸的人，想和我结婚。'这位有头有脸的男士采取了各种措施，生怕被人看见。经过门房时，他总会把大衣领子翻起来，压低帽檐，不让人看清他的脸。而珍妮·萨菲尔也总会在他现身之前，先把仆人打发走。所以当务之急，就是找

---

170 1 原文为"Saphir"，在法语中指"蓝宝石"。

到那个人。"

"现场没有留下任何线索吗？"

"没有。我们的对手显然是一个非常难缠的恶棍。他制订了周密的计划，实施犯罪时也非常小心，确保自己不留下任何蛛丝马迹。如能将他逮捕归案，那便是大功一件。靠你了，加尼玛尔！"

"靠我吗，部长？"督察回答道，"好吧，那我就查查看……查查看……我不会拒绝的，只是……"

加尼玛尔似乎非常激动，令部长吃了一惊。

"只是……"加尼玛尔继续说道，"只是我发誓……部长，我对天发誓……"

"发什么誓？"

"呃，没什么……到时候您就知道了，部长……到时候您就知道了……"

离开犯罪现场之后，加尼玛尔才把这句话说完。而且他抬高嗓门，狠狠跺脚，用火冒三丈的口吻说道：

"只是我对天发誓，我会用自己的方法逮捕罪犯，绝不依靠那个混蛋提供的任何一条线索！"

他一边咒骂罗宾，一边为自己被迫卷入此事大感愤怒。他决心靠自己的双手查个水落石出，在街上漫无目的地游荡。他试图在翻江倒海的头脑中厘清思绪，在混乱不堪的事实中发现尚未被任何人注意到的，也没有被罗宾发现的，通向成功的微小线索。

督察在一家酒馆匆匆用了午餐，然后继续漫步。走着走着，他突然愣住了，惊愕地停下脚步。因为他发现，自己正走在苏雷内大街那栋房子的门道上。几小时前，他才刚被罗宾引来。此时此刻，某种比督察的意志更为强大的力量再次将他带到了这里。问题的答案，还有关于真相的所有元素都在屋里。毕竟罗宾的推断是如此精准，他的推理是如此合乎逻辑，这般出色的洞察力甚至撼动了加尼玛尔的生命之源。除了从敌人留下线索的地方入手，别无他法。

督察没有再做抵抗，走楼梯上到四楼。房间的门敞开着。没人碰过证物。他把证物装进口袋。

从出门的那一刻起，他的推理与言行都是机械性的，都在幕后高手的操纵之下。除了服从，他别无选择。

如果认可罗宾的猜测，认定不知名的凶手住在新桥附近，那就意味着他有必要在新桥和伯尔尼街之间找到夜间营业的大型蛋糕店，因为那定是凶手购买糕点的地方。没过多久，他便找到了——在圣拉扎尔车站附近的一家蛋糕店，店员拿出的小纸盒与加尼玛尔手中的证物有着同样的材质和形状。此外，一名女店员记得她前一天晚上接待过一位绅士。绅士将头埋在皮草衣领中，但她清楚地看到了他的单片眼镜。

"第一条线索得到了证实，"督察心想，"凶手确实戴着单片眼镜。"

接着，加尼玛尔将赛马报纸的碎片拼起来，拿给报亭的人看。对方毫不费力地认出，那是《赛马画报》。加尼玛尔立刻前往出版《赛马画报》的报社，要求查看订购读者名单。他记下了所有住在新桥附近的人的姓名住址，尤其是罗宾强调过的住在左岸的人。

之后，他回到犯罪调查部，叫来五六个下属，下达必要的指示。

傍晚七点，最后一个下属带着好消息回来了。有一个叫普雷维耶的人订购了《赛马画报》，家住奥古斯丁码头的公寓二层。前一天傍晚，他穿着皮草斗篷出门时，去女门房那里取了他的信件和订购的《赛马画报》，直到半夜才回家。

这位普雷维耶先生有戴单片眼镜的习惯。他经常出入赛马场，名下也有几匹马，有时自己骑，有时则把马租出去。

调查进展神速，结果也与罗宾的预测完全吻合，以至于加尼玛尔在听下属汇报时几乎吓破了胆。他再一次深刻体会到了罗宾的出众才能。他活了这么多年，却从未遇到过洞察力如此出色、如此敏锐、如此机智的人。

督察去找迪杜伊部长。

"都准备好了。您有逮捕令吗？"

"什么？"

"我说，万事俱备，随时都可以逮捕凶手了，部长。"

"你查出杀害珍妮·萨菲尔的凶手是谁了？"

"是的。"

"可……怎么可能呢？快给我解释一下。"

加尼玛尔有些难为情，红着脸回答道：

"都是碰巧，部长。凶手把有可能对他不利的证物统统扔进了塞纳河，谁知包裹的一部分被人捡到了，交给了我。"

"是谁捡到的？"

"一个船夫，但他不肯透露自己的名字，怕惹上麻烦。但该有的线索都有了，查起来不费吹灰之力。"

督察描述了调查的经过。

"你管这叫碰巧！"部长无语地叫道，"还说查起来不费吹灰之力！你破过不少案子，这一次却是最精彩的！你就查到底吧，加尼玛尔，别有任何疏漏！"

加尼玛尔也想尽快解决本案。他带着下属亲自前往奥古斯丁码头，在疑犯的住处周围布置了人手。找女门房一问，才知道房客习惯外出就餐，但晚餐后会规规矩矩回家一趟。

果然如她所说，在九点不到的时候，她从窗口探出头来，向加尼玛尔发出信号。督察立刻轻吹警哨。只见一个头戴丝质礼帽、身披皮草斗篷的绅士正沿着塞纳河边的人行道走来。片刻后，他穿过马路，朝自家走去。

加尼玛尔上前说道：

"是普雷维耶先生吧？"

"没错，您是……"

"我为一事前来……"

不等加尼玛尔把话说完，普雷维耶便发现了督察那些躲藏在阴影中的下属，迅速退到墙边，与敌人面对面，背靠一楼一间拉着卷帘门的商铺门。

"退后！"他喊道，"我跟你没什么好谈的！"

他用右手挥着一根粗重的手杖，左手则滑向身后，似是试图打开店门。

加尼玛尔忽然想到，也许他会穿过那道门，通过密道逃跑。

"少说废话，"督察一边靠近，一边说道，"你已经是瓮中之鳖了……举起双手！"

加尼玛尔握住普雷维耶的手杖，然而就在这一瞬间，他想起了罗宾的警告：普雷维耶是个左撇子。他是在用左手掏枪。

督察立刻弯腰低头。他注意到对方突然动了。两声枪响震耳欲聋，却没有人被击中。

数秒后，普雷维耶的下巴吃了一记重拳，当场倒地不起。当晚九点，他被送进了拘留所。

加尼玛尔本就是声名显赫的神探，这场精准迅速的抓捕行动更是让他一战成名。舆论认定普雷维耶是之前一系列悬案的罪魁祸首，报纸则大力吹捧加尼玛尔的神勇。

审讯工作起初进行得非常顺利。首先，警方查出普雷维耶的真名叫"托马斯·德洛克"，前科累累。此外，虽然入室调查没有发现新的证据，但至少发现了一团与捆绑包裹的绳子相似的鞭绳，以及有可能造成与被害者相似的伤口的可疑匕首。

谁知到了第八天，情势急转直下。在律师的陪同下，一直拒绝回答的普雷维耶给出了非常明确的不在场证明——他表示，自己案发当晚身在富丽·贝杰尔剧院。

警方也确实在他的燕尾服口袋里找到了一张一等堂座票和一份演出节目单，上面都印有案发当天的日期。

"这肯定是你提前伪造的。"预审法官不肯轻易退让。

"那你们就想办法证明吧。"普雷维耶如此回答。

警方请证人前来指认。蛋糕店的店员回答，普雷维耶好像是那位戴单片眼镜的绅士。伯尔尼街的门房则说，普雷维耶似乎是那个经常来找珍妮·萨菲尔的男人。可谁都没有十足的把握。

因此预审没有得出任何确切的结论，也没有发现任何支持正式起诉的坚实根据。

法官把加尼玛尔叫来，道出自己的难处。

"我已经尽力了。没有牢靠的证据，我就是想起诉也没用啊。"

"可是法官大人，普雷维耶肯定是有罪的啊！如果他不是凶手，又何必要拒捕呢！"

"他说他以为自己遭到了歹徒的袭击。他坚称自己从未见过珍妮·萨菲尔。事实上，我们也找不到一位证人来反驳他的说法。而且，就算蓝宝石真的失窃了，我们也没有在他的住处找到赃物。"

"可蓝宝石也没有出现在别处啊！"加尼玛尔插嘴道。

"话是这么说，可我们不能用这个当证据来指控他啊。加尼玛尔，你很清楚我们此刻最需要的是什么。刻不容缓——我们需要那条围巾的另一半！"

"另一半？"

"没错，它显然是被凶手带走的。之所以要带走，是因为围巾上有他的血手印。"

加尼玛尔没有作答。早在几天前，他便预感到问题终将归结于这一点。没有其他用得上的证据。只要有那条红绸围巾，就能证明普雷维耶的罪行。而加尼玛尔的立场也要求他这么做。是他逮捕了普雷维耶，也因此名声大噪，成了犯罪分子最害怕的敌人。如果普雷维耶被无罪释放，他定会沦为世人的笑柄。

不幸的是，唯一不可或缺的证据在罗宾手上。怎样才能拿到它呢？

加尼玛尔多方寻找。他将所有的精力投入到新的调查工作中，为伯尔尼街之谜度过了一个又一个不眠之夜。他调动了十个下属，拼命寻找那颗不知所终的蓝宝石。

十二月二十七日，预审法官在法院的走廊拦住督察。

"怎么样啊，加尼玛尔，有什么进展吗？"

"没有，法官大人。"

"那我只能撤案了。"

"请您再等一天！"

"为什么？我们需要围巾的另一半，你有吗？"

"明天就能拿到了。"

"明天？"

"是的，但您得把您手上的那一半借给我。"

"借给你以后呢？"

"我向您保证，有了那一半，我就把整条围巾带回来。"

"好。"

加尼玛尔来到法官的办公室，拿到了那块碎布。

"可恶，岂有此理！"加尼玛尔喃喃咒骂道，"我一定要把那件证物拿回来……只要罗宾有胆量遵守约定。"

其实加尼玛尔心底里对罗宾的胆量毫不怀疑，而这正是令他烦躁的地方。为什么罗宾非要见他不可？在这种情势之下，他究竟有何目的？

焦虑在他心中燃起愤怒与仇恨的火焰。加尼玛尔决心采取一切必要的防范措施——不仅要防止自己落入陷阱，还要利用这个千载难逢的机会引敌人上钩。第二天正是罗宾指定的见面日期，十二月二十八日。加尼玛尔花了一整晚研究苏雷内大街的那栋老宅，确定除前门外没有其他出口。他告诉下属，自己要开展一场危险至极的抓捕行动，并带着他们奔赴了战场。

加尼玛尔让下属们在一家咖啡馆里待命。他所下达的指示非常明确：如果他出现在老宅四楼的某个窗口，或者没有在一小时内回来，下属们就直接攻入老宅，逮捕所有试图离开的人。

督察检查了手枪的状态，并确定自己可以迅速把枪掏出口袋，然后才上了楼。

见屋里的一切都与自己离开时别无二致，加尼玛尔很是惊讶。门敞开着，锁还是坏的。确定客厅的窗户面朝街道之后，他去公寓的另外三个房间瞧了瞧，却一个人都没找到。

"罗宾这是怕了啊……"他不无满意地喃喃道。

"别傻了。"身后竟有声音传来。

回头望去，只见一位老者站在门口，身着漆匠的长罩衫。

"不用找了，是我，罗宾。今天一早，我就去漆匠那儿干活了，现在刚好是用餐的时间，所以我就上楼来了。"

罗宾带着快活的微笑打量了加尼玛尔一会儿，然后说道：

"哎呀，拜你所赐，我在漆匠那儿吃了不少苦头。不拿你的十年寿命来换就太划不来了，只可惜我是这么喜欢你。想什么呢，伙计？我不是都条理清晰地告诉你了吗？从头到尾，关于案件的每个细节，都跟你说得清清楚楚，不是吗？我是不是还帮你破解了围巾之谜？我早就说了，我的推论是没有漏洞的，链条上没有一个缺失的环节……不过，这是多么高明的杰作啊，多么精准的重构啊，加尼玛尔！从发现罪案，到你来这里寻找证据，无论是发生过的一切，还是将要发生的一切，都被我敏锐的直觉所洞察了。这是多么值得惊叹的洞察力啊！你把围巾带来了吧？"

"带了，半条。另一半在你手里吧？"

"就在这儿。让我们拼拼看。"

两人将两块绸布铺在桌上。剪刀造成的切口完全吻合。布料的颜色也一模一样。

"但这应该不是你此行的唯一目的，"罗宾说道，"你最想知道的是围巾上有没有血迹。随我来，加尼玛尔，这里不够亮。"

他们走进面朝内院的隔壁房间，这里确实更亮一些。罗宾把他的那块布贴在窗玻璃上。

"看。"他一边给加尼玛尔腾地方，一边说道。

督察高兴得手舞足蹈。五根手指和手掌的印记清晰可见，铁证如山。凶手用沾满鲜血的手，用那只捅伤珍妮·萨菲尔的手抓住了这块布，把围巾绕在了她的脖子上。

"而且这是左手的手印，"罗宾提醒道，"所以我才会向你发出那样的警告。说穿了也就没什么不可思议的了。你当我是聪明人还可以接受，当我是巫师，我可受不了。"

加尼玛尔迅速将那块绸布塞进口袋。罗宾没有异议。

"没问题，那块布就送给你了。你若开心，我心里也舒坦。你看，这次的事情没有任何圈套……只有我的一片好心……只有朋友对朋友、伙伴对伙伴的善意……而且我承认，还有那么一点点好奇心……没错，我想检查检查另一块绸布，就是警方手里那块……别担心，别担心，这就还给你，请稍等。"

就在加尼玛尔竖起耳朵听他说话的时候，罗宾用不经意的动作把玩着半条围巾末端的穗子。

"女人做来打发时间的手工可真是精细。不知你在盘问证人的时候有没有注意到，珍妮·萨菲尔有一双巧手，她的帽子和衣服都是自己做的。这条围巾……肯定也是她自己做的……不过我一开始就注意到了这一点。真不是我自夸，我这人有与生俱来的好奇心，所以我仔仔细细检查过你刚刚塞进口袋的那块绸布……然后我发现，穗子里有一块小小的圣牌，是那个可怜的女人特意缝进去当护身符用的。多么感人啊，不是吗，加尼玛尔？那是圣母玛利亚的小圣牌。"

督察心生疑惑，视线牢牢锁定罗宾。罗宾却继续说道：

"于是我便想，如果能检查一下围巾的另一半，也就是警察将在被害者的脖子上发现的那一半，那一定会很有意思。因为我好不容易拿到手的这一半，也挂着同样的穗子……所以我一看就知道，另一半有没有能用来藏东西的地方，以及里面藏了什么……你看，多么精巧的手工啊，而且很简单！只需准备一卷红捻线，用线把打过洞的橄榄形木片缠住就行了。而且那圆形木片的中间有一处小凹槽。凹槽固然小，却足以容纳和圣牌一般大的东西……不一定要放圣牌啦……好比珠宝……蓝宝石……"

说到这里，罗宾拆开丝线，用拇指和食指从穗子里夹出一颗绝美的蓝色宝石，纯度与切割都堪称完美。

"怎么样，瞧我说什么来着，我的朋友？"

罗宾抬起头道。督察面无血色，目露凶光，仿佛是被眼前这颗闪闪发光的宝石吓破了胆，摄走了魂魄。直到此时此刻，他才终于搞清了罗宾的阴谋。

"混账！"他想起了初次见面时骂过的话，喃喃自语。

两人瞪着对方，纹丝不动。

"还给我！"督察说道。

罗宾把绸布递了过来。

"还有那颗蓝宝石！"加尼玛尔命令道。

"别说傻话了。"

"还给我，否则……"

"否则什么呀，你这个白痴！"罗宾喊道，"哦，莫非你以为我送这桩案子给你只是为了找点乐子不成？"

"把它还给我！"

179

"你还不知道我是什么人吗？老天。整整四个星期，我让你跟傻瓜似的四处奔走。可你呢？……哎哟，加尼玛尔，你得动动脑子啊，肥猪……你还不明白吗？在这四个星期里，你就是一条乖乖听话的狗啊！……加尼玛尔，把它拿给你的主人……乖，叫两声给爸爸听听……要乖乖的哦……多么天真。"

加尼玛尔强压心头的怒火，脑子里只有一个念头：赶紧把下属们叫来！他所在的这个房间朝着院子，所以他让头脑飞速运转，打算一点点绕回到房间的出口。只要到了出口，就能一个箭步冲到窗口，砸碎某块玻璃。

"不过话说回来，"罗宾继续说道，"你和你的同事们也真是蠢到家了。拿到这半条围巾之后，竟然没有一个人想到要仔细摸上一摸，也没有一个人怀疑那个可怜的女人为什么要死死拽着围巾。你们没有思考，也不懂得预见，查到哪里是哪里……"

督察就快达到目的了。趁着罗宾远离自己的那一瞬间，他突然一个转身抓住了门把手，却不禁在心中咒骂起来——门把手竟然拧不动。

罗宾不禁大笑起来。

"又来了，你连这一点都没预见到吗？你对我设下了陷阱，不承认我有料事如神的能力……然后你还傻乎乎地被我带进了这个房间。你全然没有怀疑我带你进来是不是别有企图，也没想起门锁有特殊的机关。说真的，你是怎么看待这整件事的？"

"你问我是怎么看的？……"加尼玛尔忘我地吼道。

他迅速拔枪，直指罗宾的脸。

"举起手来！"他喊道。

罗宾站在枪口跟前，耸了耸肩。

"你又犯了个大错。"

"我让你把手举起来！"

"你又犯了个大错。你的武器是派不上用场的。"

"什么？"

"你家的保姆凯瑟琳大娘是我的手下。今天早上，她趁你喝咖啡的时候弄湿了枪的火药。"

加尼玛尔做了表达愤怒的手势，把武器塞回口袋，冲向罗宾。

"还有什么招？"罗宾对准督察的小腿踹了一脚，令他无法继续前进。

两人的衣服几乎要碰到了。交错的视线火花四溅，仿佛他们是随时都有可能扭打起来的敌人。

然而，扭打并没有发生。交手的记忆告诉加尼玛尔，打斗是没有任何意义的。他想起了过去的每一场失败、每一次徒劳的攻击和罗宾那骇人的反击，动弹不得。他只觉得自己拿罗宾毫无办法。罗宾拥有不同寻常的力量，足以粉碎所有与他为敌的个人。事已至此，再挣扎又有何用？

"可不是嘛，"罗宾用友好的口吻说道，"还是到此为止的好。而且，我建议你好好想想这件事给你带来的一切。荣誉、板上钉钉的晋升……以及晋升带来的幸福晚年，这些都是可以预见的不是吗？想必你也不会对找到蓝宝石、拿下可怜的罗宾的脑袋有所奢求。这样的奢求是不公平的。更何况，可怜的罗宾救了你的命啊。没错，是谁在这里警告你，普雷维耶是个左撇子的？……你就是这样感谢我的吗？恩将仇报可不好啊，加尼玛尔。你可把我害惨了！"

罗宾一边说话，一边用和加尼玛尔一样的动作靠近门口。

加尼玛尔意识到，敌人即将逃之夭夭。他顾不上小心谨慎，挺身而出挡住罗宾的去路。就在这时，一记重拳正中他的胃部，把他掀翻到了对面的墙上。

罗宾轻轻一碰，锁的弹簧就能动了。只见他转动把手，把门打开一半，大笑着转身而去。

二十分钟后，加尼玛尔总算与下属会合了。其中一人说道：

　　"有个漆匠在工友用完午餐回来的时候走出那栋房子，交给我一封信，说'这是给你们老大的'。我问'哪个老大'的时候，他已经走远了。我猜大概是给您的。"

　　"拿来。"

　　加尼玛尔打开信封。信是用铅笔写的，笔迹匆忙潦草。内容如下：

　　写这封信是为了提醒你，我的老朋友，不要轻信他人。如果有人告诉你，你枪里的子弹受潮了，无论你多么信赖他，即使他名叫亚森·罗宾，也不能轻易上当，必须先开一枪试试。如果那人一命呜呼，你便能证明两件事。第一，子弹没有受潮。第二，凯瑟琳大娘是世间罕见的诚实保姆。

　　希望有朝一日能有幸与她相识。

你忠实的朋友亚森·罗宾敬上

吉尔伯特·马勒尔爵士的画

维克托·L. 怀特彻奇 | Victor L. Whitechurch

（1868.3.12—1933.5.25）

> 维克托·L. 怀特彻奇写就了围绕铁路的短篇集《索普·黑兹尔事件簿》（*Thrilling Stories of the Railway*, 1912），本作便是其中之一。作品中使用了"从正在行驶的列车抽取一节位于中央的货车厢"这一石破天惊的诡计。魔术能否大获成功？——如果成功了，敬请送上喝彩！
>
> ——乱步评

大西部铁路迪德科特—纽伯里支线的货车事件十分离奇，哪怕在索普·黑兹尔的事件簿中也占有重要的地位。事件的核心之所以能大白于天下，一方面是出于偶然，另一方面则归功于黑兹尔的聪明才智，不过他总是宣称，最令他感兴趣的是实施那个胆大包天的计划时采用的独特方法。

当时他正和一位朋友待在纽伯里。相机当然是不离身的。因为他既是爱书之人，又是业余摄影师。不过他的拍摄对象基本都是火车和车头。那天早上，他扛着相机散步归来，正准备走去门厅吃两块派乐萌饼干当早餐，却见朋友迎了出来。

"早啊，黑兹尔，"他说道，"镇上正需要你这样的人帮忙解决问题呢。"

"出什么事了？"黑兹尔问道，卸下相机，做起了奇奇怪怪的体操。

"我刚刚去了趟车站。我和站长很熟。他告诉我，他们线路昨晚出了一桩怪事。"

"出事地点是？"

"在迪德科特支线上。想必你也知道，那是一条单线铁路，穿过伯克郡的丘陵地带去往迪德科特。"

黑兹尔微微一笑，双臂继续在头顶转圈。

"多谢你的详细说明，"他说道，"但我碰巧知道这条线路。到底出什么事了？"

"是这样的，昨晚有一列货车从迪德科特出发，开往温切斯特，谁知其中一节车厢并没有到达纽伯里。"

"这也不是什么大问题，"黑兹尔继续做他的体操，"除非那节车厢的刹车坏了，车钩断了。因为那样可能会和后来的列车相撞。"

"不，失踪的那节车厢在列车的正中间。"

"那可能是哪个环节出错了，害得车厢留在了侧线上。"黑兹尔回答。

"可站长说，他打电话询问了沿线的所有车站，大家都说没见到那节车厢。"

"那也许是它压根就没离开迪德科特。"

"站长明确表示，这一点毫无疑问。"

"呵，听起来有点意思了，"黑兹尔停下体操，吃起了派乐萌饼干，"这里头也许有什么问题。不过货车被撂下是常有的事。总之先去车站瞧瞧吧。"

"我和你一起去，把你介绍给站长。他也听说过你的大名。"

十分钟后，两人来到站长办公室。黑兹尔又背上了他的相机。

"多谢你特意前来！"站长说道，"这件事实在是太离奇了……我是一点头绪都没有啊。"

"你知道货车上装的是什么吗？"

"这正是事情最棘手的地方。车上的东西价值连城啊！下周在温切斯特有一场画展，展出的都是借来的展品。那趟货车负责将部分展品从利明顿运来。它们都是吉尔伯特·马勒尔爵士的藏品——我记得总共是三幅——三幅很大的画，每幅都放在单独的包装箱里。"

"哦——听起来很有意思。你确定那节车厢确实被接上列车了？"

"制动员辛普森就在站里，我去叫他过来。这样你就能直接听他讲述事情的经过了。"

货车的制动员就此登场。黑兹尔盯着他看了一会儿，但那张耿直的脸上并无任何可疑之处。

"我很确定离开迪德科特的时候，那节车厢是挂在车上的，"他如此回答，"而且抵达下一站厄普顿的时候，我也瞧见它了。因为我们在那一站卸了两三节车。从我所在的制动车厢往前数，第五或第六节车厢就是出问题的那节，我很确定这一点。然后我们在康普顿停了车，挂上了家畜车厢，但那个时候我没有出去。再往后就一路开到了纽伯里，中途没有在其他车站停留。谁知到站一看，才发现那节车厢不见了。我还以为是中间出了什么差错，把车厢撂在了厄普顿或康普顿，可那两个站的人都说车厢不在那里。我知道的就这些了。真是奇了怪了！"

"确实诡异！"黑兹尔说道，"肯定是你搞错了吧。"

"不，我绝对没搞错。"

"那趟车的司机有没有注意到什么？"

"没有啊。"

"好吧，但这种事照理说是不可能发生的，"黑兹尔说道，"毕竟一节满载的货车厢不会莫名其妙消失的啊。你们是几点从迪德科特发车的？"

"大约八点。"

"哦……那就是天黑之后了。沿途没有发现什么异常情况吗？"

"没有。"

"你肯定一直都守着车闸吧？"

"是的——在列车行驶期间。"

这时，有人敲了敲站长办公室的门。一名车站工作人员走了进来。

"有一列客车刚从迪德科特支线过来，"他说道，"司机报告说，他看到一节装着包装箱的货车厢停在楚恩的侧线。"

"什么?！"制动员惊呼道，"我们没在楚恩停靠，直接开过去了啊——除了露营季，火车从不在那里停车的。"

"楚恩在哪里？"饶是黑兹尔也觉得一头雾水，连忙发问。

"那地方离厄普顿和康普顿之间的露营地很近，只有一座站台和一条侧线，"站长回答，"它是军方专用的停靠点，除了夏天军队在那一带扎营的时候，很少有人使用。"

"我想去现场看看，而且事不宜迟。"黑兹尔表示。

"那就按你说的办吧，"站长回答道，"迪德科特支线有一趟即将出发的列车。希尔督察将和你同去。我会吩咐司机在那里停车的。到时候再让返程列车接你们回来。"

不到一个小时，黑兹尔和希尔督察便在楚恩下了车。那是一个非常荒凉的地方，位于丘陵地带的广漠盆地中。除了孤零零的一棵树，还有孤立于半英里开外的一栋牧羊人小屋，这里几乎没有一丝生气。

车站本身只有一座站台、候车室外加一条侧线。而且那条侧线是"死胡同"——换句话说，这条侧线的尽头是让车辆停止的木制车挡。它是从单线铁路靠近迪德科特一侧的道岔处延伸出来的。

只见那节出问题的车厢停在侧线上，正对着车挡。三个包装箱还放在车上，上面贴着"利明顿至温切斯特　途经纽伯里"字样的标签。货车本身并无可疑之处。可它是怎么从一辆没有停止的列车的中间跑到了这里？对索普·黑兹尔的敏锐头脑来说，这也是一个未解之谜。

"好吧，"督察盯着货车看了许久后说道，"我们最好检查一下转辙器。"

这座设备简陋的车站连信号房都没有。转辙器紧挨着铁轨，由地面围栏中的两根控制杆驱动。一根用于解锁，另一根用于扳道岔。

"也不知道转辙器是个什么状态，"两人走向转辙器时，黑兹尔说道，"毕竟使用频率很低，应该是固定住了吧？"

"没错，"督察回答，"在通往侧线的轨道末端和正线轨道之间插了一块木头当楔子，用螺栓固定住了——啊，到了。你看，完全没有动过的痕迹。控制杆也是锁着的——围栏上的锁孔也是好好的。我从没遇到过这么离奇的事情，黑兹尔。"

索普·黑兹尔看着转辙器和控制杆，深感疑惑。他很清楚，要想让一节货车厢进入侧线，就必须扳动道岔。可究竟是如何做到的呢？

突然，他神色一亮。肯定有人用油松开了固定楔子的螺栓。他望向其中一根控制杆的把手，发出轻微的欢呼。

"你看，"这时，督察说道，"根本扳不动啊。"他向一根控制杆伸出了手。说时迟那时快，黑兹尔抓住了他的衣领，在他碰到控制杆之前把人拽了回来。

"抱歉，"他说道，"希望我没弄痛你。如果你不介意的话，我想先给控制杆拍些照。"

督察略显郁闷地看着他把相机固定在随身携带的折叠式三脚架上，在离其中一根控制杆的把手不过两三英寸的位置仔仔细细拍了两张照片。

"我不觉得拍照有什么用啊……"督察愤愤不平道，黑兹尔却没吱声。

"到时候你就知道了。"——他心想。

然后，他开口说道：

"督察，我认为他们肯定是把楔子弄出来了——而且要想把货车厢弄去那个位置，不用转辙器显然是不行的。我还不清楚他们是如何办到的，但这要是惯犯的手笔，倒也不是不可能把他揪出来。"

"你打算怎么找？"督察狐疑道。

"哦，我现在还不想透露太多。对了，我非常想知道车上的画作是否安好。"

"很快就知道了，"督察回答，"因为我们会把那节车厢带回去。"说着，他用扳手卸下螺栓，又打开了控制杆的锁。

"呵——杆子很活络啊。"他一边拉动控制杆，一边说道。

"活络就对了，"黑兹尔说道，"因为它们刚上过油。"

回程的火车要一个多小时才到。黑兹尔利用这段时间走去了牧羊人小屋。

"我饿了，"他向小屋里的女人解释道，"饥饿之人渴望食物是大自然的规律。可否施舍我两个洋葱和一把扫帚？"

事后，女人逢人便说："那个怪人在头顶挥着扫帚，跟法官一样庄严地吃着洋葱。"

回到纽伯里后，黑兹尔做的第一件事便是冲洗照片。傍晚时分，干版已经干透，因此他用相纸印了两三张照片，并将其中最清晰的一张寄给了他认识的一位苏格兰场官员。他在信中表示，他会在几天后回伦敦，希望届时可以得到回复。第二天晚上，他收到了一封来自站长的信，上面写着：

尊敬的黑兹尔先生：

我答应过你，如果车上的画作被人动过手脚，就要立刻通知你。我刚刚收到来自温切斯特的报告，据说他们已经拆开包装，将画交给展览组委会仔细检查过了。组委会确信画作完好无损，保持着离开所有者时的状态。

我们仍无法解释货车厢出现在楚恩侧线的经过与目的。帕丁顿已派来一名警官。应他的要求，我们没有公开此事——毕竟货物已安全送达。我相信你会保守秘密。

"事情愈发诡异了，"黑兹尔心想，"简直毫无头绪。"

第二天，他来到苏格兰场，见到了相熟的那位官员。

"告诉你一个好消息，我不费吹灰之力就解决了你的小问题，"官员表示，"一查记录，就立刻发现了你要找的人。"

"他是什么来头？"

"本名叫埃德加·杰弗里斯，但我们知道他有好几个假名。他曾因抢劫与盗窃服刑四年左右——后者是在火车上的一次大胆偷窃，很符合你的条件。他又犯什么事了？你是怎么得到那张指纹照片的？"

"嗯……"黑兹尔回答，"我也还没搞清他做了什么。但我希望可以在有新发现的时候立刻找到他。至于我是怎么得到那张照片的，还请你不要深究——那件事目前还是一桩私事，搞不好不会有下文。"

官员在纸条上写下一个地址，递给黑兹尔。"他住在这个地方，自称'艾伦'。这种人我们会一直盯着的，如果他搬了家，我再通知你。"

第二天早上，黑兹尔打开报纸一看，便发出了一声欢呼。这也难怪，因为报上登出了这样一篇文章。

名画之谜
吉尔伯特·马勒尔爵士与温切斯特私人藏品展览
不寻常的纠纷

下周将在温切斯特开幕的私人藏品展览的组委会因吉尔伯特·马勒尔爵士的离奇控诉陷入混乱。

家住利明顿的吉尔伯特爵士拥有多幅价值连城的画作，其中包括著名的《圣家族》（委拉斯凯兹）。爵士亲手将这幅画和另外两幅画送出家门，送往温切斯特展出。昨天，爵士亲自前往该市查看布展情况，因为他特别要求组委会将《圣家族》摆在最显眼的位置。

当吉尔伯特爵士与组委会的数名代表抵达会场时，那幅画正摆在会场的地板上，靠着一根柱子。

起初一切太平，直到爵士碰巧走到画布后侧。他一看便说，这幅画绝对不是他的，震惊了在场的所有人。爵士坚称，有人用赝品换走了真品。因为画布后侧有只有他才知道的记号，而且相当难以辨认，他绝不会认错，但这幅画后面并没有记号。他承认，这幅画在各方面都与真品非常相似，他从未见过如此精妙的赝品。但委员会表示，画是他们从铁路公司接收的，其间绝无调包的可能。

截至目前，谜团仍未解开，但吉尔伯特爵士向记者强调，这幅画肯定不是他的，而且由于真品极为珍贵，他打算让组委会为调包事件负责。

黑泽尔一看便知，报社显然还不知道发生在楚恩的神秘事件。事实上，铁路公司对此事严格保密，连组委会都对线路上发生的事情一无所知。

但黑兹尔很清楚人们会针对此事展开调查，便决定立刻调查下去。如果吉尔伯特爵士所言不假，那么调包的地方就必然是那冷清的楚恩侧线。当时他正在伦敦的家中，因此在读完那篇报道的五分钟后，他便叫了马车，匆匆拜访了一位朋友。朋友是闻名画坛的评论家和艺术史学家。

"我可以准确回答你的问题，"朋友表示，"因为我要给晚报写一篇关于此事的文章，刚做过功课。委拉斯凯兹的那幅画有一幅著名的仿品，据说是他的一个徒弟画的。长久以来，两幅画的所有者一直为'哪幅画才是真品'争执不休——圣莫里茨的一位绅士拥有的圣母画也有同样的问题，维也纳的一家美术馆直到现在还坚称自家的那幅才是真品呢。

"不过《圣家族》的争议在很多年前就有了定论。毫无疑问，吉尔伯特·马勒尔爵士拥有的那幅才是真迹。没人知道仿品后来怎么样了，它已经销声匿迹整整二十年了。我能告诉你的就这些。再展开讲讲，就成了一篇稿件。我得马上开工，回见！"

"等等——那幅仿品最后一次被人看到是在哪里？"

"哦！它的最后一任所有者是林格梅尔伯爵，但有传闻说，伯爵知道画是赝品之后就把它贱卖了。毕竟他对那幅画已经完全不感兴趣了。"

"话说伯爵应该已经一把年纪了吧？"

"对——快八十了吧——但他对绘画的热情不减当年啊。"

"'伯爵把画卖了'不过是传闻罢了，"离开朋友家时，黑兹尔心想，"事实并不明确——而且狂热的收藏家执着于某件事的时候，天知道会干出些什么来。一不留神，就会丧失道德观念。我也认识不少偷走朋友收藏的邮票或蝴蝶的人。如果这起事件也是如此呢？这将是一起多么骇人的丑闻啊！若能防患于未然，大家肯定会对我感恩戴德。不管怎么说，先找个方向试一试吧。而且我必须弄清楚那节车厢是怎么跑进侧线的。"

决定插手这起神秘的铁路事件后，黑兹尔没有浪费一分一秒。不到一个小时，他便来到了苏格兰场的官员提供的地址。半路上，他从名片夹里掏出一张空白的卡片，写下"来自林格梅尔伯爵"，然后装进信封。

"这是一次大胆的尝试，"他告诉自己，"但此事若真有玄机，那便值得一试。"

他要求和艾伦见面。开门的女人满脸狐疑地打量着他，称"艾伦先生应该不在家"。

"把这个信封给他。"黑兹尔回答道。片刻后，女人折了回来，让黑兹尔随她进去。

在房间里等待他的是一个身材矮胖、眼神犀利、一看就不好对付的男人。那人用怀疑的目光端详了黑兹尔一会儿。

"怎么了，"他厉声说道，"有何贵干？"

"我是为林格梅尔伯爵来的。'楚恩'——听到这个词，你应该就知道我的来意了。"黑兹尔大胆亮出自己的王牌。

"哦，楚恩怎么了？"

黑兹尔一个转身，突然锁上门，把钥匙放进口袋，然后走到那个男人面前。那人作势要朝黑兹尔扑来，黑兹尔却以迅雷不及掩耳之势拔出手枪，直指对方。

"混账——你是警察！"

"不，我不是警察——我不是说了吗，我是为伯爵而来。这话听起来就像是我在为他查案子，不是吗？"

"这个老傻瓜到底想干什么?！"杰弗里斯问道。

"哦！我听出来了，看来你什么都知道。我奉劝你乖乖听我说，这样你好歹会有些头绪。首先，那天晚上，你在楚恩调包了那幅画。"

"你知道的还挺多。"对方冷笑道，但不如之前那么挑衅了。

"没错，我知道——但也不是什么都知道。你也真够傻的，竟在那根控制杆上留下了痕迹。"

"留下了痕迹？我留下什么痕迹了？"杰弗里斯一声惊呼，不打自招。

"你满手都是油，在把手上留下了拇指的指纹。我把它拍了下来，送去苏格兰场调查了一番，简单得很。"

杰弗里斯低声骂了几句。

"你到底是为什么来的？"

"我就是为那件事而来。这份工作肯定让你赚了不少吧？"

"我告诉那个老不死的，哪怕他给我再多的钱，我也不想冒险。可他比我还坏——他唆使我把那幅画搞到手。他还说万一暴露了，责任由他来负。他大概是不想让自己的名字牵扯进这件事里，所以才会派你来的吧。"

"那倒不是。总之你先听下去。你是个恶棍，理应受到惩罚。但我纯粹是以私人身份行事，而且我认为，只要能将真迹物归原主，暗中处理好此事对各方来说都更有好处。画已经到伯爵手里了吗？"

"不，还没有，"杰弗里斯说道，"那老爷子也不是好对付的主。不过他知道画藏在哪儿。我当然也知道。"

"嗯——这个态度就对了。你看这么办如何：你把事情的经过原原本本说出来，我负责记录。照理说，你需要当着警官的面为证词的真实性宣誓——但我们不需要警官见证。我会保留你的供词，以备不时之需。但是，如果你肯协助我将画作还给吉尔伯特爵士，供词就派不上什么用场了。"

又聊了一会儿，杰弗里斯终于道出了玄机。不过在那之前，黑兹尔已经从口袋里掏出了牛奶和面包。在杰弗里斯讲述期间，黑兹尔十分淡定地做着他的体操，享用他那独具一格的午餐。杰弗里斯如此说道：

"这次的事情都是那位伯爵策划的。他是怎么逮到我的并不重要。说我逮到了他也行——也许是我唆使了他——但这不是问题的关键。伯爵一直将那幅赝品收在仓库里，同时牢牢盯着那幅真迹。因为那幅赝品是他花大价钱买回来的，他认为自己理应拥有真迹。毕竟，他对绘画是那样疯狂。

"我刚才也说了，伯爵把赝品藏了起来，还放出消息让人们以为他已经把画卖了。殊不知，他一直在等待机会，希望把赝品换成真迹。

"就在这时，我出现在他面前，接下了这项任务。参与行动的总共有三个人。毕竟这差事很棘手啊。我们查到了画将由哪一趟列车运输——这很容易。只要搞到转辙器的钥匙，拧下螺栓便是小事一桩。我在转辙器的各个关节上了油，这样它就能在关键时刻动起来了。

"一个同伙和我在一起——我们守着侧线，准备在那节车厢开进来的时候刹车。我负责转辙器。另一个人的任务最艰巨，他在车上——

193

躲在车厢的防水布下面。他带着两条非常结实的绳子,两端都有钩子。

"列车离开厄普顿后,他就开工了。

"货车的行驶速度很慢,所以时间很充裕。从后面的制动车算起,我们盯上的那节车厢是第五节。首先,他需要把第四节车厢和第六节车厢挂在一起。把钩子固定在两节车厢外侧的末端,多出来的绳子卷起来拿在手里。

"接着,等列车下坡的时候,他转移到第五节车厢,让它和第四节车厢脱钩。他带了工具,没什么难度。然后把刚才多出来的绳子放出去,直到拉紧为止。下一步是用第二根绳子把第五节和第六节连起来,再让两者脱钩,最后把第二根绳子多余的部分放出去。

"听到这里,你肯定能反应过来了。火车的最后几节车厢被连接第四节与第六节车厢的长绳牵引着,中间留出了空当。而在这个空当的中间,第五节车厢在第六节车厢伸出的短绳的牵引下运行。此时,我的同伴已经转移到了第六节车厢上,手里拿着一把尖刀。

"剩下的事情就好办了。车头一过,我就守着铁轨边上的转辙器,紧握控制杆———看到第六节车厢后方的空当,我就把杆子一扳。于是第五节车厢就进了侧线。与此同时,我的伙伴切断了绳索。

"车厢一进侧线,我便把杆子扳回原位,让后面的车厢进入正线。康普顿之前有一道坡,所以最后四节车厢能在车头的牵引下追上。我的伙伴看准时机拉紧绳索,再巧妙地将第四节和第六节挂上。然后当火车减速驶入康普顿时,他跳下了车。事情的经过就是这样。"

黑兹尔听得两眼放光。

"多么精妙的计划。"

"是吗?嗯,它确实需要一些精妙的操作。把车厢弄出来之后,我们要拔出包装箱的钉子,取出画框里的画,再把我们带来的赝品放上去。这一步稍微花了点时间,但那地方冷清得很,不至于有人碍事。完事之后,我把画布卷起来藏好了。是伯爵让我藏的。我会告诉他画藏在了哪里，过一阵子，他会亲自去取。"

"你把画藏在哪里了？"

"你真打算把这件事压下去？"

"如果我不是这么想的，你早就被抓起来了。"

"那我就告诉你吧。从楚恩到东伊尔斯利有一条沿着丘陵的小路。那条路的右手边有一口古井，是给羊喝水用的——水都干了。画就藏在井里。过去一找，就能找到绳子——我系在井口了。"

黑兹尔让他正式宣誓，并收起他的供词。不过内心的良知在低语，说他也许应该采取更强硬的措施。

"正如我之前所说，我与当局没有任何关系，只是一个普通人，"黑兹尔对吉尔伯特·马勒尔爵士说道，"我是以纯粹的私人身份来归还您的画作的。"

吉尔伯特爵士将视线从画布转移至黑兹尔那张平静的脸。

"你究竟是何方神圣？"他问道。

"嗯……我希望您称我为藏书家。不知您是否读过我发表的论文，题为《詹姆斯一世时代的装订》？"

"不，"吉尔伯特爵士说道，"我还没看过。但关于这件事，我不得不多问几句。你是怎么找到这幅画的？它在哪里？是谁——"

"吉尔伯特爵士，"黑兹尔打断了他，"我当然了解全部的真相。无论从哪个角度看，我都与此事毫无干系。我只是碰巧知道了您的画是如何被盗的，以及它在哪里。"

"但我想知道事情的来龙去脉。我将起诉——"

"我建议您不要这么做。话说您还记得那幅赝品最后一次出现在哪里吗？"

"记得啊，它原本属于林格梅尔伯爵——但伯爵后来把画卖了。"

"他真把画卖了吗？"

"嗯？"

"如果伯爵一直留着它呢？"黑兹尔露出狡黠的神情。

漫长的沉默过后……

"天哪！"吉尔伯特爵士惊呼，"你不是这个意思吧？伯爵都是半截身子入土的人了——他年事已高——我两星期前才和他一起吃过饭啊！"

"哦！您现在应该满意了吧，吉尔伯特爵士？"

"天哪——太可怕了！还好把画找回来了，我可不想让这样的丑闻公之于世！"

"没有这个必要，"黑兹尔回答，"您会跟温切斯特那边商量好的吧？"

"嗯，那是自然——哪怕我不得不承认自己搞错了，让他们展出那幅赝品……"

"我也认为这样最为妥当。"黑兹尔丝毫不对自己的行动感到后悔。

"当然，杰弗里斯理应被问罪，"他暗想，"但这个方法着实高明——着实高明！"

"不知您是否愿意在我这里用午餐？"吉尔伯特爵士问道。

"多谢，但我是素食主义者，而且——"

"我应该可以让厨师准备合你口味的餐食。我这就吩咐下去。"

"多谢您的好意，但我已经在车站餐厅预订了鹰嘴豆和沙拉。不过，如果您允许我在这里完成午餐前的体操，倒是能为我省去不少在车站被人指指点点的麻烦。"

"没问题。"吉尔伯特爵士略显惊愕地回答。听到这话，黑兹尔便脱下外套，开始像风车那样转动自己的手臂。

"毕竟用餐前得考虑考虑消化的问题。"他如此解释道。

布鲁克班德乡村别墅的悲剧

欧内斯特·布拉玛 |Ernest Bramah Smith

（1868.4.5—1942.6.23）

> 盲侦探马科斯·卡拉多斯可谓安乐椅侦探的典型。卡拉多斯系列的短篇作品共有二十六篇，最具代表性的便是本作。作品中使用的诡计堪称同类诡计的先驱。作者欧内斯特·布拉玛被誉为"柯南·道尔式短篇推理小说的最后一人"。
>
> ——乱步评

"马科斯，"待帕金森在后方关上房门，卡莱尔先生说道，"这位是霍利尔上尉，你答应见（see）他的。"

"是听（hear），"卡拉多斯纠正了他的用词，随即转向神情略显尴尬的陌生人，朝他那张看起来很是健康的脸露出微笑，"霍利尔先生知道我看不见吧？"

"卡莱尔先生告诉我了，"青年说道，"事实上，我早就听一位同事提起过你了，卡拉多斯先生，事关伊万·萨拉托夫号的沉没。"

卡拉多斯好脾气地摇了摇头，显得有些无奈。

"货主们明明发过誓要严守秘密的，"他叹道，"算了，这也是在所难免。不会是又发生了一起沉船案吧，霍利尔先生？"

"不，这次找你是为了一件私事，"上尉回答道，"我的姐姐——她已经结婚了，随夫姓克里克——或许卡莱尔先生能说得比我好，他也知道整件事。”

“不必担心，卡莱尔是这方面的专家，但还是让我听听未经加工的故事吧，霍利尔先生。毕竟我的耳朵就是我的眼睛。”

“好的，那我就照实说了。但我觉得听完整件事以后，旁人肯定会觉得没什么大不了的，尽管对我来说似乎事关重大。”

“我们自己有时也会在琐事中发现重大的意义，”卡拉多斯鼓励道，“你大可不必介意。”霍利尔上尉的叙述大略如下。

“我有一个姐姐，名叫米莉森特。她嫁给了一个姓克里克的人。姐姐今年二十八岁，克里克至少比她大十五岁。如今已不在人世的家母和我都不太喜欢那个克里克。除了年龄相差太多，我们没有明确反对这桩婚事的理由。只是我们和他似乎毫无共通之处。他是一个阴郁寡言、闷闷不乐的人，总会把谈话的气氛搞得很僵。这便导致了我们很少来往。”

“我得补充一下，马科斯，这是四五年前的事了。”卡莱尔先生好事地插嘴道。

卡拉多斯却保持沉默。卡莱尔先生擤了擤鼻子，试图让他觉察到自己的不爽。然后，霍利尔上尉继续说道：

“米莉森特订婚没多久就跟克里克正式结婚了。婚礼的气氛阴郁极了——在我看来，简直跟葬礼没什么两样。克里克说他没有亲戚，可我看他连朋友或生意上的熟人都没几个。他是个代理商，在霍尔本附近有一间办公室，具体业务我也不清楚，但我想他当时应该以此谋生。我们对他的私事几乎一无所知，但是据我猜测，他的生意从那时起就在走下坡路了。我怀疑在过去的几年里，他们几乎是靠着米莉森特那点微薄的收入过活。你需要了解这方面的细节吗？”

“请说。”卡拉多斯示意他继续说下去。

“家父在大约七年前过世了，留下了三千英镑。这笔钱主要投资在加拿大的股票市场，每年有一百多英镑的收入。根据他的遗嘱，这笔钱将由家母终生持有。而她去世后，钱将传给米莉森特，但要一次性付给我五百英镑。不过家父私下跟我提过，如果我到时候没有特别需要用钱的地方，他希望我把这笔收入让给米莉森特，等我需要用钱的时候再分，毕竟她手头也不宽裕。你也知道，卡拉多斯先生，为了让我接受教育，出人头地，家里在我身上花了更多的钱。而且我还有工资，和姑娘家相比，我肯定能更好地照顾自己的生活。"

"确实。"卡拉多斯附和道。

"所以我一直没动过那笔钱，"上尉继续说道，"三年前，我拜访了姐姐和姐夫一次，却也是草草了事。当时他们租了一间房子住。那是我们在她结婚后的唯一一次见面，直到上周。在此期间，家母去世了，米莉森特一直在领取投资所得。她在这段时间里给我写过几封信。除此之外，我们几乎没有什么来往。谁知大约一年前，她把他们的新地址给了我——穆林公地的布鲁克班德乡村别墅——他们在那儿租了一栋房子。我请到了两个月的假期，便理所当然地拜访了他们。去的时候满心期待，还以为这个假期的大部分时间会和姐姐姐夫一起度过，可是才过了一星期，我就找了个借口逃走了。因为那个地方阴郁得让我无法忍受，每一天的生活和气氛都压抑得难以言喻。"他以出于本能的警觉环顾四周，急切地向前靠了靠，压低嗓门说道："卡拉多斯先生，我确信克里克一直在等待除掉米莉森特的时机。"

"接着说吧，"卡拉多斯平静地说道，"在气氛压抑的乡村别墅待上一星期，应该还不足以让你确信这一点吧，霍利尔先生。"

"我也没有那么确定，"霍利尔似乎没有十足的把握，"只是觉得可疑。而且站在我的角度讲——也许某种轻微的憎恶也加深了这种怀疑。但我得知了一件更具决定性意义的事情。米莉森特在我去的第二天便告诉我，克里克在几个月前企图用某种除草剂毒死她。说起这件事的时候，姐姐十分痛苦，可她后来拒绝再谈及此事——甚至想糊弄过去，否认它发生过——事实上，我总是很难让她谈及丈夫或他的工作。下毒的事情大致是这样的：姐姐强烈怀疑克里克在黑啤酒上做了手脚，那是她独自一人在家用晚餐时有可能喝的东西。除草剂虽然贴了标签，却被装在啤酒瓶里，与包括啤酒在内的各种饮品放在同一个柜子里。只不过除草剂被放在比较高的那一层上。当克里克发现计划落空时，他就把除草剂倒了，把瓶子洗得干干净净，然后把另一个瓶子里喝剩下的饮品倒了进去。我毫不怀疑，如果他回家以后发现姐姐已经死了，或者奄奄一息，他肯定会设法让人误以为她是在黑暗中拿错了瓶子，不小心喝下了毒药。"

"哦，"卡拉多斯附和道，"这确实是一个简单又保险的方法。"

"要知道，他们的日子过得很朴素，卡拉多斯先生。而且米莉森特几乎任由丈夫摆布。家里只有一个女仆，每天只来两三个小时。房子位于很偏僻荒凉的地方。克里克有时一走就是几天几夜不回家，而米莉森特似乎和所有老朋友断了联系，也没有交新朋友，不知是自尊心作祟还是对人际交往不感兴趣。搞不好克里克会毒死她，把尸体埋在院子里，在旁人起疑之前远走高飞。我该怎么办啊，卡拉多斯先生？"

"事已至此，毒药怕是没法用了，他恐怕会选择其他方法，"卡拉多斯若有所思道，"因为他已经失败过一次了，令姐定会保持警惕。也许他已经知道有人猜出了他的企图，再不济肯定也怀疑过……常识性的预防措施是让令姐离开这个人，霍利尔先生。她是没有这个打算吗？"

"是啊，"霍利尔承认，"她没有离开克里克的打算。我也劝过她一次……"青年在犹豫中挣扎了好一会儿才一吐为快。"实不相瞒，卡拉多斯先生，我实在是搞不懂米莉森特的心思。她已经不是曾经的她了。她恨克里克，不跟他说一句话，打从心底里蔑视他，这种情绪像硫酸一样腐蚀了他们的生活，可她又还是会吃他的醋，宁可死了也不肯离开他。他们俩的生活真是太可怕了。我忍了一个星期就受不了了。我必须说，尽管我很不喜欢这位姐夫，但他确实相当能忍。哪怕他像个正常男人那样一气之下杀了姐姐，我也并非完全理解不了。"

"这与我们无关，"卡拉多斯说道，"在这种游戏中，人们难免要选边站队。而我们已经选定了立场。接下来要做的，就是确保己方获胜。话说你刚才提到了'吃醋'，霍利尔先生。不知克里克夫人的嫉妒是否有切实的依据？"

"我该早些告诉你的，"霍利尔上尉回答，"我碰巧认识一个报社的记者，他们办公室和克里克的办公室刚好在同一个街区。我一跟他提起姐夫的名字，那记者便好笑着说：'克里克？哦，他雇了位多情的打字员，不是吗？'我试探着问：'是这样的，他是我的姐夫。你说的打字员是怎么回事？'听到这话，他就不肯再透露更多了。'哎哟，我可不知道他已经结婚了。我可不想掺和这种事。我只是说他雇了个打字员而已，那又怎样？是个人都会雇打字员的啊。'我没能从他那里问出更多的信息，但他的这番话和脸上的奸笑着实耐人寻味——毕竟这是常有的事，卡拉多斯先生。"

卡拉多斯转向他的朋友。

"你大概已经掌握了那个打字员的所有情况吧，路易斯？"

"已经查清她的底细了，马科斯。"卡莱尔先生威严十足地回答。

"她还没结婚？"

"对，目前还处于单身状态。"

"眼下需要了解的都清楚了。霍利尔先生给出了那位先生想要除掉妻子的三个非常充分的理由。假设我们接受'他曾企图下毒'这一见解——尽管它唯一的依据是一位嫉妒的妇人的怀疑——我们就可以为他的愿望增添几分实施的决心。只要知道这些，就能追查下去了。你有克里克先生的照片吗？"

上尉掏出笔记本。

"卡莱尔先生向我要了一张。这是我能得到的最清晰的一张。"

卡拉多斯摇了摇铃。

"帕金森，这张照片……"仆人进屋后，卡拉多斯说道，"呃……

请问克里克先生的名字是？"

"奥斯汀。"霍利尔回答道。他怀着激动与难以掩饰的得意关注着眼前发生的一切，好似年幼的少年。

"——这是奥斯汀·克里克先生的照片。帮我记好了。"

帕金森瞥了一眼照片，将它放回主人的手里，然后问道：

"请问这张照片是最近拍摄的吗？"

"是大约六年前拍的，"上尉细细打量着刚在这出戏里亮相的新演员，毫不掩饰自己的好奇，"但他现在还是那样，变化不大。"

"好的，我会努力记住克里克先生。"

帕金森离开后，霍利尔上尉站了起来。会谈似乎已经结束了。

"哦，还有一件事，"他说道，"我担心自己在布鲁克班德的时候犯了一个错误。我心想，既然米莉森特的钱迟早都会落入克里克之手，那不如把我的五百英镑拿出来，这样以后还能多照应照应她。于是我就提了这件事，说眼下刚好有个不错的投资机会，需要用那笔钱。"

"你认为这有什么问题？"

"也许这样会让克里克提前动手。搞不好他已经动了本金，正在为填补亏空发愁。"

"那就更好了。如果他真要谋害令姐，无论是下周动手还是明年动手，对我而言都是一样的。请原谅我的粗暴措辞，霍利尔先生，但站在我的角度看，这不过是我接下的一项委托，我只需从战略角度审视它。想必卡莱尔先生的事务所也可以照顾克里克夫人几个星期，但这终究不是长久之计。增加眼前的风险，有助于我们减少长远的危害。"

"我明白了，"霍利尔表示同意，"我实在是很担心，但我决定将此事完全交给你们。"

"那就让我们向他提供各种诱因与机会，促使他动手吧。你现在住在哪里？"

"目前我和几个朋友住在赫特福德郡的圣奥尔本斯。"

"那太远了……"卡拉多斯那双高深莫测的眼睛平静如常，但他的声音呈现出了某种逐渐高涨的兴趣，这使卡莱尔先生忘记了强撑着的威严，"请给我两三分钟时间。你身后就有香烟，霍利尔先生。"只见盲人走到窗边，转向柏树成荫的草坪。上尉点了一支烟，卡莱尔先生拿起了《笨拙》杂志。过了一会儿，卡拉多斯转身面朝上尉问道：

"你不介意调整自己的安排吧？"

"当然不介意。"

"很好。我想请你立刻去一趟布鲁克班德乡村别墅——从这里直接过去。请告诉令姐，你的假期突然结束了，明天就要启程出港。"

"坐火星号？"

"不，不，火星号不走。请你在过去的路上查一查船只情况，挑一艘明天出发的，就说你被调去那艘船了。你还要告诉她，你不会离开太久，两三个月后就回来，到时候请务必准备好那五百英镑。切记，不要在他们家逗留太久。"

"好的。"

"圣奥尔本斯太远了。找个借口，今天就搬吧。请在本市找个能用电话联系上的住处。然后把地址告诉卡莱尔先生和我。小心别让克里克撞见。我也不想让你天天守在住处不出门，但我们可能需要你的协助。一有风吹草动，我们就会立刻通知你。如果没有什么可做的，我们就得放你走了。"

"我不介意的。眼下还有什么我可以做的吗？"

"没有了。去找卡莱尔先生已经是最明智的选择了。你把保护姐姐的任务交给了伦敦最厉害的角色。"听到这段出乎意料的赞美之词，当事人几乎有些不知所措。

"你怎么看，马科斯？"上尉告辞后，卡莱尔先生试探性地问了一句。

"怎么了，路易斯？"

"我们当然没必要在年轻的霍利尔面前聊这些不愉快的话题。但事实上，我们每一个人手中都握着别人的性命——先说好，只有一条命——而且可以随心所欲地摆布。"

"只要他不犯错。"卡拉多斯不情愿地表示赞同。

"没错。"

"还有一个前提是，全然不计后果。"

"那是当然。"

"两个条件都很严苛，而克里克显然是两者兼备。你见过他吗？"

"没有，我刚才也说了，我派了一个人调查他在城里的行踪。然后在两天前，我认为这个案子可能会朝很有意思的方向发展——马科斯，他确实与打字员牵扯颇深，天知道什么时候会风云突变——所以我亲自去了一趟穆林公地。房子的位置确实偏僻，不过就在电车线路边上。你也知道，就是伦敦郊外十二三英里常见的那种尽是蔬菜农场的田园地带——砖房和卷心菜地相间。了解克里克在当地的口碑不费吹灰之力。据说他在那里不和任何人打交道，进城的时间不固定，但基本上每天都会出门，而且非常吝啬。最后我认识了一个老头儿，据说他时不时去布鲁克班德打短工，干些园丁的差事。他有自己的小房子和带温室的菜园。为了打听消息，我不得不掏钱问他买了一磅西红柿。"

"然后呢——你的投资可有回报？"

"西红柿的味道还不错，他提供的情报就差远了。从我们的角度看来，这老头儿有一个致命的缺点，就是牢骚不断，不招人喜欢。据说在几周前，克里克表示他以后会自己收拾院子的，不会再雇他了。"

"这一点很值得玩味啊，路易斯。"

"前提是克里克打算用豕豆素毒死他的妻子，并把她埋在院子里，而不是用炸药炸死她，并声称是烧煤所致。"

"没错，没错。不过——"

"不过这位健谈的老爷子对克里克所做的一切都给了个简单直接的解释——他认为克里克疯了。他甚至见过克里克在院子里放风筝。要知道风筝肯定会立刻挂在树上报废的。老头儿说，'这么简单的道理连十岁的孩子都知道'。而且那只风筝确实是被树缠住了。我亲眼看到它挂在树枝上，耷拉在马路上方。虽说正常人也会花时间玩玩具，可像他那样也太夸张了。"

"最近有很多大人钟情于放飞各种风筝，"卡拉多斯说，"克里克对航空感兴趣吗？"

"可以这么说吧。他似乎懂点科学知识。对了马科斯，你需要我做什么吗？"

"你愿意帮忙吗？"

"还用说吗？——当然是有条件的。"

"那就让你的下属继续监视克里克在城里的动向，你看过报告后，再知会我一声。午餐就在这儿跟我一起吃吧。给你的办公室打个电话，就说你被一件麻烦事耽搁了。然后给帕金森放一个下午的假，犒劳犒劳他，你则带着我坐车去穆林公地转一圈，如何？如果时间允许，可以再去趟布莱顿，去'船'餐厅享用美食，等天气凉快些了再回来。"

"你真是个和蔼可亲又万分幸运的人。"卡莱尔先生叹了口气，心不在焉地扫视整个房间。

可惜他们并没有如愿前往布莱顿。卡拉多斯本打算去布鲁克班德附近转转，听卡莱尔先生描述那一带的情况，发挥其高度发达的能力对周围形成一个大致的了解。当车开到离那栋房子一百码左右的位置时，卡拉多斯让司机尽可能降低车速，以便从房门前缓慢驶过。就在这时，卡莱尔先生的一个发现改变了他们的计划。

"咦！"律师突然惊呼，"马科斯，那里竖着一块牌子，写着'待租'！"卡拉多斯再次拿起传声管，吩咐了几句，车在离院子的边界二十多步远的路边停了下来。卡莱尔先生掏出笔记本，抄下房产中介的地址。

"哈里斯，打开引擎盖，装作在查看发动机的样子，"卡拉多斯说道，"我们想在这里待上几分钟。"

"这也太突然了。霍利尔完全不知道他们要搬家。"卡莱尔先生解释道。

"三个月内应该还搬不走。总之先去中介要份资料吧，路易斯，兴许以后用得上。"

院子和马路之间有一道枝繁叶茂的树篱。树木的夏日装扮将它后面的房子藏了起来，隔绝了旁人的视线。树篱上面露出几根灌木的树梢。在离汽车最近的转角处，有一棵长势喜人的栗树。刚经过的那道木质院门原本大概是白色的，此刻却是灰不溜秋，摇摇欲坠。门口的道路虽然通了电车，却仍是一派乡间小路的朴素景象。卡拉多斯通过卡莱尔了解到了这些细节，其余的似乎也不必多加注意了。他正准备向哈里斯发出继续前进的指令，耳朵却捕捉到了轻微的声响。

"有人从屋里出来了，路易斯，"卡拉多斯连忙提醒朋友，"可能是霍利尔，但照理说，这个时候他应该已经走了。"

"我什么都没听到。"卡莱尔如此回答。但就在他说话的时候，房门发出一声巨响。他急忙钻进车座，把自己藏在《环球报》后面。

"是克里克！"他隔着座位低声说道，只见一个人出现在门口，"霍利尔说得没错，他这几年几乎没有变化。他貌似在等电车。"

片刻后，一辆电车从克里克望着的方向驶来，摇晃着从卡拉多斯那辆车旁边经过。但克里克没有表现出任何兴趣，而是继续看了一两分钟，似乎在等待什么。接着，他慢慢地走上院子里的车道，回房去了。

"再观望五到十分钟吧，"卡拉多斯拿了主意，"哈里斯表现得非常自然。"

他们很快便有了收获。一个电报配送员骑着车悠然而至。只见他把车靠在院门边，朝房门走去。这封电报显然是不需要回复的，因为不到一分钟，他便骑着车从他们那辆车旁边经过，原路返回了。又过了一会儿，一趟电车转弯驶来，发出吵闹的铃声。铃声令克里克再次现身，而这一回，他手里提着一个小号旅行袋。他向身后瞥了一眼，匆忙走向下一个停车点，在车速减慢的时候跳上了车，渐渐远去。

"克里克先生替我们省了不少事，"卡拉多斯显得十分满意，用平静的语气说道，"这就征得许可，趁他不在检查一下那栋房子吧。最好再看看那封电报，说不定会有帮助。"

"话是这么说，"卡莱尔先生表示同意，但语气略显冷淡，"但电报十有八九在克里克的口袋里，你要怎么搞到它呢？"

"去邮局啊，路易斯。"

"哦……你有没有试过让工作人员出示一封发给别人的电报的副本？"

"我好像还没有过这样的机会，"卡拉多斯承认了，"你呢？"

"帮别人搞过一两回吧。要想办成这种事，不是特别费脑子，就是得花一大笔钱。"

"看在霍利尔的分上，希望我们能靠前一种方法得手。"卡莱尔先生露出阴险的微笑，这暗示着他打算有朝一日给朋友一个友好的报复。

过了一会儿，两人在民宅稀疏的高街入口下了车，走进村子的邮局。他们已经拜访过房产中介，要求参观一下布鲁克班德别墅，又花了好大力气才谢绝了坚持想要陪同看房的中介业务员。他们很快便知道了对方如此积极的原因。"实不相瞒……"年轻的业务员解释道，"是我们要求现在的租户离开的。"

"莫非是有什么纠纷？"卡拉多斯鼓励对方说下去。

"那人是个骗子，"业务员顺着卡拉多斯亲切的语气下了断言，"整整十五个月，我们一分钱租金都没收到。所以我们就……"

"我们肯定会按时支付房租的。"卡拉多斯回答。

邮局占据了文具店的一侧。眼看着自己即将投身于这场冒险，卡莱尔先生的内心不免有些惶恐不安。卡拉多斯倒是淡定得很。

"你刚刚给布鲁克班德别墅发了一封电报，"他对黄铜栅栏后面的年轻女士说道，"但电报的内容好像出了点错，希望你可以再发一次。"他拿出了钱包："费用是多少？"

这个要求显然不同寻常。"哦，"女士的语气模棱两可，"请稍等。"她转向桌子后面一叠厚厚的电报底单，用手指翻了翻最上面的几张，疑惑地问道："应该没错啊，您想再发一封吗？"

"对，请发吧。"彬彬有礼的语气彻底打消了对方的一丝疑念。

"重发需要四便士。如果内容有误，费用全额退还。"

卡拉多斯将银币递给她，接过找零。

"要等很久吗？"他漫不经心地问道，同时戴起手套。

"应该能在十五分钟以内送到。"对方回答。

"你成功了，"卡莱尔先生在两人往车的方向走时说道，"不过你准备怎么搞到那份电报呢，马科斯？"

"开口要就是了。"卡拉多斯轻描淡写道。

他也确实没耍复杂精细的花招，动动嘴皮子就要到了那份电报。他们将车停在一个方便的转角，只要电报配送员一接近，就能及时发出信号。时机一到，卡拉多斯便一手搭在院门上，显得泰然自若。而卡莱尔先生则装成了一位正要告辞的朋友。配送员骑车来到时看到这样一幅景象，自然会产生他们想要的印象。

"收信人是布鲁克班德别墅的克里克？"卡拉多斯伸出手问道。配送员不假思索地把信封递给他，骑车扬长而去，认定那是不需要回复的电报。

"总有一天，我的朋友，"卡莱尔先生紧张地望向那座他们还没进过的房子，"你的聪明才智会让你陷入困境的。"

"到那时候，我的聪明才智肯定能帮我脱险的。"卡拉多斯反驳道，"那就让我们进屋瞧瞧吧。电报稍后再说。"

应门的是个打扮邋遢的女帮佣。她让两人在门口稍等，退回里屋。片刻后，一位女士走了出来。两人立刻意识到，那便是克里克夫人。

"二位是想看房？"她的声音冷淡极了。不等两人回答，她就转身走到最近的一扇门前，伸手拉开。

"这是客厅。"她退到门的一边说道。

两人走进一个陈设简陋、霉味阵阵的房间，假装环顾四周。克里克夫人则一动不动地站着，保持沉默。

"这是餐厅。"她穿过狭窄的门厅，打开另一扇门介绍道。

卡莱尔先生和蔼可亲地抛出不痛不痒的话题，希望与她拉拉家常，结果却令人失望。如果不是卡拉多斯犯了一个卡莱尔从未见过的错误，他们势必会在冰冷的介绍中看完整栋房子——穿过门厅时，卡拉多斯被地毯绊了一下，差点摔倒。

"请原谅我的笨拙，"他对克里克夫人说，"很不幸，我是个盲人。但——"他微笑着补充了一句，以便转移这个不幸的话题，"盲人也得找个地方住呀。"

眼睛看得见的那位男士发现克里克夫人立时涨红了脸，很是惊讶。

"您看不见！"她惊呼道，"天哪，请原谅我的冒犯。您为什么不早说呀，刚才差点就摔倒了。"

"通常不碍事的，"卡拉多斯回答，"但我对这栋房子显然还很陌生——"

她把手轻轻搭在卡拉多斯的胳膊上："还是让我领着您走吧。"

房子虽然不大，却有不少走廊和棘手的转角。卡拉多斯时不时发问，了解到克里克夫人的心地十分善良，只是没有表现出来罢了。卡莱尔先生跟着他们从一个房间走到另一个房间，希望能找到有用的线索——尽管他几乎没抱什么期望。

"这是最后一间，最大的一间卧室。"他们的向导如此说道。二楼只有两个房间是家具齐全的，卡莱尔先生一眼便看出那是克里克夫妇平时使用的房间。而卡拉多斯不看也知道。

"景致不错啊。"卡莱尔先生感叹道。

"哦，也许是吧……"夫人模棱两可地应道。事实上，这个房间可以看到绿树成荫的院子和外侧的马路。墙上开着一扇法式窗户，通向一个小阳台。在某种神奇力量的作用下，卡拉多斯总会被光亮吸引。只见他朝窗户走去。

"这房间似乎需要稍加维修？"在那里站了一会儿之后，卡拉多斯如此说道。

"我也有同感。"夫人爽快承认。

"我之所以问这个，是因为这里的地板上铺着一块金属板，"他继续说道，"毕竟是老房子了，只要仔细检查，总能发现一些老旧破损之处。"

"我丈夫说窗户下面有点漏雨，浸烂了那块木地板。"夫人回答道，"金属板是他最近刚铺的，我倒是没注意。"

这是她第一次提到丈夫。卡莱尔不禁竖起耳朵。

"哦，这也不是什么大问题，"卡拉多斯说道，"我可以去阳台看看吗？"

"哦，当然可以，只要您想去。"

见卡拉多斯似乎在摸索把手，夫人忙道："我来帮您开。"

但话音未落，窗户已经打开了。卡拉多斯转向各个方向，似乎在感觉四周的情况。

"这是个光照充足，也很幽静的好地方，"他说道，"很适合摆张躺椅看书。"

夫人耸了耸肩，动作带着几分轻蔑。

"也许吧，"她回答道，"但我从来不用。"

"您肯定也会偶尔来这儿坐坐吧，"卡拉多斯温和地坚持道，"这里一定会成为我钟爱的避难所。不过话说回来——"

"我本想说'我从没去过阳台',但这么说并不准确。对我而言,阳台有两种浪漫的用途。我有时会去阳台清理簸箕里的灰尘。另外当我丈夫很晚回来,却没有带钥匙的时候,他会把我叫醒。然后我就会走到阳台,把钥匙扔给他。"

可惜关于克里克先生的夜间生活习惯的话题被楼梯下传来的一声具有明确意义的咳嗽声打断了,这让卡莱尔先生倍感恼火。只听见一辆卖货的两轮车停在院门口,脚步声沉重的女贩子敲门走进了门厅。

"我失陪一下。"克里克夫人说道。

"路易斯,"夫人一走,卡拉多斯压低嗓门,用犀利的语气说道,"帮我守在门边。"

卡莱尔先生煞有介事地欣赏起了一幅画。只要他站在那里,哪怕有人推门,也只能把门板推开几英寸。抬眼望去,只见他的搭档做了个奇怪的动作:卡拉多斯跪在卧室的地板上,耳朵贴着那块早已吸引他注意力的金属板,细细听了足足一分钟。然后他站了起来,点了点头,掸了掸裤子上的灰尘。卡莱尔先生便换了一个不那么碍事的位置。

"多漂亮的玫瑰树啊,都长到阳台上了,"克里克夫人回来后,卡拉多斯走回房间说道,"您肯定很爱打理院子吧?"

"我最讨厌那种事了。"她答道。

"但这株'荣耀'玫瑰打理得那么好——"

"是吗?"她回答,"大概是我丈夫最近刚修剪过。"卡拉多斯随口说出的话,竟阴差阳错地总能扯上不在家的克里克先生。"您想看看院子吗?"

院子很宽敞,却疏于打理。后院几乎长成了果园。前院还稍微整洁一些,好歹有人打理过,有草坪、灌木丛和他们走过的门径。有两样东西引起了卡拉多斯的兴趣:阳台下方的土壤与路边角落里的那棵茂盛的栗树。检查土壤时,卡拉多斯说这一块地特别适合种植玫瑰。

走回车上的时候,卡莱尔先生抱怨他们没能打探出太多关于克里克的线索。

"也许电报会告诉我们一些东西,"卡拉多斯说道,"念一下吧,路易斯。"

卡莱尔先生打开信封瞥了一眼。尽管电报的内容令他失望,但他还是忍不住笑了起来。

"可怜的马科斯,"他解释道,"你的聪明才智都浪费在了这张废纸上。克里克显然是打算度几天假,出门之前,他还谨慎地要了气象台的天气预报。你听听,'伦敦地区今明两日较为温暖,天气稳定。之后气温将稍有下降,但天气依然晴好'。唉,我好歹用四便士买了一磅西红柿,可你……"

"这一局确实是你赢了,路易斯。"卡拉多斯幽默地承认道。"不过……"他沉思着补充道,"莫非克里克有某种特别的习惯,总是去伦敦度周末?"

"咦?"卡莱尔先生一声惊呼,再次打量手中的电报,"天哪,不对劲啊,马科斯。他们要去的是海滨韦斯顿啊,了解伦敦的天气有什么用?"

"我能猜到大概。不过为了证实自己的猜测,我得再来一趟。路易斯,再帮我看看那个风筝。是不是有几码长的线挂在上面?"

"嗯,是的。"

"应该是很粗的线——比寻常的风筝线都要粗。"

"没错,你怎么知道的?"

在坐车回家的路上,卡拉多斯解释了其中的奥妙。卡莱尔先生简直惊呆了,难以置信地说道:"天哪,马科斯,这可能吗?"

一个多小时后,他确信这是有可能的。打电话去办公室一问,才知道"他们"已经乘四点半从帕丁顿出发的列车去了韦斯顿。

在与卡拉多斯初次见面的一个多星期后,霍利尔上尉再次接到消息,前往卡拉多斯的住处"塔楼"。过去一看,卡莱尔先生已经到了。

两人正在等待他的到来。

"卡拉多斯先生，今早接到你的消息之后，我一直都待在家里，"上尉一边与卡拉多斯握手，一边说道，"收到你的第二条消息时，我已经做好了随时出门的准备，所以我才能及时赶来。只希望一切顺利……"

"非常顺利，"卡拉多斯回答，"你最好在出发前吃点东西。等待着我们的恐怕是一个漫长而刺激的夜晚。"

"而且还是一个浑身湿透的夜晚，"上尉附和道，"我过来的时候，穆林那边正在打雷。"

"所以我们才要请你过来，"房主说道，"我们需要在出发前等候某个消息，同时不妨让你了解一下今晚我们预感要发生的事。如你所见，雷雨即将来临。根据气象台今早的预报，如果条件不变，整个伦敦地区都将出现雷雨天气。这就是我让你做好准备的原因。再过一个小时，我们就会遭遇一场大雨。届时，各处的树木和房屋都有可能因雷击受损，说不定还有人员伤亡。"

"哦……"

"在克里克先生的计划中，他的妻子也会成为被害者之一。"

"我没听明白……"霍利尔看看这个，又看看那个，"我也承认，要是真出了那样的事，克里克肯定会很高兴，但他怎么可能寄希望于那种渺茫的机会呢？"

"如果我们不进行干预，死因审理的陪审团必然会判定那种千载难逢的事情真的发生了。请问你的姐夫是否拥有实用的电学知识，霍利尔先生？"

"我也不清楚。毕竟他太难相处了，我对他的了解实在是很少——"

"不过在一八九六年，有个叫奥斯汀·克里克的人向美国的《科学界》杂志投了一篇关于交流电的论文。我们完全可以认为，此人对电相当了解。"

"你不会是觉得他能自如操控闪电吧？"

"他只需要让负责尸检的医生与验尸官认为雷电是罪魁祸首就行了。这场暴风雨是他苦等了好几个星期的机会，同时也不过是用于掩盖其罪行的工具。他计划使用的武器——威力远不及雷电，但好控制得多——正是流经他家门口的电车轨道的高压电。"

"哦！"出乎意料的解释，引得霍利尔上尉一声惊呼。

"从今晚十一点，也就是令姐平时就寝的时间，到凌晨一点半，即克里克能准备好电流的时间，他会向阳台的窗户扔石头。大部分准备工作早已完成，因此他只需要用另一根长电线串起接在窗户把手上的短线与高压电线即可。完事之后，他就会按我说的方法叫醒令姐。在她握住窗户的把手，推动窗户的那一刹那——克里克必定仔细打磨过电线，确保电流进入她的身体——她会被电死，仿佛她坐在了纽约新新监狱[1]的电椅上。"

"那我们还在这里磨蹭什么啊！"霍利尔惊恐之下脸色煞白，他跳起来喊道，"这都十点多了，随时都有可能出事啊！"

"这话没错，霍利尔先生，"卡拉多斯安慰道，"但你不必担心。克里克受到了严密的监视，房子也在监控之下，令姐今晚就像睡在温莎城堡里一样安全。我们已经布置妥当了，无论发生什么事，克里克都绝不可能得逞。不过，我们得逼他尽可能做出越界之事。霍利尔先生，你的姐夫可是煞费苦心啊。"

"他是个冷血的恶棍！"青年怒吼道，"一想起五年前的米莉森特，我就——"

"不过就事论事，在文明的国度，电刑被认为是清除碍事公民的最为人道的方式。"卡拉多斯温和地提出，"克里克确实聪明，也有发明创造的才能。可他不幸遇到了卡莱尔先生，注定要跟比他更加聪慧

214　　1　美国纽约州矫正与社区安全部所辖的最高设防监狱。

的头脑对峙——"

"别别别，瞧你这话说得，马科斯！"被点到名字的绅士尴尬地抗议起来。

"只要我告诉他，是卡莱尔先生最先注意到了那个断线的风筝，霍利尔先生自会就这一点做出判断，"卡拉多斯固执己见，"当然，我随后也察觉到了他的目的——是个人都能看出来。只要有个十分钟，他就能在电车的架空线和栗树之间架设一条电线。克里克在各方面都非常幸运，但他也担心会不会有司机碰巧注意到垂下来的电线。可事实呢？挂在树上的风筝和系在风筝上的那几码长的线在司机眼前晃了一个多星期，司机却无知无觉。克里克是个很有心机的人，霍利尔先生。我很想知道他准备在达成目的之后采取怎样的手段。我估计他袖子里藏着半打带有艺术色彩的精妙伎俩。也许他会把妻子的头发烧焦，用烧红的火钳烫她的脚，打碎法式窗户的玻璃，剩下的顺其自然。毕竟雷电会造成各种各样的影响，无论他做或不做都说得通。尸体将出现死于雷击的所有症状，呈现出只可能用雷击解释的状态——瞳孔放大，心脏收缩，失血的肺部只剩正常重量的三分之一，如此这般。清理掉两三处外部痕迹，抹去动过手脚的证据之后，克里克便会放心地'发现'死去的妻子，赶去找离家最近的医生。抑或是，他已经安排好了令人信服的不在场证明，然后悄悄离开，让别人去发现尸体。总之我们永远都不会知道他打算用什么手段，因为他肯定是不会招的。"

"希望这一切赶紧结束，"霍利尔说道，"我不是那种特别神经过敏的人，可听着听着，我只觉得毛骨悚然。"

"再不济也只需坚持三小时，上尉，"卡拉多斯快活地说道，"啊哈，看来是来信了。"

他走到电话旁，收到了来自某处的联络。然后又打了一通电话出去，与某人交谈了几分钟。

"一切都很顺利，"他利用通话的间隙回头说道，"令姐已经就寝了，霍利尔先生。"接着，他拿起内线电话，下达了一系列指示。"差不多了，"卡拉多斯总结道，"我们也该出发了。"

一辆封闭的大型轿车早已备好。上尉觉得坐在司机身旁那个把自己裹得严严实实的人似乎是帕金森，但他实在不想为了确认这一点在台阶上耽误一分一秒。滂沱大雨中的车道已然变成了冒着泡的瀑布池子。闪电划破天际，更远处的雷电明灭闪烁。雷声越来越近，带来不祥的滚滚轰鸣，偶尔停顿片刻。

"我已经没什么特别想看的东西了，但这是我为自己看不见深感遗憾的几种景象之一，"卡拉多斯平静地说道，"但我能听出不少色彩。"

车滑向院门。在通过通往马路的凹陷时，它重重地晃了几下，不过一上马路就稳定了，沿着人烟稀少的高速路飞驰起来，发出轻快的引擎声。

"我们不直接过去吗？"行驶了五六英里后，霍利尔突然问道。四周一片漆黑，但他拥有水手的第六感，能大致判断自己的位置。

"对，穿过亨斯科特绿地，然后穿过一条田间小路去别墅后面的果园。"卡拉多斯回答，"哈里斯，应该有个拿着提灯的男人等在这附近，你注意观察一下。"他通过传声管下达指令。

"前面有灯光！"哈里斯的回答传来。车放慢速度，停在路边。

卡拉多斯摇下一侧的车窗，只见一个穿着闪亮防水服的男人走出一扇带雨棚的小门，朝他们走来。

"我是比德尔督察。"陌生人望向车内说道。

"你没找错人，督察，"卡拉多斯回答，"上车吧。"

"我还带了个下属……"

"应该能挤下。"

"我们都湿透了。"

"我们很快也会湿透的。"

上尉换了座位，两位彪形大汉并排坐了进来。不到五分钟，车又停了。这次是在一条杂草丛生的乡间小路上。

"是时候淋雨了，"卡拉多斯宣布，"督察，麻烦你带路。"

车掉头消失在夜色中。比德尔则带着一行人来到树篱的木门处。穿过两三块农田后，他们来到了布鲁克班德的外沿。昏暗的树影边站着一个人。他与一行人的向导聊了几句，便带他们沿着果园的树荫来到房子的后门。

"洗碗间窗户的搭扣附近，应该有一块破了口子的玻璃。"盲侦探说道。

"没错，"督察回答，"找到了。派谁进去？"

"霍利尔先生会给我们开门的。上尉，恐怕你得脱掉鞋子和所有被雨淋湿的东西，在里面留下任何痕迹都是非常危险的。"

漆黑的房门被打开后，每个人都把该脱的脱了，再走进厨房。火堆还没完全熄灭。从果园走出来的人把众人脱下的衣物集中起来，再次消失。

卡拉多斯转向上尉说道：

"接下来，我要交给你一项相当棘手的任务，霍利尔先生。请你去令姐的房间，叫醒她，请她尽可能安静地转移到另一个房间去。在你力所能及的范围内告诉她，她能否保住性命，完全取决于她独自一人时能否保持绝对的安静。"

餐具柜上摆着破旧的闹钟。指针走了十多分钟，青年才回来。

"费了不少工夫。"上尉带着神经质的笑容汇报道，"不过应该没问题了，她去客房了。"

"那我们各就各位吧。你和帕金森随我来卧室。督察，你也有我提前安排的任务，卡莱尔先生会与你同去。"

众人静悄悄地分头行动。经过客房门口时，霍利尔忐忑不安地瞥了一眼房门，但里面却像墓地一样安静。他们要去的房间就在走廊的另一端。

"请你躺在床上，霍利尔先生，"进屋关门后，卡拉多斯下达指示，"把自己埋在被单里。毕竟克里克得爬上阳台，十有八九还会透过窗户偷看屋里的情况，但他应该是不敢进来的。等他开始扔石头了，就把令姐的这件睡衣披上，到时候我会给出进一步的指示。"

接下来的六十分钟是上尉这辈子最漫长的一个小时。他时不时听见站在窗帘后面的两个人窃窃私语，却什么都看不到。然后，卡拉多斯朝上尉低声提醒道：

"他在院子里了。"

似乎有什么东西在外墙上轻轻刮了一下。但那一夜充满了更多狂乱的声音。房子里的家具和木板嘎吱作响，烟囱里风声阵阵，还穿插着雷声与沉重的雨声。那是一个心脏再强大的人也不禁心惊肉跳的时刻。最关键的时刻终于到来了，一颗小石子突然砸中了窗玻璃。当紧张的等待达到极点，与全身的战栗一同土崩瓦解时，霍利尔立刻从床上跳了起来。

"别急，别急，"卡拉多斯用安抚的口吻提醒道，"等他再扔一次。"说着，他递了个东西过来。"这是橡胶手套。电线已经剪断了，但你最好还是戴上它。在窗前站一小会儿，动一动窗户的把手，做出要开窗的样子，然后立刻倒下。去吧，趁现在！"

只听见"嗒"的一声，又一块石头砸中玻璃。霍利尔只需几秒便完成了他的任务。卡拉多斯则整了整睡衣，以便更有效地盖住他的身体。谁知事态的发展出乎意料，在这种场景下显得分外骇人——克里克按照他从未透露过的计划的某些细节，向窗玻璃扔出了一颗又一颗石子。连向来处乱不惊的帕金森都开始发抖了。

"就快结束了，"在投掷停止的片刻后，卡拉多斯低声说道，"他已经绕到后门去了。保持原样别动，其他的都交给我们。"他站在墙边，紧贴着被用作简易衣橱的帘子。空虚与荒凉再度占据了这栋清冷的房子。

所有人屏息凝神，竖起两只耳朵，准备一听到动静便冲出去。克里克走得十分迟疑，步子很慢，也许是在即将看到自己设计的这场惨剧时，他产生了某种难以名状的不安。他在卧室门口停了一会儿，然后轻轻打开房门，在明灭的闪电带来的光亮中看到了他想要的结果。

"终于！"他们听清了他的低语，外加解脱的叹息，"终于成了！"

他又走了一步。说时迟那时快，两个黑影自他后方的两个方向袭来。凭着原始的本能，他爆发出惊恐的喊声，拼命挣扎。他差点就成功了，几乎把一只手塞进了口袋。但他的手腕还是被按在了一起，铐上了手铐。

"我是比德尔督察，"站在他右边的人说道，"你因企图谋杀妻子米莉森特·克里克被捕了。"

"你疯了吧！"可悲的男人故作平静地反驳，"她是被雷劈死的啊！"

"不，你这个恶棍！她才没有被雷劈死呢！"他的妻弟跳了起来，怒不可遏，"你想见见她吗？"

"我还得警告你，"督察泰然道，"你说的每一句话都有可能用作呈堂证供。"

这时，从走廊另一头传来的惊呼吸引了所有人的注意力。

"卡拉多斯先生！"霍利尔喊道，"天哪，你快来啊！"

只见上尉杵在客房敞开的门口。他的双眼盯着房间深处的某种东西，手里拿着一个小空瓶。

"她死了！"上尉呜咽着发出悲切的声音，"她身边还有这个。眼看着就能摆脱那个畜生了，她竟在这个时候死了……"

盲眼的侦探走进房间，闻了闻屋里的空气，将手轻轻放在那颗已然不再搏动的心脏上。

"是啊，"他回答道，"霍利尔先生，说来也怪，自由并不总是能打动女人的。"

杜姆多夫谜案

梅里维尔 · 戴维森 · 卜斯特 ｜ Melville Davisson Post

（1869.4.19—1930.6.23）

自爱伦 · 坡笔下的"杜邦"以来，"阿伯纳大叔"是最具原创性的美国产名侦探。梅里维尔 · 戴维森 · 卜斯特的短篇作品带有浓重的美国开拓时代色彩，可将其划入风俗小说的范畴。卜斯特晚年曾任职于西弗吉尼亚高等法院，担任过合众国最高法院律师。在他的作品中，最出名的莫过于以兰道夫 · 梅森律师为主人公的三册和 1918 年完成的《睿智的阿伯纳大叔探案集》。

——乱步评

开拓者并非唯一深入屹立于弗吉尼亚州境的群山峻岭之人。逃入深山，是在殖民战争的一场场战役中落败的外国士兵仅有的生路。漂洋过海派遣至此的士兵大多血气方刚。在战争平息后，他们中的不少人也没有下山，而是就此扎下根来。

起初，他们一如布拉多克[1]和拉萨尔[2]的落魄下属。不过在墨西哥的帝国政权土崩瓦解后，为逃离战乱千里迢迢流落至此的人也加入了

1　驻北美英军的司令，被法军击败而死。

2　法国探险家，建设尼亚加拉要塞，探索了密西西比河全域。

他们的行列。杜姆多夫也是其中之一。他恐怕是在墨西哥皇帝伊图尔维德[1]的率领下踏上了这片新大陆。那位命运多舛的弄潮儿不知道自己将注定死于枪口之下。自法国重返墨西哥，企图东山再起时，他招募了一批新兵，其中便有杜姆多夫。

因此杜姆多夫并没有西班牙血统。恰恰相反，他散发着巴尔干特有的气场，那是欧洲一个相对未开化的野蛮地带。只需瞧一眼他的风采，便能找到证据。他身材魁梧，留着黑色的铲形胡须，手掌宽而厚，手指方又粗。

他在王室授予丹尼尔·戴维森的土地和新政府的土地之间占领了一块小小的楔形土地。这片三角形的土地是那样荒凉贫瘠，极不宜居，所以长久以来无人关注。它以自湍急溪流升起的陡峭岩山为底边，以背后那向北耸立的山巅为顶点。

杜姆多夫在岩山上住了下来。自墨西哥战场败退时，他肯定随身携带了不少金条。因为他从斯图亚特家雇了许多奴隶，让他们用石头砌了一座小屋。家具什物则来自驶入切萨皮克湾的护卫舰，再大老远走陆路运来。至于后山，他在所有植物能够扎根的地方种满了桃树。眼看着从墨西哥带来的黄金越来越少，他脸上却全然不见困窘之色。栽种的桃树结果后，杜姆多夫立刻搭建小木屋，制作蒸馏器，将果实酿成的酒装入瓶中。他贩卖的酒在山脚下的村庄泛滥成灾。与此同时，懒惰与背德深入村人的骨髓，而村庄的和平生活也被暴力与骚乱所取代。

弗吉尼亚州政府的所在地远在天边，而且它当时也没有过硬的实力，自然管不到这片偏远之地。那些居住在山脉以西，一边与印第安人和野兽对抗，一边开拓荒野的人本就勇敢，也富有冒险精神。然而，一旦遭遇多年的辛劳化为泡影的不幸，他们中的不少人就会立刻抛弃

1　墨西哥革命家，曾一度称帝，失势后欲卷土重来，后被处死。

田地与房舍，忘记自己曾作为忠实的美利坚国民而翻山越岭，刻意与政府为敌，袭击善良的村民，烧杀抢掠。

一天，阿伯纳大叔与治安官伦道夫骑着马穿越山峡，朝杜姆多夫的小屋赶去。他们必须尽快说服对方，让他停止卖酒。出自那山间酒坊的饮品散发着天堂的芳香，却也隐藏着魔鬼的气息。醉醺醺的黑人射杀了邓肯家的牲口，放火烧了他的干草堆。而这一切都是酒的错。

他们策马前行。虽然只有两个人，却有着匹敌一支军队的力量。伦道夫略有些傲慢无礼，妄自尊大，而且喜欢夸夸其谈，但除去这些缺点，他是位名副其实的绅士。而且他生来不知恐惧为何物。而阿伯纳大叔更是所有人公认的栋梁之材。

时值初夏，阳光是那样灼热。他们穿过山脊的缺口往西走，沿溪流在山峡中行进。头顶是枝繁叶茂的高大栗树。由于山路非常狭窄，他们无法并肩而行。走着走着，山路偏离了溪流，通向岩山，桃树林映入眼帘。沿树林外侧绕去另一头，崖端的石头小屋便突然出现在了头顶。

伦道夫和阿伯纳大叔下了马，卸下马鞍，放马儿去吃草。因为他们与杜姆多夫的会谈恐怕要持续一个多小时——两人沿陡峭的小路爬上断崖。

走到小屋一看，只见门前的石板路上有一匹红沙色的高头大马，马背上坐着一个人。那是个骨瘦如柴的老人。虽是烈日炎炎，他却连帽子都不戴，将下巴埋在法衣的立领中，两手置于鞍头，露出似在追忆往昔的眼神，凝望远处的山峡。茂密的白发随微风飘动。而他骑着的马以四条腿牢牢踏住地面，如石像般纹丝不动。

寂静无声。在紧闭的房门口，蜂虻模样的小虫来来往往。一群黄色的蝴蝶翩翩飞过，宛若阅兵式上的士兵。在刺眼的强烈阳光下，一动不动的老人与马似乎要渗出某种黑影……

阿伯纳大叔和伦道夫停了下来。他们都很熟悉这位老人——他是卫理公会的巡回牧师，平时沿山脊而行，在各处的村庄传教。他总是以火热的言辞劝诫人们勿骄奢淫逸，阐述敬神爱国的教义，不知疲倦地宣扬堕落颓废的世界将遭受骇人的天谴。听过他慷慨陈词的人都不禁怀疑他是先知以赛亚转世，觉得《列王纪》中的神权政治已在弗吉尼亚的大地上实现。红马汗流浃背，老人也是一身尘土，诉说着漫长旅途的辛劳。

"布朗森，杜姆多夫在哪儿？"阿伯纳问道。

老人缓缓抬头，坐在马鞍上俯视阿伯纳。

"当然，'他必是在楼上大解[1]'。"

阿伯纳走到门口敲了敲。片刻后，一个女人自门缝探出头来，脸色惊恐而苍白。她显得十分憔悴，身材矮小而消瘦，但仔细一看，便知她还很年轻，长相颇有异域风情，一头金发闪闪发光。种种细节显示她有着高贵的血统。

阿伯纳重复了他的问题。

"杜姆多夫在哪儿？"

"哦，先生，"她用某种舌头打结似的奇怪口音说道，"他用过午餐后就跟平时一样去南屋午睡了。而我去后面的果园采摘熟了的桃子——"

说到这里，她迟疑片刻，然后压低声音继续说道：

"可我回来的时候，他还没起来。要是我敲门叫他，肯定要挨骂的……"

阿伯纳与伦道夫在她的带领下往里走。穿过大厅，走上低矮的楼梯，只见走廊尽头有一扇房门。

"他睡觉的时候，总会把门闩上。"

她喃喃道，战战兢兢地用指尖轻敲房门。无人应答。伦道夫握住

1　原文引自《旧约·士师记》3：24："He covereth his feet in his summer chamber."

门把手使劲一拉。

"给我出来，杜姆多夫！"

他扯着嗓子喊道。

房中依然寂静，唯有他的声音在头顶回响。伦道夫用肩膀抵住门，硬把门撞开了。

他们走了进去。阳光透过房间南侧的高大窗户照射进来，亮得晃眼。内侧的墙边摆着沙发，杜姆多夫就躺在那沙发上。他的胸前有一大摊血迹，正下方的地板上也有殷红的污渍。

那个女人瞠目呆立片刻，然后突然喊道：

"我终于杀了他！"

话音刚落，她撒腿就跑，仿佛受惊的野兔。

两个人关上房门，走向沙发。杜姆多夫胸口被子弹射穿，早已气绝身亡。他的马甲上有一个巨大的破洞。他们环视四周，寻找凶器——不一会儿就找到了。墙上有用原木劈成的木条搭的架子，架子上放着一把猎枪。那把枪似乎才发射过，刚炸开的纸雷管就落在枪锤下……

讲到这里，有必要先描述一下室内的情况——地上铺着机织地毯，装在窗口的木百叶窗都被抬了起来。房间中央摆着一张大号橡木桌，桌上放着一个相当大的圆形玻璃水瓶，里面装满了刚酿好的原酒。酒水清澈透明，仿佛刚涌出来的清冽泉水。若不是某种独特的强烈气味刺激着鼻腔，又有谁会想到那是在深山里酿造的酒。水瓶将来自南侧窗户的阳光强烈地反射在墙上，将那把刚夺走一条生命的猎枪照得熠熠生辉。

"阿伯纳，这是谋杀！"伦道夫喊道，"是那个女人干的！她趁杜姆多夫睡觉的时候，用墙上的猎枪打死了他！"

阿伯纳站在桌旁，托着下巴陷入沉思。

"伦道夫，"他没有回答，而是问道，"布朗森为什么会来这里？"

"他和我们怀着同样的使命，来这里平定杜姆多夫的酒生出的罪恶。那个臭牧师在这一带的村庄到处宣扬，说要组织一支十字军讨伐杜姆多夫。”

阿伯纳没有把手指从下巴移开。

"你真觉得是那个女人干的？——那就问问布朗森是谁下的杀手吧。"

两人将尸体留在原处，关上房门。

来到院子里一瞧，只见年迈的巡回牧师刚好下了马，手握一把斧头。他将衬衫的袖子高高挽起，露出消瘦的手臂，正欲冲进酒坊毁掉那些蒸馏器。阿伯纳叫住他问道：

"布朗森，是谁杀了杜姆多夫？"

"是我！"

老人没有停下脚步，一头冲进木屋。

伦道夫咂嘴道：

"怎么一个个都在胡说八道！"

"不过谋杀也不一定是由一人所犯。"阿伯纳说道。

"哦。不过眼下已经冒出两个凶手了。搞不好还会有第三个。阿伯纳，你不会也插了一脚吧？莫非我也参与了？老天，这也太荒唐了！"

"在这里，荒唐反而更像真相。随我回去看看吧，伦道夫。我会让你看到一件更荒唐的事。"

两人回到小屋，走回事发的房间。

"伦道夫，你看。这扇门没有锁，只有内侧的门闩。我们刚才进屋的时候瞧得清清楚楚，门闩是插着的。那凶手是怎么溜进去的呢？"

"爬窗呗。"伦道夫给出直截了当的回答。

这个房间有两扇面南的窗户，阳光汹涌而入。阿伯纳把伦道夫领到窗边说道：

"你看，这栋房子垂直立于山崖之上，离下方的溪流足有一百英尺远。而且山崖表面的岩石跟镜子一样光滑，无处落脚。不仅如此，

225

你看这些窗框，上面积着厚厚的灰尘，结着的蜘蛛网也完好无损。由此可见，凶手不是从窗户进来的。那他究竟是从哪儿溜进来的呢？"

"他大概躲在了房间的角落里，直到杜姆多夫睡着，出来行凶以后再逃跑了。"

"那你告诉我，凶手出去以后是如何把房门内侧的门闩插上的？"

伦道夫摊开双臂，显得无可奈何。

"这么说起来是有点怪，莫非他是自杀？"

阿伯纳忍俊不禁。

"你是说，杜姆多夫亲手射穿自己的心脏以后，还爬起来把枪挂回了墙上，然后才倒在了沙发上？"

"随你怎么说吧！只有一个方法能解开这个谜团。布朗森和那个女人都说是自己杀了杜姆多夫，那就问问他们是怎么杀的人吧。"

"在法庭上，这样也许就够了，但是在上帝的审判中，这么处理可不行。除了他们自己的供述，我们还需要查明真相。总之先确定杜姆多夫的死亡时间吧。"

他大步走向尸体，掏了掏死者的口袋，拿出一块银盖怀表。表被打碎了，指针刚巧停在一点的位置。

"一点……当时布朗森应该还在半路上。而那个女人应该在后山的桃树林。"

伦道夫耸了耸肩。

"我们何必浪费时间左猜右想，直接去问他们不就行了。杀害杜姆多夫的凶手肯定在那两人之中。"

"如果严峻的律法无法审判人世间的我们，我也许会相信他们的说辞——"

"什么严峻的律法？你是说弗吉尼亚州的法律吗？"

"那是比人世间的法律更可怕的审判，上帝跟前的审判。伦道夫，还记得《圣经》里是怎么说的吗？——用刀杀人的，必被刀杀[1]！"

他凑过来，用力抓住伦道夫的胳膊。

"听着，伦道夫！是'必'被刀杀！那是绝对至上的上帝旨意，没有靠幸运或侥幸逃脱的余地。如字面所说的结果是必定会发生的。播种什么就收获什么，付出什么就得到什么。向敌人挥舞的武器，终将成为毁灭自己的武器。证据就在你眼前。"

他的手一使劲，让治安官转过身来，正对着桌子、猎枪与尸体。

"用刀杀人的，必被刀杀——不过眼下还是先传授你在弗吉尼亚的法庭上证明此事的方法吧。因为你好像只对这个感兴趣。"

走去木屋一看，老巡回牧师正用干瘪的双臂挥动斧头，拼命破坏蒸馏器。

"布朗森，"伦道夫在屋外说道，"你是怎么杀死杜姆多夫的？"

老人停了下来，拄着斧头打量他们。

"你问我是怎么杀的他？我用的方法，和以利亚杀死亚哈谢的五十夫长与那五十个人的方法一样[2]。我向上帝祈祷了。于是火从天上下来，烧死了他。"

他直起身子，伸展双臂，继续说道：

"他的双手沾满血污。他用恶魔传授的智慧创造了那可憎的饮品，将和平的村人推向了争斗与杀戮的深渊。寡妇和孤儿仰天诅咒他。《圣经》有云，他'罪恶甚重，声闻于我[3]'。我立刻跪地祈祷。上帝啊！请降下天火毁灭他，就像毁灭蛾摩拉王公的宫殿一样！"

伦道夫用手势露骨地表现出他对这番没有逻辑的发言失望透顶。可不知为何，阿伯纳大叔眉头紧锁，陷入了沉思。

"天火！"他在口中重复着这个词，随即猛地回头望向巡回牧师，

1　出自《圣经·启示录》13：10。

2　出自《圣经·列王纪》下 1：9-10。

3　出自《圣经·创世记》18：20。

"刚才我们来的时候,我问你杜姆多夫在哪儿,你用《士师记》第三章里的话回答了我。当时你已经知道他死了吗?否则你为什么要用那句话回答我——'他必是在楼上大解'……"

"那个女人告诉我,他去南屋午睡后就没出来,房门也紧闭着——在那一刻,我便知道,他已经死在了他的凉楼里,一如摩押王伊矶伦[1]。"

他举起手,指向南屋。

"我自审判山谷而来,誓要打倒恶魔,根除那可憎的饮品。没想到上帝听到了我的祷告。在我翻山越岭,来到这栋房子的门口之前,上帝的怒火已经烧死了他。那个妇人的一句话,就让我参透了一切。"

他撂下这句话,将斧头抛在散乱的桶板上,快步走向系马的地方。

"我们也走吧,阿伯纳,"治安官说道,"这是在浪费时间。布朗森不是凶手。"

阿伯纳用沉稳的声音缓缓说道:

"那你知道杜姆多夫是怎么死的吗,伦道夫?"

"还不清楚,但我至少可以确定他不是被天火烧死的。"

"伦道夫,你确定吗?"

"别说笑了,阿伯纳。我们可没活在旧约的时代,这种玩笑就不必开了。我是认真的。这里发生了一起藐视国法的凶杀案,作为一名执法者,我必须尽早将凶手绳之以法。"

他快步走进室内。阿伯纳把手背在身后,宽阔的肩膀向前倾,跟在后头,嘴角带着一丝冷笑。

"跟那臭牧师有什么好说的,"伦道夫边走边说,"把蒸馏器都砸了他就痛快了,到时候他自会走的。事到如今再逮住他细查也无济于事。要是能靠祷告夺人性命,那也太简单了。但根据我们弗吉尼亚州

---

1 出自《圣经·士师记》3:25:"他们等烦了,见仍不开楼门,就拿钥匙开了。不料,他们的主人已死,倒在地上。"

的法律，祷告不可能被认定为凶器。臭牧师嚷嚷着那些胡言乱语走山路过来的时候，杜姆多夫已经凉透了——看来那个女人才是真凶。让我审上一审！"

"随你的便吧，"阿伯纳说道，"看来你认定审问能查明所有真相。"

"还有别的法子吗？"

"也不是没有，不过还是等你问完再说吧。"

夜色悄然潜入山谷。两人进了屋子，开始为下葬做准备。他们找来蜡烛，打了一口棺材，把尸体放进去，将四肢拉直，再将双手叠放在被射穿的胸前。接着，他们在大厅里摆了几张椅子，把棺材放在上面。

他们在餐厅点了蜡烛，在烛火前坐下。因为门敞开着，摇曳的红色火光照亮了整栋小屋。女人在桌上摆了冷肉、奶酪和面包。他们故意不去看她，却能不断听到她在狭小的房间里走动的响声。过了一会儿，她出去了。她的脚步声从石板路传来，外加马的嘶鸣。当她再次进屋的时候，两人发现她已是一身远行的打扮。

伦道夫惊得跳了起来。

"这是做什么?！你要去哪里？"

"去海边坐船。"那女人回答，用手一指放着棺材的大厅，"他死了，我终于自由了。"

她的脸上突然生出熠熠光彩。伦道夫向她走了一步，大声喊道：

"是谁杀了杜姆多夫？"

"是我，是我干的。我杀他天经地义！"

"天经地义？你这话是什么意思？"

女人耸耸肩，像外国人那样张开双臂。

"那都是很久很久以前的事了。我记得有个老爷爷靠着一堵向阳的墙坐着，旁边坐着个小小孩。后来过来一个陌生人，和老人聊了很久。他们说话的时候，小女孩摘下草丛中的黄花，插在自己的头发上。最后，那个陌生人给了老人一条金链子，把小女孩带走了。"

说到这里，她再次张开双臂。

"所以我杀他是天经地义的！"

她抬头高呼，脸上却露出似笑非笑、无比悲凉的古怪表情。

"老爷爷肯定已经不在了。但那堵墙一定还在，还有那些黄花，一定也还开着。先生，我可以走了吗？"

所谓故事作者的才能，就是"不讲故事"。讲故事的其实是听众，作者只需提供暗示。

伦道夫站起来，来回踱步。他为弗吉尼亚的治安奉献了一切。自从这个光荣的职位被众多通过选举上位的乡绅占领，马虎裁断渐成常态，因此他肩负着沉重的使命，要遵循古老的传统，维护司法的公正严明。如果他恣意诠释条文，法律的权威又要如何保证？站在他眼前的这个女人坦白自己犯下了杀人罪，身为治安官，他又岂能放她离去？

阿伯纳蜷在炉边一动不动，手肘搁在椅子的扶手上，手掌托着下巴，深深的皱纹出现在额头上。伦道夫面露懊恼，似乎完全忘记了爱炫耀的毛病……

终于，他决定扛起所有责任，走向那个脸色苍白的女人。她就像是刚逃出那传说中的地牢的囚徒。

摇晃的烛火越过她的肩膀，照亮了停在大厅的棺材。上帝那宽宏无边的慈悲进入并征服了他的心。

"你走吧。在弗吉尼亚州，这种事算不上犯罪，不过就是射杀了一头野兽……"

女人尴尬地行了一礼。

"多谢先生。我太开心了……但我没有向他开枪。"

"你说什么?！"伦道夫喊道，"可……他的胸口明明被打穿了啊！"

"嗯，"她的回答简单得像个孩子，"我杀了他，但没有向他开枪。"

伦道夫不禁朝她走了两步。

"没有向他开枪？那你到底是如何杀死他的？"他的声音响彻房

间的角角落落。

她默默走去室外。过了一会儿，她捧回来一个麻布包袱，走到桌前，将包袱放在面包和奶酪之间。然后当着伦道夫的面，用灵巧的动作解开它，取出里面的东西。

那分明是一个粗糙的小蜡像，心脏的位置插着一根粗针。

"诅咒！"

"是的，先生，"女人的手势与声音依然如幼童一般，"天知道我试过多少次，可每一次都以失败告终。我每晚都在祈祷中诅咒他，却一点用都没有。最后，我把他做成蜡像，把针钉入他的胸膛。结果他立刻就死了，我真是太高兴了，先生！"

无须多问，这个女人显然是无辜的。她的诅咒，无异于对抗巨龙的幼童付出的可悲努力。伦道夫一言不发，沉默了许久。

"先生，我可以走了吗？"

伦道夫略带怀疑地看了她一眼。

"夜已深，这个时候走山路，你就不害怕吗？"

"不，一点都不怕。上帝无处不在。"

她以无邪的确信作答。因为她以幼童般的单纯坚信不疑，人世间的一切邪恶都随着那个男人的死亡消失不见了。对上帝的美好信仰，绝不该用肤浅的凡人智慧动摇。就这样放她走吧。要不了多久，晨光便会洒落在群山之巅。到时候，通往切萨皮克湾的路自会展现在她眼前。

帮她装好马鞍后，伦道夫把椅子拉到炉边，用长长的拨火棒拨弄了一会儿。

"真是太离奇了，我从没遇到过这样的案子。一会儿冒出来一个疯牧师，说他跟先知以利亚一样，引来天火烧死了杜姆多夫。一会儿又冒出来一个女人，坚信自己用中世纪的诅咒杀了人——不过那畜生总算是死了！"

他再次陷入沉思，甚至没有注意到手中的拨火棒自指缝滑落。

231

"肯定有人朝杜姆多夫开了枪。要开枪，就必须溜进那个房间。凶手究竟是如何出入那个封闭房间的呢？"

阿伯纳大叔依然坐在炉边，如此回答：

"是从窗户进去的。"

"窗户？你胡说什么呢。刚才明明是你告诉我的，那窗户没被打开过，窗口下面就是悬崖峭壁，一只苍蝇都爬不上来。你现在不这么想了？你的意思是，有人开过那扇窗？"

"窗户没被打开过。"

伦道夫起身喊道：

"阿伯纳，你是说杀死杜姆多夫的人爬上了峭壁，从紧闭的窗户钻进了房间，而且还没碰到窗框上的灰尘和蜘蛛网？"

阿伯纳大叔直视着伦道夫的脸说道：

"杀害杜姆多夫的凶手做得比这更多。他不仅爬上了悬崖峭壁，从紧闭的窗户钻进了房间，还在射杀杜姆多夫之后通过紧闭的窗户逃之夭夭，没有留下一丝痕迹，也没有惊动一粒灰尘。"

伦道夫哼了一声。

"怎么可能！现在又不是中世纪，人是不会因为诅咒与上帝的愤怒丧命的！"

"人确实不会死于诅咒。但死于上帝的愤怒还是有可能的。"

伦道夫攥紧右拳，砸向左手的掌心。

"我倒想看看谁有这般通天的本事！管他是壶里钻出来的小恶魔还是从天而降的天使！"

"很好，"阿伯纳不慌不忙地回答，"等天一亮，杀害杜姆多夫的凶手回来了，我就让你们见一面。"

天亮后，他们在背靠峻岭的屋后桃林挖了个坑，埋葬了尸体。忙完时，已是正午时分，阿伯纳扔下铲子，抬头望着太阳。

"伦道夫，是时候埋伏那个凶手了。他就快现身了。"

阿伯纳"埋伏"凶手的方法很是奇怪。他来到杜姆多夫遇害的房间，把门闩上。然后取下墙上的猎枪，装上散弹，再小心翼翼放回架子上。之后，他做了一件更加奇怪的事情——方才下葬时，他剥下了死者沾满血迹的外套。他用外套裹住杜姆多夫的枕头，搁在沙发上，一如昨日的死者。

"这样就行了，伦道夫，这样就能引出凶手了。当他再次行凶时，我们便能立刻逮住他。"

说着，他走到治安官身边，用力抓住他的胳膊。

"你看，凶手沿着墙过来了！"

可伦道夫什么都没看到，什么都没听到，唯有强烈的阳光透过窗户射进房间。阿伯纳的手抓得更用力了。

"他来了！伦道夫，你看！"

阿伯纳指向墙壁。伦道夫顺着他的手指望去，只见一个闪亮的小光点正沿着墙面移动，悄无声息地逼近放在架子上的猎枪……

阿伯纳攥紧拳头，犀利的声音在房中回响。

"用刀杀人的，必被刀杀——关键是那个水瓶，装着杜姆多夫的酒的水瓶。太阳光照在上面，聚焦在墙上……你看，布朗森的祈祷就是这样得到了回应！"

——此时此刻，小小的光点已经爬上了枪身。

"那就是天火！"

话音未落，震耳欲聋的枪响传来。伦道夫亲眼看见死者的外套在散弹的作用下自沙发弹起。只要把猎枪放在架子上，枪口自会对准房间角落的沙发。当阳光照到水瓶，形成焦点后，猎枪的雷管便会被点着。

伦道夫以夸张的动作张开双臂。

"我们的世界，"他说道，"充满了凡人难以参透的神秘奇迹！"

"我们的世界，"阿伯纳回答道，"充满了上帝的神秘制裁！"

高速卧铺列车上的惨案

弗里曼 · 威尔斯 · 克罗夫茨 ｜ Freeman Wills Crofts

（1879.6.1—1957.4.11）

> 弗里曼·威尔斯·克罗夫茨创作了三十余部长篇作品，短篇集却只有三册，分别是 1947 年的倒叙短篇集 *Murderers Make Mistakes*、1955 年的 *Many a Slip* 和 1956 年的 *The Mystery of the Sleeping Car Express*。本作是以"列车内部"这一大型密室为主题的本格推理作品，极具克罗夫茨的风范。
>
> ——乱步评

　　一九〇九年秋天身在英国的人应该都记得在那趟从普雷斯顿开往卡莱尔的西北高速列车上发生的惊天惨案。当时案子吸引了各界的关注，这不仅是因为案件本身具有引人注目的特性，更因为它笼罩着某种绝对的神秘色彩。

　　不久前，机缘巧合让我了解到了惨剧的真相。应当事人的特别要求，我愿肩负起令真相大白于天下的职责。不过一九〇九年距今已有些时日，因此我想先依据当时查明的一系列情况，对案件的经过做一个大致的回顾。

　　那年十一月上旬的某个星期四，卧铺列车于二十二点三十分准时离开尤斯顿车站，开往爱丁堡、格拉斯哥及北方。这趟车深受实业家的喜爱，因为他们白天在伦敦忙完后可以上车睡一觉，第二天早上抵

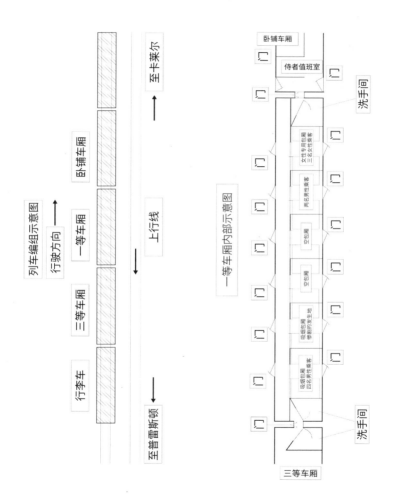

列车编组示意图

行驶方向 →

卧铺车厢　一等车厢　三等车厢　行李车

至卡莱尔 →

上行线

← 至普雷斯顿

一等车厢内部示意图

卧铺车厢

侍者值班室

洗手间

女性专用包厢
三名女性乘客

两名男性乘客

空包厢

空包厢

吸烟包厢
惨剧的发生地

吸烟包厢
四名男性乘客

洗手间

三等车厢

235

达北方的目的地后，还能在办正事前从容不迫地洗个澡，用个早餐，所以车上的乘客总是很多。出事的那天晚上也不例外。两节火车头牵引着八节大型卧铺车厢、两节一等车厢、两节三等车厢和两节行李车，其中有一半去往格拉斯哥，另一半的目的地则是爱丁堡。

为了理解之后发生的种种，各位需要先对列车尾部的结构有一个基本的了解：列车尾端是前往格拉斯哥的行李车。厢体很长，是有八个轮子的转向架式车，由列车员琼斯负责。紧挨行李车的是其中一节三等车厢，再往前是一节一等车厢，目的地都是格拉斯哥。这两节车厢都坐得很满，尤其是三等车厢。一等车厢前面是四节前往格拉斯哥的卧铺车厢中最靠后的一节。列车有一条贯穿首尾的走廊，方便工作人员走动。在列车行驶过程中，也确实有工作人员多次往返。

我们需要重点关注的是那节一等车厢。如前所述，它被夹在前面的卧铺车厢和后面的三等车厢之间，而三等车厢后方就是行李车。这节一等车厢的两端均设有一处洗手间，中间则是六间包厢。其中，靠近三等车厢的两个包厢是"吸烟包厢"，旁边的三间是"无烟包厢"，紧挨着卧铺车厢的包厢为女士专用。无论是一等车厢还是三等车厢，走廊都在列车行进方向的左手边——换言之，包厢位于上行线一侧。

当晚天色幽暗，不见月亮。列车驶离尤斯顿站时，四周一片漆黑。人们事后回忆起，当时已有多日未曾降水。当天傍晚的天色颇有些要下雨的意思，却是整晚都不见一滴雨，直到第二天早上六点左右，才来了一场滂沱大雨。

正如探员们在案发后指出的那样，站在他们的角度看，没有比这更不利于调查的天气了。因为就算有人在夜间留下了脚印，过于坚硬的地面也很难采集到清晰的印迹。而且那些模糊的印迹恐怕也被之后的雨水冲得一干二净了。

列车按时运行，依次在拉格比、克鲁和普雷斯顿停靠。离开普雷斯顿后，列车员琼斯想起他有事要找前往爱丁堡的车厢的检票员。于是他离开列车末尾的行李车，通过走廊穿过前方的三等车厢。

在走廊的尽头，即三等车厢与一等车厢交接处的入口旁边，有一对打扮整齐的男女，看着像一对夫妇。妻子抱着一个哇哇大哭的婴儿，哄个不停。列车员琼斯礼貌地问丈夫是否需要帮助，对方表示孩子生病了，他们怕打扰其他乘客，所以才出了包厢。

琼斯面露同情。随后，他打开挡住车厢间通道的两扇门，并在身后关上，走进一等车厢。这些门都装有弹簧锁，会在关门的同时自动锁上。

一等车厢的走廊空无一人。琼斯经过时注意到，除女士专用包厢外，其他包厢的遮光帘都放了下来。这间包厢里坐着三位女士，灯火通明，其中两位正在读书。

琼斯继续往前走。一等车厢和卧铺车厢连接处的两扇门也是锁着的，于是他开了锁，穿过去，再用同样的方式反手关门。第二扇门后的不远处是负责卧铺车厢的侍者的值班室，只见两个侍者正在聊天。一个在值班室里，另一个站在走廊里。站在走廊的那个往边上挪了挪，给琼斯让路。琼斯跟他们聊了两三句便走了，于是两人又回到了原位。

找过检票员后，琼斯又回到了自己负责的行李车。一路上看到的景象和来时一样——两个侍者仍在卧铺车厢的尾端，带着婴儿的夫妇也仍在三等车厢的前端，一等车厢的走廊还是没人，车厢两头的门也都锁得好好的。谁曾想，这些不经意的细节竟在案发后成了无比重要的元素，使这场本就神秘的悲剧变得更加难以捉摸。

在抵达卡莱尔的一小时前，列车行驶到了威斯特摩兰高原那荒凉的沼泽地带。就在这时，列车突然刹车——力度由轻到重。正在行李车尾端检查运货单的列车员琼斯本以为刹车是为了确认信号灯，但这一带照理说是不会出现这种情况的，于是他放下手头的工作，走向车厢前方，放下左侧车窗，沿列车向前看去。

这一带的铁路恰好是凿开的山路，因此借着一等车厢和三等车厢走廊上的微弱亮光，可以隐约看到不远处的路基。如前所述，那晚很是昏暗，所以除了那一小段路基，琼斯看不到前方的任何东西。见铁路是向右拐的，琼斯心想去另一侧也许看得更清楚，便横穿行李车，从靠近上行线的另一侧窗口望出去。

视线可及的范围内不见一盏信号灯，也看不到任何疑似减速原因的迹象。但沿着列车望去，琼斯便意识到一等车厢似乎出事了。只见几个人从车厢尾端的窗口探出身子，拼命挥手，似是在提醒旁人注意迫在眉睫的重大危险。列车员立刻穿过三等车厢冲了过去，迎接他的却是离奇古怪的事态。

走廊还是空无一人，但车厢尾端的包厢，也就是列车员进入一等车厢后最先看到的包厢有了变化——包厢中央的遮光帘被拉了起来。透过玻璃门往里一瞧，包厢里有四位男乘客。其中两人从另一侧的窗户探出身子，另两人则用力拧着通往走廊的包厢门的插销，似乎在尝试开门。琼斯抓住门外的把手，想帮他们开门，却见包厢中的两位乘客指了指隔壁的包厢。琼斯便按他们的意思走到了第二扇包厢门前。

这个包厢中央的遮光帘也被拉起来了，但门还关着。透过玻璃一看，列车员便意识到一幕惨剧正在面前上演。

一位女士正在拼命拉拽包厢门的把手。她脸色煞白，双目圆睁，脸上尽是惊恐。她一边拉把手，一边频频回望身后，仿佛身后的阴影中潜伏着骇人的鬼怪。琼斯连忙冲过去帮她开门，同时顺着她的视线望去，顿时倒吸一口冷气。

只见一个女人瘫倒在包厢内侧的角落里，面朝火车头所在的方向。她的身子瘫软无力，头则以不自然的角度靠在垫子上，一只手牵拉在座位边缘。她大概三十多岁，身着棕红色皮草外套，头戴配套的无边帽。列车员还来不及仔细观察这些细节，就被她的额头吸引住了。她的左侧眉毛上方竟有一个诡异的小洞，汩汩鲜血从洞口流到外套上，在座位上形成了一小摊血池。显而易见，她已经死了。

238

惨剧不仅于此。她对面的座位上也躺着一个男人。在列车员琼斯看来，他十有八九也已经死了。

男人许是坐在角落里倒向了前方。他的前胸盖在女人的膝头，头无力地垂向地面，身体完全处于弯折状态——好似一团包裹着灰色摇粒绒大衣的粗陋玩意，头部只露出了后脑勺那片黑乎乎的头发。但列车员注意到，自他头部下方滴落的液体在闪光，而下方的地板上也有一片发黑的骇人污迹，而且面积正在逐渐扩大。

琼斯用身体撞门，门却纹丝不动，似是莫名其妙地卡住了，只能打开一英寸左右，把用力拽门的女乘客和可怕的同路人关在了里头。

就在女乘客和琼斯合力开门的时候，列车彻底停稳。琼斯立刻想到，在这种状态下，也许可以从外侧进入包厢。

他安抚了一下那位快被吓疯的女乘客，然后退回到尾端的包厢，打算穿过那里下到铁路，再绕回有尸体的包厢。谁知他在那里遇到了新的问题：刚才那两位男乘客还没能把包厢门打开。列车员抓住门把手，准备一起使劲。就在这时，他发现包厢内的另两位乘客已经打开了外侧的包厢门，正要下到铁路上。

琼斯忽然想到，这个时间段会有上行列车驶来。为防止意外，他沿着走廊跑向卧铺车厢，心想在那里应该能找到一扇开得了的门。卧铺车厢靠近一等车厢那头的门果然打开了，他立刻下到铁轨。下车前，他对路过的值班室大吼一声，让一个侍者跟他一起出去，并吩咐另一个侍者守在原地，不许任何人通过。与先行下到铁轨的男乘客会合后，琼斯提醒他们务必小心上行列车，然后四人一起打开了发生惨剧的包厢的外门。

当务之急是解救那位没受伤的女乘客，可等待着他们的是一项艰难且叫人毛骨悚然的任务。门口有尸体挡着，而且包厢内部十分狭小，进去的人超过一个便会动弹不得。琼斯打发侍者去其他车厢找医生，自己则钻进包厢。他让女乘客千万别看门口，然后抱起男人的尸体，让他靠着角落的座位。

那人的胡须剃得干干净净，不过鼻子很大，有着线条硬朗的下巴，面相粗野而刚毅。右耳正下方的脖子上有弹孔。因为临近头部，弹孔血如泉涌。在列车员看来，他貌似已气绝身亡。琼斯也难免畏惧，但还是壮着胆子抬起男性死者的脚，放在座位上，再抬起女性死者的脚放上。如此一来，地上就只剩那发黑的骇人血迹了。他还顺便用自己的手帕盖住女性死者的脸，并将地毯的一头卷起，盖住可怕的污渍。

"来吧，女士，可以出来了。"他对女乘客说道，让她背对另一侧座位上愈发可怖的尸体，引导她来到门口。门外的人主动伸出手，扶她下到地面。

这时，卧铺车的侍者已经从三等车厢找来了一位医生。经过简单的检查，医生宣布两位被害者均已身亡。列车员放下包厢的帘子，锁好外门，请下车的乘客们回到各自的座位，为继续行驶做准备。

在此期间，伙夫从车头查到车尾，调查事故原因。他告知列车员，司机称目前还无法彻底解除刹车。仔细检查后，他们才发现一等车厢尾端的紧急制动盘转动了，这说明这节车厢的某位乘客拉过报警绳。普通人可能不太了解，一旦拉动这条绳子，空气便会进入列车管道，造成列车轻微刹车，并阻止刹车完全归位。进一步调查显示，一等车厢尾端的吸烟车厢的报警绳顶端牵拉着，可见肯定是包厢中的四位乘客之一进行了报警操作。制动盘顺利归位，乘客们也都回到了座位。在长达十五分钟的意外停车之后，列车再次驶动。

抵达卡莱尔之前，列车员琼斯记下了一等及三等车厢所有乘客的姓名住址，外加他们的车票号码。这两节车厢与行李车都被彻底搜查了一遍。毫无疑问，座位下方自不用论，洗手间、行李后与其他地方都没有藏人。

卧铺车厢的一位侍者始终守在最后一节卧铺车厢尾端的走廊，从列车停靠普雷斯顿到搜查结束都没有挪动一步。他非常确定，除了列车员琼斯,其间没有任何人从那里经过。因此卧铺车厢旅客的信息似乎并没有记录的必要。但是为保险起见,他们的车票号码还是被记录了下来。列车抵达卡莱尔后,案件正式移交警方。出事的一等车厢被单独卸下,车门一律上锁并贴上封条。而车厢内的乘客则被留下来接受问询。与此同时,警方开展了极为细致的搜查,若干项事实浮出水面。

警方采取的第一项措施就是检查停车地点及其周边,希望能在沿线发现可疑人物的痕迹。因为警方猜测,凶手可能趁列车停止时下了车,然后穿过原野,找到某条路之后逃之夭夭。

因此天一亮,一群探员便搭乘专车来到了停车地点。铁轨自不用说,他们对左右两边的地面也进行了长时间的彻查,却毫无斩获。他们没有找到有可能是可疑人物遗落的物品,也没找到脚印和其他踪迹。如前所述,当时的天气也非常不利于调查工作的开展。连续多日晴好使地面变得坚硬,难以留下清晰的脚印,就算留下了模糊的痕迹,恐怕也被拂晓时分的那场骤雨冲得无影无踪了。

由于这方面的调查陷入瓶颈,探员将注意力转向了附近的车站。可从悲剧发生的地点步行到达的车站只有两座,而且两座车站的人都没有目击到可疑人物。更何况,两座车站案发时都没有列车停靠。事实上,在出事的高速列车通过后,就没有一趟车在附近停靠过,无论客车货车。因此,就算凶手真的在行凶后逃离了高速列车,他也不可能借助另一趟车逃离现场。

于是探员们又将视线转向了乡村小路与邻近的城镇,试图赶在足迹消失之前将其发现——如果真有足迹的话。然而,他们的努力再一次以失败告终。如果本案真的存在凶手,而且那个凶手真的在列车停止期间逃了出来,那他已经消失得无影无踪了。哪里都找不到关于他的任何线索。

其他方向的调查也没有喜人的进展。

警方查明了两名死者的身份。他们是霍雷肖·瑞林夫妇,家住西约克郡哈利法克斯布罗德路的戈登庄园。瑞林先生今年三十五岁，是约克郡某大型钢铁公司的初级合伙人，出入上流社交界，资产雄厚。他的脾气略有些暴躁，但为人友善，从警方了解到的情况看，他没有一个仇家。公司提供的信息显示，瑞林先生计划在伦敦与卡莱尔进行商务会谈，时间分别安排在星期四与星期五，因此他搭乘出事的列车也与计划完全吻合。

瑞林夫人是当地商贾之女，大约二十七岁，面容姣好。两人成婚才一个多月，一周前刚度完蜜月归来。警方没有查明瑞林夫人陪丈夫共赴这次死亡之旅的明确理由，但根据周围人的证词，她也没有与任何人结仇，实在无法想象她为何会遭遇这样的悲剧。

取出的子弹证明两名死者因同一件武器毙命——凶器是一把外形极具现代感的小号自动手枪。问题是，市面上有数千把同型号的手枪流通，这项发现无法成为破案的抓手。

和瑞林夫妇坐在同一间包厢的女士——布莱尔布斯小姐称，她是在尤斯顿上的车，选了靠走廊的座位。在离发车还有两三分钟的时候，瑞林夫妇走进包厢的角落，对面而坐。在她乘车期间，没有其他乘客进入过这间包厢，他们三个也没有离开过包厢一步。不仅如此，除了列车刚离开尤斯顿时检票员进来检查过一下之外，通往走廊的包厢门都没有开过一次。

瑞林先生对年轻的妻子很是关心。发车后，他们还聊了一会儿。后来，在征得布莱尔布斯小姐的同意后，他们拉下帘子，罩住电灯，准备休息。布莱尔布斯小姐断断续续打了会儿瞌睡，但每次醒来都会环视包厢，也没发现任何异常。谁知睡着睡着，来自近处的巨大爆炸声将她从浅睡中惊醒。

她跳了起来。说时迟那时快，有什么东西在她膝头附近一闪，第二声巨响紧随其后。她惊愕不已，颤抖着扯掉了灯罩。只见通往走廊的包厢门打开了一英寸左右，门板内侧分明飘着几缕烟雾，火药燃烧后特有的那种味道扑鼻而来。猛地回头望去，瑞林先生无力地倒在妻子膝头，夫人额头上的洞映入眼帘。见状，布莱尔布斯小姐意识到他们都中枪了。

惊恐万分的她拉起帘子（帘子盖住了通往走廊的包厢门的把手），想冲出去求救。谁知无论她如何用力，门就是不开。当她意识到自己被关在了包厢里，身边是两个怎么看都已气绝身亡的死人时，恐惧感直线上升。如坐针毡的她拉下了报警绳，可列车全无停止的迹象。她只得继续与包厢门斗争。漫长得仿佛几小时的时间过去，列车员终于赶到，将她救了出来。

在回答警方的问题时，她表示自己拉帘子的时候走廊里空无一人，在列车员出现之前，她一个人都没看到。

尾端包厢里的四位男乘客是一起的，要从伦敦前往格拉斯哥。车刚开时，他们打了会儿牌。到了十二点多，他们也拉下帘子，罩上电灯，准备各自歇息。乘车期间，除检票员外没人进过包厢。不过离开普雷斯顿后，包厢的门被打开过一次。因为其中一人被停车的响声吵醒了，吃了点水果，弄脏了手指，便去洗手间洗了洗。当时，包厢门可以正常打开。他没在走廊里看到任何人，其他方面也没有任何异常。

过了一会儿，一行人被两声枪响惊醒。他们本以为是雾笛响了，但很快意识到自己离火车头很远，不可能听得到。于是他们跟布莱尔布斯小姐一样卸下灯罩，拉起盖住包厢门把手的帘子，想冲出去查看情况。谁知他们也遇到了同样的问题——包厢门打不开了。同时，他们也注意到走廊上空无一人。他们心想肯定出大事了，便拉下报警绳，又放下外侧的窗户拼命挥手，希望引起其他人的注意。他们表示报警绳好像本就很松，拽起来毫不费力。在这方面，同样拉了绳子的布莱尔布斯小姐的陈述与"尾端包厢内的报警绳顶端松弛奄拉"这一事实存在明显的矛盾。显然是布莱尔布斯小姐先拉的绳子，所以当报警绳被第二次拉动的时候，松弛的部分就从一个包厢传递到了隔壁的包厢。

发生惨剧的包厢前面的两个包厢在列车停止时都是空的。再往前那间禁烟包厢里有两位男乘客，女士专用包厢里则是三位女乘客。这几位乘客都听见了枪响，但由于火车的噪声太响，枪声并不明显，所以没能引起他们的注意，也没有人试图出去查看情况。两位男乘客没有离开过包厢，而且在列车离开普雷斯顿之后到紧急停车之前，他们也没有拉起过帘子。因此这两位无法为本案提供任何线索。

　　车厢前端包厢内的三位女乘客是母亲和她的两个女儿，她们在普雷斯顿上车。因为要在卡莱尔下车，她们便不准备睡了，也没有放下帘子，灯也没罩。其中两位一直在看书，另一位坐在靠走廊的座位上，但她非常肯定，在她们乘车期间，除了列车员没有任何人经过走廊。

　　她描述了列车员的一系列举动——第一次走向火车头，第二次折回行李车，第三次是列车停止之后，快步奔向火车头——这与列车员本人的证词高度一致，可见她的证词非常可信。列车的停车与列车员的慌张引起了三位女乘客的注意，她们立刻来到走廊，直到列车再次启动才回到包厢。三人都明确表示，在此期间没有任何人经过走廊。

　　警方检查了莫名卡住的包厢门，发现门与门框下侧之间插着楔子，而那楔子明显是为卡住包厢门制作的。由此可见，这是一起有预谋的行凶，连细节都经过了反复推敲。此外，警方还对那节车厢进行了细致入微的调查，却没能发现任何可疑的物件与线索。

　　在对比售出的车票和旅客持有的票根时，警方发现有一张票对不上。一张在尤斯顿站售出的一等座单程票没有收回来，目的地为格拉斯哥。这说明买票人不是根本没上车，就是在途中的某一站下了车。无论如何，此人都没有要求退票。检票员在列车驶离伦敦后查过票。虽然他也不太确定，但他隐约记得在那个时候，案发包厢隔壁的禁烟包厢坐着两位乘客，其中之一出示了去格拉斯哥的车票，另一位则拿着去途中某个车站的车票。可惜他想不起具体的站名了，哪怕那间包厢确实有过乘客，他也描述不清乘客的外貌特征。

不过调查结果显示，检票员并没有记错。因为警方成功追查到了其中一位乘客——他是一位医生，名叫希尔，在克鲁下车。他提供的线索在某种程度上解开了那张前往格拉斯哥的车票的失踪之谜。希尔医生在尤斯顿上车的时候，那间包厢里已经有一位三十五岁左右的男乘客了。那人金发碧眼，胡子盖住了上唇，穿着裁剪得体的黑色衣服。他没有随身行李，只带了雨衣和一本平装小说。两人聊了一会儿。男乘客得知医生住在克鲁后便说，自己也要在那一站下车，请医生推荐一家旅馆。他还表示，自己本想坐到格拉斯哥的，票也是到格拉斯哥的，但后来决定中途下车，第二天去切斯特拜访一位朋友。他还问医生，他明天晚上能否用同一张票继续坐车，如果不能，又该去哪儿退票。

列车到达克鲁后，两人都下了车。医生提出带他走到克鲁阿姆斯酒店的门口，但对方婉言谢绝了，表示他需要先处理一下行李。希尔医生离开站台时，确实看到他走向了行李车。

警方问过当时在克鲁车站值班的工作人员，却没人记得在行李车附近见过那样一个人，也没人接待过咨询行李的乘客。不过上述情况是在惨案发生数日后才查明的，无法获取有价值的证词也是在所难免。

探员走访了克鲁和切斯特的每一家旅馆，却只能确定旅馆没有接待过一个长相与那位乘客稍有相似的人，与他有关的线索就更不用说了。

以上就是在被延期的死因审理中浮出水面的主要事实。大众坚信，这起令人费解的案件定能迅速告破。谁知日子一天天过去，却没有任何能带来一缕光明的新线索出现。公众的兴趣也逐渐转移到了别处。

不过这起案件曾一度引发全社会的热议。起初，有人猜测这是一起自杀案，认为瑞林先生先开枪打死了妻子，然后自杀。也有人说这两枪都是瑞林夫人开的。但这些观点很快就被事实推翻了。

有人立刻反驳道，用作凶器的手枪不见了，而且两具尸体上都没有火药造成的焦痕。用手枪在自己身上形成的伤口是不可能没有焦痕的，因此本案显然是他杀。

由于"自杀"的假设遭到了反驳，理论家们又怀疑起了布莱尔布斯小姐。但他们的意见再一次迅速遭到否定。缺乏作案动机、为人性格与得到证实的部分陈述的真实性都与这一推测相悖。"手枪不知所终"这一点也对她有利。枪不在包厢里，也没藏在她身上，唯一可行的处置方法就是从窗户扔出去，但两具尸体的位置让她无法来到窗边。而且她的衣服没有沾到一丝血污，可见就算她有足够的体力，恐怕也无法挪动那骇人的尸体。

不过，能够证明其清白的决定性事实，正是"通向走廊的包厢门被楔子卡住了"。她显然没本事从外侧嵌入楔子，再穿过那道门进入包厢。主流观点认为，卡住门的人就是开枪的凶手。留出一英寸的门缝明显是出于"留出足够射击的缝隙"这一意图，因此这个观点成了无法撼动的事实。

最后，法医的证词也显示，如果瑞林夫妇就坐在布莱尔布斯小姐所说的位置，子弹也来自她所说的方向，推算出的入射角度也与实际情况相符。

然而，布莱尔布斯小姐的诽谤者不愿轻易撤退。他们坚称，在反驳自己的种种言论中，只有"卡住门的楔子"这一点具有说服力。为回应反驳，他们提出了一套非常巧妙的理论：

布莱尔布斯小姐在列车离开普雷斯顿之前便走出包厢，把门关上，并嵌入楔子。等列车停靠车站时，她再穿过其他包厢来到站台，通过外侧的包厢门回到自己的包厢。

针对这种意见，有人指出：那位吃了水果的男乘客在列车停靠普雷斯顿之后打开过包厢门。因此，如果布莱尔布斯小姐在那个时候就已经把自己关在了包厢里，她就无法再卡住另一个包厢的门了。"有两个人用楔子卡住了门"这种情况也几乎不可能存在。由此可见，布莱尔布斯小姐显然是无辜的，是另一个人卡住了那两扇门，防止听到枪声的人来到走廊，妨碍自己的行动。

不得不承认，同样的主张也适用于车厢尾端包厢中的四位男乘客——好在"两个包厢的门都被卡住了"这一点同样洗清了他们的嫌疑。

在这几场战役中一败涂地的理论家们终于走下了舞台。无论是公众还是报刊，都没有再抛出新的观点。深思熟虑的时间越久，舞台幕后的办案人员就越是觉得案子扑朔迷离。

案发现场的每一个人都被警方用显微镜般的视线审查过，可每个人的嫌疑都被排除了。最后，警方几乎是证明了"没有一个人有能力行凶"。警察局局长与负责本案的督察进行的这番谈话也精妙总结了调查陷入的僵局。

"我承认，这起案子确实棘手，你的结论也很合理，"领导说道，"但还是再梳理一遍吧，肯定有什么关键被我们忽略了。"

"话是没错，可我已经梳理过无数遍了，脑子都快僵了，每次得出的结论都一样。"

"再试一次吧。就从'列车的车厢里发生了凶杀案'开始。他杀这一点肯定是没有疑问的吧？"

"对。现场没有发现手枪，尸体没有焦痕，还有门上的楔子，都能证明这一点。"

"好。那就意味着确实有人行凶了，而在搜查的时候，那个凶手不是还在车厢，就是提前逃走了。我们依次分析一下这两种可能性。先分析当时的搜查情况。你认为当时搜查是否高效彻底？"

"我敢保证，绝对高效彻底。是我带着列车员和侍者一起查的，绝不会漏过一个人。"

"很好。那就从车厢里的人开始吧。车厢里共有六间包厢。第一间有四位男乘客，布莱尔布斯小姐在第二间。他们的清白还有没有怀疑的余地？"

"没有。门上的楔子排除了他们的嫌疑。"

"我也有同感。第三、第四间包厢没人，第五间有两位男乘客。他们有没有嫌疑？"

"您应该也知道他们的身份。一位是伟大的工程师戈登·麦克林爵士，另一位是阿伯丁大学的赛拉斯·亨普希尔教授。两位都没有任何嫌疑。"

"可是督察，想必你也知道，侦办这种案件时，完全没有嫌疑的人是不存在的。"

"确实如您所说。所以我也对他们进行了深入调查，但结果证实了我最初的判断。"

"我也做了一些调查，感觉事情确实如你所说。那就只剩下最后一间包厢了，也就是那间'女士专用包厢'。那三位女士是什么情况？"

"同样没有怀疑的余地。不仅如此，母亲年事已高，胆子也小，不像是敢撒谎的人。两个女儿也是如此。我也进行了调查，却没有发现足以怀疑她们的细微证据。"

"你确定走廊和洗手间都没有人？"

"是的。"

"也就是说，停车时在车厢里的人都被排除嫌疑了？"

"没错，凶手不可能在那些人之中。"

"这就意味着凶手肯定逃离了车厢，对吧？"

"肯定是那样的，而这正是让我们觉得棘手的地方。"

"我知道，不过先往下说吧。眼前的问题是——凶手是如何离开车厢的呢？"

"没错，我从没遇到过如此费解的难题。"

局长沉思不语，下意识地拿起一支新的卷烟点着。片刻后，他继续说道：

"无论如何，凶手都不可能通过天花板或地板钻出去，也不可能通过固定的门框或车厢侧面的某个部分溜走。因此他肯定是用常规方法离开的——也就是说,他走的是门。车厢两头各有一扇门,两侧各有六扇门。因此他必然是通过这十四扇门中的一扇逃跑的。你对此可有异议,督察?"

"没有。"

"很好。那就先看车厢两端的门。走廊的门是锁着的吗?"

"是的,两端的门都锁着。不过我不认为这一点有多重要。因为那两扇门可以用普通的车厢钥匙打开,说不定凶手就有一把。"

"确实。那就再梳理一下我们为什么断定凶手没有逃往卧铺车厢吧。"

"在列车停止之前,女士专用包厢的三位乘客之一宾特利小姐一直看着走廊,负责卧铺车厢的两名侍者也都守在卧铺车厢的尾部。停车后,三位女士都来到了走廊,一名侍者守在卧铺车厢的入口。他们都很肯定,在列车离开普雷斯顿到我们搜查车厢的这段时间内,除了列车员,没有别人经过走廊。"

"那些侍者怎么样?可靠吗?"

"威尔科克斯入职已有十七年,杰弗利斯也有六年工龄,风评都很不错。他们当然也受到了怀疑。我也开展了常规的调查,但没发现任何指向他们的证据。我确信,他们没有可疑之处。"

"看来凶手确实没有逃向卧铺车厢。"

"我也认为这一点是不会有错的。如您所知,我们有两组证人的证词。一组是女士们的,一组是侍者们的。两组人不可能联合起来蒙骗我们。其中一组作伪证倒也不是完全没有可能,可两拨人都撒谎就太……"

"确实,这么想合情合理。那么,另一头——靠近三等车厢的那边呢?"

"那头有一对姓史密斯的夫妇,带着个生病的孩子,"督察回答,"他们在入口边上的走廊里，如果有人经过，他们不可能察觉不到。我请医生为那个孩子做了个检查，发现他确实病了。孩子的父母都是性情温和的正经人，也没有值得怀疑的地方。当他们表示除列车员外没人通过走廊时，我立刻就相信了。不过我没有就此满足，而是把三等车厢中的每一位乘客都调查了一遍，确认了以下两点：第一，搜查时置身于三等车厢的所有人都不是在列车离开普雷斯顿之后进入包厢的；第二，从列车离开普雷斯顿到紧急停车，除史密斯夫妇之外，没有一个人离开过包厢。以上事实可以毫无疑问地证明，没有人在案发后从一等车厢逃往三等车厢。"

"那个列车员呢？"

"列车员人品过硬，与案件无关。因为除了史密斯夫妇，还有好几位乘客看到他在刹车后跑过三等车厢。"

"那就意味着凶手走的显然是车厢侧面的十二扇门中的某一扇。先看包厢那侧的出口吧。第一、第二、第五和第六间包厢内有人，因此凶手不可能穿过这几间。只有第三、第四间包厢的出口可用。凶手是从那两扇门中的某一扇逃走的吗？"

督察摇头道：

"这也是不可能的。请您回想一下，从凶案发生后的数秒钟到列车停稳，尾端包厢的四位乘客中有两位一直看着车厢之外。凶手不可能在不被他们看到的情况下打开包厢门，站在上下车用的踏板上。当时列车员琼斯也站在行李车的同一侧往外看，同样没看到一个人。停车后，看着外面的两位乘客和其他人一起下到了地面。所有人都表示，包厢外侧的门始终都是关着的。"

"唔……"局长沉思片刻，"这么看来，这方面似乎也没什么疑问。那就只剩走廊一侧的门了。列车员很快就赶到了案发现场，因此凶手肯定是在列车仍在高速行驶的时候逃了出去。所以在列车员铆足了劲开那扇包厢门的时候，凶手十有八九就攀在车厢外侧。停车后，所有人的注意力都集中在了包厢那一侧，于是凶手可以轻松跳车逃跑。这个推论如何，督察？"

"我们对这种可能性进行了相当彻底的研究分析。首先与之产生矛盾的是，第一、第二间包厢中的乘客在案发后立刻拉起了帘子，照理说凶手不可能在逃跑时不被他们看到。不过我后来意识到，这种反驳意见并没有证据支持。从案发到布莱尔布斯小姐与最后一间包厢的男乘客拉起帘子，中间至少有十五秒的时间，足够凶手拉下窗户，开门出去，再抬起窗户关好门，蹲在踏板上躲起来。据我推测，列车员琼斯从行李车望出去的时候，距离案发应该已有近三十秒了。因此在时间层面，凶手确实有可能用您提出的方法逃跑。问题是，另一项事实排除了这种可能性。琼斯穿过三等车厢的时候，列车已经快停了。带着孩子的史密斯先生还以为列车出了事故，很是好奇，想跟着列车员去一等车厢瞧瞧。谁知列车员刚穿过那道门，门就'砰'的一声关上了，门上的弹簧锁当然也自动锁上了，史密斯先生都没来得及跟上，于是他只好拉下走廊尽头的窗户往前看。他明确告诉我们，一等车厢的踏板上没有人。为了查明史密斯先生的证词是否可靠，我们挑了一个同样漆黑的夜晚，上了同样一列车，打开同样多的灯，驶过同一段路。结果显示，如果有人蹲在踏板上，是可以在窗口清楚看到的。因为背景就是凿开的山路的亮光，躲在踏板上的人会化作一团黑影清晰地浮现在视野中。考虑到史密斯先生之所以开窗望出去，就是为了找到某种异常的迹象，我认为他的证词应该是可信的。"

"你说得很合理。而且列车员本人的证词也是佐证。他从行李车往外看的时候，也没有看到一个人影。"

"是啊，我们的实验显示，从行李车望出去，也可以看到蹲在踏板上的人，同样是因为路基的光亮。"

"而且凶手也不可能在列车员穿过三等车厢的时候出去？"

"是的，因为在列车员往外看之前，走廊的帘子已经被拉起来了。"

局长眉头紧锁。

"太棘手了……"他喃喃道。几分钟的沉默后，他接着说道：

"凶手有没有可能在行凶后暂时藏在洗手间里，然后在停车时趁乱从走廊一侧的门溜出去，下到铁路，再悄然逃跑？"

"这也是不可能的，这条线我们也做过调查。如果凶手躲进了洗手间，那他恐怕就出不来了。因为他如果逃往三等车厢，就会被史密斯夫妇看到。而一等车厢的走廊从列车员赶来到搜查开始一直有人盯着。

女士们在列车员经过她们的包厢后立刻来到了走廊，尾端吸烟车厢的其中两位男乘客在女士们出来之后的很长一段时间里也一直隔着包厢门看着走廊。"

沉默再次降临。局长抽着烟，陷入沉思。

过了一会儿，他问道："验尸官是不是提出了某种假设？"

"没错，他的假设是：凶手行凶后立刻从走廊一侧的某一扇门——恐怕是最后一扇——离开车厢，爬到车厢外某个从窗口看不到的地方，等车停了再跳下来。他还说，那个'看不到的地方'可能是车顶或缓冲器上面，要么就是下方的台阶那里。乍一听好像说得通，所以我也做了一些实验，但结果让人失望。车顶是绝对不可能的，因为顶部的弧度太大——那不是平坦的天窗式车厢——门口上方的边缘处也没有抓手。躲去缓冲器也不现实。最后一扇门的把手和车厢边角处的缓冲器把手之间有七英尺二英寸的距离。普通人不可能跳得过去，也不可能踩着踏板过去，因为途中没有任何东西可以抓。走下方的台阶也不行。首先，下方的台阶并不是连续不断的——每扇门下面只有一小截，不像上方的踏板那样是连续的一整条。因此凶手不可能抓着上方的踏板，沿下方台阶走去缓冲器那边。再者，要是躲在下方台阶那里，一旦碰到站台就会被撞飞，我实在无法想象，会有谁冒着这种风险躲去那种地方。"

"照你的说法，督察，你岂不是证明了'凶手作案时在车厢里，搜查的时候却不在车厢里，而且他也不是在这两个时间点之间溜出去的'？我可不认为这是一项可信的结论。"

"我知道。我也深感懊恼，但这正是我从一开始就遇到的难题，而且毫无办法。"

局长单手搭在下属的肩头。

"别气馁，"他柔声柔气道，"不会是那样的。再查查看，边抽烟边琢磨。我也再想想。明天我们再聊聊。"

这番对话对案情做出了精要的总结。尼古丁女神的灵药也没给他们带来任何灵感。时间无情地流逝，却始终没有新线索浮出水面。公众的兴趣逐渐转移。最后，这起案件在伦敦警局那长长的悬案列表中占据了一席之地。

*　　　　*　　　　*

接下来，我将向各位讲述本人——一个默默无闻的诊所医生是如何因为之前提到的机缘巧合得知了这起谜案的真相。我与案件本身并无任何关联，之前叙述的详细事实均出自当时的警方记录。为感谢我提供的信息，警方允许我浏览那些记录。事情要从四周前的一个晚上说起。

漫长而劳累的一天终于结束，我正抽着烟斗，谁知离我开的诊所很近的一座小村子的一流旅馆传话过来，请我立刻出诊。说是一个骑摩托车的人在十字路口与汽车相撞，受了重伤。我才瞧了一眼，便知回天乏术。事实上，伤者的生命恐怕只剩几个小时了。他冷静地询问自己的伤势。我出于习惯照实回答了他，并问他需不需要找人来。他直视着我，如此回答：

"医生，我想坦白一件事。待我讲完，可否请你在我断气前保守秘密，待我死后再告知有关部门与公众？"

"当然可以，"我回答，"不过请你的朋友或牧师来是不是会更好些？"

"不，我没有一个朋友，跟牧师也无话可说，"他说道，"你看起来是个正直的人。我宁可把一切都告诉你。"

我点点头，把他调整到尽可能舒适的姿势。他用低得好似耳语的声音缓缓说道：

"我也知道自己的时间不多了，就长话短说吧。你还记得几年前的霍雷肖·瑞林夫妇凶杀案吗？他们死在西北线的火车上。案发时，那趟车在卡莱尔以南约五十英里处。"

我依稀记起了他说的案子。

"是报上说的那起'高速卧铺列车谜案'吗？"

"没错，"他回答道，"警方始终没能破解谜团，凶手也没被逮捕归案。然而，那个凶手的报应就要来了——我就是那个凶手。"

他的语气是那样冷静与沉着，我不禁心生恐惧。可我转念一想，他是一边与死神搏斗，一边坦白当年的罪行，无论我此刻感觉如何，都有义务趁他一息尚存之时细细倾听，并将整件事记录下来。于是我坐了下来，用尽量平和的语气说道：

"虽然我不知道你到底要坦白什么，但我会认真记下你说的每一个字，并在恰当的时候告知警方。"

忧心忡忡地望着我的那双眼睛立时多了几分安宁。

"多谢。我会尽快说完。我叫休伯特·布拉克，家住东萨塞克斯郡霍夫市韦斯特伯里花园二十四号。十年零两个月前，我住在布拉德福德，在那里结识了一个姑娘。在我眼里，天底下就没有比她更好的人了——她叫格拉迪丝·温特瓦斯。当年我是穷光蛋一个，她却很富有。我不敢贸然接近，她却主动向我示好，所以我也鼓起勇气，向她求婚了。她答应了我，但要求我暂时别把我们的婚约说出去。我整颗心都扑在她身上，无论她提出什么要求，我都会毫不犹豫地答应，所

254

以我自然没有异议。总而言之，我肯定是高兴得忘乎所以了。

"在订婚前不久，我认识了瑞林。当时他表现得非常友善，似乎很想跟我交朋友。一天，我们同时遇到了格拉迪丝，我便把她介绍给了瑞林。事后我才知道，他就是从那个时候开始接近格拉迪丝的。

"在她答应我求婚的一个星期后，有人在哈利法克斯办了一场大型舞会。我本打算在舞会上见格拉迪丝一面，却在临行前接到了母亲病危的电报，不得不赶回去。回来之后，迎接我的竟是格拉迪丝的一封言辞冷淡的信。她在信里说，我们的婚约是个错误，我们之间已经结束了。我多方打听才搞清是怎么回事。医生，可以给我点喝的吗？感觉整个人在往下沉……"

我倒了杯白兰地，送到他嘴边。

"好多了……"他气喘吁吁，断断续续道，"根据我打探到的消息，瑞林早就看上了格拉迪丝。他知道我和她走得近，所以刻意接近我，希望通过我抓住认识她的机会——我真傻，完全着了他的道。然后，他专挑我上班的时候去找格拉迪丝，巧妙利用各种机会。格拉迪丝也察觉到了他的心思，但不确定他是不是认真的。就在这时，我求婚了。她决定先吊住我，如此一来，就算她放跑了大鱼，也不至于落得一场空。如你所知，瑞林腰缠万贯。她在舞会上钓到了他，抛弃了我。多厉害的手段啊，不是吗？"

见我一言不发，他继续说道：

"然后我就疯了。我不顾一切地冲上门去找瑞林理论，他却当面嘲笑我。我恨不得砸烂他的头，奈何他家的佣人领班就守在旁边，以至于我没法当场了结他。事到如今，我也没必要再描述那地狱般的苦楚了——那也不是三言两语能说清的。反正我完全失去了理智，只为了复仇活着。没过多久，我就得手了。找到机会之前，我一直跟着他们。功夫不负有心人，我终于杀死了他们。我在那趟车上开枪打死了他们。先打死格拉迪丝，然后在瑞林被枪声惊醒，跳起来的那一刹那开枪打死了他。"

他停顿片刻。

"请把过程说得再详细些。"我如此要求。过了一会儿，他用比刚才更虚弱的声音说道：

"我想到了在列车上除掉他们的方法，所以他们度蜜月的时候，我也一直跟着，却一直没有合适的机会。而那个晚上，各方面的条件都非常理想。在尤斯顿车站，我跟在他们后面，听到他买了去卡莱尔的票，于是我就买了去格拉斯哥的票。我坐进了他们隔壁的包厢。包厢里有个健谈的男乘客，我便谎称自己要在克鲁下车，制造某种不在场证明。我也确实在克鲁下了车，但后来又上了车，回到了之前待的那个放下了遮光帘的包厢。没人知道我在那里。我一直等到了列车快开到夏普山顶的时候。因为我觉得那一带民宅稀少，更方便逃跑。时候一到，我便用楔子卡住包厢门，开枪打死了他们。接着，我逃离列车，远离铁轨，穿过原野，找到了一条公路。白天躲在暗处，天黑了再赶路。第二天太阳落山后，我便走到了卡莱尔。从那里开始，我不再避人耳目，光明正大地坐了火车。警方从没怀疑过我。"

他疲惫不堪地停了下来。死神似乎离他更近了。

"我还有一个问题——你是怎么逃出列车的？"我问道。他微微一笑。

"再给我喝两口……"他低声说道。我又喂了他一些白兰地。他用虚弱的声音继续叙述起来，中途有好几次较长的停顿，请允许我在此省略。

"方法是我提前想好的。我心想，如果我能在列车刹车之前，在还没人拉报警绳的时候逃到缓冲器上，那就安全了。因为从窗口望出去是看不到我的，等车一停——我知道车很快就会停的，到时候就能跳车逃跑了。问题是，我要如何从走廊前往缓冲器。我想了这样一个法子……

"我带了大约十六英尺长的棕色细丝和长度相同的丝绳。在克鲁站下车后，我走到一等车厢的边角处，假装在没风的地方点烟，然后趁着没人注意，把细丝穿过缓冲器上方的托架。接着，我握住细丝的两头，一边放线，一边慢步走向最近的一扇门。再做出用力拉门的动作，乍看就好像门很紧，很难拉开一样，其实是神不知鬼不觉地让细丝穿过门把手，再把两头系在一起。如果你是听完我的叙述才看到那一幕，就一定可以瞧出端倪。如此一来，托架与门把手之间便有了一个细丝做的圈。细丝的颜色和车厢外侧一样，几乎看不出来。完事后，我便回到了原来的座位。

　　"到了该行事的时候，我先卡住了那两个包厢通往走廊的门，然后打开朝外的窗户，把线圈的一头拉进来，把丝绳的一头系在上面。再拉动线圈的一边，丝绳便能在细丝的引导下穿过托架，回到窗口。丝绳也是丝质的，容易滑动，而且不会在托架上留下任何痕迹。然后我把丝绳的一头套在门把手上，拉紧后两头打结。这样就在一等车厢的缓冲器和门之间弄出了一个紧绷的绳圈。

　　"我打开门，拉好窗，在门缝处夹了一块随身带来的木片。因为风很大，有木片卡着，门就不会被关死了。

　　"然后我动手了。见他们两个都中弹了，我立刻跑出车厢，把之前架好的绳圈用作扶手，沿着踏板挪到缓冲器上，再收回细丝和丝绳塞进口袋。如此一来，所有的痕迹都不复存在了。

　　"车一停，我便滑下了地。所有人都是从另一侧下的车，所以我只需沿车厢匍匐前进。来到一片漆黑的地方，再翻过路基逃走就行了。"

　　为了讲完整件事，他似乎用尽了全身的力气。因为他在说完最后一个字的同时闭上了眼睛。几分钟后，他就陷入了死期来临前的昏迷状态。

　　联系警方后，我便着手实现他的第二个愿望。诸位看到的这段文字便是结果。

三个死人

伊登·菲尔波茨 ｜ Eden Phillpotts

（1862.11.4—1960.12.29）

> 伊登·菲尔波茨最著名的作品是《赤发的雷德梅茵家族》与
> 《夜声》，本作为篇幅较长的短篇作品。范·达因十分推崇本作，
> 称其为"最具菲尔波茨特色的推理小说"。本作收录于 1926
> 年出版的短篇集 *Peacock House*，翌年入选著名的范·达因合集。
>
> ——乱步评

一

私立侦探事务所的迈克尔·杜文所长问我愿不愿意去西印度群岛开展一项特殊调查时，我高兴得差点跳了起来。一月末的伦敦，天空总是阴云密布。对我而言，享受热带艳阳的机会是无比诱人的，哪怕只去短短数周也好。

杜文如此解释道：

"这位委托人表示，他愿意负担一万英镑的出差调查费。如果可以的话，我是很想亲自去的，只是我不喜欢坐船，走这一趟得坐整整十天，我实在下不了决心。我这人吧，似乎有点黑人的血统，一碰上跟黑人有关的事情……怎么说呢，就忍不住要放下职业精神，给人家撑腰。可坐船这事我实在是吃不消，连这份心思都要被大海磨光了。

我的年纪也有点大了，没有排除万难前去调查的气力。

"于是我便告诉委托人，我由于种种原因无法亲自前往，但可以派代理人去。他年纪尚轻，不过调查水平是绝对过硬的。我会留在伦敦，为解决此事贡献头脑。

"至于报酬，若能幸运地解决此事，给五千英镑即可。万一没能解决，除了出差费用分文不收——我是这么跟对方说的。今天早上，对方发来电报，表示他接受所有的条件，所以我才会请你过来。怎么样？下周三，邮电部的邮船多恩号会从南安普敦出港，你愿不愿意替我跑一趟？"

"所长，乐意之至——"我一口答应。

"如果能把这次的调查办妥，你的口碑定会更上一层楼。不过你得做好思想准备，据说案情相当复杂，不是随随便便就能查清楚的。对方也发来了各种参考资料，只是数量庞大，又极其模棱两可，也许不看才是明智之举。直接冲进现场，虚怀若谷地了解案情才是当务之急。要是在船上贸然浏览那一堆资料，就很容易先入为主，影响调查，有百害而无一利。

"不过我可以先跟你交代一下大致情况。案子十有八九是凶杀，可惜不凑巧的是，与案件有直接关联的三个人都死了。这肯定是一起有趣的案子，但也肯定令人费解。当然这也不过是我的第一印象罢了。

"凭你的能力，也许三下两下就能解决。不过你说不定会需要留守英国的我贡献智慧。还有一种可能是，以你我二人之力都无法破解。但无论如何，还是先请你努力调查一番吧。

"出发前，记得再联系我一次。船票得在今天订好，不然可能拿不到好房间。因为我听说今年去西印度群岛的人特别多。"

"请问目的地是？"

"巴巴多斯岛。照目前的情况看，应该只需要在那座岛上开展调查工作。当然，如果有必要去其他地方，你拿主意就行。祝你好运！

是时候露一手了。我坚信你一定可以取得成功。"

我道谢告辞，心花怒放。因为我们这群人平时极少得到所长的表扬。哪怕所长有表扬的心思，也不会明确说出口，而是会采用"分配有价值的工作"这一形式。这次的委托便是如此。所长肯把如此要紧的案件交给我，正说明他认可了我的实力，认为我不会给名震海外的杜文私立侦探事务所抹黑。

两周后的一个黎明，我独自站在多恩号的甲板上，望着残存的月光与无声逼近的晨曦以奇妙的形式渐渐混淆。时钟指向四点。遥望东方，浪头多了几抹玫瑰色，接触到逐渐变亮的天空时，又在一瞬间变成了纯白与橘黄色。然而，月亮似乎还不想将天空的王座拱手相让。星光灿烂，南天虚十字散发着鲜明的光芒，唯有南十字星渐渐沉入水平线……

就在这时，眼前的景象风云突变。说时迟那时快，橙色的光亮汇成宽大的条纹，自东方的天空倾泻而下。与此同时，眼看着灰色的月光迅速褪色，星斗相继消失，最后连南十字星都被拂晓吞没了。

在很长一段时间里，巴巴多斯岛介于拉古德海角灯台的白灯与更远处海角的红灯之间，好似蹿起波浪的怪物。过了一会儿，红日以热带地区独有的势头升上高空。在炎炎烈日之下，岛屿的轮廓终于清晰地展现在我眼前。甘蔗地绵延数英里。在风中波动的穗子，宛若小麦或大麦的叶片随风摇曳。风车映入眼帘，还有零星分布的民宅。地表闪着黑色光亮的应该是人们正在耕种的农田。再往里去，便是以椰树成荫的海滨为前景的布里奇顿。背靠碧海的白墙房屋熠熠生辉，与在强烈的阳光下色彩尽失的沙滩形成了鲜明的对比。

我所在的多恩号拨开近百艘驳船组成的大军，缓缓前进。驶入卡莱尔湾时，它将商船旗（red ensign）稍稍降下，再迅速升起。那是在向停泊于港口的小型战舰致意。接着，它打开了炮门，意为"准时入港"。

一眨眼的工夫，成群的驳船便将多恩号团团围住。低头望去，驳船上坐着各种肤色的人。红木色、褐色、浓淡不一的黄色……检疫工作在小船开过来的路上完成了，因为船将在入港的同时出港。灿烂的阳光，蒸汽绞车的轰鸣，货船多恩号正在装货……人们纷纷握手，依依惜别，还有人趁着起航前给侍者小费。

接我的驳船也到了。我的行李箱被迅速卸下大船，装上小船。小船被刷成了白色，摆有鲜红的坐垫，看着很是俏皮。

划船的是两个黑人。一位看起来非常正派的男士和蔼可亲地接待了我。他的皮肤被热带的太阳烤得黝黑，但灰色的眸子、金色的头发与棱角分明的面容告诉我，他是英国人无疑。他的个子很高，身材匀称，一身朴素的黑衣，似乎是在刻意掩饰强健的筋骨。乍一看，他大概四十五六岁的样子。不过热带地区的生活难免会让人显老。事实上，我在事后得知他才刚过三十五岁。

此人名叫艾莫斯·斯拉宁，拥有岛上首屈一指的佩利肯农场和若干家制糖厂。在小船靠岸之前，这位委托人说个不停。话题涉及方方面面，许是在帮助我了解案件的背景知识。

"不同于西印度群岛的其他岛屿，"他介绍道，"巴巴多斯岛完全没经历过血雨腥风的历史。自一六〇五年英国舰船宣布占领之后，它便从未易主。在大不列颠的殖民地中，没有比这座被称为比姆郡的岛屿更和平的地方了。在查理一世时期的内乱中战败的保王党人来到这里避祸，其中就包括了我们斯拉宁家族。自那时起，我们便在这座岛上定居下来。自不用说，亡命者的后代子孙依然支持君主制。直到现在，岛上的英国人仍坚持这一主张。

"我们家族代代生活在这座岛上，很是繁荣。家族名下的农田非常广阔，奴隶的数量也很可观，所以繁荣也是理所当然。在那场奴隶解放运动爆发前，大家都说我们是加勒比海数一数二的豪门，之后的时代变迁也没能影响斯拉宁家族的昌盛。

"你面前的这个男人是斯拉宁家族的最后一位成员。时代与事态让我成了斯拉宁家族血统的唯一传人。我本是双胞胎，但哥哥亨利最近遇害了。他的死包裹在重重迷雾中，就算能破解那些谜团，他也不可能活着走出墓地了。不过在真相大白之前，我的心灵怕是永远都无法重归宁静。"

他一口气说到这里，却突然切换话题，问起了杜文。于是我告诉他，照理说杜文应该亲自来岛上调查，但出于某些不得已的苦衷，他派我代为调查，我会直接前往现场搜集调查资料，还请他多多协助。与此同时，我将所长写给艾莫斯·斯拉宁的亲笔信递了过去。

小船抵达海滨后，斯拉宁先生带我前往餐厅。我们在那家著名的餐厅坐了三十多分钟。他阅读了所长的书信。在此期间，我闲来无事，只能从遮阳篷下的露台眺望城市中心的车来人往。

大马路对面是一排刷成白色的楼房。在强烈的日照下，薄板屋顶散发着银灰色的光亮。店门开得很矮，弯下腰才走得进去。碧蓝的天空，发白的路面。空气如火焰般发着光，行人脚边尘土飞扬。原住民来了一群又一群，用叫唤般的嗓门交谈着，却似乎也没有急事要办。玩具似的电车开出去一辆又一辆，目的地应该是郊外的贝尔菲尔德、丰塔贝尔等地。骡子拉着车从不远处而来，车上装着砂糖与装有糖蜜的木桶。货物貌似相当沉重，拉着车的两头骡子都惨叫不止。驴子背上则驮着一捆捆绿色的甘蔗。公车沿人行道排成一列，但来来往往的两轮马车明显更多，车流也更密集。

斯拉宁的大型轿车停在露台的正下方。在当时这样的车还很稀罕，因此吸引了不少行人的视线。人行道上有许多女士，衣着考究的用黑色面纱保护双眼不为强光所害。光着脚身披白布、裹着艳丽头巾的黑人女子则大声嚷嚷着走来走去，叫卖头顶竹筐里装着的椰子、甘蔗、橙子、柠檬、香蕉、人心果、芒果、山药、鱼、蛋糕、糖点心、坚果、菠萝和腌菜等食品。

黑皮肤的男人们也在劳作。有推着手推车的，有在驱赶牲口的，但每个人的皮肤都闪闪发光，宛如精心打磨过的金属，他们聊个不停，好不悠闲。在房屋后的阴凉处，露台在干爽的马路上形成的天鹅绒状黑影中，还有没有工作的人聚在一起，啃着甘蔗和水果，抽着烟，问女贩子买些饮品，含着冰块嘻嘻哈哈，打发时间。

乞丐与成群结队的孩子更是随处可见。乱蓬蓬的头发与乌黑的大眼睛，直教人联想到巧克力人偶。白色的尘土飞扬的马路会定时用管子洒水，然而要不了五分钟，地面就变回了原样。黑人巡警穿着雪白的制服四处巡逻，一见到衣衫褴褛的流浪汉，便毫不留情地将其拘捕。被抓住的人会大声为自己开脱，却是一副无所谓的样子。女人们赶着青筋凸起、浑身硬邦邦的牲口——乍一看像灵猊，细细一瞧竟然是非常消瘦的猪。还有女人扛着鸭子走了过去。也有人扛着装有公鸡和母鸡的笼子。我还见到了几个看似身份显赫的黑人。黑人牧师，黑人律师……士兵和商人也是黑人。他们的妻子戴着帽子，打着伞，身上珠光宝气。虽然穿着过时的衣服，却也打扮得花枝招展。店主们也是黑人，却是头戴丝质礼帽，身披白麻衣服。和鸟儿一般大的蜻蜓在头顶盘旋。灰尘与水果的气味相混，分外沉闷。

我呆呆地望着这样的街景。突然，斯拉宁打断了我的思绪。

"这封信解释得很清楚了，还请你全力调查。我们就在俱乐部用餐吧，我会利用这段时间跟你介绍详细情况。用过餐以后，我想带你去我的宅邸，你看可好？"

但这并不是我想要的。我告诉他，我希望在不被任何人打搅的情况下投入这几个星期的调查。

"要是因为暂住宅邸影响了调查，那就不好了——"

他并没有问我为什么这么说。

大型轿车立刻将我们送到了俱乐部。半路上，还发生了一段小插曲。

轿车刚巧遇上了一辆双驾小马车。马车上坐着两位女士。艾莫斯·斯拉宁走下车，和其中一位气质优雅的中年妇人攀谈起来。另一位年轻可人的少女在一旁默默听着。

少女脸色煞白，双眼更是无神，仿佛与这片色彩艳丽的土地格格不入。如果她身在英国，在两颊添几笔玫瑰色便是可怜动人的美，然而在这里，看起来就像是她在自行对抗温室花朵的柔弱一般。

"您的身子好些了吗？"

斯拉宁问那位年长的妇人。对方露出温柔的微笑，与他握手说道：

"我们梅伊还没好透。我想趁夏天带她去一趟美国。"

"这个主意不错。"

说着，他将视线转向少女。

"确实需要散散心——尤其是遇到这种情况的时候。"

然后他便压低嗓门，又说了几句，肯定是在跟她们解释我的身份。

接着，他将我介绍给了两位女士。少女只是点了点头，一言不发。她的母亲和我握了手，祝我调查顺利。

"听说这位先生的哥哥去世时，每个人都悲痛极了。他就是那样受人爱戴。每个接触过他的人都是那么喜欢他。所以这项调查的难度恐怕会很高。因为我实在想象不出犯下这等骇人罪行的动机。"

妇人表现得很是热情，还补充道："如果有我帮得上忙的地方，请尽管联系我。"

她们的马车走远了。斯拉宁显然察觉到了我在不动声色地观察那两位女士，立刻说道：

"我一度觉得那两位女士与哥哥的死有所牵扯。已故的舰队司令官乔治·沃伦达爵士——刚才那位夫人就是他的遗孀，与我们兄弟走得很近。我也说不出个所以然来，可就是觉得她们和案子有某种说不清道不明的联系。等听完我的叙述，你一定也会有同感的。"

"那位小姐的身子似乎不太好啊。"

"嗯，这是有原因的。出问题的不是她的身体，而是她的心。因为她受了很大的打击——"

我们来到广场。纳尔逊司令的青铜像耸立在面前，引人注目。我随斯拉宁前往俱乐部用餐，菜十分可口。

餐后，他带我去了一间小巧的吸烟室。那是他专为我们预约的房间。他拿出了雪茄，但我心想马上就要聊到要紧的案情了，便没有伸手。他自己也没有要抽雪茄的意思，立刻开始讲述案情。

"如果你对我的讲述产生了疑问，可以随时提出来。"

说完，他便切入正题。

"母亲去世时，我与亨利还是十四岁的少年。当年我们兄弟俩还在英国本土，恰好是从小学升入哈罗公学的时候。从公学毕业后，我们一起进了剑桥大学。每逢寒假，我们都会回岛上看望父亲。到了夏天，父亲便会来欧洲，带我们去法国和意大利走走。就在我们即将结束大学课程的时候，平时体弱多病的父亲菲茨哈巴特·斯拉宁突然病逝。于是亨利与我被双双召回巴巴多斯。父亲一贯认为，不住在领地的地主一旦增加，西印度群岛就会走向荒废，所以他留下遗言，让我们在他走后住在岛上，用心经营事业。我们也没有违背他的遗愿。

"大家都说，双胞胎不仅长得像，在性格、兴趣和其他方方面面都惊人地相似。这种说法适用于大多数情况，却不适用于我们。我实在不觉得自己是哥哥的分身。亨利有着我无法比拟的智慧与准确的判断力，还有强韧的自制力。我们在长相方面确实相似，但观察力敏锐的人定会发现，哥哥思虑更深、更冷静。很多人说我性格开朗，哥哥则比较阴郁，但这显然是因为我天性乐观，容易轻信他人，而亨利行事谨慎，做什么判断之前都要深思熟虑。

"我们的农场有一位能干的监工。因为当年是父亲供他上的学，他觉得斯拉宁家有恩于他，对我们忠心耿耿。在他的帮助下，我们得以将祖先打下基础的制糖业发扬光大。我们成了斯拉宁家族的最后两个成员，所以佩利肯农场的直接权利只归属于我们两个人——农场就是属于我们兄弟俩的。农场产出的利益也都归我们所有。不过所有的负担也都落在了我们肩上。

"我与亨利的日子过得一帆风顺，波澜不惊。家里的生意也愈发红火了。我们相互信赖，与对方无话不谈。我把所有的心思都用在了生意上，亨利的活动范围则要更广一点。他甚至进入了巴巴多斯政坛，在公益领域也很活跃。哥哥是个富有正义感的人，为提高岛内的福利、救济贫民倾注了不少心血。要说谁没得罪过人，大家头一个想到的肯定是亨利。他比谁都痛恨不法行为，平等对待每一个人，所以无论是富豪还是贫民，都一样尊敬他。

"谁知，哥哥竟在一种离奇的状态下遇害了。而且还有另一个人在同时死去——一个愿意为我们兄弟上刀山下火海的男人在同样的状态下丧命了。他叫约翰·蒂格尔，是个纯正的黑人，祖祖辈辈在我们佩利肯农场工作。他是农场的夜间巡逻员，负责在晚上巡视农田。放荡散漫的黑人男子几乎个个都会偷鸡摸狗，每家农场都为此头疼不已，每逢收割甘蔗的季节，都需要严密监视。所以巡逻员有时也需要开枪吓唬吓唬那些小偷，让他们意识到性命才是最要紧的。

"岛上有一条不成文的规矩：如果巡逻员在夜里发现甘蔗地里有黑人的身影，问对方姓甚名谁，对方却没有应答，那就可以名正言顺地开枪。这是巴巴多斯自古以来的习惯。据说很久以前，岛上真有这样的法律条文——当然，现在肯定是不会有这样的法律了。

"那就讲讲亨利出事时的情况吧。还记得前一天夜里是满月，第二天用早餐的时候，亨利迟迟没有来餐厅。我派佣人去叫，佣人却告诉我，哥哥不在卧室里，书房里也不见人影。

"我觉得不太对劲，便亲自去找，却无论如何都找不到。就在这时，噩耗从甘蔗地传来。我骑马赶往现场。那是一片新开垦的土地，离宅邸大约一英里远，位于佩利肯农场的角落，离巴巴多斯南岸的克雷因酒店倒是不远。只见哥哥胸部中弹，倒地不起。而约翰·蒂格尔就叠在他身上——也成了一具尸骸。蒂格尔的枪落在离两具尸体二十多码远的位置。两根枪管都发射过子弹。毋庸置疑，我亲爱的哥哥和忠实的蒂格尔的性命就是被蒂格尔的枪夺去的。子弹的口径比较特殊，是用来打大鸟的，岛上再也找不出类似的了。

"除此之外，我们还发现了另一把枪——那是一把崭新的左轮手枪。弹匣是空的，一枪都没开过。我从没见过它。但通过事后调查，我得知那是哥哥从英国本土订购的。他还买了一百发子弹，装在盒子里，盒子甚至没拆封。枪是弗雷斯特商会的产品，可亨利为什么要订购那种东西呢——考虑到他素来对枪支武器厌恶到极点，这恐怕会成为案子最大的谜题。

"验尸结果显示，两人并非死于近距离枪击。这项事实推翻了警方最开始的推测。毕竟是岛上的警察，警官都是黑人，他们起初认为蒂格尔先打死了我哥哥，然后选择了自杀。但这几乎是不可能的。首先，蒂格尔把亨利当神一样崇拜，哪怕受尽拷打，他也绝对做不出谋害哥哥那样的事情。验尸结果也很明确，他是没办法从远处开枪击中自己的。根据伤口的情况推测，子弹是从二十码开外的地方发射的，发射点恰好在那把枪掉落的地方附近。

"警方对尸体发现地周围进行了搜索，发现十码开外的人造林里藏着一捆甘蔗和用来砍甘蔗的手斧。照理说那些东西是不会出现在林子里的，这说明曾经有甘蔗小偷躲藏在那里。也许出乎意料的骚乱就是在他一门心思砍甘蔗的时候发生的，吓得他急急忙忙逃走了。于是警方发布公告，表示可以免除小偷的盗窃罪，只要他能主动联系警方，讲述在那晚看到的一切，就给他一大笔奖金。条件如此丰厚，小偷却迟迟没有现身。

"那天夜里，我的哥哥为什么会出现在那里——这也是一个问题。因为我实在想象不出来，他有什么非去那种地方不可的事情。据我所知，他从没去过那种地方。他是个冥想家，所以经常独自驾车远行或散步，可是在夜深人静时跑去那么远的地方也太诡异了。但事实胜于雄辩，那晚他确实在就寝后起了床，穿上长靴，在睡衣外面套了一件黑色的羊驼绒大衣，在农场里走了足足一英里多。那个地方恰好在蒂格尔的巡逻区域内。

"话说同一天晚上，还有另一个男人丢掉了性命。我个人并不觉得那个男人的死和我刚才叙述的案件有什么关系。事实上，警方也没有掌握足以将两起案子联系起来的证据。但我还是想告诉你，就在那天晚上，一个叫索利·罗森的男人被人割开了喉咙，一命呜呼。

"他也是我们佩利肯农场的员工。他是个混血儿，和年迈的黑人母亲住在海边悬崖附近的小屋里。他好吃懒做，脾气却非常暴躁，乡亲们都不太喜欢他。但他很亲我们兄弟俩，如忠犬一般忠贞不贰。只是他仗着自己有点白人血统，成天自吹自擂，经常惹出打架斗殴的事情来。

"索利还喜欢拈花惹草，所以动不动就跟人闹矛盾。搞大人家的肚子，闹得不可开交也是常有的事。他的风评这么差，我们却对他的缺点睁一只眼闭一只眼，并不是因为我们当主子的性格懦弱，而是因为他这人很是机灵，很会逗人开心，我们就喜欢他那爽朗的性子。而且他的母亲和死去的父亲也为我们家族勤勤恳恳服务了许多年。想到这里，我们总忍不住饶恕他那些愚蠢的罪过。索利蹲过两次大牢。如果他再犯一次大罪，至少我们佩利肯农场是肯定没法继续雇他了。不过他近来似乎洗心革面了，大概是上了年纪吧，做事踏实多了。他的母亲罗森夫人也能证明这一点。

"原来在两人丧生的那一天，索利·罗森也死了。他是一个活泼开朗、机智风趣的人，却也惹是生非，闯了许许多多的祸。这样一个人竟被割断了喉咙，从一只耳朵生生割到了另一只耳朵。

"机缘巧合之下，人们发现他的尸体躺在一处断崖的半腰上。白波拍打着断崖脚下，激起阵阵水花。凶手行凶之后，肯定是想把尸体扔下断崖，让其被两百英尺下方的鲨鱼吃个干净。谁知半腰上有块凸出来的石头，挂住了尸体。人们将尸体吊了下来，用小船运到岸边。被扔下断崖的时候，尸体身上的好几处骨头断了，但致死的原因终究还是割喉。

"至于凶手杀害索利的动机，到现在仍是未解之谜。我觉得问题恐怕出在男女关系上，但也没什么头绪。而且因为他最近比较老实，我实在想不出巴巴多斯岛上的哪一个人有可能行凶。

"总而言之，岛上发生了三起凶杀案，可每一起案件似乎都没有动机，至少在表面上是这样的。索利还有可能在我们不知道的情况下跟人结仇，可我哥哥和蒂格尔呢？别说是这巴巴多斯岛上的居民了，哪怕放眼全世界，都找不出一个会记恨他们两个的人。

"正如我刚才所说，哥哥向来受人爱戴。蒂格尔为人谦逊，大家也很喜欢他。事实上，在我们农场的那么多员工里，就没有比他更讨人喜欢的人了。他已经成家了，有三个孩子，大儿子的名字就是我哥哥起的。

"需要告诉你的大致就是这些，有什么想问的尽管问。不过也不急于这一时——"

"我有很多想要深入了解的问题，"我回答道，"不过眼下我最好奇的是刚才遇到的沃伦达夫人与小姐。"

"事实上，那两位女士和我哥哥的关系与这次需要调查的案件完全无关。你若是把哥哥的死和她们联系在一起，那恐怕和我一样是多心了。不过要是想调查的话，也可以放手一查，但是请你不要在调查时带任何的成见，并对调查结果严格保密。这恐怕是哥哥这辈子瞒我的第一件事……要不是她们告诉我，我怕是就这么稀里糊涂过下去了。

"一年多前，亨利曾建议我尽快成家。当时我回了一句：'要成家也该你先来啊！'哥哥回答：'也是哦。'说完，我们相视而笑。

"话虽如此，我一直觉得按哥哥的性格，他恐怕会单身一辈子。

谁知，亨利竟暗中有了结婚的打算。事到如今，我也不知道他为什么会产生那样的想法，总之他当时已经开始跟梅伊·沃伦达交往了。梅伊的母亲也是在亨利死后才听梅伊说起了这件事，据说哥哥向梅伊求了两次婚。"

"他真的求过婚？"

"千真万确。那两位女士都不是满口胡言的人。如果是别人告诉我的，我还真不一定会相信。可是从她们嘴里说出来的话，我就无法怀疑了。

"如此说来，亨利好像确实深爱着她。想娶她为妻也不是完全不可能。问题是，哥哥是一个比实际年龄更显老成的人，和一个二十出头的小姑娘实在是不太般配。

"至于哥哥有没有因此深感失望，事到如今也不得而知了，但他毕竟是一个思虑深沉的人，所以应该不会一直深陷苦恼走不出来。梅伊其实也深爱着哥哥，哥哥去世之后，她也大病了一场。但是跟母亲坦白一切的时候，她又明确表示，她并没有要和哥哥结婚的打算。

"而且我也敢断定，失恋的打击并没有让哥哥深陷绝望的深渊难以自拔。因为他是个聪明的人，理性在他心中占据了上风。更何况，如果这个打击当真如此严重，无论他如何想方设法隐瞒，都不可能逃过我的眼睛。当然，因为哥哥素来沉稳，即便我们相互熟知，他也不可能在我面前明显表现出心乱如麻的样子。他就是那样一个头脑冷静、情绪稳定的人。"

艾莫斯·斯拉宁的叙述到此为止。但最令我这个听众关注的是，他所讲述的整件事可以从任何一个角度去解释。那番话里似乎并无谎言。斯拉宁性格恬淡，不像是心怀鬼胎的人。哥哥突然离世这件事显然令他心神不宁……除此之外，他似乎只盼着我能以最高的效率开展调查。

本地警方并没有得出任何结论，也没有掌握任何线索。与被害者关系密切的人也一样。没有一个人能够综合手头的各项事实搭建出一套合乎情理的推论。人们普遍认为，年轻的混血儿索利·罗森的死与另两人的案件并无关系，只是碰巧发生在同一天而已。

谈完之后，斯拉宁开车带我在岛上兜了一圈。开到案发现场后，我们便停了车。放眼望去是绵延数英里的农田。在马路对面的农田中，结了穗的甘蔗低下了沉甸甸的头——富有光泽的茎部下方挂着干枯的叶子，头顶的绿色穗子闪闪发光。用于灌溉的细沟穿插于农田之中，好似网格。甘蔗中夹杂着几簇香蕉树，长势极佳，硕大的叶片在微风中摇曳。面包树、人心果树与酸角树也是枝繁叶茂，肯定是专门为了遮阴栽种的。

仙人掌篱笆环绕的小屋旁边耸立着一棵蒲瓜树。绿油油的果实挂在没多少叶片的枝头。

"蒂格尔的遗孀就住那儿，"艾莫斯·斯拉宁先生说道，"悲剧的现场就在一英里外。我们这一路已经把佩利肯农场逛遍了，从北到南呈月牙形，最南端是珊瑚礁形成的断崖。走到那里的话，离克雷因酒店就不远了，如果你不打算住我家的话，在那家酒店下榻倒也不错。毕竟离案发现场比较近，也许有助于开展调查。"

话虽如此，可我目前还完全没有调查方向，不知该重点调查哪个区域为好。于是我决定暂且住在布里奇顿城区。在斯拉宁的哥哥死去的空地上站立片刻后，我们顺路去了趟斯拉宁家族那气派的宅邸，然后回到城区，在毗邻俱乐部的酒店开了两个房间。酒店周围很是幽静。

二

为了顺利推进调查工作，我本打算在尽可能不受关注的状态下开展行动。可我的心思都白费了，还没多少收获，我的工作便已是尽人皆知。我的目的是从他人口中打听死者的弟弟艾莫斯并不了解的事实。

271

所幸案件刚发生不久，说这件事成了俱乐部吸烟室的热点话题也不为过。

我幸运地成了俱乐部的临时会员，所以在调查刚开始的头几天，我几乎没有离开过俱乐部。通过查访，我了解到艾莫斯·斯拉宁的人望高得可怕。他对哥哥亨利敬重有加，为哥哥的突然离世心痛不已，但是论人气，亨利恐怕远不及艾莫斯。哀叹这场悲剧的声音里有不少看热闹的成分，缺乏真情实感，这便是最好的证据。事实上，人们看待这对双胞胎的角度似乎不太一样。俱乐部成员中有一位黑人律师，他跟兄弟俩都很熟。他用亲切却不失严肃批判的口吻讲述了自己的观察结果：

"亨利·斯拉宁是一位顶天立地的实业家。他志存高远，所以貌似不爱听别人的批评，不过他人品端正，也不是装模作样的民主主义者，审时度势的判断也很精准，所以极少成为批判与攻击的对象。不过我不得不说，他的性格相当阴郁，你很难想象艾莫斯会有这样一个哥哥。他和爽朗快活的弟弟截然不同。"

"那您对案件的真相有什么看法吗？"

我顺便问了一句，却没有收获特别有参考价值的回答。

"如果亨利这个人深陷于绝望的深渊，或是遇到了靠他的财力与智慧也无法打开局面的窘境，他恐怕是会自寻短见的。虽然艾莫斯坚决否认，但大家都赞同我的看法。不过自杀这一推论不适用于本案也是不争的事实。因为伤口的检验结果显示，子弹是从离他相当远的地方发射的。据法医判断，至少有个二十码。"

黑人律师发表了一番观点后，其他人也七嘴八舌起来，提供了各种情报，还有能体现出死者性格的轶事。尽管艾莫斯的态度十分配合，连俱乐部的桌球室都会帮忙预约，我对亨利·斯拉宁这个人物的了解依然称不上全面。老实说，是我的能力不够。除非请所长杜文亲自出马，否则怕是查不出更多东西了。

当然，我也拜访了沃伦达夫人。她对死者的描述与其他人略有不同。据她说，亨利的性格带有浓重的宗教色彩。不过他信仰的并不是正统的基督教，他的宗教观很是独特，不归属于任何教派。

　　"如果他能多活几年，也许会在最后皈依天主教吧。不过他是个彻头彻尾的理智派，常常主动聊起哲学、心理学方面的问题。亡夫和他特别聊得来，他们每次见面，都会围绕自由意志、宿命论、信仰、理性这种晦涩的议题聊个不停。也许艾莫斯先生并不了解哥哥的这一面。亨利先生的智慧与想象力确实远胜于他的弟弟。不过他对弟弟的爱也是无人能比的——嗯，比起兄弟情，他对弟弟的感情更像是父亲对孩子的疼爱。所以他才会刻意避免跟弟弟聊起那些事情，免得弟弟因自己的复杂思考而感到困惑和烦恼。我知道他平时总会小心翼翼地避开会让弟弟产生自卑感的话题。他是个非常善良、思虑周全的好人，但不喜欢那种摆空架子、态度高高在上的人。要是有人说西印度群岛，尤其是巴巴多斯岛的坏话，他会大发雷霆。"

　　"夫人，您之前知道他想和令嫒结婚吗？"

　　"我是一点儿都没发现。我时常劝他们兄弟俩早些找个好姑娘成家，千万不能让斯拉宁家族这样的名门绝后，可亨利先生每次都会笑着告诉我，'这方面的事情我都交给弟弟了，毕竟他比我更适合结婚'。当然，我们家梅伊被他下了缄口令，所以完全没跟我提他求婚的事情。要不是他出了那样的事情，梅伊怕是会一直瞒下去。出事之后，她才把一切告诉了我，然后我才告诉了艾莫斯先生。不过，我并不认为这件事跟案件有什么关系……"

　　"亨利先生出事前有没有什么不对劲的地方？"

　　"没有啊。他出事的那天，是梅伊第二次拒绝他求婚后的第六周。"

　　"如果您早就知情，会反对他们的婚事吗？"

　　"不会，我应该会尊重年轻人的想法。亨利先生是个顶天立地的人——是名副其实的体面绅士，梅伊也知道他是个好人。她告诉我，拒绝他的求婚时，她心里也很不好受。但梅伊不爱他这一点是千真万确的。虽然他们只差了十五岁，但梅伊总感觉亨利先生似乎比她年长许多。亨利先生本就显得老成——因为他性子沉稳，可他太文静了，很不喜欢社交场合，唯一的兴趣爱好就是看书，这样一个人怎么可能会跟小姑娘合得来呢？作为丈夫，他确实是上佳的人选，但梅伊不愿意嫁给他也是在所难免。"

我感觉亨利·斯拉宁的人物形象变得愈发清晰了，可要是问我是否真的了解他，我却也不敢轻易断言。前脚刚了解几分，后脚便会有存疑的部分冒出来。有人说，他是个讽刺家。照理说，讽刺家会刻意隐藏自己的温情。还有顽固的宗教信徒坚称他是无神论者。总之，"他具备多项美德"这一点没有遭到否定。不过在我走访的过程中，有人告诉我，他做过理应受到世人非难的事情。那是绝无仅有的一次，大大出乎了我的意料。

那天，我拜访了约翰·蒂格尔的遗孀。她是个健谈的女人，不过说话还算有条理，记性也不差。而且她为人正直，不是那种会胡说八道的人。来到她的小屋时，她正忙着收拾晾在仙人掌篱笆上的衣物。她带着悲伤的表情讲起了死去的丈夫。

"是啊，我男人哪里来的仇家。那么善良的人上哪儿找啊。他对我也好得很。他在亨利老爷和艾莫斯老爷手下干了那么多年，可从没挨过批评。两位老爷待我男人也很好，我男人干活也很卖力啊。"

"站在外面聊实在是太热了，夫人，要不我们进屋详谈吧？话说蒂格尔人缘那么好，大家肯定都为他感到惋惜吧。"

"可不是嘛。因为我男人这辈子大概只跟甘蔗小偷打过架。"

"那蒂格尔有没有跟索利·罗森闹过矛盾？就是那个被人割喉的人。"

"没有啊，不过我男人也知道索利这人不怎么样，还说他总有一天会遭报应的。因为我男人是个虔诚的基督徒。"

"您能不能再跟我讲讲蒂格尔的为人？"

她讲了许多和亡夫有关的事情，可谓漫无边际。我渐渐将她引向正题。

"蒂格尔有没有干过什么被亨利先生责骂的事情？"

"怎么可能啊——一次都没有！"

"那亨利先生有没有惹恼过蒂格尔？"

"也没有啊，亨利老爷是个大好人。"

"也就是说，他们的关系一直都很好？"

"听你这么一问，我倒是想起来一件事。那是什么时候来着——对了，一天，两天，三天……是那个悲伤的日子的三天前。吃早饭的时候，我男人满面愁容，我便问：'约翰，你这是怎么啦？'他说：'没事。'我接着问：'怎么可能没事呢，瞧瞧你那张脸，额头上、鼻头上都挤出好几条皱纹来了！'被我这么一说，他回答：'你傻不傻啊，简恩，我都说了没事了。'说完，他便往豆田去了。不过他当时还提了这么一嘴——'一群混账，竟敢跑来偷甘蔗，可害惨我了。'"

"有人偷了很多甘蔗？"

"也没有啊，每到收割的季节，总有小偷摸黑来偷的，又不是这会儿才开始的。我男人平时也就是咕哝两句，好像也没怎么放在心上，我还是头一回听他发那样的牢骚，于是就跟他说：'约翰啊，你也别太担心了，也不是什么大不了的事情嘛。'结果他回答我说：'简恩你有所不知啊，这事把亨利老爷愁坏了，搞得我也很头疼。老爷今天又为这事狠狠训了我一顿，说我巡逻得太马虎了，所以小偷才会得手。可我明明一点儿都没偷懒啊。'听到这话，我都吃了一惊呢。我男人还说：'这回我说什么都要把那些毛贼逮住！我这人说到做到！'我也说：'没错，约翰，只要你有决心，就一定能抓到的！'"

"他就没有跟您具体说过这件事的来龙去脉吗？"

"没有啊，他就是嘟囔了一阵子，但很快就消了气，没再吭声了。

所以我也没放在心上。要不是我男人跟亨利老爷出了事，我怕是这辈子都不会再想起来了。只怪我反应太慢。可怜的约翰！子弹是从他肚子的侧面打进去的，心脏都四分五裂了！"

"开枪打死蒂格尔的不是亨利·斯拉宁先生吗？"

"你可别胡说八道！亨利老爷打死我男人做什么啊？你不会是想说，打死亨利老爷的也是我男人吧？亨利老爷可是正派的绅士，别说是人了，哪怕是其他活物，他都绝对下不了杀手！他连枪都没摸过呢。我男人也一样，一只蝎子都没踩死过。而且老爷最喜欢我男人了，真的！是我男人生病的时候，老爷亲口告诉我的。我男人也甘愿为亨利老爷和艾莫斯老爷舍弃自己的性命。你就找不到比他更忠于主子的人了。"

"那……蒂格尔夫人，您对这案子有什么头绪吗？约翰抓过不少来农场偷东西的贼，也不能说他完全没有仇家吧。"

"被我男人送进大牢的贼也不止一两个了，但没人会因为这种事情记恨他的啊。他们之所以被逮住，说到底还不是因为他们大白天来地里偷东西啊。再说了，我男人是被自己的枪打死的。他总是随身带着枪，一刻都不离身的。"

"就不可能有人弄到约翰的枪吗？"

"亨利老爷倒还有可能。要是老爷夜里过来对他说：'约翰啊，借你的枪用。'那我男人肯定会借给他的。但亨利老爷怎么可能跟人要枪呢，他最讨厌的玩意就是枪了。"

"约翰以前有没有在夜间巡逻的途中遇到过亨利·斯拉宁先生啊？"

"好像没有啊。如果有过这种事，他肯定会告诉我的。我从没听说过亨利老爷和艾莫斯老爷在晚上来过农场。"

"街坊四邻有没有议论过这件事呢？"

"都是些无聊的风言风语。说什么恶魔迷惑了亨利老爷，在夜里把他引到了农场，然后又迷惑了我男人，让他开枪打死了老爷，最后再打死我男人。这也太离谱了。要是真有这种事，上帝怎么会坐视不

276

理呢？

"反正亨利老爷跟我男人都是好人，这会儿肯定已经升上了天堂，头戴金冠，长出了金色的翅膀，弹着竖琴，过着幸福快乐的日子。可是一想到凶手还没落网，我就气不打一处来，非得让他立刻下地狱不可——"

"您觉得索利·罗森和案子有没有关系？"

"这我哪知道啊。他也被人害死了，天知道是怎么回事。"

"我听说索利也偷过甘蔗——"

"对对，他也干过不少偷鸡摸狗的事情。不过他是绝对不会加害亨利老爷的。因为老爷对他有恩，帮过他许多次。黑人不觉得偷甘蔗是什么罪大恶极的事情，可为了这点小事对老爷开枪，那就是滔天的罪孽了，没人会这么干的。索利也一样——看到我男人和亨利被恶魔蛊惑，他只会冲上去救人，绝对不会主动朝他们开枪的。"

她边讲边哭，边哭边讲。有好几次，我不得不停下来等她停止呜咽，才能听到下半句话。好在她告诉我，她与孩子们将得到艾莫斯·斯拉宁的援助，不必为生活发愁。

又过了几天，我不得不直面另一位黑人女士的悲哀。因为我拜访了索利·罗森的母亲。

她的住处在一座断崖的半山腰上，可以俯瞰下方的海角，在那仿佛被烤焦的土地上长满了仙人掌与龙舌兰。我沿着珊瑚礁铺成的小路往那座小屋走去，半路上飞出来一只硕大的蚂蚱，薄薄的翅膀闪闪发光。蜥蜴沐浴着灼人的阳光，蜷缩着身子纹丝不动。白日的鸣虫不时打破那被死寂统治的世界。一只黑色的山羊默默走着。青蛙在干涸的水道中蹦跶。龙舌兰厚实的叶片上清晰地浮现出各种各样的名字，许是来野餐的人刻上去的。姓名首字母的组合，定是恋人的手笔。

梅丽·罗森的小屋离儿子出事的地方不太远。她的身材矮小而干瘪，是位满脸皱纹的黑人老婆婆。和她结婚的英国人原本是个海员，在航行于西印度群岛的船上工作，但他后来改了行，来到了斯拉宁家族的佩利肯农场。

我虽然见到了梅丽，却没有太多收获，不过是一些坊间的传闻得到了她的确认罢了。

"那孩子没有大伙儿说的那么坏——只怪他稍微好色了些，长得也俊，所以大伙儿爱传他的风言风语，他也确实跟人打过架，可那都是小打小闹，而且他事后总是悔不当初——再说了，索利这孩子脾气大，嗯，确实很大，暴躁得很，动不动就跟人闹矛盾，但也不是人人都会被他惹恼啊。亨利老爷都没责骂过他呢。因为那孩子机灵得很，亨利老爷和艾莫斯老爷都说他有趣，可疼他了。"

"看来两位老爷都很喜欢他呀？"

"我儿子总说，他最看重的就是两位老爷。其实也不光是我儿子，大家都对那两位老爷赞不绝口，但我儿子对老爷们格外忠心，要是有人敢动老爷们一根手指头，我儿子肯定是头一个冲上去的。毕竟他是天生的火暴脾气啊。哪怕撞见贼人的是蒂格尔小哥，他也会顶上去大干一场，弄死人家都是有可能的。"

"也就是说，他跟约翰·蒂格尔的关系还不错？"

"是啊，是啊，蒂格尔小哥跟我儿子是老朋友了，他也是个好人啊。大伙儿恨我儿子恨得咬牙切齿的时候，他也一直帮着说话的。"

"可索利偷甘蔗的时候，不是被抓了现行吗？"

"那次啊，蒂格尔小哥确实把我儿子送进了大牢。真拿他没办法啊，蒂格尔小哥都逮过他两三次了，但只要他乖乖赎罪，蒂格尔小哥就会原谅他的。所以我儿子一点都不记恨他。毕竟有好几次，他只让我儿子交了点罚款，没有深究。"

"那……出事那天晚上，索利就不可能去地里偷甘蔗吗？"

"当然不可能了，虽然我不能保证他永远都不会偷东西，但那天晚上，他绝对没干那种事。哪怕要偷，也不会偷自家附近的啊。真有人记恨他，那八成是因为女人。肯定是被他抢了女人的男人干的。那个凶手肯定早就埋伏在那儿了，趁我儿子回家的时候动手害死了他。"

"这样的仇家多吗？"

"大概挺多的，因为索利那孩子长得壮实，身手又敏捷。要想用刀弄死他，再把人丢下悬崖，一个人肯定是不行的，至少得六七个人一起上吧。"

她虽然沉浸在哀伤之中，却没有忘记炫耀自家的儿子。

"那您觉得会有谁记恨索利呢？您有什么头绪吗？"

"哪来的头绪啊。那孩子最近老实多了。出事以后，我也找相熟的黑人朋友打听了一下，问他们觉得谁可疑，可谁都没有头绪啊。反正他肯定是被人害死的，大概是哪条船上的船员干的吧，行凶第二天就出海去了，找不着了。"

"那您知不知道索利最近和哪位姑娘走得近，又和谁起过冲突呢？"

"他的相好可太多喽，听说最近又跟个乔治敦的姑娘好上了。听说那姑娘爱惨了我儿子呢。"

"是不是他对人家很好啊？"

"据说是的。哪怕你去问那姑娘，她肯定也会这么说的。"

之后，我对约翰·蒂格尔和索利·罗森的性格与品行开展了细致的调查，确定前者的妻子与后者的母亲所言不假。第三者的证词能为她们提供佐证，艾莫斯·斯拉宁先前告诉我的那些事也与她们的叙述相符。遇害的三人都不是世人厌恶或怨恨的对象，这真的是个巧合吗？在三人之中，唯有混血儿的品行不太端正，风评也算不上好，可即便如此，也没有人恨他到要置他于死地的地步。都说黑人的行事风格有时会比较极端，却也不会随随便便干出杀人这般残忍无情的事情。因此降临在不幸的索利·罗森身上的悲剧依然得不到明确的解释。问题是，凶杀案确实发生了。岛上的警方全无线索，也找不到一个嫌疑人，自是一筹莫展。

我始终与警方保持密切联系，发现黑人警官的智慧也相当了得，尽管调查方法比较原始，但好歹可以切实履行他们的职责，开展效果充分的调查。他们的调查工作并没有遇到任何阻碍。放眼整座巴巴多斯岛，没有一个能够予以协助的人拒绝向警方伸出援手。可即便如此，警方的悉心调查仍没有带来破案的曙光。而我这个外行侦探本想力挽狂澜，却只是凑了个数而已，无济于事。

与我交谈过的人普遍认为，斯拉宁和蒂格尔之死与索利·罗森的案子互不相干。如果两起案子真有什么联系，那就只可能是撂在亨利·斯拉宁与巡逻员的尸体附近的那一捆甘蔗了。那捆甘蔗告诉我们，趁着夜色溜进农田的小偷被一场突如其来的骚乱吓了一跳，撒腿就跑，连偷来的甘蔗都顾不上拿。也许那个小偷正是索利·罗森，但我们并没有确凿的依据证明这一推论。就算他确实是那个小偷，他恐怕也不至于夺了主子与巡逻员的性命。再者，佩利肯农场自不用说，周边所有农场的雇员都没有一个干得出这种事情。在黑人看来，偷点甘蔗根本不算犯罪。白人就更不可能用这种方式解决问题了。也不是没有人赞同罗森母亲的观点，即行凶者是几个船员，来自当天停靠在巴巴多斯港口的船只，但这种看法也不一定对。

亨利·斯拉宁为何在深夜外出？这似乎是解开所有谜团的关键，只要能搞清其中的缘由，调查工作就能顺利推进下去。奈何我无论如何都找不出这个问题的答案。我的调查遇到了各种各样的障碍。照理说，再复杂离奇的案件都一定有相应的动机与目的，但"查明本案的动机"已然超出了我的能力范围。

亨利·斯拉宁出门时肯定知道蒂格尔正在农田巡逻，那么他外出的目的是"见蒂格尔"吗？还是约了别人？这一点依然成谜。要是有活生生的目击证人提供情报，无论男女，谜团便能迎刃而解，可惜直到现在，都没有一个人主动提供情报。这起案件几乎没有什么像样的证据。在大多数情况下，微小的线索足以为之后的调查开辟道路，可遗憾的是，我连一点头绪都没有。没人主动联系警方提供证词，我也不知道该找谁了解情况。留给我的，只有在同一个夜晚发生在这座岛上的三起凶杀案。能用作线索的动机不见踪影，哪怕是再微弱的嫌疑，也扣不到任何人头上……

我一边整理庞大的记录，一边试着追查细微的线索，但都以失败告终，不见一缕曙光。即便如此，我还是埋头调查了六个星期，然而我不得不承认，我白白浪费了这么多天。这六个星期留给我的唯有自信的丧失。我决定调整调查方法，从头来过，结果却依然令人失望。我的调查可谓全盘皆输，不仅仅是在某个部分栽了跟头。事后我才得知，当时我已经依稀窥探到了真相。可惜我被表象蒙蔽了双眼，很快便偏离了正确的轨道。

综上所述，我在巴巴多斯岛开展了长达六周的调查工作。最后那个星期，我几乎与艾莫斯·斯拉宁形影不离。他想方设法为我扫清调查的障碍，当我表示想结束调查，离开西印度群岛时，他也请我以普通游客的身份在佩利肯农场多待几天。不过对调查无果而终一事最为失望的也是他，他也没有刻意隐瞒这一点。然而，他的失落终究无法与我的相比。我自视天资过人，也积累了不少经验，处理过许多疑难案件。可这一次，我不得不承认自己的一败涂地。

于是我向岛上居民坦承了自己的失败，表示事已至此只能仰仗所长的智慧了。我与许多人反复探讨过亨利·斯拉宁的为人。出于礼节，我会尽可能避免触及本质，不过在和死者的弟弟沟通时，我就不避讳那么多了。因为我意识到，"艾莫斯对哥哥的认识与事实相距甚远"这一传闻在某种程度上是正确的。话虽如此，弟弟艾莫斯并不鄙视哥哥廉洁正直的性格，他也并不反感世人对哥哥的尊敬，只是他实在难以理解这种与自己迥异的气质，所以才会出现上述现象。恐怕他永远都无法觉察到亨利·斯拉宁的精神世界的其中一面，即他在知识层面的探索精神。

参与此案的调查之后，始终有一个念头在我的脑海中盘旋——无论案件看起来再怎么像他杀，"自杀"这种解释不也是站得住脚的吗？然而，我每次提出这种观点，艾莫斯·斯拉宁都会以无比坚决的语气否定。手枪确实是亨利从英国本土订购的，但艾莫斯坚称订购手枪的目的绝不会是自杀。尽管其他人并不认为自杀全无可能，奈何种种事实都明显指向他杀，由不得众人产生疑问。

　　除了煞费苦心得来的调查资料，我决定带一张亨利的照片回本土。艾莫斯同意了我的恳求。照片上的亨利有着与艾莫斯极为相似的容貌，两人的神情和气质却大不相同。亨利的神经要敏锐许多，愁云密布的脸上写着无穷无尽的焦虑。恐怕看到这张脸的每一个人都会认定，那是个在人生中一败涂地，失去了所有希望的男人。话虽如此，他的脸上并没有丝毫玩世不恭的影子，嘴角虽略显严肃，却和弟弟一样挂着微笑。

　　照片摄于亨利的"恋爱事件"之前。不过，我在机缘巧合之下找到了比照片更耐人寻味的东西。在我离开小岛的两天前，艾莫斯整理起了哥哥的遗物。我们最先发现的就是他的日记。日记的内容无助于阐明他的过去。他肯定刻意避免了在日记中提及那起恋爱事件。更具参考价值的反而是同时发现的一叠稿件。那是一位杰出知识分子的思想集锦，记录了他平时的所思所感。

　　第一次走进亨利·斯拉宁的书房并浏览他的藏书时，我便意识到他对冥想的世界抱有强烈的兴趣。沃伦达夫人的证词也为我提供了佐证。他的藏书以哲学类书籍居多，贡珀茨[1] 的英译本看得尤其多。除此之外，德国哲学著作的译本占据了书架的大部分。尼采的英译本也摆了足足二十册，吉尔伯特·默雷[2] 的希腊悲剧译本、柏拉图与亚里

1　海因里希·贡珀茨（Heinrich Gomperz，1873—1942），德国哲学家。
2　吉尔伯特·默雷（Gilbert Murray，1866—1957），英国古典学者，以翻译评述古希腊戏剧闻名。

士多德的著作也为他熟读。显而易见，他的兴趣点在基督教学之外的领域。

他本人的文字酷似伯顿[1]的《忧郁的解剖》，连续不断的珍奇引文，让人感觉到了某种病态的元素。话虽如此，那些文字足以勾起阅读者的兴趣，堪称"通过记录中意的词句表达自己的想法"的绝佳范例。具体来说，他将古今思想家对恋爱、激情、野心、忍耐、义务、自杀、正义、自由思想、反抗命运的自由意志等主题的见解浓缩在了那些文章里。而那些文字体现出了他本人的思想倾向。他显然是合理主义的信奉者，心态与其年龄相符，不接受任何无视人生的禁令戒律。与此同时，他有着严格的义务观念，尤其在牵涉到正义的问题上，他会激烈指责他人，对自己也非常严厉。不难想象，对人类社会的责任感几乎要将他压垮了。他的论述涉及方方面面，包括生存竞争层面的统治、管辖与计策，以及种种不幸的现实，比如虚伪的必要性，人类公敌属性的遗传、环境，还有双胞胎及影响人格形成的各种因素。

我恳请艾莫斯将这批稿件暂借于我。因为我认为，它们能在杜文分析亨利·斯拉宁的死因时成为强有力的参考资料。艾莫斯一口答应。

"我打算过一阵子找个机会将它们全部出版。这将是纪念哥哥的绝佳形式，而且我也想让世人知道，哥哥生前是一位优秀的思想家……"

我就这样离开了西印度群岛，刚好搭上了自牙买加返航的多恩号。我由衷感谢岛民的盛情厚意。直到今天，我仍与其中的一两位保持书信联系。然而，我不远数百英里前去出差，深入调查到那样的地步，应该查明的谜团却依然没有解开，这一点着实教人遗憾。

我的努力全都白费了，不过唯一令我欣慰的是，案子勾起了迈克尔·杜文的兴趣。见我的调查失败得如此彻底，他难掩惊讶之色。

1　罗伯特·伯顿（Robert Burton，1577—1640），英国牧师、文学家、医生。

我辩解道：

"其实本案的解答屈指可数，问题是每一条路前方都有一堵无论如何都难以突破的高墙。我无法推导出可以解释所有事实的推论——呃，实不相瞒，我对每一项事实都无法给出足以阐明一切的推论。我通过废寝忘食的努力发现的确凿事实只有一点：三位被害者都没有像样的仇家，也没有一个人得益于他们的死。您可能会问，不是还有艾莫斯·斯拉宁吗？但事实是，哥哥亨利的死对艾莫斯的财产全无影响。亨利与他共有各方面的权利与义务，无论少了哪一个，都不会产生实质性的变动。没有比怀疑艾莫斯·斯拉宁更没有意义的事情了。尤其令我困惑的是，我的心绪时常被'也许本案并非他杀'这一疑念压倒，尽管它与我用双眼与双耳调查得来的事实相反，本案系他杀的事实也得到了清楚的证实。放眼人间，没有一个人想要谋害亨利·斯拉宁。而他的内心并非全无自杀的念头滋生的余地。问题是，他不可能是自杀的啊。"

杜文拍了拍我的肩膀，说道：

"我们总有一天会知道无法破案是不是你的责任。不过你勾起了我的好奇心，至少这一点可以写在你的军功章上。接下来，我会细细研究你提交的报告，到时候就知道这起案件是否如你想的那样复杂无解了。看来我也要忙上一阵子了。你过一星期再来吧。如果没有其他安排，就跟我一起用个晚餐。我会在餐桌上明确宣判，你将被无罪释放，还是要为失败负责——不过这趟差显然有益于你的健康。我知道你在为失败揪心，但你的脸色还挺不错的。我还是头一回见到这么精神的你呢。"

终于解脱了。在一周后的晚餐之约之前，我再也不用琢磨这起案子了。一想到这儿，我便松了口气。

谁知一周后的会面因所长有事延期了一周。约定的日子终于来临，所长先把我叫去了事务所，问了两三个关于西印度群岛案件的问题，但他并没有对我的回答发表任何意见。

当晚，我们共进了晚餐。餐后，所长念了一份报告给我听。

"我已经把案子解决了。"他说道。

我吃了一惊，忙问：

"解决了？"

"我搭建出了站得住脚的推论，并对它十分满意。接下来，我会把它讲给你听，希望它也能让你满意。其实错不在你，你把该做的调查都做到位了。哪怕换我去，恐怕也查不出更多的东西，也没必要进行更多的调查。你只是缺了点灵感，所以没能把搜集到的资料汇总成一套推论——仅此而已。"

"可……灵感才是最要紧的吧？"

"嚯，这话说得对头，看来你也是有直觉的。你就该顺着直觉走，可惜中途放弃了。"

"事实是绝对的，我总不能无视事实，埋头跟着直觉走吧……"

"世上没有什么绝对的事实。"

"但他杀不可能是自杀啊。"

"看似他杀的案子可能是自杀，看似自杀的案子也可能是他杀，万不可轻易下定论。来，拿根雪茄，听我慢慢讲。我对这套解释是很满意的。遗憾的是，我们之外的人不一定会接受。尤其是艾莫斯·斯拉宁。如果他的为人确实如你所说，我敢断言他是绝对不会认同的。所以这次委托的报酬就别指望了。"

接着，所长开始阐述他对案件真相的看法——

三

我坚信，解决本案的唯一方法就是对相关者的性格进行细致且彻底的分析。而且从严格意义上讲，分析亨利·斯拉宁一人足矣。约翰·蒂

285

格尔与索利·罗森不过是这场悲剧的配角，只需查明亨利·斯拉宁的死亡之谜，便能自然而然地搞清这两人的死亡意味着什么。

亨利·斯拉宁的性格极其矛盾，十分复杂。所幸我们还能找到大量有助于开展研究的资料。资料详细记录了关于他所作所为的事实，而他本人也以文字的形式记录下了自己的所思所想。我仔细研读了那些资料，成功勾勒出了他的性格特征，并坚信自己在此基础上推导出了将他引向死亡，并夺走另外两条生命的离奇事件的经过。

说得略微夸张一些，混血儿索利·罗森之死也算是这个难解之谜的重要组成部分。他的存在，正是本案的关键所在。是巧合将他拽进了悲剧的中心。要是没有他，整件事就不会被心理层面的阴影笼罩，牺牲者恐怕也不会超过一个，谜团也可以被轻易破解。换句话说，我将要在此揭开谜底的秘密并非以人类的智慧织就的周密计划，而是在巧合的作用下盲目招致的结果。

基于上述理由，我想先依次阐述三名死者的性格特征。看完之后，你定会赞同我的看法，即"只需分析三名死者即可"。并没有恶徒潜伏在暗处，除我本人和三名死者之外，没有任何人知晓本案的秘密。三人不幸惨死的原因就出在他们三人身上。说得再准确些，其实是亨利·斯拉宁超乎常规的行为造成了另外两人的骤然离世。

亨利·斯拉宁是一位名副其实的绅士，富有教养，兴趣高雅。他厌恶一切可能与粗野沾边的东西，哪怕是激烈的体育运动都令他反感。借用蒂格尔的妻子简恩的说法，他是个"一只蝎子都没踩死过的人"。他聪明能干，是一位才华过人的实业家，将继承自祖上的财力运用到了极致，却也十分自律，从不挥霍浪费。他为斯拉宁家族的事业倾注了大量的心血，对员工也很是照顾，富有人情味。一颗宽容体贴、善良无比的心，促使他不单单发展自家的事业，让众多员工过上了幸福的生活，更致力于提升广大岛民的福祉。据说他参与了巴巴多斯岛的政事，为没有工资可领的公职奉献了大量的时间，这便是最好的证据。

以上是他的弟弟、朋友与知己所熟知的表面性格。但我们不能忘记，亨利·斯拉宁还有不为人知的另一面。他是个求知若渴的知识分子，是个对学理不懈钻研的研究者，是个用功的读书人，也是个犀利的思想家。他那贪婪的求知欲涉及方方面面，不过他对某个主题格外沉迷，如痴如醉。这位三十五岁的青年思想家出生在富裕的名门望族，拥有健康的肉体，受人爱戴。照理说，那种病态的主题与他极不相称，但严肃的事实不容否认。远赴西印度群岛出差的所员归纳的调查报告明确体现出了这一主题，而且它也贯穿了亨利·斯拉宁精心写就的文字。他对那个主题抱有不可撼动的观点。他不仅广泛涉猎《圣经》之外的语录与哲学书籍，还在基督教史中找到了支持那种异端思想的正当性的依据，作为其思想的支柱。

至于那个主题的具体内容，我将在稍后的部分详细论述。当务之急是阐明"为何那种思想对亨利·斯拉宁来说并非单纯的抽象议题，而是更现实的问题，也是在个人层面不断诱惑着他的种子"。

他体验了人生的种种欢乐，在社会层面也走到了成功的山巅。就在这时，他突然遭遇了一种新奇的体验。那是他有生以来第一次品尝到恋爱的滋味。自幼与他朝夕相处的弟弟断言，他在此前从未对女性产生过爱慕之情。可即便是这位双胞胎弟弟，也是在亨利·斯拉宁死后才听说了这件事，因此全面相信他的说辞恐有一定的风险，不过总而言之，在对梅伊·沃伦达小姐产生思慕之前，他从没有被自己无法控制的激情灼伤过。

亨利·斯拉宁的性格内向到了神经质的地步，因此他刻意避免他人知晓自己心中的恋情是何等激烈，表达爱意的方式也十分内敛低调，与其性格相符。但他坚信自己定能取得成功。因为他的事业一帆风顺，他对自己能够提供给爱人的物质条件很是自信。可惜他恋上的少女缺乏经验，将他的一片深情误会成了友谊，没能看透他的真意。于是沃伦达小姐没有拒绝他的交往要求，进而令他确信对方定会接受自己的求爱。

就这样，斯拉宁的希望被无情地粉碎了。不难想象，当他听到对方的拒绝时，心中是何等失望。他在思想层面本就有些厌世倾向，会因为这样的打击失去活下去的希望也是理所当然。他是那样优秀，只要有足够的时间，定能走出这段痛苦的经历，让心境重归平静，可他没能等到那一天。

为了分散注意力，缓解内心的苦闷，他选择埋头于思想的世界。然而，向他发动突袭的命运不容许他再潜心于抽象的思考，而是引导他径直走向了行动。

自那时起，自杀的念头萦绕在他心头，久久挥之不去。在他写下的文章里，自杀这一主题反复出现了数百次，足可证明这一点。但他一次又一次将思绪转移到其他主题上，试图摆脱那个念头的诱惑。爱情、希望、信仰、名誉、义务……他想用这些与高洁的人生和无私的性格相符的主题排遣心中的苦恼，然而自杀的念头还是在不知不觉中钻进了他的思绪，教他无可奈何。他已经不可能再避开那个念头了，被它无数次拽回到深渊之中，仿佛一个鬼魅缠身的人。它就好似在他的思维网络缝隙间穿梭的黑色丝线，古今东西的种种文献也无法为他提供逃离那种诱惑的力量。

活在困窘、耻辱与痛苦之中简直愚蠢透顶——古代贤者的观点深深吸引了他。他对加图[1]、庞波尼乌斯·阿提库斯[2]、伊壁鸠鲁[3]等人

1　马尔库斯·波尔基乌斯·加图（Marcus Porcius Cato，公元前234—公元前149），罗马共和国时期的政治家、国务活动家、演说家，罗马历史上第一个重要的拉丁语散文作家，又被称为"老加图"（Cato Maior）。马尔库斯·波尔基乌斯·加图·乌地森西斯（Marcus Porcius Cato Uticensis，公元前95—公元前46），罗马共和国末期演说家、政治家，老加图的曾孙，一般被称为"小加图"（Cato Minor）。原文没有明确指出是老加图还是小加图。

2　提图斯·庞波尼乌斯·阿提库斯（Titus Pomponius Atticus，公元前110—公元前32），古罗马编辑、银行家和文学赞助人，因与西塞罗的通信和亲密友谊而知名。

3　伊壁鸠鲁（Epicurus，公元前341—公元前270），古希腊哲学家，伊壁鸠鲁学派的创始人，被认为是西方第一个无神论哲学家。

产生了共鸣。他引用过塞涅卡[1]的话，"Malum est in necessitate vivere; necessitas nulla est"——苟活于困窘是悲惨的，因此没必要活下去。他也对马可·奥勒留[2]所说的"贤者不会在冒烟的小屋逗留"抱有同感。他还表示，自己十分赞同昆体良[3]的看法，即"Nemo nisi sua culpa diu dolet"——如果错不在自己，谁都不必忍受痛苦。

他不仅在古代贤者的论著中搜寻视"决意自杀"为"正当"的思想，他还了解到，在旧约时代的异教徒与古希腊、古罗马的惯习中，被基督徒视为罪恶的行为反而受人赞颂，便进一步查阅犹太教圣典，在外典中发现了绝佳的实例——在《马可比书》的第二册中，经典的记述者称颂了耶路撒冷长老拉吉斯的自戕行为。他还浏览了佩拉吉亚[4]与索弗洛尼亚的事迹，她们都通过神圣的自杀跻身圣女的行列。至于男性，则有单枪匹马向敌军发动突击，为信仰壮烈牺牲的苏瓦松僧人杰克·杜·夏特尔。他也没有忘记详细引用宗教诗人约翰·邓恩[5]对自杀进行的著名辩护《论暴死》（Biathanatos）。

他还引用了西塞罗[6]的观点"贤者应于盛时离世"，详述了犹太史学家弗拉维奥·约瑟夫斯[7]的名言"应死之时前后的死亡都是可鄙的"，并写就了渊博的随笔。

综上所述，我们可以通过种种资料确定亨利·斯拉宁在失恋之后万念俱灰，并在与生俱来的性格气质的作用下不懈追寻着自杀的念头。

---

1 吕齐乌斯·安涅·塞涅卡（Lucius Annaeus Seneca，约公元前4—65），古罗马政治家、斯多葛派哲学家、悲剧作家、雄辩家。

2 马可·奥勒留（Marcus Aurelius Antoninus Augustus，121—180），罗马帝国时期的政治家、军事家、哲学家，罗马帝国五贤帝时代最后一位皇帝。

3 昆体良（Marcus Fabius Quintilianus，约35—约100），古罗马时期的著名律师、教育家和修辞学家。

4 佩拉吉亚（St. Pelagia the Penitent），约生活在4或5世纪的安提阿，本是当地有名的女伶，后皈依基督教。死后被封为基督教圣女。

5 约翰·邓恩（John Donne，1572—1631），17世纪英国玄学派诗人、教士。

6 马尔库斯·图利乌斯·西塞罗（Marcus Tullius Cicero，公元前106—公元前43），古罗马著名政治家、哲人、演说家和法学家。

7 弗拉维奥·约瑟夫斯（Flavius Josephus，37—100），犹太历史学家。

他积极地在哲学中搜寻将这种行为正当化的依据也是不争的事实。那么，让我们将视线暂时从这位不幸的绅士身上移开，试着分析一下佩利肯农场的其他牺牲者吧。

我们完全可以说，分析夜间巡逻员约翰·蒂格尔的性格是极其容易的。他生性单纯木讷，没有丝毫恶意插足的余地。他既是好丈夫，又是好父亲，更是忠实的仆人。他就像自己的父亲和祖父那样，为主人家的繁荣奉献了一切。他与斯拉宁兄弟之间有着比寻常主仆更亲密的关系，两位主子待他也极好，甚至可以说他们在个人层面表现出了对他的敬意与信赖。

这位黑人的任务是在夜里巡视甘蔗地。岛上自古以来就有一条不成文的规矩：发现有人偷窃甘蔗时是可以置对方于死地的。据说截至不久前，还有不少人因为偷窃一小捆甘蔗丢掉了宝贵的生命，一如英国的偷猎者和其他在夜间行窃的人。当然，在尊重生命的人道主义精神的熏陶下，近年来此类事例已经愈发罕见了。不过听说在百来年前，当地人可以公然设下用弹簧制成的抓人陷阱，或是会自动扣下扳机的弹簧枪。这类野蛮的器具已在近年被法律一扫而空。且不论奴隶时代早期的死刑风俗，单就约翰·蒂格尔的性格而言，无论他如何愤慨，恐怕都做不出向窃贼开火这样的事情。

在这方面，有一点需要格外关注：在约翰·蒂格尔出事的几天前，已经有一团阴云笼罩了他的生命。这项事实值得我们深入分析。因为在我看来，解决本案的理论都与这一点息息相关。因此我们必须在此回顾于巴巴多斯岛上搜集到的蒂格尔之妻的证词。如有必要，甚至应该进行再一次的问询，不过我认为现有的供述已经囊括了我们所需的大部分事项。

我们能通过她了解到什么？

某天用早餐时，蒂格尔明显心情不悦。起初，他并没有道出原因，但妻子指出他的脸色不对劲，再三追问，他便咒骂起了偷甘蔗的贼人。

亨利·斯拉宁的大惊小怪，害得他也紧张了起来。他还表示，老爷前一天刚责骂过他，说盗贼如此猖獗是他工作疏忽，没有严厉打击所致。

于是，约翰·蒂格尔在悲剧发生的不久前调整了巡逻方针。他决定严格按照主人的命令行事，无论这么做带来怎样的结果。我稍后就会提到命令的内容。总之，亨利·斯拉宁对蒂格尔下达的命令无疑是他始料未及的。不难想象，他当时是何等惊愕。

亨利·斯拉宁这个层次的人怎么可能为区区毛贼烦恼？换作平时，他根本不会把这些事放在心上。更诡异的是，他为了防范小毛贼采取的手段是那样落伍，那样古老而野蛮。他本该是第一个站出来抨击这种手段的人。

我对约翰·蒂格尔的烦恼做出了上述解释，并推测出了他的决心。他肯定没有考虑到那么做的后果，一心只想奉行主人的命令。无论发生什么事，都要按主人说的办。主人一旦发话，做仆人的就不该摇摆犹豫，无论命令本身是多么不符合常识。

请允许我再一次将分析定格在悲剧即将发生时，转而剖析索利·罗森。调查报告已经清晰地呈现了这位混血儿的为人。他极度好色，过着放荡不羁的生活，性格却很是耿直，毫无恶意。好色、懒惰、急躁……他有许多缺点，但很是机灵，口才过人，对主人始终如一的忠诚也是他为数不多的可取之处。斯拉宁兄弟对他犯下的罪孽很是宽容，留他在自家的农场干活，他对两位老爷也是感恩戴德，尊敬不已。考虑到这一点，"索利·罗森偷了主人家地里的甘蔗"这一推论恐怕站不住脚。退一万步讲，也许他今晚会偷两根甘蔗，但到了第二天早上，他又愿意为亨利上刀山下火海了。许多黑人与混血儿都具备这种忠犬一般的献身精神。青年罗森的性格也完全建立在这种精神上，他曾数百次向母亲诉说这份忠心。

罗森的母亲表示，她的孩子"脾气大""暴躁得很"——事实也确实如此，索利是个急脾气，性格暴躁，因此无论是处于善意还是恶意，他的行为都是非常耿直的。母亲的证词还有许多值得参考的地方。尤其重要的是，她反复强调了儿子有一颗"为主子万死不辞"的忠心。我们能以此为根据搭建种种推论。

另外请大家注意，索利对约翰·蒂格尔并无恨意。尽管他被蒂格尔抓到过，还因此进了监狱，但他没有对巡逻员表现出丝毫的恨意，蒂格尔本人也是四处奔走，想方设法让索利早些出狱。照索利母亲的说法，"那些事情都过去了"。

以上就是第三名死者的性格特征。如果索利·罗森的性格并非如此，如果蒂格尔的性格特征不同于以上的分析，抑或是我对亨利·斯拉宁的诠释有误，我对本案的推论就无法成立了。浮现于表面的现象虽然复杂，但我的解释只建立在"相关者的性格"上。而且更令人惊奇的是，仅凭这一点便足以解释所有的现象。

起初我心想，如果仅以性格为依据的推论与现实的细节相抵触，那就有必要做出相当大幅度的修正与妥协了。届时，也许我还得依赖于盖然性，以相当高超的技巧解开错综复杂的事实线团，将其整理在卷线轴上。说不定，通过资料掌握的性格碎片还会扰乱我的视线，妨碍我如实再现事情的经过。

然而，随着分析的深入，我发现自己是杞人忧天了。我所发现的性格特征与事实的形态遥相呼应，堪称直截了当的外因。拨云见日，动机终于浮出了水面。事实之间呈现出了富有逻辑的关联。本案的发生是必然的，无论如何，结果都不会有丝毫不同。

案件的连锁反应以亨利·斯拉宁为中心。他打算采取某种行动，并为此制订了周密的计划。他成功实现了自己的目的，但巧合超出了他的计划，引发了他始料未及的其他变故——他的行为成了这场悲剧的前奏曲，造成了第二、第三位登场人物不幸丧命的结果。

于是乎，我们终于来到了推开谜底之门的阶段。

宅邸夜深人静时,亨利·斯拉宁悄悄起床,朝甘蔗地走去。扛着枪的约翰·蒂格尔正在那一带巡逻。斯拉宁下定了决心,要为自己的生命画上句号。他想死,却不愿亲自下手。这也是其性格的体现——他虽然向往死亡,却无法主动加害于自己。不过他也不是完全没有过那样的企图。人们在他的尸体旁边发现的手枪是从伦敦新邦德街的弗雷斯特商会订购的。他在失恋的一周后下了订单,同时订购了一百发子弹。然而,他没能用上那把枪。为心痛所苦时,他成天幻想着用手枪自尽,甚至向英国本土发送了订单。这一事实体现出,他当时的心理状态不太正常。待货品抵达巴巴多斯时,他的心态已恢复如常,丧失了亲自一试的勇气。

那他为什么要把枪带去甘蔗地呢?为了确保约翰·蒂格尔采取行动。他在睡衣外面套了一件羊驼绒大衣,还戴上了大号草帽,将自己伪装成了黑人。只要打扮成那样,在那样的时刻出现在甘蔗地里,巡逻员定会把他误会成窃贼。而主人早已对约翰·蒂格尔下达严命,发现窃贼时必须立刻开枪,因此巡逻员定会如他所愿,果断采取行动。

"带枪去地里"也是他偶然想到的好主意。没有比枪更能刺激到蒂格尔的了。万一蒂格尔在最后关头犹豫不决,这把枪定能打消他的迟疑。蒂格尔会先问他姓甚名谁,得不到回答就会开枪。在这种情况下,蒂格尔一旦认为自己的生命受到了威胁,饶是他再心地善良,也必然会拔枪应战。准头自然也有了保障!

三名死者中的两个就是这样死在了甘蔗地的一角。如地图所示,一条将农田一分为二的小路直通海边的悬崖。亨利·斯拉宁开始以熟练的动作收割甘蔗。夜深人静,蒂格尔的耳朵定能捕捉到斧头的响声,这一点也在斯拉宁的计划之内。果不其然,夜间巡逻员急忙赶往现场。谁知几分钟后,快步往家走的索利·罗森抄近路来到了案发现场附近。

我将从索利·罗森的角度讲述之后发生的一切。

罗森看到蒂格尔厉声询问对方是谁。前方的盗贼猛地跳了起来。

盗贼身体前倾，掏出手枪瞄准，仿佛是在回应朝他冲去的蒂格尔的呵斥。枪口在月光下闪着凶光。蒂格尔最合理的选择，就是在窃贼之前开枪。他也确实那么做了。对方应声倒下。索利分明看见，蒂格尔撩下枪冲了过去——还有更骇人的景象呈现在他眼前。亨利·斯拉宁仰面倒地。帽子飞走了，斯拉宁的面容浮现在月光之下。死者以精密无比的计划实现了自己的目的，然而"罗森碰巧路过"这件事是本案最大的不幸。无论是对蒂格尔而言，还是对罗森本人而言。

罗森亲眼看到他最敬爱的老爷死于枪击。骇人的景象让他立刻坚定了复仇的决心。如果他能多斟酌片刻，蒂格尔和他自己的性命就能得救了。然而，他在这方面显然是不够冷静的。见加害者冲向尸体，罗森因主人惨死悲愤交加，在冲动的驱使下，毫不犹豫地抄起蒂格尔的枪——在抱起尸体的巡逻员背后开了枪。开枪时，他恐怕还发出了愤怒的咒骂。

接着，索利撩下枪，冲到两具尸体跟前。直到此刻，他才知道自己打死的是约翰·蒂格尔。为了报信，他撒腿就跑。蒂格尔倒在了主人身上，两人流出的鲜血也汇聚在一起……

但跑着跑着，索利渐渐放慢了脚步，激情也褪去了。片刻前充满怒火的头脑再次运转起来，让他认识到了自己的所作所为意味着什么。莫非这是一场噩梦？难道老爷和约翰·蒂格尔双双倒在甘蔗地里的那一幕是真的？到时候，大家会不会认定他就是凶手？他逐渐认识到了自己的艰难处境。就算他坚称亨利·斯拉宁是约翰·蒂格尔杀的，又有谁会相信呢？

让世人相信他所看到的事实几乎是不可能的。索利这样一个人的说辞，怕是无法让任何人信服。

如果让我分析索利·罗森当时的心理活动，恐怕要用好几页纸才能讲清楚。渐渐地，他失去了理智，最终坠入绝望的深渊。我们这些侦探手中并没有足以描写他的恐惧与窘境的笔。要是他能先回一趟家，找母亲商量商量，或许能想出更好的法子，但他并没有那么做。混血儿的心就这样沉入了无底的黑暗，不见一缕光明。

更聪明的人或是心眼更坏的犯罪分子若是遇到了这种情况定会逃之夭夭，然后闭口不言。照理说，只要不把自己的所作所为说出去，谁都不会怀疑到他头上。然而，索利是那样愚钝，又是那样耿直。换句话说，他缺乏当坏人的天分。他的智慧恐怕已经被自己所面临的艰难处境彻底压垮了。事已至此，我们已无从得知将他困住的是怎样的恐惧。反正他确信，警方迟早会认定他是杀死那两个人的凶手，将他逮捕归案。而且他是有前科的，这一点对他相当不利。不难想象，警方不会接受他的辩解之词。案发时，他离开了布里奇顿，趁着夜色急忙往回赶。他只能告诉警方，自己亲眼看见约翰·蒂格尔开枪打死了亨利·斯拉宁，一气之下替主人报了仇——然而，又有谁会相信这番说辞呢？

不难想象，索利·罗森用简单的头脑左思右想之后得出了怎样的结果。天色大亮时，他已经决心寻死了。苟活于世又有何益，悲惨的命运就在眼前。思考期间，他下意识地往自家走去，所以当他下定决心时，他已经来到了悬崖之上。脚下便是汪洋大海，永恒的安乐就在海底等待着他。与其在万人的诅咒声中走上绞刑架，还不如主动了结自己的生命，这才是更明智的选择。再难受也不过几分钟而已，长痛不如短痛。

于是，他再一次在冲动的驱使下决定了自己的命运。对一个前途黯淡的人来说，摆脱精神层面的苦恼就是他唯一的愿望。当时他已是身心俱疲，只想永远地离开这个世界，与甘蔗地里的死者划清界限。只要纵身一跃，就不会有人发现他的尸体。天长日久，人们甚至有可能忘记他的存在。

自杀者有一种微妙的心理，几乎称得上共通的本能。他们往往会上"双保险"，同时采用两种自尽手段。他们也许是认为，这样做就能减轻对死亡的恐惧了。好比先服毒，再对脑袋来上一枪。或者像这位不幸的青年那样，先割断自己的咽喉，再用最后一丝力气跳下悬崖。

在生命的最后时刻，索利·罗森也成了这种本能的俘虏。如果他的尸体按原计划抵达海底深处，恐怕就没人能够破解案件的真相了。问题是，他落在了断崖的半腰。于是人们发现了他的尸体，谜底终于见光，而他本人在这场离奇惨剧中发挥的关键作用也浮出了水面。

这就是我所能推测出的案件全貌。恐怕会有人对我的见解提出批判，说我没有任何具体的证据。诚然，我不过是抛出了一套理论，但不可能得出更准确的推论也是不争的事实。请容我再强调一遍，我的上述见解建立在当事人的性格特征上。而我也确信，没有比这更能合理解释他们的一系列行为的了。三名死者的性格早已为他们的行为埋下了伏笔。至少，我已无法根据现有的信息做出更合理的推断。

M. 杜文

＊　　　　＊　　　　＊

需要补充的是，杜文的上述推论得到了许多人的认可，但也有不少人难以接受。艾莫斯·斯拉宁便是其中之一。他给出了十分严厉的评语，说杜文对他哥哥的死做出的解释是一派胡言。不过根据我收到的那些来自巴巴多斯岛的书信，亨利·斯拉宁的友人与知己大多赞同杜文的看法。他们起初也面露难色，但时间冲淡了推论的离奇感，让他们渐渐走到了赞同的一方。支持杜文观点的人确实有增加的趋势。

迈克尔·杜文对自己的推论有着绝对的确信。尽管艾莫斯·斯拉宁难以接受，他还是寄来了一大笔酬金。不过杜文当即把钱退了回去。但这并不影响他将本案定义为他以纯粹的分析与思考成功破解的案例之一。

"这是一个绝佳的案例，"杜文所长说道，"它能充分体现出，只要深入研究当事人的性格，就能轻易发现动机的所在。尤其是在相关者全部死绝，无从下手的情况下，这恐怕是唯一可行的手段。间接证据再齐全，若是与当事人的性格存在本质性的矛盾，我就一概不会采信，这是我的一贯主张。当然，犯罪的种子也不是完全没有可能在当事人不为人知的性格侧面发芽。我也很清楚，诱惑有着无比强大的力量。但这终究是例外情况，一般来说，只要能查明某个人有着怎样的性格，驱动、控制其日常行为的力量又是什么，应该就可以做出正确的判断了。即便某种行为看似与当事人以往的行事风格相矛盾，我们也可以对这种指责一笔带过，认为那种行为是完全值得分析的，并开展深入探讨。"

茶叶

埃德加·杰普森 ｜ Edgar Jepson

（1863.11.28—1938.4.11）

罗伯特·尤斯塔斯 ｜ Robert Eustace

（1869.1—1943）

> 本作是埃德加·杰普森与罗伯特·尤斯塔斯共同创作的古典
> 名作之一，市面上大多数合集均有收录。密室凶案、出乎意
> 料的诡计外加女侦探，可谓应有尽有。
>
> ——乱步评

　　亚瑟·凯尔斯特恩和休·威洛顿[1]相识于圣詹姆斯公爵街的土耳其浴室。一年多后，他们在同一家浴室一拍两散。他们都不是好相处的人，凯尔斯特恩为人刻薄，威洛顿脾气暴躁，也说不好谁的脾气更坏。所以当我得知两人突然成为好友时，我料定他们的友谊撑不过三个月。最终，这段关系持续了将近一年。

　　两人的失和要从一场争吵说起。争吵的焦点是凯尔斯特恩的女儿露丝。威洛顿爱上了她，两人的关系发展到了订婚的地步。谁知六个

　　1　原文为"George Willoughton"。

月后，婚约被解除了，尽管明眼人都能看出他们依然深爱着对方。他们都没有解释解除婚约的理由。据我猜测，八成是威洛顿在心情不痛快的时候对露丝发了一通臭脾气，而露丝也还以颜色了。

乍一看，露丝这姑娘实在不像是凯尔斯特恩家族的一员。林肯郡的古老家族多为维京人的后裔和克努特[1]的追随者，凯尔斯特恩家族也不例外。他们大多有一头金发，皮肤白净，眼睛是浅蓝色的，鼻梁有高低的层次。露丝却更像她的母亲，一头乌发，鼻梁高挺，眼睛是经常被用来形容头发的深褐色，还有一双诱人的嘴唇。她是一个骄傲的姑娘，喜欢独处，很有教养，也懂得思考，有自己的脾气。没有这样的脾气，怕是也没法跟那性情乖僻的老顽固凯尔斯特恩生活在一起。奇怪的是，尽管父亲总想压女儿一头，女儿却很喜欢父亲。而凯尔斯特恩也把女儿放在了心尖上。放眼全世界，也许这个女儿是凯尔斯特恩唯一真正喜欢的人。他是一位应用化学专家，露丝也在他的研究室工作。他每年给女儿五百镑工资，所以露丝的生活条件还是相当不错的。

女儿解除婚约一事令凯尔斯特恩很是不悦。他认定威洛顿玩弄了露丝的感情，还无情抛弃了她。露丝好像也很难接受，温柔的气场似乎也黯然失色。她的双唇变得不再可人，冷淡地抿着。威洛顿的脾气也比以前更坏了，仿佛一只犯头疼的熊。我试图以朋友的身份介入调停，帮他们重归于好，却是铩羽而归。威洛顿把我骂走了，露丝也是大发雷霆，叫我不要多管闲事。但他们给我的印象是，两人其实非常想念对方，如果能放下愚蠢的自尊心，他们巴不得再次走到一起。

凯尔斯特恩竭尽全力维持露丝对威洛顿的憎恶。一天晚上，我劝他不要再掺和年轻人的事了，这么做太愚蠢了（也许我不该多嘴，但我从不介意他的脾气）。自不用说，我的话激怒了他。他认定威洛顿

1　克努特一世大帝（Cnut the Great，995—1035），丹麦国王斯温之子，其统治的王国被称为北海帝国。

以肮脏猎犬的神经与低级无赖的双眼盯着他的一举一动，还派我过来当说客。至少在他针对威洛顿说的那些话里，这一句算是最温和的了。他的心情与我的那番话对他造成的刺激怕是没有希望带来更好的结果了。而且他看起来身心俱疲，万分沮丧。

为了伤害威洛顿，凯尔斯特恩可谓煞费苦心。他在自己常去的每家俱乐部（雅典娜姆俱乐部、德文郡俱乐部和萨维尔俱乐部）都发挥了惊人的聪明才智，把话题引到威洛顿身上，说他是最卑鄙的无赖。当然，这对威洛顿造成了一定的伤害，但没有严重到凯尔斯特恩希望的程度。毕竟威洛顿是位出色的工程师，没有比诽谤一个精通自身工作的人更难的事情了，因为大家很需要他。不过影响到底还是有的，威洛顿也知道是凯尔斯特恩在推波助澜。有两个人告诉我，他们出于友谊婉转地暗示过威洛顿。不过威洛顿对凯尔斯特恩的厌恶并没有因此升级。

如今伦敦到处都在兴建钢筋混凝土建筑，而威洛顿就是这方面的专家。他在自己的专业领域里和凯尔斯特恩一样杰出。他们有同样优秀的头脑，也有同样糟糕的脾气。而且我认为，他们的喜好与思维方式大概也非常相似。无论如何，他们似乎都决心不因解除婚约改变自己的生活方式。

他们都习惯在每个月的第二个和最后一个星期二的下午四点去公爵街的土耳其浴室。即便在闹掰之后，他们依然故我。"不得不在这些星期二打照面"这件事并没有使他们中的任何一个改变习惯，于是在入浴的二十分钟里，他们不得不大眼瞪小眼。他们像往常一样，在同样的时间走进浴室，遇到对方。这算固执吗？两个人确实都很固执。待在浴室的时候，他们都不会假装没看到对方，而是全程恶狠狠地瞪着对方。这是我亲眼所见，因为我有时也会在那个时间段去土耳其浴室。

大约在解除婚约的三个月后，他们在那间土耳其浴室见了最后一面，做了最后的"告别"。

在那之前的六个多星期里，凯尔斯特恩的身体好像一直不太好，脸色灰暗，整个人很是憔悴，体重也是直线下降。十月的第二个星期二，他在四点整准时来到浴室，也跟平时一样带着一个装满可口绿茶的保温瓶。如果他认为自己出汗不够多，他就在炎热的蒸汽浴室里喝。如果出汗够多，就在入浴后喝。威洛顿比他迟了大约两分钟。凯尔斯特恩脱完衣服走进温室的时间也比威洛顿早了两分钟。他们在温室里发汗的时间差不多，但凯尔斯特恩比威洛顿晚一分钟进入热室。在进入房间之前，他取来了留在更衣室的保温瓶，带着它一起进去。

不过那个时候，热室里只有他们两个。他们在里面待了两分多钟，争吵声便传到了温室里的四个浴客耳中。他们听到凯尔斯特恩骂威洛顿是"肮脏的狗"和"下贱的无赖"，还有许多更难听的话，并宣称他要让威洛顿吃不了兜着走。威洛顿则说了两次"见鬼去吧，你给我等着瞧"。凯尔斯特恩继续辱骂他，气得威洛顿一声大吼："闭嘴，你这个老东西！否则我就不客气了！"

凯尔斯特恩并没有闭嘴。大约两分钟后，威洛顿走出热室，绷着脸穿过温室，走进按摩室，把身子交给了一位按摩师。两三分钟后，一个名叫海尔斯顿的浴客离开温室，走进热室，随即大声喊叫。只见凯尔斯特恩仰面躺在躺椅上，鲜血正从他心脏的伤口汩汩涌出。

浴室一片哗然。警方闻讯赶到，逮捕了威洛顿。他当然发了一通脾气，愤怒地抗议说他与罪行毫无关系，毫不留情地辱骂警察。奈何这无法令警方相信他的无辜。

在检查过案发现场和尸体之后，负责此案的督察得出结论：凯尔斯特恩是在喝茶的时候被捅死的。保温瓶滚落在地，茶水被打翻的迹象显而易见。因为保温瓶口附近的地上留有些许茶叶。肯定是装茶的女仆粗心大意，没把茶叶滤干净。凶手似乎是趁凯尔斯特恩喝茶的时候动的手，因为举起保温瓶喝茶的时候，被害者的视野会被遮挡，以至于看不到迫近的危险。

要不是警方找不到最关键的武器，案子本该很容易解决。威洛顿可以把凶器轻易藏在他裹着的大号浴巾里，带进案发现场。问题是，他在行凶之后把它藏去了哪里？土耳其浴室并没有藏得了东西的地方。它就像一座空空如也的仓库，房间里有什么东西简直一目了然，而威洛顿就待在浴室里最空荡荡的地方。警方搜查了房间的角角落落——其实这么做并没有太大的意义。因为威洛顿先是走出热室，然后穿过温室进入按摩室，听到海尔斯顿高喊"死人了"时跟按摩师一起冲回了热室，之后就待在那里没动过。综合种种情况，凶手只可能是他，所以按摩师们和其他浴客都死死盯着他。每个人都明确表示，威洛顿不可能甩开他们独自前往更衣室。哪怕他有这个心思，他们也绝不会允许。

威洛顿肯定把凶器藏在浴巾里，偷偷带进了浴室，再用同样的方法把它偷运了出来。而那条浴巾仍放在他做按摩的躺椅旁边。当警方调查完案发现场，来到按摩室找浴巾的时候，它还摆在原处，没有被碰过。问题是，浴巾里并没有疑似凶器的东西，上面也没有血迹。不过"浴巾没有沾上血迹"也不是什么不可思议的事情，因为威洛顿可能用凯尔斯特恩身下的躺椅擦拭凶器，无论那是小刀还是匕首。警方没有在躺椅上发现这种擦拭的痕迹，也许是被伤口流出来的血盖住了。然而，为什么浴巾里没有凶器呢？到头来，警方还是没能找到凶器，也不知道该去哪儿找。

负责尸检的法医认为，伤口是由一种直径约四分之三英寸的圆筒形尖头凶器造成的。伤口深达三英寸以上，即便手柄只有四英寸左右，全长也相当可观，如此大的凶器是不可能被偷偷带走的。法医们还发现了另一项确凿的证据，可以证明凯尔斯特恩遇害时正在喝茶——他们在伤口中段发现了一片被切成两半的茶叶。茶叶显然是先落在了凯尔斯特恩的身上，然后被凶器刺入伤口，并切成了两半。解剖结果还显示，凯尔斯特恩患有癌症。这件事并没有在报上公布，我是在德文郡俱乐部听说的。

威洛顿被交由司法当局审理。令众人大吃一惊的是，他没有请律师。他走上证人席，发誓说他没有碰过凯尔斯特恩一下，没有做过任何会影响到对方身体的事情，没有把任何武器带进土耳其浴室，所以也没有武器可藏。他甚至从没有见过法医所描述的那种形状的凶器。他就这样被送上了公审的法庭。

这起案件成了报纸杂志的热点话题，每个人都在讨论它。大家心中都有这样一个疑问——威洛顿把凶器藏在了哪里？很多人向报社写信，说他利用了人的心理盲点，巧妙地把凶器放在了大家都看得到的某个地方，正因为太明显，所以才会被忽略。还有人认为，"圆筒形的尖头物体"听起来很像大号铅笔，不，这显然就是铅笔，所以警方在搜查现场时忽略了它。其实警方没有漏过任何一支粗大的铅笔。不，应该说他们找遍了浴室，却压根没有找到这样一支铅笔。于是他们在英格兰到处寻找——是威洛顿挑动他们去找的——想要找到把这种奇怪的、不寻常的凶器卖给威洛顿的人。然而，别说是卖凶器给威洛顿的人了，压根就没人卖这种东西。最终，他们只能得出这样的结论：凯尔斯特恩是被人用一根钢或铁制成的铅笔状棒子捅死的。

尽管从案发现场的情况来看，只有威洛顿有条件杀害凯尔斯特恩，我却不相信是他干的。凯尔斯特恩在职业层面和社交层面竭力伤害威洛顿，但这绝不足以成为威洛顿行凶的有力动机。威洛顿是个非常理智的人，他不可能不知道人们不会把诋毁一个有用之人的言论放在心上。至于在社交界的颜面，他本就不太在意。此外，他的脾气确实暴躁，有可能在一怒之下犯下大错，但他不是那种会制订冷血谋杀计划的阴险狡诈之辈。如果真有人策划了缜密的行凶计划，我第一个想到的反而是凯尔斯特恩。

我以好友的身份去拘留所探望了威洛顿。他似乎对我的来访有些感动，也很感激。我得知自己是唯一前来探望的人。出现在我面前的威洛顿憔悴极了，没有了往日的气力。我甚至觉得，他可能会一直这么消沉下去。他毫不犹豫地对我讲述了案情，但我可以清楚地感觉到他的不知所措。他很坦率地告诉我，考虑到案发前后的情况，他也不指望我相信他不是凶手，但他真的没有杀人，而且他想破了脑袋也没想出个头绪来。我坚信他不是凶手，因为他讨论这个问题的态度足以让我信服。我告诉他，我很肯定他没有杀害凯尔斯特恩。他凝视着我，一脸的难以置信。但片刻后，他的眼中便再次写满了感激。

　　自不用说，露丝为父亲的离世悲痛不已。但爱人威洛顿的危急处境在某种程度上分散了她的注意力。一个女人可以和一个男人激烈地争吵，却不希望看到他受刑而死。按如今的情势，威洛顿逃脱死刑的希望非常渺茫。但露丝坚决不相信是威洛顿害死了她的父亲。

　　"不，那是不可能的——绝对不可能！"她斩钉截铁道，"如果是爸爸杀了休，我倒还能理解。他有理由这么做——反正他自己是这么想的。可休为什么要害爸爸呢？难道是因为爸爸想尽办法传他的坏话，所以他不高兴了？那都是无稽之谈，想想都觉得可笑。每个人都在用这种方式相互伤害，却没有造成多少实质性的危害不是吗？休也很清楚这一点啊！"

　　"这话没错，休也不觉得你父亲说的坏话会对他造成很大的伤害，可是……"我说道，"你也得考虑到休的暴脾气啊。"

　　"不，我也知道他脾气暴躁，"露丝反驳道，"他确实可能因为一时冲动杀人。但这起案子绝对不是一时冲动的结果。不管凶手是谁，都是经过深思熟虑的，不然就不会特地带武器过去了。"

　　我不得不承认，她的观点很合乎逻辑。问题是，这究竟是谁干的呢？我向她指出，警方对浴室里的每一个人都进行了仔细的调查，包括按摩师和浴客，然而除了负责她父亲的按摩师，没有一个人有足够的行凶时间。

"凶手要么在他们之中，要么就是行凶后立刻逃跑了，还有可能是我们落入了某种陷阱……"她皱着眉头，若有所思。

"我不认为案发时浴室里还有我们不知道的人，"我说道，"事实上，也不可能有。"

露丝作为控方证人接受了法院的传唤。这似乎是没有必要的，甚至有点奇怪，因为关于"嫌疑人与被害者之间存在矛盾"的证据已经非常充分了，完全不需要把她扯进来。大概是控方想从各种角度证明威洛顿有作案动机。为查明真相，露丝定是绞尽了脑汁，右侧眉毛上面冒出了深深的皱纹，迟迟无法褪去。

公审那天早上，我在早餐后叫上露丝，开我的车送她去了新贝利的法院。她脸色苍白，看起来好像一夜没睡好。这倒是理所当然，但她似乎也遭受着难以抑制的亢奋。内心的激动溢于言表，与平时的她判若两人。她用亢奋到发尖的声音说了一句"肯定是这样的"，然后就再也没吭过声。

当然，我们与威洛顿的律师哈姆雷保持着密切的联系。他为我们留了座位，就在他身后。他希望露丝的加入可以牵出某些疑点，为案情带来一线光明。毕竟她比任何人都了解威洛顿和她父亲之间的关系。我们到达的时间刚刚好，陪审团刚刚宣誓就座。自不用说，旁听席上坐满了女士，都是贵族、作家和政客的夫人。她们大多打扮得花枝招展，散发着浓重的香水味。

审判长终于登场了。随着他的到来，法庭的气氛顿时紧张起来，充满了谋杀案审判特有的紧绷感。有点像临终病房的气氛，但更糟糕。

威洛顿走了进来，坐在了被告席。他显得很是低落，整个人看起来非常憔悴。好在他很沉得住气，用坦坦荡荡、充满威严的声音表示自己无罪。

主任检察官格雷特雷克斯进行了开庭陈述。根据他的叙述，警方并没有发现新的事实。检察官请陪审团不要过度关注"凶器没有被发现"这一点。当然，他也不得不这么说。

接着,浴客海尔斯顿出庭讲述了他是如何发现了被捅死的被害者。在场的另外三位浴客也表示，他们都听到了威洛顿和被害者之间的争吵，之后威洛顿就绷着脸走出了热室，显然是被气到了。其中一位浴客姓安达伍德，是位健谈的老先生。他宣称自己从未听过如此激烈的争吵。不过四人都无法确定威洛顿当时有没有将下落不明的凶器藏在他裹着的浴巾里。他们都明确表示，威洛顿手里什么都没拿。

接下来出庭作证的是法医。在交叉质询的环节，威洛顿的顾问律师哈泽尔迪恩明确了这样一个事实：凶器相当之大。圆锥形的尖头部分的直径超过半英寸，长度在三到四英寸之间。法医们一致认为，要把这么粗的尖头深深刺入体内，至少需要四英寸长的手柄，否则是握不住的。它极有可能是一根像铅笔一样磨尖了的钢棒或铁棒。无论如何，凶器都是个大家伙，不可能轻易藏进浴室的某处，也不可能消失不见。不过，哈泽尔迪恩没能撼动关于茶叶的证词。法医们确信，茶叶是被失踪的凶器刺入了伤口并切成两半的，这就表明伤口是在凯尔斯特恩喝茶的时候造成的。

负责此案的布拉克特督察就他寻找失踪凶器的经过接受了长时间的交叉质询。他明确表示，凶器不在土耳其浴室里，案发的房间自不用说，按摩室、更衣室、休息室和账房也没有它的踪影。蒸汽浴室也清空搜查过了，连屋顶都没放过。尽管温室（而非发生凶案的热室）的天花板上有用于采光的天窗，但案发时天窗是关着的，不可能透过窗口把凶器扔出去。不过为保险起见，警方还是仔细搜查了屋顶。督察接受了检察官的再度问询，对"威洛顿的帮凶为他带走了武器"这一猜测付之一笑。通过他的陈述，不难看出警方的调查工作非常缜密。

按摩师表示，威洛顿来找他的时候脸色非常难看，他还纳闷是什么让客人如此不悦。负责问话的是哈泽尔迪恩的儿子阿巴斯诺特，他和父亲共同担任辩护人。首先，他进一步明确了一点：如果威洛顿没有把凶器藏在全无死角的热室，那就只可能藏进浴巾。然后，他从按摩师口中得到了明确的陈述：威洛顿把毛巾放在了他做按摩的躺椅旁边。从听到骚动到他们冲去温室，按摩师一直盯着他，因此威洛顿不可能在按摩师的眼皮底下动手脚。按摩师从温室回到按摩室后，威洛顿还留在温室和众人讨论案情，与此同时，那条浴巾仍然躺在原先的位置。里面没有武器，浴巾上也没有血迹。

由于先前作证的督察已经排除了"威洛顿的同伙溜进来取走浴巾中的凶器，带着它溜出浴室"的可能性，结合按摩师的证词，可见凶器从未离开过热室。

接着，检方传唤证人，以证明凯尔斯特恩和威洛顿关系恶劣。三位知名且有影响力的人向陪审团描述了凯尔斯特恩是如何努力伤害了威洛顿的名誉，说过多少关于威洛顿的坏话。其中一人认为，身为朋友，他有义务将此事告诉威洛顿，而威洛顿得知此事后勃然大怒。阿巴斯诺特通过盘问引出了这样一个事实：无论凯尔斯特恩对谁口诛笔伐，大家都是左耳进右耳出，毕竟每个人都知道他的脾气有多糟糕。

我注意到，从对按摩师的交叉质询结束，到三位证人作证期间，露丝一直心神不宁，动不动就转身望向法庭的入口，似乎在焦急地等待某人出现。就在她被传唤到证人席上的时候，一个身材高大、驼着背、头发和胡须花白、大约六十出头的男人走了进来，手里拿着一个牛皮纸包裹。我觉得他很眼熟，一时却想不起来。他与露丝对视一眼，并向她点头示意。露丝顿时松了一口气，弯腰将攥在手里的纸条递给威洛顿的律师，并招手示意刚进来的男人走近些，又指了指律师，然后才默默走向证人席。

哈姆雷看完纸条就立刻弯腰把它递给了哈泽尔迪恩，并对他说了几句话。虽然他压低了声音，但我捕捉到了一丝兴奋的气息。哈泽尔迪恩看过纸条后也表现出了同样的惊喜。哈姆雷溜出座位，朝那个胡子花白的男人走去。当时那人还站在通往正面走廊的门口。一见到哈姆雷，他便滔滔不绝地说了起来。

检察官格雷特雷克斯开始审问露丝了，所以我自然也把注意力转向了她。审问的目的仍是证明凯尔斯特恩和威洛顿的关系有多么紧张，这令露丝不得不当着陪审团的面讲述凯尔斯特恩采取过什么具有威胁性的行动。接着，检察官问起了露丝与威洛顿的关系和他们解除婚约的经过，以及她的父亲凯尔斯特恩对这件事是何等愤怒。露丝承认父亲勃然大怒，说他非要干掉威洛顿不可。我认为露丝犯了一个错误，她不该如此强调父亲的决心。这样只会加强陪审团对威洛顿的偏见，勾起他们对父亲正当愤怒的同情，让他们认定威洛顿是个危险的敌人。但露丝真正想要强调的是，她的父亲误以为威洛顿辜负了自己，但这不过是他的误会。

哈泽尔迪恩站起身，用胸有成竹的态度开始了盘问。他从露丝口中问出了这样一个事实：在解除婚约之前，凯尔斯特恩与威洛顿的关系非常不错。

接着，哈泽尔迪恩又问："自从你们解除婚约后，嫌疑人是否不止一次求你原谅，希望与你重新订婚？"

"是的，他求了我四次。"露丝回答道。

"而你拒绝了？"

"是的……"露丝如此说道，向威洛顿投去嘲弄的视线后又补充道，"我想给他一个教训。"

审判长问道："那你原本是打算原谅他的？"

露丝犹豫了片刻，似乎是不愿意坦诚回答这个问题。但她看了威洛顿一眼，明显皱了皱眉头，然后说道：

"嗯，是的，反正我也不着急。因为只要我点头，他随时都会跟我结婚的。"

"令尊也知道这个情况吗？"

"不，我没告诉他。因为我当时也很气威洛顿先生。"露丝回答道。

短暂的沉默后，哈泽尔迪恩换了一个问题。

他用充满同情的口气问道："令尊生前是否为癌症所苦？"

"最近他的病情似乎有所恶化。"露丝悲伤地说道。

"他是否在出事的几天前立下了遗嘱，并安排好了身后事？"

"对，在三天前。"露丝回答。

"他有没有表达过自杀的意图？"

"他说他会坚持一段时间，然后结束这一切，"露丝停顿片刻，然后继续说道，"而这正是他所做的。"

说法庭在这一刻沸腾了也不为过。在场的每一个人都为之一惊，衣物相互摩擦的响声汇成一股杂音。

"可否解释一下这么说的理由？"哈泽尔迪恩说道。

露丝似乎想要鼓起勇气——尽管她看起来非常疲惫。片刻后，她以沉稳而冷静的声音叙述道：

"我坚信威洛顿先生没有杀害家父。如果是家父谋害了威洛顿先生，那就得另当别论了。当然，我也和大家一样为凶器的问题头疼。凶器究竟是什么？或者说，它应该是什么？我不相信它是一根半英寸宽的尖头铁棍。如果有人想在土耳其浴室谋杀家父，并将凶器藏匿起来，就不会刻意使用这么大又不好藏的凶器。一根女士用的帽针足以帮他达到目的，藏起来也更容易。最让我百思不得其解的是伤口中的茶叶。布拉克特督察告诉我，除了那一片茶叶，出自保温瓶的其他茶叶都在地上。我实在不敢相信，有一片茶叶刚巧落在了家父的心脏上方，又刚巧被凶器的尖端挂到，与凶器一起被刺入体内。这样的巧合无法令我信服。然而和大家一样，我琢磨了千百遍，却想不出一个更接近真相的解释。"

露丝暂停片刻，问法庭能否给她一杯水，因为她昨晚彻夜未眠，此刻非常疲劳。不一会儿便有人送来了。

之后，露丝继续用平静的声音说道：

"我当然还记得家父说过的话，'结束这一切'。问题是，受了那种伤的人不可能站起来藏起武器。所以我一直认为他是不可能自杀的。但在前天晚上，我做了一个梦。我梦见自己走进了家父的研究室，看到一根尖尖的钢棍躺在他平时用的办公桌上。"

"梦！"格雷特雷克斯检察官用略带怜悯的口吻嘟囔道，似乎对审判的发展方向很是不满。

"当然，我起初也没把这个梦放在心上，"露丝继续说道，"我天天都在琢磨案子的事情，日有所思夜有所梦也很正常。但用过早餐之后，我突然产生了一种感觉：如果我真能查明案件的真相，那么破解谜团的关键就一定在家父的研究室里。我不是那种很相信'第六感'的人，但这种感觉变得越来越强烈了。用过午餐之后，我就去研究室调查了一番。

"我翻遍了所有的橱柜和抽屉，却什么都没找到。于是我在研究室里转了一圈，扫视每一样东西。实验仪器、曲颈瓶、试管……一个都不放过。然后我走到房间正中央，缓缓环视四周。只见门口附近的墙边摆着一个气瓶，乍看就像是已经用完了，正准备处理掉。我把它翻过来，想看看里面装的是什么气体，却发现瓶子上没有贴标签。"

露丝停顿了一下，环视法庭的众人，仿佛在说"关键部分就要来了"。然后她继续说道：

"这就很奇怪了。因为气罐是必须贴标签的——毕竟有危险性的气体不在少数。我试着打开气瓶，却没有气体泄漏出来，原来里面是空的。于是我就查看了研究室的采购台账，发现家父在出事的十天前购买了一罐二氧化碳和七磅冰块。然后从那一天起，一直到他出事那天，他每天都要采购七磅冰块。看到冰和二氧化碳，我便反应了过来。

二氧化碳的凝固点很低——大约零下八十摄氏度——当它以这种状态被喷出气瓶，并与空气相混合时，就会立刻变成非常细碎的固体，就跟雪花一样。再将这些雪花压缩起来，就成了最坚硬的冰块。我突然想到，也许家父是把这些雪花收集了起来，塞进模具里做成了凶器。那种凶器不仅可以造成他身上的伤口，还能立刻蒸发，消失不见！不把案发现场的热气考虑进去，就不可能想到凶器到底是什么样的。"

她再次停顿下来，环视台下那一张张听得无比专注的面孔。这是每一位叙述者都希望看到的景象。然后她继续说道：

"在那一刻，我终于明白了，彻底想通了。二氧化碳做的冰，也就是所谓的干冰，可以做成一把坚硬的匕首。它在土耳其浴室的热室里会迅速升华，而且不会留下任何气味，因为它本就没有刺激性。难怪警方找不到凶器。茶叶的问题也有了解释。家父制作干冰匕首的时间也许是事发一星期前，也可能是事发前一天，但他肯定是一做好就把它放进了保温瓶。众所周知，保温瓶能隔绝外界的冷热。不过为了确保它在使用之前完全不化，家父把保温瓶塞进了冰块里。茶叶就是这么来的——原本位于瓶底的茶叶被匕首的尖端粘了出来，然后被刺进了他的体内！"

露丝再次停顿。与此同时，在场的所有人都仿佛长舒了一口气。

"为什么你没有把这一推论立刻告知警方？"审判长问道。

"光有推论还不够，"她不假思索地反驳道，"只有我一个人接受得了又有何用，我必须让大家都信服才行。证据是必不可少的。于是我立刻着手寻找证据。直觉告诉我，肯定是能找到证据的。我想要的证据，是家父用来把干冰雪花压成匕首的模具。而我也找到了！"

露丝以胜利者的口吻朗声说出这句话，并对威洛顿笑了笑，然后继续说道："至少，我找到了它的碎片。在我们用来扔实验废料、材料碎片和破损器具的箱子里，我发现了一些硬橡胶碎片。我一眼就看出，它们原本是某种容器。我取了一些蜡，团成一根大小合适的棍子，再把硬橡胶容器的碎片贴在棍子的外侧。我几乎花了一整晚，才拼出了大概的形状——因为有一部分小碎片实在是找不到了。但我找到了最要紧的部分——尖锐的刀尖！"

她把手伸进手提包，取出一个九英寸长、四分之三英寸厚的黑色物体，高高举起，确保大家都能看到。

有人不禁鼓起了掌。暴风雨般的喝彩随之响起，淹没了书记官喊"肃静"的声音。

待到喝彩声平息，哈泽尔迪恩看准时机说道："法官大人，我没有其他问题了。"然后便静静落座。

他绝妙的演技深深印在我的眼底。恐怕陪审员们也有同感。

法官向前倾身，用略带惊讶的声音问道："你是希望陪审团相信，令尊那般声名远扬的人竟企图用自己的死陷害无辜的被告，好将他送上刑场？"

露丝看着他，耸了耸肩给出了回答。她的语气带着一种平静接纳人性清浊的世故。照理说，只有更年长的女士才会拥有这样的气质。"唉，也许家父就是那种人吧。但他坚信自己有充分的理由害死威洛顿先生。"

她的语气和态度足以令所有人相信，凯尔斯特恩就是那种人，而这件事也是他按本性行事的结果。

格雷特雷克斯检察官没有再次盘问露丝，而是与哈泽尔迪恩商议了一番。然后，哈泽尔迪恩起立，使庭审进入辩护阶段。他表示，自己不想浪费法庭的时间，鉴于凯尔斯特恩小姐已经解开了她父亲的死亡之谜，他将只传唤一名证人——莫兹利教授。

中途来到法庭的那位头发与胡须斑白的驼背老人走上了证人席。难怪我看他眼熟，因为他的照片经常出现在报刊上。那个牛皮纸包裹仍在他手中。

在回答哈泽尔迪恩的问题时，教授表示用二氧化碳制作那种凶器不仅可行，还非常容易。而且成品足够坚硬牢固，也足够锋利，确实能造成凯尔斯特恩的致命伤。

　　具体的制作方法是，将一块麂皮折成一个袋子，用戴着手套的左手拿住，套在灌有液态二氧化碳的气瓶喷嘴上，再用右手打开阀门。二氧化碳的凝固速度非常快，会迅速达到它的凝固点，即零下八十度左右。于是雪花般的二氧化碳固体就会堆积在袋子里。把气放完之后，再把雪花舀出来，装入大小合适的硬橡胶容器，用硬橡胶棍子压实，确保足够的硬度。教授补充道，操作时最好把容器插在冰块里，以免干冰中途融化。最后把干冰棍子（即凶器）放进保温瓶，保存到需要使用的时候即可。

　　"您是否带来了自己制作的棍子？"哈泽尔迪恩问道。

　　"是的，"教授边说边剪牛皮纸包裹的绳子，"今天早上七点半，凯尔斯特恩小姐把我从床上拖起来，讲述了她的发现。我立刻意识到，她已经破解了她父亲的死亡之谜。毕竟那也是困扰了我许久的难题。我匆匆用过早餐便忙活起来，因为不亲自制作出一件凶器，恐怕无法令法庭上的各位信服。请看——"

　　他从牛皮纸包裹中掏出一个保温瓶，拧开瓶盖，再将其倒置。只见一根大约八英寸长的白色棍子落入他戴着手套的手里。他把棍子递给陪审团看，同时说道：

　　"在我们所了解的范围内，这种用二氧化碳制成的冰是最坚硬牢固的冰。我坚信凯尔斯特恩先生就是用类似的东西自杀的。不过他使用的棍子和这根棍子的区别在于，他的棍子是尖的。毕竟我手头没有尖头的硬橡胶模具。但凯尔斯特恩小姐拼出来的容器确实是尖头的。毫无疑问，那是凯尔斯特恩先生特意定做的，找的应该是霍金斯·斯宾塞公司。"

　　他把棍子放回保温瓶，拧上瓶盖。

　　哈泽尔迪恩坐下了，格雷特雷克斯起身问道：

313

"教授，在蒸汽浴室的热气之中，棍子的尖端也能保持尖锐，足以穿透人的皮肤吗？"

"在我看来是可以的，"教授回答道，"我也仔细思考过这个问题。考虑到凯尔斯特恩先生的职业特性，他的双手非常灵巧，而且作为一个科研工作者，他很清楚自己该怎么操作。恐怕他可以在一秒钟内取出保温瓶中的棍子，对准要害部位——搞不好甚至用不了一秒钟。据我猜测，他应该是用左手握住棍子，用右手用力敲打尾端，把它敲了进去。整个过程不会超过两秒钟。再者，如果棍子的尖端有融化的迹象，茶叶肯定会掉下来的。"

"多谢，我没有其他问题了。"说完，检察官转身与同事们商议起来。片刻后，他转向审判长说道："我们已无意继续审理此案，法官大人。"

陪审团代表迅速起身说道："陪审团也认为没有必要继续审理了。我们非常肯定，被告是无罪的。"

"好。"审判长如此说道，并要求陪审团走个形式，给出正式的裁决。而陪审团的裁决自然是"无罪"。威洛顿就这样被无罪释放了。

我和露丝一起走出法庭，等威洛顿出来。

不一会儿，他便走出了大门，却停下了脚步，身子微微一颤。然后他看到了露丝，向她走来。他们没有互相问候。她将手轻轻穿过他的手臂，挽着他走出了法院，留下了一片祝福他们的欢声笑语。

The Cyprian Bees

塞浦路斯蜜蜂

安东尼·韦恩 | Anthony Wynne

（1882.5.22—1963.11.29）

> 本作的尤斯塔斯·海利博士与弗里曼笔下的桑代克博士一
> 样，既是医生，又是侦探。海利博士是安东尼·韦恩的长
> 篇、短篇推理小说的主人公。本作收录于短篇集 *Sinners Go
> Secretly*（1927）。
>
> ——乱步评

苏格兰场的拜尔斯督察把一个小小的木盒放在海利博士面前的桌上。

"博士，饶是你恐怕也解不开这个难题吧。"

督察用快活的口吻说道。

海利博士探出硕大的脑袋，细细端详面前的盒子。那就是个普普通通的盒子，下面是掏空的木块，上面是用同类木材做的盖子，一端以钉子固定。盖子可以绕着那颗钉子旋转。博士伸出手去，想要旋开盒盖，却被拜尔斯督察拦了下来。

"当心！盒子里有三只活蜜蜂！"督察大喊一声，随即补充道，"蜜蜂原本是有四只的，我同事没仔细确认盒子里有什么东西就稀里糊涂打开了盒盖，结果被其中一只蜇了。"

督察往椅背上一靠，深吸一口海利博士给的高档雪茄。在他沉默

不语的时候，重卡车从屋外的哈里大街驶过，发出阵阵轰鸣。片刻后，督察终于开了口。

"昨天晚上，我的一个下属在皮卡迪利广场的标准剧院跟前的水沟里发现了这个盒子。他觉得有些可疑，就把它带了回来。我们厅有位职员是个小有名气的养蜂家，他说盒子里装着的都是工蜂，照理说是没人会把工蜂装在盒子里随身携带的。用盒子运输蜂后倒是常有的事。"

海利博士推了推眼镜。

"这我也知道，"博士打开鼻烟盒，捏起一大撮塞进鼻子，"不过拜尔斯，你肯定知道这个小盒子在装蜜蜂之前是用来做什么的吧？"

"不，我还真不知道。"

"那是装血清的盒子——好比白喉血清。制作这类血清的厂商都用这种容器。"

"啊！"督察不禁探出身子，"这么看来，蜜蜂的所有者十有八九是个医生啊。这可是大发现！"

海利博士摇了摇头。

"那可不一定。也许医生把里面的东西用掉之后，就把盒子留在了病人家里，而病人用它达成了自己的目的。"

拜尔斯点了点头。他支支吾吾了好一会儿，终于开口说道：

"实不相瞒，我之所以来打扰你，是因为我们昨天晚上在莱塞斯特广场发现了一具女尸。那人死在了一辆小轿车的驾驶席上。车窗是关着的，而她死前被蜜蜂蜇过。"

督察的语气很平静，却不难通过他的声音听出那起案件已成他心头的重压。督察继续说道：

"我们立刻进行了尸检。结果显示，死者的额头上有被蜜蜂蜇过的痕迹。后来，我们在车内的地面找到了那只死去的蜜蜂。"

督察边说边从口袋里掏出另一个盒子，打开盒盖，递给博士。

"你应该也能看出，这只死蜜蜂有一个相当罕见的特征——它身上有一道黄色的圈。厅里的专家表示，这是塞浦路斯蜜蜂独有的特征。那是一种以性情残暴著称的蜜蜂。诡异的是，那个木盒里的也是塞浦路斯蜜蜂。"

　　海利博士拿起边桌上的大号放大镜，细细检查蜜蜂的尸体。他对蜜蜂的了解并不多，却也能看出它不是常见的褐色英国蜜蜂。放下放大镜后，博士换了个放松的坐姿。

　　"这案子确实蹊跷。你有什么想法吗？"

　　拜尔斯督察摇头道："全无头绪。只能推测出死者应该是被蜜蜂蜇伤后休克而死的。有人看到了她急忙把车停在路边的一幕，可见死者大概也预感到自己要出事了。问题是，被蜜蜂蜇一下真的能让人心脏出问题吗？"

　　"也不是完全不可能，"博士又捏起一撮鼻烟，"我在很久以前亲眼见证过类似的案例。出事的人养过蜜蜂。改行几年后，他被蜜蜂蜇了一下，才五分多钟，人就没气了。不过他显然是死于过敏反应。"

　　"我不是很懂……"

　　海利博士思索片刻后说道："过敏反应是医学领域最值得研究的现象之一。血清、血液或取自动物身体的液体一旦被注入人体，那个人就会对那种物质变得极度敏感。比方说，如果你将家鸭蛋白提取物注入人体，那个人就会在一星期后对家鸭蛋白变得格外敏感。如果在这种状态下再次注射同样的物质，他也许会当场毙命。

　　"光是吃几口鸭蛋，也许都会剧烈呕吐，甚至晕厥。可是换成鸡蛋就不碍事了。神奇的是，如果是在首次注射后的一天之内再次注射，人是不会出问题的。只有在两次注射相隔较远的情况下，人体才会变得过度敏感。过敏性一旦产生，就会持续好几年。死在我面前的那位养蜂人以前也被蜇过许多次，只是他很久都没有接触过蜜蜂，所以一直没有机会再次被蜇。"

"天哪！"督察再次露出兴致盎然的表情，"照你这么说，这案子——也许真有可能是谋杀案……"

说"谋杀"二字的时候，督察注入了数吨重的畏怖之念。海利博士也能看出，督察的猎凶本能觉醒了。

"不过也只是'有可能'罢了。督察，用这样的手法行凶，就意味着凶手必须提前让牺牲者接触到一定量的蜂毒——而且必须是以注射的形式。你可千万别忘了这一点。因为仅仅是被蜜蜂蜇上一两次，人体是不会过敏到那种地步的。也就是说，这种手法的实施难度很高，稍有差池就无法实现既定目标。不过凶手如果是医生的话，那就得另当别论了。"

"啊！所以才会用到装血清的木盒！"督察的声音都在发颤。

"确实有这种可能性。如果凶手是医生的话，就能将蜂毒伪装成血清或普通的疫苗，注射到被害者体内。尽管注射会造成相当明显的疼痛，但患者不会多心，毕竟打针就没有不痛的。"

督察半站起身问道："有办法查吗？能不能查出尸体有没有你刚才说的过敏性？"

"不能。"

"那就只能顺着间接证据往下查了，"督察猛吸一口气，"我们已经查出了死者的身份，她是个寡妇，亡夫姓巴德维尔，是个画家。她在高档公寓'公园雅居'有一间豪华的套房，日子过得很是滋润。不过我们目前还没联系上她的亲属。"说到这里，他瞥了眼手表，"我得走了，能否请你随我一起走一趟？"

海利博士冷淡的双眸顿时绽放出光亮。他没有回答，却站起身来，双腿并立于督察面前。

"拜尔斯，想必你也知道，我是不会拒绝你的提议的。"

公园雅居的套房确实豪华，却也有寒酸之处。家具摆设过于华丽，却是杂乱无章，教人心神不宁。房主恐怕也无法静下心来享受舒适的生活。屋里塞满了各种家什，所幸它们看着像是随便乱摆的，不然会显得格外俗气。住在这里的女人是看中了什么就买什么，买回来便撂下不管。比如在她家的餐厅，你会看到安妮女王时期的考究餐具柜和假胡桃木做的恶俗维多利亚式扶手椅和谐共存。客厅也是如此，镶有动人金边的顶级威尼斯玻璃花瓶旁边，竟摆着波希米亚三流作坊生产的镀金玻璃杯，俗气得令人毛骨悚然。

海利博士开始对死者进行侧写。她是个见异思迁、贪婪又浮夸的人，而且有某种与生俱来的魅力。如果她再年轻貌美一些，定能将男人迷得神魂颠倒。经验告诉博士，这种类型的女人常会通过铺张浪费与红杏出墙将她们的爱人逼到自暴自弃的地步。也许蜜蜂的所有者是害怕死者被一个比自己更强大的对手夺走，受尽屈辱，才走上了这条骇人的道路。还有一种可能是，他受够了这个女人，觉得她太碍事了，于是便除之而后快。无论如何，如果这真是一起谋杀案，凶手和被害女子之间必然存在医患关系。而且凶手应该有自己的养蜂场。

拜尔斯督察将一位姓泰德卡斯特的年轻刑警介绍给博士认识。他已经对这套房子进行了详尽的搜查，却没有发现任何有望成为线索的东西，甚至连一张照片都没找到。而且左右两侧的邻居也无法提供任何有价值的信息。警方查到巴德维尔夫人有好几位男性朋友，这些人总是在天黑时来访，但他们似乎没有给巴德维尔夫人写信的习惯。哪怕写过，她怕是也把信撕碎扔掉了。她这几个星期甚至没有聘用女仆。

"也就是说，你没有任何发现？"督察很是失望地问道。

"是的……不过我找到了这个。当然，这大概不是什么要紧的线索——"

泰德卡斯特掏出一张被揉成团的纸。那是"时代读书俱乐部"的小票，购买的商品是《罗伯特·勃朗宁情诗集》。小票上显然不会有顾客的姓名。

拜尔斯督察将小票递给海利博士。博士默默端详了一会儿，然后问道：

"你是在哪里发现的？"

"卧室的暖炉里。"

博士眯起眼睛，似是陷入了沉思。

"我不认为这套房子的主人会对这种诗集感兴趣……"博士把小票叠好，小心翼翼地收进自己的钱包，然后继续说道，"不过，确实有不少女士会被勃朗宁的情诗打动。"他推了推眼镜，望着年轻的刑警说道："你应该没找到这张小票对应的书吧？"

"是的，卧室里有一些小说，可一本诗集都没有。"

海利博士点了点头。他让刑警带他去看看那些书，并仔细检查了书架。尽是些烂俗的情色小说，正如博士所料。他翻开每一本书，检查扉页。但每本书的扉页都是干干净净，没写过字。博士回头望向督察：

"我敢跟你打赌，在那家读书俱乐部花钱买书的绝不是巴德维尔夫人。而且这本书也不是买给她的。"

督察耸了耸肩，心不在焉地回答道："也许吧。"

"那么，那张小票为什么会出现在这个房间呢？"

"博士，你问我我问谁啊？大概是带着那张小票的男人随手扔下的吧。"

博士摇头道：

"男人是不会自己买情诗集看的。同理，女人也不会买给自己看。一般情况下，大家都只会买给自己感兴趣的人。这应该是众所周知的。"

博士没有继续往下说。拜尔斯督察露出被吊起了胃口的表情。

"那又怎么样？"

"因此，大多数男人一定会瞒着自己的恋人，不让她们知道自己为其他女人买了这种东西。也就是说，和巴德维尔夫人关系亲密的男人恐怕不会刻意把一件可以证明'他对其他女人感兴趣'的铁证带进这间屋子，激起她的嫉妒。你应该也能看出来，应该不会有男人送那

320

样一本书给这位可怜的女士。"

督察耸了耸肩，因为他觉得博士的推论并没有证据支持。他带着犯愁的眼神环视整间卧室。

"要是能找到线索就好了——更加明确的、能指向某个人的线索……"

督察的这句话并不针对下属或海利博士任何一方。下属装作没听见。博士却好像很起劲的样子，推了推眼镜说道：

"拜尔斯，明确的证据就摆在我们眼前。刚才我正要说呢，却被你打断了。那个买书的男人的口袋破了洞，小票就是通过那个洞掉出来的。

他从小木盒里放出一只活力十足却暴躁的蜜蜂，达成了自己的目的，在皮卡迪利广场下了巴德维尔夫人的车，以同样的方式弄丢了装有其余蜜蜂的木盒。"

博士停顿片刻。督察的兴趣又被勾起来了，只见他把整个身子转向了博士。在那一刻，海利博士不禁对他生出了同情，感叹造物主只给了他把握物证的犀利，却没有赐予他看穿人性的力量。博士的眼镜总会在他专注时滑下来，此刻也是如此。但他毫不介意，而是开口问道：

"你大概没有仔细观察过男人付钱买东西、拿到小票之后是怎么做的吧？那种光景是人性的绝佳体现，能给我们不少启示。递小票给客人的大多是女店员。而男顾客一般会把小票塞进手边的口袋。因为要是随手扔在地上，店员会认定他是个邋遢的懒汉。督察，要知道对我们人类而言，内敛、礼貌和一丝不苟可都被归入了美德的范畴啊。"

博士又歇了一会儿。这一回，他捏起了一撮鼻烟。督察与下属很是烦躁地盯着他看。

"一个外套口袋有洞的男人——那个洞不是很大，但足以让揉成团的纸在他走来走去的时候掉出来。这不就是线索吗？他是个医生，心底里恐怕对巴德维尔夫人这样的女人怀有欲望——一个会被俗气而性感的女人吸引的男人——"

"可你刚才不是说，那人的诗集是买给其他女人的吗？"拜尔斯督察尖锐地问道。

"没错。那个女人有着和巴德维尔夫人不相上下的魅力。但她至少在表面上是比较有教养的，巴德维尔夫人在这方面根本比不过她。"海利博士那张倍显亲切的大脸上露出思索的表情，"也许男人不会永远只对一个女人诚心相待，但在大多数情况下，他们只会对同一种类型的女人奉上真心，你就不这么想吗？第二任妻子的气质外貌与原配颇为相似，无论这种相似是褒义的还是贬义的，这样的例子我见过不知多少。在精神层面，我们确实可以说初恋和最后一次恋爱是高度相似的。人会在必要性与欲望的驱使下搜寻、挑选恋爱的对象，而必要性与欲望之类的东西总是毕生如一的。哪怕有改变，幅度也不会很大。"

"可是话说回来，博士……"

拜尔斯督察是愈发一筹莫展了。奈何博士说得正起劲，对他置之不理。

"如果巴德维尔夫人果真死于他杀，勾勒出凶手的大致轮廓就不是什么难事。他是个刚过中年的医生——因为死者至少也有三十岁了。他在乡下开了间诊所，兴趣爱好却颇有都市色彩。他不介意口袋的破洞，可见他不是很讲究衣着打扮，却是个多愁善感的利己主义者。因为他可以一边酝酿谋杀计划，一边买什么勃朗宁诗集……"说到这里，他停顿片刻，略略思索，"巴德维尔夫人应该是个很费钱的女人，生活很是奢靡。如果有人横插一脚，企图夺走她依赖的男人，她就会像猛虎一般与之对抗。问题是，她看似牢牢抓住了那个男人，牢得教人心惊胆寒，却没有走到结婚那一步。"

博士回望督察，推了推眼镜。

"那个医生为什么不肯跟巴德维尔夫人结婚呢？"博士向督察发问。

"我是一点思路都没有。"督察撂下这句话,语气别提有多干脆了。

海利博士走向房间另一侧窗边的写字台,拿起一张纸,在上面画了一个小小的圈。然后在小圈之外画了一个大圈。接着,他回头望向目不转睛盯着那张纸的两位警官。

"假设小圈是伦敦,"博士指着小圈说道,"大圈是离伦敦四十英里远的郊外——就是开车两小时能到的地方。因为那个医生似乎会时不时来伦敦一趟,因此我们可以判断他住在这个半径之内。如果距离超过四十英里,经常来就不太方便了。"

博士用铅笔在大圈上画了两道线,划出一块扇形区域。

"这里是萨利高原,是欧石楠属植物的分布地,所以养蜂人普遍都聚集在这一带。"

博士抬头望向两位警官。他们似乎都听出了兴趣。

"经营诊所,饲养塞浦路斯蜜蜂,会定期出现在伦敦,穿着口袋破洞的外套,没和妻子生活在一起——调查一下这一带有没有符合条件的医生也不是完全不可能吧?"

"不得了!"督察不禁倒吸一口气。侦探的直觉告诉他,这条路有戏。他顿时表现出宽宏大量的样子,很是热情地望着博士。可年轻刑警的脸上仍有几分批判的神色。

"您怎么知道那个医生没和妻子住在一起啊?"刑警问道。

"如果那个医生厌倦了妻子,而妻子又没有逃离他,那她肯定早就被丈夫害死了。没有了妻子的阻碍,那个医生定会在和巴德维尔夫人打得火热的时候与她结婚。很多小说都着重描写过这种好色之徒,所以我也很了解他们的心思。他们就喜欢用'我会娶你的'这种话引诱女人上钩。"

博士边说边看表。因为他忽然想起自己接下来还有约,事关他的本职工作。

"督察,如果你打算沿这条线索查下去,出了结果请务必通知我一声。"博士一边走出房间，一边说道，"在调查初期，医师协会的名簿应该能派上不少用场。"

第二天，海利博士一直很忙，所以也没工夫深究塞浦路斯蜜蜂之谜。不过在临近傍晚的时候，博士还是给警察厅的拜尔斯督察打了个电话。督察很是失望地告诉他，伦敦郊外并没有符合条件的医生。

"而且我们了解到，巴德维尔夫人是雇了个女仆的，"督察补充道，"只是那个女仆刚好请假回了趟家，昨天晚上才回来。她说，拜访她雇主的男性客人并不多，其中也没有医生。当然，医生也可能是在女仆离开的那两周里上门的，但综合种种情况，就此断定这是一起谋杀案似乎也过于轻率了。毕竟死者是有车的，说不定她是在出事那天早上主动去了郊外。而且蜜蜂被关在车里也是常有的事。"

海利博士放下听筒，吸了点鼻烟。他窝在大号扶手椅中，闭上双眼，仿佛是想从全新的角度梳理手头的证据碎片。如果死者没有把医生请来自己家，两人之间存在亲密关系的假设就站不住脚了。而他的推理也将因此土崩瓦解。博士起身出门，沿着哈里大街走去"时代读书俱乐部"，出示了那张他问督察暂借的小票，表示他想见一见卖出这本书的店员。那位女店员还清楚地记得一星期前的这单生意，说购买诗集的男顾客带着个年轻的女人。

"你还记得那个女人长什么样吗？"海利博士问道。

"她好像化着浓妆。头发的颜色很浅，不过我也没仔细看……"

"那个男顾客呢？"

女店员耸了耸肩："记不清了，像是个文员。"思索片刻后，她又补充道："对了，他比那个女人年长很多。"

海利博士走出书店，回到哈里大街。博士至少没判断错一点：购买诗集的是个男人，而且书不是买给巴德维尔夫人的。拜尔斯督察告诉他，死者有一头红发。为什么那个男人会在购买诗集之后立刻拜访死者？博士叹了口气。确定了这一点又有何用？结果不还是一样吗？

拜尔斯督察是对的。任何一位陪审员都不会采纳根据"让别人给自己买书看的人是个什么样的人"这一推理得出的证据。当他走回自家门口，正要进屋的时候，一辆车停在了路边。走下车的竟是督察在公园雅居介绍给他认识的年轻刑警泰德卡斯特。

"教授，能占用您几分钟时间吗？"

泰德卡斯特与博士一同进屋，然后从口袋里掏出一张纸递了过去。那是一张处方，写在巴德维尔夫人的便笺纸上，署名只有姓名首字母，而且还潦草得难以辨认。

"这是在您离开之后找到的，"年轻的刑警解释道，"如您所见，这是一份处方。死者四五天前在自家附近的药店配过药。我今天找药店的药剂师了解了情况，他告诉我巴德维尔夫人之前也开过同样的药。只可惜我们查不出这处方是谁开的。"

海利博士看了看那张处方，发现医生开的不过是含铁的补药罢了。签名的字迹也难以辨认。他摇头道：

"很遗憾，它怕是派不上什么用场。"

"您也无法根据签名查出是哪个医生开的药吗？"

"恐怕不行。"

"那我们就真的束手无策了……"泰德卡斯特的声音里充满了失望。看来他是想破了这桩谜案，给自己挣点面子。"说句不知天高地厚的话，您昨天的推理真是让我佩服得五体投地……"

海利博士微微欠了欠身，但他的双眼呆呆地盯着半空。如此看来，最近确实有医生拜访过死者——而且那个人之前也来过。他确实是个医生，而且死者家附近的药店并不熟悉他的处方。博士转向年轻的刑警说道：

"我听拜尔斯说，死者家的女仆回来了。你知不知道她是否记得这位出诊的医生？"

"我亲自问过那个女仆，她说她一无所知。"

听到这话,博士再次凝望远方。处方写在巴德维尔夫人的便签上,这体现出医生去过她家。死者为什么要刻意隐瞒此事,不让女仆知道呢?

"如果你方便的话,能否再带我去一趟公园雅居?是这样的,我有几个问题想亲口问问那个女仆。毕竟医生也许能发现外行人注意不到的线索。"

汽车沿着拥挤的马路行驶时,海利博士仍在琢磨这个促使他发起新调查的疑问。为什么巴德维尔夫人要瞒着自家的女仆,不让她知道自己找了医生看病?就算那个医生是她的情人,也没什么好瞒的啊。博士睁开双眼,打量起了在车辆周围来来往往,匆匆往家赶的伦敦居民。除了俊男靓女,还有许多女人露出对人生绝望的眼神,也有许多男人跟平时一样戴着眉头紧锁的假面具。每个人都带着各自的希望、焦虑、欲望与意图,汇成巨大的人流。而他们的任务,是从这些人里找出一个至今不知姓甚名谁的男人。也难怪警方会陷入绝望。

车停了。两人坐电梯来到目的地的门口。泰德卡斯特按下门铃,片刻后,一个年轻女人开门招呼他们进屋。她似乎对"警方又派人来了"这件事深感担忧,语气都难掩焦虑。关门后,她带领二人穿过昏暗的玄关走廊,打开起居室的房门。

透过窗户洒进屋里的阳光落在了她的脸上。就在这一刻,海利博士将几乎脱口而出的欢呼咽进肚里。他是那样惊讶,全新的思路在脑海中浮现。她的脸颊微微发红。博士推了推眼镜,双眼迅速对焦。

"不好意思打扰了,我有几个问题想问你,与巴德维尔夫人的健康状态有关。"博士对她说道,"关于她的最后一次发病,你应该能提供一些有价值的线索。其实我也是医生,正在协助警方办案。"

"哦,您尽管问吧。"

她的声音很轻。娇柔可人的脸上擦了一层厚厚的白粉,带着因焦虑而痛苦不堪的神情。眼神也是战战兢兢,一会儿看看这个,一会儿看看那个。只见她用心神不宁的动作按着额头，仿佛是想将那金色的卷发按在白皙的肌肤上。

"要不我们单独谈谈吧。"

海利博士的语气格外温柔。说着，他望向泰德卡斯特。刑警立刻起身回避。博士转向她，开始提问。

"你家夫人是不是在两星期前解雇了你？"

她大吃一惊，脸上顿时血色全无。水灵的大眼睛惊恐不安地凝视着博士。

"没有！不是那样的！"

"姑娘，在我看来，你对我说实话并不会有任何损失，反而能得到不少好处。"

博士的话语有些冷淡，但他的声音却似乎能为听者注入勇气。他看出，这个姑娘性格中的柔弱已被些许焦虑取代。正是那份柔弱打动了巴德维尔夫人的情人，而那人赠送情诗集的理由也以某种微妙的形式得到了解释。博士重复了那个问题。姑娘垂着头承认了。博士顾不上把滑落的眼镜推回去，继续问道：

"因为你和夫人很看重的一位男性朋友走得很近？"

"不，不是的，您搞错了！不是那样的！"

她再次回瞪博士的双眼，然后把头一扭，丰盈的脖颈展露无遗。金色的卷发闪闪发光。她的容貌如此出色，要想夺走雇主的情人恐怕也不是难事。

"你先听我说完吧，"海利博士的神情愈发严峻了，"你告诉警方，没有医生来过这里——至少你对此一无所知。但我们在附近的药店了解到，巴德维尔夫人开过好几次处方药。这说明她刻意瞒着你，不让你知道她请了医生——要么就是，你在撒谎。"

"夫人没跟我提过。"

博士抬手道："这个问题其实很好回答。如果你家夫人真想瞒你，肯定是自己拿着处方去药店开药。只要找药店的人核实一下就知道了。"

她的情绪再次动摇起来。只见她用小小的蕾丝手帕擦了擦眼角，嘤嘤啜泣起来，可谓风情万种。

海利博士深吸一口气。静候片刻后，他才抛出下一个问题。

"你应该也知道，从法律角度看，如果一个女人协助一个男人犯罪，那她也是有罪的。"

"您这话是什么意思？"

这句话彻底瓦解了她的心理防线。只见她站起身，因极度恐惧而两眼发直，嘴唇瑟瑟发抖。

"我是说，你今天会出现在这里，正意味着你是本案的帮凶。你回这里做什么来了？"

"还不是因为——因为……"

"因为那个男人，你想要包庇的那个男人，想让你打探打探警方在这里做什么，是吧？"

她踉踉跄跄地走向博士，用双手抓住他的胳膊。

"哦，上帝啊！我好害怕！"她用蚊子叫一般的声音说道。

"也难怪——不害怕才怪了。"

博士把她扶到椅子上。这时，她仿佛迸发出了新的力气，紧紧揪着博士的手。

"我也不想让他做那种事的，"她的喊声是那样痛苦，好像是硬挤出来的，"我也不想的，我发誓！而且我到现在也不知道他到底干了什么……我没骗您！我们本来马上就要结婚了——"

"结婚！"博士的声音充满了力量，仿佛加了着重号一般。

"真的！我们是真心相爱的，天地可鉴。只是他还有那样一个女人，大手大脚花着他的钱——"

总算是有点说真话的样子了。她继续说道：

"他的妻子跟他分居了，但也很费钱。不过她在一个月前死了。"

博士与她面对面站着。在鸦雀无声的房间里，唯有摆在壁炉台上的奢华座钟滴答作响。

海利博士的身子稍稍前倾。

"他叫什么名字？"

"不行，我不会说的！"

她又拾回了些许勇气。勇气虽然微小，却在那一刻从她的眼底绽放出光芒。连博士也能隐约感觉到，她将那一小份不道德的爱献给了那个人。就在他想再次询问那人的姓名时，泰德卡斯特拿着一本皮封面的小书开门进屋。

只见她发出一声高亢的惨叫，扑向刑警。但海利博士早就料到了这一出，牢牢按住了她。

"勃朗宁的情诗集！"刑警说道，"是在隔壁房间发现的，还摊开着呢。题词的署名是麦克·康沃尔。"

刑警将书本递给博士，请他仔细查看，却发现海利博士的脸色也跟一旁的女人一样变得铁青。

"麦克·康沃尔……"博士一遍遍喃喃道，仿佛是在说梦话一般。

那栋宅邸隐于树丛之中。海利博士从马路拐进去，沿着铺有台阶的小路爬上缓坡。他烦恼了一整晚。一想到自己来到美丽的汉普斯特德拜访这座宅邸的使命，他便有种千钧重担压在心头的感觉。哪怕是在名医云集的温普尔大街，细菌学家麦克·康沃尔也是首屈一指的名人。他与博士是阿宾汉姆学校[1]的同窗。

就在博士准备按下门铃的时候，他想见的那个人带着一位老者和一个姑娘从宅邸侧面走了出来。

"海利——真是稀客啊！"

1　英国私立寄宿名校。

康沃尔博士快步走来，向海利博士伸出了手，欢迎朋友的到来。一双因凹陷略显阴森的眼睛透着由衷的欢喜。他的脾气还是那么急，立刻将另外两人介绍给海利博士。"这是我叔父康沃尔中校和我堂妹帕希·康沃尔小姐。祝福她吧，她刚订婚。我们正准备去院子里走走，你也一起来吧。然后再一起用个午餐。你肯定是有事找我，如果是很要紧的事，就边走边谈吧。"

他的语气很是随意，非常符合他的态度，一如既往。因为他处处精明，脾气急躁，又特别爱面子，大伙儿当年给他起了个外号叫"山猫"。

一行人慢步穿过草坪，走到了砖墙边。砖墙呈浓郁的红褐色，只有漫长的岁月与风雪才能造就这样的色泽。康沃尔博士打开砖墙上的门，然后往回退了几步，请其他人先进。

迎接众人的是如梦似幻的美景。在这片英国的花园里，一排排果树开着五颜六色的花朵，好似阿尔卑斯的落日之雪。然而，海利博士没有闲心欣赏眼前的景色。他的双眼牢牢锁定了尽头处墙边的一列蜂箱。蜂箱刷着白漆，在阳光下熠熠生辉。帕希·康沃尔发出了由衷的感叹。她还看到了在墙边的大温室中盛开的深红色郁金香，再次欢呼起来。因为她的父亲和堂兄已经沿小路慢慢走远了，她便对眼神愈发阴暗的海利博士说："我们去那里看看吧。"她与博士并肩走进温室狭窄的过道，陶醉地望着动人的花朵。

"大家就不想把这些漂亮的花儿收集起来，送去没有鲜花的地方吗？"

她回头望向博士，博士却从她身边猛冲了出去。

因为一声高亢而骇人的惨叫划破了清晨的闲静。她分明看见，一群数量惊人的虫子正在追赶她的父亲与堂兄，而他们正朝院门跑去。

两人只想摆脱这场恐怖的袭击，什么都顾不上了。老者绊了一跤，要不是侄子扶着，怕是已经摔倒了。父亲的脸映入她的眼帘，她却像是看到了死神的脸。

“蜜蜂！”

海利博士发出绝望的呻吟。就在他冲向之前关上的温室门，想要把门打开的时候，一只发狂的蜜蜂撞上了门旁的玻璃。片刻后，又是一只，两只，三只……博士急忙转身，用最大的音量对姑娘吼道：“快躺在过道上！玻璃上也许有破口！”

她好像吓傻了，直愣愣地盯着博士。

“家父他……上帝啊！”

“要是你还想活命，就赶紧躺下！”

博士守在她身旁，万一有蜜蜂闯进了温室，就立刻把它打掉。他的视线只移开了一次，然而那一刻映入他眼中的光景，直教人发出恐惧的呼喊。

骇人的蜂群如尘土般盘踞在院门上，不断上下起伏，好似波浪。那是无数披着金光的躯体与翅膀的集合体，在阳光下闪耀不止。哗——微弱而刺耳的响声划破了寂静。院门开了，院中已是空空如也。

拜尔斯督察探出身子说道：

“巴德维尔夫人的女仆招了，说她今天午饭前给康沃尔博士打过电话。她本想早些通风报信的，但他碰巧去乡下的别墅过夜了。在他将濒死的叔父，也就是本案的第二名牺牲者抬出院子后不久，女仆联系上了他，告诉他警方怀疑巴德维尔夫人的死与他有关。”

督察划亮火柴，重新点燃雪茄。海利博士用心痛的眼神凝视着他。

“如您所知，康沃尔在十分钟后开枪打爆了自己的头。即便是他那样的人，也有足够的才智认识到自己赌输了。当然，他也被蜜蜂严重蜇伤了，但是因为常年养蜂，他的反应不如别人那么大。而且为了成功实施自己的计划，他应该也做好了冒险的思想准备。”

宽敞的诊疗室寂静无声。过了一会儿，博士终于开口了。

“听说康沃尔小姐最近刚订婚？”

"是的，"拜尔斯督察长叹一声，"这也是她的堂兄加快推进谋杀计划的原因所在。由于巴德维尔夫人花钱如流水，康沃尔入不敷出，债台高筑。叔父的财产——数额相当可观——是他唯一的救命稻草。康沃尔小姐一旦结婚，他就没有希望拿到遗产了，与新欢结婚的美梦也会随之破灭。我们通过调查得知，他在一个月前硬逼着那对父女打了所谓的春季感冒疫苗。据说打那种疫苗非常疼。想必巴德维尔夫人也在同一时期打了同一种疫苗。也就是说，他们三个都处于您所说的那种'只要被蜜蜂蜇一下就会当场毙命'的状态。"

海利博士点头道：

"在蜂群映入眼帘的那一刻，我便参透了真相。正如你的养蜂家同事所说，好不容易找到的那些塞浦路斯蜜蜂确实凶暴。不过再凶暴的蜜蜂也不会莫名其妙袭击并未接近蜂巢的人，除非有人提前激怒了它们，这是显而易见的。在看到那一幕骇人光景的时候，我便意识到那蜂群也属于某个精心推敲过的计划。"

督察站起身，伸手说道：

"要不是您，康沃尔小姐定会遭受和她父亲一样的命运，而策划了这场闻所未闻的邪恶罪行的人也将得偿所愿，免受质疑与惩罚。"

英国过滤器

卡尔·埃里克·贝克霍夫·罗伯茨 | Carl Eric Bechhofer Roberts
（1894.11.21—1949.12.14）

本作出自卡尔·埃里克·贝克霍夫·罗伯茨之手，是"密室"
诡计的经典作品之一。不过作品中的密室并非"完全封闭的
密室"，而是"有窗户的密室"，只是人绝不可能通过窗口进
出。那么，凶手究竟是如何得逞的呢？

——乱步评

　　我的朋友 A. B. C. 霍克斯是一位科学家。我这辈子都忘不了与他
的那次罗马之旅。ABC（我总是这么称呼他）只把我们要去的消息告
诉了一个人，那就是他的老相识，细菌学家卡斯塔尼教授。谁知当我
们抵达车站的时候，前来迎接的足有百来人之多。看到那黑压压的人
群，我们震惊不已。

　　卡斯塔尼教授将他们中的大多数人介绍给我们认识。这是一项艰
巨的任务，耗时许久。再加上意大利人天性张扬，教授请来的人涵盖
了罗马学界的各个领域，这令我倍感有趣。好比在前往酒店的途中，
与我并肩而行的是一位上了年纪的历史学家。他明明说不了几句法语，
英语就更糟糕了，却将这两种语言掺在一起，跟我说个不停。而我的
另一边还有一位年纪更大的哲学家，他只会说意大利语——但我对意

333

大利语是一窍不通。对方却毫不介意，不厌其烦地跟我搭话。

霍克斯依然穿着那件灰色的双排扣长礼服，下身则是一条皱巴巴、膝盖破洞的裤子。只见他胸口别着玫瑰之类的玩意，沉入了汹涌的人群。欢迎与祝福的喝彩在耳边响起。我们的抵达收获了喜剧性的成功。

不过一到酒店，他们便立刻握手告辞了。

"太累人了……"好不容易与 ABC 走进酒店的客房后，我不禁感慨道。

"可不是嘛。而且我最想见的那个也没来。"霍克斯回答道。

我问他想见谁。

"一个叫利伯特的物理学家。他肯定已经一把年纪了。其实我对他的评价并不是很高，只是他最近发表了一篇非常出色的原子磁学论文。落后了整整五十年的研究是怎么回到学界最前沿的？我可不想不懂装懂，错过一场好戏。我大老远跑来罗马这个乡下地方也为了这个。"

敲门声传来，一位意大利青年走进屋里。

"二位好，我叫德尔西，是卡斯塔尼老师的助手，"青年用无懈可击的英语说道，"老师指派我做二位的罗马向导。"

"多谢你们的周到安排，"霍克斯道了谢，"可这也太麻烦你了……"

"我是很愿意帮助二位的。能和闻名学界的两位老师交流是何等光荣，我感激二位还来不及呢。这一路舟车劳顿，想必二位也想稍事休息，我会在楼下等着……"

霍克斯只得接受他的好意，微笑着说道：

"是这样的，琼斯顿和我想早些用午餐。虽然才刚过十二点，但现在吃起来应该也不要紧吧。德尔西，要不你也一起吧？"

与我们共进午餐的德尔西是位知书达理的青年。他在英国留过学，所以英语说得很好，也熟悉英国人的喜好。我也能看出，霍克斯对他颇有好感。

"话说德尔西，"在侍者端来咖啡，三人开始吞云吐雾之后，霍克斯开口说道，"我准备三点去卡斯塔尼教授那儿打个招呼，不知教授是否方便？可以？那就好。我想跟他打听打听利伯特教授的事情。因为我对教授最近的科研成果很感兴趣……"

"没问题，"德尔西说道，"只要您觉得合适，现在去都行——他肯定在研究所呢。不过如果您要去的话，我建议您也和教授的助手聊一聊。"

"你这好像话里有话啊。"霍克斯露出精明的眼神。

德尔西笑了，开口说道：

"不瞒您说，老师……"

"别！别叫我老师！"霍克斯大喊，"怎么称呼我都行，但老师绝对不行！那是我最讨厌的词，集学术界的所有缺点于一身——虚荣、炫学、散漫、无畏的嫉妒与暴君般的独裁！"

"德尔西，请原谅他的粗暴用词，"我笑着说道，"他就是这个臭脾气，一听到那两个字就炸。"

德尔西饶有兴趣地偷瞄这位著名科学家的烈焰红发，露出了更灿烂的笑容。

"好，那我就称呼您'霍克斯先生'好了。"德尔西起了个头（霍克斯喃喃道"这样好多了"），"也许我说这些是多管闲事吧，但我不希望您浪费时间。利伯特老师——对他我就不改口了——他对您刚才提到的那篇论文不负任何责任，只是挂了个名字罢了，里面的研究成果都是他的助手拉瓦列罗的。您也知道大陆这边的大学是多么迂腐荒唐的组织，晋升都是论资排辈的。一旦坐上教授的位子，就到死都不会撒手。反正上头都是些一把年纪的老家伙，而且个个都长寿得很，死活不肯领退休金。利伯特教授也是其中之一。换成三十年前，他确实配得上那把教授的交椅，可现在的他已经没有那个资格了。等见到了他，您亲眼看看就知道了。拉瓦列罗倒是才学过人，积极进取，放眼意大利全国都找不到第二个像他那么优秀的科学天才。"

"我也听说过类似的事情，"霍克斯说道，"那我也去会会那个拉瓦列罗吧。多谢告知。我们出发吧？"

我们三人一同前往利伯特教授的研究所。研究所在万神殿附近，位于罗马最古老的城区之一。研究所的入口离大学的正门相当远。据德尔西说，那个入口只通往利伯特和助手的研究室。

门后的保安一见到我们便脱帽致意，将我们带进了一个小房间。德尔西告诉我们，那是研究所办事员的办公室。房间昏暗逼仄，桌上摆着残羹剩菜，墙面的钉子上挂着两三件脏兮兮的外套。

我们停在了另一扇门跟前。保安敲了敲门。

是利伯特亲自开的门。德尔西简单介绍了我们。老教授留着长长的胡须，眼神犀利。听完德尔西的介绍，他便请我们进了屋。教授向 ABC 致以真诚的问候，将我们带到书桌旁，做出"请坐"的手势。坐下后，只见他身子前倾，把手举在一侧耳边。

"霍克斯老师，你应该不会说意大利语吧？"他的英语实在蹩脚，我都无法用文字再现，"哦？你会？没关系，我想用英语交流。嗯，我特别喜欢英国这个国家。遥想四十年前，我也在剑桥待过一阵子，接受过贵国优秀老师的教导。"他报出了几位著名教授的名字。"他们教了我不少东西——不过二位这么年轻，大概也不认识他们吧。后来我就再也没去过英国，但我至今对英国的东西抱有很深的感情。这研究室里也有不少高质量的英国货呢。我去把助手叫来，二位是想见他吧。拉瓦列罗！拉瓦列罗！唉，他大概没听见。哦，没关系，我差办事员去叫他。卡罗！"他如此喊道。

"真拿他没办法！"话多的老者继续说道，"一点儿都不听话。就知道帮拉瓦列罗干活，从来不给我打扫研究室。一会儿等他来了，我要好好说说他。没辙，我只能亲自去喊我的助手了。"

"砰砰！"教授敲了敲房间另一侧的门。往后拉椅子的声音与开门、关门的响声传来。挨着走廊的那面墙上有一扇没装玻璃但嵌有格栅的窗户。只见一个男人走过窗口。其他窗户被封死了，看来这个窗口就是这间研究室唯一的换气窗。

利伯特教授"咯咯"笑道："你们是不是觉得很奇怪呀？其实助手就在隔壁，但他不能走两个房间之间的那道门。这是有原因的啦。我这人不喜欢让别人进自己的研究室，所以在二十年前锁了那道门，至今没有开过。我那助手也只能走你们刚才经过的那扇门进来，那是唯一的入口。而且那扇门上装了耶鲁锁，除了我亲自开门请进来的人，就只有我跟办事员才能进出。钥匙也只有我们两个有，连保安都不许进。因为我这人好静，这样就安静了。哦，应该是拉瓦列罗来了。"

教授跟德尔西递了个眼色。我们的向导德尔西立刻走去门口开锁。一个年轻的男人走进屋里。他的肤色偏黑，目光犀利，显得比实际年龄年轻许多。但我后来发现，他好像有相当神经质的一面。我饶有兴致地打量着他。因为正是这位杰出青年的研究成果，引得霍克斯千里迢迢来到了罗马。

"坐吧，拉瓦列罗，坐吧，"利伯特大声说道，"哦，不是的。我之所以叫你过来，是想让你给这几位英国客人展示一下来自英国的好东西。先给他们各倒一杯用我的过滤器净化过的水吧。"

青年一言不发，走向摆在房中的大号玻璃水桶。那似乎是某种过滤装置，顶部没有盖子，桶身上装着水龙头。走进这个煞风景的房间时，最先闯入视野的就是它。拉瓦列罗装了几杯水端给我们。利伯特教授将水杯送到霍克斯的鼻子跟前：

"喝喝看！多么清透的水啊！罗马的水根本没法喝，但是用我的这款英国过滤器净化过后——就能放心大胆地喝了！拉瓦列罗，给我把烟灰缸倒了，再拿盒火柴来！"

拉瓦列罗面不改色地照办了。之后，教授又使唤他拿出抽屉里的雪茄，问 ABC、德尔西和我要不要抽。我们当然婉拒了，教授却点

337

了根臭味扑鼻的雪茄品味起来。而且我发现，他独独没有问拉瓦列罗要不要。

"既然你们已经见识过了过滤器的威力，"教授喋喋不休，"那就再看看我那英国产的显微镜吧。拉瓦列罗，把显微镜拿来，请霍克斯教授瞧瞧。"

连我都能看出，那不过是寻常的研究室用具，老教授却介绍得头头是道，仿佛那是什么奇迹似的。

"这些东西确实很有意思，"ABC 支支吾吾道，"不过……您在磁学方面有什么新的成果吗？"

"我这儿是没有的。而且我最近也懒得亲自做实验了，都交给年轻人了。等去了拉瓦列罗的研究室，他会展示给你们看的。他的研究做得还不错，不过大方针都是我指定的。我是脑，他是手。这才叫合理分工，不是吗？"

出于礼节，我们随声附和了几句。

"要再来杯水吗，霍克斯教授？不用了？哦，不过这水是真的好喝，多亏了这款英国过滤器。那您的朋友呢？来一杯吧。拉瓦列罗，再接杯水来，赶紧的！拉瓦列罗，你要是多喝点净化过的水，也不至于肥成这样。这么好喝的水在罗马上哪儿找啊！"

我并不认为杯中的水有什么特别，却也觉得不狠狠夸上一番未免尴尬。

"我们也不好意思占用您太多时间，"霍克斯边说边起身，"如果您不介意的话，我们打算去拉瓦列罗先生那边看看，然后就直接告辞。"

"能见到二位是我的荣幸，"利伯特教授与我们亲切握手，"我随时欢迎外国的学者，尤其是英国的学者。拉瓦列罗，给二位展示一下你的——呃，我们的研究成果吧，让人家看看我是多么老当益壮。哦，走之前把火柴撂下。"

当我们走出研究室，再穿过小办公室时，办事员迎面而来。他长得凶神恶煞，走夜路时碰上这样一个人肯定是有多远躲多远。我们才刚出来，他便掏出备用钥匙打开房门，冲进了教授的研究室。我们都走出去好几步了，却仍能听见老教授大发雷霆。

绕走廊走了大半圈，便是拉瓦列罗的研究室。德尔西压低声音告诉我们，通往大楼其他地方的门都用装饰柜和书柜挡住了。这也是因为利伯特教授想把研究室打造成与世隔绝的孤岛。走过那个装有格栅的窗口时，我看见办事员站在书桌边，恶狠狠地瞪着教授。老教授手舞足蹈，吼个不停，不过一看到我们经过，他便转身招了招手。

拉瓦列罗的研究室与老教授那边可谓天差地别。不一会儿，ABC便与他聊起了专业的话题，一会儿对着笔记本与曲线图表指指点点，一会儿把桌上的校样翻过来比画比画。

两人聊得那样投入，完全忘记了德尔西与我的存在。讨论的话题又是那样晦涩难懂，我们是一句话都插不上。所以我们也开始用闲聊打发时间了。

德尔西把隔壁的老教授说得一文不值，还说"霍克斯先生一到这边，整个人好像都精神多了"。

德尔西痛斥利伯特教授是多么任性，就知道炫耀寻常的过滤器和显微镜，还对助手拉瓦列罗颐指气使。我也觉得他说得挺有道理，却觉得自己终究是外人，还是不要贸然发表意见为好，便环视四周，想找个话头，换个话题聊聊。

"哟，原来这间屋子里也有我看得懂的东西。"

我松了口气，走向房间角落的柜子。里面摆着的东西似乎是意大利、古希腊、古罗马的古董。有钱币、小像、戒指、玩具……都是些零碎的小玩意。

拉瓦列罗抬起头，注意到我们正在观察他的收藏。见状，他微微一笑，帮我们打开了柜门。

利伯特研究室示意图

装饰柜
门
古董柜
拉瓦列罗的研究所
书桌

走廊
门
书柜
封死的门
封死的窗户
利伯特的研究所
无遮挡的窗户格栅
过滤器
研究所入口
门
装饰柜
书桌
门
门
办事员办公室
保安室
走廊

340

"我就喜欢搜集这些玩意，"他转向我们说道，"我的老家——如各位所见，我是西西里人——西西里盛产古董。"

"那是什么？"德尔西指着一件小小的白色藏品问道。我倒是很熟悉它。

"那叫羊拐（knucklebones），是老祖宗的玩具。后面那个形状奇特的杯子叫科达博斯（kottabos），也是玩具。同一层那个四四方方的东西叫特赛拉耶，相当于今天的骰子。"

ABC 叫他回去研究资料，德尔西与我便探讨起了古代的风俗习惯，以及那些风俗对现代生活的影响。

我们聊了许久，A. B. C. 霍克斯才收拾东西，准备告辞。我们三人离开拉瓦列罗的研究室，蹑手蹑脚地穿过走廊，生怕被利伯特教授发现。要是被老教授叫住，再听他滔滔不绝一番，那可就糟糕了。透过窗口悄悄一瞥，只见教授坐在书桌前。他挚爱的英国过滤器映入眼帘，前方的墙上挂着钟。幸好教授正在专心看报，我们才没被逮到。

"天哪！"ABC 低声说道，"这都三点了！"

我们快步从保安室跟前走过。研究所的办事员正连珠炮似的跟保安说话，语气十分激动。

"看来那个办事员跟我们一样，并不是很尊敬利伯特教授，"ABC 一出门便对我说道，"如果我的意大利语学得还可以的话——至少听罗马人对话是没问题的。我听出他刚才痛骂了那位老教授一顿，诅咒他被饿狼吃掉。他还说，'如果饿狼和诅咒没把他干掉，让我亲自动手都行'。说实话，利伯特和拉瓦列罗的能力差了不止一点两点，我都有点赞同那位办事员的看法了。"

"拉瓦列罗这人怎么样？"我问道。

"他是第一流的。拥有不凡的科学素养，思路清晰，也有发明的才能。非要说他有什么缺点，那就是他有种急于得出结论的倾向吧。在本该脚踏实地验证的时候，他会想办法抄近路，一鼓作气做出结果。

不过他是真的有本事。看着他被那老骗子似的教授压得抬不起头，我就气不打一处来。而且那老头子还窃取了拉瓦列罗的研究成果，这是对科学的亵渎啊！"

霍克斯那张和善的圆脸在那一刻燃起了怒火，但他很快便换回了平时的笑容。

我们去卡斯塔尼那儿坐了一小会儿，然后把下午的大部分时间用在了参观古罗马广场上。因为我们不是以普通游客的身份去的，享受到了贵宾的待遇，所以还看到了平时不展出的各种藏品与出土文物。

我总算有机会展示自己比霍克斯更博学的一面了。我斜眼瞥着他那滑稽的敬畏表情，介绍那些文物和我在英国的考古发掘现场找到的各种物品与标本的共通之处。不过我也知道，ABC 对某些古代科学用具颇为了解，对它们的用途有独到的见解。指导发掘工作的专家告诉我，拉瓦列罗也在发掘初期提供了不少帮助。

我们与德尔西约在"乌尔比亚"餐厅共进晚餐。据德尔西说，那是罗马最有情调的餐厅。到地方一看，原来餐厅开在巴西利卡之中，弧形砖墙直至天顶。明亮的餐桌与点缀着电灯、阴森得诡异的背景形成了鲜明的对比。罗马的神髓"新旧融合"在餐厅的角角落落均有体现。比如餐厅的电灯形似双耳细颈瓶（amphora），很是复古。菜单则参考了古代的羊皮纸卷轴。我们对这家店很是满意，便坐下来耐心等待德尔西的到来。

等了一个小时，德尔西迟迟不来。我们心想他大概是不会来了，决定先吃起来。到了十点多，我们正要回酒店时，德尔西终于现身。

"抱歉我来晚了！出大事了，利伯特教授遇害了……"

"遇害了？"我不禁大声问道。

"今天下午，教授在研究室被人毒死了……"说着，德尔西的嘴角挂上一抹惨白的冷笑，"据说毒被下在了他最引以为傲的过滤器里。"

"是谁干的？"ABC问道。

"研究所的办事员下落不明，警方正在找他。警察局局长已经赶去研究所了，说他们正在调查教授生前见过的最后一批人，也想找二位了解情况。警方派人去酒店了，但我知道二位在这里，就主动请缨过来报信了。"

我们立刻结了账，一言不发地离开餐厅，在温暖的夜色中走向研究所。研究所里灯火通明。一群男人站在死者的房间里。拉瓦列罗和保安也在其中，却是纹丝不动。

为进行尸检，尸体已被送往附近的停尸房。据说教授身亡时端端正正地坐在书桌前，仍保持着我们下午蹑手蹑脚离开时看到的姿势。他的手紧握着杯子，杯中的水被喝掉了一半左右，双眼则死死瞪着半空。

局长向霍克斯提了几个问题，并将他的答案记在笔记本上。

"看来那个办事员确实不是什么好东西，"德尔西对我说道，"我们都听到了那场争吵，还有他对老教授的威胁。而且还有人看见办事员在三点多的时候离开了这里。他在我们离开之后出了研究所，直到傍晚都没有回来。据说拉瓦列罗在五点十五分过后去了浴室，经过走廊的时候，他透过那扇窗户跟教授打了声招呼。为了减肥，拉瓦列罗每天下午都会去浴室待一会儿。保安也可以证明拉瓦列罗确实是那个时间出的门。保安还说，办事员在五点半的时候回了自己的小办公室，一看就知道他喝了酒，嘴里嘟嘟囔囔，不停地诅咒老教授。这应该是最具决定性的证词了。您也知道，要想进入这间研究室，就必须经过办事员的办公室。

"十分钟后，办事员走出办公室，一去不复返。到了六点，也就是办事员离开的二十分钟后，保安有事通报教授，便敲了敲里屋的门，可屋里的人一点反应都没有。他吃了一惊，就绕去窗口喊人，却发现老教授一动不动，于是他赶紧抓了几个路过的学生来帮忙。大伙破门而入，发现握着杯子的教授已经气绝身亡了。"

就在我琢磨这些事实的时候，屋外传来一阵骚动。两位警官架着办事员走了进来。

局长告诉他，"你有杀害教授的嫌疑"。听到这话，办事员舔了舔干燥的嘴唇，矢口否认。局长命令他老实交代下午的行踪，他说自己受够了教授的臭脾气，在三点多愤然出走了。

之后，他在酒馆喝了几杯，并打算回乡下的老家去。老家离罗马大概几英里远。但走到半路，他想起办公室里还有些私人物品，便回来打包取走，但是并没有进研究室。谁知他前脚刚坐火车回到老家，后脚就被警方逮住，送了回来。

办事员反复强调，他傍晚时分回来的时候只是在自己的办公室收拾了点东西，并没有进入教授的研究室。

起初他否认自己在当天下午早些时候说过威胁教授人身安全的话，但是在保安和我的证词面前，他不得不承认，自己也许是因为气愤过度而说过那种话。

他对其他方面的供述和警方此前获得的各种证词并无矛盾。问题是，只有他和死去的教授有研究室的钥匙。而且他也承认，他在五点十五分（拉瓦列罗最后一次见到活着的利伯特教授）到六点（尸体被发现）之间进入过办事员办公室。

局长突然转向保安："你呢？你有没有在这段时间进入过研究室？"ABC 将这个问题和保安的回答翻译给我听。

"老师从没让我进过研究室，"保安回答道，"而且我也没钥匙啊。除了老师和办事员，别人都没有钥匙，连拉瓦列罗先生都没有。"

"也许是有人来过，教授开门放人进去了，也可能是凶手搞到了备用钥匙啊。"

"可我的房间就在办事员办公室的正对面啊。要是有人进去，我肯定会注意到的。我看得清清楚楚，那段时间没人进去过。研究室也没有别的入口。"

局长在房间里绕了一圈，确认保安的说法。正如他所说，要想进入研究室，就只能从办事员办公室那边走。通往拉瓦列罗研究室的门是闩着的，并无打开过的迹象。天窗和其他窗户上堆积的灰尘也可以证明没有人打开过。靠走廊的窗口嵌有格栅，而格栅是用灰泥牢牢固定在墙上的，哪怕是小婴儿都钻不进去。

局长让我们跟大家一起去一趟停尸间。轻轻揭开盖住尸体的床单，死者的脸便闯入了视野。他正目不转睛地盯着那个办事员。只见办事员浑身一抖，默默画了个十字。也许会有人将他的动作视为"有罪"的证据。

死者的面部异常僵硬，这一点似乎引起了霍克斯的兴趣。他掏出口袋里的眼镜，对着那双瞪着半空的眼睛端详了许久。之后，他便和在停尸间角落里忙活的法医们攀谈起来。

我和其他人早早地离开了停尸间，一心想离尸体远一点，ABC却迟迟没有出来。激烈反抗的嫌疑人被警官们架走后，德尔西与我又在门外等了好久才等到了他。

"抱歉，我就不跟你们一起走了，"他说道，"琼斯顿，你带德尔西回酒店，好好招待招待人家。拉瓦列罗先生，您要是不介意的话，也可以跟他们一起。我要留下来协助验尸。"

"这也太可怕了！"我说道。

"博学如你，岂会不知我对生理学和心理学也很感兴趣？那我先失陪了。"说完，霍克斯便折回了停尸间。

我们一边讨论这起骇人的凶杀案，一边往酒店走去。

"教授真是被毒死的吗？"我问道。

"千真万确，"德尔西回答，"法医们一开始就是这么认为的，霍克斯先生也同意他们的看法。他懂得可真多啊……他们认为教授死于士的宁类剧毒物质，但有可能不是士的宁本身。"

"应该很容易查到办事员是怎么搞到那种毒药的吧？"我说道。

"在英国确实是的，可是在罗马就没那么简单了……"拉瓦列罗笑道，"不过有条件进入研究室投毒的只有他一个，所以毒药的来源并不重要。"

"有没有可能通过墙缝、天花板或者窗户投毒啊？"我试着问道。

"怎么可能啊，"德尔西说道，"那个老头子虽然愚蠢，耳朵却很灵光，眼睛也尖得很。而且过滤器就在他眼前，要是有人企图对过滤器动手脚，他肯定会发现的。再说了，过滤器在研究室的正中间，屋外的人哪有本事把毒药扔进去啊？"

我也不得不承认，他们说的十分在理。

两人并没有要跟我一起回房休息的意思，于是我们便在酒店门口分别。回房后，我呆坐了许久，却想不到任何足以推翻"凶手是办事员"这一推论的线索。看来，这起案子已经没有悬念了。

霍克斯彻夜未归。第二天早上，我出门参观圣彼得大教堂与梵蒂冈宫殿的一座画廊时，他依然不见踪影。我在大教堂附近的一家小餐厅用了午餐，在下午几乎过半的时候回到了酒店。

回去一看，ABC 正在房里等我。一看他的面色，便知他为案子忙碌了一整晚。

"怎么样，有什么新闻吗？"他开口问道。

"我还想问你呢，那个办事员招了没？"

"还没，不过他的前途是一片漆黑啊。"

"累坏了吧？要不躺下歇会儿？"

"是有点累，"他也承认了，"不过利伯特死后对科学做出的贡献比他活着的时候还大。只是无论生死，他都同样令人厌烦。当然，这话只能在我们之间说说。你肯定会觉得我这么说一个死者很不合时宜吧。总之，我一点都不想躺下休息。怎么样，有兴趣去土耳其浴室吗？哦，在这儿是不是该说'罗马浴室'啊？据说那个大块头拉瓦列罗每天下午都要去呢。他钟爱古罗马的习惯，而且我跟他约好了要一起去的。要不也算你一个？"

我一口答应。我们坐车前往研究所，把拉瓦列罗叫了出来。走之前，我们还去教授的研究室瞧了瞧。不过我对案子的印象并无改变，反而愈发肯定凶手就是办事员了。因为不经过办事员的办公室，就不可能进入研究室。

片刻后，我们开始享受入浴的快乐。拉瓦列罗四仰八叉地躺在旁边的平台上，告诉我们古罗马人每天都要这样蒸一蒸。他是由衷敬佩ABC，所以一个劲儿地跟ABC说话，搞得我有种受了莫名排挤的感觉。ABC似乎察觉到了我的尴尬。

"琼斯顿，别那么拘谨嘛，再不吭声就成路边的紫罗兰了。"ABC微笑道，"让我们聊点符合这个场景的话题吧。你们考古学家应该喜欢与拉瓦列罗这样的古董爱好者聊天。哦，我们是不是应该改口叫'拉瓦列罗教授'啦？下面就请我的得力助手讲一讲古罗马人喜欢在这种浴室里玩来打发时间的小游戏吧。"

"要我说啊，"我说道，"拉瓦列罗先生应该比我更有发言权。一看藏品就知道，他是这方面的专家。"

"是吗？"霍克斯说道，"他那么忙，肯定没工夫研究那些东西吧？"

"那可不一定，"拉瓦列罗回答道，"其中的几件我也是抽空钻研过的。"

"怕不是纸上谈兵吧！"ABC用嘲笑的口吻说道，"我敢跟你打赌，拉瓦列罗，你肯定不知道柜子里的古董羊拐的正确玩法！"

"现在也有不少人玩羊拐啊，"意大利人不甘示弱，"最简单却也最难的玩法是，把羊拐逐一抛起，总共三到五个，然后用手背全部接住。难度还不小呢，不过通过反复练习，我终于掌握了这种玩法。"

"看来你是理论实践两手抓啊，"ABC 立刻道歉，"是我眼拙了，失敬失敬。那么琼斯顿，我再给你一次机会，帮你重新树立考古学家的权威吧。请你再说出一种古罗马人会在热气腾腾的浴室里玩的游戏。"

"这还不容易，"我说道，"科达博斯也是一种古老的游戏。昨天我还在拉瓦列罗先生的柜子里看到了呢。"

"哦……那么拉瓦列罗先生，科达博斯是怎么玩的呢？"

"看来我还没学到家，只研究了羊拐，"他笑着说道，"正如您所说，我也不是全知全能的。"

"荣耀属于伟大的琼斯顿老师！那就请你讲一讲古人是怎么玩科达博斯这种游戏的吧。"

"如果我没记错的话，那是一种在酒席上玩的游戏。游戏的目的是用一种特殊形状的酒杯把酒泼到远处，而不让酒漏出来。靶子是漂浮在水缸表面的小金属盘，水缸则是埋在地里的。只要能泼中盘子，让它沉下去，就算是赢了。据一位学识渊博的德国学者称，泼酒的诀窍是让酒杯做某种特殊的旋转运动。我说得没错吧，拉瓦列罗先生？"

就在这时，德尔西走进了浴室。见我们几乎一丝不挂地躺着，他咧嘴笑道：

"太闷热了！霍克斯先生，是您叫我来的吗？"

"对，我找到了杀害利伯特教授的凶手，所以特地通知你一声。"

"凶手？"众人齐声问道。

"凶手昨天已经被警方逮捕了啊？"德尔西说道。

"不，德尔西，他们抓错人了。不是办事员干的。"

"可是铁证如山——"

ABC 却打断了我："确实有证据显示他在五点半左右进过那栋楼。

而尸体是六点才被发现的，所以警方才认定他进了教授的研究室，在过滤器里下了毒。"

"没错啊。"我说道。

"但我一看到尸体便惊讶地发现，死者的眼睛红得厉害。确实有士的宁类毒药会表现出这样的症状。而且服下那种毒药的人几乎都是当场毙命。想必你也知道，人的眼睛和照相机有着同样的原理。眼底有一层干板似的视网膜，会不断生成各种各样的影像。如果毒药让眼睛不再透明，隔绝光线的进入，那么眼球就会跟放下快门帘的照相机一样。

"于是我便想到，也许在死亡的那一瞬间印在视网膜上的影像还残留在死者眼中。当然，我们无法直接看到影像，但说不定可以把它'冲洗'出来。法医们也允许我尝试一下。具体的操作方法比较恶心，我就不细说了。第一次尝试以失败告终，难度比我想象的还要高。但我成功从另一只眼睛里提取到了模糊的影像。当然，它不能跟摄影棚里拍的照片比，但也足够帮助我们达到目的了。因为我通过它掌握了一条关键的线索。"

"什么线索？"我问道。

"墙上的时钟也在那张影像之中。我今天下午之所以前往研究室查看，也是为了确认钟的状态。下午时分，刚好有阳光落在钟上。多亏了阳光，我们得以通过死者的视网膜影像清楚地了解到他在人生的最后一刻看到的东西——出事时，时钟的指针恰好走到了五点整的位置！"

"五点？"德尔西大声说道，"那个时候办事员还没回来呢！"

"距离那个倒霉的人最后一次走进自己的办公室，还有一段时间，"ABC严肃地说道，"其实他回来的时候，教授已经死了。"

"可那段时间没别人进过研究室啊！"我抗议道。

"没错，是没人进去过，所以我才要打听科达博斯的玩法啊。我

349

说得没错吧？真正的科达博斯高手只需拿着专用的杯子站在走廊，便能透过装有格栅的窗户，把毒药泼进过滤器。难度确实很高，但凡事都讲究一个熟能生巧。坐在书桌跟前的教授恐怕也不会注意到悄悄飞进房间的液体。拉瓦列罗，你还不认罪吗?！"

霍克斯厉声喝道。

"唔……"年轻的科学家沉吟着举起手，随即全身一软，倒地不起。德尔西与我连忙冲过去，想把人扶起来，ABC 却摆了摆手，阻止了我们。

"来不及了。我知道他的心脏不好——就他这身体，还进这么热的蒸汽浴室，真是再愚蠢也没有了。是浴室的热度、刚刚犯下罪行的紧张和被人抓住马脚的打击让他停止了呼吸。实话告诉你们，我之所以选在这里揭开谜底，也是料定了事情会发展成这样。如此一来，我们就能避免一场难堪至极的丑闻了。要是他被送上法庭，闹得尽人皆知——"霍克斯摇了摇头，"拉瓦列罗确实是位杰出的青年科学家，但他过于野心勃勃了。真正的科学家都懂得耐心等待结果，而不会去刻意制造结果。哪怕有个愚蠢无能的老爷子挡住了他的去路……"

完美犯罪

本·雷·瑞德曼 ｜ Ben Ray Redman

（1896.2.21—1961.8.2）

> 美国记者、作家。本作以"推理小说的悖论"为主题，"以推理小说收尾的推理小说"是埃勒里·奎因对本作给出的评语。故事从一场关于"完美犯罪"的辩论开始，用一场"完美犯罪"画上句号。
>
> ——乱步评

全世界最伟大的侦探举起盛有波特酒的酒杯，心满意足地啜了一口，细细端详桌子另一头的好友。因为他已有多年未曾享受过与朋友们开怀畅谈的乐趣了。对面的格里高利·海尔回望好友，竖起耳朵等他发话。

"这是毋庸置疑的，"特雷弗放下酒杯，再次强调，"完美犯罪是可行的，不过它需要一个完美的犯人。"

"话是这么说，"海尔耸了耸肩，"可是哪有完美的犯人……"

"你的意思是，完美的犯人是非常神秘的，不可能在人世间遇到？"

"没错。"海尔点了点他的大脑袋。

特雷弗叹了口气，又抿了口葡萄酒，推了推架在细而尖的鼻子上的眼镜。"实话告诉你，我也还没见过那样的人，却从未放弃希望。"

"被人骗过的希望？"

"不，是研究完美的侦查方法能查到什么地步，探究其极限的希望。如你所知，无论是多少有些警犬血统的勇猛警官，还是精准专注的科学家，都敌不过天赋异禀的侦探。而且这样的侦探也是艺术批评家，他们和其他艺术批评家一样，无法对二流素材烹制的套餐心满意足。"

"我想也是。"

"因为二流货并不珍贵。不过那还不算是最糟糕的。你想啊，每天发生在这个世上的犯罪基本都是三四流的，甚至是不入流的。仔细观察那些所谓的'经典'名画，你也会发现不少色调与线条都不成样子的货色。有赝品，也有拼凑出来的玩意，说白了就是这么回事。"

"因为杀人犯大多是蠢货。"海尔插嘴道。

"蠢得可以！他们当然很蠢。不过你也很清楚这一点，毕竟你为他们之中的不少人辩护过。且不论他们蠢不蠢，更让人头疼的是谋杀没有唤起精神至高层面的最大努力。常见的谋杀案不是一些明明能力不到家，却偏要追求完美、玩阴谋诡计的人干的，就是被一时的激情蒙蔽了双眼，能力暂时受到影响的人干的。当然，除此之外还有你所谓的'杀人狂'。他们有时会展现出精湛的技艺，可惜太过缺乏想象力，不懂得灵活变通。这类人迟早会走进死胡同，因为他们有一个致命的弱点：总是反反复复做同样的事情。"

"反复也是愚钝的证据，"海尔喃喃道，"而正如人们常说的那样，愚钝也是一种不容宽恕的罪孽。"

"没错，"特雷弗附和道，"相当多杀人犯就栽在这一点上。不过虚荣心也让他们吃了不少苦头。事实上，每个杀人犯都是不可救药的自恋狂——除非犯人是无心的，只是事出偶然。想必你对此也深有体会。他们坚信自己无所不能，所以不会把嘴封上。"

哈里森·特雷弗的眼镜微微一闪。他不停地拽着拴在眼镜上的黑绳，迅速且精准地发表了自己的见解。这是他最擅长的领域，所以他很清楚自己此时此刻在说什么。在这二十年里，罪犯既是他潜心研究的对象，又是他的合法猎物。他走遍各地追踪罪犯，并将他们成功逮捕归案。二楼卧室的镜柜抽屉里有一个大号红皮箱子，里面装满了那一次次成功的具体象征。以金银制成的耀眼勋章与绶带，都代表了欧洲各国政府对本世纪最伟大的"猎人专家"破获重大案件的感谢。哪怕特雷弗对谋杀问题有着"独到"的看法，他也有足够的资格发表一家之言。

相较之下，海尔扮演的角色是一位善良而可敬的听众。不过身为经验丰富的刑事辩护律师，他对谋杀也有独特的看法。所以他总会发表自己的意见，除非有所保留能换来某种法律层面的利益。此时此刻，他也用平静的口吻讲述起了自己的看法。

"所有杀人犯都是无可救药的自恋狂？那大侦探呢？"

特雷弗眨了眨眼，随即抓着眼镜的黑绳，露出一个冷淡的微笑。"你说得没错，其实侦探大多愚蠢透顶。他们跟驴子一般迟钝，又跟火鸡一样自以为是。真正伟大的侦探屈指可数。我也只知道三个。一个在维也纳，一个在巴黎。至于第三个……"

海尔抬起头，仿佛是为了打断他。

"哪里是第三个，他才是'第一'吧。那人此刻就坐在这间屋子里。"

全世界最伟大的侦探当即点头。

"没错，假谦虚也毫无意义。"

"可不是嘛。更何况哈林顿事件才刚结案……听说那个可怜的家伙终于在一星期前摆脱了无尽的痛苦？"

特雷弗哼了一声。"嗯，你要想说他可怜也行吧。但他是个谨慎的杀人犯。还是继续讨论我们的完美犯罪论吧。"

"是'你的'完美犯罪论吧，"海尔礼貌地订正了对方的说法，"因为我还没认可完美犯罪的可行性呢。再说了，就算有人实施了完美犯罪，你又如何知晓罪行的存在呢？如果那真是完美犯罪的话，凶手应该永远都不会暴露不是吗？"

"我觉得吧，如果凶手多少有些艺术自尊心的话，他就一定会留下详细的记录，以便在死后出版。而且你忽略了完美侦查方法的存在。"

海尔轻轻吹了声口哨。"那我就给你出一道小小的逻辑题吧。假设一个完美的侦探想要抓住一个完美的罪犯，结果会是什么样的呢？这种关系是不是很像无坚不摧的矛和坚不可摧的盾？我觉得像极了。当然，美中不足的是'完美'二字是永远都不可能达到的境界。"

特雷弗博士端正坐姿，瞪着对方说道：

"世上存在完美的侦查方法。"

"哦，也许是吧，"海尔温柔地笑道，"可是特雷弗，据我推测，你的意思应该是'世上存在针对不完美犯罪的完美侦查方法'吧？"

这时，博士脸上已不见片刻前的严肃，而是换上了与先前相同的和蔼微笑。

"也许我想表达的是这个意思没错。撇开这个，其实我一直都想做一个小小的实验。"

"什么实验？"

"具体的实验方法是，先倾注自己的全部智慧，实施某种犯罪。然后把那些事统统忘掉，再调动我所拥有的全部技术与知识，破解自己制造的谜团。我能否顺利抓住自己？还是会让自己逍遥法外？问题就在这儿。"

"这确实是一项有趣的比赛，"海尔表示赞成，"只可惜你怕是无法决出胜负了。哪怕是鸡毛蒜皮的小事，想忘得一干二净都不容易呢。不过要是能知道这个实验的结果，那一定会很有意思。"

"嗯，我也这么觉得，"博士的语气充满向往，与平时判若两人，"可是我们永远都看不清自己想要看到的远方。我有个姓田中的日本佣人，每次有人问他比较复杂的问题，他都会用一句谚语搪塞过去。他会咧嘴一笑，告诉对方：'要是能登上富士山，就能看到很远很远的地方了。'可教我头疼的是，每次遇到各种问题时，我都不禁感叹，我们是爬不上富士山的。”

“田中这人倒是聪明。不过特雷弗，你所谓的‘完美犯罪’是怎么定义的呢？”

“很遗憾，我还无法给出精准的定义，不过我的脑海中已经有了大致的轮廓，那就尽可能详细地跟你讲讲吧。要不我们去书库聊吧。坐那边更舒服，田中也能利用这段时间收拾一下桌子。把你的雪茄带上。”

在主人的带领下，两人走上狭窄的楼梯。特雷弗博士的家是小巧精致的砖房，坐落在东五十街，离麦迪逊大道不远。它在一排房屋之中，与左邻右舍一样有着闪闪发光的黄铜扶手、两侧饰有圆柱的时髦白墙玄关与摆着一盆盆草花的矮窗，只是装饰做得比较细致罢了。秀美如画的外观与主人的性格毫不相符，不过房屋本身的整洁朴素倒是与主人如出一辙。按富有的纽约人的标准，它绝对算不上“豪宅”，但设备的齐全程度堪称完美，面积也比表面上看起来的大很多。因为博士把房屋扩建到了以往用作后院的土地上。新建的部分有好几层，底层是厨房和佣人们的起居室，楼上则是主人的研究室与办公室。无论是主攻工业领域的化学家，还是专注于研究室的化学家，都会对这间屋子里的设备垂涎三尺。环绕房间的走廊里则整齐摆放着一个个分类箱，比起任何一家报社的调查部都有过之而无不及。书库与研究室不过一门之隔，而这间书库也与所有学者梦寐以求的房间相差无几。四周靠墙的位置几乎都是顶天立地的书架（下方做成了带门的书柜）。设计复古的壁炉架将烧得火红的暖炉围起，只有壁炉架正上方露出了些许白壁。乍一看，就好像书本才是这间屋子的主人，这里已经被书本彻底占领了一般。但室内各处摆放着能将整个身子埋进去的椅子与矮桌，让访客不由得产生“这里待着很舒服”的印象。

总而言之，哈里森·特雷弗博士的家堪称单身人士的理想住所。博士也从没有过要改变这里的念头。在这个家里，女人的作用微乎其微。博士只雇了一个女仆，她每天早上来上班，干一上午加一下午，把白天的活干完之后便回自己家去。田中与厨师城户却拥有自己的房间，就在新建部分的楼下。特雷弗的秘书是个年轻的英国人（那天他请了假，不在家），博士也在自家顶楼给他留了一间卧室。博士自己的卧室与盥洗室位于房子的正面，和书库在同一层。惹得好几位来访的男性客人不禁感叹："难怪特雷弗一个人也能过得很好。"

海尔抽着主人提供给他的高档雪茄，默默品味着田中提前摆在边桌上的利口酒。同样的念头也在他的脑海中闪过。他也很享受单身生活的轻松自在，却不知道世上竟还有如此彻底的享受之法。他心想，自己的日常生活多少还有些改进的余地。

"当然，完美犯罪必须是谋杀。"特雷弗的声音打破了两人走进书库后持续的沉默。

海尔动了动他那肥硕的身子，问道："哦？此话怎讲？"

"因为在我们的道德体系中，杀人害命是所有犯罪行为中最令人唾弃的一种，正因为如此，我才对它最感兴趣。人们认为人命是最有价值的，为了守护它不惜竭尽全力。以无比巧妙的手段夺走这般宝贵的人命，摆脱来自各方的调查……这无疑是最理想的犯罪行为。它蕴含着其他任何一种犯罪行为都不具备的美。"

"呵！"海尔沉吟道，"听听你那乐在其中的语气。"

"说这番话的时候，我既是外行人，又是犯罪学家。你肯定听外科医生用过'美妙的病例'这样的说法。我的态度与他们并无不同。而且我的'患者'也与他们的患者一样，非死不可。"

"我懂了。"

特雷弗眨了眨眼，拽了拽眼镜绳，然后继续说道：

"所以完美犯罪必须是谋杀，而且必须是某种特殊的谋杀，最纯粹的谋杀。那么何为'最纯粹'的谋杀呢？我们不妨来探讨一下。首先，我们可以把激情犯罪排除在外。因为那种犯罪完美无缺的可能性几乎为零。激情对技巧与策略没有任何助益。沸腾的热血只会带来无数的失策。再看以利欲为目的的谋杀。威廉·帕尔默就是这种杀人犯的典型，谋杀只是他们的'手段'而非'目的'。他们之所以杀人，并不是为了除掉对方，而是为了从对方的死获益。帕尔默想要布雷顿的钱，又不想偿还欠布莱的钱。他想要老婆的人寿保险赔款，弟弟的赔款也不肯放过。他也需要库克的钱——所以帕尔默把他们都杀了。然而，如果他有足够用的现金，如果他名下的赛马尼特尔没有在橡树大赛上突然冲出去，把骑手甩下来，那些人恐怕就不用死了。由此可见，以利欲为目的的谋杀不可能孕育出完美犯罪。"

尖鼻子博士暂停片刻，将雪茄叼在薄薄的双唇之间。海尔凝视他的脸，觉得很不可思议。看到一个人在讨论这种问题时不掺杂丝毫情绪，并不是一种愉快的体验。

特雷弗放下雪茄。"总之，我们不能寄希望于'帕尔默'们。那么出于政治或宗教目的的谋杀呢？这种恐怕也可以立刻排除。理由很简单。这种杀人犯有坚定的信念，认为自己是在造福民众，替天行道，所以他们几乎不会有隐瞒罪行的念头。不过，还有一种杀人犯值得我们去探讨。那就是能够从杀人这种行为中感受到纯粹乐趣的人，也就是被对鲜血的渴望所支配的人。你肯定会觉得，只有他们实施的谋杀才是最纯粹的谋杀。但是正如我刚才所说，疯子必然会反反复复做同一件事。而反复必然伴随着暴露。更重要的是，艺术家具有选择的能力，而与生俱来的杀人狂并不具备这种能力。他们的行为并不受主观驱使，而是在某种力量的作用下强制实行的不可抗行为。但是在我看来，完美犯罪不应该是必然的行为，而必须是技术性、技巧性的行为。"

"看来你已经把所有的可能性都分析透彻了。"海尔说道。

博士连忙摇头。

"不，这还不是全部。还有一种类型，我们苦苦寻觅的就是它。那就是以抹杀为目的的谋杀，只以'除掉对方'为目的的谋杀。换句

357

话说，就是以'除掉其存在有碍于行凶者的人'为唯一且纯粹的目的的谋杀。"

"可这样不就绕回了你刚才说的激情犯罪吗？好比起因于嫉妒的谋杀，其实质不就是'以抹杀为目的的谋杀'吗？"

"从某种角度看确实如此，但在'纯粹'这个维度就差得远了。我刚才也说了，激情是绝对不可能孕育出完美犯罪的。完美犯罪离不开反复的推敲与周密的计划，还要以绝对的冷酷将其贯彻到底。否则，最终的结果就一定会有缺陷。"

"你对这个问题还真是冷酷到底，紧咬不放啊。"见博士停顿片刻，擅长聆听的海尔如此说道。

"那是当然。而且我也坚信，那是实施完美犯罪的唯一方法。话说我刚想象出了一种纯粹的'抹杀型谋杀'，其动机与内情都堪称理想。假设你耗费了十五年的漫长岁月，成功破解了品达的某首颂诗中尚存疑问的一段。"

"哎哟！"海尔用调笑的口吻打断了对方，"这是要假设我杀了人啊。"

"谁知，"哈里森·特雷弗没有理睬，继续说道，"另一位学者发现了某种论据，足以彻底推翻你的解释。假设他把自己的推论告诉了你，但还没跟其他人提起。于是你就有了完美的动机，完美的事态就这样形成了。唯一的问题就是如何执行杀人方法。"

格里高利·海尔的神情一凛，端正坐姿。"你说什么？什么叫'杀人方法'？"

博士眨了眨眼睛。"咦，你还不懂吗？你现在有了正当的动机，毕竟只要除掉那位论敌，你对古代诗歌的解释就不会被推翻了，不是吗？只要让他从这个世界上消失，再将他的论据处理掉，就绝不会有人发现你是有动机的。所以你可以自由地构思计划，将注意力集中在两个要点上即可。其一是杀人的方法。至于其二，自然是处理尸体的方法。"

"处理尸体的方法？"海尔不禁把对方的最后一句话重复了一遍。

"没错。这一点非常重要，说它是最重要的也许都不为过。真不是我说大话——"博士露出略显得意的微笑，"在那方面，我做过不少相当有价值的研究。"

"呵，研究过啊……"海尔喃喃道，"那你有什么发现呢？"

"以后找个时间跟你好好说说，"特雷弗向朋友如此承诺，"但我不打算在自己还活着的时候告诉你以外的任何人。因为那个方法过于简单，却也非常危险。不过机会难得，我可以先告诉你，尸体的处理方法决定了一场完美犯罪的成败。因为对警方而言，没有罪体（corpus delicti）是一种非常棘手的情况。如果哈林顿能把韦斯特的尸体处理干净，恐怕就不会在两周前坐上电椅了。"

海尔猛地端正坐姿，大声问道：

"你说他？呃……实不相瞒，我今晚之所以来找你，就是为了哈林顿事件。"

"哦，是吗？那就聊聊哈林顿事件吧。话说那起案子的性质倒是相当接近'抹杀型谋杀'。只是它牵涉到了金钱，而且还是一大笔钱。而钱这个东西一旦和犯罪扯上关系，就会散发出格外浓烈的气味。哈林顿的案子也不例外，所以我们立刻就查明了动机。但他的地位毕竟特殊，所以在找到确凿的证据之前，我们不敢轻易动他。"

"确凿的证据？我想问的就是这个。如你所知，我前一阵子一直在国外，上周才回来，临开船的时候才听说哈林顿被捕的消息，都怪北非的报纸消息太不灵通。我很了解哈林顿和韦斯特的事情，跟韦斯特的妻子就更熟了，所以你也知道，我对这起案子格外关注。"

"我知道。韦斯特夫人长得很漂亮啊。听说他们已经分居了，夫人这两年半一直住在欧洲。"

"嗯，那段时间她——基本都在欧洲。"

"岂止是'基本'啊，她一直都在欧洲，没回过美国一次。"

"没有吗？唔……我最后一次见她是在蒙特卡洛。不过这不是眼下亟需讨论的问题。我想问的是，你是如何找到了哈林顿的罪证？"

哈里森·特雷弗博士露出心满意足的微笑。他推了推眼镜，用其特有的口吻缓缓道来："这案子没什么难度。唯一美中不足的是，哈林顿在最后关头招认了，可把我烦透了。因为我找到的间接证据已经非常完美了，根本不需要他的供述。"

"间接证据？"

"是啊。你判断一个人是否犯下谋杀罪的时候，靠的也是间接证据不是吗？毕竟没人会在行凶前发请帖昭告天下啊。"

"很遗憾，确实如你所说。"

"那就言归正传。你大概也知道，在一年多前的某天夜里，华尔街经纪人阿内斯特·韦斯特被人用枪打穿了心脏，一命呜呼。报上说他非常富有，腰缠万贯。他在长岛的史密斯镇附近有一栋小屋，打野鸭、钓鱼的时候会去住住。小屋那边只雇了一个佣人，是个上了年纪的本地保姆。韦斯特喜欢在条件允许的情况下过简单朴素的生活，所以甚至没带司机去过那栋小屋。在他遇害的那个晚上，保姆去牙买加大道探望生病的女儿了，没在家里。她告诉我们，韦斯特表示简单的晚餐和早餐他可以自己做，便放她走了。结果她第二天早上回来得知韦斯特已经死了，吓得都喘不过气来。韦斯特被人打死在了小屋的枪火室。那个房间里放着他的全套打猎工具，还有几本书，布置得很是舒适，是小屋里最好的一间房。房内全无打斗痕迹，韦斯特死时正坐在巨大的扶手椅上，身子深陷其中。杀死他的子弹是点二五口径[1]的。负责凶杀案的法斯特督察意识到警方恐怕很难靠自己找到线索，就立刻打电话联系了我。我也马上赶了过去，毕竟韦斯特是个有头有脸的

　1　一般习惯用英制单位描述枪支弹药的口径，以"点××"表示，意思就是0.××英寸。

人物。"博士停顿片刻，拽了拽眼镜绳，"赶到现场后，我有不少发现。案发地点是一栋独门独院的小屋，位置偏僻，因此我们无法在四周找到证人，获取对破案多少有些助益的证词。发现尸体的是七点半左右上门送电报的邮递员，而尸检结果显示，案件发生在大约一小时前。警方没有在室内找到任何有价值的线索。我们清扫了枪火室的地板，仔细检查扫出来的垃圾，发现其中有一小截线头，极有可能出自某件粗花呢衣服。但它不是从韦斯特的衣服上掉下来的，说不定好几个月前就有了，所以我起初并没有太关注它。室外倒是有许多更值得关注的线索。首先，由于地面比较潮湿，我们找到了两组清晰的脚印。一组是男人的，另一组则是女人的……"

"女人的？"海尔紧张得仿佛全身都变成了耳朵，如此反问。

"嗯，显然是保姆的。"

"哦，是保姆的啊……"

"应该错不了，只是我们无法确定。因为那个男人似乎有神经过敏的倾向，在离开犯罪现场之前，他在通向大马路的小道上来来回回走了好几遍，把女人的脚印都踩烂了，几乎一个不剩。"

"这也太诡异了吧？"

"嗯，乍一看确实诡异，但细细琢磨一下就能想通了。凶手在开出致命一枪后急忙冲了出来，却又开始犹豫了。由于过度慌乱，他忘记了自己开来的车就停在小路尽头，不知该如何是好。我觉得他是为了让自己冷静下来，厘清思路，才在小路上来回踱步的。因为那条路很窄，他的这种行为破坏了其他足迹，这既是巧合，同时也是不可避免的必然。"

"他是开车去的？"

"对，一辆大型轿车。地上留有清晰的轮胎印，旁边则是当天下午韦斯特为保姆叫的出租车留下的轮胎印。轿车的轮胎印有一种耐人寻味的特征：其中一条轮胎上，有一个很大的硬疙瘩。在车轮旋转的时候，这个硬疙瘩每次碰到地面，都会在泥地上留下清晰的凹痕。"

"哦……也就是说，两个人的脚印都断在了同一个位置？"

"当然。因为出租车就停在凶手后来停车的地方，把女人接走了。"

"哦……"海尔又点了一根雪茄，若有所思地抽着，同时问道，"这么说来，你很确定女人和那个男人不是一起上的车？"

特雷弗凝视对方，大声说道："海尔，你怎么会问出这种问题？留下脚印的女人是保姆啊。至少在案发两小时前，她就已经坐出租车离开了不是吗？哈林顿最后招认的时候也认可了我的推理。"特雷弗博士很是烦躁地补了一句。

"嗯，他当然认可了。我把这事给忘了，失敬失敬。那你给我讲讲你是怎么逮住他的吧。"

博士满腹狐疑地打量着对方。在那一刻，他甚至有些怀疑海尔是不是在戏弄自己。因为海尔素来谨慎，可他发问的口气与平时判若两人，仿佛另有隐情。但特雷弗很快将疑念抛之脑后，继续享受讲述自己的光辉事迹所带来的快乐。

"子弹、脚印、轮胎印和线头——我决定以这四样东西为线索开展调查。我要做的第一件事，就是将它们和某个人准确联系起来。这项调查也确实帮我们大致锁定了凶手。但调查工作很快发展到了不得不谨慎行事的阶段。我开始以自己手中的物证为基础，牢牢把握可能有动机杀害韦斯特的人。每个人都告诉我们，韦斯特没有仇家。但他也几乎没有走得近的朋友。因为他坚信'一个人上路走得快'。不过在华尔街，他确实让几个人吃了大苦头。我很快便将注意力集中在了他的投机活动上。在华尔街开展调查还算方便，所以我很快就发现了若干项颇有意思的事实。在韦斯特出事的三周前，艾利奥特电力公司的普通股一路猛涨，涨幅高达百分之五十七，但是在他中枪身亡的四天后，这只股票竟暴跌了百分之六十三。调查结果显示，哈林顿在韦斯特遇害当天抛售了足足十三万股。在那之前，哈林顿也一直在抛售那只股票，而他抛出来的都被韦斯特买走了。哈林顿的财力也不容小觑，比起韦斯特却还是差远了。要是不能让艾利奥特的普通股暴跌，哈林顿就要身败名裂了，于是他便采取了最为'稳妥'的最终手段，抹杀了韦斯特。说白了就是为财杀人。"

为了在这里给对方留下深刻印象，特雷弗停顿了片刻。海尔却一言不发。

"大致的案情就是这样。其他的就是常规的侦查过程了。一个下属找到了四条轮胎。其中三条是完好无损的。哈林顿的大型轿车在凶案发生的第二天卸下了那些轮胎，换上了新轮胎。旧轮胎被藏在了哈林顿位于乡下的房子的车库阁楼里。三条轮胎完好无损，但你听好了，另外一条上——有一个很大的硬疙瘩。哈林顿的鞋子和韦斯特家旁边的小路上留下的足迹完全吻合，案发现场发现的线头也和织成他西装的线一模一样。不仅如此，警方还在他家的保险柜里发现了一把饰有珍珠的点二五口径手枪——不过这已经是他被捕后的事情了。手枪只发射过一枚子弹，开枪后甚至都没有擦拭过。哈林顿的司机证实，他在案发当天下午独自开走了那辆大型轿车。司机的妻子刚巧是那天过生日，所以他记得很清楚。于是案子就这样毫不费力地解决了，我本来对其中的某些部分很感兴趣，可哈林顿的供述害得我兴致全无啊。尽管各大报刊大肆宣扬了我在破案过程中发挥的作用，"博士难为情地笑了笑，"但这根本就不算什么谜案。如果案件的相关者不是有权有势的富翁，怕是都不会引起关注。不过我们逮捕他的时间也是够凑巧的了。因为再过一星期，他就要坐船去欧洲了……"

"那是把什么样的手枪来着？"由于海尔的问题过于突兀，特雷弗在回答之前吃了一惊。

"呃……点二五口径的，枪柄上饰有珍珠，表面镀镍，还挺时髦的。哈林顿还为自己拥有这样一把玩具似的枪辩解了一番呢。"

"我猜也是。枪柄的右侧是不是缺了一块？"

特雷弗猛地探出身子："嗯，是缺了一块，可你是怎么知道的？"

"呃……因为爱丽丝在达沃斯不小心把枪砸在了石头上。当时我们四个正在酒店后山练习射击。"

"爱丽丝！"特雷弗喊道，"爱丽丝是谁？'我们四个'又是什么意思？"

海尔平静地回答："爱丽丝·韦斯特啊。想必你也反应过来了，那是她的手枪。'我们四个'则是韦斯特、哈林顿、爱丽丝和我。四年前，我们在瑞士住过同一家酒店。"

"她的手枪？"博士激动地说道，"你是说，爱丽丝把她的手枪给了哈林顿？"

"不，爱丽丝深爱着他，所以我对此抱有疑问。恐怕那是他最近刚从爱丽丝那儿没收的。"

"从刚才开始，你就一直在说些莫名其妙的话，"博士粗暴地插嘴道，"这话到底是什么意思？"

"说得直白一些，就是你们因为那把小小的武器处决了一个错误的男人。"海尔忧郁地说道。

"错误的男人！"

"没错。在我看来，本案的真凶无论如何都不会是男人，而是个女人。"

特雷弗已拾回狮身人面像一般的平静，脸上不见了明显的激动。"把你的看法原原本本地告诉我。"他如此说道。

海尔将没抽完的雪茄放在一边。"事情要从四年前的达沃斯说起。哈林顿深深爱上了爱丽丝·韦斯特，而她也倾心于他。但韦斯特非要当那占着马槽的狗[1]，他没有让妻子离开自己，也没有要和她离婚的意思。两人自然是分居了，但这无益于爱丽丝与哈林顿的结合。我得先

　　1　出自《伊索寓言》，讽刺人空占着位子而不做事。

澄清一下，我从一开始就知道这个问题的内幕。起初是因为偶然，后来则是大家都视我为密友，所以都向我倾吐了秘密，只是亲密程度各不相同吧。韦斯特当时已经不爱她了，所以采取了相当卑劣的手段。他下定决心，坚决不让其他男人得到她（至少是在合法的前提下）。而且在被她杀害之前，他一直都没有改过主意。"

"被她杀害？"大侦探轻声说道。

"没错，我很肯定，就好像我亲眼见证了那一幕。当然，打死他的是爱丽丝的手枪，正如我刚才向你证明的那样。我们在达沃斯用枪打瓶子玩来着，所以那把枪我见过好几十次了。我敢保证，哈林顿是不会借那种东西的。毕竟他家就有一间装备齐全的小型武器库。"

"嗯，我们也在他家找到了两把大型军用手枪和两把自动手枪。"

"是吧。他是不可能用那种玩具枪的。况且他也干不出杀人这种事，因为他太理智了。爱丽丝却是个极端歇斯底里的人，我都亲眼见过她勃然大怒险些晕倒的场面。她确实很漂亮，却也非常危险，又很胆小。最终，她也证明了自己是那样的人。所以我从没羡慕过哈林顿。"

"可……凶案发生的时候，她明明在欧洲啊！"

"那时她不在欧洲，特雷弗。据我所知，那天她在蒙特利尔。蒙特利尔离长岛并不远。她在当地的丽兹酒店遇见了哈利·萨恩兹，我最后一次在蒙特卡洛见到她的时候还聊起过那天的事情。在凶案发生前后，她确实身在欧洲，唯独凶案当天不是。但事情到这儿还没完。"

"后来还发生了什么？"特雷弗的语气中带着骇人的严肃。

海尔用手指拨弄着银色的火柴盒，犹豫片刻后便迅速提及了要点。

"后来的事情是这样的——我刚才也说了，爱丽丝是个歇斯底里的女人。这几年里，酒精和毒品已经对她不起作用了。在我即将离开蒙特卡洛的时候，她完全丧失了自制力。那天晚上，我们谈到了她丈夫的死。我在心中对凶手做出了一番推测。那时警方还没有逮捕哈林顿。于是我便问她，她是不是打算立刻跟哈林顿结婚。她显得不知所措，回避了这个问题。可是过了一会儿，她突然开始猛烈抨击死去的丈夫，破口大骂还不够，末了还从随身携带的晚装包里掏出了一封信。那封信是写给她的，上面盖着一年多前的邮戳。信的边角都快被磨破了，可见她反反复复看过很多次。她把信塞到我手里，硬要我看。信是韦斯特寄来的，内容残忍而刻薄，我这辈子都没看过那样的信。那是猫写给老鼠的信，也是狱卒写给囚徒的信。韦斯特大概是想把爱丽丝逼入绝境，让她永远翻不了身，而且他以非常巧妙的方式，在信里反复强调了这一点。他的用词是那样恶毒，以至于我都不想看到最后，可爱丽丝还是逼着我看完了。把信还给她之后，她的双眼都燃起了熊熊烈火。然后，她突然抓住我的手问：'如果你是我，你会把他怎么样？'我半晌说不出话来。见状，她高喊着回答了自己的问题：'杀了他！杀了他！你就不会冒出这样的念头吗？'我用尽可能冷静的语气问她，是不是已经有人那么做了？话音刚落，她便狂笑不止，那笑声充满了恶意。我从没见过那么骇人的笑法。过了一会儿，她终于平静下来，往鼻子上扑了些粉，静静说道：'无论你打碎多少个无辜的瓶子，都不会有人说一句话，才杀死一个蛇蝎般恶毒的人，却会被送上绞刑架，这也太荒唐了。我无论如何都不想上绞刑架。今晚多谢你了。'"

海尔停顿片刻，仿佛已筋疲力尽。但他随即补充道："我能告诉你的大概就这些。这并不是一个令人愉快的故事。第二天，我出发去了非洲。但是在非洲的那段时间，我几乎没怎么看报纸，所以也不知道事情发展成了什么样。但是关于'射杀阿内斯特·韦斯特的人是谁'这一点，我有十足的把握。"

壁炉架上的座钟分针走了三格。在此期间，这个摆满书籍的房间被彻底的沉默所笼罩。过了一会儿，特雷弗终于开了口，但他的声音很是紧张："看来……你认为我犯了一个错误？"

海尔直视着对方的眼睛："你觉得呢？"

博士没有回答，而是抛出了另一个问题。

"你对实际发生的事情有一套清晰明确的推论？"

"我也不敢保证自己的推论完全正确，唯独可以确信凶手一定是她。她对'打碎瓶子'一事发表的感想足以证明她知道行凶时使用的是什么枪。她肯定用那把枪练过许多次枪法，打过几百个瓶子。据我推测，她与哈林顿许是想劝韦斯特回心转意，就一起去找了他，却没有成功说服他。于是她便拔出了那把小小的玩具枪。她总是把枪放在手提包里随身携带。她肯定没给韦斯特动手的机会，直接开枪打死了他。她的枪法比哈林顿好，而且哈林顿根本就不知道人的心脏在哪个位置。离开韦斯特的小屋后，两人坐哈林顿的车逃之夭夭。在那之前，哈林顿沿着小路折回去，仔仔细细踩掉了爱丽丝的每一个脚印。为避免疏漏，他连保姆的脚印都一并踩掉了。那里有三组脚印啊，特雷弗，不是两组，我敢跟你打赌。然后，他没收了她的手枪（如果他没有在那之前没收的话）。他开车送爱丽丝去了她想去的地方，之后两人就分头行动了。爱丽丝撇下他走了，哪怕警方怀疑到他头上，她也没有出面，让他独自在苦海中挣扎。哈林顿的所作所为倒是很符合他的一贯风格。他对爱丽丝的爱不逊色于任何一个心有所爱的男人。爱丽丝也用她的方式爱着哈林顿，但那种方式并不是最好的。因为比起哈林顿，她更爱自己白皙的脖子，"海尔苦笑道，"也许她忘记了纽约州目前并未采用绞刑。真教人郁闷。但令人心痛的是，哪怕她是个不值得救的女人，哈林顿也一定会出手相救的。因为在他心里，她就是值得去救的。"

"不可能！"特雷弗突然咬牙切齿道。

"什么不可能？"

"我不可能犯错！"

"人非圣贤，孰能无过啊。"

"我跟别人不一样！"特雷弗双唇紧抿。

"这事确实有些丢人，但过去的事情就只能让它过去了。"海尔耸了耸肩。

特雷弗冷眼望着对方："看来你还不明白。是我的名誉不容许我犯错。我是不可能犯错的。这是唯一的问题。"

海尔露出温柔的微笑。特雷弗深受打击的模样看得他很是心痛，所以他想宽慰对方："但你的名誉是不会因此受损的，因为事实永远都不会见光。据我推算，再过不到两年，爱丽丝·韦斯特就会因吸毒而死，案件的实情也没有别人知道。"

"可你知道。"

"对，我知道。但我可以忘记这件事啊。"

特雷弗畏缩地点点头："对，我们必须把这件事忘掉。你懂吗，海尔，必须忘掉！"

海尔半开玩笑地表示赞同："放心吧，你的名誉就包在我身上了。放一百个心，我是绝对不会说出去的。"

特雷弗更加用力地点头，显得愈发神经质了："嗯，嗯，我知道，你是肯定不会说出去的，我清楚得很。"

"那就喝一杯吧？"海尔起身说道。

"酒在那边的桌上，你随意吧。我去趟研究室，一会儿就回来。"

博士钻矮门出去了。海尔专心摆弄起醒酒器与酒瓶。特雷弗惊慌失措的模样勾起了他的同情。不过他也太自负了吧？也许他就不该说出真相的，毕竟这么做换不来任何好处。他心想，以后还是别再提这件事了。最终，他给自己倒了一杯烈性白兰地。他背对着研究室的门，拿起杯子，举到灯光之下。然而，他一口都没有喝到。因为纤瘦的五指突然锁住了他的喉咙，浸有氯仿的布捂住了他的口鼻，令他松开了手中的杯子。他竭尽全力，却也只是勉强挤出一句："啊……可恶……"

大约十五分钟后，哈里森·特雷弗博士隔着楼梯扶手窥视楼下的情况。楼下空无一人。见状，他迅速走下楼梯。身在厨房的田中听到玄关大门"砰"的一声关上了。过了一分钟不到，他又听见雇主在二楼的楼梯平台喊自己，便赶忙过去。

"海尔先生刚走，他把烟盒落下了，你赶紧去追，应该还能追上。"

田中领命去追。转角处那个高大的人影肯定就是海尔先生……然而，那人正要上出租车。田中狂奔而去，可是跑了不到半个街区，"海尔先生"就坐车走了。田中只能折回家，向雇主汇报此事。

在楼梯平台等他的雇主说道："真是太不凑巧了。不过这也不是什么大问题。回头你打个电话去海尔先生的公寓，告诉他家的佣人，他把烟盒忘在我这儿了，让他别担心。明天早上再给他送去就是了。"

田中立刻下楼完成雇主交代的任务。留在原地的雇主却对"身形与海尔相似的男人坐出租车走了"这个巧合诧异不已。也许这项源自巧合的证据能派上用场。但他根本不需要这样的证据，不需要巧合的帮助。博士在书库入口停留片刻，以批判性的眼光审视四周的情景。所有东西都放在了该放的位置——一切都井井有条，无论让谁来看，都瞧不出丝毫异样。地上没有一片酒杯的碎玻璃。唯有地毯上有一点浅黑色的水渍，不过它很快就会干的。一旦干透，白兰地苏打就不会留下任何印迹。哈里森·特雷弗博士面露冷笑，快步走进研究室，因为还有一项工作等待着他完成。锁好门后，他首先打开了用于通风的电风扇，风扇能通过隐藏的通风管将令人不快的臭味排出室外。他在研究室忙到了第二天早晨。

著名刑事辩护律师格里高利·海尔回国不到一周便突然失踪。此事登上了各大报纸的头版，比寻常的谜案受到了更多的关注。特雷弗博士最先提出，海尔律师恐怕已被某个卑劣恶徒所害。他也得到了警方的全方位协助，开始全力调查此事。他会高度关注此事也是理所当然。因为海尔是他的挚友，而且最后一个见到活着的海尔的人也是他。然而，人们到头来还是没能发现尸体，也没有找到任何能用作线索的证据。田中只得反复强调，他看到海尔上了出租车。警亭的巡警也证实了这个日本人的说法：当晚确实有一位身材高大的绅士从特雷弗博士家那边走来，却不知道田中在后面追他，就这样坐出租车走了。然而，他们的证词无济于事。

海尔当地方检察官的时候，曾经让一个"腿脚不利索"的路易某某吃了好几年牢饭。警方对他开展了重点调查，但他有完美的不在场证明。谜团迟迟都没有解开。

在警方中止调查后许久的某个下午，特雷弗博士与法斯特督察对这起事件进行了一番讨论。法斯特仍然怀疑海尔并未被谋杀，博士的意见却很明确。

"法斯特，我对此有百分百的把握，绝对错不了。海尔肯定被人害死了。"

"是吗……"督察说道，"既然您这么肯定，那我也只能同意了。毕竟您是不会犯错的……"

博士双唇紧抿，张开双臂，仿佛是在极力否认："不，我只是还没有犯错罢了，法斯特，还没有犯错。自负是非常危险的。要来一根吗？"他将金色的烟盒递了过去。

哈里森·特雷弗博士有意撰写回忆录，以便在死后出版。谁知他刚写下新一章的标题，突然降临的死神便夺走了他手中的笔。从犯罪学的观点看，这是何等遗憾。因为那一章的标题是"完美犯罪"。

"唔……这章说的到底是哪起案子呢？"看到那份未完成的书稿，法斯特陷入了沉思。

密室里的行者

罗纳德 · A. 诺克斯 ｜ Ronald A. Knox

（1888.2.17—1957.8.24）

> 罗纳德·A. 诺克斯是英国罗马天主教会的大主教，擅长创
> 作兼具幽默与讽刺的高雅系推理小说，与 G. K. 切斯特顿颇
> 有几分相似。独具一格的极端诡计也是两人的共通之处。本
> 作就是这种诡计的典型……
>
> ——乱步评

　　百折不挠的调查员迈尔斯·布雷登总说自己是个完全不称职的人。在这方面，他与妻子安洁拉达成了共识。不过布雷登是真觉得自己无能，妻子却不这么想。万幸的是，大型人寿保险公司"英德斯克莱巴布尔[1]"也不这么认为，他们雇布雷登去调查牵涉到投保人的疑难杂案，每年都能省下近五千镑。唯独有一次，他有资格宣称自己仅仅通过调查就解决了一个问题。要知道，当时他甚至不了解有助于识破真相的背景知识。事实上，由于他基本不看低俗小报，所以在人们发现那位不走寻常路的富翁哈伯特·杰沃森死在床上之前，他压根没听说过这个名字。在与西蒙兹大夫（英德斯克莱巴布尔保险公司同样看重这位医生，给他开了颇高的工资）坐火车前往威尔特郡的途中，他才了解

1　原文为"Indescribable"，意为"难以形容、莫名其妙"。

到案件的部分情况。那是一个晴朗的夏日清晨，幽静的运河穿过被露水打湿的原野。要不是西蒙兹喋喋不休，在这样的景致中冥想真是美妙极了。

"你肯定也听说过他，"西蒙兹大夫说道，"因为早在出事之前，他就经常上报纸了。百万富翁与神秘玄学爱好者——大家是这么形容他的。明明腰缠万贯，却不知道该怎么用钱。这个杰沃森在东方闲逛的时候被那些带有密教色彩的无聊玩意迷住了——什么'圣雄（mahatma）'啦，瑜伽行者啦，满嘴都是这些玩意。搞得他那些抱有一线希望的穷亲戚也不再邀请他去自己家了。于是他就在尤伯里定居下来，跟四个不知从哪儿捡来的印度骗子住在一起，还搞了个什么'光明兄弟会'。他天天吃胡桃，像机器一样写作，做各种灵异的实验。渐渐地，看热闹的人越来越多。这些玩意最能抓住一个人的要害。闹来闹去，他就一命呜呼了。"

"我们迟早会了解到内幕的。如果事情真如你所说，我们的工作倒是好办了。不过公司叫我来做什么呢？杰沃森八成是被巴西胡桃之类的东西噎死的，总不会是他杀或自杀吧？"

"问题就出在这儿。他死得很突然，而且还是饿死的！"

"你大概是想让我惊呼'怎么可能'吧？我不是大夫，但也不是傻瓜，还是能听出你在拿我开玩笑的。给我讲讲事情的来龙去脉吧，你见过他吗？"

"嗯，我是在他做投保体检的时候第一次见到了他。我为此感到自己对此事负有很大的责任。因为那时我由衷感叹，我就没见过这么健康的人。他才五十三岁，而且讲究东方饮食法的人也确实经常打破长寿纪录。他还要求公司把保费压到最低，因为他认为自己有望找到长生不老的秘法——他的意思是，他交的保费怕是会变成公司的永久财产。没想到他竟然拒绝吃那种牛饲料一样的东西，活活饿死了。不过要是有人逼我在'吃那种玩意'和'饿死'之间选一个，我还真不一定能选出来。但他最近一直都吃那种东西，身子那叫一个硬朗。"

"他的身体确实没有任何毛病吗？精神状态呢？"

"嗯，他表现出了些许神经病的倾向，所以我们做了神经检查，发现症状相当严重。想必你也知道，近来我们会带神经病患者去英德斯克莱巴布尔大楼的楼顶，以便检查他们有没有震颤谵妄。结果他吓坏了，说什么都不肯往下看。可就算他的亲戚要求我出具他是精神病患者的证明（尽管他们会提这种要求也很正常），我也出具不了啊。因为他压根不是精神病患者。哪怕是在高管会议的席上，我也敢对天发誓。"

"而且他是突然饿死的？你能不能再说详细些？"

"嗯，事情是这样的，他在一间被称为实验室的屋子里闭关，一待就是十多天。我没亲眼见过那屋子，据说它原来是用作健身房或网球场的。到这儿还没有任何问题，因为他经常闭关做些荒唐的实验。他总是独自待在里头，无论发生什么事都不能打扰他。他大概是觉得自己的灵体正在中国西藏遨游呢。问题是——怪就怪在这儿——我听说他是带着足够吃两个星期的食物进去的。谁知在闭关的第十天，人们发现他死在了床上。检查尸体的当地医生去过东方，也在闹饥荒的地方工作过，他非常确定杰沃森就是活活饿死的。"

"那他带进去的食物呢？"

"没碰过一下。哦，已经到尤伯里了。应该有车接我们的。我没跟梅尤大夫说我还带了个人，我怎么跟他介绍你呢？"

"就说我是公司派来的代表。这么说总是最管用的。你看，站台上有个黑人。"

"大概是司机……不，谢谢，我们没有行李……早上好，你是从尤伯里过来的吗？我是西蒙兹，让梅尤大夫久等了。他在站外是吗？好，那我们走吧，布雷登。"

梅尤大夫热烈欢迎两人的到来。他身材矮小，一张圆脸，显得十分善良，不像是那种会怀疑别人的人。一看就知道他是那种爱聊天的乡下医生，因为平时没人陪自己聊天闲得要命，逮到一个病人就迫不及待扯上几句闲话，以至于迟迟无法开始诊疗。不等西蒙兹开口，他就讲述起了案情。

"多谢你们专程过来。哎呀，其实根本没必要核实的。想必你们也知道，常有医生还没搞清楚死因就稀里糊涂往死亡证明上签字，但这次的死因非常明确，毫无质疑的余地啊。我在闹饥荒的地方待过，那样的症状不知见过多少回了，做梦都会梦到。那着实不是什么令人愉快的画面。呃……是布雷登先生吧？——你应该是不想看尸体的吧？尸体被安置在'兄弟会馆'了，事情一办妥就要处理掉。然后……呃……这种饿死的人啊，症状总是突然出现的，布雷登先生。话说二位要来我家吗？半路上找个地方随便吃点东西。不用？那也行。没错，那群人要用特殊的方法埋葬故人，说什么要把尸身裹起来，把脚对准死海北面的耶利哥，讲究可多了。希望那群流浪汉一办完葬礼就滚蛋，"梅尤大夫压低声音，生怕被司机听到，"街坊邻居都不喜欢他们，这是不争的事实。他们也不是正经的印度人，是杰沃森从旧金山之类的地方捡回来的。我看十有八九是外国船上的水手。"

"我也不知道你能不能赶跑他们，梅尤大夫，"布雷登说道，"你应该也知道，那些印度人是杰沃森遗嘱的主要受益人。至少他的保险证书上写了赔款归'兄弟会'，恐怕还有一笔数额可观的钱流入他们手中。"

"看来贵公司是准备全额支付赔款了啊，布雷登先生，"梅尤大夫说道，"唉，'兄弟会'能不能多收我一个啊？他们总共才四个人不是吗？能得到两三千镑的意外之财也不赖啊。"

"问题就在这儿，"布雷登说道，"我们正是为此事而来。如果杰沃森是自杀，那几个印度人就不能拿到赔款，因为保险的条款明确规定自杀是不赔的。否则大家都跑去自杀了还怎么得了。"

"这样啊，那就不用担心了。因为他只可能是自杀的，生前脑子也不太正常。瞧，尤伯里就在那座山丘上。那地方最开始属于一个叫罗森巴赫的大财主，房子建得跟宫殿似的，还配了货真价实的网球场。瞧见没，那就是房子的屋顶。后来大财主破产了，只能贱卖房子。后来，一个叫恩斯通的年轻人把它买了下来，办了一所预科学校。我挺喜欢他的，但学校到头来还是没开下去，他就把房子转手卖了，搬去了南部海边。杰沃森就是那个时候接手的。哦，我们到了。你要先到处转转吗，布雷登先生？还是想去看看遗骸什么的？"

"我想去发现尸体的屋子里看看。也许某位印度人愿意为我带路，我也想跟他们聊聊。"

这件事倒是很好安排。不过当布雷登看到自己的向导时，他觉得很是困惑，甚至略感烦躁。接他们的司机穿着普通的黑衣服，而"兄弟会"的代表则穿了件飘逸的白衣服，缠着与之完美相称的头巾，无论从哪个角度看都是一副世外高人的样子。那人身材高大，骨骼健硕，鲜有情绪波动，同时也十分警惕。然而，一个如此风貌的人说的竟是明显带有美国口音的英语。

网球场离主屋颇远，大约有五百码的距离。门口不远处原本设有看台，但在改建成健身房的时候为了扩大场地拆除了。因此一进门，映入眼帘的就是巨大的长方形房间。它的宽广与静谧直教人怀疑自己是不是走进了一座大教堂。地上铺有闪闪发亮的红色油布，所以脚步声会被吸收，只留下说话声在空间内回响。天顶中央有形似井口的洞，室内的所有光线与大部分空气都来源于它。洞顶盖有玻璃，空气只能通过其边缘处的铁条缝隙进入室内。

室内还留有健身房时期的些许痕迹。天顶的四个角落装有铁环，貌似是用来挂网的。房间的一侧摆有储物柜，似乎仍在等待孩子们把鞋子放进去。杰沃森买下它之后似乎并没有进行大规模的改装。显而易见，当性情乖僻的他想要远离兄弟们独处时，就会来到这里，让高墙隔绝周围的噪声，再锁上厚重的房门，不让任何人进入。布雷登不由得想，说不定杰沃森独自睡在这里还比和那群一刻都大意不得的跟班睡在同一屋檐下更安心些。

不过室内有两件家具格外引人注意，它们都诉说着刚刚发生的悲剧：一件是摆在地板正中央的床，带护栏和轮子，一如医院里常见的病床，像是临时推过来应急的。油布上还留有清晰的车轮印痕。床上空无一物，连垫在底下的毯子也被扒了干净，和其他毯子、床单之类的玩意一起被胡乱扔在床边，显得十分诡异。布雷登感觉到，床上的人似乎是被强行拽走的，因为如果他是自行离开的，饶是他再慌张亢奋都不会是这样一幅景象。而在床的另一侧，也就是门口对面的墙边，有一个摆满素食的餐具柜，柜里有粗粮面包、用玻璃盘子盛放的蜂巢、一盒椰枣、看上去和骨胶一样脆的饼干和若干胡桃（仿佛证明了西蒙兹大夫的说法）。那绝不是一个寻常人能开开心心上桌用餐的房间，但更重要的是，它也不可能是一个会饿死人的地方。

布雷登先走到餐具柜跟前，仔细检查了一番。他碰了碰面包，发现面包皮已经变硬了，可见它已经放了好几天。接着，他尝了尝罐子里的牛奶。果不其然，牛奶都酸了。"莫非杰沃森一直都喝发酸的牛奶？"布雷登向带路的印度人问道。那人对他的一举一动表现出了强烈的兴趣。"不，那是我最后一次见到活着的先知杰沃森时拿来的。是那晚刚从挤奶站送来的鲜奶。可他碰也不碰，一滴都没喝。您刚才喝的就是第一口。"他如此回答道。装椰枣的盒子没盖盖子，但椰枣装得满满当当。蓄满蜂蜜的玻璃盘上蒙着一层灰。摆有饼干的盘子上则没有一丝碎屑。照理说，只要杰沃森掰碎一块，吃上两口，盘子上就一定会有碎屑。总而言之，死者确实是在屋里吃食充足的情况下活活饿死了。

"我想问你几个问题，"布雷登回望印度人说道，"我们公司想要查明杰沃森先生是死于意外还是自杀。可否请你予以协助？"

"我一定知无不尽。我相信您能做出正确的判断。"

"好，那我问你——杰沃森经常睡在这儿吗？在你最后见到他的那天晚上，他为什么提出要睡在这儿呢？"

"他从不在这儿睡。但那天晚上，他说他要做一个很特殊的实验。你们西方人可能理解不了，他提前准备好了一种麻醉剂，只要服下它，就能灵魂出窍。但灵魂出窍最忌讳受到外部的打扰，那样是很危险的，所以他才想睡在这里，这样就不必担心有人打扰了。于是我们就把床从宅子推了过来。这些事都写在他的日记里，他在这方面是很小心的，因为他说，如果他在实验期间有个万一，他希望让人们知道那不是我们的过错。我稍后就拿日记给您过目。"

"哦，那他是在第一晚服用了麻醉剂，是吧？那他的死因会不会是服药过量呢？"

印度人微微一笑，耸肩道："但大夫说他是饿死的啊。您的朋友也是大夫，恐怕他也会得出同样的结论。和您分享一下我的想法吧。先知他经常绝食，尤其是在想要灵魂出窍的时候。他也许是在苏醒时得到了某种天启，促使他朝神秘世界的深处更进一步，于是他就继续绝食了。只是这一次，他绝食的时间实在太久了。他的精神也因绝食变得恍惚了，严重衰弱，以至于他既没有力气够到食物，又没办法外出求救。先知徘徊在生死边缘的时候，我们其实就在宅子里等着，忙着做我们各自的研究，这都是命啊。"

布雷登对此事的关注点不在神学层面，而在法律层面。如果杰沃森是在没有自杀意图的情况下饿死的，那还算自杀吗？无论如何，这都是该让法律专家解决的问题。

"多谢，"布雷登说道，"我就在这儿等我的朋友，麻烦你了。"印度人鞠了一躬，离开了那个房间——布雷登觉得，印度人似乎并不想走。但他下定决心，要彻查这个房间。因为他总觉得房间里某些东西不太对劲。门锁——不，锁似乎没有被撬动的痕迹，除非有备用钥匙。

墙呢？照理说也不会有人在网球场装暗门。窗呢？一扇也没有，唯有井状洞口侧面的铁条。铁条的缝隙只够人勉强把手伸进去，而且那里距离地面约四十英尺。问题是，死者独自在这里待了十天，既没碰食物一下，也没有要出去的迹象。在床边不远处，甚至摆着一本系着铅笔的本子。布雷登心想，杰沃森大概是打算一睁眼就把天启写下来吧。然而，第一页纸上积了不少灰，死者只字未写。莫非他真的疯了？还是那个印度人猜对了？要不然就是……难不成……听闻东方的魔术师会用玄妙而神奇的法术。莫非那四个印度人有本事在不进门的情况下在屋子里动手脚？

这时，布雷登在地上发现了耐人寻味的玩意。西蒙兹带着那位矮个大夫进来的时候，他正趴在床边的地上。回头望向两人的那张脸眉头紧锁，双眼还散发出预示着胜利的光芒。

"怎么才来啊。"布雷登用责备的口吻说道。

"出了一堆鸡飞狗跳的事儿，"西蒙兹解释道，"你的警察朋友们来了，用囚犯押送车把'兄弟会'的会员拉走了。据说他们在芝加哥也是小有名气啊。不过警方要想把杰沃森的死归咎于他们，那可就大错特错了。杰沃森真是饿死的。别扯什么麻醉剂不麻醉剂的，布雷登。他无疑是饿死的。"

"但这是一起谋杀案，"布雷登说道，"你们看这儿！"他指着油布上的发光印迹，那分明是床的轮子滚出来的。"看到这些轮印了吗？印迹并非一路通向床所在的位置，而是停在了离床还差两英寸的地方。这意味着这是一起谋杀，而且行凶手法非常巧妙。正如你所说，警方恐怕很难把罪名扣在他们头上。不过这场谋杀需要四个人合力完成，而这正是他们的痛处。在接受审讯的过程中，其中的某个人定会因恐惧认罪，将矛头指向其他同伙。话说梅尤大夫——恩斯通离开这里的时候，有没有把屋里的设备带走？比如健身房里的设备？"

"他是连房子带设备一起卖的。因为他想尽可能多地换点钱，'兄弟会'在这方面也很大方。这间屋子后面有一间小屋，是恩斯通以前用来堆放杂物的，那里肯定还放着双杠之类的器械。你是要表演体操给我们看吗？我倒是想先请二位用个午餐……"

"我只是想去看一下，然后就照你说的用午餐吧。"事实也确实如梅尤大夫所说。后方的小屋里堆满了废弃的体操器械。矗立着的跳马台仿佛在无声地控诉人们长期将它丢在草地上。双杠那经常被年轻人触摸的地方仍有光泽。一折三的水平梯以某种很不稳定的角度靠在墙上。胡乱扔在地上的绳圈好似网眼。布雷登随手捡起一根绳子，把它拿到屋外的亮处。"你们看，"他边说边用手拂过绳子，"表面磨损得很厉害。学生都穿着运动鞋，所以攀爬时不会造成磨损。而且这些磨损还很新，看上去像是一两天前刚形成的。嗯，就是他们干的。我们最好将此事汇报给警方。公司当然不在乎这点损失，但事已至此，也不知道保险合同该怎么处理……赔款怕是只能用来给'兄弟会'建陵墓了。'兄弟会'很快就会土崩瓦解了，梅尤大夫。"

"请你原谅，"西蒙兹对梅尤大夫道了个歉，"他总是时不时来这么一下。别怪我说话难听啊，布雷登，我是一点都没跟上你的推理思路。杰沃森把自己锁在了健身房里，那些家伙要怎么进来行凶啊？你不可能把一个人活活饿死，除非把他关在一个没有食物的地方，或者把他固定在某个够不到食物的地方。"

"这话就不对了，"布雷登反驳道，"饿死一个人的方法还是很多的。你可以在食物里下毒，然后告诉他食物里有毒。当然这只是一个例子，并不适用于本案。因为我亲自尝过牛奶，直到现在还活蹦乱跳的。而且一个人真到了快饿死的时候，也会搏一把吃吃看的。理论上，你还可以催眠那个人，让他认定周围没有食物或者那根本就不是食物。但这个方法只在理论层面行得通，我从没听说现实生活中有人实践过。而且杰沃森死时，那些印度人都有不在场证明。"

"你是说，他们是在另一个地方把人饿死的，然后再把尸体搬到了这儿？”

"也不是。真要用你说的法子，那还不如一开始就把人饿死在这儿，然后再把食物带来放好，造成他故意饿死自己的假象，这不是更容易吗？但无论采用哪一种方法，都得进入这间屋子。梅尤大夫，你知道第一个发现尸体的是谁吗？他是如何进入健身房的？"

"门是锁着的，钥匙插在内侧，害得我们不得不把锁整个砸掉。当时我也在场。当然，警察见证了整个过程。不过那些印度人一发现事情不对劲就立刻联系了我。"

"哦，你提供的信息很有参考价值。罪犯总会画蛇添足，这就是个典型的例子。如果是你我遇到这种情况，发现一个朋友把自己锁在一间屋子里，整整十天没露面，我们肯定会先透过锁眼大声叫他，然后去找个锁匠来。可这几位竟直接请来了医生和警察，就好像他们知道这两种人会派得上用场似的。他们以为自己做得天衣无缝，这是最致命的。"

"我说布雷登，我们还没完全接受你的推论呢。如果这真是谋杀，那我只能说凶手们确实瞒得漂亮。在我看来，这就是精神失常和自杀，没有一点疑问啊。"

"你就错在了这儿。你有没有注意到，床边摆着本子和铅笔？再疯狂的人看到纸笔，也无法抵抗想要写点什么的诱惑。尤其是他认为自己快要被饿死或毒死的时候。哪怕他确实在做绝食实验也一样，无论如何都会留下遗言的。再说了，散落在床边的床单毯子又该怎么解释？无论是疯子还是正常人，都不会在下床时留下那样的痕迹。"

"好吧，你要说就赶紧说个痛快！也许是你疯了，也许是我疯了，可我们不会饿死呀！梅尤大夫还等着我们一起用午餐呢！"

"嗯，案件的梗概其实很简单。杰沃森从美国的某个地方捡回了那四个恶棍。他们其实跟我们没什么区别，根本不是什么世外高人，最多是会念几句莫名其妙的咒语罢了。他们得知杰沃森很富有，觉得有利可图，便缠上了他。得知杰沃森把'兄弟会'指定为遗产继承人和保险受益人后，他们便认为除掉他的时候到了。他们精心制订了计划，并决定充分利用手头的凶器。他们大概是觉得拿外部的凶器行凶定会以失败告终，还是深入研究对方的习性，根据他的性情见机行事为好。而他们做的事，就是怂恿杰沃森做那愚蠢的实验，再给他吃点普通的安眠药，谎称那是有神奇功效的神药就行了。八成是他们建议杰沃森把自己关在健身房的，说这地方安静，还把床推到了房间正中央，说这样才能沐浴到正午的阳光，反正就是一通胡扯。正常人怎么会把床放在房间中央？靠墙放才是人的天性，尽管我也不知道这是为什么。"

"然后呢？"

"当天夜里，他们耐心等待安眠药起效，一直等到午夜过后。这样就不会被爱打探的邻居撞见了，可以静观事态发展。他们把几部梯子绑在一起……不，搞不好是把水平梯拉直了。总之，他们爬梯子上到屋顶，手里只拿着绳子——那是以前钩在天花板上的绳子。绳子上还带着铁钩。据我猜测，他们大概在钩子上缠了手帕，免得弄出声响。透过天窗，可以看到熟睡的杰沃森。于是他们透过铁条的缝隙，把四条绳子放了下去。那些钩子就跟抓钩一样，毫不费力就挂住了床头床尾的铁护栏。接着，他们以快而均匀的速度拉起绳子。那景象仿佛再现了福音书里的光景，只是多了几分对上帝的亵渎，而且无比骇人。然而，杰沃森仍在药物的作用下处于昏睡状态。说不定他还梦见自己正在空中悠游，终于摆脱了肉身的束缚。这话确实说对了一半。

"他继续沉睡。再次睁眼时，他发现自己还躺在床上，但被整个吊在了四十英尺高空。被单都被扯走了。他们不会给他爬下去的机会。他就这样在空中待了一个多星期。就算他的呼喊传了出去，也只有那四个冷酷无情的杀人犯听见。勇敢一点的人也许会咬咬牙跳下去，选择更痛快的死法。但西蒙兹，按照你的描述，杰沃森似乎很怕高。所以他不敢跳。"

"那要是他跳了呢？"

"横竖都是死，不是当场摔死，就是死于摔下时受的伤，反正人们只会发现他的尸体。到时候，印度人就会一脸沉痛地告诉我们，先知肯定是在做飞天实验。但事情的发展正如他们所料，他们只需要在尘埃落定后回来，把绳子放下去，再透过铁条把床单毯子之类的东西随便扔下去，最后把绳子和梯子放回原处就是了。不过放下绳子的时候，他们没有费心保持水平，以至于床落地的位置与初始位置错开了两英寸，所以轮子没有和油布上原有的印痕对上。正是这一点让我识破了真相。床显然被抬起来过，而没有人会抬起一张带轮子的床，除非像那群人那样别有目的。杰沃森确实愚蠢，但一想到他的死法，我就郁闷得很。我会尽我所能，把那四个人送上绞刑架。如果可以的话，我甚至想为他们准备几块绞刑踏板。"

猜疑

多萝西·L. 塞耶斯 ｜ Dorothy L. Sayers

（1893.6.13—1957.12.17）

> 英国女作家多萝西·L. 塞耶斯以《九曲丧钟》等本格长篇
> 大作闻名，但她也发表过本作这种短小明快的犯罪小说。看
> 完后直教人背脊发凉，称其为毛骨悚然的恐怖小说也不为过。
> 根据奎因的备忘录，本作是为 *EQMM* 的前身 *Mystery League*
> 所写。
>
> ——乱步评

　　香烟的烟雾在列车中弥散开来，马默里先生也觉得愈发恶心了。罪魁祸首似乎是这天的早餐……

　　可他并没有吃什么不该吃的东西。首先是黑面包。他前些天刚在《晨星》报上看到，说黑面包富含维生素。然后是煎得松脆的培根，外加两个火候刚好的白煮蛋。还有萨顿太太用独门秘法烹煮的咖啡。这位厨娘着实能干，不知帮了他们夫妇多少忙。艾塞尔在那年夏天得了神经性的病，身子一直不太好。没有一位靠得住的厨娘，这日子怕是就没法过了。

　　这年头，仆人也变得愈发任性了，稍微说两句就要辞职走人，以至于艾塞尔总得跟不熟悉的新仆人打交道。对她这种心思细腻的女人来说，这样的生活只会让她紧张痛苦，对身子很不好。

反胃感愈发明显了，却也没到"生病"的地步，还是忍一忍吧。就这样去上班，在办公室里强撑着实不易，可要是在这个时候折回家去，定会让艾塞尔忧心。与其为艾塞尔徒增烦恼，马默里先生宁可牺牲自己。他就是如此怜惜爱妻。

　　他往嘴里扔了一片促进消化的药，最近他总是随身带着。然后，他翻开早报。报上没有什么特别重大的新闻。下议院正在讨论政府使用的打字机。全英鞋具协会举办了展览，报上刊登了会长威尔士王子殿下微笑着出席展览的照片。自由党又闹分裂了。林肯郡有一家人被毒死了，警方正在追查涉嫌投毒的妇人的下落。两个女孩在一起工厂火灾中葬身火海。人气爆棚的电影明星终于如愿拿到了她的第四份离婚判决书……

　　马默里先生在帕拉根车站换车。不适感越来越强烈了，几乎到了随时都有可能呕吐的状态，好在他最后平安抵达了公司办公室。尽管他脸色惨白，但坐到办公桌旁之后，情况稍有好转。这时，同事走了过来。

　　"早啊，马默里，"布鲁克斯先生用他的大嗓门说道，"这天可真冷啊。"

　　"这天气可真烦人。"

　　"是啊，真受不了。话说你家的球根都种完了吗？"

　　"还没，"马默里先生如实说道，"实话告诉你，我最近一直不太——"

　　"那可不行，"同事打断了他，"不种完哪行啊！你得赶紧弄啊，我上星期就种完了。等春天一到，我家就跟美丽的花园一样了。对一座城里的院子来说，能打理成那样就足够了。但城里的院子终究比不过乡下啊，我可羡慕你了。你家那儿总比赫尔（Hull）好多了。不过我们只要走去林荫大道，也能呼吸到大量的新鲜空气。话说你太太好些没有？"

"多谢，她好多了。"

"那真是太好了，请她务必保重身体。希望今年冬天，她能跟以前一样健健康康的。戏剧协会离不开她。我看了去年的那场《罗曼史》，她的演技真是让我久久难以忘怀啊。她与韦尔伯克家的儿子吸引了所有观众的注意力。韦尔伯克家的人昨天还说他们去探望过她呢。"

"谢谢，我估计要不了多久，她就能跟朋友们走动了。眼下医生还禁止她出门，不允许她做任何需要操心的事情，说她最好什么都别想，多发呆。绝不能忙前忙后，操劳过度。"

"确实，这很明智。操心过度最伤身了。我也发现了这个问题，所以从好几年前开始，我就坚决不让自己操心了。瞧瞧！我现在身体健康，精神抖擞——话说你好像不太对劲啊，是不是哪里不舒服啊？"

"有点消化不良，"马默里先生回答道，"不是什么大毛病。就是肝有点疼。"

"哦，肝不好啊，"布鲁克斯先生大概是那种什么事都要点评几句的人，"那可是大问题。毕竟人生幸福与否与肝脏的状态息息相关。哈哈哈！不过看起来也不用太担心。是时候干正事了。对了，费拉比的合同在哪儿？"

马默里先生还没有恢复到有精力附和他的地步，所以他起初松了口气，心想这下总算能解放了。在之后的半个多小时里，两人埋头写土地买卖合同。奈何布鲁克斯先生无法永远保持沉默。

"话说你太太有没有相熟的好厨娘啊？"

"应该没有，这年头要找个好厨娘可不容易，我们也是最近才找到了合适的人。不过你问这个干什么？你们家不是有个干了很多年的老厨娘吗？她辞职了？"

"瞧你误会到哪儿去了！"布鲁克斯先生大声笑道，"我家的厨娘比我们更像一家之主。要是她走了，我家怕是要发生大地震了。我不是在为自己找厨娘，是菲利普森家在找。他家的保姆要结婚了。那保姆糟糕得很，可少了这么一个人吧，又觉得很不方便。前些天我还跟他说：'菲利普森，你可以找个新女仆，但千万不能找那种来路不明的人。一不留神，就把投毒的恶魔请回家了。'

"她叫什么来着……呃……对了，安德鲁斯。我告诉他：'你得多加小心，我还不想立刻送花圈去你的葬礼。'我好心提醒他，他却哈哈大笑，完全不当回事。这可不是闹着玩的啊！我当时就跟他发火了。不过话说回来，警察真是一群窝囊废。你说我们交那么多税养着他们是图什么呀！这都一个月了，居然还没抓到那个女人。据说她还跟没事人似的四处流窜呢，专找招厨娘的人家！"

"她会不会早就自杀了？"

马默里先生说道。

"自杀？开什么玩笑。据说有人在河边发现了她的外套，可那显然是专门用来迷惑警方的。那种人会自杀才怪了。"

"哪种人？"

"爱用砒霜的疯子啊。他们对自己小心备至，狡猾得跟黄鼠狼一样。必须赶紧想办法抓住她，否则会有更多人死在她手上。我都提醒过菲利普森了——"

"你觉得下毒的就是那个安德鲁斯太太？"

"废话，不是她还能是谁。她原本跟父亲住在一起，结果那老头突然死了——还给她留了一小笔遗产。后来，她跟一个上了年纪的男人住在一起，可没过多久，那人也死了。再后来就轮到雇她的那对夫妻——砒霜毒死了丈夫，妻子也命悬一线。厨娘逃之夭夭。案情再清楚也没有了。你还问是她干的吗，这有什么好问的，把她父亲和死去的丈夫挖出来一查就知道了，肯定能找到砒霜中毒的痕迹。据说那种罪犯一旦尝到甜头就停不下来了。"

"也许吧。"

马默里先生拿起报纸，看了看那个女人的照片。

"她看上去一点都不像坏人。这张脸看起来是那么温柔善良。"

"瞧她那嘴。"布鲁克斯先生斩钉截铁道。他素来坚信，人的性格特点都表现在嘴上。"我绝不会信任那种面相的人。"

随着时间的推移，马默里先生觉得身子好些了。但用午餐的时候，他还是格外小心，只吃了炖鱼和奶油布丁，餐后也尽可能坐着不动。好在这两样东西太太平平待在了他的胃里，没让他遭受近半个月里天天困扰他的恶心感。

快下班的时候，马默里先生已经完全恢复了。他买了一束金灿灿的菊花，准备带回家送给艾塞尔。下火车后，他朝自家走去，心情很是愉快。

走进起居室一看，妻子竟然不在。他攥着那束菊花，急切地穿过走廊，推开厨房的门。

除了厨娘，屋里别无他人。她坐在桌旁，背对着房门。见马默里先生进来，她慌慌张张地起身说道：

"老爷回来了！吓我一跳，都没听到开门的声音——"

"太太呢？她是不是又不舒服了？"

"是的，她说她有些头疼，我就送她回房躺下了。四点半的时候，我给她送过一杯茶，现在应该还睡着。"

"真叫人担心……"

"大概是为了收拾餐桌累着了。我都提醒她好多次了，说'您不能太操劳的'，可太太就是坐不住——"

"我知道，不怪你。我知道你已经尽力了，别担心。我去瞧瞧她。如果她还睡着，我就不吵醒她了。对了，今天晚餐吃什么？"

"我做了一道美味的肉派。您一定会喜欢的。"

听她那口气，仿佛他要是不喜欢，她也能立刻将派变成南瓜或四驾马车似的。

"哦，吃派啊！我——"

"您吃腻了？请看，它是那么松软，卖相多好呀！"

厨娘猛地拉开烤炉的炉门给他看，仿佛是在抗议一般。

"我是用黄油做的，因为我听说猪油不利于消化。"

"挺好，挺好，味道肯定不错。我原来也没觉得猪油有什么不好，可近来一吃，胃里就不舒服。"

"不光您不适合吃猪油，这种情况还挺常见的。而且我听说您肝疼。也难怪，毕竟天气这么冷，是个人都会觉得身子不舒服的。"

她回到餐桌，收拾起了刚才看的画报。

"要不我把太太那份送去卧室吧？"

马默里先生说他先去看看情况，之后便蹑手蹑脚地上了楼。艾塞尔蜷缩在羽绒被中。在巨大的双人床的衬托下，她的身子显得那样瘦弱，仿佛轻轻一搂就会把她弄碎。他进屋后，那具瘦弱的身子动了动，给了他一个微笑。

"艾塞尔，感觉怎么样？"

"什么时候回来的呀？我肯定是睡着了。大概是累着了，头疼得要命，于是我就让萨顿太太送我上来了。"

"还不是你操劳过度。"

丈夫握住她的手，坐在床边。

"嗯……以后我会注意的。哇，哈罗德！好漂亮的花呀！是送给我的吗？"

"当然，都是你的，"马默里先生温柔地说，"你要怎么奖励我呀？"

妻子莞尔一笑，给了他好几个"奖励"。

"够了吧？好了，我要起床了。"

"还是躺着吧，一会儿让萨顿太太把你的晚餐送上来。"

妻子起初不肯答应，但马默里先生的态度十分坚决。他劝说妻子，如果她不好好养着，就无法参加戏剧协会的公演了。大家都盼着看到她登台。前些天韦尔伯克家的人来探病的时候也说,要是她不演主角,整出戏就没看头了……

"真的吗?"艾塞尔欣喜地说道,"大家对我的期望这么高,我真是太高兴了。好吧,那我就老老实实躺着。不过你今天感觉怎么样?"

"还不错。"

"肚子疼吗?"

"有一点,不过已经好了,不用担心。"

在接下来的两天里,马默里先生没有任何不适。他尝试了报上推荐的保健法,喝起了橙汁,效果喜人。谁知到了星期四晚上,他突然腹痛难耐。艾塞尔大惊失色,立刻请来了医生。

医生搭了脉,又看了看他的舌头,说没什么大碍。马默里先生表示,他晚餐吃的是猪脚肉配牛奶布丁。临睡前则照报纸说的,喝了一大杯橙汁。

"问题就出在这儿,"格里菲斯大夫愉快地说,"橙汁确实是很卫生的饮品,猪脚肉也很有营养,但这两样东西一起吃特别伤肝,着实不可思议。其中的原因还没研究清楚,反正一吃就坏事。不过你们也不必担心,我明天早上就开一张处方,再吃两天流食就行了。近期就不要吃猪肉了。

"马默里太太,您就放心吧,他健康得很,反而是您更需要注意身体。瞧瞧您这黑眼圈,再这么下去可不行。最近睡眠可好?——嗯,我就知道。按时吃药没有?哦,那就好。不用担心您的丈夫,他很快就能下床了。"

医生的诊断很正确,但事情没他说的那么简单。马默里先生谨遵医嘱,只吃面包牛奶,还有萨顿太太精心烹煮的肉汤,每一顿都是艾塞尔送到床边的,奈何星期五一整天都很不舒服。到了星期六下午,他才能勉强下床到楼下走走,只是双腿绵软无力,整个人都虚弱无比。

不过有些文件需要他签字，布鲁克斯派人送来了。此外，他还处理了一些家庭账务。艾塞尔最烦记账，所以平时都是马默里先生替她记的。肉铺、面包房、乳品店、煤炭商……马默里先生仔细整理了手头的票据。

"没别的了？"

"嗯，就剩萨顿太太的工资了。是时候付她一个月的工钱了。"

"也是，看来你对她还是很满意的。"

"嗯，非常满意，你不也很满意吗？她的厨艺很好，人也好，又体贴——一眼就相中她可是我的功劳，你真该好好夸夸我。"

"确实该夸。"马默里先生由衷说道。

"这真是天意。那可恶的简恩突然辞职的时候，我真不知道该怎么办才好。录用一个没有一封推荐信的人确实要冒很大的风险，不过我细细一问，才知道她一直在照顾老母亲，所以没人能为她写推荐信。"

"是啊。"

马默里先生点头道。当时他确实有些担心，却刻意没有多加干涉。毕竟他们无论如何都是要雇人的。而萨顿太太这些天的表现也让他庆幸自己没有多嘴。他曾联系过萨顿太太家教区的牧师，想要了解她的情况。可不出艾塞尔所料，对方回复说不清楚她的厨艺怎样。但对马默里家来说，他们最关心的正是厨艺。

马默里先生计算着她的工资。

"对了，艾塞尔，发工资的时候，你帮我跟她说一声——她好像会在我起床之前看报。我不介意她看报，但希望她看过之后能把报纸叠好。"

"哎哟，你可真是一丝不苟。"

马默里先生叹了口气。他很难跟艾塞尔解释每天早上的报纸以冰清玉洁的状态送到自己手中是多么重要。女人往往无法理解这些心思。

到了星期天，马默里先生好多了，几乎是恢复如初。用早餐前，他在床上打开了《世界新闻》，挑了几则关于凶杀案的报道细细浏览。他素来爱看这种文章，因为它们能为和平、一成不变、无聊透顶的郊外生活带来些许刺激。

真被布鲁克斯料中了。警方挖出了安德鲁斯太太的父亲和雇主的遗骸，发现了明显的砒霜中毒特征。

晚餐的时候，他下楼去了餐厅。摆在餐桌上的是西冷牛排配土豆，外加约克郡布丁，后来还上了苹果派。他吃了整整三天的病号流食，此刻能再次品尝到炸得香脆的肥肉和煎得颇嫩的瘦肉，真是一桩难以言喻的妙事。尽管他刻意控制了食量，但味觉贪婪地享受着一切。艾塞尔却好像没什么食欲，不过这并不反常。因为她本就挑食，还过分担心发胖，所以很少吃肉……

那是一个晴朗的下午。大约三点的时候，他猜到今晚要吃烤牛肉，然后忽然决定把剩下的球根种了。他说干就干，套上园艺外套走去安置花盆的小屋。拿起装郁金香的袋子和锄头的时候，他才想起自己还穿着一条新裤子。于是他决定找张席子垫在膝盖下面，免得把裤子弄脏。

席子放在哪儿来着？他想不起来了，大概是塞在放花盆的架子下面——他弯下腰摸索起来。啊，有了，果然在这儿。正要拽出来，却发现席子上好像还压着一个罐子。他小心翼翼掏出罐子。这是什么？——哦，原来是用剩的除草剂。

马默里先生拿着罐子，瞥了眼粉色的标签。只见上面印着几个醒目的大字，"砒霜除草剂　剧毒"。刹那间，他想起安德鲁斯太太就是用这种毒药害死了那些人，心里"咯噔"一下。一想到和那起重大案件一样的结果也完全有可能在这个宁静的家庭上演，他便产生了某种类似于亢奋的情绪——可……这是怎么回事！他在那一刻产生了轻微的忧虑——本该塞紧的塞子竟然是松的……

"我真是太粗心了！"他嘟囔道，"不塞紧会影响药效的。"

他拔出塞子往里看，发现药剂大概还剩一半。于是他把塞子塞回去，又用锄柄使劲敲了几下，确保它密不透风。完事后，他把手放在水龙头下反复冲洗。毕竟稍微沾到一点药剂也是非常危险的，所以他洗得极其认真。

韦尔伯克太太带着儿子来访时，他刚好种完郁金香。接到通报后，他便回到了客厅。与这对母子聊聊天是消磨时间的好办法，换作平时，他定会兴高采烈地迎接他们的到来，今天却有些心神不宁。再者，他们也该提前打一声招呼才是。要是他提前知道，就会把指甲缝里的泥土洗得更干净一些了……

韦尔伯克太太是个非常健谈的女人。她只关注自己想说的事情，滔滔不绝，全然不看旁人的脸色。今天的话题刚巧是林肯郡的投毒案。她全然不顾马默里先生的感受，说个不停。没有比这更不适合茶桌的话题了——马默里先生心里直犯嘀咕。

他们聊到了砒霜中毒的症状。马默里先生近来正为非常相似的不适感所苦，聊着聊着，恶心反胃的感觉突然涌上心头。受影响的不光他一个，这样的刺激对艾塞尔而言也是百害无一利。更何况，凶手仍在这一带流窜，这令神经质的她深陷恐惧之中。韦尔伯克太太不以为意，没有要住口的意思。换成别人，怕是早就发现艾塞尔面色苍白、瑟瑟发抖了……

必须想办法制止韦尔伯克太太。再这么下去，艾塞尔怕是要歇斯底里发作了。

他唐突地插嘴道：

"韦尔伯克太太，这个季节最适合剪连翘插条了。要不您随我去院子里看看吧，我给您剪几根。"

他注意到艾塞尔与小韦尔伯克之间交换了一个眼神，仿佛在说"总算是解脱了"。儿子显然也拿母亲的不明事理没辙，早就想换个话题了。由于话题转换得过于突然，韦尔伯克太太略显惊讶，但还是老老实实随主人去了花园。这下可好，她又炫耀起了自己的园艺水平，没完没了了讲述自己是多么擅长插条，却也没有忘记称赞马默里先生能把花园的石子路打理得干干净净。

"我家就不行，杂草太多了，愁死人了。"她翻来覆去说道。

马默里先生介绍了除草剂的功效，大力推荐。

"那种药可不行！"韦尔伯克太太瞪大眼睛，颤抖着瞥了他一眼，"哪怕你给我一千镑，我也不会把那种东西放在家里的。"

马默里先生也笑道：

"大家都一样，我们家也是放在平时碰不到的地方。我再粗心大意，对那种药剂也是很小心的。"

说到这里，他突然停了下来。因为他想起了刚才看到的罐子，想起了松动的塞子。那一幕似乎对他的记忆产生了强烈的影响，妄想接二连三浮现在眼前。他走去厨房拿报纸包裹剪下来的枝条，一心想甩掉那些画面。

小韦尔伯克许是透过客厅的窗户看见了他们走近主屋，便起身握住艾塞尔的手，与她道别了。然后他迅速走出房门，趁着母亲还没进屋带着她往外走，边走边聊。

两人离开后，马默里先生开始收拾东西。这时，他忽然想起刚才取报纸的时候把抽屉弄乱了，里面的东西还没放好，便折回了厨房。当时他发现了一些端倪，想要仔细检查一下。他把报纸一张一张翻开，证实了自己的猜测。报上的每一张安德鲁斯太太的照片与关于林肯郡中毒案的报道都被剪掉了……

马默里先生筋疲力尽地瘫坐在火炉边。他是那样渴望炉火的温暖。那感觉，就像是有一团冰冷的东西冲进了他的心窝——他对深入调查此事产生了莫名的恐惧。

他试图回忆起报上刊登的安德鲁斯太太的照片。他还记得自己对布鲁克斯说，那个人长着一张"温柔善良"的脸。接着，他计算起了她消失后的天数。与布鲁克斯的对话发生在一周多前。所以从今天算起的话，大约是一个多月。一个月。他正要付萨顿太太一个月的工资。

艾塞尔！

这个名字疯狂拍打着思绪的门扉。无论付出怎样的代价，他都必须与这可怕的猜疑抗争。而且，他只能靠他自己——不能令她忧心，会令她产生恐惧感的一切都要竭力避免。不过，他有必要进一步核实猜疑的依据。他不能在没有确凿证据的情况下，因疑心解雇一位难得的忠诚厨娘。这么做对厨娘本人和这个家的女主人都是非常残忍的。实在要解雇萨顿太太，也得假装成他的心血来潮，否则就会将恐惧根植于艾塞尔心中。所以无论如何，他都得跟艾塞尔解释解雇厨娘的原因，尽管这件事非常棘手。

然而，如果这恐怖的猜疑与事实相符，他就必须尽早将那个女人逐出家门，以免她威胁到艾塞尔的生命。他想起了林肯郡的被害者——丈夫死了，妻子奇迹般地捡回了一条命。还有比这更可怕、更危险的吗？

马默里先生突然感到了无尽的孤独与强烈的疲倦。是这些天困扰他的病症夺走了他的活力。

这种病——我是什么时候开始犯病的？第一次发病已经是三个星期前的事情了。自那时起，胃一直不太舒服，这令他头疼不已。大概是胆囊出了问题。尽管症状不太明显，但总也查不出病因，看来这十有八九是胆囊方面的疾病。

他抖擞精神，拖着疲倦的身子回到起居室。艾塞尔蜷缩在沙发的角落。

"累了吗，艾塞尔？"

"嗯，有一点。"

"碰上那种喋喋不休的女人，是个人都会累的。她就不该说那么多话。"

"是啊，"她稍稍抬头，显得十分疲倦，"不过那案子真是太可怕了，我不想再聊了，太吓人了。"

"不聊了，你还是少听为好。不过自家周围出了这种事，大家总免不了要议论议论的。希望警方早点抓住那个女人。一想到那种事——"

"天哪，我可不想琢磨那么可怕的事情。她一定是个恶魔。"

"恶魔——布鲁克斯也是这么说的。"

"他也想吓唬我寻开心，我受够了，我不想再听到关于那起案子的一切了，我什么都不想听，什么都不想听！"

她的语气愈发歇斯底里。

"嗯，什么都不听，不聊这些可怕的事情了。"

还是不聊为好。聊了也无济于事。

艾塞尔先一步回了卧室。平时每逢星期日，都是艾塞尔先回房，马默里先生等萨顿太太回来。但今晚的艾塞尔不放心丈夫独自留下，毕竟他还病着。马默里先生却向她保证，自己已经好透了，让她早些休息。

他确实已经恢复了健康，但仅限于机体层面。他的神经依然在病态的紧绷之中。烦躁的神经迫使他询问萨顿太太为什么要剪报——她会如何回答呢？

每周的这个时间，他都会喝些威士忌苏打。九点四十五分，他听到院门嘎吱作响，有踩踏石子路的脚步声传来。后门在响声中开启，紧随其后的是上门钩与门闩的声音。之后便是一片死寂。此时此刻，萨顿太太也许在脱帽。等待已久的时刻终于来临了！

脚步声在走廊中回响。门开了，萨顿太太穿着黑色外套站在门口。马默里先生并不想与她面对面，却还是抬起头来。她长着一张圆脸，眼睛藏在角质镜架的镜片后，看不分明。不过她的嘴……嗯，看着还挺凶。许是因为门牙掉了大半。

"还有什么事吗？没有的话，我就去休息了。"

"没事了，晚安，萨顿太太。"

"您今天好像好多了，老爷。"

这份对其健康状况的关心反而令他毛骨悚然。隔着厚厚的镜片，他也看不清她的眼神。

"嗯，好多了，劳你费心了。"

"太太好像还不太舒服，要不我端一杯热牛奶什么的给她吧？"

"不必了，多谢。"

他急忙说道。对方似乎很失望。

"好的老爷，晚安。"

"晚安。啊，对了——"

"嗯？"

"哦，没什么。"马默里先生说道，"没什么。"

第二天早晨，马默里先生在办公室专注地翻看报纸，寻找关于投毒案的报道。如果警方在这周末成功抓获嫌疑人就好了，但报上没有他所盼望的好消息。某公司老板用手枪自杀的新闻占据了大部分的版面。自杀的原因是多达数百万的亏损，据说股东也是损失惨重。无论是从家里带来的报纸，还是上班路上买的报纸，林肯郡投毒案的后续报道都只剩下了背面角落里的一小段。媒体似乎已经厌倦了这起案件，只说警方尚未抓获凶手，几乎是一笔带过。

之后的几天过得极不愉快。马默里先生本就习惯一大早起床去厨房溜达，这令艾塞尔头疼不已。近几日，他更是变本加厉，但萨顿太太没有抱怨过一句，甚至还饶有兴趣地看着他。不过仔细一想，这么做其实没有丝毫意义。毕竟他每天早上九点半到傍晚六点在办公室上班，光是监督她做早餐又有何用。

在办公室的时候，马默里先生时不时给艾塞尔打电话。由于次数过多，布鲁克斯（对此）冷嘲热讽，马默里却毫不在意。只有听到她的声音，知道她平安无事，他心里才踏实。

太平无事。到了下一个星期四，他开始觉得自己是不是想岔了。那天晚上，他很晚才回家。因为布鲁克斯约他一起参加一位快要结婚的男性朋友的单身汉晚宴。即便如此，他还是在十一点的时候告别了打算喝个通宵的朋友们，回到家中。家里人都睡下了。桌上有一张字条，是萨顿太太的笔迹。上面写着，厨房里有专门为他留的可可，热一热就能喝。

他拿起可可，走到炉边喝了一口。可是才尝了这么一口，他就把杯子放下来。因为他觉得舌尖有些刺痛，不知是不是幻觉。他又尝了一口，含在嘴里，用舌尖细细品味。果然有种刺痛舌头的怪味。他急忙起身冲去水池，把嘴里的东西都吐了出来。

他呆立片刻，左思右想，然后突然像人偶一样做起了机械性的动作。他从餐具柜取出一只空药瓶，用自来水冲洗干净，再将茶杯里的东西小心翼翼倒进去，最后把瓶子塞进外衣口袋。做完这一切，他蹑手蹑脚走到后门，费了好一番工夫轻轻拔出门闩，来到院子，轻手轻脚走进放花盆的小屋，弯腰擦亮一根火柴。他还记得那罐除草剂放在哪里——就在放花盆的架子下面。他必须十分小心地取出那个罐子。火苗烫到了他的手指，熄灭了。不等他擦亮第二根火柴，他就拿到了想要的东西。塞子又松了！

马默里先生茫然呆立。小屋中弥漫着湿漉漉的土味，他就这么穿着晚宴外套，一手攥着除草剂罐子，一手握着火柴盒——真想冲出去大声喊出这一重大发现……

但他硬是忍住了，把罐子放回原位，悄悄回到主屋。穿过院子的时候，他注意到萨顿太太的房间窗户透着光。这团亮光比刚才的发现更令他惊悚。她是不是透过那扇窗户，看到了自己的一举一动？

艾塞尔的房间一片漆黑。这令他松了口气。如果她被人下了毒，房间里肯定灯火通明，还要请医生什么的，动静别提有多大了，就跟他中毒的时候一样。中毒——没错。此时此刻，他已有十足的把握，可以用这个骇人的词语了。

马默里先生平复心绪，回到厨房，将锅与杯子洗干净，再次煮沸可可。但他没有喝，而是把饮料留在了锅里。然后，他轻手轻脚走进卧室。刚跨过门槛，便听见了艾塞尔的声音。

"这么晚才回来呀，哈罗德，真够疯的！撂下我一个人孤零零在家。玩得开心吗？"

"挺开心的。你感觉怎么样？"

"好极了。楼下应该有专门留给你喝的东西，萨顿太太说会给你留杯热饮的。"

"不用了，我不渴。"

艾塞尔笑道：

"哦，我知道了，今晚喝了不少吧？"

马默里先生并没有要否认的意思。他脱了衣服爬上床，将妻子紧紧搂在怀里，仿佛是为了阻止死神那双骇人的手夺走他心爱的人……他决定天亮之后立刻采取行动。万幸的是，他发现得还算及时。这是上帝的恩赐，他感激不尽。

化学家迪姆索普先生是马默里先生的密友。想当年，他们时常坐在河岸边的小酒馆，隔着脏兮兮的餐桌讨论蚜虫、油菜的瘤病之类的话题。马默里先生在上班途中绕道拜访了迪姆索普先生，如实告知自己的遭遇。对方接过装有可可的瓶子，赞赏他的机智缜密，答应为他进行检测。

"我会在今天傍晚之前弄好的。如果检测结果确实与你的怀疑吻合，就得立刻报警了。"

马默里先生谢过朋友便去了办公室，一整天都有些心不在焉。好在心不在焉的不止他一个。布鲁克斯昨晚许是闹到了大半夜，比他还没精打采。四点半一到，马默里先生立刻收拾东西，表示他今天有约，要先走一步，说完便起身离开了。

迪姆索普先生已经准备好了检测结果，等候他的到来。

"结果是毫无疑问的。我用了马什检测法 [1]，发现可可中含有大剂量的毒物——难怪你会尝出怪味。那个小瓶里就有四到五格令的砒霜。你看，这里形成了砷镜。这就是砒霜，你仔细看看吧。"

马默里先生盯着细玻璃管底部那不祥的暗紫色污迹。

"要立刻报警吗？"化学家问道。

"不——我想立刻回家。天知道家里是什么情况。现在赶火车还来得及。"

"好吧，我替你报警。"

火车每站都停，搞得马默里先生心急火燎。车轮的轰鸣声似乎在说，艾塞尔——中毒——死——艾塞尔——中毒——死……他冲出车站，朝自家一路狂奔。刚转过弯，他便看见家门口停着一辆车。他还是来迟了！医生已经来了。我真是太傻了！都怪我磨磨蹭蹭，才让事情发展到了这个地步！

在他离家门还有一百五十码的时候，房门开了。一个男人走了出来，是艾塞尔亲自送出来的。那人上了车，驾车离去。艾塞尔很快便回房去了。她没出事！艾塞尔没出事！

他将帽子和外套挂在玄关，待心跳稍稍平复后走进起居室。妻子已经坐回了火炉旁，以惊讶的表情迎接丈夫的归来。桌上摆着茶具。

"这么早就回来啦。"

1　马什检测法是最具代表性的砒霜检测法。在检材中加入锌与稀硫酸，置入氢气发生装置。如果检材中含有砒霜（砷），则会与装置内游离的氢结合，生成砷化氢，从溶液中溢出。砷化氢气体通过被加热的玻璃管时会再次分解，生成的砷单质会沉积在管底，留下具有金属光泽的黑色"砷镜"。后来人们不断改进这种方法，推出了各种复杂的检测装置，但遵循的基本原理都一样。

"嗯，今天比较闲。有客人来喝茶？"

"嗯，是韦尔伯克家的儿子，来跟我讨论演戏的事。"

她的回答很是简短，语气中却透着亢奋。

马默里先生心中闪过一丝忧虑。就算来了客人，也不一定能防止惨祸的发生。他的忧虑似乎转化成了严峻的表情，以至于艾塞尔惊讶地抬起头来问道：

"出什么事了，哈罗德？脸色怎么这么难看？"

"艾塞尔！你听我说……"

马默里先生坐了下来，把她的手夹在自己的双手之间。"这不是一件令人愉快的事情，但我不能不管——"

"太太！"风口浪尖的厨娘就站在门口。

"啊，老爷回来了啊。很抱歉，我都没注意——您要喝茶吗？还是希望我把茶具撤下？对了，太太，我听说了一件大事！刚才我出去买东西，在鱼店遇到了一个刚从格里姆斯比回来的年轻人，说警察已经抓到那个可怕的女人了，就是那个安德鲁斯太太。真是太好了！听说她到处流窜，我担心得觉也睡不好，这下总算能放心了。据说她找了一份工作，给两个老太太做管家，身上还带着毒药呢。是个小姑娘认出她的，说是能拿到不少奖金。我也一直提防着，搞了半天她一直在格里姆斯比待着，难怪在这一带找不到。"

马默里先生紧紧握住椅子的扶手。这一切都是疯狂的误会！他真想放声大喊，想向眼前这个因罪犯落网的消息激动不已的善良女人由衷道歉。原来这一切都是误会！

可……那杯可可是怎么回事？迪姆索普先生的结论又是怎么回事？马什检测法呢？五格令的砒霜呢？那究竟是谁？——

他心中一凛，转向妻子。在那一刻，他看到她的眼里有一种他从未发现过的东西……

边界线谜案

玛格丽·艾林翰 ｜ Margery Allingham

（1904.5.20—1966.6.30）

> 英国女作家。以最少篇幅实现最佳效果的本格类作品。"border-line"即边界线，也有"险些碰上"的意思，如今在日本的报刊上也很常见。
>
> ——乱步评

那晚的伦敦异常闷热，所以我们夫妇就寝时敞开着市内工作室的大天窗。哪怕漆黑的煤灰从天而降，只要那窗口能带来些许吹动浑浊空气的微风就行。热气笼罩着昏暗的地平线，形成了这座城市所特有的黯淡穹顶。在这样的夜幕之下，所有人都度过了一个心神不宁、难以入眠的夜晚。

那起凶杀案的新闻出现在了第二天的晚报上。下午三点左右，晚报的早版送上门来，于是我也看到了相关报道。汗水迷了眼睛，使我觉得报上的铅字所描述的事情仿佛发生在无关现实的异世界，细节也都只看了个大概，没有放在心上。

那就是一起寻常的案件，至少我是这么认为的。看完那篇谨慎选择措辞的短小报道后，我便把报纸扔给了阿尔伯特·坎皮恩。他在午餐时突然来访，之后一直静坐在房间的角落，眨巴着镜片后的双眼，漫不经心地熬着这个让人浑身没劲的炎热下午。

人们将案件命名为"死胡同枪击案"。案情极为简单：

假日街是东北地区的一条邋遢后街。深夜一时许，四周鸦雀无声。这时，巡逻途中的警官发现一名男子倒在人行道上。警官还以为那人只是热晕过去了，没有太当回事（这也难怪），便为他松开衣领，叫了救护车。

谁知赶到现场的急救人员宣布此人已死，将遗体转移至停尸房。验尸结果显示，死因是精准贯穿肩胛骨缝隙的枪伤。子弹在体表留下一个小小的弹孔，击穿左肺，擦过心脏，深入胸腔。

结合死因与"警察没有听到任何可疑声响"这一点，可推出凶手与死者有一定的距离，并使用了装有消音器的枪……

坎皮恩只表现出了象征性的兴趣。那天下午确实热得够呛，报道的内容也尚不具备任何独创性与刺激性。他伸出纤长的双腿坐在地上，姑且耐着性子浏览报纸。

"反正就是死了个人。"终于，他发表了这样一番感想。片刻后，他又补充道："真可怜！这就叫火烧屁股吧……唉，毕竟是那样一个地方。你去过假日街吗，玛格丽？"

我没有回答，而是陷入了沉思。说来也怪，一旦直面酷暑这般万人共通的苦难，你就会突然觉得发生在大都市角角落落的无数事态都不再事不关己了。回过神来才发现，我已经对素未谋面的被害者产生了深深的同情。

斯塔尼劳斯·奥茨为我们讲述了晚报报道背后的事实。四点多的时候，他来我们这里找坎皮恩。当时奥茨是刑侦部门的督察，喜欢找这位戴着方框眼镜、脸色苍白的青年探讨各种令人头痛的问题。两个人的关系可谓别具一格，无论从哪个角度看都不像"才华横溢的业余侦探配谦虚的警官"，反而更像是"脾气急躁的警官找人畜无害、善良友好的普通市民代表理论"。

那日的奥茨略有些慌张。

"这起案子特别适合你，"他冷冷地对坎皮恩说道，坐了下来，"因为这场犯罪简直跟奇迹一样。"

过了一会儿，奥茨找了个荒唐的借口安抚自尊心（我本没必要跟任何人讨论这起案子，但天气这么热，闲着也是闲着），徐徐道来。

"这就是一起'低俗的'凶案，说白了就是帮派内斗。在你们这种喜欢在罪案中寻求浪漫元素的人看来，这案子肯定毫无趣味可言。但我遇到了两个难题。第一，我们认定的嫌疑人竟然没有行凶的机会。第二，我料错了被害者的女友。那种姑娘都大同小异，所谓的'例外'是指望不上的。"

奥茨叹了口气，似乎是被这一发现狠狠伤了心。

工作室里热得跟蒸汽浴室一般。我们几个分别坐在各处，听奥茨讲述那个姑娘——约瑟芬的情况。我终究还是没有机会见到她，却永远都不会忘记那天的那一幕光景。在场的每一个人都在酷暑中苦苦喘息，同时听督察介绍案情。

奥茨告诉我们，约瑟芬的男友原本是一个叫德诺凡的人。他将每一个细节描述得绘声绘色。据说约瑟芬骨瘦如柴，胸部扁平，脸白得透明，有一头黑发与一双乌黑的眸子，仿佛俄国圣母像里的人物。她总穿镶有蕾丝的上衣，不是戴一个小小的金色十字架挂坠，就是别一枚用镀金别针固定的胸针。她才二十岁——说到这里，奥茨补充道，"我也是老糊涂了，竟然会被这样一副皮囊骗得团团转"，听得我们云里雾里。

接着，他便讲起了那个德诺凡。据说他才三十五岁，却在大牢里度过了整整十年的岁月。话虽如此，奥茨似乎对他并无偏见。只是受这一事实的影响，奥茨在脑海中将他归入了某个特定的类型。

"他就是个惯犯，干些偷鸡摸狗的勾当。"奥茨摆摆手，露出心满意足的微笑，仿佛一切已真相大白，"约瑟芬在十六岁时被德诺凡看上，之后就没过过一天太平日子。"

趁我们的注意力还没分散，奥茨提起了乔尼·基尔契克。他就是本案的死者。

奥茨是从不感情用事的理性主义者，这次却一反常态，滔滔不绝地讲述起了约瑟芬与乔尼·基尔契克的故事。他表示，那是一场恋爱——一场突如其来的、令人心痛却又愚蠢的恋爱，却深深打动了他。

"想当年，我有位姨母特别擅长讲那些关于'真爱'的故事。当时我总觉得那不过是老太太的胡言乱语，听着怪难为情的。可是看到那两个年轻人因邂逅而激情燃烧，化作一团炽热的火焰，迸发出耀眼的光芒——要不是遇见了对方，他们不过是两个无趣的小混混——我的想法就变了。尽管我还是看不上'真爱'这个词，但我好像有点明白姨母想要表达的意思了。"

奥茨犹豫片刻，扁平的土黄色脸上浮现出自嘲的浅笑。

"不过到头来，姨母跟我都错了。"他嘟囔道，"正如旁人所料想的那样，约瑟芬背叛了乔尼。在他迎来命中注定的结局，被安置在停尸房之后，她突然背弃山盟海誓，为杀害乔尼的人提供了不在场证明。当然，情人的证词是没有任何价值的，所以证词本身无关紧要，但她拼命包庇凶手确实是不争的事实。你们也许会笑话我多愁善感吧，但我是真的失望透顶啊。我还以为她是个死心塌地的姑娘呢。"

坎皮恩动了动身子，彬彬有礼地问道：

"能讲讲详细的案情吗？我只看了晚报上的文章，还不太了解情况。"

奥茨懊丧地瞪了他一眼。

"说实话，目前查明的事实就没有一个合心意的。肯定有我们还没察觉到的盲点，或因为过于简单被我们忽略的某些东西。其实我今天来找你就是为了这个。我想请你跟我一起去案发现场看看，如何？"

无人起身。大家都热得不想动。最终，督察拿起粉笔，在模特台座那空无一物的面板上画起了案发现场的示意图。

"这是假日街，"他沿着面板的裂纹划动粉笔，"有近一英里长。这一侧的尽头，这个椅子周围基本都是批发商的仓库。而我现在画的这个带烟灰缸的方形垃圾箱是两个警察分局辖区的边界线记号。以垃圾箱为起点，呃……往左走十码就是科尔巷的入口。这条死胡同夹在两座仓库的混凝土墙之间，尽头是一家咖啡馆。咖啡馆是通宵营业的，客人大多是假日街前头那两家大型印刷厂的排字工人。不过'咖啡馆'只是掩人耳目的假象，它其实是德诺凡那个帮派的非正式总部。约瑟芬守着一楼的收银台，盯着进进出出的每一个人，天知道什么时候能喘口气。据说德诺凡好像一直让她坐在那里。"

督察停顿片刻。就在这时，那个闷热夜晚的记忆忽然浮现在我们的脑海中。我仿佛能看到胸口单薄的黑眸姑娘坐在充满热气的咖啡馆里的画面。

奥茨继续说道：

"咖啡馆楼上有间。我们亲爱的德诺凡在包间里度过了大半个夜晚。恐怕在场的还有不少同伙，警方总有一天会把他们一个不漏地揪出来。"

督察弯腰对着示意图。

"乔尼·基尔契克死在了这儿，"他在代表垃圾箱的长方形右边一英尺远的位置画了一个×，"站在街前边的警官看到他立定在这个路灯下，然后摇摇晃晃倒下了。于是他大声通知另一个辖区的同事，一起叫了救护车。整个过程没有任何疑点。问题只有一个：德诺凡是从哪里开的枪？你看，当时假日街上有两名警官。在开枪的那一刻，其中一人——涅瓦警署的警官在巡视仓库的中庭，但另一个人——菲利斯巷警署的警官明明就在距离现场不足四十码的街边。目击到乔尼·基尔契克倒地的就是他，可他没听到枪声。总之我告诉你，坎皮恩，这条街上就没有一处能藏身的地方。那德诺凡是如何神不知鬼不觉地溜出咖啡馆，一枪命中乔尼的后背，再回到店里的呢？死胡同两侧都是仓库的混凝土墙，坚硬无比。咖啡馆后面也没有密道。沿着屋顶走就更不可能了，因为两座仓库都非常高大，耸立在咖啡馆两侧。再说了，就算他有办法来到街边，也一定会被两位警官中的某一位看见。于是问题来了，德诺凡究竟用了什么法子？"

"也许不是德诺凡干的。"我贸然插嘴，换来的却是写满怜悯的睨视。

"凶手就是他，这是无法撼动的事实，"督察凝重地说道，随即转向坎皮恩，"只有这一点是毋庸置疑的。我了解德诺凡。他是那种随身携带枪支的罪犯，在英国非常罕见。据说在禁酒法被废除之前，他在纽约帮派混了五六年，直到现在还会时不时如饥似渴地痛饮一番。而且他一喝酒就会疑神疑鬼，天知道会干出什么事情来。乔尼·基尔契克原本是德诺凡的部下，却因为爱上了那个姑娘脱离了帮派，德诺凡对他自是恨上加恨。"

奥茨停顿片刻，面露微笑。

"他迟早要对乔尼动手的。这只是个时间问题。帮派里的每一个人都期待着这一天的到来，街坊四邻也是提心吊胆。听说德诺凡早就放出话来，只要乔尼踏入咖啡馆一步，他就别想看到第二天的太阳。昨天晚上，乔尼突然现身。姑娘吓得浑身发颤，把他赶了出去。到头来，他还是离开了那条死胡同。结果当他走过街角，开始沿假日街往前走的时候，德诺凡一枪了结了他。只可能是这样，坎皮恩。医生们认为乔尼几乎是当场毙命的。后背中弹之后，他应该只走了三步不到。凶器显然是德诺凡的枪，虽然我们还没找到实物，但已经查明了这起案件中使用的凶器和他的枪是同款。案情清清楚楚，简单明了——只要能搞清德诺凡开枪的时候身在何处就行。"

坎皮恩抬头看他，镜片后的双眸带着沉思之色。

"那个叫约瑟芬的姑娘为德诺凡提供了不在场证明？"

奥茨耸耸肩："差不多吧。她特别激动，坚称案发时德诺凡一直在咖啡馆楼上的包间，整晚都没离开过。无论我们如何审问，她都不肯改口，还拿自己的性命发誓。虽说她的证词没有任何意义，可我也不想眼睁睁看着她干出这样的傻事。要知道，她的情人尸骨未寒啊。她显然是想巴结帮派的人，这也是在所难免。但我听说她是主动为德诺凡作了证，而不是在警方的审讯下说的，心里还是失望透了。"

"哦？她是主动作证的？"坎皮恩似乎有了兴趣。

奥茨点点头，灵动地睁开那一双小眼睛。

"说她是'强行'作证都行。她冒冒失失闯进警局，将一切和盘托出，仿佛自己在干什么特别光荣的事情似的。我平时是不会因为这种事受打击的，可那一幕把我恶心坏了。所以我毫不客气地对她说，你去见你男朋友最后一面吧。"

"确实不像你平时的行事风格，"坎皮恩平静地说道，"然后呢？她有什么反应？"

"嗯，她号啕大哭，跟其他姑娘一样。"奥茨似乎还有些义愤填膺，"不过这都不重要，无论约瑟芬那样的姑娘做了什么都无济于事。她也只是图个自保。要不是她兴冲冲地跑来作证，我肯定会原谅她的。先不说这个了，德诺凡的问题才是最要紧的。你说他究竟是从哪儿开的枪？"

就在这时，刺耳的电话铃声响彻工作室，仿佛是在回答奥茨的问题。他向我投来饱含歉意的目光。

"大概是找我的。你不介意吧？我把这儿的号码给了警长。"

他拿起听筒，低头听了一会儿。谁知听着听着，他的脸色就不对劲了。由于房里实在太热，热到我们懒得装出没看见的样子，在场的所有人都饶有兴致地盯着他的一举一动。

"呵……"在漫长的沉默后，奥茨用平淡的口吻说道，"是吗？不过无论如何，结果都一样……可她为什么要……什么？……也许吧……啊？……当真？"

听筒对面的人似乎抛出了更为关键的第二条情报，奥茨不禁面露惊色："怎么可能……没搞错吧？……什么？"

来自远方的声音连珠炮似的说明情况，那单调而无间断的声响也传进了我们的耳朵。奥茨督察越听越烦躁。

"行了行了，我知道了。我肯定是疯了……我们都疯了……随便你们吧。"随着一声粗野的谩骂，他撂下了听筒。

"是不是不在场证明被证实了？"坎皮恩问道。

"是啊，"奥茨仿佛在呻吟一般，"待在咖啡馆一楼的两个排字工人明确表示，德诺凡在天亮之前没有出过店门一步。两个都是可靠的正经人，没有比他们更完美的证人了。但开枪打死乔尼的肯定是德诺凡，这一点绝对错不了。要我说，他肯定是打穿了钢琴仓库转角处的混凝土。"他火冒三丈地转向坎皮恩，诘问道："怎么样？你能解释清楚吗？"

坎皮恩清了清嗓子，神情略显困惑。但片刻后，他鼓起勇气，开口说道：

"呃……其实我想到了两点。"

"那就说来听听吧，小子，"奥茨点了根烟，抹了把脸，"我洗耳恭听。"

坎皮恩又清了清嗓子。"呃——首先是……这天实在太热了，"他显得十分尴尬，"一点是这炎热的天气，另一点则是你提到的铜墙铁壁。"

督察骂了一通脏话，为自己的无礼道歉后——

"要是有人忘得了这炎热的天气，我倒想见见他是何方神圣。墙壁又是怎么回事？"

坎皮恩站在模特台座的另一头，弯腰盯着面板上的示意图。接着，他毫不婉转地说道："这是钢琴仓库的转角。这是垃圾箱。警官在左侧的路灯下发现了乔尼·基尔契克。涅瓦警署的警官在前方的仓库里巡视中庭，暂时离开了街边。而死胡同入口的另一头还有一位警官，就是菲利斯巷警署的那位。于是大家都下意识地认定……呃……案发现场呈密室状态，被四堵不可撼动的铜墙铁壁所包围。其中两堵是混凝土墙，另外两堵则是两位警官。"

坎皮恩略显忧郁，战战兢兢地瞥了督察一眼。

"警官会在什么样的情况下发挥不出铜墙铁壁的作用呢，奥茨？大概——嗯，大概就是在天气如此炎热的时候……不是吗？"

奥茨眯起眼睛，凝视着他。

"妈的！"他突然喊道，"畜生！坎皮恩，你说得没错！事情果然从一开始就是清清楚楚的！"

两人俯视着示意图。奥茨弯下腰，用粉笔戳了戳死胡同入口的路灯。

"原来是这个路灯！帮我接下电话！非得抓住那家伙不可，给我等着瞧！"

督察忘我地讲着电话，我们趁机让坎皮恩解释清楚。坎皮恩犹豫片刻后，用一贯的温和口吻讲述起来，乍一听仿佛是在为自己辩白。

"呃……哎呀……这里不是有个垃圾箱吗？两个辖区在这里交界。因为天气炎热，A警官累得够呛。就在这时，他看见自家辖区的路灯下躺着一个被热晕的人。那人身材矮小，于是A心生一计，把人挪去了垃圾箱后面的下一个路灯下面。如此一来，处理这件事的责任就自动落到了B警官头上，他正在往这儿走。不一会儿，A警官把人挪好了。正弯腰查看情况的时候，隔壁辖区同事过来了。由于A完全没察觉到那人身上有枪伤，他做梦也没想到那人倒下的位置意味着什么。那人原本倒在死胡同的入口，而咖啡馆楼上的包房是可以看到那个地方的。到了今天，他应该反应过来了，认识到了尸体位置的重要性。但他似乎认为，保持沉默才是最佳的选择。"

打完电话的奥茨意气风发地走了回来。

"据说最先发现尸体的警官今早请假了。他是个老面孔了。见死者倒地不起，他认定人是热晕的，不想让无聊的审讯工作挤占自己的休息时间。我怎么早没想到呢？"

片刻的沉默。

"那——那个姑娘呢？"我不禁问道。

奥茨皱起眉头，露出一丝痛心疾首的表情。

"是我们对不起她……尽管那肯定是意外。目击到整个过程的警署工作人员说，不太好判断那是不是意外。"

见我怔怔地望着他，他赶忙解释道："我刚才没说吗？刚才警长为了不在场证明的事，给我打电话的时候说的。约瑟芬今天早上去了一趟停尸房，出来过马路的时候被大巴撞死了……嗯，听说是当场死亡。"

督察摇了摇头，略显尴尬。

"她特地来警署，也是想用自己的方式表个态吧。帮派的人肯定要求她作证说'案发时楼上的包间里没人'。在意识到天降好运之前，他们肯定是这么计划的。所以那姑娘才赶来警署，一心想要揭发凶手的罪行，不顾自己的安危。谁知事与愿违，她的证词反而给凶手提供了不在场证明……唉，造化弄人啊。"

他满怀感激地看了眼坎皮恩。

"你不会被多余的人情扰乱思路，所以才能一眼洞察真相。所有东西在你眼里都是 A、B 之类的记号，这是我俩的一大区别。"

比谁都彬彬有礼的坎皮恩无言以对。

推理群星闪耀时

〔日〕江户川乱步——编

曹逸冰——译

GREAT
SHORT STORIES
OF
DETECTION

Edogawa
Rampo

[下卷]

浙江文艺出版社
Zhejiang Literature & Art Publishing House

果麦文化 出品

目录

下卷　奇妙余味

下卷 奇妙余味

GREAT
SHORT STORIES
OF
DETECTION

失窃的信

埃德加·爱伦·坡 ｜ Edgar Allan Poe

（1809.1.19—1849.10.7）

美国诗人、作家、编辑。侦探小说的历史，始于 1841 年 4
月爱伦·坡发表在《格雷厄姆杂志》上的侦探小说处女作
《莫格街凶杀案》。在 1845 年之前，他接连发表了《玛丽·罗
杰疑案》《金甲虫》《你就是凶手》《失窃的信》等侦探小说。
再加上《关于秘写的只言片语》《写作的哲学》等聚焦谜题
与逻辑的随笔评论，这些作品几乎占据了爱伦·坡短暂的作
家生涯的绝大部分。这也能从侧面体现出，爱伦·坡的侦探
小说热绝非心血来潮与昙花一现。

——乱步评

对智慧而言，最可恨的莫过于太过敏锐。

——塞涅卡[1]

18×× 年秋，一个狂风大作的夜晚。天刚黑不久，我与朋友 C. 奥
古斯特·杜邦正在他位于巴黎圣日耳曼郊区登诺街三十三号四层的书
房兼小型藏书室享受着双份的奢侈，一面沉思，一面抽着海泡石烟斗。

1　塞涅卡（Lucius Annaeus Seneca，约公元前 4—65），古罗马政治家、斯多葛派哲学家、悲剧作家、
雄辩家。

深不见底的沉默至少已持续了一个小时。若有人碰巧瞧见了我们的模样，也许会认定是压迫着室内空气的重重烟雾占据了我们的心智。不过单就我自己而言，我正在琢磨我们刚才探讨的话题，即莫格街的那起凶杀案，以及玛丽·罗杰血案之谜。因此，当我们的老熟人——巴黎警察局的 G 局长推开公寓房门进屋时，我甚至觉得这是某种巧合。

我们由衷欢迎他的到来。因为他十分可鄙，却也颇为有趣。而且我们已经好几年没有见到他了。在他来访之前，我们一直坐在黑暗中，所以杜邦欲起身点灯。但 G 表示，他遇到了一起非常棘手的案子，这次过来是想征求我们的意见——准确地说，是想征求我朋友的意见。听闻此言，杜邦便又坐了下来，没去点灯。

"如果需要动脑筋的话，"杜邦刹住点燃灯芯的动作，同时说道，"置身于黑暗中反而更好。"

"这又是你想出的怪点子吧。"局长如此说道。他习惯将一切超出自己理解范围的东西归结为"怪"，因此他过着被"怪人怪事"包围的生活。

"没错。"杜邦应道，同时递给局长一支烟斗，并将一把安乐椅推到他身前。

"又碰上什么棘手的案子了？"我问道，"可别再是凶杀案了。"

"不，不是那种案子。事实上，案子本身非常简单，我坚信我们能处理好。但我觉得杜邦应该会想听听其中的细节，因为整件事实在是太过古怪了。"

"既简单，又古怪。"杜邦说道。

"差不多吧，可也不完全是那样。因为它明明极其简单，却又教人一头雾水。大伙都被难住了。"

杜邦表示："也许难住你们的，正是它的简单。"

"胡说八道！"局长大笑着回答道。

"大概是谜题太简单了些。"杜邦说道。

414

"老天！这是哪门子的新奇理论？"

"这不是不言自明的吗？"

"哈哈哈！"我们的访客笑得很是快活，"杜邦啊，你是想活活笑死我吗？"

"到底是什么案子啊？"我问道。

"嗯，这就跟你们说，"局长缓缓吐出一口绵长的烟，似是沉浸在冥想之中，这才在椅子上坐定，"我只讲要点。不过在开讲之前，我得先提醒你们，这是一起机密案件。要是被人知道我泄了密，局长的位子恐怕就保不住了。"

我说："继续。"

杜邦则说："要么就干脆别说了。"

"那我就说吧。有位身份高贵的人暗中联系我们，说某份极为重要的文件被人从王宫偷走了。我们知道是谁偷的，这毫无疑问，毕竟他偷走文件的那一幕被人看见了。而且我们也知道文件还在那人手里。"

"这是怎么知道的？"杜邦问道。

"这显然是可以推断出来的，"局长回答道，"一方面是因为文件的性质，另一方面则是因为，窃贼将文件脱手后会立刻出现的某种后果尚未发生……也就是说，窃贼最终必定会将那份文件用于某个目的。"

"就不能说清楚点吗？"我说道。

"好吧。那份文件能让它的持有者掌握某种权力——而且这种权力是非常有价值的。"局长喜欢用这种外交辞令。

"我还是不太明白。"杜邦说道。

"不明白？唔……如果有人将那份文件泄露给某个我无法透露姓名的第三者，某位贵人的名誉就会受到质疑。因此文件的持有者算是拿住了贵人的命门，足以威胁到他的名誉与平静的生活。"

"拿住了命门又如何，"我插嘴道，"被害者知道是谁偷的，窃贼也很清楚这一点啊。他脸皮再厚，也不至于……"

"那个窃贼就是 D 部长，"局长说道，"他什么事都干得出来，才不管什么体面不体面。而且他偷窃文件的方法也是既大胆，又巧妙。那份文件——老实告诉你们吧，那是一封信。收到那封信时，被害者正独自待在王宫的闺房。就在她读信的时候，另一位身份尊贵的人突然来访。被害者尤其不想让他看到那封信，本想立刻将信塞进抽屉，却没有成功。无奈之下，她只得将打开的信放在桌上。不过朝上的一面写着地址，没有露出内容，所以来访的贵人没有察觉到。就在这时，D 部长来了。他那双犀利的猞猁眼立刻注意到了那封信。他认出了地址的笔迹，再加上贵妇人慌乱的神情，便洞察了她的秘密。他像往常一样迅速谈完公事，随后掏出一封与被害者的信有些相似的信。他将信打开，假装看了一会儿，再把它放在另一封信边上，然后又谈了大约十五分钟的公务。最后告辞时，他从桌上拿走了那封本不属于他的信。信的真正主人看到了那一幕，却无法声张，毕竟旁边还有第三者。部长就这么走了，把自己的信留在了桌上……那就是封普通的信，无关痛痒。"

"于是，窃贼彻底拿住了被害者的命门，"杜邦对我说道，"被害者知道谁是窃贼，而窃贼也很清楚这一点……"

"没错，"局长回答道，"而且在过去的几个月里，窃贼为了某个政治目的大肆使用通过这种方式获得的权力。这令被害者日益痛感夺回那封信的必要性。但她又无法公然索要。思来想去，那位贵妇人便将这件事托付给了我。"

"她肯定是找不到，也想象不出比你更聪明的侦探了。"杜邦置身于滚滚烟雾中说道。

"过奖了，"局长答道，"不过嘛，也许有人确实会这么想。"

"如你所说，那封信应该还在部长手里，"我说道，"因为赋予他权力的，正是那封信。一旦把信用掉，他就会失去那种权力。"

"没错，"局长说道，"我基于这项推论开展了调查。我要做的第一件事，就是彻查部长官邸。不过最大的问题在于，我必须在他不知情的情况下进行搜查。贵妇人已对我强调过，让 D 察觉到我们的计划会造成多大的危险。"

"可这种搜查不是你们的拿手好戏吗？"我说道，"巴黎警方经常这么干。"

"嗯，是的。所以我并没有绝望。而且那位部长的习惯也帮了我的大忙，因为他经常整夜不在家。家里没多少仆人，还都睡在离主人的居室很远的地方。再者，仆人大多是那不勒斯人，很容易被灌醉。你们也知道我有那种钥匙，巴黎的每一扇房门、每一个柜子我都能打开。整整三个月里，我每晚都亲自去 D 部长的官邸进行搜查，一待就是一整晚。毕竟此事关乎我身为警察的名誉，而且坦白告诉你们吧，报酬也相当可观。虽然我到最后都没有放弃搜索，却不得不确信，这个小偷比我更精明。我可是把官邸中每一个可能藏有文件的犄角旮旯都找遍了啊。"

"有没有可能是……"我说道，"我也觉得信应该还在部长手里，但他会不会把它藏去了别处？"

"几乎不可能，"杜邦说道，"考虑到宫廷的情况与 D 有所牵涉的阴谋这两个特殊的条件，不难猜测 D 需要将文件放在身边。'能在关键时刻迅速取出那封信'与'持有那封信'应该同等重要。"

"取出那封信干什么？"我问道。

"销毁啊。"杜邦回答。

"哦，看来信确实在官邸中。至于部长随身携带信件的可能性，应该是完全不用考虑的。"

"是啊，"局长说道，"关于这一点，我已经派人假装成劫路的强盗埋伏过他两次了。在我的监视下，我的人仔细搜过他的身。"

"你本不必如此大费周章，"杜邦说道，"D 想必也不是个傻子。只要他不傻，就必然能料到会有人设下埋伏。"

　　"他是不傻。"局长说道，"那就意味着他是个诗人。因为我觉得诗人与傻瓜不过一步之遥。"

　　"这话没错。"杜邦从海泡石烟斗吐出一口悠长的烟，若有所思道，"不过我也写过些狗屁不通的诗。"

　　"再详细讲讲你是怎么调查的。"我说道。

　　"嗯，我投入了大量的时间，找遍了所有地方。在这方面，我积累了多年的经验。我逐一调查了整栋楼的每个房间。每个房间都要花上整整一星期。先检查家具。每一个抽屉都打开看过了。我想你也知道，对一个受过正统训练的警察来说，暗格这种东西根本就不存在。在这种搜查中被所谓的暗格骗到的家伙都是傻瓜。一切都是明明白白的。所有橱柜都有固定的容积。我们手里也有准确的标尺。哪怕是一线[1]（约两毫米）的五十分之一，我都不会放过。查完橱柜，再查椅子。坐垫也用你见过的那种细长的针一一探查过了。桌子都要拆下面板仔细检查。"

　　"为什么要拆面板啊？"

　　"因为真有人把桌子之类的家具的面板拆下来藏东西啊。拆掉面板，再在桌腿上挖洞，把东西藏在洞里，最后把面板盖回去就行了。床柱的底部和顶部也能用这种方法藏东西。"

　　"如果有洞的话，敲敲看不就能听出来了吗？"我问道。

　　"没用的，要是藏东西的时候塞上足够的棉花，就听不出来了。而且这次调查也不允许我发出任何声响。"

　　"但你不可能把可以那样藏东西的家具全部拆开检查一遍吧？一封信可以搓成细细的纸卷，无论是形状和体积，都和一根大号的毛衣

　　　1　线（line），英制长度单位，1 线等于 1 英寸的 1/12。

针差不多，那样就能塞进椅脚的横档了。你没把所有椅子都拆开吧？"

"当然没有，我的方法更巧妙。官邸的椅子横档我都一一看过，每种家具的所有接缝也都用高倍放大镜检查过了。如果近期有人动过手脚，我是不可能发现不了的。毕竟一丁点木屑，在放大镜下都跟苹果一样明显。只要胶合处稍有破损，接缝比平时稍宽一些，我就一定会发现。"

"我想你肯定也检查了镜子的背板和玻璃之间，床、床单、窗帘和地毯大概也没放过。"

"那是当然。像这样彻查过家具之后，我又将视线转向了房子本身。把整栋房子分成若干个区域，逐一编号，保证不遗漏任何一个角落。然后跟之前一样，使用放大镜仔细检查了官邸的每平方英寸，包括官邸左右两边的房子。"

"左右两边的房子！"我惊呼道，"工作量也太大了！"

"嗯，但毕竟报酬丰厚。"

"房屋的地面也查过了？"

"三栋房子的地面都铺着砖块，所以不太费事。我查看了砖块之间的苔藓，没有发现动手脚的痕迹。"

"D 的文件和藏书室里的书肯定也都查过了吧。"

"废话，每一个包裹、每一叠文件都没放过。书也全部打开看过了。刑警有时会抓起书抖一抖了事，但这样还不够保险，所以我是一页页翻开查看的。不仅如此，我还用最精准的尺子测量了每本书的封面厚度。还用放大镜对每本书进行了最严格的检查。只要装订处有最近动过手脚的蛛丝马迹，我就绝不可能漏掉。刚从装订厂送来的五六本书，也用探针仔仔细细检查过了。"

"地毯下面的地板呢？"

"当然也查了。把地毯全部挪开，再用放大镜检查木地板。"

"壁纸呢？"

"嗯。"

"地下室查过没有？"

"查了。"

"那就说明你猜错了，"我说道，"看来信并不在官邸里。"

"恐怕是这样没错，"局长说道，"怎么样，杜邦，你有什么建议？"

"再对官邸做一次彻底的搜查。"

"完全没有这个必要，"G回答道，"我非常确定那封信不在官邸，就和我确定自己在呼吸一样。"

"那我就没有更好的建议了，"杜邦说道，"你当然能准确描述出那封信的特征吧？"

"这还用问吗！"说着，局长掏出记事本，大声念出关于失窃信件的内容及外观特征的详细描述。念完后不久，这位善良的绅士便垂头丧气地告辞了。我从没见他如此沮丧过。

大约一个月后，局长再次来访。而我们正在做的事，和他上次来访时几乎一样。他接过烟斗落座，理所当然地加入了对话。终于，我开口问道："话说回来，G，那封失窃的信怎么样了？你是不是只能放弃，承认自己赢不了D部长啊？"

"那个混账，真让人来气——没错，我按杜邦说的重新查了一遍，结果又白忙活一场。虽然我早就知道查了也是白搭。"

"能拿到多少报酬来着？"杜邦问道。

"嗯，非常多——委托人很是慷慨。我不想透露具体的金额。但我可以这么告诉你，如果有人能帮我找到那封信，我不介意开一张五万法郎的个人支票给他。实不相瞒，那封信的重要性与日俱增，所以报酬也翻了一番。不过就算能拿到三倍的报酬，我也无计可施了。"

"哦……"杜邦抽着海泡石烟斗悠然说道，"其实吧……G……我觉得吧……你还没有……竭尽全力。你明明可以……再做点什么的……"

"此话怎讲？"

"我是说，"杜邦吞云吐雾道，"你……噗噗……你可以找人咨询一下这件事情……噗噗……你知道阿伯内希的故事吗？"

"不知道，该死的阿伯内希！"

"确实！他死了也不关我们的事。但我要告诉你，从前有个守财奴想不花一分钱让阿伯内希提供医学建议。为了达到这个目的，他在某次见到阿伯内希的时候，假装在闲聊的样子，将自己的病情套在了某个虚构的病人身上。

"'假设那个病人有这样这样的症状，'守财奴说道，'医生，您会给他什么建议呢？'

"'还能有什么建议啊！'阿伯内希回答，'当然是让他去看医生啊。'"

"呃……"局长略显狼狈，"我是很愿意咨询的，也愿意付钱。要是有人帮我这个忙，我真愿意给他五万法郎。"

"既然如此，"杜邦打开抽屉，拿出支票簿，"你不妨开一张支票给我，就写那个数。等你签了字，我就把信交给你。"

我大吃一惊。局长简直像被雷劈中了一般瞠目结舌，纹丝不动，难以置信地张着嘴，看着我的朋友，眼珠子仿佛都要从眼眶里蹦出来了。片刻后，他才稍稍回过神来，拿起笔，愣了一会儿，又投来空洞的视线，终于在支票上写下了"五万法郎"，签名后递给了桌子另一边的杜邦。杜邦仔细检查了一下，把支票塞进钱包。接着用钥匙打开书桌抽屉，掏出一封信递给局长。局长欣喜若狂地抓住信，用颤抖的双手打开，草草瞥了一眼信的内容便跟跟跄跄走向门口，连招呼都没打就冲了出去。在杜邦让他填写支票后，他愣是一个字都没说过。

等他走后，我的朋友才解释了事情的来龙去脉。

"巴黎警察是很能干的，"他说道，"他们坚忍不拔、机智狡猾，而且充分掌握了他们的职责所需的知识。所以当 G 告诉我们他是

421

如何搜查了 D 的官邸后，我便确信他的调查已经非常彻底了，至少在他力所能及的范围内。"

"在他力所能及的范围内？"

"没错，"杜邦说道，"他所采取的方法是同类方法中最出色的，执行得也绝对完美。如果那封信在他们的搜索范围内，肯定早就被发现了。"

我只是笑了笑，杜邦却不像是在开玩笑。

"也就是说，"他继续说道，"他采用的方法是不错的，执行得也很好。问题在于，它不适用于这起案件与这位窃贼。方法确实巧妙，但对局长来说，它无异于某种普洛克路斯忒斯之床[1]。换句话说，他是强行把自己安在了床上。他总是因为把手头的案子想得太深奥或太浅显而栽跟头。单论这一点，比他聪明的小学生都有的是。我认识一个八岁的小学生，他玩'猜奇偶'游戏的本事是出了名的，简直战无不胜。游戏很简单，是用弹珠玩的。一个玩家抓一把弹珠在手里，问另一个玩家弹珠是偶数还是奇数。如果猜对了，就能从对方手里赢一个过来。猜错了就输一个。我说的那个男孩把全班同学的弹珠都赢了过来。当然，他猜的时候也是讲原则的，这个原则就是观察并推测对手的聪明程度。假设对方是个大傻瓜，他伸出攥紧的拳头问道：'是偶数还是奇数？'我认识的小学生也许会回答'奇数'，输掉第一轮。但到了第二轮，他就一定会赢。因为他会在心里这么告诉自己：'这个傻瓜第一轮拿了偶数。凭他的脑子，第二轮顶多改成奇数，那我就猜奇数吧。'所以他猜奇数就能赢。碰到稍微强一点的傻瓜，他又会这么想：'他知道我第一轮猜了奇数，所以他最先想到的就是像刚才的傻瓜那样，在第二轮只把偶数改成奇数。但那样未免太简单了，所以他会改主意，最终决定和第一轮一样，选偶数。所以我要猜偶数。'一猜果然赢了。

1　普洛克路斯忒斯是古代希腊神话中的一名强盗。他将抓到的旅行者绑在铁床上。如果旅行者个子太高，就切断他的手脚，太短则强拉他的身体，使之与床同长。

同学们把他的这种思维模式称为'运气'……不过细说起来，这究竟是怎么回事呢？"

"其实，"我说道，"这不过就是匹配推理者的智力与对手的智力罢了。"

"没错，"杜邦说道，"我问过那个男孩，'你为什么能摸准对方的心思，为成功打下基础'。他是这么回答我的：'当我想弄清楚一个人有多聪明、多愚蠢、多善良、多邪恶，或者他此刻在想什么的时候，我会尽可能模仿对方的表情，然后等一等，看看我脑子里或者心里要产生什么想法和情绪才配得上那样的表情。'这位小学生的回答，与拉·罗什福科[1]、拉·布吕耶尔[2]、马基雅维利[3]、康帕内拉[4]所拥有的那种虚假深刻的本质完全相同。"

"如果我没理解错的话，"我说道，"能否成功匹配，取决于推理者能否准确推测对手的智力。"

"站在实用价值的角度看，确实是这样没错，"杜邦回答道，"局长和他的下属们之所以频频失败，首先是因为他们没有进行这种匹配。其次是因为他们错误衡量了对手的智力，或者说是压根就没有衡量。那群人只考虑他们自己有多聪明。所以在寻找别人藏起来的东西时，他们也只会琢磨'如果是我会怎么藏'，专找那些地方。在大多数情况下，他们的这种做法是正确的。因为他们的智力水平，正代表了大众的智力水平。然而，当罪犯的狡猾与他们的智力有着截然不同的性质时，罪犯当然就能出其不意了。在对方比自己高明时，就必然会出现这种情况。哪怕对方不如自己聪明，类似的情况也时有发生。在调查原则这方面，那群人完全不懂得随机应变。充其量不过是……在遇

1　拉·罗什福科（La Rochefoucauld，1613—1680），法国思想家。

2　拉·布吕耶尔（Jean de La Bruyère，1645—1696），法国作家，著有《品格论》。

3　马基雅维利（Niccolò Machiavelli，1469—1527），意大利历史学家、政治家。

4　康帕内拉（Tommaso Campanella，1568—1639），意大利哲学家、神学家。

到紧急情况的时候，或者是酬金特别高的时候，大张旗鼓地用老一套的法子调查，原则是不会改的。好比在 D 部长的这起案件中，他们有没有改过行动的原则呢？又是挖洞，又是用探针和放大镜，还把楼房分成若干个区域，分别编号——这一切不过是夸大了一条或一套搜查原则不是吗？长久以来，局长在每天的工作中形成了一套关于人类智慧的观念，而这套原则就建立在这个观念上。你也发现了吧？按他的思路，也许不是人人都会用锥子在椅子腿上钻洞，但是个人都会把信藏在特别讲究的洞里或者角落里。说到底，这种思路和劝人把信藏在椅子腿的洞里有着异曲同工之妙。还有，这一点你大概也发现了，这种特别讲究的藏匿地点只适用于普通情况，也只有智力普普通通的人才会用这招。因为在藏东西的时候，人们最先想到的就是这种讲究的藏法，所以找东西的人也很容易猜到。因此要找到这个东西并不需要炯炯的双眼，只要有足够的仔细、耐心和决心就够了。而在重大案件发生的时候——也就是报酬非常丰厚的时候——这三项条件是一定会满足的。说到这里，你肯定能明白我的意思。如果那封失窃的信被藏在局长搜查原则的范围内……换句话说，如果它的藏匿原则在局长的原则范围内……那局长定能不费吹灰之力地找到它。可那位长官被彻底蒙骗了。而他失败的原因，就在于他得出了这样的推论：'部长是个傻瓜，因为他是个出名的诗人。'局长认定，所有的傻瓜都是诗人。根据这一点，他倒推出了'所有的诗人都是傻瓜'。在这一刻，他就陷入了'中项不周延[1]'的错误。"

"不过他真是诗人吗？"我问道，"我听说他们家是两兄弟，在文坛都是小有名气。据我所知，部长出版过微分方面的学术论著。他是一位数学家，不是诗人。"

1　non distributio medii，指三段论中的中项，在大、小前提中一次也不周延以致无法必然推出结论的错误逻辑。局长用"所有傻瓜都是诗人"倒推"所有诗人都是傻瓜"，没有考虑到"有些诗人不是傻瓜"。

"那是你搞错了。我很了解他，他是文理皆通。他既是诗人，又是数学家，所以才擅长推理。如果他只是数学家，那肯定是什么都推理不出来，到时候还不是任局长摆布。"

"你的观点太让我惊讶了，"我说道，"因为它和世人的观点完全对立。你不会是想推翻人们认同了好几个世纪的观点吧？长久以来，大家都认为数学推理才是最优秀的推理啊。"

"'我敢打赌，流行观点与公认惯例十有八九都很蠢，因为它们适合绝大多数人'。"杜邦用尚福尔[1]的名言作答。"数学家们确实一直在尽最大的努力传播你所说的通俗谬误。然而再怎么把它当作真理来传播，谬误终究是谬误。比方说，他们一直在暗示'分析'这个词可以挪用到'代数学'上。他们完全可以把这份精明用在别的地方。法国人是这种欺诈行为的鼻祖。可是，如果某个名词有什么重要意义……换句话说，如果话语的意义就看你怎么用它……那么，'分析'就不可能用来表示'代数学'。就好像拉丁文'ambitus'并不意味着英语的'野心'，而是'游走四方'；'religio'并不意味着'宗教'，而是'钦崇天道'；'omines honesti'也不意味着'体面人'，而是'老实人'，它们在含义层面全无关系。"

"哦……"我说道，"你是在挑衅巴黎的代数学家啊。接着说。"

"对于以逻辑形式以外的特殊形式进行的推理，无论是站在适用性的角度看，还是站在价值的角度看，我都持反对意见。我尤其反对的是基于数学研究的推理。数学是形式和数量的科学。而数学推理，不过是应用于考查形式和数量的逻辑罢了。哪怕是纯代数学的真理，把它当成抽象真理或普遍真理那也是大错特错，是最不像话的错误。广大世人对这一点却很认同，这令我惊愕不已。要知道，数学的公理并不是普遍真理的公理。它在形式与数量的关系层面也许是正确的，

---

1 尚福尔（Chamfort，1740—1794），法国剧作家、杂文家，以风趣著称，所写格言在法国大革命期间成为民间流行的俗语。

但若是应用在伦理层面，那便是彻头彻尾的错误，这样的情况比比皆是。在伦理学领域，部分的总和往往不是整体。在化学领域，数学公理也是行不通的。在考察动机的时候，它也不能成立。因为，假设存在各有价值的两种动机，那么将两者结合起来得出的价值，不一定等于它们各自的价值之和。除此之外，还有无数数学真理只有在'形式与数量的关系'这一范围内才是真理。可数学家早已习惯将这种有限的真理用作普遍适用的真理，世人也都信以为真了。布莱恩特[1]在那部渊博的《神话》中探讨过与之非常相似的谬误因何而生。他说，'我们都不相信异教徒的神话，却不断忘记这一点，把神话当作实际存在的东西进行推论'。而数学家本就是异教徒，所以他们坚信'异教徒的神话'，并在这个基础上进行推论。倒不是一不留神忘记了，而是出于某种不可思议的愚蠢……总之，我从没遇到过一个能在求等根之外的方面靠得住的数学家，也没见过一个心底里不坚信 $x^2 + px$ 绝对无条件等于 q 的数学家。你大可逮住这些绅士中的一位，对他说你觉得 $x^2 + px$ 碰巧不等于 q 的情况也是有可能出现的。不过等他听明白你的意思之后，你得赶紧逃到他抓不到的地方去。因为他绝对会狠狠揍你一顿。"

　　这最后一句话把我逗乐了。杜邦继续说道："所以我的意思是，如果那位部长仅仅是个数学家的话，局长就不必开这张支票给我了。但我知道部长既是数学家又是诗人。所以我充分考虑了周围的情况，在此基础上采用了与他的才智相匹配的方法。我还知道他是廷臣，同时也是大胆的阴谋家。我心想，这样一个人不可能不了解警察常用的调查方式。他肯定早就料到了警方会设下埋伏，事实也正如他所料不是吗？我又想，他必定也料到了警方会暗中搜查他的住处。局长认为部长经常整晚不在家有利于他开展调查，要我说啊，那肯定是部长的

　　1　布莱恩特（Jacob Bryant，1715—1804），英国学者、神话学家。

诡计。他想让警察彻底调查一下，尽早得出 G 的最终结论，也就是'那封信不在官邸内'。我还觉得，关于警察在搜查隐匿物品时一成不变的行动方针，就是我刚刚大费唇舌解释给你听的那些，部长恐怕也都是心中有数的。这就意味着，寻常的藏匿之处必然入不了他的法眼。我认为他没那么傻，他很清楚在局长的眼睛、探针、锥子和放大镜之下，官邸中最隐秘、最不引人注意的角落，也跟寻常的橱柜没什么两样。我意识到，他定会得出这条单纯的真理。哪怕那不是他深思熟虑后做出的选择也一样。你还记得吗？局长第一次来访时，我就对他说过，正因为这起案件极其不言自明，他才会无从下手。局长当时还哈哈大笑呢。"

"当然记得。他笑得可欢了，我都怕他笑到抽风呢。"

"物质世界中，"杜邦继续说道，"存在大量与非物质世界极其相似的地方。所以'隐喻与明喻不仅能用来润色文章，也能用来强化论点'这一修辞学教条也有一定的可信之处。比方说，人们耳熟能详的惯性原则在物理学领域与形而上学领域似乎是完全相同的。在物理学领域，大物体比小物体更难移动，伴随着移动的动量也与移动的困难程度成正比，这就是真理。在形而上学领域也有同样的真理。和智力低下的人相比，拥有更高智慧的人一旦行动起来，那就会更强大，更持久，也更有胜算。但是相应地，他们不会轻易行动起来，在行动最开始的阶段往往犹豫不决，仿佛心有困惑。再举个例子吧。你有没有琢磨过，哪种沿街商铺的招牌最有吸引力？"

"我从没琢磨过这个问题。"我回答道。

"有一种用地图玩的字谜游戏，"他继续说道，"地图上不是印着各种各样的名字吗？城镇的、河流的、州府的、帝国的……总之玩家要挑一个名字报出来，让对方找。新手通常会挑字最小的地名，试图难住对方。老手则会选择从地图的一头印到另一头的那种特别大的名字。这类名字就和字号特别大的招牌和告示一样，由于过分显眼，反而无法引起注意。也就是说，对这种招牌视而不见，与'因为过于明显而难以察觉'这种精神层面的失察有着异曲同工之妙。不过这次的案子似乎超出了局长的理解范围。他完全没想到，部长会把信放在世人的眼皮底下，作为瞒天过海的妙计。

"首先，D 素来胆大勇敢，当机立断，机智过人。其次，他若想把那封信用到极致，就必须将它时刻放在身边。再次，局长明确告诉我们，信并没有藏在他平时的搜查范围内。综合这几点，我愈发确信，部长为了藏住那封信采取了一种意味深长且着实高明的手段，那就是'索性不藏'。

"拿定主意之后，我准备了一副绿眼镜，在一个晴朗的早晨拜访了部长官邸，装出一切都出于偶然的样子。D 刚好在家，时而打哈欠，时而悠闲地走来走去，一如往常，假装自己为困倦头疼不已。其实他大概是人世间最精力充沛的一个……不过，他也只会在没人看见的时候展现那一面。

"为了对付他那一套，我絮絮叨叨地抱怨自己眼神不好，为不得不戴眼镜长吁短叹。我装出在听房主说话的样子，同时在眼镜的掩饰下仔仔细细环视了整个房间。

"我重点观察了他边上的大书桌，上面杂乱无章地堆放着信件与文件，还有一两件乐器和几本书。但我通过长时间的仔细观察，确定桌上并没有可疑物品。

"我的视线在房间里扫了一圈，最终落在一个用厚纸板做成的廉价透雕名片架上。名片架用一条脏兮兮的水蓝色丝带悬挂在壁炉台中间正下方的一个小铜钮上。它有三四个格子，里面放着五六张名片，信却只有一封。只见那封信布满污渍，皱巴巴的，中间几乎要被撕破了，仿佛有人觉得那封信已经没用了，正要撕碎却改了主意，留下了它。信封上有一个非常惹眼的大号黑色蜡封戳，印有 D 的姓名首字母。收信人住址是女人的笔迹，文字细小，收信人是部长。信就这样被漫不经心地塞在名片架最上面的格子里，甚至带些藐视众人的味道。

"我一瞥见那封信，便认定它就是我要找的东西。诚然，无论从哪个角度看，它都与局长念给我们的详细描述完全不同。它的蜡封戳又大又黑，还印着部长的名字。局长却说，信上的蜡封戳又小又红，印着某某S公爵家的徽章。那封信的收信人是部长，字迹柔美，显然出自女性之手。局长描述的那封信是写给某位贵人的，字迹刚劲有力。唯一对得上的只有大小。但这些差异未免过于极端，而且D是个一丝不苟的人，纸张的污损情况也非常不符合他的本性。还有一点，这种状态显然是在暗示看到那封信的人，让他们认定'这封信没有任何价值'……再加上信被放在了每位访客都能看到的、极其惹眼的位置，与我先前得出的结论完全相符……在一个带着怀疑来访的人看来，这都是加剧疑念的佐证。

"我想尽可能延长逗留的时间，便抛出一些部长一定会感兴趣并投入的话题，与他热烈讨论。在此期间，我牢牢盯着那封信。一边讨论，一边记住信的外观和它是怎么插在架子上的。最后，我还发现了一件事。哪怕我心中仍有些许微小的疑问，这个发现都足以将它们一扫而空。在仔细观察信件的边缘时，我发现磨损似乎过于严重了。折痕处毛毛刺刺，仿佛有人把一张硬纸先折叠一次，用纸刮刀压平，再沿同一道折痕翻过来折了一次。有这个发现就足够了。这封信就像一只表里相反的手套，显然有人把它翻了个面，重新写上姓名住址，再盖上蜡封戳。我向部长道别后便立刻起身离去，却把一只金鼻烟壶留在了桌上。

"第二天早上，我去取鼻烟壶，又格外热烈地讨论起了前一天的话题。聊着聊着，官邸窗口的正下方传来一声枪声般的巨响，骇人的惨叫与路人的惊呼紧随其后。D冲过去打开窗户，向外张望。我趁机凑近名片架，抽出那封信塞进口袋，再换上我在家精心伪造的赝品（只有外观像）。至于D的姓名首字母，用面包做个章一盖就是了，容易得很。

"街上的骚乱是个拿着毛瑟枪的男人引起的。他发疯似的在一群妇女和儿童中开了一枪。但片刻后，人们发现他用的是空包弹，便认定他不是疯子就是醉汉，放他走了。那个男人走后，D 从窗口走了回来。当然，我拿到想要的东西之后也立刻去了窗边。没过多久，我便告辞了。那个装疯卖傻的男人是我雇来的。"

"可你为什么要用一封伪造的信调包呢？"我问道，"第一次拜访时就光明正大地把它拿回来不是更好吗？"

"D 是个不顾后果、胆大包天的人，"杜邦回答道，"再者，官邸也不是没有愿意为他卖命的随从。如果我像你说的那样轻举妄动，恐怕我就没法活着从部长面前离开了。自那天起，巴黎的父老乡亲恐怕也不会再听到关于我的任何传闻。不过除了这些顾虑，我还有别的目的。你也知道我的政治倾向。在这件事上，我坚决拥护那位贵妇。部长已经摆布了她一年半。也该轮到她掌握主动权了。因为部长还不知道信已经不在自己手里了，他肯定会跟往常一样，以信为把柄肆意妄为。想必要不了多久，他就会在政坛身败名裂。而且他的垮台会非常难堪，非常突然。人们常说'堕入地狱轻而易举[1]'，但卡塔兰尼[2]曾说过，在声乐领域，从低音唱到高音比反过来轻松得多。正如她所说，攀升可比堕落轻松多了。不过在这件事上，我对这个即将垮台的男人是毫不同情的……至少是丝毫都不怜悯他的。他就是那种'骇人的怪物[3]'，也是不顾廉耻的天才。但实话告诉你吧，我实在是很好奇，当部长因为局长所谓的'身份高贵'的女士进行反抗，不得不打开我留

1　原文为拉丁文"Facilis descensus Averni"，引自普布留斯·维吉留斯·马罗的《埃涅阿斯纪》第 6 册第 126 行。

2　安琪利卡·卡塔兰尼 (Angelica Catalani, 1780—1849)，意大利著名歌手。爱伦·坡旅居英国期间曾到访过伦敦。

3　原文为"monstrum horrendum"，引自普布留斯·维吉留斯·马罗的《埃涅阿斯纪》第 3 册第 658 行。

在名片架里的那封信时，究竟会做何感想。"

"此话怎讲？你在信里放了什么特别的东西吗？"

"嗯……放一张白纸进去似乎也欠妥当……到底还是有些侮辱人的。想当年，D 在维也纳把我害惨了。当时我很生气地告诉他，这笔账我是不会忘的。所以我觉得，他应该很想知道是谁骗了他，不给他留点线索实在可怜。他很熟悉我的笔迹。于是我就在白纸正中央写了这么一句话："

这般恶毒的阴谋若是配不上阿特雷，也配得上蒂埃斯特。

"这句话出自克雷比庸的《阿特雷》。"

瑞典火柴

安东 · 巴甫洛维奇 · 契诃夫 ┃ Антон Павлович Чехов

（1860.1.29—1904.7.15）

家喻户晓的俄国剧作家、小说家。也许有不少读者对契诃夫
与推理小说的联系感到意外，其实契诃夫的青年时代也是俄
国知识阶级钟爱法国文学的时代。受此风潮的影响，契诃
夫在当时十分沉迷法国流行作家埃米尔 · 加博里欧（Émile
Gaboriau）的作品。因此《游猎惨剧》（1884）等被视作纯
文学的作品也有着类似于推理小说的结构。本作幽默风趣，
反转惊人，称其为纯粹的推理小说也不为过。

——乱步评

一

一八八五年十月六日早晨，一位衣着整洁的青年来到 S 县第二警
察局分局局长的办公室，说他的雇主——退役近卫骑兵少尉马克 · 伊
凡诺维奇 · 科里亚乌佐夫遇害身亡了。只见那青年面色惨白，极度激
动，双手瑟瑟发抖，眼中满是恐惧之色。

"请问你是哪位？"分局局长问道。

"普塞科夫，科里亚乌佐夫家的总管。我既是农业技师，又是机
械技师。"

警察局分局局长和证人们同普塞科夫一起来到案发现场，发现科里亚乌佐夫居住的别屋周围挤满了人。出事的消息以雷霆之势传遍了这一带。那天又刚巧过节，于是邻村的居民也纷纷赶来看热闹。噪声与说话声不绝于耳。面色苍白、哭肿了眼睛的脸庞随处可见。科里亚乌佐夫的卧室房门依然紧闭，从内侧上了锁。

　　"歹徒肯定是从窗口爬进去的。"检查房门时，普塞科夫如此说道。

　　一行人绕去了卧室窗口正对着的花园。窗户显得阴森而不祥，挂着褪了色的绿色窗帘。窗帘的一角略微卷起，可以透过这个口子看到卧室内的情况。

　　"你们之中有人往窗子里看过吗？"分局局长问道。

　　"哪敢看啊，局长！"花匠叶弗烈木回答。他是个身材矮小、一头白发的老人，长了张退役下级军官的面孔。"膝盖直哆嗦，根本顾不上看啊！"

　　"唉，马克·伊凡诺维奇，马克·伊凡诺维奇！"分局局长看着窗口哀叹，"我早就说过，你再这么下去绝对不得好死！说了多少遍了，可你就是不听啊！放荡怎么会有好下场！"

　　"多亏了叶弗烈木，"普塞科夫说道，"要不是这位老爷子，我们恐怕到现在还一无所知呢。他是第一个察觉到事情不对头的人。今天早上，他来找我说——'为什么老爷睡了这么久还不起来啊？他都一个星期没走出过卧室了！'听他这么一说，我才反应过来……某种念头在脑海中一闪而过……这么说起来，老爷从上星期六开始就没露过面，可今天都是星期天了！整整七天——这可不是闹着玩的！"

　　"是吗，真可怜……"分局局长又叹了口气，"他本就聪明，也上过学，性子又爽快。在我们这群人里，他可是一等一的人物。唯独放荡这一点……罢了，祝故人上天堂吧！我早就料到他会有这一天了！喂，斯特潘！"分局局长转向见证人之一说道："你立刻回局里一趟，派安德留希卡去县警察局局长那儿汇报！就说马克·伊凡诺维奇遇害

433

了！顺便再去趟驻村巡查那儿——那厮磨蹭什么呢？让他赶紧过来！然后你要尽快去找预审法官尼古拉·耶尔莫拉伊奇，请他来一趟！慢着，我给他写封信。"

分局局长派人守在别屋四周，给法官写了封信，然后去总管那儿喝茶。十多分钟后，他坐在折凳上，仔仔细细啃着糖，喝着炭火般滚烫的茶。

"实在是……"他对普塞科夫说道，"实在是……他是贵族，又腰缠万贯……活脱脱一个普希金笔下的上帝宠儿，可结果呢？一塌糊涂！酗酒，放荡……瞧瞧！还被人弄死了！"

两小时后，法官坐着马车赶到现场。尼古拉·耶尔莫拉伊奇·楚比科夫法官六十出头，高大壮实，置身司法界已有二十五年。他以诚实、聪慧、精力充沛、热爱工作闻名本县。与他一同赶来的还有他的老搭档，助手兼书记杜科夫斯基。他是个二十五六岁、个子很高的青年。

"当真是他？"楚比科夫走进普塞科夫的房间，与在场的所有人匆匆握手，同时开口问道，"当真？马克·伊凡诺维奇遇害了？不，这不可能！不可能！"

"由不得你不信……"分局局长叹道。

"天哪！我上星期五刚在集市的塔拉班克夫那儿见过他！还跟他喝了杯伏特加！"

"由不得你不信……"分局局长再次哀叹。

众人也纷纷叹气，吓得发抖，各喝下一杯热茶后，便去了别屋。

"让开！让开！"驻村巡查对围观群众喝道。

法官走进别屋后首先检查了卧室的房门。门以松木制成，刷了黄色的油漆，并无破损之处，也没有足以成为线索的特殊痕迹。于是众人着手破门。

房门嘎吱作响了许久，终于败给了斧子和凿子。这时，法官如此说道："诸位，请把围观群众轰走！这是为了方便预审……巡查，不准放任何人进来！"

楚比科夫、助手和分局局长打开房门，踌躇着逐一走进卧室。只见房间里唯一的窗户边，摆着一张大号木床，上面铺着硕大的羽绒被褥。皱巴巴的褥垫上有一条同样皱巴巴的毯子。套着印花布枕套的枕头同样满是褶皱，掉在地上。床前的小桌上摆着一块银表、一枚二十五戈比银币和硫黄火柴。除了床、小桌和一把椅子，卧室里没有其他家具。分局局长看了看床底下，发现那里有二十多个空酒瓶、一顶旧草帽和一小瓶伏特加。小桌底下躺着一只布满灰尘的长靴。法官环视整间卧室，皱起眉头，涨红了脸。

"可恶的歹徒！"他攥紧双拳喃喃道。

"那马克·伊凡诺维奇上哪儿去了？"杜科夫斯基轻声问道。

"少插嘴！"楚比科夫粗鲁地说道，"给我仔细检查地板！这是我第二次遇到这样的案子，耶夫格拉夫·库兹米奇……"他转向分局局长，压低嗓门道："在一八七〇年，我办过一起类似的案子。你大概也记得……商人波尔特烈托夫的那起凶杀案。那案子也是这样的景象。歹徒行凶后，把尸体扛出了窗口……"

楚比科夫走向窗边，拉开窗帘，小心翼翼地推了推窗户。窗就这么开了。

"窗户能打开，说明它没被锁上……哦！……窗台上有痕迹，看见没有？这是膝盖留下的痕迹……肯定是有人从这里爬了出去……必须仔细检查一下窗户！"

"地板一切正常，"杜科夫斯基说道，"没有血迹，也没有划痕。只找到一根没烧尽的瑞典火柴[1]。您看！据我所知，马克·伊凡诺维奇没有抽烟的习惯。他平时只用硫黄火柴，从没用过瑞典火柴。也许这根火柴就是重要的物证……"

---

1 1855 年，瑞典人约翰·爱德华·伦休特雷姆用红磷代替黄磷，解决了摩擦火柴含有剧毒和易燃的缺点。这种火柴燃点高，携带安全，被称为"安全火柴"，也叫瑞典火柴。

"唉……你给我安静点！"法官摆了摆手，"竟然带着自己的火柴偷偷溜进来！你急什么！与其找什么火柴，还不如把床检查一遍！"

检查完床铺之后，杜科夫斯基汇报道："没有血迹，没有其他污渍……也没有新撕开的裂口。枕头上有牙印。毯子沾到了某种有啤酒味的液体……根据这张床的状态，应该可以判断出这里发生过打斗。"

"不用你说，我也知道这里发生过打斗！谁问你这个了。与其寻找打斗的痕迹，还不如……"

"这里只有一只靴子，另一只不见踪影。"

"那又如何？"

"这说明那人是在脱鞋的时候被闷死的，还没来得及脱另一只鞋子就……"

"少说废话！你凭什么说他是被闷死的？"

"因为枕头上有牙印，而且枕头皱巴巴的，被扔到了离床足有一米半远的地方。"

"你可真能说啊，牛皮大王！还是去花园看看吧。你就别在这儿乱翻了，还不快去检查一下花园……这屋子里的线索我自己会找，用不着你帮忙。"

来到花园后，法官先调查了草坪。窗口下方的草显然被踩过。窗下墙边的几丛荨麻也同样被人踩倒了。杜科夫斯基在那里顺利找到了几根折断的小树枝和棉絮。荨麻丛顶端还挂着暗蓝色的毛织物细线。

"你们最后见到他那次，他穿着什么颜色的衣服？"杜科夫斯基问普塞科夫。

"黄黄的帆布衣服。"

"哦，那就意味着歹徒穿着蓝色的衣服。"

他摘下几根荨麻的头，用纸小心包好。这时，县警察局局长阿尔契巴谢夫·司维斯达科夫斯基和屈屈耶夫医生来了。局长同众人打了招呼，随即着手满足自己的好奇心。医生是个眼窝凹陷、长鼻子、尖

436

下巴、个子高瘦的男人。他没同任何人打招呼，坐在树桩上轻轻叹了口气，喃喃道——

"塞尔维亚又不太平了！天知道他们到底想怎么样！唉，可恶的奥地利，奥地利！都是你害的！"

众人从屋外检查了窗户，却并无收获。草坪和窗口附近的树丛倒是为法官提供了大量有用的线索。比如，杜科夫斯基在草坪上发现了一条由污点组成的黑色痕迹，从窗口通往花园深处，长达数米。这条痕迹在一丛丁香花下汇成一大摊暗褐色的污渍。没能在卧室找到的另一只靴子，就躺在花丛下方。

"这是陈旧的血迹！"杜科夫斯基检查着污渍说道。

一听到"血"字，医生便站起身来，慵懒而缓慢地瞥了那血迹一眼。

"没错，是血。"他嘟囔道。

"既然有血，那就说明人不是被勒死的！"楚比科夫将刁难的眼神投向杜科夫斯基的脸。

"歹徒肯定是在卧室把人勒死之后，又在这里用某种锐器给了他最后一击，免得他活过来。花丛底下的血迹表明，在歹徒寻找把尸体搬出花园的方法时，被害者在那里躺了很久。"

"那这只靴子呢？"

"它让我更加确信，被害者是临睡前脱鞋的时候遇害的。案发时，他已经脱掉一只靴子，至于另一只，也就是花园里这只，他才脱了一半。脱了一半的长靴在身体摇晃和落地的过程中自然而然脱落了……"

"好厉害的推理能力啊！"楚比科夫冷笑道，"反应可真够快的！你什么时候才能不讲歪理啊？有空扯那些歪理，还不如赶紧采集一些带血的草，带回去分析化验！"

现场勘察完毕，平面图也画好了。一行人前往总管的住处，以便汇总报告，顺便用早餐。进餐时，大伙聊得热火朝天。

"银表、现金和其他东西……都没碰过，"第一个开口的是楚比科夫，"这显然不是为劫财犯下的凶案，和二二得四一样明明白白。"

"凶手是知识分子。"杜科夫斯基插嘴道。

"这话从何说起？"

"那根瑞典火柴就是最好的证据。这一带的农民还不会用瑞典火柴。只有一部分地主会用。顺便一提，本案的凶手不止一个，至少有三个人。两个人负责按住被害者，另一个动手勒死他。科里亚乌佐夫身强力壮，凶手肯定也很清楚这一点。"

"可他要是睡得正熟，力气再大又有何用？"

"凶手是在他脱鞋的时候来的。正在脱鞋，就说明他还没睡着。"

"闭嘴！给我专心吃饭！"

"先生，要我说啊……"花匠叶弗烈木把茶炊[1]摆在桌上说道，"有胆量干出这等坏事的，只可能是那个尼古拉希卡！"

"有道理。"普塞科夫说道。

"尼古拉希卡是谁？"

"他是老爷的听差，先生，"叶弗烈木回答，"除了他，还会是谁啊？他就是个强盗啊，先生！他酒瘾大，又放荡！平时都是他给老爷送伏特加，服侍老爷上床……要不是他，还能是谁啊？而且……容小的斗胆禀告，他曾在酒馆夸下海口，说要活活打死老爷。都怪那阿库丽卡，都怪那个女人……他原本有个相好，是个士兵的老婆……老爷看中了那个女人，跟她好了。他气坏了……也难怪……这会儿他在厨房里喝醉了。边喝边哭……假惺惺地说他心疼老爷……"

"其实吧，他会为阿库丽卡动怒也是在所难免，"普塞科夫说道，"她是士兵的老婆，农妇一个，不过……也难怪马克·伊凡诺维奇叫她'娜娜[2]'。她确实有几分娜娜的味道……很有魅力……"

1　Samovar，一种金属制有两层壁四围灌水在中间点火的烧水壶。

2　法国作家左拉的同名小说女主角。

438

"我也见过她……我知道……"法官用红手帕擤着鼻子说道。

杜科夫斯基红了脸，垂下双目。分局局长开始用手指轻叩小碟。县警察局局长清了清嗓子，莫名翻起了文件包。唯有医生似乎对阿库丽卡和娜娜的话题无动于衷。法官命人把尼古拉希卡找来。尼古拉希卡是个身材瘦长的青年，胸口凹陷，长长的鼻子上长满麻子。他穿着老爷淘汰给他的西装走进普塞科夫的房间，朝法官低下头。他一脸困倦，眼睛都哭肿了，而且还喝醉了，站着都吃力。

"你家老爷呢？"楚比科夫问道。

"他给人害死了，先生。"

话音刚落，尼古拉希卡眨了眨眼睛，落下泪来。

"我们知道他死了，可人呢？我问的是，他的尸体上哪儿去了？"

"听说歹徒把他从窗口弄了出去，埋在了花园里。"

"哦……预审结果都传到厨房了啊……真不像话。我问你，你家老爷遇害的那天晚上，也就是上周六，你在哪儿？"

尼古拉希卡抬起头，伸长脖子，陷入沉思。

"我不知道，先生，"他回答道，"我喝醉了，记不清了。"

"借口[1]！"杜科夫斯基面露浅笑，搓着手低语道。

"哦，那卧室窗户下面怎么会有血呢？"

尼古拉希卡挺起胸膛，思索起来。

"赶紧想想！"县警察局局长说道。

"我想起来了，那不是什么要紧的血，先生。是我杀了一只鸡。我本想像平时一样杀鸡，可它突然挣脱了我的手，撒腿就跑……所以才留下了血。"

叶弗烈木为尼古拉希卡作证，说他确实每晚都杀鸡，也没有固定的地点，但没人瞧见他没宰成功的鸡在院子里乱跑。话虽如此，警方

1　原文为拉丁文"Alibi"，在司法应用中有"不在犯罪现场证明"之意。

也不能无凭无据否认。

"不在场证明，"杜科夫斯基冷笑道，"多么荒唐的不在场证明啊！"

"你跟阿库丽卡好过是吧？"

"我有罪。"

"你家老爷从你手里抢走了她？"

"不不不，从我手里抢走她的是这位普塞科夫先生，伊凡·米海雷奇。老爷是从他手里夺走了阿库丽卡。这才是实情。"

普塞科夫顿时慌了，揉起了左眼。

杜科夫斯基盯着他，瞧出了他的不知所措，不禁周身一颤。总管分明穿着一条蓝色长裤，只是他之前一直没留意。那条裤子，让他联想到了在荨麻丛找到的蓝色细线。而楚比科夫也用怀疑的眼神瞥了普塞科夫一下。

"退下吧！"法官对尼古拉希卡说道，"普塞科夫先生，我有一个问题要问你。从周六到周日，你肯定是在这儿的吧？"

"对，我在十点和马克·伊凡诺维奇一起用了夜宵。"

"后来呢？"

普塞科夫惊慌失措，从桌旁站起身来。

"后来……后来……呃，我不记得了，"他嘟囔道，"因为我当时喝了不少……都记不得我睡在了哪儿，又是什么时候睡着的……您为什么盯着我看？搞得就好像人是我杀的一样！"

"你是在哪里醒来的？"

"在厨房的暖炉上……大伙都能作证。至于我怎么会睡在暖炉上，我就不知道了……"

"别激动……你可认识阿库丽卡？"

"我们之间没发生过什么特别的事情……"

"她抛弃了你，跟科里亚乌佐夫好了？"

"没错……叶弗烈木，再拿点菌菇来！要来点茶吗，耶夫格拉夫·库兹米奇先生？"

凝重而骇人的沉默持续了五分多钟。杜科夫斯基一言不发，犀利的目光牢牢锁定在普塞科夫苍白的脸上。最终，法官打破了沉默。

"我们有必要去一趟主屋，"他说道，"找死者的姐姐玛丽亚·伊凡诺芙娜谈谈。也许她能提供一些线索。"

楚比科夫与助手为早餐道谢后前往主屋。科里亚乌佐夫的姐姐玛丽亚·伊凡诺芙娜是个四十五岁的老小姐，正在高大的祖传神龛前祷告。一见到来客手中的文件包与别着徽章的帽子，她顿时面无血色。

"非常抱歉，打扰您祷告了，"楚比科夫向来对女性殷勤无比，他把腿一收，鞠躬说道，"我们需要您的配合。您当然已经听说了……令弟有可能遇害了。凡事都是上帝的旨意……沙皇也好，农民也罢，只要是人都难逃一死。不知您能否提供一些线索,或者讲讲您的看法，帮助我们尽快破案……"

"唉，别问我，求你们了！"玛丽亚·伊凡诺芙娜的脸色愈发苍白，双手掩面道，"我无话可说！无话可说！求你们了！我什么都……我又能说什么呢？唉，说不了啊……关于我弟弟的事，我一句话都说不了！打死我也说不了！"

她哭了出来，走去了隔壁房间。法官与助手面面相觑，耸了耸肩，退了出去。

"死婆娘！"走出主屋后，杜科夫斯基骂道，"她肯定知道什么，却瞒着我们不肯说。女仆的表情怪怪的……魔鬼！给我等着瞧！我一定会揪出你们的狐狸尾巴！"

那晚，楚比科夫和助手在苍白的月光下踏上归途。他们坐在无盖马车上，回忆一整天的战果。两人都是筋疲力尽，一言不发。楚比科夫平时就不喜欢在半路上说话，不料素来话多的杜科夫斯基都没发话，仿佛在讨老人的欢心。不过随着终点的临近，助手终于忍不住了——

"尼古拉希卡与本案有关，"他开口说道，"这是毫无疑问的。瞧

441

瞧他那嘴脸，就知道他是哪路货色了……他的不在场证明坐实了他的嫌疑。不过他显然不是本案的主犯。他只是个愚蠢的爪牙罢了，不是吗？那个看似老实的普塞科夫肯定也插了一脚。蓝色的裤子，窘迫的模样，因行凶后过于害怕睡在了暖炉上，不在场证明，阿库丽卡……"

"随你怎么说。照你的逻辑，认识阿库丽卡的岂不都成凶手了？唉，你这急性子！只会叼奶瓶，却破不了案子！你不是也追求过阿库丽卡吗？——这么说来，你也跟这个案子有关喽？"

"阿库丽卡也在您家做过一个月的住家厨娘，可……我不会多嘴的。那个星期六的夜晚，我跟您一起打了牌，您干了什么我都看到了，不然我肯定也要审问您一番。不过法官大人，问题不在于女人，而在于卑劣、下流而丑陋的感情……见自己败下阵来，那个老实的青年肯定很不服气。这是自尊心在作祟……所以他想报仇。而且……那厚实的嘴唇正说明他格外好色。您还记得吗，他在比较阿库丽卡和娜娜的时候，把嘴唇吧嗒吧嗒弄得直响！那个不知廉耻的家伙显然燃起了欲火！换来的结果却是被践踏的自尊心和得不到满足的情欲。这已经是非常充分的行凶动机了。我们已经找出了两个歹徒，那么第三个歹徒又是谁呢？尼古拉希卡和普塞科夫是负责按住死者的人，那又是谁要了死者的命呢？普塞科夫软弱害羞，胆小怕事。尼古拉希卡也干不出用枕头闷死人的事情。他们肯定会用斧头，要么就是斧头背……死者肯定是第三个人闷死的，可那人究竟是谁呢？"

杜科夫斯基把帽子往下拉，琢磨起来，直到马车抵达法官家门口都没说一句话。

"啊！我明白了！"他走进屋子，一边脱外套一边说道，"我明白了！尼古拉·耶尔莫拉伊奇！真是奇了怪了，我怎么早没想到呢！您猜第三个人是谁？"

"你还有完没完了！瞧瞧，夜宵都备好了！赶紧坐下吃吧！"

法官和杜科夫斯基坐到桌旁。杜科夫斯基给自己倒了杯伏特加，站起来舒展身体，两眼放光道——

"您听仔细了，和恶棍普塞科夫串通一气作案的第三个人，是个女的！没错！我说的就是被害人的姐姐，玛丽亚·伊凡诺芙娜！"

楚比科夫不禁呛了口酒，目不转睛地盯着杜科夫斯基。

"你……你没毛病吧？你的脑袋……没出问题吧？头痛不痛？"

"我很健康。您要觉得我在胡言乱语，那也没关系。可我们找过去的时候，她是那样狼狈，您又要如何解释呢？她不肯提供供词，这又该怎么解释？就算这些都无关紧要吧——好吧！好吧！——但请您琢磨一下那两人的关系！那个女人显然恨着自己的弟弟！她是旧教徒，她弟弟却放荡不羁，还是个无神论者……这便是恨意的源头！甚至有传言说，他让那个女人认定了自己是恶魔的使者，当着她的面施展了降神术！"

"那又如何？"

"您还不明白吗？她是在狂热信仰的驱使下杀害了弟弟！她觉得自己不光除掉了一个恶徒，一个浪子，还将全世界从反基督的罪孽中解放了出来——她认为这就是她做出的奉献，就是她的丰功伟绩！唉，难道您不知道她那样的老姑娘、旧教徒是什么样的人吗？看看陀思妥耶夫斯基就懂了！列斯科夫[1]和彼切尔斯基[2]是怎么写的来着？绝对是她，怎么洗都洗不干净！就是她闷死了他！天哪，多么狠毒的女人！我们找过去的时候，她之所以站在神龛旁边，搞不好也是为了蒙蔽我们！她肯定是这么想的——'只要我站在那儿做祷告，他们就会以为我问心无愧，没在等他们'！初次作案的新手都会用这招。尼古拉·耶尔莫拉伊奇！法官大人！请把这个案子交给我吧！我要靠自己查个水落石出！法官大人！我已经打响了第一炮，就让我查到底吧！"

1　尼古拉·谢苗诺维奇·列斯科夫（Николай Семёнович Лесков，1831—1895），俄国作家。

2　帕维尔·伊万诺维奇·梅利尼科夫（Павел Иванович Мельников，1818—1883）俄国作家，曾以"安德烈·彼切尔斯基"为笔名。

楚比科夫摇了摇头，皱起眉头。

"再难办的案子，我们自己都能办好，"他说道，"你的工作就是不要多嘴。在我口授的时候做好记录就是了——这才是你该做的！"

杜科夫斯基气得火冒三丈。只听见"砰"的一声，他摔门走人了。

"好一个聪明人，畜生！"楚比科夫目送书记远去，自言自语道，"聪明得厉害！就是性子太急。回头得去集市买个烟盒回来送他……"

次日早晨，有人从科里亚乌佐夫卡村带了个牧羊人来见法官。牧羊人叫丹尼尔卡，是个头很大的小伙子。他给出了十分值得玩味的证词。

"那时我喝多了，"他说道，"在教母家里待到了半夜。回家的路上，我醉醺醺地跑去河里洗冷水澡。洗着洗着……忽然抬眼一瞧，只见河堤上有两个人走过，似乎在搬一个黑不溜秋的东西。我吼了一声'喂'，他们就吓坏了，一溜烟跑向了马卡尔的菜地。如果他们拖着的不是老爷，哪怕是被你们打死我都认了！"

当天傍晚时分，普塞科夫与尼古拉希卡被警方逮捕，押往县局所在的城市。一到城里，两人就被关进了监狱。

二

十二天过后。

那天早晨，尼古拉·耶尔莫拉伊奇法官坐在他房间里的绿色桌子旁，翻阅着"科里亚乌佐夫案"的资料。杜科夫斯基在房中来回踱步，心神不宁，好似被关在笼里的狼。

"既然您认为尼古拉希卡和普塞科夫有罪，"他神经质地揪着自己朝气蓬勃的胡子说道，"那您为什么不承认玛丽亚·伊凡诺芙娜也有罪呢？您是觉得证据还不够充分吗？"

"我没说我不承认啊。承认归承认，可终究有些难以置信……毕竟缺乏决定性的证据，一切都只是推论……因为信仰太过狂热什么的……"

"不看到斧子、带血的床单之类的玩意，您就不认是吧！法律家可真是的！那我就证明给您看！您不能再对案件的心理层面视若无睹了！那个玛丽亚·伊凡诺芙娜就该被流放去西伯利亚！我会证明给您看的！光有推论还不够的话，我就拿物证给您看……它定能证明我的推论是多么正确！只要您放我出去一趟就成。"

"出去做什么？"

"查那根瑞典火柴啊！您不记得了吗？我可没忘！我要查一查，是谁在被害者的卧室里擦亮了那根火柴！不是尼古拉希卡，也不是普塞科夫，这两个人家里都没搜出瑞典火柴。肯定是第三个人，也就是玛丽亚·伊凡诺芙娜的。我来证明给您看！请您批准我在全县四处走访调查……"

"行了行了，给我坐下……先审审嫌疑人吧。"

杜科夫斯基在小桌跟前坐下，把长长的鼻子伸向资料。

"传尼古拉·切切霍夫[1]！"法官叫道。

尼古拉希卡被押了上来。他面色惨白，如树皮般消瘦，瑟瑟发抖。

"切切霍夫！"楚比科夫开始了审讯，"一八七九年，你因盗窃罪在第一区法院受审，被判监禁。一八八二年，你再次因盗窃罪受审，再次入狱……我们对你的案底一清二楚……"

尼古拉希卡面露惊讶之色。预审法官的无所不知吓到了他。但惊讶迅速被极度的悲哀所取代。他呜咽起来，请求法官让他去洗把脸，平复一下情绪。他就这么被押走了。

"传普塞科夫！"法官再次传令下去。

普塞科夫被押送至法官跟前。不过几天的工夫，青年竟已是判若

---

1 尼古拉希卡的正式姓名。

445

两人。他的脸变得消瘦而苍白，脸颊都凹陷了。眼中尽是麻木。

"坐下，普塞科夫，"楚比科夫说道，"希望你今天识相一点，别再像之前那样谎话连篇了。这些天，种种不利于你的证据摆在眼前，你却坚持否认自己与科里亚乌佐夫凶案有关。这绝非明智之举。只有老实交代，才有可能从轻发落。今天是我最后一次审你。今天再不招，明天后悔都来不及了。还不从实招来……"

"我什么都不知道……您说的那些证据，我也一无所知。"普塞科夫轻声回答。

"看来我又白费唇舌了！好，我来帮你梳理一下案情。周六晚上，你坐在科里亚乌佐夫的卧室，和他一起喝了伏特加与啤酒。"法官独白期间，杜科夫斯基的视线牢牢锁定普塞科夫的脸。"伺候你们的是尼古拉希卡。十二点多，马克·伊凡诺维奇表示他想上床睡觉。他向来都是十二点多就寝。就在他一边脱鞋，一边吩咐你处理家务的时候，你和尼古拉希卡对了某种暗号，同时扑向喝醉的雇主，把他按在床上。你们中的一个坐在他腿上，另一个人则压住他的头。就在这时，你们的同谋从门厅走来。那是个你很熟悉的黑衣妇人。她拿起枕头，试图闷死他。争斗期间，烛火熄了。黑衣妇人从口袋里掏出一盒瑞典火柴，重新点着蜡烛。这就是事情的经过吧？我能通过你的脸色看出我说对了。然后……把人闷死，确定他已经彻底断气之后，你和尼古拉把尸首抬出窗口，放在荨麻丛边。你们唯恐他活过来，就用某种锐器给了他最后一击。接着，你们又把他挪到了丁香花丛下面放了一会儿。稍事休息，思索片刻后，你们又把他抬走了……先越过篱笆……然后沿马路走……再往前就是河堤。到了河堤附近，有个农夫吓到了你们。哟，你怎么了？"

普塞科夫面如白布，摇晃着起身走了起来。

"我快憋死了！"他说道，"行吧……随你们怎么说吧……只求你们放我出去……"

普塞科夫也被押走了。

"总算是招了！"楚比科夫痛快地伸了个懒腰，"老实交代了！瞧瞧，我的审讯技巧是多么出神入化！三言两语就击溃了他的心理防线……"

"他也没否认黑衣妇人的参与！"杜科夫斯基笑道，"但我还是放不下那根瑞典火柴！我实在忍不了了！告辞！我去查上一查！"

杜科夫斯基戴上帽子，扬长而去。楚比科夫又审起了阿库丽卡。阿库丽卡坚称她毫不知情……

"我只跟您一起住过，再也没别人了！"她说道。

傍晚五点多，杜科夫斯基回来了。他从未如此激动过，双手颤抖不已，甚至无法顺利解开外套的纽扣。两颊更是通红。不难看出，他发现了某种新证据。

"我来，我见，我胜利！[1]"他冲进楚比科夫的房间，一屁股坐在扶手椅上，"我敢发誓，我开始相信自己的天赋了。您听仔细了，混账东西！您就等着吓一跳吧，老头子！又滑稽又可悲！您已经有三个嫌疑人了……不是吗？可我偏偏找到了第四个嫌疑人。准确地说，是第四个女嫌疑人。因为那是个如假包换的女人！而且您知道她是个什么样的女人吗?！若能稍微碰一下她的肩膀，我甘愿折寿十年！不过……您且听我说吧……我去了科里亚乌佐夫卡村，绕着村子兜圈子，进了路上看到的每一家商店和酒馆，打听他们有没有瑞典火柴。每家店都告诉我'没有'。我就这么坐着马车，查到了现在。我曾二十次痛失希望，却又二十次重拾希望。我走访了一整天，终于在一小时前找到了寻觅已久的东西，就在离这边三公里远的地方。店家拿出一大包瑞典火柴，一包本该有十盒，却少了一盒……我立刻问道：'那一盒是谁买走的？'店家便告诉了我买走火柴的女人长什么模样，还说

---

1 原文为拉丁文"Veni,vidi,vici"，出自恺撒大帝征服潘特斯王国后写给元老院的信，被认为是军事史上最简洁有力的捷报。

'她很中意这种火柴，试着擦了一下'。法官大人！尼古拉·耶尔莫拉伊奇！一个被神学院开除，只看过加博里欧[1]的人，有时也能办成超越人智的大事啊！从今天起，我要学会尊敬自己了！呵呵呵……我们走吧！"

"上哪儿去啊？"

"去找她，找那第四个女人……情况紧急，不赶紧去的话……不赶紧去的话，我定会焦急难耐，整个人烧起来的！您猜她是谁？您肯定猜不出来！她就是我们分局局长，老耶夫格拉夫·库兹米奇的年轻妻子，奥尔加·彼得罗芙娜——就是她！是她买了那盒火柴！"

"你……你……你……你疯了吗？"

"真不凑巧，我没疯！第一，她有抽烟的习惯。第二，她迷上了科里亚乌佐夫。可科里亚乌佐夫为了阿库丽卡拒绝了她的爱。这便是她的复仇。我刚想起来，有一次我撞见他们躲在厨房的屏风后面。她对他山盟海誓，他却抽着卷烟，还把烟喷到她脸上。不过我们得走了……赶紧的，天都快黑了……走吧！"

"你以为我会听信一个愣头青的胡言乱语，半夜三更去打扰一个清白的良家妇人吗？！我还没疯到这个地步！"

"清白的良家妇人……事到如今还说这种话，可见您就是废物一个，还算哪门子的预审法官！我从没对您出言不逊过，可这一次分明是您逼着我开骂啊！哼，废物！老糊涂！赶紧的，法官大人！尼古拉·耶尔莫拉伊奇！求您了！"

预审法官摆摆手，吐了口唾沫。

"我求您了！不是为了我自己，而是为了审判的公正啊！求您行行好吧！就答应我这一次吧！"

杜科夫斯基跪倒在地。

---

1 埃米尔·加博里欧（Émile Gaboriau，1835—1873），法国侦探小说家。生前创作了大量的侦探小说与奇情小说，启发了柯南·道尔等众多推理作家。

"尼古拉·耶尔莫拉伊奇！求您跟我一起走吧！如果是我误会了她，您骂我卑鄙小人、流氓恶棍都行！这可是大案子啊！大案子！简直能写成小说了！到时候，您的名声会传遍全国的！您该体谅我的一片苦心啊，老糊涂！"

法官皱起眉头，犹豫不决地把手伸向帽子。

"哼，臭小子！"他说道，"走吧！"

当法官的无盖马车抵达分局局长家门口时，天色已晚。

"唉，我真是猪狗不如！"楚比科夫扯了扯铃铛的拉绳，"这么晚还来打搅人家。"

"不打紧……您不用战战兢兢的……就说马车的弹簧裂了。"

一位妇人走到门槛上迎接楚比科夫和杜科夫斯基。她大概二十三四岁，身材高大丰满，长了一对漆黑的眉毛，鲜红的嘴唇油光发亮。她正是奥尔加·彼得罗芙娜。

"哎哟……欢迎光临！"她笑容满面道，"两位刚好赶上了夜宵。耶夫格拉夫·库兹米奇不在家呢，去神父家了……不过他不在也不要紧……快请进！是刚审完案子吗？"

"嗯……我们那辆马车的弹簧裂了。"楚比科夫走进客厅，坐在扶手椅上说道。

"您得把心一横……杀她个措手不及！"杜科夫斯基轻声说道，"措手不及！"

"弹簧……呃……呃……所以就上门叨扰了。"

"都让您杀她个措手不及了！再磨蹭下去，会被她瞧出端倪的！"

"那随便你吧，别难为我了！"楚比科夫起身走向窗边，喃喃道，"我没这本事！这锅粥是你煮的，你自己喝去吧！"

"对，弹簧出了点问题……"杜科夫斯基走向分局局长夫人，长长的鼻子挤出了皱纹，"我们之所以来访，呃……嗯……不是为了吃夜宵，也不是为了找耶夫格拉夫·库兹米奇。我们此行的目的是问您，被您杀害的马克·伊凡诺维奇究竟身在何处？"

"什么？你问的是哪个马克·伊凡诺维奇？"分局局长夫人娇声问道。说时迟那时快，她的脸涨得通红，仿佛刷了一层胭脂。"我……不知道。"

"我是在以法律的名义问您！科里亚乌佐夫在哪儿？我们都知道了！"

"你是听谁说的？"分局局长夫人不堪忍受杜科夫斯基的视线，小声问道。

"告诉我，他在哪里?！"

"可你究竟是从哪儿听说的？是谁说的？"

"我们知道得一清二楚！我以法律的名义要求您如实招来！"

分局局长夫人的狼狈壮了预审法官的胆子。他走到夫人跟前说道："说吧，说了我们就走。否则我们就……"

"你们找他做什么？"

"别问这些愚蠢的问题了，夫人！我们要求您老实交代！您在发抖，还如此慌乱……没错，他遇害了。您实在想听，那我就明确告诉您，他是被您杀害的！是您的同谋把您供出来了！"

分局局长夫人立时面无血色。

"那就走吧，"她搓揉着双手轻声说道，"他藏在我家的澡堂里。可我求你们了，千万别告诉我丈夫！求你们了！他肯定受不了的！"

分局局长夫人取下一把挂在墙上的大号钥匙，领着客人穿过厨房与玄关，前往后院。室外昏暗无比，雾雨重重。夫人在前头带路，楚比科夫与杜科夫斯基跟在后头，闻着野生大麻与脚下哗哗作响的污水的气味，在高高的草丛中穿行。后院很大。过了一会儿，他们走出了污水塘，感觉到脚下变成了耕耘过的土地。树影出现在黑暗中，而树丛中有一栋顶着歪烟囱的小房子。

"这就是澡堂，"分局局长夫人说道，"但求你们了，千万别说出去！”

走近浴室时，楚比科夫和杜科夫斯基发现门上挂着一把硕大的锁。

“准备好蜡烛和火柴！”预审法官对助手低语道。

夫人开了锁，把客人放进澡堂。杜科夫斯基擦亮火柴，照亮更衣室。更衣室中央有张桌子。桌上摆着矮胖的小茶炊，旁边则是一碗凉了的炖菜，还有一个只剩某种酱汁的盘子。

“往里走！”

两人走向更深处的浴室。那里也有一张桌子。桌上有盛着火腿的大盘子、一瓶伏特加、小碟子和刀叉。

“可他人呢？被害者在哪儿？”法官问道。

“他在架子最上面那层！”分局局长夫人瑟瑟发抖地嗫嚅道，脸色愈发苍白。

杜科夫斯基拿着蜡烛，爬上架子。只见一具长长的身体纹丝不动地躺在巨大的羽绒被褥上。而那具身体，竟发出了轻微的鼾声……

“混账，竟敢骗我们！”杜科夫斯基一声大喊，“这不是他！躺在这儿的是个活着的窝囊废！喂！你是谁？混账！”

只听见那具身体“嗖”的一声，吸进一口气，动了起来。杜科夫斯基用手肘戳了戳他。他举起双臂伸了个懒腰，抬起头来。

“谁啊？谁爬上来了？”沙哑凝重的男低音问道，“有何贵干？”

杜科夫斯基把蜡烛凑向陌生人的脸，随即发出一声惊呼。红紫色的鼻子，蓬乱打结的头发，漆黑的胡须……其中一撮胡须翘了起来，无耻地直冲天花板。他分明就是骑兵少尉科里亚乌佐夫。

“你是……马克……伊凡诺维奇？！怎么可能！”

法官抬头一看，一口气差点没提起来……

“是我啊，没错……你不是杜科夫斯基吗？！你怎么跑这儿来了？底下那人是谁？哟，预审法官！什么风把你们吹来了？”

科里亚乌佐夫迅速爬下架子，拥抱楚比科夫。奥尔加·彼得罗芙

451

娜冲去门后躲了起来。

"你们是怎么找过来的？来来来，跟我喝一杯！嗒啦、嗒、嘀、嗒、塔姆……走一轮走一轮！不过话说回来，是谁带你们过来的啊？你们从哪儿打听到我在这儿的？算了算了，喝起来！"

科里亚乌佐夫点上油灯，倒了三杯伏特加。

"我可真搞不懂你……"法官两手一摊，"我眼前的人到底是不是你？"

"我受够了……又要教育我了？省省吧！小年轻，杜科夫斯基！给我干了！伙计们，今晚不醉不归……你们干吗盯着我看啊？还不快喝！"

"我还是不明白，"法官机械地喝完伏特加说道，"你怎么会在这种地方？"

"为啥我不能待在这儿呢？只要我觉得这里待着舒服就行啊，"科里亚乌佐夫干了酒，吃了口火腿，"如你所见，我住在分局局长夫人家。就跟家养的精灵一样，住在这深山幽谷中。喝！我跟你说，我越想越可怜她，就跟隐士似的住进了这座没人用的澡堂……住得舒舒服服。不过我打算下周走人……因为渐渐有些腻了……"

"不可理喻！"杜科夫斯基说道。

"哪里不可理喻了？"

"就是不可理喻！那您告诉我，为什么您的一只长靴会掉在花园里？"

"哪只长靴？"

"卧室里只有一只，另一只在花园里。"

"查这个作甚？不关你们的事啊……少说废话，赶紧给我喝啊，混账！吵醒了我，就得给我喝！那长靴可说来话长了。我本不想到奥尔加这儿来。因为我不舒服，嗯，喝醉了……谁想她竟然跑到窗前，对我破口大骂……跟个乡野农妇似的……我不是喝醉了嘛，就抡起一只长靴朝她扔了过去……哈、哈……还让她闭嘴。她竟然爬进窗口，点了灯，开始殴打我这个醉汉了。打完了还不过瘾，还把我拽到了这儿，锁在屋里。于是我就在这儿住下了……爱情、伏特加和凉菜！哎，你们上哪儿去啊？楚比科夫，你上哪儿去啊？"

法官啐了一口，走出澡堂。杜科夫斯基垂头丧气地跟着。两人一言不发地上了无盖马车，离开分局局长家。这一路是那样寂寥，那样漫长。两人都是一声不吭。楚比科夫因憎恶抖了一路。杜科夫斯基则把脸埋在外套领子里，仿佛是害怕黑暗与蒙蒙细雨瞧见他脸上的愧色。

到家一看，屈屈耶夫医生来了。医生坐在书桌前，长吁短叹地翻着《田地》杂志。

"真是世事难测！"他面露悲凉的微笑迎接法官，"奥地利又惹事了！……格莱斯顿[1]也不消停……"

楚比科夫把帽子扔向桌底，瑟瑟发抖。

"恶魔的骷髅！要你多管闲事！我跟你说过千百遍了，别自以为是地插手我的工作！不懂装懂有何用！你干的好事……"楚比科夫挥舞着拳头，转向杜科夫斯基说道，"你干的好事……我这辈子都不会忘！"

"可……都怪那根瑞典火柴！我也没想到是那么回事啊！"

"你就该被那根火柴压死！给我滚，别惹我心烦，否则我要你好看！这辈子都不许再进我家的门！"

杜科夫斯基叹了口气，拿起帽子走了。

"去喝两杯吧！"他一边出门，一边下定决心，没精打采地朝小酒馆走去。

分局局长夫人从澡堂回屋，发现丈夫身在客厅。

"听说预审法官来过？"丈夫问道。

1　威廉·尤尔特·格莱斯顿（William Ewart Gladstone, 1809—1898），英国政治家，曾作为自由党人四次出任英国首相。

"他是特意来通知你的,说科里亚乌佐夫已经找着了。我跟你说呀,那人竟然躲在别人家的夫人那儿!"

　　"唉,马克·伊凡诺维奇,马克·伊凡诺维奇!"分局局长抬眼叹道,"我早就说过,放荡怎会有好下场!说了多少遍了——可你就是不听啊!"

医生、妻子与时钟

安娜·凯瑟琳·格林 ｜ Anna Katharine Green

（1846.11.11—1935.4.11）

美国女作家。1878 年发表长篇小说《利文沃兹案》，一举成名。据说她是有史以来第一位写就长篇推理小说的女性作家。《利文沃兹案》曾一度尘封于历史之中，但在 20 世纪 30 年代得以再版，如今已成一代经典。本作得到了范·达因的大力推崇，结构虽显陈旧，但对人性微妙之处的细腻描写着实让人回味无穷。

——乱步评

一

一八五一年七月十七日，纽约拉法耶特广场的高档柱廊公寓发生了一起耐人寻味的悲剧。

哈斯布洛克先生——一位声名显赫、备受尊敬的公民，在自己的房间遇到一名身份不明的歹徒，在援手赶到之前惨遭枪杀。凶手逃之夭夭。而且不知是凶手格外幸运，还是拥有非凡的智谋，现场没有留下任何痕迹，也没有任何可供警方追查的线索。如何锁定凶手，成了摆在警方面前的一大难题。

本案的调查工作由青年刑警埃比尼泽·格莱斯负责。格莱斯的报

455

告如下：

我抵达拉法耶特广场时已过午夜。柱廊公寓家家户户都是灯火通明。情绪激动的男男女女从敞开的门洞里探出头来。他们的影子和公寓门口那美轮美奂的罗马柱的影子交织在一起。

凶案现场位于这幢联排公寓的中段。早在抵达现场之前，我便已通过许多人得知，最开始是一个女人的尖叫惊醒了整个街区，然后是哈斯布洛克先生的老管家衣衫不整地探出房间窗外，高呼："出人命了！出人命了！"

谁知走进凶案发生的那户人家之后，我惊愕地发现能通过家里人搜集到的事实少之又少。我先和那位老管家聊了聊，却只从他嘴里了解到了下列情况：

这个家庭由哈斯布洛克夫妇和三位仆人组成。当晚，一家人照常就寝。到了十一点，全家都已熄灯睡下了。不过哈斯布洛克先生生意做得颇大，本人饱受失眠之苦，所以那个时候，他也许还没睡着。

睡着睡着，哈斯布洛克夫人被某种声响惊醒。萦绕在耳边的说话声是梦境还是现实？那句话短促而尖锐，充满了骇人的恫吓。她本以为是自己的错觉，正要回归梦乡，却听见门边传来某种难以名状的声响。她顿感毛骨悚然，几乎不敢呼吸，甚至不敢把手伸向本该睡在她身边的丈夫。片刻后，她又听见了另一种声响。她确信这不是错觉，鼓起勇气想把丈夫唤醒。但她惊恐地发现，床上只有她一个人。而她的丈夫，根本不在她伸手可及的地方。

事已至此，光紧张也无济于事。她跳下床，试图用狂乱的目光穿透周围的黑暗。奈何哈斯布洛克先生在就寝前把窗帘和百叶窗拉得严严实实，以至于她什么都看不到。就在她因万分惊恐几乎要瘫倒在地的时候，一阵低喘从房间的另一边传来，紧接着则是一声压低的呻吟。

"天哪！我干了什么？！"

那是个陌生的声音。就在哈斯布洛克夫人险些因惊恐爆发尖叫的时候，逃跑的脚步声传来。她竖起耳朵，听到那人下了楼，从前门离开了公寓。

如果她知道房间里发生了什么——如果她清楚地知道是什么倒在了房间另一边的黑暗中——恐怕在听到前门关闭的响声之后，她一定会从眼前的窗口冲向阳台，试图看一眼那个沿楼下的马路飞奔逃离的身影。然而，她对悄然倒在黑暗中的东西一无所知，在原地动弹不得。所幸这时有一辆马车路过阿斯特广场，那声响帮助她打破了束缚。要不然，天知道她什么时候才能重新动起来，点亮近在手边的瓦斯灯。

房间被突然照亮，熟悉的墙壁与家具摆设映入眼帘。那一刻，她觉得自己仿佛刚挣脱了某种凝重的梦魇，回归了熟悉的生活。然而说时迟那时快，片刻前的恐惧又回来了。一想到自己要绕过床脚，窥探此刻还看不到的房间角落，她不禁周身一颤。

但危急时刻的殊死勇气终于战胜了怯懦。她缓缓匍匐前进，瞥了眼面前的地板，便意识到自己最担心的事情还是发生了。只见丈夫俯卧在敞开的门口，额头上分明有一个弹孔。

她强忍着尖叫的冲动，为了呼唤睡在顶层的仆人疯狂按铃，又冲去最近的窗口，试图把窗户打开。但百叶窗被哈斯布洛克先生牢牢拴住了，以便将光线和噪声隔绝在外。等她好不容易拔起螺栓的时候，凶手早已逃得无影无踪了。

就在她悲痛欲绝、惊恐交加地回房时，三个受到惊吓的仆人刚巧下楼来。他们刚现身于门口，她便指了指丈夫气绝而亡的遗体，随即举起双臂，瘫倒在地，不省人事，仿佛她在这一刻完全意识到了降临在自己身上的不幸。

两位女仆急忙上前搀扶，老管家却跳过床铺，冲到窗前，发出响彻街区的高呼。

后来，哈斯布洛克夫人终于苏醒。丈夫的遗体则被郑重地抬上了床。然而，人们并没有对凶手开展任何追捕，也没有进行任何有助于明确凶手身份的调查。

家里人自不用说，街坊邻居们也被这场从天而降的惨剧惊呆了，没有一个人目击到可能是凶手的可疑人物。我的任务可谓艰巨。

按照惯例，我首先搜查了凶案现场。房间内全无线索，也没能通过遗体的状态收获新的发现。哈斯布洛克先生在就寝后听到动静，起床查看，在走到门口之前遭到枪杀，这些都是显而易见的事实。然而，线索到此为止了。案情极为简单，反而造成了线索的匮乏。这是我第一次遇到如此无从下手的案件。

针对走廊与楼下的调查同样一无所获。我检查了固定门窗的螺栓与门闩，确信凶手不是走前门进屋的，是在家里人锁好门窗的时候就已经潜伏在房子里了。

于是，我对瑟瑟发抖的老管家说道："抱歉，我需要和哈斯布洛克夫人谈一谈。"他就像条狗一样，跟着我在房中四处走动。

老管家没有提出任何异议，立刻带我去见那位刚刚失去丈夫的寡妇。她正独自坐在后面的一个大房间里。我一跨进门槛，她便立刻抬起头来。一张善良淳朴、毫无诡诈之色的脸映入眼帘。

"夫人，我不是来打扰您的，只是想问您两三个问题，问完就走。"我说道，"听说凶手在开枪前说了一些话，请问您有没有听清他究竟说了什么？"

"我先前睡得正香，"她回答道，"所以那时还在半梦半醒之间。只听见一个陌生的声音在某个地方喊道：'哼，没想到我在这儿吧！'语气特别凶狠。但我不敢确定那句话是不是对我丈夫说的，因为他不是那种招人记恨的人，但和枪声一起传来的那句话，恐怕只有极度愤怒的人才说得出来。"

"但开枪射杀绝非朋友所为。而且那句话也体现出，如果凶手并非为劫财行凶，那么您的丈夫就是有敌人的，尽管您一无所知。"

"不可能！"她斩钉截铁道，"凶手只是个寻常的窃贼。他是行窃时被撞见了，失手杀了人，以至于惊慌失措，连东西都没偷就逃跑了。因为我分明听见那个人出于恐惧与自责喊道：'天哪！我干了什么?！'"

"您是在离开床边之前听见的，没错吧？"

"对，因为听到前门关闭的声音之前，恐惧与害怕害得我全身发麻，一动都动不了。"

"贵府是不是有晚上只上弹簧锁的习惯？前门的大锁没有锁上，而且据说案发时，门底的门闩也没插上。"

"我们从没插过那个门闩。我的丈夫是个好人，从不会怀疑别人，所以大锁也是从来都不锁的。那把钥匙也不太灵光了，四五天前刚送去锁铺修理，还没送回来。他当时还笑着说，谁会动我们家的前门啊。"

"那弹簧锁的钥匙应该不止一把吧？"

我如此问道，她却摇了摇头。

"那哈斯布洛克先生最后一次用那把钥匙是什么时候？"

"今晚从祈祷会回来的时候。"她说完这句话，泪水夺眶而出。

她刚刚失去爱侣，正是最悲痛的时候，我实在不忍心问下去了。于是我回到凶案现场，走到前侧的阳台上。这时，一阵低语传入耳中。两边的邻居都来到阳台交换起了意见。在这种情况下，这也是理所当然。出于工作习惯，我在阳台上站了一会儿，细细聆听，却没听到任何有价值的东西。正要转身进屋，视线却被右侧阳台上的优雅妇人牢牢吸引。她与丈夫紧紧相依。而她的丈夫正以一种奇怪的方式盯着面前的一根柱子，这让我很是惊讶。片刻后，他试图走到别处。这时，我才发现他是个盲人。我立刻想起这条街上住着一位盲人医生，以医术高明、心地善良著称。让他备受瞩目的不仅仅是那双失明的眼睛，还有年轻貌美的妻子对他的一片深情。我站在原地仔细观察，直到听到她用充满爱意的温柔语调说道：

"进屋吧，康斯坦丁，明天还有很多事要做呢。好歹睡一会儿呀。"

医生应声走出圆柱的阴影。多亏路灯的灯光，我得以看清他的面容。那是一张精致无比的脸，好似希腊神话中的美少年阿多尼斯的雕像，皮肤也如雕像般白皙。

"睡？"他强压着情绪，用故作姿态的语气说道，"一墙之隔的地方出了人命，你让我怎么睡？！"说着，他茫然伸出双臂。见状，我不由得想起了片刻前发生在身后那个房间里的惨案，不禁毛骨悚然。

妻子注意到了丈夫的动作，握住了其中一只正在摸索的手，轻轻拉向自己。

"这边。"她催着丈夫，引导他走回屋里，然后关上窗户，放下窗帘。不见了那动人的容颜，整条街仿佛都昏暗了几分。

说句题外话，当年的我不过三十岁。太过年轻，对美女也缺乏抵抗力。于是我在阳台上磨蹭了好一阵子，希望在离开哈斯布洛克家之前，通过街坊邻居的描述深入了解这对教人印象深刻的夫妇。

我了解到的情况非常简单：扎布里斯基医生并非天生失明。他在拿到行医执照后不久得了一场大病，失去了视力。换作寻常的男人，怕是会一蹶不振，但他没有屈服于不幸。他开设的诊所大受欢迎，而他本人也顺利晋升为本市一流街区的金牌医师。失明后，他的直觉似乎变得格外敏锐，因此诊断极少出错。考虑到他的医术和出色的个人魅力，他能迅速成为广受欢迎的医生也是顺理成章。只要能见他一面，病人们都觉得心满意足，而他说的每一句话都成了病人心目中的金科玉律。

他在生那场大病的时候已有婚约。得知疾病可能造成怎样的结果后，他向年轻的未婚妻提出解除婚约，但对方没有答应。他们按原计划结婚了。两人的婚姻已经走过了五年，而他们搬来拉法耶特广场，入住哈斯布洛克家隔壁，也有整整三年了。

我对隔壁美妇人的了解仅此而已。

关于杀害哈斯布洛克先生的凶手，我还毫无头绪。我只得寄希望于死因审理（inquest），盼着证据浮出水面。然而，这场悲剧似乎没有任何不为人知的事实。警方对死者的日常习惯和行为举止进行了仔细到极点的调查，却只查出了老一套的善举与正直。在他以往的经历与妻子的过往中，也没有会招来杀身之祸的秘密与隐秘的把柄。哈斯布洛克夫人的推测很快便得到了人们的支持。也许入侵者只是个普通的窃贼，至于开枪前说的那些疑似泄愤的话，搞不好是她听错了。然而，警方按照这个新思路努力调查了许久，却是徒劳无功。这起凶案，也许会沦为悬而不决的谜案。

但疑云越深，这起案件就越是在我的脑海中挥之不去。在调查陷入僵局的五个多月后，睡梦中的我仿佛突然听见了一句话，一跃而起——

"是谁在哈斯布洛克先生遇害后发出了第一声尖叫？"

我激动不已，额头上甚至冒出了汗珠。我想起了哈斯布洛克夫人的证词。她说的每一个字，我都记得清清楚楚，仿佛是片刻前才听到的。她明确表示，当她看到丈夫的尸体时，她并没有尖叫。但显然有别人尖叫了，而且叫得很响。那个人会是谁呢？是被雇主的突然召唤吓到的女仆，还是别人——莫非有人碰巧目击到了行凶的那一幕，却因为恐惧或他人的嘱咐，没有在死因审理中如实作证？

也许能找到线索……虽然距离案发已有一段时日，可我实在按捺不住，立刻重访拉法耶特广场。我选了一批最愿意配合调查的人，逐一走访。许多人告诉我，在出事的那个夜晚，他们在老管家赛勒斯高呼之前听到了一个女人的尖叫声。但没人可以明确告诉我尖叫的究竟是谁。不过我很快明确了一点：尖叫的并非受到惊吓的女仆。两位女仆都明确告诉我，她们没有发出任何声音。在赛勒斯冲到窗口狂呼乱叫之前，她们也没有听到任何叫声。无论尖叫的是谁，那都是她们下楼之前的事情。而且尖叫自沿街的窗口传来，而非女仆们起居的房间所在的后侧,这一点也很明确。莫非尖叫来自邻家——我不敢往下想,但还是决定立刻去一趟医生家。

这么做需要相当大的勇气。医生的妻子出席了死因审理。只要在光天化日之下亲眼见过那温柔优雅的模样,就不会忍心去打扰她纯净安宁的生活。但一个真正的侦探绝不会轻易舍弃自己抓住的线索。更何况事关重大,我岂能因为一位女士的厌恶表情就打退堂鼓。于是,我鼓起勇气按响了扎布里斯基医生家的门铃。

如今我已年过古稀,也不会再因为美女的魅力畏缩不前了。但我必须承认,当时我一想到自己会被带到楼下那间华丽的会客室,见到那位夫人,我便不禁打了个冷战。然而,当那位光彩照人的医生夫人走进会客室后,我便抖擞精神,在职权所允许的范围内,厚着脸皮注视着她。因为她的脸上分明写着慌乱,这令我大吃一惊。我还没说一句话,便能感觉到她在发抖。对一位生来优雅,又有自制力的女性而言,这种状态就更加反常了。

"我对您有印象,"她彬彬有礼地上前说道,"但您的名字——"说到这里,她看了看手中的名片。"我好像有点陌生……"

"我们在一年半前见过。我在哈斯布洛克先生的死因审理上作过证。"

她许是不想表现得太惊讶,但是听完我的自我介绍,那张本就苍白的面容顿时血色全无,紧盯着我的视线也垂向了地面。

"天哪!不得了!"我心想。

"您找我有什么事吗?"她立刻换上镇定的表情,装出若无其事的样子,我又岂会上当。

"这一带的居民恐怕已经淡忘了您家隔壁的案子。哪怕没忘,您肯定也觉得我现在上门了解情况很莫名其妙吧。"

"我是吓了一跳……"她起身说道,搞得我也不好意思再坐着了。她似乎有些激动,自己却无知无觉。"您怎么会有问题要问我呢?不过您来都来了……"她虽然这么说，却迅速转变了态度。我不禁暗暗雀跃。"我当然会尽可能回答您。"

有些女人拥有最甜美的声音和最迷人的笑容，却只会让我这种职业的男人产生怀疑。但扎布里斯基夫人不属于这种情况。她虽有动人的面容，表情却也纯真，哪怕有明显的慌乱为那美丽的容颜蒙上阴霾，我也敢确信其中并没有潜藏着什么邪恶与虚伪。然而，此刻的我无异于在黑暗中抓住了宝贵的线索，还不知自己将走向何方，更不知自己会让她陷入怎样的境地。我继续说道：

"您是哈斯布洛克家的隔壁邻居，所以我想先问问您，在那位先生遇害的那个夜晚，是谁发出了整条街都能听到的尖叫？"

听到这个问题，她不禁倒吸一口冷气，我却认为自己挖出了未解之谜的线索。我本想乘胜追击，抛出下一个问题，她却迅速向前一步，把手放在了我的嘴唇上。

我惊讶地看着她，用眼神试探她的意图，她却把头偏向一边，双眼紧紧盯着房门，满脸忧色。我立刻意识到她在担心什么——她的丈夫回来了。她害怕丈夫的耳朵捕捉到我们的谈话。

我不知道她在想什么，也不明白这对她有多大的意义，却怀着浓烈的兴趣，竖起耳朵聆听盲人医生走近的脚步声。他会走进我们所在的房间，还是会立刻前往后侧的诊疗室？她似乎也在琢磨这个问题。当他走到敞开的门口，停下来把耳朵对准我们时，她几乎屏住了呼吸。

我则纹丝不动，用莫名与惊讶的视线细细打量他的脸。因为那不仅仅是一张精致动人的脸，脸上还有某种摄人心魄的表情，让见到他的人不由分说地产生怜悯和兴趣。这究竟是失明这一不幸所致，还是有更深层次的原因？无论如何，那张脸给我留下了深刻的印象，使我对他的品性产生了浓厚的兴趣。他会进来吗，还是会到里屋去？无声诉说着的眼神，向我表明了她的意愿。但我一边默默回应她的视线，一边却隐隐约约觉得，也许他进来会对我的工作更有帮助。

人们常说，盲人有强大的第六感代替失去的视力。我们明明没发出任何声音，但我很快就察觉到，他发现了我们的存在。只见他急忙走进房间，用饱含激情、高亢而颤抖的声音说道：

"海伦，你在吗？"

有那么一瞬间，我以为她是不打算回答了。但根据以往的经验，她显然知道自己不可能骗过丈夫。于是她放下捂住我嘴唇的手，同时快活地应了一声。

医生听到了我们这边的细微动静，脸上的表情与方才判若两人，也不知是怎么了。"你身边有人，"他又前进了一步，却不见盲人行走时常有的那种不确定感，"是你的好朋友吧。"他用带着讽刺的口吻说道，强颜欢笑。

她以面红耳赤回应了丈夫，显得激动而尴尬。她的反应只可能意味着，她的丈夫怀疑我们正牵着手，而她知道我察觉到了他的想法。

她迅速走到丈夫身边，用柔美却足以让我听清的声音说道：

"康斯坦丁，那不是我的朋友，我都不认识他。他是来了解情况的警察。我们马上就聊完了，我一会儿就去办公室找你。"

我很清楚，她不过是两害相权取其轻。如果自尊心允许，她恐怕不会让丈夫知道我的职业，更不会让他知道我上门来了。但她和我都没有料到，这番话会对他产生怎样的效果。

"警察——"他似乎在用那双看不见的眼睛盯着我，那语气就像是他渴望寻回失去的视力一般，"警察怎么会随随便便来了解情况。他也许是上帝派来——"

"我来替你说吧！"夫人冲到他身边，紧紧抓住他的胳膊，用近乎呼吁和命令的口吻急忙插话，然后转向我解释道，"自从哈斯布洛克先生意外身亡，我的丈夫一直为某种疯狂幻觉所苦，他——康斯坦丁，别那样看我——你明明也知道，把那幻觉放在光天化日之下，它就会烟消云散的——就是这样——他明明是全世界最善良的人，却硬要说自己就是杀害哈斯布洛克先生的凶手！"

"天哪！"

"不用我说也知道，那是不可能的，"她用跟丈夫抗议的语气继续说道，"他双目失明，就算他想开枪行凶，也不可能打中。更何况，他压根就没有枪。事情根本就说不通，肯定是他的心态出问题了！不用我说，肯定是因为那起事件对他造成的打击比我们想象的更大。他是个医生，平时明明接触过无数这样的病例。而且他跟哈斯布洛克先生是很要好的朋友啊！他们是最好的朋友。再加上，他坚持说自己杀了人，却无论如何说不出一条像样的理由！"

医生听着这些话，表情愈发严肃，说话的口气仿佛是重复着僵硬动作的自动人偶。

"是我杀了他。我去了他的房间，开枪打死了他。我和他无冤无仇，此刻也受着良心的苛责。请逮捕我，让我为自己的罪行付出代价吧。我实在是过意不去。"

这番话好似疯子翻来覆去的呓语。一旁的夫人惊慌得无法自制，立刻松开丈夫，不顾一切地转向我。

"快劝劝他啊！"她连珠炮似的喊道，"多问他几个问题！让他相信自己绝不可能干得出那般可怕的事情啊！"

直面如此悲剧，我不禁为自己浅薄的资历感到内疚，同时也激动不已。正如她所说，医生的精神状态略有些不正常，而我并不清楚该如何对付一个如此固执于幻觉，并且有足够的教养将幻觉正当化的人。但情况容不得我迟疑。因为他已伸出双臂，显然是盼着我立即将他逮捕。对他的妻子而言，这是何等残忍的光景。她蹲坐在我们之间的地上，因惊恐与苦恼浑身发抖。

"您说您杀了哈斯布洛克先生，"我开口说道，"那用于行凶的手枪是哪里来的？离开他家后，您又是如何处理手枪的？"

"他根本就没有枪，从没有过！"扎布里斯基夫人激烈地插嘴道，

465

"要是我看见他拿着那种玩意，我早就——"

"我把枪扔了。走出房门时，我用力把它扔了出去。因为我也对自己的所作所为感到害怕，害怕得要命。"

"警方还没找到手枪，"我笑着回答，暂时忘记了他看不见，"出了那么大的案子，要是有人在那之后捡到了手枪，照理说是一定会送去警局的。"

"别忘了，一把好枪是相当值钱的，"医生顽固地断言，"肯定是有人在事情闹大之前碰巧路过，发现街上躺着个值钱的东西，就把它捡起来带走了。那八成也不是个正经人，宁愿把枪留着，也不愿引起警方的注意。"

"嗯……倒是有可能。不过您的枪究竟从何而来？如果夫人所说属实，您之前是没有枪的，那您肯定可以告诉我，您是通过什么渠道搞到了武器。"

"是那天晚上从一个朋友那里买来的。我不会说出他的名字，因为他已经不在这个国家了。我——"医生停顿片刻，脸上写满激情。他转向妻子，轻唤一声。听到丈夫的呼唤，她惊骇地抬头望去。

"我不想透露过多的细节，"医生说道，"上帝抛弃了我，我犯下了可怕的罪行。只要得到应有的惩罚，我定能重归宁静，而幸福也会回到我妻子的身边。我不希望她为我的罪孽承受更多的痛苦与折磨。"

"康斯坦丁！"那是充满爱意，又无比殷切的声音。医生似乎也被打动了，出现了一瞬间的犹疑。

"可怜的姑娘！"他喃喃着向妻子伸出双手，仿佛是难以克制心中的冲动。但这种变化只持续了短短的一瞬间。片刻后，他又摆出了毅然决然的态度，再一次自责起来。"要带我去见治安法官吗？如果要的话，我还有一些事要处理，请您在一旁见证。"

"我可没有逮捕令。而且我也没有这么大的权限。不过，如果您非常想接受警方的审问，我也可以回去汇报长官。警方定会给出最妥善的处理意见。"

"对我来说，这也是最好的安排，"医生说道，"我曾无数次产生投案自首的念头，但是在抛弃家庭与事业之前，我得先把很多事情打点妥当，免得给别人添麻烦。那就这么说定了。我就在这里，随叫随到。"

医生走出了房间，留下他可怜的年轻妻子独自蹲在地上。我同情她的羞愧和恐惧，便安慰道，世上常有人坦白自己从未犯过的罪行。我还说，在限制他的自由之前，警方定会开展慎重的调查。

她向我道谢，缓缓起身，试图恢复平静。然而，丈夫供述的内容自不用说，他的态度也成了这位年轻的妻子难以承受的重担，使她无法轻易平复自己的情绪。

"我就怕事情会变成这样……"她也坦白道，"早在几个月前，我就开始担心他会不会突然说些莫名其妙的疯话了。我也想鼓起勇气，找其他医生咨询他的妄想问题。可他在其他方面非常正常，我唯恐这个可怕的秘密被世人所知，所以一直犹豫不决。我一直希望时间的流逝和每天的工作能让他渐渐恢复过来。可他的妄想变得越来越严重了，事已至此，恐怕已经没有什么能让他相信自己并没有犯下那些罪行了。如果他的眼睛看得见，我还能抱有一线希望，可是和健全人相比，盲人总有更多的时间陷入沉思啊……"

"也许眼下还是姑且让他沉浸在妄想中为好，"我冒险说道，"如果他真成了妄想的俘虏，惹恼他就是非常危险的。"

"如果？"她用一种难以形容的、饱含惊愕与恐惧的语气重复了这个词，"莫非您是觉得他说的也有那么一丝可能是真话？"

"夫人，"我搬出在职业生涯里锻炼出来的、带有些许讽刺的口吻，"请问您为什么会在谋杀案发生的消息传开之前发出那样骇人的尖叫？"

她脸色惨白，双目圆睁，然后颤抖起来。此时此刻，我敢确信那并不是因为我语气中的讽刺，而是因为我的问题在她心中激起了疑惑。 467

"我有吗？"她反问道，随即大胆而坦率地继续说道，许是出于她与生俱来的诚实，"我又何苦误导你，何苦自欺欺人呢？没错，我是在隔壁的事情闹大之前发出了一声尖叫。但这并不是因为我得知了凶案的发生，而是因为我撞见了突然回来的丈夫。我本以为他去了波基普西。当时他的脸色非常苍白，神情也有些异样，有那么一瞬间，我还以为自己看到的是他的冤魂。但他立刻告诉我，他摔下了火车，不过奇迹般地获救了，所以才会突然回来。就在我为他的遭遇而哀叹，试图和他一起平静下来的时候，隔壁传来了那可怕的喊声——'出人命了！出人命了！'前脚刚捡回一条命，受了惊吓，后脚又出了那种事，他自是惊慌不已——我觉得他的精神失常就是从那一刻开始的。因为他立即对隔壁的事情产生了极不正常的兴趣。不过他是在几个月，至少是几个星期后才说出了您刚才听到的那些胡话。因为他时常在睡梦中说那些话，我就告诉了他。自那时起，他便口口声声说凶手就是他，他理应受到惩罚。"

"您是说，那天晚上本该去波基普西的扎布里斯基医生突然出现在门口，吓到了您？他经常在深夜独自外出吗？"

"您忘了他双目失明吗？对盲人来说，夜晚反而比白天少了许多危险。他经常在午夜过后出诊。不过那天晚上，他是带着哈利一起去的。哈利是我们家的司机，出远门时总是他陪着。"

"哦……那我们只需要传唤哈利，让他作证就行了。因为他肯定知道医生有没有去隔壁那户人家。"

"哈利已经辞职了。我们雇了另一位司机。而且……这也不是什么需要隐瞒的事情，其实那天晚上我丈夫回来的时候，哈利并没有和他在一起。他的旅行包也是第二天才送回来的。我也不知道为什么，反正我丈夫出于某种原因和哈利分开了。所以，就算他指责自己在那晚犯下了与他平时的品性完全不相符的罪行，我也无法反驳。"

"您就没有问过哈利，他们为什么要分开，医生在车站受了惊吓之后为什么要独自回家？"

"他辞职后过了很久，我才意识到有必要找他问一问这些事情。"

"那他是什么时候辞职的？"

"我记不清了，也许是那个可怕的夜晚的两三个星期后，也可能是四五天后。"

"那他现在在哪里？"

"哎哟，这我怎么知道啊。不过……"她突然大声说道，"您找哈利干什么？如果他那天没有跟着我丈夫回来，就没法从他口中问出有价值的事实，好让我丈夫相信折磨着他的只是些妄想啊！"

"但他也许会告诉我们一些事情，使我们相信扎布里斯基医生在事故发生后失去了理智。"

"天哪！"她惊愕地说道，"哪怕他当时已经疯了，我也不会相信他向哈斯布洛克先生开了枪。他怎么可能干得出那种事呢？他的眼睛看不见啊！只有视力超群的人才有本事闯进一栋门窗紧锁的房子，更何况是在黑暗中一枪毙命！"

"恰恰相反，只有盲人才有这个本事。"声音从门口传来，"依赖视力的人必须看到自己瞄准的目标，否则就不会开枪，而据我所知，那个房间在案发时是没有一丝光亮的。但盲人能根据声音开枪，所以在哈斯布洛克先生发出声响的时候——"

"天哪！"夫人惊恐万分道，"就没有人愿意阻止他这么说疯话吗？"

二

我回到警局，将这场会面的详细情况汇报给长官。两位督察赞同医生夫人的意见，认为扎布里斯基的供述过于可疑，恐是精神失常所致。但另一位督察有意深入调查，用眼神询问我的看法。于是我顺水推舟，陈述了自己的结论——且不论扎布里斯基医生有没有发疯，夺走哈斯布洛克先生性命的那发子弹确实是他发射的。

督察似乎也有同感，另两位却有异议，毕竟其中之一是医生的老相识。众人商量出来的妥协方案是，大家一起见医生一面，听取他的证词，在那之前不下定论。于是我需要在次日下午将医生带到他们面前。

医生随我去了，没有表现出丝毫的反抗。夫人与我们同往。在从拉法耶特广场到警局的一小段路上，我抓住机会观察了他们，发现了相当耐人寻味的迹象。医生表情平静，却透着绝望。如果夫人的臆测属实，他的眼睛本该闪烁着狂暴的光，可那双暗藏谜影的眼睛全无狂乱与焦虑之色。一路上，他只说过一次话。夫人时不时动上一动，似乎是想引起他的注意，他却全然不顾。她甚至把自己的手伸向丈夫，想温柔地告诉丈夫自己就守在他身旁。医生却纹丝不动，沉浸在他的思绪中，仿佛他不仅双目失明，还双耳失聪。我想我能猜到，她是多么想探究丈夫的心思。

她的表情也并非全无费解之处。她脸上的每一寸皮肤都透着真实的体贴和憔悴，充满了荡漾着焦虑的深沉温柔。但她也和丈夫一样，怀揣着根深蒂固的怀疑，这在我们上一次见面时还是无法想象的。这份疑念在他们之间拉起一道无形的薄纱，让他们同时感受到贯穿心胸的喜悦与难以言说的痛苦。那是一种怎样的疑念？究竟是什么样的焦虑，为她投向丈夫的、写满爱意的眼神蒙上了如此深重的阴霾？她对我的存在漠不关心，可见这与丈夫主动前往警局认罪的立场无关。她时不时仰望丈夫，眼神是那样拼命，饱含询问的意味，我也无法从中读出任何东西。她试图通过丈夫那双看不见的眼睛与紧抿的嘴唇揣摩他的心思，但恐怕也只能得出他已失去理智的结论。

一停车，两人似是走出了各自的思绪。医生把脸转向妻子，她则伸出手，准备扶丈夫下车。在那一刻，战战兢兢的态度已经从她身上消失了。

作为丈夫的向导，她似乎什么都不怕。但身为他挚爱的妻子，一切都令她焦虑不已。

"看来在表面的、明显的悲剧背后，还隐藏着更深的悲剧……"随他们走向等候他们的长官时，我在心中如此想道。

扎布里斯基医生的态度震惊了所有熟识他的人。他的诉说是那样平静而坦率，却暗藏无声的决意。

"射杀哈斯布洛克先生的是我，"他没有表现出丝毫狂乱或绝望，斩钉截铁道，"如果各位问我为什么这么做，恕我无法回答。不过各位若想了解我是怎么做的，我定会知无不言，言无不尽。"

"可是医生，"认识他的督察插嘴道，"对我们而言，动机才是眼下最要紧的问题。如果你真想让我们相信你犯下了凶恶的罪行，杀害了一个无辜的人，你就应该给出合乎逻辑的理由，说明你的行为为什么会与你的本性及日常举动如此相悖。"

但医生不为所动，继续说道：

"我没有理由谋杀哈斯布洛克先生。无论各位怎么问，我都无法作答。各位还是针对行凶手法发问为好。"

看到三位警官脸上的表情，夫人长叹一声，仿佛是在诉说："你们看，他疯了！"

我也不禁有些动摇。但帮助我破解了种种疑难案件的直觉下了命令，让我在服从其他人的意见之前慎重考虑。

"不如问问他是怎么进屋的吧。"我低声对离得最近的 D 督察说道。

督察立刻照办。

"案发当天深夜，你是如何进入哈斯布洛克家的？"

盲人医生垂下了头。这是他第一次，也是唯一一次表现出犹豫的迹象。

"各位恐怕是不会相信的，但我去的时候，门其实是半开着的。就是这样的小事助长了犯罪——对犯下了滔天大罪的我来说，这大概是唯一的借口了。"

深夜十一点半，体面人家的前门竟然开着。此话一出，定会让在场的所有人认定"叙述者疯了"。扎布里斯基夫人的眉头舒展开来，不禁向那些正在审问她丈夫的人伸出双手，似是松了口气。在那一刻，她的美貌仿佛都变得耀眼了。我却无动于衷。一种站得住脚的解释如闪电般划过我的脑海。我很清楚自己不得不往那个方向想，内心却对它反感至极。

"扎布里斯基医生，"最熟悉他的督察说道，"哈斯布洛克家的老管家那样的仆人是不可能让前门敞开到晚上十二点的。"

"可门确实是开着的，"盲人医生平静而有力地强调了一遍，"正因为门开着，我才能进去。离开时，我把它关上了。需要我对自己说过的话发誓吗？如果需要，我也准备好了。"

督察们该如何回答才好？眼前的这个人背负着双目失明这份能令所有人心生同情的不幸，付出了教人敬佩的努力，成了顶天立地的医生。然而此时此刻，他正用意志力克制着语气，淡然控诉着自己犯下的凶恶罪行。光是看到这一幕就够令人心痛的了，又有谁敢多说一句废话。同情取代了好奇，我们每个人都不由自主地将怜悯的目光投向了紧紧依偎在丈夫身边的年轻妻子。

"对一个盲人而言，这场犯罪未免过于精明巧妙了，"督察之一开口道，"莫非你很熟悉哈斯布洛克家的结构，以至于能轻而易举找到去卧室的路？"

"我习惯了——"

不等医生说完，夫人便按捺不住，插嘴说道：

"他不熟悉哈斯布洛克家，连他们家的门都没进过。为什么——为什么要问这些？你们还不懂吗？他——"

医生捂住妻子的嘴，命令道：

"别说了！你很清楚我多么擅长在屋里走动。哪怕是第一次去的人家，我都能巧妙避开所有障碍物，以至于不熟悉我的人都察觉不到我是盲人。别再试图让他们认为我的神志不清醒了，否则我真会发疯的。"

医生面不改色，沉着冷静，仿佛戴着面具。夫人的面容却因恐惧而扭曲，欲言又止的表情渐渐布满重重疑影，诉说着让我们心惊胆寒的悲剧。

"你能在看不到对方的情况下开枪打死他吗？"督察好不容易才问出了这么一句话。

"给我一把手枪，我就能证明给各位看。"医生不假思索地回答。

妻子发出一声低吟。手边的书桌抽屉里就放着手枪，但没有一个人动手去拿。因为医生眼里的某种东西，使我们不敢把枪立刻交到他手中。

"就算你有异乎寻常的枪法吧。"督察如此回答，然后招手让我过去，低声说道："这事恐怕得找医生，而不是警察。把他悄悄带走，再把我的话转述给萨斯亚德医生。"

谁知扎布里斯基医生似乎拥有近乎超自然的敏锐听觉。他一听这话便猛地一惊，第一次带着真正的激情说道：

"不，求你们了！别的我都能忍，唯独这样不行！先生们，我是个盲人啊！我看不见自己身边的人是谁。如果你们派间谍贴身监视，想找到我是个疯子的证据，我的生活与地狱又有何异。我宁可立刻被定罪，哪怕被判死刑、受尽耻辱也无妨。因为那是我自作自受。既然我犯下了那样的罪孽，就应该受到惩罚——可是被当成疯子未免太残忍了……请不要让我遭受这样的命运！"

他的情绪虽然激动，语气却没有失礼之处，以至于我们都被莫名地打动了。只有他的妻子因不断膨胀的恐惧怔怔地站在那里。那白蜡般毫无血色的面容似乎比丈夫那张因激情扭曲的脸更为骇人，更教人无法直视。

"也难怪内人会认定我精神失常，"医生继续说着，仿佛是害怕没人回应他的声音，"但鉴别真伪不正是各位的工作吗？各位理应能够判断出我是否正常。"

D督察不再犹豫。"很好，那就拿出最起码的证据，证明你的供述准确无误吧。只要你拿得出证据，我们便会把案子提交给检察官。"

"证据？本人的招供难道——"

"没有证据支持，供词就站不住脚。眼下没有任何证据能证明你的说辞。毕竟你连用于行凶的手枪都拿不出来。"

"是真的，我说的都是真的！我被自己的所作所为吓坏了，是自我保护的本能使我用力所能及的办法处理掉了凶器。那把枪肯定是被人捡走了。那天晚上，肯定有人在拉法耶特广场的人行道上捡到了枪。登个广告吧，悬赏寻枪就是了。费用我来出。"突然，他似乎意识到了这番话在别人听来是多么荒唐。"唉！"他喊道，"我知道你们是不会相信的，但你们每天都在揣摩人际关系深处的奥妙，理应知道人世间每天都有莫名其妙的事情发生啊！"

这是疯子的呓语吗？我开始理解夫人的恐惧了。

"至于我是问谁买的枪——唉！我无论如何都不能说出他的名字。一切都对我不利。我拿不出一点证据。然而连我的妻子都开始害怕了，害怕我说的都是真的。她的沉默就是最好的证据。那沉默仿佛张开血盆大口的深渊，横亘在我们夫妻之间。"

话音刚落，她便激烈反驳，仿佛是在倾泻心中的激荡。

"不，你胡说！我决不相信你能犯下如此残忍的罪行。你是我心爱的康斯坦丁，你的内心是那样纯净！你既冷酷又固执，却从没做过有悖良心的事！那都是你的妄想！"

　"海伦，你没法站在我这边，"医生轻轻推开妻子说道，"你可以坚信我是清白的，但请不要再说让他们怀疑我的话了。"

她不再言语，眼中却是无尽的恨。

医生盼望警方立刻拘留他，但没能如愿。他似乎害怕回家，而他也通过本能预感到了自己从今往后将受到的监视。离开房间时，妻子想牵起他的手，他却甩开了妻子，那一幕着实令旁观者心痛。但更令人揪心的是他转过身来，侧耳倾听跟在自己身后的警官们的脚步声时露出的犀利而痛苦的表情。

"从今往后，我将永远都不知道自己是不是一个人。"这是他离去时留下的最后一句话。

我没有把上述审讯期间浮现在脑海中的想法汇报给长官。我想到了一种解释，可以在某种程度上阐明萦绕在医生身上的种种谜团。只是在请长官定夺之前，我想再找机会斟酌一下，看看这种解释是否站得住脚。而且，我恐怕得独自完成这项工作。关于盲人医生是否有罪，督察们仍各执一词。因为地方检察官在听闻此事后嗤之以鼻，让他们不要在能够证明医生供述的确凿证据出现之前插手。

"如果他真的犯了罪，为什么不肯交代动机？"检察官说道，"如果他那么想上绞刑架，为什么要隐瞒定罪的关键？那就是个彻头彻尾的疯子。他该去收容所，而不是监狱。"

我却不敢苟同。而且随着时间的推移，我心中的疑惑有了愈发清晰的轮廓，最后甚至发展成了某种信念。扎布里斯基医生确实犯了罪，正如他亲口承认的那样。但他——还是再观望一段时间，等局势明朗一些再说。

尽管扎布里斯基医生勃然大怒，说他不需要治疗，家里还是来了一位擅长治疗脑部疾病的年轻医生。那位医生与警方有些联系，因此在某天早晨，我收到了他奉命记录的观察日记节选。

医生沉浸在深深的忧郁之中。他有时也会尝试走出忧郁，但极少取得成功。昨天，他拜访了每一位病人，表示他将因病退休。但诊疗室还开着，所以我今天有幸目睹了他接待、诊断、治疗大量患者的场景。我以为自己是躲在暗中观察，但他貌似察觉到了我的存在。因为从他进入诊疗室的那一刻起，侧耳倾听的神情就从未离开过他的脸。他甚至张开双臂，把房间的每个角落都摸索了一遍，险些摸到我藏身的窗帘。然而，他虽然怀疑我躲在房间里，却没有表现出丝毫不快。也许他是想在我面前展现那过硬的医术。

今天的他接待了形形色色的病人，麻利地进行诊断。我也确实没有见过比他更出色的医生。毋庸置疑，他是第一流的医生。我不得不承认，在工作方面，他的精神是非常健全的，没有任何问题。

扎布里斯基医生爱他的妻子，她却深受这份爱的折磨。妻子离家外出时，他的情绪会异常低落。然而她回家之后，他也不会主动和她说话。哪怕开了口，语气也是冷冰冰的，比沉默更令妻子伤心。今天她回家的时候，我恰好也在场。上楼时，她的脚步还很有活力。可是离房间越近，脚步就越是无力。她的丈夫似乎也注意到了这种变化，并做出了自己的解释。他原本苍白的脸突然涨红，全身都出现了神经质的颤抖，想掩饰也是徒劳。可是当妻子那窈窕的身影出现在门口时，他又恢复了往常的样子，唯有双眼直直地盯着正前方，眼底燃起热切的火焰。只有见过一次的人，才能察觉到那种眼神。

"你去哪儿了，海伦？"他起身相迎，用不情愿的口吻问道。

"去了我母亲那儿，还有阿诺德·康斯特布尔百货店，然后按你说的去了趟医院。"她对答如流，语速也很快。

他继续走向妻子，握住她的手。作为医生，我注意到他用不经意的动作将手指放在了能摸到脉搏的地方。

"没去别的地方？"

她露出人世间最悲戚的笑容，摇了摇头。片刻后，她才想起丈夫看不到这个动作，便用哀伤的语气说道：

"我怎么会去别的地方呢，康斯坦丁，我只想早点回来……"我以为他会在这时松开她的手，但他没有那么做。他还在用手指探着妻子的脉搏。

"那你一路上都遇到了谁？"他继续问道。

她报出几个名字。

"你一定很享受吧。"他松开妻子的手，转过身去，冷冷地说道。不过他的态度中透着几分安心。我不禁对这个男人的悲哀处境产生了同情，因为他不得不采取这样的手段来试探年轻妻子的心。

然而，当我转向她的时候，我意识到她的处境也不比他幸福多少。她经常落泪，但此刻夺眶而出的泪水似乎格外苦涩，预示着她的未来将与平静无缘。但她急忙擦干眼泪，为了宽慰丈夫忙里忙外。

如果让我对女人的品格做一番评判，那我不得不说，海伦·扎布里斯基比大多数女性都要优秀。她的丈夫显然对她抱有怀疑，但我至今无法确定这究竟是她对他的态度造成的，还是仅仅因为他的精神失常。我感觉让他们单独相处是一件非常可怕的事情。但是当我建议她在与丈夫独处时保持警惕时，她却带着平和的笑容告诉我，她巴不得丈夫对自己动手，因为那样就能证明他无法对自己的行为或主张负责了。

不过，我肯定不忍心看到她被这样一个感情用事、闷闷不乐的男人伤害。

我接到的命令是汇报我察觉到的一切，包括所有的细节，所以这件事也有必要一提：扎布里斯基医生也是想给妻子体贴关怀的，但在关键时刻总是以失败告终。当妻子为他带路、帮他寄信、试图用种种温柔化解他的痛苦时，他会礼貌、柔和地道谢，然而我很清楚，她愿意用他所有的套话换取他的一个深情的拥抱或和蔼的微笑。这也不一定是双目失明造成的，但除此之外，我们又该如何解释他的矛盾行为呢？

此时此刻，为内心的伤痛所苦的两幕光景正浮现在我眼前。正午时分，我站在诊疗室的门口向里望去，只见扎布里斯基医生和往常一样，一动不动地坐在那张大椅子上，不知是沉浸在冥想中，还是深陷在意识底层的混沌回忆中。攥紧的双拳放在椅子的扶手上，而其中一只手正抓着一只女人的手套。我一眼便认出，那是他妻子今天早上戴过的手套。他紧紧抓着手套，就像老虎按着猎物，又似守财奴捧着金子，但那凝重的表情与无神的双眼表明，他的内心正上演着激烈的情绪冲突，而这场冲突毫无柔情插足的余地。

平时的他对任何响动都很敏感，但此刻他太过专注，没有注意到我的存在。所以我才能不动声色地轻易靠近。我站在那里看了他整整一分钟，但窥视一个盲人不为人知的痛苦时刻带来了难以抗拒的羞耻感，逼得我不禁背过身去。不过在那之前，我分明看到他的表情因激情的狂风骤雨而扭曲，看到他在自己攥了许久的、毫无生气的羊皮手套上落下一个又一个吻。但一小时后，当他挽着妻子的手走进餐厅时，他对妻子的态度并没有任何改变。

另一幕光景则更加悲惨。我本不太关注扎布里斯基夫人，但一个多小时前，在我前往自己位于三楼的房间时，我看见身材纤长的她双手举过头顶朝我跑来。她情绪激动，一如几个小时前的丈夫，对我的出现视而不见。当时我似乎听见她说了这么一句话——"谢天谢地，我们没有孩子！"这句感叹，是否暗示了她的激情和难以抑制的冲动？

而本人埃比尼泽·格莱斯也在日记中提到了下列内容。

今天早上，我从邻近旅馆的二楼窗户对扎布里斯基家进行了长达五小时的监视，看到了医生坐车出诊和回家时的情况。他有一个黑人家仆陪同。

今天的主要任务是跟踪扎布里斯基夫人。我这么做是有原因的，只是这个原因还是暂时不说为好。她先去了华盛顿广场。据说她的母亲住在那里。待了一段时间之后，她开车前往运河街购物。之后她又去了医院，我也跟了进去。医院里似乎有不少人认识她，只见她带着微笑从一间病房走到另一间病房，只有我从她的笑容中看出了心碎的悲伤。我随她离开医院，而这一趟唯一的收获就是，我发现扎布里斯基夫人是一个无论悲哀还是欢喜都会尽职尽责的人。她确实是一个难得的、可靠的女人，她的丈夫却不信任她。为什么？

今天一整天都在调查扎布里斯基夫妇在哈斯布洛克先生遇害前的生活细节。在这里提及消息来源未免愚蠢，因此省略。总而言之，我查到扎布里斯基夫人并不缺乏指责她卖弄风情的敌人。尽管她从未在公开场合玷污过自己的尊严，但不止一个人宣称，扎布里斯基医生瞎了眼是因祸得福，因为他就算能看到妻子的美貌，十有八九也会因其他人赞美其美貌的模样受罪。

毫无疑问，这类流言蜚语都或多或少带有夸张的色彩，但牵涉到具体名字的流言蜚语必然是无风不起浪。而我也确实查到了一个名字。尽管我认为它不值得我特意提起，尽管我不愿承认它是事实，但那个名字确实很容易招来医生的嫉妒。诚然，没有一个人敢暗示她仍在吸引丈夫之外的男人的注意，或是对外人展露笑颜。因为在案发当晚之后，医生夫妇几乎没有抛头露面过，只见过几个关系非常亲近的人，我刚才提到的那个毒蛇般的诱惑者根本没有可乘之机。再者，在一个充满不幸与苦恼的家庭中，他的笑容与魅力也是行不通的。

于是，我的理论有一部分得到了证实。扎布里斯基医生嫉妒他的妻子。至于他的嫉妒有没有站得住脚的依据，我还无法下定论。因为她此刻正因他们夫妇被卷入悲剧而消沉，但是当一切疑惑烟消云散时，她定会改头换面，届时也定会有无数男人对她发起追求。

终于查到了哈利的住处。他在哈德逊河上游数英里处任职，所以我也不得不离开岗位几个小时，但我认为这一趟绝不会白跑。

终现曙光！我见到了哈利，还用警官才能用的手段打探出了消息。他的叙述大致如下：案发当晚，他在八点收拾好雇主的旅行包，十点叫了车，和医生一起前往二十九街的车站。他奉命购买前往波基普西的车票，因为有人请他的雇主去看病。买好票，他便匆匆赶往站台与医生会合。两人并排走向列车，谁知医生刚踏上车，就有一个人插到他们之间，在医生耳边低声说了些什么。说时迟那时快，医生向后倒去，一脚踩空，半个身体卡在列车和站台之间。虽然他在受伤之前就被拽了上来，但列车刚好在他摔倒时动了一下，这一定把他吓得不轻。他站起来的时候脸色煞白，哈利本想搀扶他上车，他却拒绝了，表示要回家，今晚不去波基普西了。

至于那个跟医生说话的男人，哈利定睛一看，原来是医生的密友斯坦顿。只见他露出诡异的笑，拉着医生的胳膊，带他往自己的车走去。哈利当然跟了过去，但医生听到他的脚步声便转过身来，用格外严厉的语气命令他坐车回家。但片刻后，医生似乎又改了主意，让哈利代替自己去波基普西见一见病患家人，就说他因为在车站失足跌落受了惊吓，无法看病，第二天早上再去。哈利觉得很奇怪，却也没有理由违抗雇主的命令，便坐火车去了波基普西。谁知到了第二天早上，医生还是没来，还发电报让哈利回去。一回去，医生就给了他一个月的工资，把他开除了。哈利与扎布里斯基家就这么断了联系。

这番简单的叙述印证了夫人的证词，但其中也许隐藏着锁链的关键一环——西奥多·斯坦顿先生知道扎布里斯基医生在一八五一年七月十七日夜里回家的真正理由。所以我必须见他一面。这是明天该做的事。

将死(Checkmate)！西奥多·斯坦顿不在这个国家。这下就清楚了，扎布里斯基医生就是问他买的枪，但这对我的工作没有任何帮助，反而让案子愈发难查了。

斯坦顿先生的行踪连他最亲密的朋友都一无所知。他在去年七月十八日，也就是哈斯布洛克先生遇害的第二天，极其突然地坐船离开了这个国家，甚至没有和亲戚保持公开的联系，仿佛出逃海外一般。莫非是他射杀了哈斯布洛克先生？不。但那天晚上确实是他把手枪交到了扎布里斯基医生手里，无论他这样做是否有某种目的。而且他显然对之后发生的惨剧感到惊慌失措，所以才会坐第一班开往欧洲的船离开。这些事已经水落石出，但还有一些谜团没有解开，需要我绞尽脑汁。我是否可以找到那个和扎布里斯基夫人的流言蜚语有所牵扯的人，看看能不能把他和斯坦顿先生或那晚发生的事情联系起来？

找到了（Eureka）！我发现斯坦顿先生和那位先生有不共戴天之仇。他貌似有意隐瞒，但那份仇恨非同小可。虽然他从未做过出格之事，但这个动机足以令他对那位先生发动突袭。如果我能证明他就是在盲目的浮士德耳边含沙射影的梅菲斯特，就能抓住线索，走出这座迷宫。

不过，我要如何在不殃及那位女士的前提下接近如此微妙的秘密呢？毕竟，单单是她对不幸的丈夫所表现出来的爱，就足以令我尊敬了。

我不得不向乔·史密斯求助。换作平时，我是绝对不愿意的，但他肯做一切有钱赚的事情，还很擅长从我们接触不到的人那里打探出

481

真相，所以我必须利用他的贪婪和才略。从某种意义上讲，他也是一个有原则的人，从不会把我托他搜集的情报转卖给别人。他能在多大程度上帮助我们破案呢？他又会用什么策略来获取我们所需要的微妙信息呢？我自己也很好奇。

　　我得把今晚发生的事情详细记录下来。我早就知道对警方而言，乔·史密斯堪称无价之宝，却没想到他竟有如此过人的才干。今天早上，他写信告诉我说，他已经和 T 先生约好了，要与他共度今晚。而且他给自家的仆人放了假，如果我想去，不妨以侍者的身份出席。

　　由于我很想亲眼看看 T 先生，我接受了扮演间谍的邀请，准时前往史密斯位于大学楼的住处。房中的光景令人过目不忘。各处都有堆到天花板的书，形成了绝佳的藏身之处与死角，镶在木框中的两幅老画则令藏身之处更为隐秘。这些画可以根据主人的想法或挂起或拆下。

　　我十分中意被画挡住的死角，便把两幅画都拉了出来，调整成方便我偷看的角度，然后坐下等待两位绅士的到来。

　　片刻后，他们便现身了。于是我站起来，尽可能谨慎地扮演自己的角色。在为 T 先生脱下大衣时，我偷瞄了他的脸。那张脸算不上英俊，却显得十分开朗，引人注目，确实对女性有极大的吸引力。他的谈吐也极富魅力，我从未见过声音比他更动人、口才比他更好的人。我下意识地拿他和扎布里斯基医生作了一番对比，觉得对大多数女人来说，前者的言谈举止无疑更加迷人，远超后者的英俊外表与才华。但扎布里斯基夫人会怎么想，就得打个问号了。

　　两人立刻聊了起来。话题很是快活，却都乏善可陈。因为史密斯先生以他特有的轻快口吻不断切换话题。这固然是为了衬托 T 先生的博学多才，却也有着更深层次的谋略——他是想通过千变万化的话题，将谈话引向最关键的话题，而不至于在客人的头脑中留下多余的

482

印象。

　　他们喝了一瓶，两瓶，三瓶……渐渐地，我发现乔·史密斯的眼神越来越平静，而 T 先生的眼神则愈发快活，愈发飘忽不定。当我送上最后一瓶酒，两人都示意不用再上了，乔向我投来了意味深长的一瞥。今晚的重头戏终于要上演了。

　　乔努力打探最关键的事实。为了不引起客人的怀疑，他经历了足足五六次失败。这些失败我就不赘述了，只写成功的那次。当时他们已经聊了两个多小时了。我则早早从他们面前消失，强压着好奇心与不断升温的兴奋躲在那两幅画后面。就在这时，乔突然说道：

　　"我从没见过记性比他好的人。只要是发生过特殊事件的日子，他都能报出日期，一天都不差！"

　　"哼！"对方如此回答。他也以记忆日期的本事著称。"我可以说出自己这一年里的每一天分别去了哪里，做了什么，只要你给个日期就行。哪怕没有你所谓的特殊事件，我也记得清清楚楚，这才显得我的记性更厉害，不是吗？"

　　"胡说八道！"乔的回答极为挑衅，"你就吹吧，本，我可不信。"

　　此刻 T 先生已是酩酊大醉。他貌似认为此事已然超出了玩笑的范畴，他必须坚持己见。只见他把头向后一仰，吐出烟圈，然后再次强调自己的过人之处，并表示愿意接受一切能证明其记忆力的考验。

　　"你有写日记的习惯吧？"乔问道。

　　"有啊，本子就在家里。"

　　"那你明天能不能把它带来，让我核对一下你记得对不对？"

　　"没问题。"

　　"很好，那我跟你赌五十块钱，赌你说不出某天晚上十点到十一点之间你在哪里。"

　　"一言为定！"对方大喊一声，掏出钱包往面前的桌子上一拍。

　　乔也那么做了，然后把我叫去说道：

"你在这儿写一个日期，"他塞给我一张纸命令道，目光敏锐如剃刀，"随便哪天都行。"正常人遇到这种情况都会犹豫，所以我也装出犹疑不决的样子。这时，他补充道："写上年月日就行。别太远啊，不能是两年以前的。"

我露出"巴结主子、陪贵客玩游戏"的笑容，写下一行日期，交给史密斯先生。他立刻用漫不经心的态度把它塞给对方。你当然能猜到我写了哪一天——一八五一年七月十七日。T 先生本以为只是玩玩而已，一看到那个日子便涨红了脸，仿佛他宁可撒腿就跑，也不愿意回应乔·史密斯那天真而好奇的目光。

"毕竟都答应你了，我会信守承诺——"他终于开口了，却用令人不快的眼神瞪了我，所以我只能不情愿地回到藏身之处。

"应该不用具体到名字吧，"他接着说道，"因为这个问题比较微妙。"

"嗯，不用，说事实和地点就行。"

"我认为地点也没必要说。我可以告诉你我做了什么，这就足够了吧。我可没答应你报出门牌号啊。"

"好吧，"乔大声说道，"来赚你的五十块钱吧！只要你能说出那天晚上你身在何处就行。呃……"乔摆出随意到极点的态度，假装在看桌上的报纸，"一八五一年七月十七日——就这么简单。"

"我先去了俱乐部，然后我去了一位女性朋友家，在那里待到了十一点。她穿着蓝色的丝绸衣服——咦，怎么了？"

由于慌张过度，我砸了一个杯子。案发当晚，海伦·扎布里斯基就穿着蓝色的丝绸衣服。她与丈夫站在阳台上的时候，我看得清清楚楚。

"你问那声音啊？"乔的声音传来，"看来你不像我那样了解鲁本，否则你就不会这么问了。不瞒你说，他就喜欢在偷偷喝酒的时候砸酒杯，每三次就要砸一次。"

T 先生继续说道：

"她是个有夫之妇，但我以为她对我有意思。只是——其实这一点最能证明我说的是真话——她做梦也没想到我有多大的热情。说来尴尬，其实她之所以同意见我，只是因为她觉得这样能让我清醒过来，就此抽身。我可从没有被拒绝过，真是太狼狈了。不过话说回来，亏你能选中我留下了最难堪记忆的那一天。"

有趣的故事到此为止，我就不多引用了。因为这件事，乔·史密斯提出下次找他，价钱得翻倍。我该怎么回复呢？这样和默许也差不多了吧？我认真思索起来。

我花了一整天时间梳理手头的线索，得出了一个足以令长官们信服的推论。谁知就在我想象自己受长官问询的场面时，我接到了来自他们的紧急召唤，接下了一项意料之外的奇怪任务。拜其所赐，我把要跟他们解释扎布里斯基之谜的事情抛到了九霄云外。

话虽如此，我接到的任务其实是陪同一行人前往泽西高地，验证扎布里斯基医生的枪法。

三

他们立刻向我解释了事态突变的缘由。原来是扎布里斯基夫人希望事情能尽早有个着落，因此请警方对丈夫开展更严密的调查。但严密而公平的调查所得出的结果，与第一次调查并无二致。在负责调查的四位警官中，有三位认为医生疯了。尽管住在医生家的专科医生提出抗议，三人也不为所动。扎布里斯基医生似乎猜出他们的看法，激动得一反常态，再次提出希望能有机会通过展示枪法，以证明自己的理智。这一回，医生的请求终于有了实现的希望。扎布里斯基夫人也表示赞成，许是认为这样能尽早平息事态。

手枪被取来了。谁知夫人一看到手枪便没了勇气，提出把实验改到第二天。而且为了避免闲人围观，她要求警方将实验地点安排在森林中。

　　警方本可以当场回绝，督察却答应了她。于是，我虽然不是直接的当事人，却以观众的身份见证了这场阴郁悲剧的最后一幕。

　　人世间的某些事能让人铭记于心，总也挥之不去。我也想尽快忘记自己遭遇过的种种悲剧，但有些光景注定终生难忘。我永远都忘不了那个下午，永远都忘不了在载着扎布里斯基夫妇前往泽西的船头看到的光景。

　　天还不算晚，但太阳已经开始西斜。鲜红的晚霞仿佛要将天空烤焦，我面前的五六个人的脸也被染得通红，为那一幕增添了几分悲剧色彩。尽管在那个时候，我们还远没有领会悲剧的全部意义。

　　医生和他的妻子坐在船尾。我的目光牢牢锁定他们的脸。鲜红的夕阳照耀着他那双看不见的眼睛。见他完全不眨眼，我才意识到盲人的双眼不惧阳光的直射。夫人倒是低垂着眼睛，但毫无血色的脸上浮现出凄惨的绝望感，催人同情。我在心中确信，如果他能看到妻子的那副神情，他就不会把快要说出口的话堵回她的嘴里，也不会在她想要为自己做点什么的时候摆出爱答不理的冷漠态度。

　　他们对面的座位上坐着一位督察和一位医生。许是来自督察大衣下的单调滴答声传来，据说那个小钟将被用作盲人的靶子。

　　虽然河面的激烈水声自左右两侧滚滚而来，扎布里斯基医生却只听得见那滴答声。把手按在胸口、眼睛盯着对岸的夫人也听着钟声，等待着最后的裁决。她深爱的丈夫究竟是罪犯，还是承受着上帝赐下的苦难，值得她日复一日体贴关怀、无私奉献的病人？

　　当夕阳在水面投下最后一抹红光时，船靠岸了。搀扶扎布里斯基夫人上岸是我的任务。站稳后，我不禁说道："夫人，我会陪着您的。"这时，我发现她浑身发抖，不由得大吃一惊。她看着我的表情，好似一个受到惊吓的孩子。

不过在她脸上总能看到这种近似于修女、混杂着稚嫩与严厉的表情，极具个性。而且我对这位美丽却也面临着诸多烦恼的女士抱有强烈的同情，所以没有多问，更没有意识到事态会发展到那般严重的地步。

"昨天晚上，医生和夫人谈了很久。"一行人走蜿蜒曲折的小道深入森林时，有人在我耳边低声说道。转身一看，原来是寄送日记节选给我的专科医生。他是乘另一艘船来的。

"但夫妻间的鸿沟并没有被填平，"他语速很快，用诡异的口吻问道，"您相信他这么做只是瞎胡闹，而不是为了证明什么吗？"

"我相信，他能一枪粉碎那个钟。"我如此回答。不过此时一行人已经来到了提前选定的实验地点，需要各就各位，所以我们没有多聊。

对失明的医生而言，光明和黑暗并无差别。只见他面朝夕阳，站在那里。督察和两位医生站在他身边。扎布里斯基医生一来到空地就把大衣脱了，此刻大衣正挂在其中一位旁观医生的胳膊上。

扎布里斯基夫人站在空地的另一端，靠近一个高大的树桩。我们已经决定，等医生展示枪法的时间一到，就把时钟放在那个树桩上。夫人主动提出由她来放，也得到了批准。她回头看了看等待她放钟的先生们，钟在她手里闪闪发光。指针指着四点四十五分的位置，但我没有多想，因为她在那一刻凝视了我的眼睛。与我擦身而过时，她说道：

"如果他真的疯了，就一刻都不能放松警惕。请务必盯紧他，还要注意防止他伤害自己与别人。请站在他的右手边，万一他想乱用手枪，就立刻阻止。"

我答应了。她继续往前走，把钟放在树桩上，然后立即后退到右边，与树桩拉开了适当的距离。她披着长长的黑斗篷，孤零零地站在那里。哪怕背靠白雪皑皑的树林，她的面容也散发着格外苍白的光芒。见状，我只盼着五点快些到来，盼着医生赶紧扣动扳机。

"扎布里斯基医生，"督察说道，"我们希望能在尽可能公平的条件下进行这场实验。你要做的，就是对准放在适当距离内的小钟开一枪。五点一到，它就会响。你必须仅靠声音的指引打中它。你对这个安排可有异议？"

"没有。我的妻子在哪里？"

"她在空地的另一头，离放置时钟的树桩大约十步远。"

医生鞠了一躬，露出心满意足的表情。

"钟就快响了吧？"

"还有五分钟不到。"

"那就把手枪给我吧，我想熟悉一下它的大小和重量。"

我们面面相觑，然后望向夫人。

她用手势表示同意。

督察立即把手枪放在盲人手里。看他拿枪的手势，便知他确实会用枪。心中的最后一缕疑惑就此烟消云散，我认定，他所说的就是真相。

"谢天谢地，还好我双目失明，看不见她此刻的表情。"医生脱口而出。然而不等耳边的回声散尽，他便提高了音量。考虑到他是一个想要证明自己是个罪犯，以免别人误会他是个疯子的人，他的语气不是一般的平静。

"请大家不要随意走动，以免我错过时钟敲响的第一下。"说着，他把手枪举到面前。

那一刻，令人窒息的焦虑与深邃的寂静笼罩了在场的所有人。我目不转睛地盯着医生，没往钟那边看，却被一瞬间的冲动所驱使，想看看扎布里斯基夫人是如何面对这场危机的，便朝她所在的方向匆匆一瞥。只见她纤长的身影左右摇摆，仿佛在忍耐高度紧张的情绪。她的视线被时钟的指针牢牢吸引。指针以蜗牛般的速度沿着表盘蠕动。出乎意料的是，当分针走到离整点还差一分钟的位置时，她动了。说时迟那时快，一个圆圆的、白白的东西出现在了她的黑色斗篷上。不等我向医生发出警告，高亢而急促的钟声已经划破了冰冷的天空。紧随其后的，是呼啸而过的枪声与闪光。

玻璃碎裂的声音传来，紧接着是压抑的叫声。不难想象，子弹命中了。然而，不等我们迈出一步，不等被风吹到眼前的硝烟散去，便传来了另一种声音。那是令人汗毛倒立，令血液在恐惧的作用下倒流的声音。又一个钟响了。我们终于意识到，夫人放在树桩上的钟仍在原处，完好无损。

那么，没到既定时间就发出报时的钟声，并被白白打碎的钟又是从哪里冒出来的？我扫视四周，很快就找到了答案。胸口中弹的海伦·扎布里斯基倒在我右手边十步开外的地上，身边躺着一只破钟，生气正迅速从那双美丽的眼睛中消逝。

见到那写满央求的神情，我们便意识到，不告诉她的丈夫是不行的。我这辈子都忘不了医生得知真相后爆发的惨叫。他拨开人群冲上前去，仿佛是在某种超自然本能的指引下，倒在了妻子的脚边。

"海伦！怎么会这样？难道是我这双手沾染的鲜血还不够多吗，非得沾上你的血才行吗？"

她睁开一直闭着的眼睛，凝望丈夫痛苦的面容，断断续续道：

"杀我的不是你……而是你犯的罪……如果哈斯布洛克先生的死与你无关，你的子弹就不会打中我的心脏……你以为，在我看到你杀害无辜的证据以后，我还活得下去吗……"

"那——那是无心之失啊！我——"

"嘘！"她用可怕的表情打断了丈夫，幸好他看不到，"我还有别的动机……我希望向你证明，哪怕付出生命，我也依然爱你——我一直爱着你，从没有——"

这一次是丈夫打断了妻子。他用颤抖的手拂过妻子的嘴唇，满脸绝望地转向我们。

"都给我走开！我要和垂死的妻子做最后的告别，不希望有任何人旁听与旁观。"

我用眼神与站在一旁的医生交换了意见。对方表示，她已经没救了。于是我便悄悄后退。其他人也退下了，留下扎布里斯基医生和妻子单独在一起。远远望去，只见她用双臂搂住丈夫的脖子，将头深情地埋在他的胸前。渐渐地，他们和周遭的风景都被寂静笼罩。落叶的树木将这场悲剧与外界隔离开来。暮色渐沉，眼看着最后一丝晚霞也从头顶的天空和枝丫消失了。

不过，寂静终有被打破的一刻。扎布里斯基医生将妻子的遗体紧紧抱在胸前，站起身来，带着与方才判若两人的狂喜表情朝我们走来。

"我要把她抬到船上去，你们都别碰她。她是我真正的妻子，我真正的妻子！"他的态度洋溢着威严与激情，以至于他仿佛在一瞬间化身成了英雄，让我们忘记了他才刚刚证明自己犯下了冷血而骇人的罪行。

一行人回到船上就座时已是星光灿烂。如果说来到泽西时的光景令人印象深刻，那我又该如何形容返程的种种？

扎布里斯基医生和来时一样，坐在船尾。他的模样是何等可怖，在苍白的月光下，他的脸庞清楚地浮现在背后的黑暗中，好似一尊叫人毛骨悚然的塑像。他将死去的妻子紧紧搂在胸前，时不时弯下腰来，仿佛是想从她那紧闭的嘴唇中听取生命的信号。之后，他又会抬起身子，露出一张写满无望的脸，再在重新燃起的希望中向前倒去，明知那是注定要落空的。

陪同督察前来的医生坐在船头。我坐在扎布里斯基医生对面的矮凳上，负责监视他。我与他离得很近，近到听得清他痛苦的呼吸，所以我的心中虽然满是惶恐与同情，却还是忍不住探出身子说道：

"扎布里斯基医生，我已经彻底解开了你的犯罪之谜。你不妨听我说说，看看我有没有正确理解你所陷入的诱惑，以及诚实又敬畏上帝的你是如何走到了杀害无辜邻居的那一步。

"长久以来，你的一位朋友——也许他只是以你的朋友自居——他一直对你吹耳边风，让你对妻子产生怀疑，嫉妒某个男人。至于那个男人叫什么名字，我就不提了。你也知道朋友对那个男人怀恨在心，所以你起初也对他的影射充耳不闻。但你发现妻子的言行举止产生了些许变化，这引起了你的怀疑。渐渐地，你觉得朋友的说辞也许是真的。你开始诅咒自己的双眼，诅咒自己的无能为力。妒火不断升温，令你受尽煎熬。终于，一天晚上——就是那个夜晚——那个自称你朋友的人在你正要出门的时候遇见了你，在你耳边花言巧语道：'你恨之入骨的那个男人此刻就在你家，和你妻子在一起，立刻回家，也许就能逮到他们了。'

"每个人心中都潜伏着名为嫉妒的恶魔，它不分善恶，迅速掌控了你的心智。你对那个冒牌朋友说，自己不能赤手空拳回去。他表示，你可以去他家，他可以把自己的枪给你。你同意了，打发仆人去波基普西带口信，自己则上了朋友的车。

"你说手枪是你买的，也许你确实付了钱。总之，当你离开他家时，口袋里就装着枪。你拒绝了他的护送，在快半夜的时候独自走回了柱廊公寓。

"换作平时，你定能毫不费力地认清自家的门口。但由于心中燃烧着烈火般的激情，你走得比平时更快，走过了自家，停在了隔壁的哈斯布洛克家门口。由于柱廊公寓每一户的门口都是一样的设计，你只有一个办法可以确定自己回到了住处，那就是摸一摸门边的诊所招牌。但你顾不上这些了。你满脑子都是复仇的念头，唯一的愿望就是用最快的速度进门。于是你掏出钥匙，插进锁里。插是插进去了，但你肯定花了不少力气才把钥匙转动，以至于钥匙都被扭弯了。正常情况下，你定会察觉到异样，可那晚的你并没有多想。好不容易把门打开之后，你因为过于激动，不顾一切地冲了进去——你没有注意到两栋房子的氛围和陈设的不同。换作平时，这些细微的差别肯定会让你在上楼之前停下。

"你在上楼的时候拿出了手枪。走到二楼沿街一侧的卧室门口时，你已经给枪上了膛，做好了开枪的准备。因为你看不见，唯恐对方逃跑，所以你打算一听到男人的声音就开枪。因此，当不幸的哈斯布洛克先生被不速之客吓醒，惊呼着上前时，你就扣动了扳机，当场打死了他。在他倒下之后，你也许是被他说的话点醒了，也可能是摸到了周围的东西，反正你这才意识到自己进错了房子，错杀了无辜的人。所以你追悔莫及道：'天哪！我干了什么?！'然后逃之夭夭，甚至没有靠近对方。

"下楼后，你冲出房子，关好前门，在没有被人看见的情况下回了自己家。然而在逃跑之前，你发现了两个问题。第一，仍握在手里的枪。第二，钥匙已经变形了，没法用它打开自家的房门。你在这种紧急情况下是怎么做的呢？其实你都告诉了我们，只是我们一时间都不敢相信。除了我，恐怕没有一个人相信你的说辞。你把手枪扔在路边，而片刻后，它恰好被一个有些不三不四的深夜徘徊者捡了去。这是多么难得一见的巧合。房门倒也没有阻挡你的去路。如果我没有猜错的话，你在转身时伸手一摸，发现门开着一条缝。我们有理由相信，有人在片刻前茫然若失地走出了那扇门。当你被问及你是如何在所有人就寝后进入了门窗紧闭的哈斯布洛克家时，正是这个事实为你提供了答案。

"这个巧合令你惊讶，但你也为之欣喜，只觉得天助我也。进屋后，你立刻上楼去找你的妻子。是她而不是哈斯布洛克夫人发出了一声尖叫，惊动了街坊邻居，并使人们对稍后将从隔壁房子传出的喊叫做好了思想准备。

"但你的妻子之所以尖叫，并不是因为她已知晓隔壁的悲剧。悲剧就在她的心中。因为她刚刚赶走了一个死缠烂打的追求者，做梦也没有想到会在此刻见到惊恐万分、失魂落魄的你。她自是狼狈不堪，还以为自己看到了你的冤魂。也许情况要更糟糕一些，她误以为你是回来报仇的。而你没能杀死想杀的人，却失手害死了一个自己尊敬的人。为了不露出马脚，你想方设法不让她受到惊吓。为了安抚她，你甚至告诉她，你之所以惊慌，是因为在车站遇到了危险。这时，隔壁的惨叫传来，分散了她的注意力，把你们的关注都转向了那边。直到良心完全苏醒，你敏感的神经再也无法忍受那可怖的罪孽，你才坦白了自己的所作所为。只是你的供词过于模棱两可，缺乏能让他人信服的关键解释，以至于夫人和警方都误以为你疯了。为了保住男人的自尊，也是出于对妻子的体贴，你在这一点上三缄其口，但日子一天天过去，你愈发无法忍受良心的苛责了。

"扎布里斯基医生，我的推测没错吧？你所犯下的罪行，是否正如我所说？"

他带着奇怪的表情抬起头来。

"嘘！你会吵醒她的。你看她睡得多安详，我可不忍心把她吵醒。她太累了，我——我没有看好她。"

他的手势、眼神和语气令我毛骨悚然，不禁向后退去。一时间，除了船桨掀起的哗哗水声与水拍打船体的声响，我听不到任何声音。说时迟那时快，一个高大黝黑的身影在我眼前猛然起立，仿佛是在威胁一般朝我晃了几下。不等我说话或起身，也不等我出手阻止，我面前的座位就空了。扎布里斯基医生像狮身人面像那样凝然而坐，散发着骇人气场的地方，只剩下一片漆黑。

借助微弱的月光，我们只能看到那个怀抱爱妻遗体的不幸男人的沉没之处浮起了几个气泡，却救不了他。水面的波纹渐渐扩散，小船也被潮水推开了。我们就这样迷失在了地球上最不幸的悲剧落下帷幕的地方。

遗体始终没有浮上水面。警方决定行使权限，不公布本案的真相。

因此对在场的人而言，这个悲惨的结局成了不堪回首的记忆。一切以"意外溺死"收尾，这对苦命夫妇的颜面得以保全，使他们免受诽谤中伤。这也是我们对这两个在人世间受尽苦楚的人尽的最后一份心意。

红发会

阿瑟·柯南·道尔 | Arthur Conan Doyle

（1859.5.22—1930.7.7）

> 爱伦·坡的确是侦探小说的始祖，但真正确立这一流派的无疑是阿瑟·柯南·道尔。放眼我手头的十五种世界短篇侦探小说杰作集，可见《红发会》得到了最多业界人士的支持，我亦有同感。虽然也有许多人认为《斑点带子案》才是柯南·道尔的巅峰杰作，但它的惊悚终究敌不过本作的才思与幽默。
>
> ——乱步评

去年秋天的某日，我去拜访朋友夏洛克·福尔摩斯，却见他正专注地接待一位客人。那是个身材壮硕、脸膛发红的老者，顶着一头火红的头发。我为打扰他们的谈话道歉，正要退出去，福尔摩斯却猛地把我拽进房间，顺手关上了房门。

"来得正好啊，我亲爱的华生。"他亲切地说道。

"你不是正忙着吗？"

"确实很忙，非常忙。"

"那我去隔壁等你好了。"

"不用。威尔逊先生，这位绅士是我的搭档兼助手，帮助我完美解决了不少案子。我坚信，他也能在你带来的这起案件中助我一臂之力。"

那位壮实的绅士半站起身，朝我点头致意。与此同时，一双小而肿的眼睛向我投来略带疑虑的一瞥。

"你就坐长沙发吧。"说着，福尔摩斯坐回扶手椅，双手指尖相对，形似小山，这是他深思熟虑时的习惯性动作，"我亲爱的华生，我知道你跟我一样，钟爱一切超脱日常生活的单调重复与规规矩矩的稀奇古怪。正因为你喜欢这些东西，才会满怀热情地记录下我的小小冒险，并且——如果你不介意我这么说的话——还略做了些润色。"

"你经手的案件确实都让我很感兴趣。"我如此回答。

"你还记得我不久前说过的吧——就在我们开始调查玛丽·萨瑟兰小姐[1]带来的那起非常单纯的案子之前，我曾说过，要想获得奇特的效果或非凡的组合，我们必须深入到实际的生活中，而生活本身总是比任何想象都要大胆得多。"

"当时我应该冒昧地质疑了你的观点。"

"是的，医生。但无论如何，你到头来都必须赞同我的观点。否则我就摆出种种事实，用它们的分量压垮你的逻辑，让你承认我是对的。话说这位杰贝兹·威尔逊先生今早特地找上门来，给我讲了一个故事。我都好久没听过那样离奇的故事了。我跟你说过许多次了，人世间最不可思议、最诡异的事情，往往不与宏大的罪行有关，反而和小小的罪行有着千丝万缕的联系，有时连是否真的有罪行发生都得打个问号。根据我了解到的情况，我还不确定这次的事情是不是犯罪的实例，但在我听说过的种种故事中，这一件的经过无疑最为离奇。威尔逊先生，能否劳烦你把事情从头再说一遍？我的朋友华生医生没听到开头的部分，而且因为此事性质特殊，我非常想通过你的叙述了解所有的细节。一般来说，我只需听到事情的一小段经过，就能与记忆中成千上万的类似案件进行对比，摸准大致的方向。然而关于这件事

　1　《身份案》中登场的角色。

情，我不得不承认，它的每一项事实都十分独特。"

听到这话，身材壮硕的委托人略显得意地挺起胸膛，从笨重的大衣内兜掏出一张又脏又皱的报纸，放在膝头摊平，然后把头往前一伸，扫视报纸的广告栏。我在一旁细细打量着他，试图模仿我的朋友，从他的衣着打扮与外貌特征瞧出点名堂来。

可惜我的观察并没有太大的收获。无论从哪个角度看，那都是个平平无奇、随处可见的英国商人。身材肥胖、装模作样、动作迟缓。他穿着膝头稍显宽大的灰色格纹长裤，套着一件不算太干净的黑色大礼服，没扣扣子。里面是一件颜色灰暗的背心，口袋里伸出一条艾尔伯特式的粗表链，上面挂着一个开着方形小孔的金属片，似是装饰。一旁的椅子上放着一顶磨损的真丝礼帽和一件褪了色、满是褶皱的天鹅绒领棕色大衣。左看右看，都是个毫无特征的男人，唯有那一头火红的头发与他脸上那极度懊恼、不满的表情比较惹眼。

夏洛克·福尔摩斯用那双慧眼察觉到了我的小动作，回应了我带着疑问的目光，微笑着摇了摇头："除了他从事过体力劳动，吸鼻烟，是共济会会员，去过中国，以及最近写了不少东西这些显而易见的事实之外，我无法推断出别的事情。"

杰贝兹·威尔逊猛地站起身来，食指依然按着报纸，眼睛却死死盯着我的搭档。

"你怎么能看出来这么多啊，福尔摩斯先生！比如，你怎么知道我干过体力活啊？这件事本身是千真万确的，因为我踏上社会的第一份工作，就是船上的木匠。"

"是你的手告诉我的，威尔逊先生。你的右手比你的左手大了一圈。这意味着你长年从事需要用到右手的工作，所以它的肌肉更发达。"

"哦……那鼻烟和共济会呢？"

"我不会逐一解释我是怎么看出来的，免得侮辱了你的智慧。更何况，你违反了组织的严格规定，在胸前佩戴了角尺和圆规图案的徽章。"

"啊，糟糕，我给忘了。可我写了很多东西呢？"

"右侧衣袖有一段五英寸宽的地方闪闪发亮，左侧衣袖靠近肘部的位置打了补丁，方便手肘在桌面滑动。这两点足以说明问题。"

"那我去过中国的事呢？"

"你的右手腕上方有鱼形刺青，那是只可能在中国刺的图案。我对刺青做过些研究，甚至写过这方面的论文。那种把鱼鳞染成细腻粉红色的技法是中国特有的。还有你表链上挂着的中国钱币。这么多证据摆在眼前，事情就更简单了。"

杰贝兹·威尔逊先生哈哈大笑："原来是这么回事啊！我还以为你用了什么高明的花招呢，听完之后就觉得一点都不玄乎了。"

"我最近意识到，华生，"福尔摩斯说道，"我就不该这么解释的。老话说得好，'神秘色彩最精彩[1]'。我却心眼太实，好不容易有了点小名气，再这么下去可就完了。话说威尔逊先生，你还没找到那则广告吗？"

"不，我刚找到，"威尔逊先生如此回答，用粗大发红的手指点着广告栏中央说道，"就是这个。这就是一切的开端。你自己看看吧。"

我从他手中接过报纸，念了出来。广告的内容如下：

致红发会成员：谨遵美利坚合众国宾夕法尼亚州莱巴嫩县已故市民伊齐基亚·霍普金斯之遗愿在此公告，本协会现有一职位空缺。协会成员均有资格申请，工作系挂名，周薪四英镑。身心健康、年满二十一岁的红发男子均有资格。有意者请于星期一上午十一点亲至舰队街教皇院七号红发会办公室邓肯·罗斯处应聘。

---

1 原文为拉丁文"Omne ignotum pro magnifico"，引自古罗马历史学家塔西佗的《阿格利可拉传》。

"这到底是怎么回事？"我把这则不可思议的广告读了两遍，不禁开口问道。

福尔摩斯咻咻笑着，在椅子上扭了扭身子，他心情好的时候总是这样。"确实有些不同寻常。那么威尔逊先生，请你再从头讲一遍——把你自己的情况、你的家庭以及这则广告对你的影响都讲一遍。医生，请你先记下报纸的名字和日期。"

"一八九〇年四月二十七日的《时事晨报》。刚好是两个月前。"

"很好。威尔逊先生，请讲。"

"呃……夏洛克·福尔摩斯先生，就像我刚才跟你说的那样，"杰贝兹·威尔逊擦着额头说道，"我在市区附近的科堡广场开了家小当铺。规模不算大，而且近几年生意不好，只能勉强维持生计。以前我养得起两个伙计，现在却只能雇一个，我自己还得另外找一份工作，否则都不一定付得起他的工钱。但他愿意只拿一半工钱，好多学点本事。"

"那位热心好学的青年叫什么名字？"福尔摩斯问道。

"他叫文森特·斯伯丁。年纪也不算小了，但我瞧不出他到底几岁。不过这般机灵能干的伙计是打着灯笼也难找的啊，福尔摩斯先生。我觉得凭他的能力，完全能找到更好的工作，赚到两倍于现在的工钱。但他对现状很满意，我也没必要特意点醒他。"

"你说得对！看来你的运气相当好，能用低于市场价的工钱找到伙计。这年头，想像你这样找到雇员可不容易。那种伙计的稀有程度，恐怕与这则广告不相上下吧？"

"哦，他也是有缺点的，"威尔逊先生说道，"我从没见过那么爱拍照的人，成天拍个不停。要我说啊，他有那工夫，还不如学点更有意义的东西，他却像钻地洞的兔子似的，抓紧每分每秒去地下室冲洗照片。这算是他最大的缺点了，但总的来说，他是个好伙计，绝不是坏人。"

"他还在你那儿吧？"

"在。除了他，还有一个十四岁的小姑娘，负责做些简单的饭菜，打扫打扫卫生。我家总共就这三个人。因为我是个鳏夫，也一直没有再娶。我们三个过着平静的生活。虽然摆不了阔，但至少不用风餐露宿，赊的账也是还得起的。

"可这样的生活偏偏被这则广告打乱了。就在八周前的今天，斯伯丁拿着这份报纸来当铺账房找我，说：

"'威尔逊先生，要是我有一头红发就好了。'

"'你为什么这么想啊？'我问道。

"'为什么？这广告说，红发会有个职位空出来了。要是能成为协会的一员，是个人都能发笔小财的。而且我听说协会一直很缺人，财产管理委员都不知道该把钱花去哪儿呢。只要把头发的颜色换一换，就有大好的赚钱路子等着我了。'

"'什么？什么赚钱路子？'我问道。你大概也看出来了，福尔摩斯先生，我本就不太爱出门，而且我做的是等客人上门的生意，我是不需要出去的。所以我时常一连几个星期足不出户，难免有些孤陋寡闻。碰上这种新闻，我总忍不住多打听打听。

"'您是从没有听说过红发会吗？'斯伯丁瞪大眼睛问我。

"'没有。'

"'真是奇了怪了。您倒是特别适合应聘那个空缺的职位。'

"'应聘了有什么好处啊？'我问道。

"'一年也就两百多镑吧。但工作很轻松，不影响本职工作。'

"不难想象，我立刻有了兴趣。毕竟这几年生意不怎么好，要是能靠这份工作多赚两百镑，那可就太棒了。

"'给我详细讲讲吧。'我让他往下说。

"'好说，'说着，斯伯丁给我看了这则广告，'如您所见，红发会有一个职位空缺。您要想咨询详情，这里也有联系方式。据我所知，这个协会是个叫伊齐基亚·霍普金斯的美国百万富翁创办的。据说他的行事作风非常奇特，因为自己有一头红发，所以他对所有红头发的男人特别有亲切感。他去世的时候留下遗言，把巨额财产交给了管理人，要求他们用利息为发色与自己相同的人提供简单的工作。有传闻说，那些工作都是事少钱多呢。'

"'可待遇这么好，肯定会有成百上千个红头发男人去应聘的吧。'

"'没您想象的那么多，'斯伯丁回答道，'您看，其实能应聘的仅限于住在伦敦的成年男人。说是那位美国富翁年轻的时候是在伦敦起家的，所以他想回报这座和他有老交情的城市。我还听说，不是什么红头发都能应聘的，太浅或者太暗都不行，要不是纯正的、鲜艳的、火红火红的，去应聘也是白搭。反正啊，威尔逊先生，如果您有意应聘，那真是再合适不过了。不过为了区区两百镑特地跑一趟吧，好像也不太值。'

"就是这么回事。正如两位所见，我有一头如假包换的鲜亮红发，真要比头发的话，我坚信自己不会输给任何人。文森特·斯伯丁似乎很了解这个红发会，我心想带上他说不定能派上点用场，于是就让他把店关了，跟我一起走一趟。他当然也乐得放假，于是我们临时关了店门，去了广告提到的那个地方。

"老天，我再也不想看到那样的景象了，福尔摩斯先生。所有头发带点红色的人都从东西南北进城应聘了。舰队街挤满了红头发的男人。教皇院仿佛成了卖橘子的售货车。不过话说回来，我是真没想到一则广告竟能从全市引来这么多人。头发的颜色也是五花八门——草黄色、柠檬色、橙色、砖红色、爱尔兰长毛猎狗的那种颜色、肝红色、土黄色……但正如斯伯丁所说，纯正的火红色头发并不多。看到有多少人在等，我差点掉头走人，斯伯丁却不答应。他又是推又是拉的，在人群中开出一条路来，带着我来到了通往办公室的楼梯底下，天知道他是怎么做到的。楼梯上有两股人流——有人满怀希望地上楼去，有人垂头丧气地走下来。我们好不容易插进了队伍，没过多久就进了办公室。"

"你的经历着实有趣，"福尔摩斯在委托人暂停片刻，狠狠吸了口鼻烟唤醒记忆时说道，"请你继续往下讲——这件事着实耐人寻味。"

"办公室里只有两三把木椅和一张松木桌，桌后坐着一个矮个男人，头发比我还红。每个应聘者上前后，他都会和人家聊上两三句，然后挑些毛病来，说他们不够格。看来得要到那个空缺的职位并不容易。谁知轮到我们的时候，那个矮个子非常客气，还把门关上了，以便与我私下交谈。

"'这位是杰贝兹·威尔逊先生，他想应聘红发会空缺的职位。'与我同去的斯伯丁介绍道。

"'不得了，这位先生非常合适，'矮个子回答道，'他似乎满足了所有条件。我从没见过如此纯正的红发。'只见他后退一步，歪着脑袋细细打量我，搞得我都有点尴尬了。就在这时，他突然向我走来，紧紧握住我的手，亲切祝贺我应聘成功。

"'再犹豫不决就是对你的冒犯，'他如此说道，'但还是谨慎些为好……'话音刚落，他竟用双手狠狠揪住我的头发，用力拉扯，痛得我大叫起来。'眼泪都出来啦……'他松手说道，'那就没问题了。容不得我不小心啊——因为我已经被假发骗了两回了，还有一个染了头发的家伙。甚至有人把鞋匠擦在线上的蜡抹在头上，你听了定会对人性的浅薄感到厌恶。'然后他走到窗边朗声喊道，已经找到合适的人了。楼下顿时响起一阵不满的嘘声，但不一会儿工夫，人群便向四面八方散开了。除了我和那位经理，不见一个红头发的人。

"'我叫邓肯·罗斯，'他做了自我介绍，'其实我领取的年金也出自那位高贵慈善家留下的基金。话说威尔逊先生，你结婚了吗？可有家室？'

"我回答说没有。

"听到这话，他顿时脸色一沉。

"'哎哟，这可是大问题！'他严肃地说道，'非常不妙啊！太让我遗憾了。因为本基金不仅致力于提高红发人士的福祉，更旨在繁衍子孙，增加红发人口啊。你却是个单身汉，真是太不幸了。'

"听他这么一说，我也顿时拉长了脸啊，福尔摩斯先生。因为我还以为自己也不够格呢。谁知他考虑了几分钟后却说，算了，就这样吧。

"'换作别人，这可是致命的缺陷。但你的发色太纯正了，不得不为你稍稍破例。你什么时候能到岗？'

"我告诉他：'这……有点难办，因为我还有别的生意……'

"'哦，这一点您大可不必担心，威尔逊先生！'文森特·斯伯丁插嘴道，'店里的事情就交给我吧。我会打理得妥妥当当。'

"'上班时间是几点到几点？'我问道。

"'十点到两点。'

"是这样的，福尔摩斯先生，当铺一般是傍晚以后最忙，尤其是发薪日之前的星期四和星期五。所以我巴不得能在白天额外赚点钱。伙计斯伯丁又很能干，出了什么事也能交给他处理，这一点也让我比较放心。

"'既然是这样，我没有异议，'我回答道，'那报酬呢？'

"'每周四英镑。'

"'工作内容呢？'

"'就是挂个名而已。'

"'我就是想具体了解一下怎么个挂名法。'

"'好吧，上班期间，你必须一直待在办公室里，至少不能离开这栋楼。如有违反，你将永远失去现在的职位。因为遗嘱对这方面有非常明确的规定。上班期间离开办公室一步，都是不折不扣的违约。'

"'每天只有四个小时不是吗？时间这么短，我应该不会特意外出的。'我说道。

"'任何借口都是行不通的，'邓肯·罗斯先生告诉我，'无论你是

病了、有要紧事还是有别的苦衷，不能走就是不能走。你必须按规定留在办公室，否则就会失去这份工作。'

"'那工作的内容呢？'

"'抄写《大英百科全书》。那个架子上放着第一册。墨水、笔和吸墨纸需要你自己准备，但我们提供桌椅。你明天能来上班吗？'

"'没问题。'我回答道。

"'好的，杰贝兹·威尔逊先生，那今天就聊到这里吧。最后请允许我再次祝贺你有幸获得这个重要的职位。'罗斯向我施了一礼，将我送出办公室，我就带着斯伯丁回去了。一路上，我为这份不得了的幸运激动不已，兴奋得六神无主。

"于是那一整天，我满脑子都想着这件事。可天黑以后，怯懦的念头又冒了出来。因为我左思右想，总感觉整件事一定是场天大的恶作剧或骗局，尽管我猜不出它的目的是什么，但这一点应该是没错的。我实在无法相信会有人立下那样异想天开的遗嘱，也不相信有人肯为抄写《大英百科全书》这种简单至极的工作付那么多工资。文森特·斯伯丁百般宽慰我，然而快就寝的时候，我几乎完全不抱希望了。但第二天早上，我还是决定无论如何先去看看情况，于是便买了一瓶廉价墨水，带上一支鹅毛笔和七张大页纸去了教皇院。

"让我又惊又喜的是，一切都如前一天说好的那样。桌子已经摆好了，邓肯·罗斯先生也来了，以保证我能顺利开工。他让我从A的词条抄起，然后就出门去了。但他会时不时过来看看我这边是否一切正常。到了两点，他便说'今天就抄到这里吧'，夸我抄得快，并在我走后锁上了办公室的门。

"这样的状态持续了好几天，福尔摩斯先生。到了星期六，罗斯先生来到办公室，用四枚金镑支付了我的周薪。下一周、再下一周也一样。我每天上午十点到办公室，下午两点离开。渐渐地，邓肯·罗斯先生露面的次数变少了，只在上午来一次，后来甚至完全不来了。

504

但我当然不敢离开办公室一步，毕竟我不知道罗斯先生什么时候会来，而且这份工作待遇很好，是我求之不得的，我不愿冒丢掉它的风险。

"八个星期就这样过去。我抄完了 A 字头的'隐修院院长''弓术''建筑''盔甲'和'阿提卡'这些词条。按这个速度，我估计要不了多久就能抄到 B 字头了。我花了不少钱买纸，抄好的稿纸几乎放满了一个架子。谁知这份工作突然泡汤了。"

"泡汤了？"

"是的，就是今早的事。我像往常一样在十点去了办公室，但房门锁着，门板中间用图钉钉着一张方形小卡片。就是这个，你们自己看吧。"

他举起一张与信纸一般大的白色卡纸。上面写着：

红发会就此解散。

一八九〇年十月九日[1]

夏洛克·福尔摩斯和我看了看这张简洁的告示，又看了看后面那张懊恼不已的脸，觉得这件事滑稽的念头压过了其他顾虑，不禁齐声大笑起来。

"有什么好笑的？"委托人怒不可遏，脸红到了火红的发根，"如果你们除了笑话我什么都不会，我去找别人就是了。"

"别别别，"福尔摩斯安抚道，把半站起来的委托人按回椅子上，"我岂会错过你的案子，因为它离奇得教人眼前一亮。不过恕我冒犯，它也确实有些好笑。话说你发现那张卡片后是怎么做的？"

"我当然惊呆了，不知所措。我姑且去同一栋楼的其他办公室打听了一下，可谁都不知道是怎么回事。我实在没办法，最后只能去找

---

1 原文如此。前文说广告刊登日期为一八九〇年四月二十七日，则八个星期后不是这个日期。另，一八九〇年十月九日星期四，不是后文说的星期六。

房东。他住在那栋楼的底楼，是个会计。我问他，你知不知道红发会怎么了，他却说他从来没有听说过那样一个组织。我问他认不认识邓肯·罗斯先生，他说他从没听过这个名字。

"'怎么可能！就是四号房的那位绅士啊！'我告诉他。

"'是那个红头发吗？'

"'对。'

"'可那人叫威廉·莫里斯啊，'对方说道，'他是个事务律师，说新办公室暂时还不能用，所以才租那间屋子应急。他是昨天搬走的。'

"'你知道我能在哪儿找到他吗？'

"'那你去他的新办公室瞧瞧吧。他给我留了地址。给——爱德华国王街十七号，靠近圣保罗教堂。'

"我立刻赶了过去，福尔摩斯先生。谁知到了那个地方一看，那里竟然是一家护膝厂。无论是威廉·莫里斯还是邓肯·罗斯，里面的人都说不认识。"

"然后呢？"福尔摩斯示意他继续说下去。

"我垂头丧气地回到萨克森·科堡广场，找斯伯丁商量，可他也没什么好办法，只说耐心等等，也许人家会寄信过来。可我不能干等着啊，福尔摩斯先生。眼看着就要失去这份好差事了，我总得做点什么吧。我早就听说你会给有困难的穷人出主意，于是我就立刻赶过来了。"

"你很明智，"福尔摩斯说道，"总之这是一起非常稀奇的案子，我很乐意查一查。根据你刚才的叙述，我认为此事也许和更重大的问题有关。"

"还不够重大啊！"杰贝兹·威尔逊先生憋足了劲说道，"再这么下去，我每周要损失整整四镑了！"

"不过就你个人而言，你恐怕没有资格抱怨这个离奇的协会吧？"福尔摩斯说道，"按我的理解，你额外赚了三十多镑——更不用说你获得了和 A 开头的百科全书词条有关的渊博知识。换言之，你并没有任何损失啊。"

"话是这么说，可我还是想知道他们到底是怎么回事，是什么来头，为什么要对我搞这种恶作剧——如果那真是恶作剧的话。这可是一个相当昂贵的玩笑——毕竟它已经花了整整三十二镑了。"

"总而言之，我们会努力为你查明此事。在那之前，威尔逊先生，我还有两三个问题。话说让你第一次注意到那则广告的伙计——他是什么时候来店里的？"

"发生这件事的一个多月前。"

"他是怎么找过来的？"

"看了广告来应聘的。"

"来应聘的只有他一个？"

"不，来了十多个应聘者。"

"你为什么选了他？"

"因为他看着挺能干的，而且要的工钱少。"

"市场价的一半，对吧？"

"对。"

"这个文森特·斯伯丁是个什么样的人？"

"个子不高，但很壮实，做事麻利。已经三十多岁了，但没留胡子。额头上有一处白色的疤痕，大概是被冲照片的药水烧伤的。"

听到这话，福尔摩斯顿时端正坐姿，显得相当兴奋。

"我就知道。你有没有注意到他打了耳洞？"

"这么说起来，他确实有耳洞。他告诉我，是一个吉卜赛人在他小时候帮他打的。"

"嗯！"福尔摩斯沉吟道，再次沉思起来，"他还在你那儿吧？"

"在啊，我就是从他那儿过来的。"

"你不在的时候，店里的生意没有任何问题？"

"没有啊。再说了，上午一般也没什么客人来。"

"差不多了。威尔逊先生，我将在一两天内就这个问题与你分享我的看法。今天是星期六，下星期一之前应该就能解决了。"

委托人走后，福尔摩斯对我说道：

"怎么样，华生，你对这一切有什么看法？"

"毫无头绪，"我如实回答，"这件事真是太神秘了。"

"通常来说，"福尔摩斯继续说道，"一件事表面上越是离奇，其本质就越是单纯。真正令人费解的是那些司空见惯、毫无特征的罪行——这和平凡的脸最难辨认是一个道理。不过这件事恐怕得立刻着手调查。"

"你打算从哪里查起？"我问道。

"先抽烟，"福尔摩斯回答道，"这是个需要抽整整三斗烟的问题。所以也请你在接下来的五十分钟内不要和我说话。"他蜷缩在椅子上，抬高膝盖，几乎要碰到他的鹰钩鼻了。只见他闭上双眼，纹丝不动，叼着的黑陶烟斗好似怪鸟的喙。我以为他定是睡着了，在他的感染下点头打起了瞌睡。突然，福尔摩斯一跃而起，仿佛下定了某种决心，把烟斗往壁炉上一放。

"萨拉萨特今天下午要在圣詹姆斯音乐厅演出。怎么样，华生，你的病人肯不肯放你出去两三小时？"

"我今天碰巧有空。平时病人也没有多到一点空都抽不出来的地步。"

"那就赶紧戴上帽子跟我走吧。要先去趟市区，午饭可以在路上吃。我看节目单上有不少德国音乐，比起意大利和法国的音乐，德国音乐倒是更合我的口味。因为它是内省的，而我此刻也正想内省。走吧！"

我们乘地铁来到奥尔德斯盖特。再走一小段路，便是萨克森·科堡广场，也就是我们早上听到的那个离奇故事发生的地方。广场逼仄狭隘，给人以死要面子的印象。设有栏杆的一小片空地被四排灰不溜秋的两层砖房围住，里面杂草丛生，几丛褪了色的月桂树零散分布其中，与烟雾缭绕、吸了怕是对身体不好的空气做着艰苦的斗争。

拐角处的房子上挂着三颗金球与一块褐色的招牌，上面用白漆写着"杰贝兹·威尔逊"，可见我们的红发委托人经营的当铺就在那里。夏洛克·福尔摩斯在当铺跟前停下脚步，偏着头环视四周，眯起的眼睛炯炯有神。接着，他将犀利的视线投向那些房子，同时缓步走到街角，再折回来。最后，他回到了当铺前，用随身携带的手杖使劲敲了两三下脚下的人行道，再走到店门口，敲了敲门。一个把胡子剃得干干净净、一看就很机灵的小伙子立刻前来开门，请福尔摩斯进屋。

"多谢，"福尔摩斯说道，"不过我只想问个路。请问从这里到斯特兰德该怎么走？"

"第三个路口右拐，第四个路口左拐。"伙计立即作答，然后便关了门。

"好一个聪明的家伙，"福尔摩斯一边走离当铺，一边给出评论，"以我的判断，他是伦敦第四聪明的人，而且单论胆量的话，他至少能排到第三。我早就对他有所了解。"

我也说道："威尔逊先生的伙计显然与这起红发会谜案密切相关。你假装问路，其实只是为了观察他吧？"

"不是为了观察他。"

"那是为了什么？"

"观察他裤子的膝盖。"

"可有发现？"

"看到的东西正如我所料。"

"那你为什么要敲人行道？"

"亲爱的医生，现在该做的是观察，而不是说话。因为我们此刻无异于潜入敌国的间谍啊。总之，我们已经对萨克森·科堡广场有所了解了。下面就去广场后面调查一下吧。"

从破落的萨克森·科堡广场拐过一个街角后，一条大马路映入眼帘。街景的差异之大，堪比一幅画的正反面。那是联通核心市区与本市北部及西部的主干道之一。无数货品汇成两股潮流，一股向外，一股向里，涌动不止。挤满人行道的匆忙行人黑压压的，仿佛蚁群。鳞次栉比的精致商铺与富丽堂皇的企业门面，教人很难意识到它们与我们刚离开的清冷广场背靠着背。

　　"让我瞧瞧……"福尔摩斯站在街角，环视街景说道，"我想记住这些房屋的排列顺序。准确了解伦敦这座城市是我的爱好之一。嗯，这里有莫蒂玛的店，然后是烟草店、小报刊铺、城郊银行科堡分行、素食餐厅……还有麦克法兰马车厂的仓库。这个街区到此为止，再过去就是另一个街区了。好了医生，工作到此告一段落，是时候放松一下了。吃个三明治，喝杯咖啡，再去小提琴的国度。那是由甜美、精致与和谐统治的国度——没有红头发的委托人带着难题来烦扰我们。"

　　福尔摩斯是个狂热的音乐爱好者，他本人不仅是出色的演奏家，更是功力过人的作曲家。他在特等席坐了一整个下午，沉浸在无上的幸福之中，随着音乐的节奏轻轻挥动他那细长的手指，脸上挂着温和的微笑。似在梦境中悠游的慵懒眼神与平时的福尔摩斯——与你所能想象到的最厉害的侦探，与那个冷酷无情、智谋过人、敏捷果敢的福尔摩斯判若两人。在他的奇特性情中，迥异的两种个性交替出现，彰显自己的存在。比如我时常觉得，他的极度细心与敏锐的观察力，也许就是偶尔占主导地位的诗意、冥想情绪的反照。个性的摇摆总能使他从极度的无力慵懒走向足以燃尽一切的精力充沛。我很清楚，当他连续几天坐在扶手椅上一动不动，漫不经心地创作即兴乐曲，或是埋头研读哥特体古书的时候，他才是最可怕，也最值得畏怖的对象。在那之后，追缉的欲望会突然降临到他身上，而他出类拔萃的推理能力也会上升到神技的境界。可惜许多人不了解他的做法，只觉得他的知识不同于常人，投去怀疑的目光。那天下午，当我看到福尔摩斯在圣詹姆斯音乐厅完全沉醉于音乐时，我感觉到的是他要追捕的人恐怕已经死到临头了。

离开音乐厅后，福尔摩斯说道："医生，想必你是打算直接回家吧？"

"嗯，我确有此意。"

"我还有件需要花点时间的事情要做。毕竟科堡广场的谜团事关重大。"

"怎么事关重大了？"

"因为有人策划了一场滔天的罪行。现在出手阻止应该也不迟。不过今天是星期六，这让事情变得有些复杂。也许今晚需要你助我一臂之力。"

"几点？"

"十点肯定来得及。"

"那我十点到贝克街。"

"很好。还有一点，医生，我们可能会遇到一些小危险，请把你的军用手枪放进口袋。"说完，他挥了挥手，转过身，瞬间消失在了人群中。

我从不认为自己比旁人蠢笨，但是和夏洛克·福尔摩斯打交道的时候，我总能切身感觉到自己的愚蠢，倍感沮丧。好比这一次的事情，照理说我听到了他所听到的，也看到了他所看到的，然而从他刚才的那番话不难看出，他不仅搞清了已经发生的事情，还料准了即将发生的事情。我却是一头雾水，思路混乱不堪，只觉得展现在我眼前的一切都是那般光怪陆离。我坐马车回到了肯辛顿的住处，一路上试着重新梳理了整件事的方方面面。事情始于红发委托人奉命抄写《大英百科全书》的离奇经历，然后是萨克森·科堡广场的实地调查，以及福尔摩斯临别时道出的不祥之语。今晚的冒险究竟有着怎样的性质？为什么要携带武器？我们要去哪里，又要做什么？福尔摩斯的只言片语让我意识到，那个脸上无毛的伙计是个不容小觑的人物——他会策划某种惊天诡计。我想弄清这些谜团，最后却不得不放弃，将其暂时搁置。到了晚上，一切自会真相大白。

九点十五分，我离家穿过海德公园，经牛津街走向贝克街。只见两辆双轮双座马车停在门口。沿着走廊往里走的时候，二楼传来了说话声。走进房间一看，福尔摩斯正和两个男人热切交谈。其中一个我也认得，是刑警彼得·琼斯。另一个身材瘦长，面容阴郁，戴着一顶分外闪亮的丝质礼帽，穿了一件格外考究、让人相形见绌的礼服大衣。

"哈！人齐了，"福尔摩斯把厚实的羊毛短外套扣到领口，拿起架子上的粗大马鞭，"华生，你认识苏格兰场的琼斯先生吧？这位是梅里韦瑟先生，今晚他将与我们共赴冒险。"

"又能与你一起打猎了，医生，"琼斯装腔作势道，"论打猎技巧，这位福尔摩斯先生的本事无人能及。他只缺一条帮着逮住猎物的老狗。"

"我只希望别追了半天却抓错了猎物。"梅里韦瑟先生黯然插嘴道。

"你完全可以对福尔摩斯先生更有信心一些，"刑警用高高在上的口吻说道，"他自有一套办法。恕我直言——虽然他的方法有些过于理论化和异想天开，但他确实具备侦探的资质。有那么一两次，好比肖尔托凶杀案和阿格拉宝物的案子[1]，他差点就抢在了警方前头。这么说毫不夸张。"

"哦，琼斯，既然你都这么说了，那肯定是没问题的，"新面孔恭敬地说道，"不过没打成桥牌着实令我遗憾。这是我二十七年来第一次在周六晚上与牌局失之交臂。"

"等着瞧吧，"夏洛克·福尔摩斯说道，"因为你今晚将进行一场前所未有的豪赌。而且这场比试比桥牌惊心动魄得多。对你来说，梅

　　1　出自《四签名》。

里韦瑟先生，赌注大约是三万英镑。至于你，琼斯，则是你追缉已久的那个人。"

"杀人犯、窃贼、假币的制造者与使用者约翰·克莱。梅里韦瑟先生，他是个十足的恶棍。虽然年轻，却是那一行的佼佼者。在伦敦全城的所有罪犯中，我最想绳之以法的就是他。这个年轻的约翰·克莱是个不得了的人物。他的祖父是王室公爵，他自己也是伊顿公学和牛津大学的毕业生。他双手灵巧，头脑机敏。每每发生案件，我们都能发现他的踪迹，却总也抓不住他的狐狸尾巴。他总是这个星期在苏格兰入室抢劫，下个星期就跑到康沃尔筹钱建孤儿院。我追查了他许多年，却至今不能得见尊容。"

"希望今晚能让你们见上一面。我和约翰·克莱先生也打过两三次交道。我很同意你的看法，他确实是犯罪界的佼佼者。好了，十点已过，我们也该动身了。请二位坐第一辆车，我和华生会坐第二辆车跟在后面。"

一路上，福尔摩斯寡言少语，只是靠着座位的椅背哼唱在下午的音乐会上听到的曲子。摇晃的车厢带我们穿过煤气灯照亮的错综街道，最终来到了法灵顿街。

"快到了，"我的朋友说道，"那个叫梅里韦瑟的人是某家银行的董事，他个人对这件事很感兴趣。我觉得顺便带上琼斯是个好主意。他不是个坏人，可惜在本职工作方面，他是个彻头彻尾的傻瓜。但他有一个优点，像牛头犬一样勇敢，像龙虾一样顽强，一旦用长满小刺的钳子夹住对方，就绝对甩不掉。到了，他们正等着。"

马车停在了早上来过的那条热闹的主干道。把马车打发走后，我们在梅里韦瑟先生的引导下穿过一条狭窄的小巷，走进他为我们打开的一扇侧门。门后是一条短小的走廊，走廊尽头则是一扇厚重的铁门。铁门也被打开了。我们继续前进，沿螺旋状的石阶走下去，便是另一扇威严的大门。梅里韦瑟先生停下来点亮提灯，带着我们走进门后散发着泥土味的昏暗通道。打开第三扇门后，我们走进了一个巨大的地下室或地窖，四周堆满了包装好的木箱和看起来很重的盒子。

"这地方足以抵挡来自上方的攻击。"福尔摩斯举起提灯，环视四周。

"从下面攻来也不怕。"梅里韦瑟先生如此说道，用手杖敲了敲铺在地面的石板。谁知他立刻抬头惊呼："咦！怪了，听声音……底下是空的！"

"请保持安静！"福尔摩斯严厉地告诫众人，"你差点威胁到了本次计划的成功。请随便找个箱子坐下，不要轻举妄动。"

一本正经的梅里韦瑟先生露出失了面子的表情，找了个木箱坐下。福尔摩斯则跪在地上，拿着提灯和放大镜仔细检查起了石板间的裂缝。但片刻后他便站了起来，将放大镜塞进了口袋，似乎已经查够了。

"我们至少还有一个小时，"他表示，"因为在那位善良的当铺老板顺利入睡之前，他们也不敢采取任何行动。不过一旦确认老板睡着，他们就不会耽误一分钟，因为越早动手，就能争取到越多逃跑的时间。我们正在伦敦首屈一指的大银行的市区分行地下，医生——想必你早已有所察觉。梅里韦瑟先生是这家银行的董事长。他会告诉你，为什么伦敦数一数二的大胆罪犯会对这间地下室产生浓厚的兴趣。"

"他们盯上了这里的法国金币，"董事长低声说道，"我们已多次接到警告，说也许有人制订了针对金币的盗窃计划。"

"法国金币？"

"没错。几个月前，我们计划加强资金储备，为此从法国银行借了三万枚拿破仑金币。但我们一直没有机会拆箱，以至于'金币仍在银行地下室'的消息走漏了出去。我坐着的这个箱子里也有两千枚金币，用铅箔裹着。眼下这间地下室里的金子，比每家分行平时储备的金子多得多，董事会也会为此头疼不已。"

"这也是理所当然，"福尔摩斯说道，"为了我们的小计划，是时候做最后的安排了。预计一小时之内，胜负就会见分晓。在那之前，梅里韦瑟先生，我们必须用遮光板盖住那盏提灯。"

"你是让我们坐在黑暗里等着？"

"恐怕我们不得不这么做。我原本准备了一副牌，心想我们刚好能凑成两队，也许可以在这里打你心心念念的桥牌。奈何敌人的准备工作进展迅速，亮着灯的风险未免太大。因此我们必须先确定各自的位置。敌人个个胆大包天，就算我们先动手，也得小心行事，否则就有可能受伤。我会藏在这个木箱后面，请各位也找个箱子躲起来。我一用灯光照他们，你们就立刻冲过去。万一对方开枪，华生，你也不需要客气，务必将他们击倒。"

我扳起转轮手枪的击锤，将它放在木箱上，然后躲去木箱后面。福尔摩斯盖上提灯的滑盖，四周顿时一片漆黑——这种深邃的黑暗是我从未体验过的。炙热金属的气味仍在，这说明提灯并未熄灭。到了关键时刻，它便能立刻释放光亮。不过对我而言，在神经紧绷、心情激动时突然袭来的黑暗和地下室的湿冷空气，似乎都令人倍感凝重与压抑。

"他们只有一条退路，"福尔摩斯嗫嚅道，"那就是穿过房子，从后方逃往萨克森·科堡广场。琼斯，都安排好了吧？"

"我在门口安排了警长和两名巡警。"

"这样就断了他们的所有退路。我们接下来唯一要做的，就是静静等待。"

太漫长了！事后核对一番，才知道其实我们只等了一小时十五分钟。可我竟觉得这一晚就快过去了，屋外已近黎明。因为不敢乱动，我的全身都疲惫得僵硬不已，神经却紧张到了极点。听觉更是异常敏锐，不仅能听到同伴们轻微的呼吸声，还能分辨出哪个是大块头琼斯深而粗的气息，哪个又是银行董事长细弱如叹息的声响。从我这边可以越过眼前的箱子俯视前方的地板。突然，我的眼睛捕捉到了一丝光亮。

起初，似乎只是幽暗的火花在石板表面迸发。只见火花渐渐拉长，变成了一条黄线，然后毫无预兆、悄无声息地生出一道口子，一只手从下方伸了出来。那是一只白皙的、活像是女人的手——它在那小团光亮中摸索着，手指蠢动了一分多钟。片刻后，手缩了回去，和它出现时一样唐突。除了石板缝隙中的那一抹幽暗火花，四周重归黑暗。

不过手只消失了一小会儿。伴随着刺耳的撕裂声响，白而宽大的一块石头被抬起来翻了个面，形成一个四四方方的口子。提灯的明亮灯光透过那个口子涌进了地下室。这时，一张眉清目秀、仿佛少年的脸从洞口边缘探了出来。只见那张脸用犀利的目光环视四周，然后把双手撑在洞口两边，抬起自己的身子。先是肩膀，再是躯干，最后把一侧膝盖搭在洞口。说时迟那时快，他在洞口边站了起来，拉起了身后的同伴。那人和他一样矮小苗条，面色苍白，顶着一头蓬乱的浓烈红发。

"很好，没问题，"第一个爬上来的人说道，"凿子和袋子都带了吧？啊，糟了！快跳下去，阿奇，跳！不然要上绞刑架了！"

夏洛克·福尔摩斯已一跃而起，抓住了入侵者的衣领。另一个人跳下了洞口，但我听到了琼斯揪住他的外套衣角时发出的布料撕裂声。转轮手枪的枪身在灯光下一闪，但福尔摩斯的马鞭及时落在了那人的手腕。只听见"咔哒"一声，枪落在了石板上。

"没用的，约翰·克莱，"福尔摩斯淡淡地说道，"你逃不掉了。"

"好像是啊，"对方极其冷静地回答，"我的搭档能逃走就行——不过他的衣角怕是没救了。"

"想得美，有三位警官在门口等他。"福尔摩斯说道。

"哎哟，是吗？安排得滴水不漏啊，值得嘉奖。"

"你也不赖啊，"福尔摩斯还以颜色，"红发会的点子着实新颖，也非常有效。"

516

"你跟搭档马上就能重逢了，"琼斯说道，"他钻洞的速度真是让我自愧不如。老实把手伸出来，让我铐上。"

"抱歉，请不要用那双肮脏的手碰我，"戴上手铐的男子依然嘴硬，"你可能有所不知，我身上流着王室的血。另外，也请你们在和我说话时使用'先生'和'请'这样的敬语。"

"好吧好吧，"琼斯瞪着眼睛，冷笑着改了口，"那么先生，请您上楼去吧。我们会安排马车送您去警局的。"

"有劳了。"约翰·克莱泰然自若道。他单脚向后，单手环着身子，向我们施了夸张一礼，然后在刑警的陪同下无言地离去。

我们随之走出地下室时，梅里韦瑟先生说道："天哪，福尔摩斯先生，真不知道我们银行该如何感谢你、报答你才好。你揭露并彻底挫败了一场胆大到前所未有的银行抢劫计划！"

"我自己也有几笔小账要和约翰·克莱先生清算，"福尔摩斯说道，"我为调查此事花了一些钱，想必银行是愿意报销的。不过我已经得到了足够的回报——因为我在许多方面获得了难能可贵的经历，也听到了红发会这个非比寻常、独一无二的故事。"

"就是这么回事，华生，"黎明时分，当我们回到贝克街，坐下来享用威士忌苏打的时候，福尔摩斯解释道，"无论是红发会的广告，还是抄写《大英百科全书》的工作，开展这种令人生疑的业务，只可能是出于一个目的，那便是让那位不算太聪明的当铺老板每天离家一段时间。这一点从一开始就是非常明确的。虽然这个法子相当拐弯抹角，但要想出更好的法子，恐怕也绝非易事。至于让克莱的天才头脑想到这个法子的契机，无疑是同伙的发色。虽然为了引出目标人物需要投入每周四镑的诱饵，但他们进行的是一场攸关几万镑的豪赌，这点钱又算得了什么呢？先登广告，一个人临时租间办公室，另一个人煽动老板去应聘。如此一来，就能保证老板每天早上都有一段时间不在店里。听说伙计的工资不过市场价的一半，我就意识到——他必然有某种必须得到那个职位的强烈动机。"

"可你是怎么猜到动机的呢？"

"如果家里有女人，我恐怕只会觉得这是一场烂俗的风流韵事。但这次的案子不可能出现这种情况。因为当铺的生意做得不大，老板家里恐怕也没有任何东西值得这样的精心准备与投资。那就意味着被盯上的东西不在当铺里。会是什么东西呢？这时，我想起伙计沉迷摄影，动不动就往地下室跑。地下室！那定是扑朔迷离的谜团的归结点。我又针对这个伙计问了几个问题，发现我要对付的是伦敦最沉着冷静、最胆大包天的罪犯之一。这样一个罪犯正在地下室搞鬼——每天要花好几个小时，而且持续了好几个月。他的目的到底是什么？我再次琢磨起来。想来想去，都只可能是'挖一条通往其他建筑的地道'。

"和你一起去现场考察的时候，我已经想到了这里。当时我用手杖敲打人行道，让你吃了一惊，不是吗？其实我那么做是为了确定地道是朝当铺前面挖的，还是朝后面挖的。我发现,地道不是往前面去的。然后我才按了门铃。如我所愿，开门的是那个伙计。我们有过一些小冲突，但从未见过对方。当时我也几乎没看他的脸。因为我想看的是他的膝盖。你肯定也注意到了，他膝盖处的衣物严重磨损，布满皱纹与污渍。那正是他长时间挖地道的证据。剩下的问题就是'挖地道是为了什么'了。转过街角一看，原来城郊银行和委托人的当铺是背靠背的，这下谜题就全部解开了。音乐会结束后，你直接回了家，我却去了趟苏格兰场，并拜访了银行的董事长，结果如你所见。"

"那你怎么知道他们会在昨晚动手呢？"我问道。

"因为他们关闭了红发会的办公室，这意味着就算杰贝兹·威尔逊先生一直在家，也不会再妨碍他们了。换句话说，地道已经完工了。而且这条地道必须尽快使用。拖得越久，就越有可能暴露，而且最要紧的金币也随时有可能被转移去别处。在星期六动手，就有两天的时间逃跑了，比其他日子更合适。基于这些理由，我推测他们会在昨晚动手。"

"你的推理真是太精彩了，"我发自内心地感叹，大声送上赞誉，"好长的一串推理，却是环环紧扣真相！"

"好歹能解解闷吧，"福尔摩斯打着哈欠回答道，"唉！我已经感觉到无聊在卷土重来了！我这辈子就是由无数场摆脱庸庸碌碌的挣扎组成的吧。这些小小的案子帮了我不少忙。"

"而且你造福了人类。"我说道。

福尔摩斯轻轻耸肩。"是吗，也许聊胜于无吧，"他补充道，"正如古斯塔夫·福楼拜写给乔治·桑的那句话，'人类很虚无，艺术才永恒[1]'。"

1　原文为法文 "L'homme c'est rien. L'oeuvre c'est tout"。

健忘者协会

罗伯特·巴尔 | Robert Barr

(1850.9.16—1912.10.22)

英国通俗作家，以短篇见长。在推理小说方面，其代表作是以法国人尤金·法尔曼(Eugène Valmont)为主人公的《尤金·法尔曼的胜利》(*The Triumphs of Eugène Valmont*, 1906)。本作是最早期的"奇妙余味"型名作短篇。随着时代的发展，带有此类倾向的作品明显呈增长趋势。看完本作与下卷收录的《两瓶调料》(邓萨尼勋爵)与《银面具》(休·沃波尔)，便知何为"奇妙余味"。

——乱步评

直到现在，我依然清楚地记得，自己是在十一月的那一天第一次听说了萨玛特利兹案。那日的伦敦被浓雾笼罩，出门在外的我足足迷路了两三次，以至于只想尽快拦下一辆马车，付再贵的车钱都心甘情愿。奈何那些赶着牲口慢悠悠驶过我身侧的马车都不肯载客，一心要回马厩去，直教我不知所措。

在我们这种久居巴黎的人心里，雾本该是白净缥缈的薄烟，能为街景添上几分意料之外的风韵，没想到伦敦的雾竟是如此骇人。雾气中混有浓重的煤烟，令人窒息，而且一来便是两三天，门都出不了，甚是无聊，令我不禁产生了思乡之情。

那天的雾格外浓，贴在报亭上的传单都变得模模糊糊，看不分明，所以报童只能扯着嗓子叫卖。这样的天气大概是没法赛马的，于是近来正在进行的美国大选便成了头条新闻。我也买了一份报纸塞进口袋。

好不容易回到公寓时，天色已晚。在房里用过晚餐后（这对我来说是很不寻常的），我穿上拖鞋，往暖炉前的扶手椅上一坐，开始翻看刚买的晚报。报社大肆报道了布莱恩败选的消息。我对银价问题知之甚少，但我听过他关于这个的演讲，那滔滔不绝的辩才深深打动了我。那时的记忆还历历在目，所以看到他败选的报道后，我不禁心生同情。而且我听闻他拥有许多银矿，而银价暴跌恐怕会让他的生意难以为继，这也加剧了我的同情。

不过在美国大选中，"名下有矿山的顶级富豪"这样的名声反而对他不利。在现代美国这样一个贫困阶级占国民大多数的国家，只要带着"富人"的标签，就会引起他们的反感。这种情况和在我们法国失去农民阶级的支持如出一辙。我对这个巨大的西方共和国的国内情况一直很感兴趣，所以对其政界的内幕也十分了解。不过我从不会炫耀自己为何对美国如此了解。即便如此，世人对我还是相当认可的。我有一位美国客户曾说过，多亏了我的讲解，他才对美国政界的内幕有了一定的了解。不过他是个非常忙碌的人，平时都没空看报纸……

手中的报纸滑落在地。也难怪我会打瞌睡，因为雾气渗进了公寓里。明亮的电灯都变得朦胧了，害得我无法看清报上的铅字。就在这时，男仆进屋通报，说斯宾塞·海尔先生来访。其实比起看报，我更乐意与合得来的朋友聊天，尤其是外面下雨或有雾的时候。

"我的天哪，亲爱的海尔先生，真是个要命的夜晚。雾这么大，亏你还敢出门。"

"哎呀，法尔曼先生，"海尔耸肩道，"你再厉害也不可能在巴黎掀起这样的大雾吧！"

"确实。在这方面，我到底不是伦敦的对手。"

我接下他的玩笑，请他落座。

"看报纸呢？"他指着地上的报纸说道，"听说布莱恩败选了。这下就天下太平了。"

我一边在他对面坐下，一边琢磨。与他畅谈固然愉快，但还是不要谈及美国政界为好，因为他肯定搞不懂。对其他国家的内部情况一无所知是英国人的通病。

"你会在这样一个夜晚特意前来，肯定是出了什么大事。莫非苏格兰场也被迷雾笼罩了不成？"

可惜这位先生听不懂别致的玩笑，一本正经地回答道：

"伦敦全城都是浓雾。也许全国都是如此。"

"也许吧。"

无奈之下，我也只能这么说，心中不禁苦笑，他却是一副无知无觉的样子。过了一会儿，他终于开口了。如果那句话是从别人嘴里说出来的，我兴许会认为对方终于明白我为何如此了解美国政坛了。

"法尔曼先生，你是一个非常聪明的人，所以我应该不需要啰唆太多。实不相瞒，让我今晚特地前来的问题与美国大选有关。换作其他法国人，怕是得解释得更详细些，唯独你是不需要的。"

斯宾塞·海尔眯起一只眼睛，咧嘴一笑。我向来讨厌他的这种冷笑。他经常抛出某种问题给我，言外之意——怎么样？你能解开吗？每次向我发起挑战，他都会露出那副表情。

最令我不爽的是，他每次都会摆出分外凝重的神色引我上钩。换言之，我会误以为那是非常错综复杂的难题，兀自认真琢磨起来，投入不必要的精力。而事实是，他带来的问题大多是单纯至极、不足挂齿的事情，屡次三番搞得我大失所望。

我打了个响指，盯着天花板看了一会儿。海尔点着了他的黑烟斗。仆人轻手轻脚走了进来，放下威士忌苏打便退下了。在门关上的同时，我将视线转向了海尔宽阔的脸庞。

"他们躲起来了？"

"他们？你指谁？"

"伪造银币的团伙。"

烟斗从嘴边掉落。海尔在它落地之前堪堪伸手接住，然后灌了一大口威士忌苏打。

"亏你能蒙对。"

"确实。"

我漫不经心地附和道。

"快说，法尔曼，你是怎么猜出来的？"

我耸了耸肩。奈何拒绝特意来访的贵宾未免有失礼数。

"不跟你开玩笑！"海尔不客气地喊道。一旦感到困惑，他的遣词造句就会变得粗俗。"快告诉我你是怎么猜到的！"

"简单得很。在美国大选中，是银价问题决定了民意。正因为银价暴跌，布莱恩才会败选。西部银矿的所有者也都陷入了窘境。白银困扰着美国，因此，白银也困扰着苏格兰场。

"那就讲讲我的推理过程吧。三个多月前，一艘德国货船在南安普敦卸货的时候丢了银条。我亲爱的朋友斯宾塞·海尔迅速展开追捕，一眨眼的工夫就查到了窃贼的踪迹，在他们正试图用酸抹去银条上的标记时发动了突袭，却没能一网打尽。为了将漏网之鱼逮捕归案，你只能等待他们下一次出售。奈何犯罪就像蒙特卡洛的轮盘赌，不会接二连三。

"盗贼们也不好惹。他们很清楚自己不能轻举妄动。此时此刻，他们也许正在琢磨善后的法子。在斯宾塞·海尔坐镇苏格兰场的这段时间里，他们还有没有机会偷到银条？——眼下他们正绞尽脑汁思考对策呢。怎么样，我的朋友，我应该没料错吧？"

"一切正如你所说，法尔曼，"海尔又喝了一口威士忌，"你的推理能力着实令我佩服。"

"多谢了，朋友。不过我的推理还没完。刚才说的窃贼在那之后始终没有现身，所以必然是别的原因促使你在天气如此糟糕的晚上来访。如此看来，那件事恐怕与美国大选的银价之争有关。如果价格够高，银价问题就不会存在了。

"先说结论吧。肯定有人在伪造银币。恐怕是市面上出现了精巧得前所未有的假币。银的成本一旦下降，就不需要用以往的劣质材料制造假币了——换言之，即便用真真正正的银铸造假的先令与半克朗，也能赚得钵满盆满。你们也处理过不少造假案，却不知该如何应对这一全新的事态，走投无路了。怎么样，是不是被我说中了？"

"太精彩了，法尔曼，都被你说中了。最近冒出了一个高明的造假团伙，他们在用和真币一模一样的材料造假币。一枚半克朗能赚一先令。我们还没查到造假团伙的大本营，但将假币投向市场的人已经有了眉目。"

"把那人抓起来不就行了？"

"事情没那么简单啊，因为证据还不充分。我今晚来找你，也正是为了这个。我想请你帮个忙，不知你能否暗中表演一下你的法国把戏。"

"什么法国把戏？'把戏'是什么意思？！"

我有些扫兴，不禁提高了音量。无论是谁，激动起来都难免会顾不上待客之道。

"我无意冒犯……"

他本质上是个好人，只是太过冒冒失失，所以经常犯错，事后还得急忙为自己辩解。

"搜查令还没申请，但我想仔细调查一下嫌疑人的住处。若能抓住线索，就能在他湮灭证据之前突然发动入室调查，将他逮捕归案了。"

"那人是谁？住在哪里？"

"他叫拉尔夫·萨玛特利兹，住在一栋小巧精致的别墅里。别墅的地段也特别好，在公园巷。借用房产公司的广告语，那是一等一的住宅区。"

"哦，那你怀疑他的理由是？"

"如你所知，住在那一带是很费钱的，可这个萨玛特利兹并没有明确的固定工作。而且每逢周五，他都要去皮卡迪利的联合资本银行存一袋钱，十分可疑。钱袋里总是塞满了银币。"

"哦，问题就出在那些银币上。"

"据我们调查，钱袋里有不少并非出自英国铸币厂的新银币。"

"呵……也就是说，并不是所有的钱币都是假的？"

"那是当然，他在这方面还是很小心的。不过我很清楚他们的惯用手段。他们会在口袋里装满五先令假币，在伦敦转上一圈。这家店花一点，那家店花一点，每次买东西，店家都会找零——如此一来，就能立刻换到一堆真的半克朗、弗洛林、先令和六便士。"

"也是。那你趁他带着假币上街的时候抓他回去不就行了？"

"我当然也考虑过，毕竟抓他一个不是什么难事。可我们是想把整个团伙一网打尽啊。不查到铸造假币的窝点就抓人，肯定会打草惊蛇，吓跑团伙的头领。"

"你怎么知道那个人不是头领？"

老好人海尔的心思真是太好懂了。他在回答这个问题之前犹豫不决，仿佛被抓了现行的犯罪分子。

"你没必要瞒我，"停顿片刻后，我安抚道，"萨玛特利兹家应该已经有你安插的卧底了吧。卧底的刑警可以确定他不是头领，却不知道谁才是你们要找的人。"

"又被你说中了，法尔曼先生。一位能干的刑警已经在萨玛特利兹家当了两个星期的管家，但正如你所说，他没有找到任何证据。"

"他还在萨玛特利兹家吗？"

"在。"

"那就先说说你们查到了什么吧。萨玛特利兹每周五都会去皮卡迪利的银行存一袋银币。警方应该跟银行打过招呼，检查过其中的两三袋……"

"没错，确实检查过。但银行本就很难对付。他们非常排斥警方的介入，用法律条文也唬不住，至今不肯明确回答警方的问题，翻来覆去一句话，'萨玛特利兹先生多年来一直是我行的贵客'——"

"银币是从哪儿来的？你们就没去查一查吗？"

"当然查了。每天太阳落山后，都会有一个掌柜模样、看起来忠厚老实的男人提着钱袋来到萨玛特利兹家，把钱放进保险箱。他有保险箱的钥匙。保险箱在一楼的餐厅里。"

"跟踪过他没有？"

"嗯，他每晚都睡在公园巷的萨玛特利兹家。早上去托特纳姆法院路的一家破古董店上班，在那儿待一整天，傍晚再带着钱袋回来。"

"为什么不抓他回来审一审呢？"

"法尔曼先生，抓他和抓萨玛特利兹没什么两样啊。抓这两个人不费吹灰之力，可我们缺乏决定性的证据。要是放跑了最关键的头领，抓再多小兵回去又有何用。"

"那家破古董店又是怎么回事？"

"毫无可疑之处，就是家很普通的商店。"

"调查进行了多久？"

"快六个星期了。"

"萨玛特利兹可有家室？"

"没有，他是个单身汉。"

"家里总有女仆吧？"

"请了三个干杂活的女仆，每天早上来打扫房间。"

"家里都有什么人？"

"有我之前说的管家、一个男仆和一位法国厨师。"

"啊!"我喊道,"法国厨师?这案子可真有意思。看来你的下属是没得手吧,因为萨玛特利兹一直提防着他。"

"不,那倒没有。不仅没有提防他,还让他打下手呢。前些天,萨玛特利兹把波杰斯领到保险箱跟前——波杰斯是我下属的名字——让他帮忙算钱。送钱袋去银行的差事他都干过。"

"也就是说,波杰斯已经把整栋房子搜了个遍?"

"对。"

"没发现密室?"

"当然没有。再说了,他们怎么可能在那种地方铸造假币呢。我刚才也说了,银币都是那个掌柜模样的老实男人拿来的。"

"你想让我做什么?换下波杰斯?"

"不不不,法尔曼先生,我是不会提这种要求的。波杰斯自会出色地完成他的任务。我是希望你抽空溜进那栋房子,用那双犀利的眼睛重新检查每一个房间。当然,波杰斯会予以协助。"

"我明白了。不过在英国,这可是一份有些危险的工作。既然要做,那还是等萨玛特利兹家正式雇用我代替波杰斯之后再说吧——你说萨玛特利兹没有固定工作?"

"这么说应该是没问题的。据说他会写点东西,但这也算不上固定工作。"

"他是个作家?那他一般在什么时候写作?"

"听说他总是把自己锁在书房里,一待就是一整天。"

"吃午饭的时候总会出来吧?"

"不,波杰斯告诉我,他会拿一盏酒精灯进书房自己泡咖啡,中午就吃两三块三明治。"

"作为一个住在公园巷的人,这样的餐食可真是节俭极了。"

"可不是吗,法尔曼,不过他会在晚餐时补偿自己,让自家的法国厨师做一桌你们法国人最爱吃的考究大餐,消灭干净。"

"真会享受！听得我顿时对这位萨玛特利兹先生产生了兴趣。你的下属波杰斯可以随意出门吗？"

"当然可以。他随时都出得来，无论昼夜。"

"好极了，那就麻烦你明天带他来一趟吧。最好是我们的大作家把自己锁在书房之后。或者等那位忠厚老实的掌柜去托特纳姆法院路上班之后。那应该是他的雇主锁上房门，开始写作的大约半小时后——"

"你的猜测非常正确，法尔曼。你是怎么猜到的？"

"稍作一番推测就知道了，海尔。那栋公园巷的房子本就古怪，主人比雇员更早开工也没什么好奇怪的。不仅如此，我还怀疑这位拉尔夫·萨玛特利兹非常清楚波杰斯是出于什么目的潜入了他家。"

"啊？这话从何说起？"

"我无法给出明确的理由，但是根据你的描述，我逐渐意识到萨玛特利兹是个非常聪明的人，对波杰斯的本领倒是越发没把握了。总而言之，明天带他来一趟吧。我有些问题想当面问他。"

次日上午十一点左右，身材笨重的波杰斯手拿帽子，跟着他的长官走进我的房间。剃得干干净净的脸上没有一丝笑容，无论从哪个角度看，都像一个名副其实的管家。笔挺的制服更加重了这种印象。问题是，无论我问的是什么，他给出的都是"训练有素的仆人"的回答，不会多说一句废话。他的表现着实令我吃惊，惹得我不禁看了看海尔的脸色。而我的朋友海尔则得意洋洋地抽动着鼻子。

"坐吧，海尔。还有你，波杰斯。"

波杰斯无视了我的邀请，像一尊雕像似的拘谨地站着，静候长官发号施令。海尔一打手势，他就立刻坐下了。英国人真是训练有素！

"海尔，我必须先夸一夸波杰斯的伪装，真是了不得。你们跟我们法国人不一样，不爱卖弄技巧，不过这样反而自然。"

"我们对这方面还是有些研究的。"海尔天真地自吹自擂起来。

"那么波杰斯，我想问你几个问题。那个掌柜一般是傍晚几点回来？"

"六点整。"

"他是按门铃，还是用钥匙自己开门进来？"

"他有钥匙。"

"银币是怎么拿回来的？"

"装在一个上了锁的小皮袋里扛回来。"

"进屋后直接去餐厅？"

"是的。"

"你有没有看到过他打开保险箱，把钱放进去的场面？"

"看到过。"

"保险箱是用密码转盘开的，还是用钥匙开的？"

"只用钥匙，那是个老式保险箱——"

"然后他会打开皮袋？"

"是的，先生。"

"也就是说，他总共要用三把钥匙。钥匙是分开的，还是串在一起的？"

"串在一起。"

"那你家老爷呢？你有没有见过他掏出一串钥匙？"

"没有，先生。"

"但我听说你看到过他打开保险箱？"

"是的。"

"当时他用的是一把单独的钥匙，还是一串钥匙中的一把？"

波杰斯挠着头回答道：

"我记不太清了——"

"唉，波杰斯，你忽略了一个关键的部分。真不记得了？"

“不记得了。”

“那掌柜把银币放进去之后呢？”

“他会回自己的房间去。”

“他的房间在哪里？”

“在三楼。”

“你睡在哪里？”

“四楼，和其他仆人一起。”

“那家老爷的卧室呢？”

“在二楼，书房隔壁。”

“那栋房子共有四层，外加地下室，对吧？”

“没错。”

“我怀疑那房子很小，你说呢？”

“确实很小。”

“掌柜和老爷会一起用餐吗？”

“不会，那人从不在家用餐。”

“早餐也不吃就去上班了？”

“是的。”

“没人把早餐送去他的房间？”

“没有。”

“他一般什么时候出门？”

“十点，先生。”

“早餐几点上？”

“九点。”

“你家老爷几点进书房？”

“九点半，先生。”

“从里面反锁房门？”

“没错。”

"在书房里待一整天，也不按铃召唤仆人？"

"据我所知，一次都没有过。"

"他是个什么样的人？"

波杰斯终于滔滔不绝地叙述起来，一副来到了主场的样子。话匣子一开便刹不住车，每一个细节都不放过。

"够了够了。我想了解的是你家老爷沉默寡言、非常健谈还是暴躁易怒，他看起来是鬼鬼祟祟、疑神疑鬼、焦虑不安、惊慌失措、平静、兴奋，还是怎么样？"

"他是个非常文静稳重的人，从来不提自己的事情，也没在我面前生气或者激动过。"

"波杰斯，你已经在公园巷待了两个多星期了。作为一个善于观察的人，你不可能察觉不到任何异样——"

"嗯，我也说不太清楚……"

波杰斯显得有些为难，一会儿看看长官，一会儿看看我，支支吾吾。

"这应该不是你第一次假扮管家，否则你不可能演得这么像。我没猜错吧？"

波杰斯依然不吭声，盯着他的长官。看来这是一个没有长官批准就不能随便回答的问题。海尔却替他回答道：

"那是当然。波杰斯已经卧底过几十次了。"

"那我问你，波杰斯，萨玛特利兹家和你之前待过的人家有什么不同吗？"

波杰斯思索许久后回答道：

"嗯，他非常专注于写作。"

"因为这是他的工作啊。听说他每天都是从九点半一直写到将近七点？"

"是的。"

"还有别的吗？再微不足道的细节都可以说一说——"

"唔……他好像也很喜欢阅读。至少，他很喜欢看报纸。"

"报纸啊——他一般在什么时候看报？"

"我从没见过他读报，但他把能订的报纸都订了。"

"所有的晨报都订了？"

"是的，还有所有的晚报。"

"你一般把晨报放在哪里？"

"放在他书房的桌子上。"

"那晚报呢？"

"晚报送上门的时候书房是锁着的，所以我会把它们放在餐厅的一张边桌上。萨玛特利兹会自己下楼来，把报纸拿去书房。"

"你开始卧底以后，每天都是这样？"

"是的，先生。"

"你肯定把这件事作为一项重要的事实汇报给了你的长官吧？"

"不，我不觉得这件事有多重要，所以——"

波杰斯困惑地回答道。

"你应该早些汇报的，海尔先生定能迅速意识到它的重要性。"

"行了行了，你就别戏弄我们了。订购所有的报纸有什么好奇怪的，这样的人有的是。"

"我可不这么想。哪怕是俱乐部和酒店，也只会订购几份主要报纸。波杰斯，你确定他订购了所有的报纸吗？"

"是的，几乎全部都订了。"

"到底是'全部'，还是'几乎全部'？两者有很大的区别。"

"反正他订了很多。"

"到底有多少？"

"我也不清楚——"

海尔不耐烦地听着两人的问答。听到这儿，他终于忍不住插嘴道：

532　　"查一查就知道了。这一点真的很重要吗？"

"当然重要。我甚至打算和波杰斯一起回去，亲自调查一番。波杰斯，希望你回去之后安排一下，回头放我进去。"

"好的。"

"接着聊报纸的问题吧。看完的报纸是怎么处理的？"

"每周一次卖给收破烂的人。"

"把报纸拿出书房的是谁？"

"是我。"

"报纸有被仔细翻阅过的痕迹吗？"

"没有，先生。萨玛特利兹只是草草翻了两下。甚至有一些似乎根本没有被翻开过。要么就是他看过之后又仔仔细细叠回了原样——"

"某些文章是不是被剪下来了？"

"没有。"

"萨玛特利兹没有剪贴簿吗？"

"据我所知没有。"

"清楚了！案情不是很明确嘛！"

我往椅背上一靠，给海尔一个不怀好意的笑。

"怎么明确了？"

他鼓起腮帮子问道，语气冲极了。

"萨玛特利兹不是铸造假币的人，也不是假币团伙的成员。"

"那他到底是什么人？"

"这就是另一码事了。十有八九是位善良的市民。从表面上看，他是在托特纳姆法院路开店的勤勉商人，从事着一份低俗的工作。与此同时，他又在公园巷的高档住宅区过着贵族一般的生活——他本人以此为耻，所以才刻意隐瞒。"

这时，斯宾塞·海尔两眼放光。每每有灵感降临，他都会突然精神百倍，让周围的人大吃一惊。

"那你可就大错特错了，法尔曼。只有在一个人有意进入社交界的时候，或是他的妻女有这种野心的时候，他才会以自己的职业为耻，想方设法隐瞒。可萨玛特利兹并没有成家，他本人也不抛头露面，更没有接到社交界邀请的迹象。他甚至没有加入任何俱乐部，所以照理说，他完全没必要以托特纳姆法院路那家店为耻。之所以隐瞒自己的生意，肯定是出于某种特殊的理由。"

"我亲爱的海尔，这段话的条理是多么清晰，仿佛每一个字都出自智慧女神之口。既然你都查到这个地步了，怕是也不需要我帮忙了。你自己接着往下查不就行了？"

"那怎么行，从昨晚到现在，不是一点进展都没有吗?!"

"昨晚，你怀疑萨玛特利兹是银币伪造团伙的成员。但今天已经排除了这种可能性。"

"哪里排除了啊，那明明只是你的猜测。"

我耸了耸肩，挑起眉毛对他笑道。

"都一样，海尔先生。"

"我知道你向来自负——"

老好人海尔到底还是有些顾虑，没说出后半句话。

"不过，如果你希望得到我的帮助，我随时奉陪。"

"说实话，我确实希望你能助我一臂之力。"

"那么波杰斯，能否请你立刻回一趟萨玛特利兹家，把昨天送上门的晨报和晚报统统拿出来？你能做到吗？还是说，它们已经被扔进了地下室的煤窖？"

"没问题——萨玛特利兹让我保留一星期的报纸，以备不时之需。地下室里放着近一周的报纸。更早的则卖给收破烂的人了。"

"太好了。那我亲自去取。请准备好一整天的报纸。我会在三点半准时来访。到时候，请你立刻带我去三楼的掌柜卧室。那个房间白天应该是不锁的吧？"

"对，不锁的。"

波杰斯领命离去。下属走远后，斯宾塞·海尔起身说道：

"还有什么需要我做的吗？"

"嗯……把托特纳姆法院路那家店的地址告诉我吧。如果你带着那种五先令假币，就借一个给我。"

他从钱包里掏出银币，递给了我。

"我打算在明天傍晚之前把它用出去，"我把银币放进口袋里，同时说道，"麻烦你跟巡警打声招呼，不要逮捕我。"

"放心吧。"

海尔笑着告辞。

三点半，我来到了公园巷的萨玛特利兹家。波杰斯似乎已等候多时，不等我按铃，他便开门将我迎了进去。屋里安静得出奇。法国厨师显然在地下室，放眼望去，家里除了我们就没有别人了。虽然萨玛特利兹应该在书房写作，但我对此抱有怀疑。波杰斯直接把我领上三楼，来到掌柜的房间。他走路时一直踮着脚，动作十分僵硬，生怕发出一丁点脚步声，我却只觉得滑稽。

"我要彻查这个房间。麻烦你去书房门口守着。"

房子整体偏小，卧室倒是很大。床收拾得干干净净，房间里摆着两把椅子。乍一看没发现洗脸台和镜子，但房间的角落里挂着帘子。拉开帘子一看，果然是一处深约四英尺、宽约五英尺的凹陷，设有洗脸台。房间本身大约十五英尺宽，三分之一被洗脸台占了，剩下的三分之二则是固定在墙上的衣柜。

片刻后，我打开柜门，只见里面架子上挂满了杂乱的衣服。但衣柜和洗脸台之间似乎存在五英尺的空间。我本以为秘密楼梯的入口肯定在洗脸台侧面的护墙板上。用手敲一敲，听起来确实是空心的，但护墙板只是普通的接合板，看来暗门并不在这里。既然不在这里，那就肯定在衣柜里。

衣柜内部右侧的木板乍看之下和洗脸台侧面一样，是普通的接合板，但我一眼就看出这是隐藏得非常巧妙的暗门。挂着旧裤子的钩子就是门扣。果不其然，我把它往上一推，那块板就翻开了，露出了后面的楼梯口。

我走楼梯下到二楼，发现自己置身于同款衣柜的内部。两个房间大小相同，一个在另一个的正上方。唯一不同的是，下面的衣柜的暗门是通向书房的。

书房很是整洁。许是主人生性一丝不苟，桌上除了一叠晨报别无他物。我走到门口，发现钥匙还插在锁里。转动钥匙，推门一看，波杰斯正呆呆地站在门外。

"天哪！这是怎么回事？！"

一见到我，他便惊讶得腿都软了。

我对他做了个手势，走回书房，把门锁好。沿着秘密楼梯上楼时，这位冒牌管家明知道屋里没人，却仍是蹑手蹑脚，大概已经习惯成自然了。我们来到楼上的卧室，再从走廊的楼梯下楼。波杰斯递给我一堆叠得整整齐齐的报纸。我捧着报纸回了公寓，然后立刻叫来助手，吩咐他进行调查。他应该要忙一阵子了。

我再次出门，雇了辆马车前往托特纳姆法院路。在路口下车后，我徒步来到"J. 辛普森古董店"。杂乱无章的商品摆在橱窗里。我看了一会儿，推门进店，拿起摆在窗边的小号铁十字架摆件。摆件看起来历史悠久，做工精美。

账房里果然有一位看起来非常忠厚老实的掌柜，完全符合波杰斯的描述。就是他每天傍晚扛着钱袋回到公园巷。据我猜测，他不是别人，正是乔装打扮过的拉尔夫·萨玛特利兹。

他的神情举止与小店的掌柜并无区别。十字架的定价是七先令六便士。我掏出一金镑给他。

"找零都是银币，您介意吗？"

听到这话，我更加确信自己没有料错，不慌不忙地回答：

"嗯，没关系。"

他找了我一枚半克朗、三枚两先令银币和四枚一先令银币。但所有硬币都是英国铸币厂制造的真品。这足以推翻他是假币散布者的推论。

他问我是不是在收集某种特定类型的古董，我表示自己没那么专业，只要是稀罕的玩意都感兴趣。于是他便带我在店里逛了逛。然后，我自己走走看看，他则回了账房，继续之前的工作。只见他把形似小册子的东西装进信封，然后写上收件人的姓名住址，贴上邮票……

他既没盯着我看，也没有推销自己的商品。我随手拿起一个墨壶问了问价钱，他回答"两先令"。我便拿出海尔给的五先令假币递了过去。他毫不怀疑地找了零钱。这便让我确信了他与假币团伙毫无干系。

这时，一个年轻人大摇大摆走了进来。我一眼就看出他不是顾客。他快步往里走去，消失在隔开店面与里屋的挡板后。挡板上有一扇玻璃小窗。

"失陪一下。"

掌柜跟我打了招呼，跟着年轻人走了进去。

我假装在打量店里的各种古董，同时窥探里屋的情形。哗啦哗啦……硬币倒在书桌盖子或无盖桌子上的响声传来。与此同时，我听见了叽叽咕咕的说话声。于是我悄悄凑到店门口，用眼角余光瞥着挡板上的小窗，同时无声无息地拔下插在店门上的钥匙，再以行云流水般的动作把它按在藏于掌中的蜡上，留下印记之后再插回原处。一切发生在转瞬之间……

就在这时，另一个年轻人走了进来。他毫不犹豫地从我身边走过，消失在里屋。

"抱歉我来晚了，辛普森先生！哟，这不是罗杰斯吗？最近怎么样啊？"

"你好，麦克弗森。"

罗杰斯回礼后很快便走了出来，道了句"再见，辛普森先生"便吹着口哨回去了。这时，店门口又出现了一个年轻人。其他人叫他"泰瑞尔"。

我暗暗记下这三个名字。除此之外，还有两人结伴而来，但我只顾得上看他们的长相，没能记住名字。他们好像都是收账员，每次有人走进里屋，都会传出一阵硬币的响声。然而这是一家小店，生意又很冷清。我已经在店里待了半个多小时，其间并没有其他客人光临。哪怕有账款要收，一个收账员肯定够用了，店里却来了足足五个身强力壮的小伙子，带回了金额相当可观的账款，堆在萨玛特利兹的桌上……而掌柜会把那些钱装进钱袋，扛回家去。

我决定趁他们不注意拿一本小册子瞧瞧，就是萨玛特利兹塞进信封的那些小册子。它们就堆在账房，所以我毫不费力地拿起最上面的一本，把它塞进了口袋。第五个年轻人刚好在这个时候出来了，身后跟着萨玛特利兹。后者手里提着一个满满当当的皮袋，皮袋上了锁，挂着几条皮绳。快五点半了，他显然想尽快打烊走人。

"您可有看中的？"

他问道。

"没有……不，也不是完全没有。你有很多有趣的收藏，只是天快黑了，看不太清楚。"

"本店五点半打烊。"

"这样啊！那……"我看着表说道，"我下次再来吧。"

"多谢惠顾。"

萨玛特利兹话音刚落，我便离开了古董店。

走到街角时回头望去，只见萨玛特利兹正在关卷帘门。然后他套上大衣，扛着那个钱袋走了出来。从外面锁好店门后，他还试着推了推，然后才迈开步子，看来他是个生性谨慎的人。他还用胳膊夹着一叠刚装进信封的小册子。我跟了上去，与他保持一定的距离。来到邮局门口时，他把小册子扔进了邮筒，然后加快脚步，急忙赶往公园巷的家。

我也回到公寓，并立刻叫来助手询问调查结果。

"撇开药品、肥皂之类的常规广告，所有晨报和晚报都出现了同一种广告。用词略有区别，但主旨类似，主要有两个相似点，或者说三个，反正就是非常像。那些广告都声称他们可以提供健忘症的治疗方法，并要求申请人说明自己的兴趣爱好，而且联系人都是'托特纳姆法院路的威洛比博士'。"

"多谢。"

我拿起他剪下的广告看了看。它们都很小，也许这就是为什么我从来都没有注意到报上竟有内容如此离奇的广告。有些广告甚至没有提到治疗方法，只要能提供健忘者的姓名及其爱好，就能领到六便士到一先令的酬金。不过大多数广告都提到了治疗健忘症的权威"威洛比博士"。他不会亲自接待患者，但只要寄明信片申请，他就会免费提供一本关于治疗方法的小册子。博士不收取任何费用，哪怕疗法无效，申请人也不会有什么损失。只是广告里写得明明白白，这位博士不能亲自会见病人，也不能直接回答病人的疑问。

广告提到的联系地址皆与托特纳姆法院路的古董店相同。

我从口袋里掏出先前偷拿的小册子。封面印着这样的标题——

《基督教信仰疗法与健忘症》
斯坦福·威洛比博士 著

最后一页印着和广告一样的声明，称威洛比博士既不会接待病人，也不接受书信咨询。

我拿来一张信纸，给威洛比博士写信。我表示自己是一个非常健忘的人，很想看看他的小册子，平时喜欢收集初版书，然后写上姓名住址：伦敦西区皇家公寓，阿尔波特·韦伯斯特。

请容我稍作解释，我经常在工作中遇到不方便使用"尤金·法尔曼"这个名字的情况，因为它太出名了。所幸我家公寓有两扇门，于是我就在其中一扇门上挂了"尤金·法尔曼"的名牌，另一扇门则视情况挂上写有假名的牌子。走廊上也做了同样的手脚。走廊右侧的墙壁上，挂着公寓所有居民的名牌。

我把信封好，写上收信人地址，贴好邮票，再唤来助手，给他看了看"阿尔波特·韦伯斯特"的签名，并嘱咐他：如果有人在我外出时上门找这个人，记得灵活应对，别露馅了。

第二天下午六点不到，果然有人来找阿尔波特·韦伯斯特。那人出示的名片上写着"安格斯·麦克弗森"。我一眼就认出，那正是昨天第二个进古董店送钱的年轻人。只见他腋下夹着三本书，态度十分殷勤，说起话来滔滔不绝，是个典型的推销员。

"请坐，麦克弗森先生。找我什么事？"

他把三本书摊在桌上说道：

"韦伯斯特先生，您是不是对初版书很感兴趣啊——"

"这是我唯一的爱好，只是相当费钱啊。"

"确实啊，"麦克弗森不住地点头，"今天我带了三本初版书给您，其中一本就是您说的特别费钱的那种，在前些天的伦敦拍卖会上卖出了一百二十三镑的天价。如果您看得中，可以只收您一百，不知您意下如何？这本卖四十镑，另一本是十镑。我敢保证，您在英国的任何一家书店都不可能用同样的价钱买到这几本书，先生。"

我拿起书，细细检查。它们确实如他所说，都是宝贵的珍本。在此期间，麦克弗森一直站在桌后，观察我的一举一动。

"坐吧，麦克弗森先生。不过亏你敢随便捧着价值一百五十镑的珍本在街上走，这样多危险啊。"

年轻人咧嘴笑道：

"没什么危险的，谁都不会想到我用胳膊夹着的书值那么多钱。他们只会觉得那是我在廉价书店随便买来带回家的。"

我盯着他开价一百镑的那本书看了一会儿，然后突然抬眼看着他说道：

"你是怎么搞到这些书的？"

他面色坦然，毫不犹豫地回答：

"实不相瞒，它们并不属于我。我对珍本也有一定的兴趣和了解，奈何囊中羞涩，收集不了。但伦敦各地都有我相熟的同道中人，他们经常委托我帮忙卖书。这三本也出自西区某收藏家的书库。出于某种原因，他想用合适的价格转让这几本书。我跟他是老交情了，也替他卖过不少书，所以他知道我值得信赖，愿意全权交给我处理。如果能把书卖出去，我也能拿到不少佣金，所以才会像这样拜访爱书人。"

"那你是如何得知我爱书的呢？"

麦克弗森再次露出和蔼可亲的笑容。

"我是碰巧知道的，韦伯斯特先生。我会找一栋公寓，一间一间拜访过来，呈上名片。对方若是愿意见我，我就会像刚才那样，问'您是不是对初版书很感兴趣'。如果对方表示不感兴趣，我走人就是了。要是碰巧遇上了爱书人，就把货拿出来给人家看看。"

"哦……"我点点头。别看他一脸无辜，撒起谎来却是面不改色！但他如实回答了我的下一个问题。

"不过麦克弗森先生，我们毕竟是初次见面，请允许我多问两句。你能不能告诉我，这些书的主人叫什么名字？"

"拉尔夫·萨玛特利兹先生，家住公园巷。"

"公园巷？难怪了……"

"如果您不介意的话，韦伯斯特先生，我可以把书留在您这儿。您大可直接联系萨玛特利兹先生核实我的说法。"

"不用不用，没这个必要。我一点都不怀疑你，当然也不必麻烦那位先生。"

年轻人继续说道：

"实话告诉您，我有位富裕的朋友很支持我的生意。做这种生意吧，进货是相当费钱的。但正如我方才所说，我自己实在没什么钱，所以交易金额比较大的时候，我都是请那位朋友帮忙垫付的。如此一来，就能和客户成交，把书先交给人家。客户可以分期付款，每周支付一定的金额即可。"

"这应该是你的兼职吧？你在白天是不是另有工作？"

"是的，我在城里的一家公司上班。"

又一个漂亮的谎言！

"如果我想买下十英镑的这本书，每周要付多少钱？"

"随您的便。每周五先令如何？"

"可以啊。"

"那就这么定了。只要您先付我五先令，我就把书留下。一周后，我会再次上门收取五先令的。"

我把手伸进口袋，掏出两枚半克朗银币。

"需要签合同吗？"

年轻人亲切地笑了笑。

"不用不用，您不用担心这些。我本就是因为找到了金主才做起这种生意的，希望以后能做出点气候吧——只要能和您这样的绅士交上朋友，我就心满意足了。我打算以后辞去保险公司的工作，开一家小小的书店。到时候，我对书本的了解就能派上用场了。"

接着，他从口袋里掏出一个小本子，记了几笔，然后恭敬地鞠了一躬，告辞离去。

在那之后，我花了很长时间琢磨这次来访意味着什么。

第二天早上，我收到了两件东西。第一件是邮寄过来的，正是那

542

本《基督教信仰疗法与健忘症》，与我从古董店拿的那本一模一样。第二件则是古董店大门的钥匙，用我那天做的蜡模制成——我有一位无政府主义者朋友，住在霍尔本附近的一条小巷，双手很是灵巧。钥匙就是拜托他做的。

当晚十点，我溜进了古董店。口袋里装着小电池，扣眼上安了个小灯泡。无论是对小偷还是侦探而言，这套工具都十分称手……

我本以为账簿之类的东西会放在保险箱里。如果保险箱与公园巷的款式相同，我有现成的万能钥匙可以开。如果款式不同，就再做个蜡模，再麻烦那位无政府主义者朋友一次。

但令我吃惊的是，账簿竟然都塞在书桌的抽屉里，并没有上锁。和寻常商铺一样，账簿分为三册，分别是售货账、分项账和总账，采用老式的记账法。活页纸的标签处写有"罗杰斯""麦克弗森"和"泰瑞尔"，还有另外三个人的名字。

翻开一看，原来是名单。第一栏是人名，第二栏是地址，第三栏是金额，后面是小方格，写着两先令六便士到一镑的不同金额。我翻到麦克弗森负责的名单，最后一页上写着"阿尔波特·韦伯斯特/皇家公寓/十英镑"，小方格里则写着"五先令"。

也就是说，这是六位推销员的收账记录，乍一看没有任何可疑之处。如果我没有一查到底的习惯，我就只能白跑一趟，空手而归了。

这本活页账簿比较薄，但书桌上方的架子上放着几本厚厚的账簿。我抽出其中的一本，发现里面是类似的记录，把好几年的装订在了一起。其中也有麦克弗森负责的部分。翻着翻着，我看到了桑普塔姆爵士的名字。他是一位性格古怪的老贵族，我对他稍有了解。我连忙翻开之前那本活页，果然找到了同一个名字。

我一点点往回翻，发现第一条记录出现在三年前。桑普塔姆爵士以五十英镑的价格买下了一件家具，约定每周支付一英镑。然而，记录已经持续了整整三年。算下来，爵士至少已经支付了一百七十镑。

我立刻识破了他们那单纯又巧妙至极的诡计，顿时对这个骗局产生了浓厚的兴趣，决心查个清楚，便点燃了煤气灯。调查恐怕需要很长时间，兜里的小型电池肯定不够用。

　　也有一些客户比辛普森料想的更加精明，货款一付清，名字下面就出现了"已收齐"这几个字。但除去这些比较精明的人，大多数人正中辛普森的圈套，明明付清了货款，却继续付钱给收账员。毕竟辛普森专挑健忘者下手。好比桑普塔姆爵士，付款仿佛成了一种习惯，货款都付清两年多了，每周一镑的支付却没有停！

　　我从厚重的账簿中抽出一页纸。那是桑普塔姆爵士在一八九三年用五十镑的价格买下雕花桌子的记录。从那时起到现在，也就是一八九六年十一月，他每周都要支付一英镑。只要比对这一页纸和现在的账簿，就能证明他们的邪恶企图。为保险起见，我抄下了麦克弗森负责的客户的姓名住址，然后将一切恢复原状，吹灭煤气灯，锁好大门，离开了古董店。

　　我用手按着口袋里那张一八九三年的活页，带着微笑走在路上。等办事周到的麦克弗森来收下一笔货款的时候，我就将那活页纸摆在他眼前。我不禁想象起了他瞠目结舌的模样……

　　走到特拉法加广场时，时间已经很晚了，天知道能不能在警察厅见到斯宾塞·海尔。但我知道那天是他值班，所以还是决定过去看看。

　　在办公室的时候，他总是心情不悦。毕竟规规矩矩坐在椅子上是他那般精力旺盛的男人最难以忍受的事情。奈何他那个位置的人必须摆出一定的威严，再加上他抽不了最爱的黑烟斗，日子当然难过。正如我所料，他苦着脸迎接了我，开口便问：

　　"法尔曼，这件事你要查到什么时候啊？"

　　"哪件事？"我温和地问道。

　　"这还用问吗？当然是萨玛特利兹的案子啊！"

　　"那个啊！"我喊道，"那件事已经解决了。早知道你这么着急，我昨天就该通知你的。毕竟你和波杰斯——也许还有更多的人参与其中。这么多人都查了十六七天了，而我只有一个人，给我几个小时应该不过分吧。况且你当时也没有表现出特别赶时间的样子。"

"哎哟，法尔曼，你口气不小啊。看来你都查清楚了？"

"我找到了足够的证据。"

"好极了。伪造银币的那群人究竟是何方神圣？"

"我都提醒过你多少次了，轻易下结论是非常危险的。我查清的是另一起案子。不过这也是犯罪史上独一无二的奇案啊。我已经查到了古董店的秘密，你们会怀疑到他头上也是情有可原。我想请你在下周三晚上五点四十五分来一趟我的公寓。记得备好逮捕令。"

"我要逮捕谁？理由呢？"

"我可没让你进行逮捕，只是请你做好准备罢了。如果你想听听事情的来龙去脉，我随时都能奉陪。我向你保证，本案着实离奇，教人瞠目结舌。如果你觉得时间不早了，挑个方便的时间来我家就行，不过你最好提前打个电话，确认一下我是否在家。这样就不至于白跑一趟了。"

说完，我毕恭毕敬行了一礼，转身要走。海尔终于意识到我没在开玩笑，连忙放下官员的大架子，央求我立刻讲给他听。看来我成功勾起了他的好奇心。我徐徐道来，他皱起眉头，听得很是认真。听到最后，他不禁欢呼起来。

"那个年轻人，"我给出结论，"将在下周三下午六点上门收取五先令的货款。我希望你到时候能穿上制服坐在我旁边。我想研究一下他见到制服警官时的表情，审一审他。你们英国的法子没法让人痛痛快快地招认，所以我会按巴黎的法子来。自由随意，却有明确的目的。审完之后就看你的了，由你酌情处理。"

"法尔曼先生，你有过人的口才，也许真能问出点什么。"

这是他对我的至高赞美。

"那么，下周三五点四十五分见。"

"在那之前，请你务必保密。必须给麦克弗森一个'惊喜'，这一点至关重要。那天之前必须按兵不动，万不可打草惊蛇。"

斯宾塞·海尔点头应下。我立刻告辞。

在采光不太好的地方，好比我的公寓，放置电灯的位置都是深思熟虑的结果，以便视情况在合适的地方投下强光，别处则会相对昏暗一些。但在这种情况下，我可以充分利用这一点。星期三晚上，我精心布置了灯光，让我所在的桌前相对较暗，海尔坐着的地方则沐浴着强光。如此一来，访客一进门便能清楚地看到他那正义雕像般的模样。进入房间的人会先被强光照得眼花缭乱，再看到端坐在房间中央、身着制服、人高马大的海尔……我们的计划收效显著。安格斯·麦克弗森一进门便结结实实吃了一惊，愣在了门口。他显然看到了那位高大的警察。他的第一反应也许是转身逃跑，奈何门在他身后关上了。门闩被插上、锁好的声音传来。

"抱、抱歉，我是来找韦伯斯特先生的——"

他结结巴巴说道。这时，我按下桌子下面的开关，整个房间立刻被灯光笼罩。一看到我，麦克弗森脸上再次闪过惊愕的神色，但他迅速用病态的微笑加以掩饰，装出不慌不忙的样子。

"原来您在啊，韦伯斯特先生，我才看到您。"

我的语速很慢，却带着几分高高在上的威慑。

"你大概听说过尤金·法尔曼这个名字。"

他重整旗鼓，恢复了平日里的淡定。

"我从未听说过。"

听到麦克弗森这么回答，斯宾塞·海尔那个傻瓜竟然笑了出来，还怪叫了几声"哎哟喂"。我绞尽脑汁精心布置的戏剧性场面彻底泡汤。难怪在英国看不到像样的戏剧。英国人就是迟钝，理解不了什么叫"戏剧性的瞬间"。所以他们也想不出妥善应对人生起起伏伏的法子。

"哎哟喂⋯⋯"

斯宾塞·海尔还在嚷嚷。本该火花四射的场面顿时被平庸的雾气所笼罩。但我不能再浪费时间搭理这个傻瓜了。于是我无视了海尔的笑声，对麦克弗森说道：

"坐吧。"

麦克弗森照办了。

"你这周是不是拜访过桑普塔姆爵士？"

我的态度愈发严肃了。

"没错，先生。"

"并收了他一英镑？"

"是的。"

"你在一八九三年十月以五十英镑的价格卖了一张雕花桌子给他？"

"完全正确——"

"上周，你对我提起了住在公园巷的拉尔夫·萨玛特利兹。他其实是你的雇主，但你没有告诉我⋯⋯"

麦克弗森凝视着我，一言不发。我用平静的口吻继续说道：

"你还知道公园巷的萨玛特利兹和托特纳姆法院路的辛普森是同一人⋯⋯"

"没错，我确实知道，但您问这些做什么呢？用假名做生意不是很正常吗？这并不违法。"

"我马上就会谈到你们的违法之处了，麦克弗森先生。你、罗杰斯、泰瑞尔还有另外三个人——你们六个都是辛普森的同伙。"

"我们是他的雇员，但雇员跟同伙还是不太一样的吧⋯⋯"

"听着，麦克弗森，我已经说得够多了。我可以明确告诉你，我都查清楚了。这位是苏格兰场的斯宾塞·海尔警官，他是为了听你坦白罪行特意过来的。"

就在这时，傻瓜海尔开口说道：

"你所说的每一句话都会成为呈堂证供——"

"慢着,海尔！"我急忙打断他,"我很快就会把这个案子交给你的,在那之前,请你不要多嘴。不是都说好了吗? 一切都交给我处理——认罪吧,麦克弗森,立刻认罪才是明智之举。"

"认罪！我到底是哪门子的犯罪分子的同伙啊? "麦克弗森露出由衷惊愕的表情,"您这话说得也太狠了……呃,请问——该怎么称呼您来着? "

"法尔曼先生！"

海尔吼道。

"求你了,海尔,暂时不要插嘴。麦克弗森,你若想为自己辩解,那就说来听听吧。"

"法尔曼先生,我还没有被正式指控呢,眼下应该还不需要自我辩护。如果您希望我解释一下生意上的事情,我自会全力配合。哪怕是商业机密,我也不会有丝毫隐瞒。如您有不满意之处,我也会尽力解释清楚。我们之间似乎存在一些误会,但您也得把话说清楚,不然我都不知道该怎么解释才好,只觉得一头雾水,仿佛置身于今夜的浓雾中一般。"

麦克弗森发挥出了惊人的自制力,谨言慎行。我们之间存在天大的误会！但您不用担心,误会马上就能解开了——他没有大喊大叫,却能巧妙地让对方理解自己的意思,不得不说,他的外交手腕相当了得。在这方面,僵硬地坐在我跟前的斯宾塞·海尔根本比不上他。他的态度不卑不亢,也不急于为自己辩解,却把该说的都说了。无论从哪个角度看,他都不像是犯罪分子。不过,我还留着一张王牌——我将活页纸拍在桌上。

"瞧瞧！"我厉声喊道,"你见过这张纸吗? "

他瞥了一眼，但没有要拿起来的意思。

"当然见过，那是从我们店里的账簿中抽出来的吧。我们管它叫客户名簿。"

"你还不肯招认是吧？别嘴硬了，我们都查清楚了。你肯定会告诉我，你从没听说过威洛比博士——"

"我怎么会那么说呢？我很熟悉威洛比博士啊，他就是那本无聊的基督教信仰疗法小册子的作者。"

"没错，麦克弗森。《基督教信仰疗法与健忘症》的作者。"

"我都好久没看过那本册子了——"

"你见过那位著名的博士吗？"

"当然见过。威洛比博士是萨玛特利兹先生的笔名。他对基督教信仰疗法深信不疑，以至于写出了那种东西。"

"哦，是嘛。看来你喜欢一点点坦白啊，真麻烦。痛快点，都招了吧！"

"我还想请您痛快点呢。要是您能明确告诉我，您对我和萨玛特利兹先生的指控到底是什么，我才知道该从哪里说起啊——"

"我们指控你犯下了诈骗罪。金融界巨头犯了诈骗罪也是要吃牢饭的。"

一旁的斯宾塞·海尔对我摇了摇他那圆滚滚的食指，说道：

"慢着，法尔曼，我们不可以威胁他。在英国，威胁嫌疑人是犯法的。"

我却没瞧他一眼。

"好比桑普塔姆爵士。你以五十英镑的价格卖了一张雕花桌子给他，货款分期支付，爵士每周支付一英镑即可。照理说，用不了一年的工夫，他的货款就该付清了。但你们利用了他的健忘症，上门收款已经持续了整整三年。你来找我也是出于同样的目的。如果我早些联系威洛比博士，恐怕也已经付了三年多的钱。这就是指控你们的理由！"

我兴奋地向麦克弗森发起进攻。他头略微侧向一边，一言不发地听着。起初，他的脸上写满焦虑，似乎是在担心我会说出什么话来。但是随着我的叙述，他的表情由阴转晴。等我说完的时候，他已拾回平时的亲切微笑。

　　"原来是这样。如果事情真的如您所说，那确实是相当阴险的犯罪手法。'健忘者协会'，多巧妙的点子啊。萨玛特利兹先生可真倒霉，不过是心醉于基督教信仰疗法，却被扣上了诈骗的嫌疑。有幽默感的人听了定会觉得滑稽，可惜那位萨玛特利兹先生对幽默是一窍不通。不过我可以明确告诉您，我们做的生意没有一丁点儿见不得人的目的。您说我们利用了客户的健忘症多收了他们的钱，还说我跟萨玛特利兹先生是同谋，这可是天大的误会。不过我倒是可以想象出您的误会因何而来。你们太急于得出结论了，于是便认定我卖给桑普塔姆爵士的东西只有三年前的那一张雕花桌子而已，之后再也没有进行过其他的交易。误会的源头就在这里。

　　"桑普塔姆爵士是我们的老客户了，一直很关照我们的生意——所以我们签了长期合同。有时是他欠我们，有时是我们欠他。总之，我们会根据客户的收入，每周收取一定的金额。如此一来，客户看中了什么，都能先拿回家去。采用这种交易方式的不止桑普塔姆爵士一位，还有许多。

　　"正如我方才所说，我们将这些活页称为客户名簿。除此之外，我们还有一份被称为'百科全书'的大账簿。只有对照名簿和百科全书，才能看清交易的全貌。百科全书里有好几年的记录，分了许多册，每册都很厚，'百科全书'这个称呼就是这么来的。册数非常多，我这样的新人都不知道它是从哪一年开始记的。您仔细看那张活页，金额栏上是不是有一些极小的数字？那就是百科全书的页码。翻开那一年的百科全书，找到那一页，就能看到客户新购买的商品和对应的金额了——所以百科全书的作用就跟总账差不多吧。"

"这解释听起来还挺像那么回事的嘛，麦克弗森。那百科全书肯定存放在托特纳姆法院路的店里吧？"

"不，先生——那毕竟是关乎生意的机密档案，每一册都会贴上封条，存放在公园巷的萨玛特利兹家的保险箱里。您看桑普塔姆爵士那栏，在用铅笔写下的模糊日期下面，不是写着'一〇二'吗？那就是记号，意思是'去查那一年的百科全书的第一百零二页'。翻到那一页，您就会看到桑普塔姆爵士买了什么，以及对应的价格。多简单的记账方法啊。如果您允许我借电话一用，我这就让萨玛特利兹先生把一八九三年的百科全书拿来。等上一刻钟就行。到时候，您就知道我们做的是正经生意了——"

我承认，这位年轻人的态度十分自然，语气也充满了自信，以至于我那进攻的热情都被浇灭了几分。唯独海尔还挂着讽刺的微笑，言外之意：我不相信那家伙说的任何一个字。

桌上放着一部座机。麦克弗森解释完之后，伸手欲将电话拉向自己。斯宾塞·海尔拦住他说道：

"你就别动了，我来打吧。萨玛特利兹家的电话号码是多少？"

"海德公园一百四十号。"

海尔立刻打去公园巷。片刻后，电话那头便有声音传来。

"喂，是萨玛特利兹家吗？是你啊，波杰斯！我是海尔。萨玛特利兹先生在吗？我在法尔曼的公寓——嗯，皇家公寓，就是你前些天跟我一起去的那个地方——立刻去找萨玛特利兹先生，告诉他麦克弗森先生有急事，要用一下一八九三年的百科全书。听明白没有？——没错，百科全书。别提我的名字！就说麦克弗森要用一八九三年的百科全书。等他拿出来了，你就把东西送来。嗯，你可以告诉他麦克弗森先生在皇家公寓，但千万不能提到我的名字！拿到百科全书，就雇辆马车赶紧过来。如果萨玛特利兹不肯给，你就把他带过来。他要是不肯来，你就把他绑起来，连人带书一起带过来，明白了吗？赶紧的，我们都等着呢。"

在海尔打电话期间，麦克弗森一言不发，规规矩矩坐在椅子上，脸上挂着一副无可奈何的表情，仿佛蒙受了天大的不白之冤。但海尔一挂电话，他便说道：

"警方不会是要逮捕萨玛特利兹先生吧？想必二位都是精明的人，若是随随便便逮捕了萨玛特利兹先生，警方定会沦为伦敦全城的笑柄。因为不当逮捕和诈骗他人钱财也没什么两样啊。萨玛特利兹先生可不是那种受了侮辱也会忍气吞声的人。说句不客气的话，二位的健忘者理论是经不起推敲的，越琢磨越觉得荒唐。记者若是听说了，怕是会喜出望外，添油加醋地报道一番——海尔警官，到时候您恐怕会被苏格兰场的长官们狠狠训上半个多小时吧。"

"我愿意冒这个险。"

海尔固执地说道。

"我是不是也要被逮捕了？"

"那倒不一定。"

"既然如此，那还是赶紧放我走吧。等萨玛特利兹先生来了，二位想看哪部分，他都会翻出来解释清楚的。毕竟没人比他更了解这桩生意了。先生们，我先告辞了。"

"慢着！慢着！你还不能走。"

海尔和年轻人同时站了起来。

"搞了半天，您还是要逮捕我啊？"

麦克弗森愤然抗议。

"我的意思是，在波杰斯带来百科全书之前，你不能离开这个房间。"

"哦，好吧……"

他不情愿地坐了回去。

我已经懒得和他啰唆了，便把饮料、雪茄和烟盒拿出来摆上。海尔立刻拿起了他爱喝的酒。麦克弗森拒绝了本国的酒，选了气泡水和纸卷烟，大大方方地说起话来，一副若无其事的样子。我瞧了那泰然自若的神态也不由得佩服。

"法尔曼先生，"他说道，"在我们等待的时候，可以先请您支付本周的五先令吗？"

我笑了笑，从口袋里掏出银币递过去。

"多谢。法尔曼先生——您是接受了苏格兰场的委托吗？"

麦克弗森问道，似乎是想打破沉闷的氛围。海尔插嘴道：

"怎么可能！"

"原来您不是正式受聘的侦探啊？"

"那是当然，我并非受雇于警方。"我连忙回答，免得海尔再多嘴。

"那真是太可惜了。不借助您的力量——是我们国家的损失。"年轻人一本正经地说道。

我也不禁暗想，要是把他交给我悉心栽培，他定会成长为一名优秀的侦探。

"我国警方的调查方法比大陆落后多了。警官们还有很多地方要向法国学习呢。只有尽可能不折磨嫌疑人，才算是完美履行了警官的职责——"

"法国人！"海尔用嘲笑的口吻说道，"在确定一个人无罪之前，那群家伙抓了谁都把人家当罪犯！"

"也许是这样没错，可是海尔警官，这栋皇家公寓不也一样吗？二位认定萨玛特利兹先生是有罪的，无论我怎么解释都听不进去。二位等着瞧吧。等他亲口解释之后，你们定会大吃一惊。"

海尔嘟囔着看了看表。我们边抽烟边等，可时间过得太慢了，波杰斯也迟迟没有现身。等着等着，连我都有些坐不住了。见我们如此焦虑，麦克弗森表示，也许是雾太大了，一时半刻叫不到马车。

就在这时，有人从外面打开了房门。波杰斯捧着一本厚厚的书走了进来。他把书递给上司，后者抢过去一看，便愕然吼道：

"体育百科全书，一八九三年版！这是什么玩意？！耍我呢！"

麦克弗森连忙接过来一看，松了口气说道：

"要是您让我打那通电话，就不会出这种错了。我就知道搞不好要拿错。近年来，收集陈年体育年鉴的客户是越来越多了，也难怪萨玛特利兹先生误会。这下没辙了，只能请您的下属回公园巷去，告诉萨玛特利兹先生，我们想要的是被称为'百科全书'的账簿。我帮您写张条子吧。哦，在您的下属拿走之前，您当然可以检查一下——"

麦克弗森在便签上写下一行潦草的字，递给海尔。海尔看了看，把它交给了波杰斯。

"把这个拿给萨玛特利兹。拿到东西之后立刻赶回来。马车在外头候着吗？"

"是的，先生。"

"雾还是很大吗？"

"没那么浓了，比一小时前好多了，坐马车上路也没什么危险了。"

"好，快去快回！"

波杰斯把书夹在腋下，快步离去。门一关，我们又默默抽起了烟。

过了一会儿，电话铃打破了屋里的沉默。海尔急忙抓起听筒，举到耳边。

"喂，这里是皇家公寓。对，是法尔曼家——啊？麦克弗森？他是在这里。什么？你说什么？我听不清——绝版——啊？百科全书绝版了？你是哪位？威洛比博士？"

麦克弗森站起身来，似乎要往电话机走去（他的动作过于机敏，以至于我当时没有意识到他的企图），却拿起了那张被他称为客户名簿的活页纸，不慌不忙地走到壁炉边。说时迟那时快，他将纸扔进了熊熊燃烧的炭火。等我们反应过来的时候，纸片已经被点着了，火光没入了烟囱之中。我愤怒地冲了过去，却是为时已晚。麦克弗森转向我们，露出写满鄙视的笑容。

"为什么把它烧了?!"我喊道。

"法尔曼先生,那张活页纸并不属于您。而且您也不是苏格兰场的人。这便意味着您是'偷'了那张纸。您不是有正式身份的警官,照理说是没有权利查抄的。如果它在海尔警官手里,我当然不敢轻易销毁。但它是没有权限的您从我雇主的账簿里偷出来的。如果您做那件事的时候被撞见了,哪怕对方开枪打死您,您也无处喊冤。哪怕我将它扔进壁炉,您也没有任何立场指责我。我本就反对保留这些账簿,因为像尤金·法尔曼这样的聪明人一旦出现,就会进行多余的探查,天知道他们会得出多么荒谬的推论。可萨玛特利兹先生坚持要保留这些记录,我也只能答应了。但我跟他约定,如果我给他发电报、打电话时提到了'百科全书'这个词,他就要立即烧掉账簿。完事之后,他会联系我说'百科全书绝版了',这样我就知道他已经成功了。

"先生们,请开门吧。我也不想用蛮力破门。如果警方要正式逮捕我,那自是另当别论,但二位似乎也没有那么大的胆量,那还是不要限制我的人身自由为好。感谢海尔警官替我打了那通电话。尽管这间公寓的主人法尔曼先生锁了房门,非法监禁了我,我却并不打算找他的麻烦。不过,这场闹剧也该落幕了。我所接受的审讯是绝不非法的。请恕我冒昧,它甚至有些过于法国化了。在我们英国,这样的审问是绝不能被容许的。再说了,您敢向长官汇报吗?记者怕是会立刻找上门来,口诛笔伐——您要逮捕我吗,还是放我走?快拿个主意吧。"

我在沉默中按下一个按钮。助手打开了房门。麦克弗森走到门口时停了下来,回头望向狮身人面像一般一言不发的斯宾塞·海尔。

"告辞了,海尔警官。"

无人作答。他又转向我,脸上仍是那和蔼可亲的微笑。

"晚安,尤金·法尔曼先生。下周三六点整,我会准时上门收取五先令的货款。"

神秘的脚步声

吉尔伯特·基思·切斯特顿 | Gilbert Keith Chesterton

（1874.5.29—1936.6.14）

> 英国杰出的文艺评论家与社会评论家。当我在夜半时分思考谁才是侦探小说史上最杰出的作家时，脑海中总会浮现出两个名字。一个是"爱伦·坡"，另一个便是"切斯特顿"。在我的心目中，他们的作品永远是第一流的。在最具代表性的世界短篇侦探小说杰作选集中的切斯特顿作品中，评价最高的便是本作。全文笔触轻妙，情节痛快紧凑，堪称完美。
>
> ——乱步评

"十二纯渔夫"是一家门槛极高的俱乐部。如你碰巧看见某位会员为了参加一年一度的俱乐部晚宴走进弗农酒店，你便会在他脱下大衣时发现，他的晚礼服是绿色的，而非常见的黑色。如果你问他为什么（假设你有足够的胆量，敢和这样一个人搭话），他大概会告诉你，这是为了避免别人把他误认为侍者。听到这话，你定是无言以对，垂头丧气地退下。然而，这也意味着你错过了一个尚未破解的谜题与一段值得讲述的故事。

假如（这也是一个不太可能实现的假设）你遇到了性格温和、勤劳能干、身材矮小的布朗神父，问他觉得这辈子碰到的哪件事最为幸运，他给出的回答也许会是"弗农酒店那一次"。因为他仅仅通过倾听走廊里的脚步声，便阻止了一场犯罪，而且十有八九还挽救了一个灵魂。可惜各位读者恐怕没有希望在社交界爬到能一窥"十二纯渔夫"的地位，也不可能会屈尊纡贵混迹于贫民窟与犯罪阶级，沦落到遇见布朗神父的地步。除非是通过我，否则各位怕是永远都听不到这个故事了。

"十二纯渔夫"俱乐部举办年度晚宴的弗农酒店是一处只可能存在于寡头政治社会的设施。在这样一个社会中，人们为礼节和规矩而疯狂。也正是那份疯狂，催生出了那般颠倒反常的"排外性"商业设施。酒店不仅不招揽顾客，还想方设法把人往外赶，以此营利。在金权政治的核心，精明的商人反而会对顾客格外挑剔。他们主动设置复杂的条件，而那些闷得慌的富人则会为了突破难关一掷千金，施展外交手腕。假如伦敦有一家时髦的酒店禁止"身高低于六英尺的人"入内，社交界便会规规矩矩地召集一批六英尺以上的人，在那家酒店举办晚宴。若是某家高档餐厅的老板心血来潮，决定只在每周四下午营业，店门口便会在星期四下午大排长龙。弗农酒店坐落于贝尔格莱维亚街上某座广场的角落，仿佛它的存在只是一个巧合。它的规模极小，而且多有不便。可那些不便反而被当成了保护某种特殊阶层的城墙。最值得一提的不便之处，便是"能在酒店同时用餐的宾客最多不超过二十四位"。酒店只有一张大餐桌，摆在声名远播的阳台上。置身于那座阳台，便能俯瞰伦敦首屈一指的、历史悠久的院子。由于阳台没有顶棚，仅有的二十四个座位只能在天气晴好的日子使用，而这也让更多的客人对"坐在那张餐桌吃饭"心驰神往。酒店的现任老板是一个名叫利弗的犹太人，他通过制造种种"门槛"赚了近百万。当然，他在限制经营规模的同时，也将服务水准提升到了极致。无论是酒水还是菜品，都不逊色于欧洲的任何一家酒店。侍者们的举手投足，也完全符合英国上流阶级的惯常。老板对手下的每一位侍者了如指掌——毕竟酒店上下总共也就十五位侍者。成为弗农酒店的侍者比当选国会议员还要难。每位侍者都是训练有素，提供服务时一言不发，绝不会惊扰宾客，宛若贵族的仆从。一般来说，每一位前来就餐的绅士，都至少有一个侍者为他服务。

"十二纯渔夫"俱乐部只看得中既不会被打扰，又足够奢华的地方。因此他们自然不会去其他酒店举办晚宴。一想到其他的俱乐部也在同一家酒店聚餐，他们便心神不宁，坐立不安。会员们习惯在一年一度的晚宴上展示自己的珍宝，仿佛他们正置身于隐秘的私宅。尤其是俱乐部的象征——一套历史悠久的鱼刀鱼叉。那是一套精巧的银器，做成了鱼的形状，柄上都镶着硕大的珍珠。俱乐部只会在吃鱼的时候使用这套刀叉，而鱼总是那极尽奢侈之能事的宴会中最引人注目的一道菜。这家俱乐部有各种仪式与纪念活动，却没有历史，也没有明确的目的——而这恰恰能体现出它的贵族色彩。成为"十二纯渔夫"俱乐部的会员并不需要任何特殊的资格——因为在出人头地之前，你根本不会听说他们的存在。俱乐部成立已有十二年。奥德利先生任主席，切斯特公爵任副主席。

如果我通过上面的描述让大家或多或少地感受到了酒店的惊人氛围，大家自然会纳闷我是如何了解到了这些，并对我的朋友布朗神父那样的普通人走上金碧辉煌的酒店走廊的原委做出种种猜测。单就这一点而言，我的故事是很简单的，甚至可以用粗俗来形容。世间有一个年老的残虐煽动者，再高雅的隐居之所，他都能长驱直入，带去"人人皆兄弟"的骇人消息。无论这位平等主义者骑着他的灰马走到哪儿，布朗神父都会随他而去。那天下午，一名意大利侍者因中风发作病倒。酒店的犹太人老板心底里对这种迷信嗤之以鼻，但还是同意派人去请最近的天主教神父。至于侍者对布朗神父忏悔了什么，在此略过不表——既然神父已将他的忏悔藏在心底，我便不可能得知。但显而易见的是，那场忏悔致使神父需要写一份备忘录或声明，以传达某种信息或纠正某种错误。因此神父以谦恭却不由分说的态度（哪怕他置身于白金汉宫，恐怕也不会改变这种态度）提出，他需要一个房间写那份东西，并希望酒店提供文具。这可难倒了利弗先生。他是一个善良的人，却也奉行善良的劣质模仿，即"多一事不如少一事"，生怕惹上麻烦事。对他而言，自家酒店多了一个陌生人，就像是刚刚擦干净的东西上多出了一点污渍。在弗农酒店，等候在大堂的人都不可能是不速之客，所以酒店上下既没有空房，也没有休息室可用。这里只有十五个侍者和十二位客人。一张新面孔在那天晚上出现在酒店，就像是新冒出来的兄弟在自己家里用餐喝茶一样令人惊奇。再加上神父其貌不扬，衣服也是脏兮兮的，俱乐部的成员远远瞥上一眼，都有可能陷入恐慌。好在利弗先生灵机一动，总算想出了一个好办法。他虽无法让耻辱不复存在，但至少可以把它遮掩起来。如果你有幸走进弗农酒店（虽然你永远都不会有那个机会），穿过一条用灰蒙蒙却十分珍贵的画作装饰的短小走廊，便能走进主前厅兼休息室。前厅右侧有若干条通往公共房间的走廊，左侧也有类似的走廊，通往酒店的厨房和办公室。而左手边不远处的角落里，有一间毗邻前厅的玻璃墙办公室，堪称"房中房"。也许它以前是老酒店常见的酒吧间。

老板的代理人就在这间办公室办公（做到那种地位的人都会尽可能避免亲自出马）。而在办公室对面的不远处，在通往侍者宿舍的半道上，设有面向绅士的衣帽间。那是绅士领域的最前线。不过办公室和衣帽间之间还有一间没有其他出口的隐秘小房间，老板有时会在这里处理一些微妙却又重大的事情，比如说借一千英镑给某位公爵，或是连六便士都不肯借。允许一介神父玷污这样一个神圣的房间长达半个小时，让他在里头写东西，足以体现出利弗先生的宽大胸怀。布朗神父写下的故事十有八九比我接下来要讲述的故事精彩得多，可惜它永远不会被公之于众。我只能告诉你们，它和我讲述的故事差不多长，最后两三段最是枯燥乏味。

因为写到最后几段的时候，神父的注意力稍有些分散，而敏锐野兽一般的感觉也从这一刻开始渐渐苏醒。夜幕将至，晚宴即将开席——

559

许是因为这个被遗忘的小房间里没有一丝光亮，渐深的暮色才会让他的听觉变得格外敏锐。在书写最不重要的收尾部分时，布朗神父忽然意识到，自己是随着房间外反复传来的声响的节奏在写，就像人们有时会随着火车富有规律的"咔嚓"声思考一样。一旦注意到声响的存在，他便听出了那是什么声音——那不过是有人经过门口时发出的脚步声，司空见惯。在酒店里听到脚步声也没什么好奇怪的。可即便如此，神父还是盯着昏暗的天花板，听了一会儿。心不在焉地听了数秒之后，神父站起身，竖起耳朵细细听了起来。然后再次坐下来，用双手捂住额头。此刻，他已经不单单在"听"了，而是"边听边思索"了。

乍一听，外面的脚步声和每家酒店随处可闻的脚步声别无二致，但放眼全局，就有诸多诡异之处了。神父听不到其他脚步声，而且这家酒店本就非常安静——为数不多的老顾客一来便会径直前往自己的房间，训练有素的侍者也只会在客人有需要的时候出现。照理说，没有比这家酒店更不容易出现异常情况的地方了。此刻的脚步声却是如此诡异，甚至叫人难以判断它是否正常。布朗神父听着脚步声，手指随之拍打桌子的边缘，好似一个正在练习钢琴曲的人。

首先是一长串急促而细碎的脚步声，仿佛走廊里有一位身手敏捷的竞走选手。戛然而止后，则换成了一种缓慢的、堪比原地踏步的步调。步数还不及上一种脚步声的四分之一，但持续时间几乎相同。缓慢的步伐带着回声渐渐消失后，那轻快而匆忙的脚步声再次传来，接着又变成了每一脚都重重踩在地上的声音。神父很肯定，所有的脚步声都出自同一双鞋子——一方面是因为周围没有其他脚步声（如前所述），另一方面则是因为脚步声里夹杂着某种轻微却不至于让人听错的吱嘎声。布朗神父有一颗忍不住要提问的头脑，所以这样一个乍看无关紧要的问题，也让他头痛欲裂。他见过为了跳而跑的人，也见过为了滑行而飞奔的人，可"为了走而跑"算怎么回事呢？还是说，他是"为了跑而走"？问题是，他也找不出其他词句来描述这双看不见的脚的诡异步伐。那个人不是为了慢悠悠地走完走廊的后半段，所以才急急忙忙走过了前半段，就是想沉浸在快步走过走廊后半段的恍惚感中，所以前半段走得格外慢。可这两种情况都站不住脚。神父只觉得自己的脑海和自己所在的房间一样，愈发昏暗了。

但静下心来细细琢磨时，昏暗的房间反而让神父的思维变得更敏锐了。以一种不自然的、具有象征性的诡异姿势穿过走廊的离奇步伐如幻象一般清楚地呈现在他的眼前。那究竟是异教徒的宗教舞蹈，还是最先进的科学体操？神父开始要求自己对脚步声的含义做出前所未有的准确解读。先从较慢的步调入手——那肯定不是老板的脚步声。那种男人不是匆匆忙忙地走，就是坐着一动不动。也不可能是等候吩咐的侍者和听差，听起来实在不像。（在寡头政治的社会中）贫困阶级的人喝醉时确实会跟跟跄跄，但是照理说，他们会局促地站着，要么就干脆坐着——更何况是在这样一个奢华的地方。肯定不对——那种时而沉重，时而轻快的步伐并不是特别吵闹，却带着一种漫不经心的强调，就好像他不在乎自己发出的任何声响。在栖息于地球的种种动物中，只有一种能发出那样的脚步声。那便是西欧的绅士，而且恐怕还是一位从未为生计工作过的绅士。

就在神父得出这一坚定的结论时，脚步声切换到了更快的那种，好似老鼠匆忙跑过门口。竖着耳朵的神父注意到，这波脚步声相当快，却也非常轻，仿佛那人正踮着脚。然而，神父通过脚步声联想到的并非偷鸡摸狗的行为，而是另一番景象，可他无论如何都想不起来那是什么。他只觉得自己成了一个傻子，那近在咫尺却想不出来的记忆简直快把他逼疯了。他肯定在哪儿听过这种奇怪而迅疾的脚步声。突然，他心生一计，走向门口。这个房间并没有直接通向走廊的门，但一侧连着玻璃墙办公室，另一侧则连着更深处的衣帽间。他正要打开通往办公室的门，却发现门被锁上了。神父望向窗口——四四方方的玻璃窗上铺满了被铅色的黄昏裁断的紫色云朵。刹那间，他产生了不祥的预感，仿佛是猎狗嗅到了老鼠的气息。

神父理性的一面（不知它是否比本能更贤明）再次抬头。他想起酒店老板之前说过，门得先锁上，稍后再带他出去。他提醒自己，有的是他想不到的理由可以解释这种奇妙的脚步声。而且仅剩的阳光只够他堪堪完成自己的工作，必须抓紧时间。于是他将纸挪到窗边，以便抓住狂风骤雨般的黄昏残阳，毅然投入只差一口气就能完成的记录。随着光线逐渐变弱，神父的身子愈发前倾。写了二十多分钟后，他突然坐直了。因为他再一次听到了那奇妙的脚步声。

这回的脚步声多了一个诡异之处。直到刚才，那个神秘人一直在走——虽然步伐轻盈，疾如电光石火，但他终究是在"走"。可这一回，他"跑"起来了。快速、柔和、跳跃的脚步声从走廊穿过，仿佛一只飞奔的豹子。一听便知，无论对方是谁，都必定是一个健壮而敏捷的男人。虽然他没出声，情绪却极度亢奋。然而，当脚步声如微弱的旋风一般冲到办公室时，竟然又变回了那种缓慢而大方的节奏。

布朗神父把纸一撮。他知道办公室一侧的门是锁着的，所以立即冲向另一侧的衣帽间。衣帽间的工作人员刚巧不在——这恐怕是因为酒店里为数不多的客人正在用餐，衣帽间里无事可做。神父摸索着穿过一堆让人联想到灰色森林的大衣，只见昏暗的衣帽间前方有一座柜台，那就是宾客们平时把雨伞交给工作人员，领取号码牌的地方。半圆形的柜台与明亮的走廊相接，其正上方亮着一盏灯。灯光几乎照不到布朗神父，所以他的身影成了一团以暮色窗口为背景的黑色轮廓。而与此同时，衣帽间外走廊上的那个人却被同一盏灯照得通亮。

此人穿着极其朴素的晚礼服，气质却很优雅。他个子很高，但不至于占用太多纵向的空间。哪怕是个子比他小得多的人也会惹人注意、显得碍事的地方，他也一定能如虚影一般，不费吹灰之力地滑行而过。为了避开直射的灯光，此刻的他仰着头。细细一瞧，那是一张晒得黝黑的外国人的脸，显得精力充沛。他的身材很好，态度也是落落大方，透着自信——唯一的缺点，便是他身上的黑色礼服比他的风采和举止差了一截，而且看起来鼓鼓囊囊的，十分诡异。一看到背靠暮色的布朗神父的黑色身影，他便抛出一张纸质号码牌，用礼貌却也高高在上的口吻说道："把我的帽子和大衣拿来，我着急走。"

布朗神父默默接过号码牌，老老实实去找大衣。他也不是没干过用人的工作。他取来大衣，放在柜台上。外国绅士掏了掏背心口袋，笑着说道："我没有银币，就给你这个吧。"他扔下半镑金币，拿起大衣。

布朗神父的身影仍在黑暗中一动不动。但是在那一刹那，他失去了理智。只有在失去理智的时候，他的头脑才能发挥出宝贵的作用。在这样的时刻计算二加二等于几，他会报出"四百万"这样的答案。天主教会通常不会认可这般离奇荒诞的结论（因为他们坚守常识），神父自己也是如此。但这是货真价实的灵感，而在失去理智的人必须做出某种判断的极少数危急时刻，这种灵感才最为关键。

"恕我冒昧，"神父礼貌地说道，"您的口袋里应该是有银子的。"

高个绅士瞠目结舌。"什么？"他喝道，"我都给你金币了，你还不满意吗？"

"因为银子有时比金子更值钱。"神父平静地说道，"如果您有很多银子的话。"

陌生人讶异地打量着神父，然后用更加讶异的眼神扫视走廊，望向酒店大门。接着，他将视线转回布朗神父，凝视他身后的窗户。窗玻璃上仍有绚丽翻滚的落日残阳。最后，他似乎下了某种决心。只见他把一只手放在柜台上，如杂耍演员一般轻而易举地跳了过去，俯视着神父，用硕大的手抓住神父的衣领。

"老实点，"他发出骇人的低语，"我不想威胁你，但是……"

"但是我想威胁你，"布朗神父的声音好似穿透力十足的鼓声，"用不死的虫与不灭的火。"

"我可没见过你这样的衣帽间服务员。"对方说道。

"我是神父，弗兰博先生。我已经准备好听你忏悔了。"布朗神父回答。

高个绅士喘着气呆立片刻，然后踉踉跄跄地后退，瘫坐在椅子上。

头两道菜上桌时，"十二纯渔夫"俱乐部的晚宴一切顺利。我没有那晚的菜单——就算有，也派不上什么用场。菜单以大厨们专用的复杂法语写成，连法国人都看不明白。俱乐部有一项传统，那就是"前菜要丰盛到教人疯狂的程度"。客人们一本正经地享用着前菜，因为它们是无用之物。晚宴与俱乐部本身也同样百无一用。俱乐部还有一项传统：汤必须清淡简单，为之后的重头戏"鱼"做好铺垫。而餐桌上的话题都是不痛不痒的闲话。虽是统治着大英帝国的话题，可寻常英国人碰巧听到了也没什么用。聊起保守、进步两党的内阁长官时也以教名相称，还要摆出一副"我也不觉得有趣，但还是好心提到了他们"的样子。激进派的财政大臣因其剥削行为激起了保守党的全面抨击，其蹩脚的诗作与在猎场骑马的英姿却受尽了赞扬。被所有自由党人视作暴君并深恶痛绝的保守党领袖也在一番讨论过后得到了称赞，说他总体上是一个顶天立地的人——而且他是作为一个自由主义者受到了褒奖。看来政客成了非常重要的话题。政客的方方面面都是那么举足轻重，唯独他们的政见无人关心。主席奥德利先生是一位和蔼可亲的老人，仍然戴着格莱斯顿式高领。他几乎象征着这个带着虚幻色彩，却又坚若磐石的组织。这位老人从没有做过任何值得一提的事情——甚至没有做过一件坏事。他的行事并不放荡，也不是特别富有。他是众人心目中的大腕，除此之外什么都不是。没有一个政党能无视他的存在。如果他有意进入内阁，定能立刻当上部长。副主席切斯特公爵是冉冉升起的政界新星。他是一个令人愉快的青年，有一头梳得一丝不苟的迷人金发，脸上长满雀斑。他有恰到好处的智慧和殷实的家底。在公开场合，他的举手投足总能博得众人的喝彩。他的思路非常简单。一想到某个玩笑，他就会立刻把它说出来，于是大家便会夸他聪明。而当他想不出笑话时，他就会说"现在不是开玩笑的时候"，于是大家又会夸他能干。当他私下里与身份相当的伙伴们相聚在俱乐部时，他便会愉快地发挥出堪比小学生的天真无邪。与他形成鲜明对比的是，奥德利先生从未涉足过政治，因此他对待政治的态度要严肃一些。有时，他会暗示自由党和保守党之间有一些区别，让在场的所有人不知所措。他自己是个保守派，在私生活中也坚持保守。他就像老牌政客一样，在衣领后面留了一卷白发——从后面看，就好像他才是大英帝国最需要的人一样；从前面看，却像一个性格温和、宽于律己、在奥尔巴尼有房的单身汉——他也确实如此。

如前所述，阳台的餐桌有二十四个座位，但俱乐部仅有十二位会员。所以他们可以全部坐在靠里的一侧，在视野不受任何阻挡的情况下尽情欣赏院子的景色，这是何等奢侈的享受。虽然这个季节的夕暮略显阴森，但各色花草依然鲜明生动。主席坐在正中间，副主席坐在右端。十二位客人刚入座时，十五位侍者按照惯例（原因不得而知）齐集于阳台，靠墙站成一排，好似等待国王检阅的士兵。在此期间，身材肥胖的老板不停地向客人们鞠躬，两眼放光，满脸都是惊讶的表情，仿佛俱乐部的会员是首次莅临。然而，当刀叉碰撞的响声传来时，列队的侍者早已消失不见，只留下一两个人跑来跑去，上菜撤盘，全程不发一言，宛如没有生命的死人。自不用说，老板利弗先生早就点头哈腰着退下了。说他在那之后再次主动现身就有些言过其实了，甚至有失恭敬。然而，当最重要的那道鱼上桌时——我该怎么说呢——老板人格的投影还是鲜明地浮现在了阳台周围，左右徘徊。这道神圣的鱼（在普通老百姓看来）像是一种诡异的布丁，大小与形状都与婚礼蛋糕一模一样。数量可观的珍稀鱼类融入其中，失去了上帝赋予它们的形状。"十二纯渔夫"拿起历史悠久的鱼刀鱼叉，神情庄重地享用起来，就好像每一口布丁花费的钱都与他们使用的银叉相当。不，那道菜确实要价不菲。客人们都吃得格外专注，甚至没人咳嗽一声。所以直到自己的盘子快被吃空时，那位年轻的公爵才发表了一句礼节性的感言——"这种菜肴在别处可是吃不到的。"

"可不是嘛，"奥德利先生转向公爵，点了点那颗高贵的头，用他的重低音说道，"可不是嘛，只有这里才做得出来。据我所知，安格莱斯咖啡馆……"

说到一半，他的盘子被收走了，害得他不得不停下，甚至有些茫然，但他很快拾回了高见的线索。

"据我所知，安格莱斯咖啡馆也会做这道菜，但做不到这个水平，"他无情地摇着头，仿佛宣判绞刑的法官，"做不到这个水平。"

"看来人们太高估那家店了。"一位姓庞德的上校说道。（看他的神色）这貌似是他几个月来第一次开口说话。

"谁知道呢，"乐天派的切斯特公爵说道，"他们家也有些不错的菜式，好比……"

这时，一名侍者快步走来，随即停下脚步。来时悄无声息，停止时也没有发出任何声响。只是这些不食人间烟火的善良绅士早已习惯围绕并支持其生活的隐形机构机器的平稳运行，所以仅仅是一个侍者做了一个意料之外的动作，他们都会大感惊愕。那种惊愕，和我们在无生命的世界不听话（好比椅子从我们身边跑开）时产生的惊愕相当。

侍者瞪大眼睛，杵在原地。在此期间，餐桌旁的每张脸都挂上了愈发诡异的表情，仿佛在说"这人可真奇怪"。这种表情是现代特有的产物。它是现代式的博爱主义与贫富阶级灵魂之间的骇人深渊相混的结果。想当年，一个货真价实的贵族会朝侍者扔东西，从空瓶开始，而最后定会扔些钱了事。如果是货真价实的民主主义者，则会用跟同僚说话的口吻，清清楚楚地问一句"你到底在干什么"。问题是，置身于此处的现代金权政治家无法忍受一个穷人待在自己身边，无论对方是奴仆还是朋友。对他们而言，下人犯错不过是无谓的麻烦，教人恼火。他们不忍心摆出冷酷无情的态度，却也不愿意让自己陷入不得不展示温情的局面。他们只想尽早了事，无论那到底是什么事。片刻后，尴尬终于结束了。侍者如僵硬症患者般呆立了一会儿，然后一个转身，心急火燎地冲了出去。

这位侍者重新出现在阳台时——更准确地说，是出现在阳台门口时——还有另一个侍者陪着。两人窃窃私语，打着南欧人特有的激烈手势。然后，第一个侍者撂下第二个侍者退下了，但很快便带着第三个侍者再次现身。当第四个侍者加入这场匆忙的谈话时，奥德利先生觉得他有必要打破沉默，调整会场的气氛。"年轻的摩尔在缅甸的工作非常出色。这年头，世界上没有任何国家可以……"

说时迟那时快，第五个侍者如箭矢一般冲向他，在他耳边说道："非常抱歉，我们老板想和您谈一谈。出大事了！"

主席慌忙回头，瞪大双眼呆然望去，只见利弗先生拖着笨重的身子快步走来。这位善良老板的步履与平时一般无二，神情却非比寻常。平日里和蔼可亲的古铜色面容，竟在此刻呈现出了某种病态的蜡黄。

"请原谅我的冒昧，奥德利先生，"他跟哮喘病人一般断断续续说道，"我实在是太担心了……因为那些盛鱼的盘子，是连同刀叉一起收走的！"

"那不是很好吗？"主席含着温情说道。

"您看到他了？"激动的酒店老板喘着粗气问道，"您看到那个收走您盘子的侍者了？您认识他吗？"

"你问我认不认识侍者？"奥德利先生愤然回答，"区区侍者，我怎么可能认识?！"

利弗先生两手一摊，显得非常痛苦。

"那人不是我派来的。我不知道他是什么时候来的，也不知道他来这里做什么。我吩咐侍者来撤盘子的时候，盘子早就被收走了！"

奥德利先生仍是一脸迷茫，这令他无论如何都不像是一个大英帝国不可或缺的人物。在座的其他人也说不出一句话来——唯独那位仿佛是用木头雕成的庞德上校不然。他浑身上下洋溢着不自然的活力，宛如刚被雷电击中。其他人都还坐着，他却将僵硬的身子立起，戴上单片眼镜，发出刺耳而低沉的声音，就好像他已经不记得该怎么说话了。"你的意思是，有人偷走了我们的银器？"

老板再次摊手，动作比之前更加夸张，一副无可奈何的样子。刹那间，餐桌旁的所有人都站了起来。

"侍者都在这儿吗？"上校继续用他的嘶哑低音问道。

"没错，都到齐了，我一直盯着呢，"年轻的公爵高喊着把他的娃娃脸伸到最前面，"我习惯在进门的时候数一数——因为他们都靠墙站着，那模样实在滑稽得很。"

"但人的记忆并不是很可靠啊……"奥德利先生口吻凝重，显得犹豫不决。

"不，我不会记错的，"公爵兴奋地喊道，"这里的侍者从不会多于十五个，今晚也只有十五个。我敢发誓，就是十五个，不多也不少。"

老板瑟瑟发抖着转向公爵，似是因惊愕过度浑身麻木。

"您是说，您是说……"他结结巴巴地问道，"您见到了我的十五个侍者？"

"没错，和往常一样，"公爵予以肯定，"有什么问题吗？"

"呃，没有……"利弗先生逐渐加强了语气，"但这是不可能的。因为十五个侍者中的一个死在了二楼。"

叫人毛骨悚然的沉默顿时笼罩会场。恐怕（因为"死"这个字眼过于超自然）这些闲人都在那一刹那审视了各自的灵魂，并意识到它不过是一颗干巴巴的豌豆。其中的一位——大概是那位公爵——甚至发挥出了愚蠢的善意，极具富人风范地问道："我们能为他做点什么吗？"

"我为他请了神父。"犹太老板略显动容地回答道。

说到这里，众人终于清醒过来，仿佛是听到了命运的钟声一般想起了自己的处境。有那么几秒钟，他们打从心底里怀疑"第十五个侍者"是二楼那名死者的亡灵。这种沉重的猜测压在他们心头，令他们无法言语。因为对他们而言，亡灵与乞丐一样惹人嫌。不过在他们想起银器的那一刻，神秘的魔力被打破了——一切发生得那样突然，还伴随着巨大的反作用力。上校一跃而起，大跨步走到门口。

"诸位，如果这里出现过第十五个侍者，那他肯定是个小偷。"上校如此说道，"请立刻守住大门和后门，锁好门窗——然后从长计议。那二十四颗珍珠值得我们追回。"

奥德利先生起初略显踌躇，心想就算出了天大的事，如此慌乱未免有失绅士风度。公爵却以年轻人特有的气势冲下了楼。见状，他便以更显成熟稳重的动作紧随其后。

第六个侍者在他们出去的同时冲进会场通报，说他发现那些盘子就堆放在餐具柜上，银器却不见踪影。

客人与侍者乱作一团，跌跌撞撞冲了下去。他们兵分两路：俱乐部的大部分会员随老板赶往正面大厅，打听有没有人溜出酒店。庞德上校、主席、副主席和另外两三人以雷霆之势穿过通往侍者宿舍的走廊——他们似乎认为小偷更有可能朝这个方向逃跑。跑到半路，正要经过一处昏暗的凹陷——说得更确切些是"形似洞窟"的衣帽间时，只见一个身材矮小、身着黑衣的人影立于阴影略深处，乍看像是衣帽间的服务员。

"喂！我问你！"公爵说道，"有没有看到什么人从这里经过？"

矮小的人影没有直接作答，只说了一句："诸位正在寻找的东西大概就在我这里。"

一行人带着犹疑停下脚步。那人静静走向衣帽间深处，然后带回了满满一捧闪闪发光的银器。他不慌不忙地将银器摆在柜台上，好似推销员。定睛一看，那正是十二套形状奇特的刀叉！

"你……你究竟是……"饶是上校也没能保持镇静，把话说完。他望向那昏暗的小房间，并注意到了两件事。第一，个头矮小的黑衣男子似乎一身神父的打扮。第二，他身后的窗户碎了，像是有人强行破窗而出。

"这些东西太贵重了，寄存在衣帽间似乎不太合适，不是吗？"神父快活而淡定地说道。

"是……是你偷的吗？"奥德利先生瞠目结舌，结结巴巴地问道。

"如果是我偷的，"神父愉快地说道，"那我至少不会像这样物归原主。"

"东西不是你偷的……"庞德上校说道。他仍然注视着那扇破窗。

"坦白告诉您，确实不是我偷的。"神父带着几分幽默回答，然后郑重其事地坐在一张凳子上。

"可你知道谁才是小偷。"上校说道。

"我不知道他的真名，"神父面不改色道，"但我对他的格斗能力有所了解，也对他灵魂层面的烦恼有了深刻的体会。在他企图掐死我的时候，我大致估测了他的体力。当他忏悔的时候，我又大致摸清了他的道德水平。"

"什么——你说他忏悔了！"年轻的切斯特公爵哈哈大笑。

布朗神父双手背在身后，站起身来。

"这很奇怪，不是吗？"神父说道，"小偷与流浪汉都懂得忏悔，腰缠万贯、衣食无忧的人们却始终过着轻浮的生活，丝毫没有要对上帝与他人赎罪的意识。不过……先别说这些了。恕我冒昧，您似乎稍稍侵犯了我的领域。如果您认为他的忏悔并非事实，那就瞧瞧这些刀叉吧。诸位是'十二纯渔夫'，摆在这柜台上的不正是诸位的鱼形银器吗？但上帝让我成了一个捕人的'渔夫'。"

"你抓住他了？"上校皱着眉头问道。

布朗神父细细打量那张眉头紧锁的脸，说道——

"没错，我用肉眼看不见的钩与线抓住了他。那条线很长，足够他走到天涯海角，但只要我轻轻一拽，就能立刻让他乖乖回来。"

漫长的沉默降临。在场的其他人都走开了，有些把失而复得的银器拿回给同仁，有些则去找酒店老板商讨要如何处理这诡异的事态。唯独那位面色凝重的上校仍侧身坐在柜台上，摆着纤长的腿，咬着黑色的胡须。

片刻后，他用平和的口吻对神父说道：

"他肯定很聪明，但我知道，有一个人比他更聪明。"

"他确实聪明，"神父答道，"不过您说的另一个聪明人是谁呢？"

"自然是你，"上校轻笑一声，"我无意把他送进大牢——这一点你大可不必担心。但我很想知道你是如何卷进了这件事，又是如何追回了那些东西。为此，我愿以银器相赠，要多少都行。在这家酒店里，恐怕没有人比你更机智了。"

布朗神父似乎很中意这种军人的坦率。

"好吧，"他微笑着说道，"他的身份与经历，我自是无可奉告。至于我发现的某些表面上的事实，我也确实找不到拒绝告诉您的理由。"

话音刚落，神父用出乎意料的灵活动作跃过柜台，坐在庞德上校身旁，摆了摆他的一双短腿，好似坐在门板上的孩子。他讲起了事情的来龙去脉，语气是那样轻松，好似坐在圣诞篝火边与老友叙旧。

"是这样的，上校，"神父说道，"当时我被关在那个小房间里写东西。写着写着，突然有一阵诡异的脚步声从走廊传来，仿佛是有人在跳死亡之舞似的奇怪舞蹈。首先是迅速而滑稽的小碎步，仿佛是参加竞走大赛的人在踮着脚尖走路。过了一会儿，脚步声变得缓慢而随意了，好似一个身材高大的人叼着雪茄闲庭信步。但我确信，两种脚步声来自同一个人，而且还是交替出现的——从快步到慢步，再变快，如此这般。我很是纳闷，不明白这样一人分饰两角是为了什么。最开始，疑问还是模模糊糊的,可是听着听着,我便好奇得快疯了。我也能听出那种较慢的步伐是怎么回事——您恰好也是那样走路的,上校。那是吃饱喝足、正在等待什么的绅士特有的步子。他们来回踱步并非因为心里烦躁,而是因为肉体层面的紧绷感。我对另一种步子也有印象,却无论如何都想不起来。我究竟是在哪里见到过用那么奇怪的方式踮脚走路的人?然后,我又听到了从某处传来的餐盘碰撞声。谜题的答案就此浮出水面。那是侍者的脚步声——上半身前倾,低垂双目,脚尖点地,外衣的衣角和餐巾随风舞动。我思考了一分半左右,便明白了这场犯罪是怎么回事——清楚得就好像是我自己正要去犯罪一样。"

庞德上校目不转睛地看着他,神父那双温和的灰色眼睛却定格在天花板上,闪着若有所思的光。

"犯罪一如形形色色的艺术,"他缓缓说道,"您不必感到惊奇——毕竟地狱作坊所孕育的艺术绝不止犯罪这一种。只要是称得上艺术作品的东西,无论它是神圣的还是罪恶的,都有一个不可或缺的标志——我的意思是,其核心必然是单纯的,无论实现的过程看起来有多复杂。好比《哈姆雷特》,掘墓人的怪异、疯女孩的花朵、奥斯里克纷繁华丽的服装、亡灵苍白的表情和骷髅的冷笑,都不过是以身着朴素黑衣的悲剧人物为中心相互纠缠的奇形花环。而这起案件……"说到这里,神父面露微笑,缓缓下地,"这起案件,也是围绕一个黑衣男子的悲剧,简单明了。"神父看着上校抬起头来,面带迷惑的神情,继续说道:"整件事都扎根于一件黑色外衣。这个故事与《哈姆雷特》一样,有一些洛可可风格的多余装饰——好比诸位,又好比那位早已死去、本不可能出现的侍者。从你们的餐桌拿走银器,然后消失不见的那双隐形的手也不例外。不过再高明的犯罪,都必然建立在单纯至极的事实上——一个本身没有丝毫神秘之处的事实。案件之所以变得神秘,只是因为有人想要掩盖这个单纯的事实,转移他人的关注点。这场异常缜密并且(在通常情况下)非常有利可图的犯罪,同样建立在一个简单的事实之上——绅士的晚礼服和侍者的制服一模一样。其余的，都是演出来的——而且演得极为精妙。"

"可……"上校站起身，皱着眉头盯着自己的鞋子说道，"我好像还是不太明白。"

"上校，"布朗神父说道，"这么跟您说吧，盗窃银器的那个厚颜无耻的恶徒在众目睽睽之下，在灯火通明的走廊走了整整二十个来回。他没有躲藏在暗处——因为谁都会对那种地方起疑。他在亮着灯的走廊不断走动，无论置身于何处，他都会表现得好像'自己的存在是理所当然的'。您不必向我打听他的身形容貌——您今晚应该也见过他六七次。当时，您正和其他贵宾等候在走廊尽头的休息室，后面就是阳台。走进你们之中时，他总是低着头，步履匆匆，餐巾随风舞动。他冲去阳台，在桌布上做了些手脚，然后又奔向办公室和侍者的住处。当他来到有可能被办公室的工作人员和侍者看到的地方后，他从头到尾又变成了另一个人。他摆出一副心不在焉、旁若无人的样子，在侍者中走来走去，怎么看怎么像酒店的贵客。对侍者而言，晚宴期间离席的时髦绅士跟动物园里的野兽一般在酒店各处闲逛并不是什么新鲜事——毕竟侍者会理所当然地认为，四处乱走正是上流人士最显著的特征。

"厌倦了走廊上的漫步后，这位绅士转身往回走，穿过办公室跟前，然后在柜台阴影处如魔法师一般摇身一变，再次化身为卑躬屈膝的侍者，来到十二渔夫之中。试想一下，哪位绅士会注意某个悄然进屋的侍者？哪个侍者会对正在散步的一流绅士生疑？他还面不改色地耍了一两次把戏。他来到老板的办公室，随口说他觉得口渴，想要壶苏打水。不仅如此，他还非常友善地表示，他愿意自己端回去。而他也确实那么做了——他稳稳地端着苏打水，快步来到诸位之中。无论从哪个角度看，他都是一个正在履行职责的侍者。当然，这样的伪装无法维持太久，但他只需坚持到诸位用完那道鱼即可。

"对他而言，最危险的时刻莫过于侍者站成一排的时候——可即便如此，他还是想出了应对之法。他靠在了墙壁的拐角处，所以在那个生死一线间的关键时刻，侍者们认定他是贵宾，贵宾们则认定他是侍者。接下来的事情就没有任何难度了。即便有侍者看到他离开会场，也只会觉得那是一位慵懒的贵客。他只需在盛鱼的盘子被撤走的两分钟前化身为动作迅捷的侍者，自己把盘子端走即可。他把盘子摆在餐具柜上，将银器塞进胸前的口袋，然后顶着鼓鼓囊囊的胸口撒腿就跑（那时，我恰好听到了逐渐接近的脚步声），一路跑到衣帽间跟前。他只需要在那里再度化身为富豪就行了——一位因急事不得不离席的富豪。他只需要把号码牌递给衣帽间的工作人员，和进酒店时一样迈着优雅的步子出去，一切就都结束了。不凑巧的是，当时守着衣帽间的恰好是我。"

"你对他做了什么？"上校异常激动地喊道，"他又对你说了什么？"

"非常抱歉，"神父连眉毛都没动一下，"故事到此为止了。"

"明明正要说到最精彩的部分，"上校抱怨道，"他的伎俩我算是听明白了，你的却仍未搞懂。"

"我该走了。"布朗神父说。

两人一道沿走廊来到门口的大厅。切斯特公爵那张面色红润、布满雀斑的脸映入眼帘。只见他一蹦一跳地向他们走来，显得十分快活。

"快来啊，庞德！"他气喘吁吁地说道，"找你好久了！宴会要盛大重启了，老奥德利还要发表演讲，庆祝刀叉失而复得呢。我们要举办全新的仪式来纪念这件事。真要说起来，是你找回了那些东西，不知你有什么建议没有？"

"哦……"上校以略带嘲讽的神色表示赞成，看着对方说道，"我建议，从今以后改穿绿色的晚礼服。打扮得跟侍者一样，天知道会闹出什么乱子来。"

"得了吧！"年轻人喊道，"绅士绝不可能与侍者相像！"

"侍者与绅士相像也是有可能的，"庞德上校依然面带嘲笑，"神父，既然你的朋友能演好绅士，那他一定很聪明。"

布朗神父把那件普普通通的大衣扣到了领口——因为夜风很是凛冽。接着，他从伞架上取下他那把普通到极点的雨伞。

"确实，"神父说道，"做绅士绝非易事。不过我有时也觉得，做侍者兴许也同样费劲。"

然后，神父道了一声"晚安"，推开了这座欢乐宫殿的沉重大门。金色的大门在他身后缓缓合上。他迈着轻快的步伐穿过潮湿阴暗的街道，寻找廉价公车去了。

堕天使的冒险

珀西瓦尔·怀尔德｜ Percival Wilde

（1887.3.1—1953.9.19）

美国剧作家、推理小说家。珀西瓦尔·怀尔德创作了数部长篇推理作品，其中最著名的莫过于按戏剧风格写就的《验尸审判》（*Inquest*, 1940）。本作入选了塞耶斯合集，在各种描写"纸牌游戏骗术"的作品中脱颖而出。作品围绕格外新奇的诡计展开，颇有切斯特顿的风范。笔触风趣幽默，又不失"奇妙余味"，令人久久难以忘怀。

——乱步评

一

小房间中的气氛紧张至极。每个人都有种"一触即发"的感觉，或者说意识。

在屋外下方远处的马路上，不时有出租车划破深夜的寂静，掀起阵阵轰鸣。头顶上方则是耀眼的电灯，投下了纹丝不动的强光。一看壁炉台上的座钟与塞满烟蒂的烟灰缸，便知此刻已是凌晨两点。不过，在喜马拉雅俱乐部打桥牌的男士们仍是打完一盘（rubber）就换一下位置，埋头于游戏之中，认真得仿佛他们脑子里除了牌局别无一物。

斯特雷卡在事后坦白道，在十二点过后，他一直处于随时都有可能中风的状态。比林格斯用不时发抖的手攥着纸牌，焦急地等待告发的来临，简直望眼欲穿。换作平时，齐扎姆可以泰然自若地注视赔率显示器上那意味着数万美元的波动，连头发丝都不动一下，此刻却频频咬住参差不齐的胡须边缘，拼命掩饰内心的慌张。

齐扎姆与其他人一样，对安东尼·P.克拉戈霍恩（好友平时都叫他"东尼"）有着绝对的信赖。因为在赌博这方面，克拉戈霍恩是当仁不让的权威。然而，眼看着五分钟过去了，十分钟过去了……好几个小时过去了，他依然顶着没有一丝皱纹的雪白额头，抽着喜马拉雅俱乐部提供的卷烟（其实说到底，掏钱的还是他们这些要烟抽的人）一言不发，以至于齐扎姆愈发担忧了。

不过话说回来，东尼也不仅仅是心不在焉地旁观了好几个小时。牌局从九点整开始，而东尼也在同一时间拉来一把最舒服的椅子，一屁股坐下来以后就没挪过窝。一盘桥牌大约是半个小时，每打完一盘就通过切牌确定下一盘由哪四个人参加，然后交换座位。东尼一坐便是半个多小时，动也不动一下，最多就是问服务员要新的卷烟。

到了十点，齐扎姆将询问的眼神投向东尼。东尼却只是模棱两可地回看了一眼，似是没有察觉到对方眼神的含义。从十点到十二点，斯特雷卡、比林格斯、霍奇基斯与贝尔都向这位默不作声的青年投去了带有询问意味的眼神。然而，东尼每一次都只是回看一眼——全然没有要回答对方的意思。要知道，他在前一天下午夸下了海口，说"我定能轻轻松松解开那个谜团"。

从严格意义上讲，其实"那个谜团"本身也算是东尼的杰作。此时此刻，罗伊·特里斯沐浴着无数疑惑的目光，但大家原本并不是那么看待他的。事态的变化，发生在东尼用巧妙的寥寥数语让俱乐部的其他成员注意到罗伊那神乎其神的连胜之后。在那之前，每个人都很认可罗伊的桥牌水平，觉得他在牌桌上连战连捷是很正常的，也对他偏爱金额较大的赌局，而且极少在这类场合一败涂地习以为常。但东尼指出，罗伊在这个冬天靠桥牌赢下的钱早已突破五位数。东尼没有直接告发罗伊，却看准了有可能对罗伊的风评造成负面影响的瞬间，颇有深意地吊起了眉毛。

他就这样造就了"谜团"，而大伙也希望他能肩负起破解谜团的重任。他随便谦虚了几句便答应下来，绷着脸旁观了持续五小时的牌局。然后，他表示想再多看一天。他的愿望得到了满足，谁知看完之后，他又提出想再看一天。拜其所赐，他的朋友们受了不少罪。因为他们有种"骚动随时都有可能爆发"的感觉，打牌的时候忘了瞻前顾后，让特里斯卷走了不少钱。毕竟特里斯做梦也想不到他们有那样的企图，出牌冷静而精准。

那天下午，齐扎姆用激动的口吻向东尼阐述了自己败北的原因。

"我的牌风比较保守，习惯按老规矩来。虽然我很熟悉规则，却没有要改善那些规则的野心。我不会逞强，一旦发现对方在逞强，我就会立刻加倍。但我不知道整个计划会在什么时候全盘垮掉。所以我总是很难全情投入，也就没法玩出我自己的风格了。"

"一分等于二十五美分也一样吗？"

"在天知道你会在什么时候放烟花的状态下，管它一分是二十五美分还是多少呢。昨晚那副牌不就是吗？那副牌能额外拿三墩就不错了，可我愣是抬到了五。你觉得这是我平时的风格吗？！特里斯立刻就加倍了——只要他有一颗平静、正常的脑袋，就必然会走这一步。照理说，我本该老老实实罢手，却喊了再加倍！克拉戈霍恩，我倒要问问你，脑袋正常的人干得出这种事吗？你觉得我会干这种事吗？到头来，菲尼斯那边也没顶住，害得我变成了八百分。"

东尼回想起那时的情景，不禁发笑。"那场比试值得我们引以为戒。如果你当时不加高自己的，而是对他的 4 加倍——"

齐扎姆哼了一声，打断了东尼，毫不客气地说道："得了吧，我们可不是为了让你指点牌技才把你扯进这件事的。真想请教牌技，拿出因为他出老千输掉的钱的十分之一就足够了。还不是因为你说牌局有问题，我们才一直苦等你发话的啊！"

而在十小时后的凌晨两点，齐扎姆的等待仍未结束。

在这第三天的夜晚，打扮得干净利落、十分讲究礼节的比林格斯被人指出他有牌不跟[1]，品尝到了毕生难忘的尴尬。他立刻支付了罚款——而且付得很痛快。他还主动表示，绝不能姑息这种行为。但他投向东尼的眼神诉说着他沦落到犯规这一步的理由，胜过千言万语。接着出问题的是霍奇基斯。他的手抖得厉害，以至于无法随心所欲地出牌，错过了用大牌对抗大牌的机会——在计算得分时，这个错误的影响便显著体现了出来。

所以到了凌晨两点，比林格斯也好，霍奇基斯也罢，还有斯特雷卡、贝尔与齐扎姆，每一个人都在等待——而且等得不耐烦了。

而那个伟大的瞬间竟在一个所有人始料未及的时刻降临了。凌晨两点十五分，众人失望透顶，决定到此为止。东尼的伙伴们已经翻开了支票簿。特里斯捧着胳膊，急于了解自己到底赢了多少钱。

就在这时，东尼用手指轻轻弹落烟灰，自言自语似的喃喃道："又是特里斯一家独赢啊。如果我说，他的胜利都归功于做了记号的牌，他又会如何回答我呢？"

话音未落，特里斯便站了起来。

"你说什么，克拉戈霍恩？有种你再说一遍！"

东尼毫不退让。"我说，你是靠做了记号的牌才赢了那么多钱，"他用双手分别拿起用于牌局的两副纸牌，"我不打算收回这句话。"

"混账！"特里斯一声大吼，扑向东尼。

齐扎姆将他那硕大的身躯挤进两人之间。

"特里斯，你先别冲动。我们几个都是知情人，就是我们请克拉

1　明明有和庄家出的牌花色相同的牌，却出了其他的花色。

戈霍恩帮忙调查的。"

特里斯环视四周的每一张脸。

"什么？你们敢阴我！"

齐扎姆摇头道："你也知道我们不是那种卑鄙小人。贝尔、霍奇基斯、斯特雷卡、比林格斯——大家在社会上都是有头有脸的人物，丢不起这个人。我也一样。我们只是请克拉戈霍恩帮忙调查了一下。"

"克拉戈霍恩有什么资格裁定这种问题？他凭什么告发我？"

众人分别回答了他的疑问。斯特雷卡说，东尼戳穿那个叫施瓦茨的男人的伪装时，他也在现场。比林格斯也是那件事的目击者之一，他还详细讲述了东尼是如何在棕榈滩逮住了一个出老千的骗子。至于第三位证人齐扎姆，他可以提供无数类似的事例。

照他们的说法，东尼·克拉戈霍恩是所向披靡的。在他所到之处，被揭穿的骗子和老千尸横遍野，一旦嗅出些许异样，他就会穷追不舍，直到猎物落网。

就在朋友们宣扬东尼的丰功伟绩时，东尼本人低头不语，表现出了合时宜的谦虚。其实，他的傲人业绩都得归功于一个朴实的乡下人，比尔·帕米利。两人相识于某个夏天。所以东尼也不止一次告诉大家，他在让自己名声大噪的种种事件中所扮演的角色是多么微不足道。奈何他的辩白似乎没有足够的说服力。因为在听完他的解释之后，朋友们依然吹响号角，到处宣传他的本领。

也难怪他们会忘记那位担纲主角的朴素青年。因为帕米利早已金盆洗手，不再涉足赌局，改行当了农夫。而且他完全没有想出名的念头，总是尽可能躲在幕后。于是本该戴在他头顶的桂冠就自动落到了克拉戈霍恩头上。别看克拉戈霍恩嘴上频频抗议，其实他也不觉得这些自己找上门来的名声碍事。

注意到特里斯在桥牌桌上连战连捷时，东尼也曾试图将帕米利的兴趣引向这个问题，可惜没有成功。对赌博界的无名英杰帕米利而言，眼下最要紧的是纯种牛，而非崭新的桂冠。而且他也不太认同东尼的结论。

他表示："东尼，你不能因为一个人赢得多就认定他出老千啊。"

"话是这么说，可他这情况——"

"在任何情况下都是如此，"帕米利打断了他，"你得记住，靠不正当的手段赢来的钱，恐怕只有堂堂正正赢来的钱的千分之一。"

"这话说出来你自己信吗?！"

"信不信另说，反正我就爱这么想。"

兴致勃勃的东尼被帕米利浇了一盆冷水，但他没有就此放弃。他细细琢磨了一晚上，认为自己也完全有能力处理好那个问题，而且无论从哪个角度看，帕米利对人性的信念都有些夸大其词了。于是，他便勇敢地闯进了难关。

他隔着牌桌，向特里斯投去微笑。成功是属于他的，那滋味是何等美妙。

"特里斯，做了记号的牌，做了记号的牌。"

眼看着特里斯扫视神色严峻的众人，随即丧失了自信。

"就算我说我对此一无所知，怕是也没用吧……"他用颤动的声音喃喃道。

"没错。"东尼说道。

"我赢得堂堂正正，没有违反任何规则。"

"狡辩又有何用？"斯特雷卡用冰凉的语气反问道。

特里斯无力地怒视在场的众人。

"确实，既然你们联合起来与我为敌，那我再争辩也是徒劳。你们到底想让我怎么样？"

"赎罪。"

"怎么赎罪？"

"把你赢的钱吐出来。"

特里斯嗤之以鼻。"这也太荒唐了。"

"你要是不还钱，就等着被俱乐部除名吧。"齐扎姆说道。

"你们觉得我还了钱以后还会留在俱乐部吗？我是那种会死皮赖脸留下来的人吗？要是不考虑我的手头是不是宽裕——还不还钱又有什么区别？我不是被你们抓了现行吗？单凭这一点，俱乐部就不会再欢迎我了，不是吗？我当然会主张自己没有出老千，但你们只觉得我不肯承认也是理所当然。就算我把之前赢的钱都吐出来，你们也不会相信我的说辞。"

"还钱才是正确的，特里斯。"斯特雷卡用平静的口吻说道。

"对一个因为出老千被逮住的人来说，正不正确又有什么关系呢？哪怕被判处了死刑，我也宁可以狼的身份走上刑场，而不是当一只小羊羔。"他拿起算分表，算了算总额，"诸位，你们都欠我钱了，开支票吧。"

"你说什么？"齐扎姆挤出呻吟般的声音。

"因为你输了，应该付钱给我。"

"可你在牌上做记号的事情要怎么算?！"

"那又怎么样？如果牌上有记号，那你说不定也从中获益了啊。要是你有证据证明自己没有得到好处，那就亮出来看看啊。"

"我可是输了钱的啊！"齐扎姆激动得话都说不利索了，唾沫横飞地喊道。

"输了又如何？如果牌上没有记号，搞不好你会输得更多呢。而且，这句话适用于在场的所有人，"他显得胸有成竹，面带冷笑环视众人，"别磨蹭了，开支票吧。否则我就把你们挨个告一遍。我已经名誉扫地了，哪怕闹到法庭上也没什么损失，光脚的不怕穿鞋的。要是你们想出出风头，想让自己的名字上头条，拖着不给倒也无妨。"

同谋们困窘不堪，一齐望向东尼，异口同声问道："怎么办？"

东尼耸了耸肩，很是客气地回答："这就不归我管了。"

斯特雷卡以犀利的目光扫视全场，用快活的口吻说道："也许特里斯只是虚张声势。"

特里斯奸笑道："如果你真这么想，那为何不试一试呢？"

片刻的沉默后，比林格斯抓起笔，在支票上草草写了几笔。

"拿去吧！"他恶狠狠地说道，"我是有家有室的人，没工夫掺和丑闻。"

"那是自然。我就知道你是听得进劝的人。"特里斯说道。

众人相继开了支票，递给唯一的赢家。特里斯小心翼翼地将它们收进口袋，站起身，盯着众人说道："诸位，我将就此告辞，回归我那贫穷却正直的家庭，不过我还有最后一个要求。希望你们不要把今晚发生在这间屋子里的事情说出去。再亲密的朋友，也不能提一个字。"

斯特雷卡高声笑道："还不让提了？不提怎么行啊。我正准备大力宣传一番，在二十四小时以内让这家俱乐部的每一个人都知道原原本本的事实呢。"

特里斯露出瘆人的微笑："如果你真这么干了，斯特雷卡，等我告你诽谤的时候，你可别装出一副无辜的样子哦。"

"你说什么？"

"你们一个都别想逃，"特里斯在门口停了下来，"我没有能力防止你们在内部污蔑我，况且你们也差不多得逞了。听着，如果你们之中的任何一个胆敢在这间屋子之外说我一句坏话，还让我听到了风声，我定会报复到底！不报复怎么行？！必须狠狠地报复！还做了记号的牌呢！那牌是谁带进来的？通过那些牌获益的都是谁？你们敢说没有别人从中获益吗？"他嘴角挂着冷笑，推开房门。"诸位，你们好好想想！在轻举妄动之前，动脑筋好好想想——然后什么都别干！"

只听见门闩"咔嗒"一响，特里斯扬长而去。

比林格斯最先打破了凝重的沉默。"再让他那样赢一次，我们都会破产的，"他自言自语道，"克拉戈霍恩，接下来怎么办？"

然而，那位名流早已小心谨慎地退到了房门口，只是在中途为了点一根新的卷烟暂停了片刻。

"克拉戈霍恩，接下来怎么办？"霍奇基斯也问出了同样的问题。

东尼耸耸肩，谦辞道："这就不归我管了。"

在他悄然走出房间，背手关上房门之后，同谋们又讨论了许久许久，分享各自察觉到的异样之处，相互安慰。那一幕也十分耐人寻味，却与这个故事毫无关系。

二

看待事物的角度是因人而异的。好比之前讲述的那段小插曲，一个没有私心的批判者也许不会轻易认定安东尼·P. 克拉戈霍恩取得了最终的胜利。克拉戈霍恩本人却认为自己打了场漂漂亮亮的胜仗。他挺身而出揭穿骗局，并出色完成了既定目标。相较之下，朋友们为此付出的巨额代价也就不算什么了。东尼之所以没有使用比"胜利"更强烈的词语，也只是因为他想不出更合适的罢了。

他兴冲冲地跟美丽的妻子炫耀自己的功绩。妻子完全不懂纸牌，但东尼想要的是夸赞，没有比妻子的夸赞更能令他欣喜的了。不过真要说起来，最有价值的还是比尔·帕米利的赞扬，东尼满心期待。长久以来，东尼只能一头雾水地旁观比尔循着奇妙的线索为他的许多场胜利奠定基础。见证每一项精心推敲的计划所取得的结果，并送上感叹与喝彩，一直是东尼扮演的角色。

但这一回，东尼感觉两人的角色完全颠倒了。这已经是非常谦逊的感想了。在没有朋友帮忙的情况下，他凭一己之力将战局引向了成功。只要他耐心讲述事情的来龙去脉，就该轮到比尔当听众了，那该有多快活啊。一想到这儿，东尼便按捺不住，急忙赶往帕米利隐居的小镇。

"我早就觉得他不对劲了，"东尼意气风发地讲述起来，"从一开始就有这种感觉。"

　　"我劝你半天，你还是没听进去啊？"比尔如此反击。

　　"你说什么了？"东尼耐着性子反问道。

　　"赢得多不等于人家一定出了老千。我费了那么多唇舌，就是想让你认清这一点。"

　　"哦，对对对，我有印象。"

　　"我也跟你说过，靠不正当的手段赢来的钱，恐怕只有堂堂正正赢来的钱的千分之一。"

　　"这句话我也记得，"东尼姑且承认，点了根烟，"可是你未免也太相信人性了——说句不中听的，这样的信赖是不是太盲目了一点？这次的嫌疑人——我不愿透露他的姓名——他可是当场认输，承认了自己的所作所为啊。"

　　"嚯！那就说来听听吧。"

　　"我在深入调查的基础上采用了排除法。嫌疑人玩的是桥牌，所以某些出千的方法是派不上用场的。"

　　"没错。"

　　"好比藏牌（holdout），在这种情况下就是毫无意义的。"接着，东尼开始为对方详细讲解这种出千手法的秘诀。要知道，当初教他这招的人其实就是帕米利。

　　"所谓藏牌，就是把一张或好几张牌提前藏起来，然后找机会放进自己的手牌。"

　　比尔神情平静，脸上没有一丝微笑。"我听说过这种方法。"

　　"嗯，不过正如我刚才所说，那个嫌疑人——我就不透露他的身份了——他是不可能用那招的。因为他要是把第五十三张牌混进一副完整的牌里，大家肯定会立刻发现的。假设特里——那个嫌疑人把他提前藏起来的 A 混进了自己的手牌，那就必然会跟其他人手上的 A

撞车。在那些会把牌发光的赌局中，藏牌根本毫无意义。"

比尔目不转睛地盯着地毯。听到这里，他发表了一句异议："也不能说是毫无意义。"

"怎么不是毫无意义的了?! "东尼固执己见。

"只要在发牌的时候动手，藏牌这招就是管用的。"比尔仿佛在自言自语，"也许那个——咳咳，那个嫌疑人把四张 A 和四张 K 都藏起来了，然后在切牌、发牌的时候把它们混进自己的手牌。"

"什么?! "东尼发出喘息一般的声音。

比尔用淡定的语气继续说道："当然，这是一种粗暴野蛮的手段，但只要不是初学者，就完全有可能蒙混过关。高水平的老千甚至可以把好牌送到搭档手里。在这种情况下，搭档不是同谋也无妨。只要塞一堆 A 和 K 给人家，就会自然而然发展成无将。对方肯定能在一无所知的状态下准确下注。因此，坐在对面的老千只需要为搭档创造好条件，把好牌送过去就行了。"

"对哦! 我怎么就没想到呢! "东尼喊道。

"在五十二张牌都不撞车的情况下藏牌的方法还有很多，但我们没必要逐一讨论。你先往下讲吧。"

东尼原本还像一面鼓满的风帆，此刻却已是气焰全无。"不管对不对，反正我认为那个嫌疑人没有藏牌。你觉得他藏牌了吗，比尔? "他突然显得有些担心，征求了对方的意见。

"不。"

"我继续采用排除法。出千的方法多如牛毛，但是在桥牌桌上，它们中的大多数毫无用处。不过，有一种方法适用于任何一种牌局……"说到这里，他暂停片刻，将长长的食指对准了自己的朋友，"那就是，在牌上做记号。"

"啊哈! "

"我仔细检查了那些牌，却没有发现记号。但我决定赌一把，来个大胆的虚张声势。结果……"东尼忍不住笑了出来，"他真的中计了！赢来的钱堆成了小山……"东尼错误引用了这句话，"真是乾坤一掷的豪赌啊——乾坤一掷——然后你猜怎么着？"

"不要加太多的修饰，照实说。"

"我抓住了心理层面的关键瞬间。我一直都很擅长抓住这样的瞬间。然后我看准机会，直截了当地对特里——对那个嫌疑人说：'你是不是用了做过记号的牌？'其实我再清楚不过了，他根本没用过那种玩意。这就是当天用的牌……"东尼从大口袋里掏出纸牌，"你看，上面根本就没有记号。但我很了解人性，我料想只要对老千大喝一声'你出千了'，他就会立马认输，嘿嘿！管他用的是什么法子呢，这都不重要。只要大喝一声'你出千了'就行。"

"这招管用吗？"

"立竿见影啊。特里——那个嫌疑人顿时哑口无言，这和默认有什么区别啊。"

比尔微微一笑。"是吗？那睡着的人岂不是把世上的罪名都认了个遍。"

"他肯定是意识到自己已经无路可逃了。"

"他大概是觉得寡不敌众吧。既然你——和你的朋友们都认定他有罪，他再怎么为自己辩白恐怕都无济于事。"

"我可是很小心谨慎的——嘿嘿！确保嫌疑人可以享受到公正的待遇。"

"你直接说罗伊·特里斯就是了。"

"你怎么知道是他？"东尼不禁愕然。

"这不重要。接着说。"

然而，极度的惊愕令东尼无法再继续讲述下去了。"你怎么知道？你是怎么知道的啊？"他连连追问。

比尔摇了摇头。"这个我暂时还不想透露。先把你要说的都说完吧。"

587

东尼一脸困惑地望着他的朋友。他本以为自己可以高奏凯歌，无比期待那个瞬间的到来。谁知话都说到了这个份儿上了，却没有如期收获满足感。他用瑟瑟发抖的手轻抚额头。"你大概也知道事情的结局吧，比尔？"

"差不多吧。特里斯什么都没有承认，也什么都没有否认。他拒绝返还自己赢来的钱。要知道，没有足够的勇气是做不到的，单就这一点而言，我还挺佩服他的。他意识到自己已无望洗清冤屈，便决定静候良机。"

东尼不情愿地点了点头，万分遗憾地承认："差不多就是那样。"

"你指责特里斯使用了做过记号的纸牌。而特里斯回答，就算牌上真的做了记号，他也没有从中获益。而且他还补充道，你的朋友们也完全有可能占便宜。在我看来，这确实是一个合乎逻辑的结论。"

"哪里合乎逻辑了？事实摆在眼前，牌上明明没有记号啊。"

"他的说辞没你想的那么荒唐，"比尔如此断言，换上一副严肃的表情，"因为这副牌上确实有记号。"

三

有时候，"惊愕"一词不足以精准刻画一个人的心理状态。好比此时此刻，我们就无法在现存的英语字典中找出一个词来准确形容东尼听到朋友一针见血的发言时的反应。

东尼死死盯着比尔的脸，眼珠子都要蹦出来了。他张了两三次嘴，最后却只是舔了舔嘴唇，含糊不清地反问道："你、你说什么？"

"我说，这副牌上确实有记号。"比尔重复了一遍。

"不可能！你没听懂吗？我是吓唬他的啊——其实那些牌没有任何缺陷，是我让他相信牌上有问题的！"

588　　比尔露出令人毛骨悚然的微笑。"虚张声势有时候也会歪打正着的。你这种善良的冒失鬼啊，东尼，有时也会在不经意间点破真相。"

"可……可那是不现实的啊！我都用放大镜检查过了！还不止一次，足有十多次！可什么都没找到啊！"

"那是因为你不会检查，"比尔拿起那副牌中的六七张，摆在手边的桌子上，"首先，这副牌并非随处可见的款式。背面正中央印着两个小小的天使，不是吗？圈内管这种牌叫'天使牌'（angel back）！"

"那是俱乐部提供的牌。"

"我知道。"

"最近八个多月，喜马拉雅俱乐部就没有用过其他款式的牌。"

"那这种呢？"比尔从另一副牌里同样拿出六七张，摊在桌上。

那种牌的背面印着寻常的几何图案。东尼只是粗粗扫了一眼便说："哦，你说那种吗？那是俱乐部在高档牌开始缺货以后采购的低档牌啊。"

"你的意思是，天使牌算高档牌？"

"那是当然，一看就知道。"

比尔半闭着眼睛，仿佛在追忆往昔。

"我靠赌博维持生计的时候——其实那时我才刚刚摸到那个世界的门道——天使牌的普及度相当高，因为它的质量很好。虽然价格偏贵，但确实值那个价。谁知过了一阵子，天使牌日渐式微，逐渐被廉价的款式取代。因为现在的人根本无所谓牌的质量，只关心价钱。话说回来，我都多少年没见过天使牌了啊……我还以为这种牌已经停产了呢。"

东尼难掩心中的焦躁。

"求你了，赶紧说回正题吧。你说牌上做了记号？是哪一款？记号长什么样？"

"当然是天使牌。你仔细看看印着天使的地方。"

"我可什么都看不出来……"

比尔微微一笑。"好比这位天使，他肯定刚踩过泥地。他的右脚本该更干净一些才是。"

"那又怎么样？"

"而这位天使呢，大概是把手伸进了泥巴里。你应该也能看出他的手脏了。第三位天使貌似跪在了泥地里，一侧膝盖上沾了脏东西。第四位天使肯定翻过跟头，脸色明显偏黑。"

"啊！"东尼不禁喊出了声。

"把每张牌都检查一遍吧。到时候你就会发现，牌上印着的天使都该去洗个澡。而且——我认为这肯定是百分百的巧合——每张牌的记号都在不同的位置上，比如K在右肩，Q在左肩，J在腰部的线条上。天使的图案本就小——记号就更小了，但只要刻意寻找，看一眼便能发现。"

东尼不发一言，掏出放大镜，弯腰检查起了纸牌。"没错！"他激动地喊道，"正如你所说！这下我调查的案子就没有任何疑问了。"

"此话怎讲？"

"特里斯用了做过记号的牌。我的推论完全正确。特里斯在牌局期间对纸牌做了手脚。"

"你是说他一边打牌，一边做了如此微小的记号？位置还控制得无比精准？东尼，你也太看得起他了。"

"但是在牌局期间做记号是完全行得通的啊。"

"话是没错——如果你所谓的记号只是一道划痕、一个污点的话。可要想留下这样的记号，在每张牌背后的特定位置打下如此清晰明确的点，就需要大量的时间、极高的熟练度和私密的空间。在这副牌上做记号的人肯定是在自己家里完成了这项工作。"

"你是说，特里斯把提前做好了记号的牌带到了俱乐部，然后找机会换掉了我们用的牌？"

"那恐怕是不可能的。"

"为什么？怎么不可能了？"

"可能性微乎其微。你应该能看出，这副牌的每一张都做了记号——不光是大牌。"

"那又如何？"

"这么做有什么意义呢？——要知道，你们打的是桥牌啊。有真本事的桥牌玩家确实会关注 7、8 这几张牌。可谁会为了拿到一张 3 冒险呢？4 和 5 也一样。脑子正常的人才懒得管这些小牌呢，更不会冒着风险在上面做记号，不是吗？"

东尼皱起眉头，瞎猜道："大概是做记号的人做事比较彻底吧。一旦开工，就不知道该在哪儿停手了。"

比尔却摇了摇头，斩钉截铁道："这种猜测是站不住脚的，东尼，根本说不通。外行人倒还有可能——哪怕是你，第一次尝试的时候搞不好也会犯这样的错误——但我们面对的是一位行家。我的判断不会错的，否则就意味着我对赌博和赌徒一无所知。你瞧瞧，这活做得多精细啊！记号的颜色和纸牌背面的色彩融合得天衣无缝！而且我可以明确告诉你，那人在 2、3 这样的小牌上做记号，也有非常充分的理由。"

东尼耸了耸肩。"管它有没有理由呢，我是不懂这一点有什么好讨论的。"

然而，比尔已经在查阅时刻表了。只听见他喃喃道："下一趟上行列车将在四十分钟后出发，抓紧时间收拾一下东西吧。"

东尼吃了一惊，不禁望向他的脸。

"不过是有人在小牌上做了记号，你就要进城了？你是不是想多了啊……"

"现在可不是讨论我有没有想多的时候。"比尔回了一句。他站起身，将犀利的视线投向朋友的面庞。"第一，小牌上有记号这一点，恰恰可以证明罗伊·特里斯是无辜的。"

"为什么？"

"我听说他只打桥牌。"

"对啊，确实是这样……"

"但是，在这副牌上做记号的人并不打算打桥牌。这是第二点，东尼。有某种极其理所当然的理由，促使他对小牌同样关注。"

"那到底是什么理由？"东尼用轻蔑的口吻问道。

比尔打开旅行包，开始往里塞衣服。他瞥了朋友一眼，抿嘴一笑，正要说话却刹住了车，又笑了笑。"东尼，你还没反应过来吗？"终于，他用责备的语气问道，"在这副牌上做记号的人是打算玩扑克的啊！"

四

以往每次跟帕米利进城，东尼都是满心期待。因为"帕米利进城"意味着对老千的追捕进入了高潮，不揭发犯罪分子誓不罢休的追捕终将拉开帷幕。帕米利会告诉他即将发生的事情，将他的好奇心抬高到顶点，却不至于让他就此心满意足。迄今为止，东尼一直是一位幸运的看客，享受了一系列愉快的刺激。

他曾先后六次见证帕米利跟训练有素的警犬那样，捕捉到可疑的"气味"，将其从众多气味中分离出来，一路追击，收获令人瞠目结舌的结局。他见证了整个过程，心中满是惊异与感叹，心想这才是教人食指大动、风味绝佳、新鲜出炉的精彩大戏。去俱乐部坐坐，看看报上那富有戏剧性的标题原本是他的主要娱乐方式，但帕米利帮助他领悟到，直接品味的刺激有着几倍于印刷品"冷饭"的价值。无论在哪种情况下，东尼都品尝到了无上的乐趣——可唯独这一次，他实在无法让心情保持愉快。

他心不在焉地将阴郁的视线投向窗外，沉浸在昏暗的思绪之中。那副牌上有记号，但做记号的人并不是特里斯。东尼也不得不承认，这两项事实都无比明确，毋庸置疑。那就意味着犯人肯定在他的好友之中，理所当然得就好像白天过后定是黑夜。齐扎姆、比林格斯、霍奇基斯、贝尔，还是斯特雷卡？伴随着列车车轮的阵阵轰鸣，几位好友的面容在东尼的脑海中逐一浮现。追捕犯人是一项充满刺激的运动，足以令其他任何一种体育运动黯然失色。可是被追捕的犯人竟在他的好友之中，这令他莫名地扫兴。

郁闷地沉思了半个多小时以后，他转向了身边那位一言不发的朋友。

"比尔，一会儿到了城里，你肯定会去一趟喜马拉雅俱乐部吧？"他婉转地试探道。

"一切如你所想。"

"我觉得没这个必要吧……"

"为什么？"

"因为……我也没委托你调查这件事啊。"

"哦，这一点你不必介意，"比尔快活地回答道，"我也没在等你开口委托我。"

东尼的声音里多了几分平静的责难。"你就不觉得等我开了口再动身会比较好吗？"他问得格外拐弯抹角。

比尔忍俊不禁。"原来你是怪我多管闲事啊——"

"我不是那个意思！"

"你没那么说，但心里肯定是那么想的。"他用犀利的目光瞄了东尼一眼，"东尼，歪打正着的是你啊。你说罗伊·特里斯是阴险毒辣的赌徒，说他既是老千，又是小偷——给他打上了不能为社会所容的烙印。你打算让他永远背着这样的嫌疑过下去吗？"

"这是哪里的话！"东尼大声喊道，"我怎么会那么想呢！我——"

"我也知道你不会那么想。因为你是个非常公平正直的人，不会容许自己有那样的想法。你也想洗清特里斯的嫌疑——想让他赢得光明正大，只是——"比尔露出胸有成竹的微笑，"只是你担心我把罪名扣在你的好友头上，对吧？"

东尼点了点头。

比尔抿嘴一笑。"这种可能性确实存在，我也没打算否认。如果我确实想抓住某个人，想到了甘愿不择手段的地步，那我完全有能力把罪名扣在你的任何一位朋友身上——你也不例外。"

"把罪名……扣在我头上？"东尼的声音好似呻吟。

"这也不是天方夜谭。你是怎么搞到那副做了记号的牌的？"

"事到如今还问这个干什么……我只是顺手拿了桌上的牌而已。"

"那副牌是如何来到桌上的呢？做记号的人完全有可能是你自己，不是吗？也许是你跟朋友们串通一气，企图将特里斯的钱占为己有，不是吗？"

这回轮到东尼抿嘴一笑了。"可我们明明都输了钱啊！"

"你们确实输给了特里斯。但我听说，你们在前一天晚上赢了别人不少钱啊——这你要如何解释呢？"

"你是怎么知道的？"

"这不重要，"比尔说道，"反正我就是知道。我只是想向你证明，如果我只想抓个人过瘾，找个牺牲者简直轻而易举。你和你的朋友们无异于把手插进了沥青啊，东尼。一旦把手插进去，就不可能不把手弄脏。"

东尼只觉得头晕目眩。"你的意思是……"他说得唾沫横飞，"你怀疑齐扎姆、比林格斯、贝尔、霍奇基斯和我之中的一个？"

比尔"扑哧"一笑。"如果这么说能安慰到你的话——应该能吧，我可以先跟你透个底，我不怀疑你们之中的任何一个——换句话说，我也不怀疑你。"他一本正经地换了个说法。

东尼感觉千钧重压仿佛在一瞬间消失了，不禁喊道："此话当真？"

"我们要找的是专业的老千。千万别忘了这一点，看准这个方向查下去。是这个事实将你勉强拽出了破灭的深渊啊，东尼。只怪你一直在担心自己的朋友，才完全没有察觉到其他可疑人物的存在。"

"你说的可疑人物是谁？"东尼的语气是那样迫切，仿佛抓住了救命稻草。

"东尼·克拉戈霍恩啊。"比尔如此说道，微笑着瞥了一眼狼狈不堪的朋友，"东尼·克拉戈霍恩经常跟我在一起，从我这里学到了不少关于出千方法的知识。所以他完全有可能活学活用，不是吗？也许他是想试着将理论付诸实践呢？还能赢到钱——数额相当可观的钱。而且他也许不会被人发现。难道我说得不对吗，东尼？罗伊·特里斯是安全的。我们接下来要重点提防的是东尼·克拉戈霍恩。我之所以进城，也是因为我觉得自己有机会保住他的名誉啊。"

东尼貌似也被这番话吓破了胆。在列车到站前，他再也没说过一句话。

五

两人进屋时，恰是喜马拉雅俱乐部比较冷清的时间段。和往常一样，在这间可以看到橡子的餐厅用午餐的常客已经走光了。而从下午晚些时候到第二天凌晨在纸牌游戏中碰运气的常客们还压根没有现身。

"看来我们还是晚点再来为好。"东尼说道。

"在这儿等着不也很好吗？"说着，比尔在桌前坐下，"要不我们玩两局扑克吧，东尼？"

东尼用写满疑惑的目光凝视着他的朋友。

"赌什么？"他问道。

"什么都不赌也没关系啊，那就别带赌注了——只为了享受比试的乐趣。"

东尼半信半疑地同意了。换作平时，他绝对是百分百信赖这位朋友，然而列车中的那番对话彻底撼动了他的心境。他做梦也没想到，自己会被列入嫌疑人的名单。既然如此，那么比尔做的每一件事都有可能威胁到自己的安全。说不定，灾难会以模棱两可、莫名其妙的方式向他袭来——表面却看似风平浪静。

他也在桌边坐下，明眼人都能看出他其实很不情愿。接着，他摇了摇铃，让侍者拿牌过来。

比尔只看了一眼牌的包装盒，却毫无要拆封的意思。"我不喜欢这种牌，能帮我换一副天使牌吗？"

"好的。"侍者回答道。

东尼愈发疑惑了，不禁问道："这牌有什么问题吗？"

"我就是想用质量好的纸牌。"比尔只给出了这样的回答。当侍者按他的要求送来另一副纸牌时，他的双眼熠熠生辉。

只见他拆了封，打开包装盒，缓缓切牌。

"你更喜欢这种？"东尼问道。

"喜欢多了，根本没法比。"说着，他便以快得惊人的速度发起了牌，背面向上，"红桃 K，方块 2，红桃 8，黑桃 A，梅花 3，黑桃 7，红桃 10，梅花 8，红桃 5，红桃 7……"

"你唱的是哪出啊？变戏法吗？"

比尔耸了耸肩。"随你怎么说吧。但你可以看看自己的手牌，其中的四张红桃已经快凑出同花[1] 了。再拿到一张就成了。牌堆最上面那张也是红桃。"

"那你呢？"东尼惊讶地问道。

"三条[2]，名副其实的三条。因为我有三张 7。"比尔微微一笑。

"再从牌堆里拿一张，就能凑出四条[3] 了？"

1　五张同一花色的牌。

2　有三张同一点数的牌。

　3　有四张同一点数的牌，是扑克中的第二大牌型，仅次于同花顺。

"那也太夸张了，满堂红[1]足矣。因为满堂红已经可以压过你的同花了。"

突然，东尼发出尖利的笑声。"我懂了！做到这个份儿上再不懂还得了！"

"你搞懂什么了呀？"

"你在切牌的时候出千了！"

"这是再明显不过的了。"

"你之所以能够轻易得手，肯定是因为你把牌换掉了——你把侍者递过来的新牌，换成了我拿给你看的那种！"

"是吗？"比尔用挑衅的口吻说道。

"事实摆在眼前，这些牌上分明做了记号！"

"没错。"

"肯定是我刚才给你看的那副牌。不过……搞不好——"

"你倒是说下去呀。"

"搞不好……"东尼的声音瑟瑟发抖，额头上突然冒出一层冷汗，"搞不好这家喜马拉雅俱乐部的每一张天使牌都做了记号！"

比尔微微一笑。"我想一查究竟的正是这一点。搞不好每一张都有——也许那些牌上印着的，都是堕天使（fallen angel）。"

东尼立刻喊来侍者问道："再拿一副来——两副！要天使牌！"

侍者摇头道："非常抱歉，恐怕无法满足您的要求。"

"为什么？"

"天使牌的存货已经不多了，客人们都偏爱这一款，毕竟它的质量更好。所以总管叮嘱我们，每组客人只能给一副。"

东尼从口袋里掏出一张纸币。"我想再拿两副天使牌，你听明白了吗？"

---

1 亦称"葫芦"，三张同一点数的牌，加一对其他点数的牌。比四条小，但比同花大。

"我尽力吧……"侍者如此回答。几分钟后，他带着一副"天使牌"回来了。"两副实在是有些困难。存货已不足一罗[1]，光是多给您这一副，我就已经违规了。"

东尼将一副尚未开封的牌默默递给朋友。"比尔，拆开看看吧。"

帕米利双手背在身后。"你自己拆吧。如果是我拆的，你怕是又要怀疑我调包了。"

东尼没有多说一句话。他拆开包装盒，然后把盒子倒过来，任里面的牌散落在桌上。

"怎么样？"比尔问道。

"有——有记号！每一张都有！"

"堕落的天使！"帕米利喃喃道，"堕落的天使！东尼，你就不觉得我们有必要和总管聊一聊吗？"

东尼攥紧拳头。"如果做记号的就是他，我保证让他在十分钟以内丢掉饭碗！"

"别那么激动嘛，"比尔宽慰道，"总管在牌上动手脚又有何用？我可以向你保证，他不是我们要找的犯人。"

急脾气的朋友叫来总管，讲述事情的来龙去脉。比尔全程默默听着。听说他们在调查纸牌，总管脸色大变，紧咬嘴唇。"天哪，怎么会这样——这也太惊人了……"

"可不是吗?！"东尼急忙打断了他。

"如果不是亲眼所见，我是肯定不会相信的……这也太不可思议了……我实在是想不通！"

"你打算如何解释这件事？"

"我……我实在是……"

"你可有证据证明自己的清白？"

　1　量词，1 罗（gross）=12 打（dozen）=144 个。

"冤枉啊！我在这家俱乐部干了整整二十八年——如今都一把年纪了，又何必改变方针出老千呢！您也不觉得我干得出那种事吧？"

比尔加入了他们的对话。"天使牌还剩多少？"

"不到一罗。"

"为什么不再订一点啊？"

"我们也想订的，可是没订到啊。"

"嚯！"比尔半闭着眼睛说道，"那你们第一次采购天使牌是什么时候的事？"

"一年多前。我跟您讲讲当时的情况吧？"

"请讲。"

"当时有一家叫'国际供应公司'的邮购商店给我们寄了样品。"

"那家店的地址是？"

"留的是纽约时代广场邮局的地址。"

"接着说。"

"我们时常收到样品，但那次的样品格外好。"

"毕竟是天使牌——能不好嘛！"

"不仅质量过硬，价格也非常便宜。哪怕我们把售价定得和其他低档牌一样也有赚头。"

"即便如此，你也没起疑心？"

"据国际供应公司介绍，这款纸牌已经停产了，但他们还有大量的存货。如果我们愿意全部买下，他们可以给一个很低的折扣。这事也不是我一个人拿的主意，我征求了俱乐部委员会的意见，是他们拍板说买的。"

"还有呢？"

"没别的了。正如我所料，这款牌广受欢迎。我们俱乐部连着用了好几个月，其他款式的牌都没上过桌。渐渐地，库存越来越少了，于是我就想再采购一点。"

"没想到寄给国际供应公司的信给退回来了，是吧？"

"没错，那家店不见了。"

比尔微微一笑。"沿着这条线查下去，应该能查出很有意思的东西，"他回头望向朋友，"东尼，接下来怎么办？"

"当然是检查一下其余的牌。"

比尔两眼放光，却一本正经地点了点头。"要不这项任务就交给你吧。还剩一百多副，恐怕要查上一阵子了。不过你一定要仔仔细细地查，一副一副查过来，把结果归纳成一目了然的表格。"

六

雄赳赳气昂昂的朋友离开之后，比尔指了指一旁的椅子，请总管坐下。"我有很多事要问你。至少在接下来的一小时内，克拉戈霍恩是不会打扰我们的。他应该会照我说的，一副一副查过来，但我确信，每一张牌上肯定都有记号。"总管静候他继续往下说。"首先，我想了解一下这家俱乐部的成员变动是不是很激烈？"

"您的意思是……？"

"既有新人加入，又有老人离开，不再露面。"

"确实如您所说，这种事再寻常不过了。"

"那么，有多少人是一年前经常来，但最近没来过的？给我一个大概的数字就行。"

"二十位左右。"总管回答道。

"能否帮我把那些人的名字写在纸上？"

总管照办了。

"在这家俱乐部，客人经常下很大的赌注吧？"比尔又问道。

"对。"

"但你刚才列出的这二十几个人应该不都是玩扑克的吧？"

"没错。"

"那就请你把玩其他项目的人划掉。还剩几个?"

"刚好十一位。"

"好,那就换个角度分析看看。在这一年里,有没有人赢下很大一笔钱?"

"有,至少有八九位吧。"

"其中有几个是打扑克赢的?"

"五六位。"

"麻烦你把那几个人的名字写下来,再和刚才那张列表对比一下。之前赢过很多钱——必须是打扑克赢的哦——但最近没有露过面的人,总共有几个?"

"只有一位。"

"他不再露面的理由不是显而易见的吗?照理说,赢钱的人是不会不来的。只要他还在赢,就绝不会罢手。"

"确实应该如此。"

"然而,那个靠扑克满载而归的人不等好运消失,便远离了这家俱乐部。"

总管点了点头。"其实我也一直有种不对劲的感觉。那位先生开始玩扑克以后,就立刻成了我们俱乐部有史以来最厉害的扑克玩家,可谓名声大噪。在那半年多里,他几乎每晚都要来上几局——"

"然后呢?"

"也不知是怎么的,他突然就不来了。"

比尔将犀利的目光聚焦在对方脸上。"他——是不是因为某种不可思议的巧合——在一年多前入选了会员?"

管家似是总算反应了过来,点头道:"没错!阿什利·肯德里克先生是在我采购天使牌的一周后提交的入会申请。俱乐部的委员会是出了名的管理散漫,所以加入喜马拉雅俱乐部并没有什么难度。肯德里克先生也在短短五天的公示之后成功入会了。"

"他是玩扑克的吧？"

"没错。"

"用的是天使牌？"

"是的。"

"还赢了不少钱？"

"战无不胜。"

"半年后，天使牌的存货所剩无几。从那时起，他就没再来过？"

"不，那倒不是。"

"哦？"

"他确实不再露面了，但并不是从天使牌存货告急的时候开始的。"

比尔吹了下口哨。"这下就更有意思了！"

"当时我们俱乐部还是只用天使牌的，因为存货还有许多。肯德里克先生是从某天晚上开始突然不来的——并没有什么契机。"

"你有他的住址吧？"

"有是有，但恐怕没什么用。他留的是喜马拉雅俱乐部的地址，信件由我们转交。"

"他就没有留转寄地址吗？"

"没有。从入会到他在俱乐部度过的最后一个夜晚，他没有收到过一封信。"

就在这时，东尼·克拉戈霍恩气势汹汹地冲了进来。

"比尔，我检查过那些天使牌了。"

"全查完了？这么快？"

"每副牌抽一两张检查一下就是了。每一张都有记号。"

他本以为这个结果会激起戏剧性的反应，事实却令他大失所望。

"我猜也是，我早就料到你会这么说了，"比尔淡定地回答道，"其实你检查那些牌的时候，我也没闲着。"

东尼将失落咽进肚里，问道："那你查到什么没有？"

"东尼，我钻进了一条死胡同。虽然有些发现，却没什么用场——一点用场也没有。这条路走不通了。循着最有希望的线索一路查过去，到头来却是束手无策啊。"

"要是你肯让我帮忙就不会这样了。"东尼大言不惭。

"也许吧，也许是这样的。"

"现在请我出马也不迟。"东尼伸出了橄榄枝。

比尔面露苦笑。"好吧，东尼。那就请你告诉我，我要怎么样才能抓住那个叫阿什利·肯德里克的人？"

"阿什利·肯德里克？你说阿什利·肯德里克？哦，他都好几个月没来过这儿了。"

"我知道。"

"我不清楚该怎么找到他本人，但我可以把跟他走得最近的人介绍给你。"

"那人也是俱乐部的成员吗？"

"以前是，"东尼回答道，"他叫凡纳，人是不坏的，只是运气实在太差……"

比尔望向总管。"这个名字也在刚才那张'最近没来过的人'的列表里吗？"

"是的。"

"——但他没在赢了大钱的列表里？"

"对。正如克拉戈霍恩先生所说，凡纳先生——着实不太走运。"

比尔猛地倒吸一口气。"说不定……说不定……他的霉运是不是从天使牌存货告急的时候开始的？"

总管心头一凛。"这么说起来……好像是的。"

比尔当即起身，表现出了一反常态的激动，高举双臂在头顶挥舞起来。

"我真是太傻了！蠢到家了！这不是显而易见的吗？早该想到的！明明都清清楚楚摆在眼前！"

东尼一头雾水，全然没有要和朋友一起发狂的意思。"我都听不懂你在说什么……"

"你不懂吗？凡纳的存在解释了一切！"

东尼用略带责备的眼神盯着朋友说道：

"比尔，你可别当着我的面说凡纳的坏话！他那样的好人已经不多见了——尽管幸运女神抛弃了他。我是不明白为什么他的存在可以解释这一切。"

比尔以超乎常人的努力控制住自己的表情，坐回椅子上。"东尼，对不起。是我激动过头了。不过你再跟我讲讲凡纳这个人吧。关于他的一切，我都想要了解。"

东尼还在卖关子。"我不觉得他跟这件事有关啊……"

"你要这么想也行，"比尔好不容易才压制住心中的烦躁，"总之先讲讲我想了解的那些事吧。"

长久以来，东尼习惯了服从这位朋友的权威，因此无法轻易拒绝他的要求。

"如果你只是想要了解一下的话——"

"我就是想了解一下。"

"那就讲给你听听吧。不过我得先给你打个预防针，我接下来要说的恐怕帮不上你的忙，"他将试探的目光投向总管，"你们可千万别告诉别人，不能让第四个人知道。"

"我一个字都不会说的。不过您要是希望我回避的话——"

东尼大方地摇了摇头。

"毕竟我们也怀疑过你，你有权留下来。"

他转向帕米利，徐徐道来。"凡纳是在大约一年前加入了俱乐部——他是个顶天立地的汉子——彻头彻尾的绅士。"

"继续。"

"他爱玩扑克。我也跟他切磋过几次。他赌得不大——我是说刚开始的时候。他玩得堂堂正正——胜率也就五成出头吧。但不幸的是，他遇到了肯德里克。

"肯德里克是难得一见的扑克高手，这一点应该不用我再强调了。他仿佛能看穿对方的心思。他总是赌得很大，赌注小的牌局他都懒得正眼瞧。凡纳也被他的魅力折服了，不再亲自上阵，而是旁观肯德里克的牌局。那时他常说，没有比这更精彩的比试了。肯德里克也很享受他的观摩，还会帮凡纳留一个靠近自己的位置。

"他们成了非常亲密的朋友，几乎形影不离。肯德里克似乎很愿意把自己的技巧传授给凡纳，凡纳的视线也无法从肯德里克身上挪开。牌局结束后，他们还会结伴回去。肯德里克基本都睡在这家俱乐部，还记得凡纳有一阵子干脆跟他住在同一间屋子里。

"然而从某天晚上开始，肯德里克再也没露过面。凡纳仿佛失去了他这辈子最重要的朋友，成天在肯德里克常坐的赌桌边转悠，眼睛则盯着门口，许是觉得肯德里克随时都有可能进来。他逢人便问：'你见过肯德里克没有？'

"凡纳就这样盯了一个多星期。我们几个都怀疑肯德里克是不是出事了。渐渐地，连凡纳都放弃了，认定肯德里克已经不在人世了。"

帕米利的视线聚焦在半空。

"凡纳就是从那个时候开始取而代之，坐上了牌桌——而且还赌得很大，是吧？"

"没错。他也是蠢得可以，觉得自己学到家了，可以接肯德里克的班了——他也确实赢了几把，也就一两个晚上吧，赢得挺多的。但他的运气很快就用光了。前一天晚上赢了钱，可转天晚上就输掉了两倍的金额。赢一千块，输三千块，再赢两千块，然后输五千块……大概就是这样。

"我也劝他赶紧收手吧，劝了不知多少次了，可他告诉我，哪怕是出于礼节，他也不能拍拍屁股走人。因为他整体上还是赢了的，为公平起见，他得给别人报仇的机会。"

东尼停顿片刻，严肃地点了点头。

"凡纳也确实这么做了。很有骑士精神，也很有绅士风范。可你就不觉得他太不理智了吗？"

比尔转向总管问道："你觉得呢？"

"我在这家俱乐部干了二十八年，总结出了一条经验——有时候，什么都不想才是最明智的。"

比尔点头道："我好像明白你为什么能在这儿干上二十八年了。"他又转向东尼说道："把你要说的都说完吧。"

东尼低声说道："我接下来要说的，就是希望你们保密的部分了。后来，凡纳输了很多钱，输得分文不剩，以至于他都没法再来俱乐部了。因为滞纳会费，他的名字还上了公告栏。"

"他现在在哪儿？在干什么？"

"你们可千万别说出去啊……凡纳已经穷困潦倒了，不得不去廉价餐厅当侍者，害得我只能时不时去他们店里吃顿饭照应照应，每次吃完都要闹肚子。"

帕米利喜笑颜开，将充满谢意的目光投向朋友。"东尼，你提供的情报很有参考价值！价值高到你无法想象！"他站起身，给了总管一个天真无邪的眼神。"你擅长解谜吗？"

"您说的是什么样的谜题？"

"一道很难的谜题，你不妨试试看，"他煞有介事地报出了那道题，"假设有个二十五岁的农夫住在康涅狄格。他坐正午时分的列车来到纽约，在喜马拉雅俱乐部度过了整个下午。他有强健的肠胃，在某家廉价餐厅用了晚餐——请问那家餐厅的侍者叫什么名字？"

"凡纳！"总管不假思索道。

"发你一张优等生奖状。"比尔如此说道。

七

帕米利与他那位如堕五里雾中的朋友一道前往第八大道北侧，走进一家脏兮兮的二流餐厅，找到了名叫凡纳的侍者。他们将凡纳关在餐厅的包房，先保证"不追究他的罪行"，安抚好他的情绪，再逐步提高酬金的金额，撬开他紧闭的嘴，让他如实交代一切。在此期间，让我们将时钟的指针往回拨两年，回到某个离奇的故事刚拉开帷幕的时候……

那日闷热难耐。被烤热的空气层层叠叠，滚动翻腾着自灼热的路面升起，仿佛焦油冒出的浓烟。地上的沥青也软得好似橡胶。已经一个星期没下过雨了，处处埋伏着呛人的尘土。哪怕没有尘土，行人的咽喉也难受得要命。无数个窗口装点着了无生气的天竺葵，在无情阳光的灼烤下垂头丧气。

放一个温度表在与路面等高的平面上，度数定会立刻突破华氏九十[1]。可要是把它安置在不远处的廉价公寓之一的五层，水银柱便会进一步升高。若是放在最高处的金属屋顶下方，那便是两面夹击，上面是晃眼灼热的阳光，下面是烫手的空气，度数绝对会超过华氏一百。然而，在这一带最破败的楼房之一的最上层，在走廊尽头的某个地狱般的小房间里，有个男人正趴在小桌上埋头干活，全然没把气温这种鸡毛蒜皮的小事放在心上。

房间里唯一的窗户也被关死了。窗玻璃内侧涂了肥皂水，所以对面楼房里的人也看不清房间里的情况。房门也上了锁——不仅如此，他还把好几件家具挪到门口，用作路障。这个没有一丝微风的房间本

---

1 原文译注：摄氏三十度。

就足够热了，可他竟在身旁摆了一个便携式暖炉，架在上面的锅还冒着滚滚水汽。

他面前的桌上堆放着厚纸板做的箱子。乍一看有好几打，也许是几十打。箱子整整齐齐码放到了天花板。他的右手边摆着一个小碟子，里面盛有略带红色的液体，散发出类似于酒精的气味。左手边也有同样的碟子，只是里面的液体带些蓝色。他的面前齐整地摆着六支很细的骆驼毛画笔。气温如此之高，屋里还点着炉子，门窗紧闭，可他似乎还觉得不够热。用绳子吊在天花板上的强劲电灯将令人头晕目眩的亮光投在了他的手和他专心致志处理的东西上。

他站起身，从成堆的箱子中取下一个，举在沸腾的锅子上方，好让滚滚热气接触到箱子的封条。接着，他小心翼翼地将箱子放在桌上，拿出里面的东西。那是一打小纸盒，每个都贴有封条。他又用蒸汽逐一蒸烤小纸盒的封条。不一会儿，封条就脱落了。

他将打开的小纸盒统一摆在一侧，坐回桌前，先仔仔细细擦去双手的汗，以免留下多余的污渍，然后摇了摇其中一个小纸盒，倒出装在里面的一副纸牌。

只见他将纸牌摊在桌上，拿起一支画笔，蘸了蘸有颜色的液体，以极为熟练的动作在每张牌的背面画下小点，小得怕是要用显微镜才能看见。

如果有人在观察这个房间里的景象，便会意识到他画上去的点有着和纸牌背面完全相同的颜色。

更神奇的是，那些小点一旦干透，旁人就很难看出牌上做过手脚，除非是仔细检查。没干透时，液体形成的小点还略有些显眼，干透后却会彻底融入周遭的色彩，所以不了解这个秘密的人是绝对瞧不出端倪的。

他在做记号时非常小心，生怕打乱了纸牌的排列顺序。因为工厂生产的纸牌是按固定的顺序装进包装盒的。他细细检查了六七张纸牌，确定自己做的记号不会被人瞧出来之后，就把整副牌整理好，塞回了小纸盒。再用蒸汽烤一烤盒子上的封条，盖好盒盖，将封条贴回原处，最后把大功告成的小纸盒放在一边。

桌下堆着一打大箱子，那是他辛劳数周的成果。哪怕他在体力允许的范围内全速加工，一小时的"产量"也不会超过十副——一个大箱子里装着一罗小纸盒，而堆在他面前的大箱子至少有数百个。如果他停下手中的工作计算一番，怕是会被计算结果吓到。一小时弄十副牌，一天八十副到一百副。动作再快，一星期的产量也不会超过五罗。这么算下来,他恐怕需要近一年的时间才能完成这项艰巨的任务。

他应该在动手之前算过这笔账。他肯定算出了处理这些牌大致需要多少时间，并且认为这件事值得他耗费如此之多的时光。因为，从弄完一副牌到拿起下一副牌，他没有片刻的停顿。他的动作是那样迅速而谨慎，注意力又是那样集中，仿佛拿着鞭子的奴隶主正在他背后盯着。正所谓熟能生巧，在处理的过程中，他没有一个多余的动作，也不会浪费一分能量。待处理的盒子越来越少，处理完的盒子倒堆成了小山。

到了七点多，他关了石油暖炉，把一条干净的白床单盖在那堆箱子上。洗完澡，穿戴妥当之后，他走出房间，在房门上挂了个荷包锁。同一栋楼的邻居们正在玄关口乘凉，见他大步流星地走过，大伙齐声问候道："晚上好啊，肯德里克先生。"

"晚上好。"他如此回答，目不斜视地走着——走向街角处的快餐店。

"他是做什么工作的呀？"邻居之一问道。

"人家是写文章的。"一个消息灵通的男人说道。

"哦？"

"文学方面的。小说啦，书啦，故事啦……在房里从早写到晚——写个不停。是他亲口告诉我的。他说他就跟工人一样，给自己规定了工作时间的。”

“这算哪门子的工作啊——不就是写两个字吗？”最先发问的人给出了这样的评语，随即画风一转问道，“哎，你有没有看过他写的文章啊？”

“还没。他说他这一整年都不准备发表文章，但他答应以后出书了会告诉我一声。”

让我们直接跳到这一年的年底吧。待处理的箱子渐渐变少——最终消失不见。小房间里堆满了贴有封条的箱子，哪怕有人来查，也绝对找不到开过封的痕迹。国际供应公司（别名“肯德里克”）向三家俱乐部寄送了质量上乘的纸牌样品——这些俱乐部都因“赌注大”和“无关人士也能轻易入会”闻名。最终，他与喜马拉雅俱乐部签订了合同，出售了所有货品。

第二天，“国际供应公司”亲自坐上他专为这场交易雇的运货马车，将数百罗做了记号的纸牌送去了喜马拉雅俱乐部。

不到一星期，阿什利·肯德里克便向这家著名的俱乐部提交了入会申请。

他在五天后如愿入会。不到一个月，喜马拉雅俱乐部的牌桌上便多了一位前所未有的扑克高手。而他曾经的邻居们还盼着拜读他的著作、小说和故事，等了好一阵子——但他们很快便把他忘得一干二净了。

八

赌局终日上演，赌注很大，对手阔气，而且每张牌上都有记号……这样的地方显然是赌徒的天堂。而此时此刻，肯德里克正置身于这样一个受尽祝福的地方。他辛苦了一整年，反复打磨这个计划。在那一年里，他不得不省吃俭用，靠积蓄度日。所以他认为，收获努力的回报也是理所当然。

不过他还是很谨慎的，没有表现得过于出色。一个从来不栽跟头的人会让对手失去斗志，可要是他时不时输上一点点（也不用输到亏钱），就能令冤大头重获勇气。肯德里克能看穿赌桌上的每一张牌，所以对方的手牌在他眼前暴露无遗。轮到他摸牌时，他也能准确判断这张牌值不值得他要，甚至可以赢得比他容许自己赢的更多。不过，他每晚都必然要上演一次戏剧性的大败。连赢好几把之后，他也必定会在众目睽睽之下输掉一局。即便如此，他从不会在亏钱的状态下离开赌桌。他也从没有陷入过在赌局结束时不得不掏出支票簿的窘境。

他给自己定下了赢利的上限，并发挥自制力不让自己超标。不过这个上限的金额相当之大，所以他在短短十天后就赢回了上一年的支出。到了第三个月的月底，他的银行存款余额就已经相当可观了。

在第四个月的月底，他大幅提升赢利上限，将银行存款翻了一番。第五个月结束时，他不再给自己设限。哪怕是在高手如云的喜马拉雅俱乐部，他的战绩也是前无古人的。他攒下了一大笔"准备金"。他打算在天使牌的存货告急之前尽可能多赚一些。

根据凡纳的供述，他就是在这个时候登上了故事的舞台。

凡纳很讨人喜欢，却是个没出息的窝囊废。他从长辈那里继承了些许财产，却败得精光，仅有的收入来源也快要见底了。他的扑克水平相当不错，也有为赢钱不惜出千的胆量。他决定扩大其不正当手段的规模，狠狠赚他一笔，便从俱乐部买了半打纸牌回去，以便在牌上做记号，着实勇气可嘉。他心想，只要提前做好记号，就一定能找到调包的机会。

然而，在两三副牌上做了手脚之后，他惊讶地发现牌上本就是有记号的。他简直不敢相信自己的眼睛。他像犯了热病似的，摇摇晃晃站起身，撕开包装盒的封条细细查看，这才确信是有人捷足先登了。他还去喜马拉雅俱乐部检查了其他纸牌，确认了这一惊人的事实。

611

凡纳的计划不过是"小打小闹"。因此当他得知俱乐部存在如此大规模的欺诈行为时，他不禁呆若木鸡，仿佛被雷劈中了一般。他的第一反应是，如果自己也能掌握记号的奥秘，那想赢多少都不成问题。但细细一琢磨，他便意识到：不如投靠那位此时此刻正在俱乐部玩得风生水起的虎胆老千，当他的跟班走狗，这样就不必承受太大的风险，却也能赚得钵满盆满。

　　在这几个月里，只有肯德里克所向披靡，连战连捷。凡纳识破了他的秘密，并在二十四小时后与他当面对质。

　　"可你拿得出证据吗？"肯德里克说道。

　　"我知道。"凡纳如此回答。

　　"听说牌上做了记号，最吃惊的人明明是我啊。"肯德里克强调自己的无辜。

　　"那我就把这件事告诉其他会员，让俱乐部改用其他款式的牌，你应该也不会反对吧？"

　　肯德里克眯起眼睛，不费吹灰之力便看穿了凡纳的心思，反问道："我要是反对呢？"

　　"五五开，"凡纳压低声音说道，"赢来的钱分我一半。只要你答应，我保证守口如瓶。"他停顿片刻后补充道："否则，我就把你的秘密公之于众，说你都承认了——"

　　"谁信啊。"

　　"如果你真这么想，大可拒绝我的提议。"

　　肯德里克也很清楚自己的把柄在人家手上，没有立场拒绝。不过他很快想出了应对之法——假装接受凡纳的条件，然后永远离开这里。不过，这个方法有一个显而易见的弱点。也许凡纳会在一气之下选择报警，让警方搜寻他的下落。因此肯德里克立刻打定了主意，等凡纳自己也沾了一身腥再走才是明智之举。在远走高飞之前，必须先把凡纳拖下水，将他置于"泄密会威胁到他自身的自由"的境地。况且，就算接下来赢的钱都要分一半出去,他也能在短时间内(好比两三周)攒下一大笔钱。

他下定决心,握住凡纳的手。

"我就喜欢你这样的爽快人。我接受你的提议。"

一段短暂却颇为有趣的时光就此开启。按东尼的说法,当时凡纳一直坐在肯德里克身边观摩牌局,然而按凡纳本人的供述,他之所以如鹰隼般盯着赌桌,是为了确认肯德里克究竟赢了多少,免得被共犯糊弄。

几天后,凡纳不请自来,住进了肯德里克的房间。如此一来,他便能把握肯德里克的一举一动。在短暂而幸福的两星期里,凡纳的收入直线上升。他把浑身上下的行头都换了一遍,还收集起了方巾别针。别针个头不大,价格却不便宜。他甚至打起了买车的主意。因为经济状况显著改善,他觉得自己似乎买得起车了。

后来,凡纳召开"董事会",要求调整分配比例,让肯德里克把四分之三的钱分给他。当天傍晚,精明的赌徒便消失得无影无踪。凡纳起初很是担心,他真以为自己的好搭档遇害了。谁知一星期后,肯德里克在前往墨西哥的途中寄出的信揭开了真相——他已远走高飞。之前赢来的钱足够他舒舒服服度过余生,衣食无忧。尽管凡纳是那样讨人喜欢,他并没有提议与凡纳共享财富,和谐共处。他向凡纳送上祝福,还把凡纳收集的别针一并带去了墨西哥,并在信中进行了一番夸赞。

凡纳顿时陷入窘境。收入没了,支出却没有停止。但他还有一线希望,也许天使牌能救他于水火。

他代替肯德里克坐上牌桌,赌了几把大的,连赢两晚。谁知第三天晚上,他惊愕地发现,赌桌上使用的纸牌变成了一种陌生的款式,逼得他不得不堂堂正正地和一群专家级玩家比试,把前两晚赢的钱都赔了进去。

第四天晚上，俱乐部用回了天使牌，所以凡纳取得了不错的战绩。但第五、第六天晚上，侍者送上来的又是其他款式的牌，结果自是惨不忍睹。

情况愈发糟糕，宛如噩梦。渐渐地，凡纳债台高筑。无论他想不想，他都不得不坐上扑克的赌桌。而且没过多久，他就遭遇了比肯德里克更为严峻的局势。由于天使牌存货告急，俱乐部以其他款式的纸牌代替，这便造成了凡纳"一碰上天使牌就赢，换成别的牌必输"。长此以往，也许会有敏锐的观察者注意到这一事实。

一想到东窗事发的可能性，各种骇人的场景浮现在脑海中，害得凡纳夜不能寐。要不再采购点天使牌，做好记号送去俱乐部？他也不是没考虑过这个办法，却发现这种款式的纸牌已经绝版了，出再高的价钱都买不到。哪怕买到了，由他送去俱乐部也会引起旁人的怀疑。

于是他便想，要不在天使牌的替代品上做记号吧？但他很快意识到，自己的手没有那么灵巧，不可能在牌局期间换掉桌上所有的牌。以前"小打小闹"的时候，他也不是没用过做了记号的牌。问题是，当时他赌得很小，周围也没人观摩。可如今的他暴露在二十多个人的注视之下，赌注又很大，除非是身经百战的老千，否则绝对没戏。

在那可怕的一星期里，凡纳尝尽了地狱般的煎熬。他也想效仿肯德里克，在幸运地拿到有记号的纸牌时表现得克制一点，不要赢太多。问题是，他的处境与肯德里克不尽相同，遭遇不熟悉的纸牌的频率实在太高。而且一旦遇到这种情况，他就绝不可能把输掉的钱控制在可以接受的范围内。

他在那个星期为自己之前所犯的每一项罪行付出了再足够不过的代价。每晚他的内心都在烦恼中苦苦挣扎，表面却要装出若无其事的样子，摆出一张开朗的笑脸。哪怕碰上了天使牌，他也不敢赢太多，生怕引起众人的怀疑，只能放弃一手又一手的大牌。碰到其他款式的纸牌时，他也不能突然改变牌风，只得一败涂地。在这样的煎熬中，凡纳的头脑不可避免地走向了疯狂。

他变得愈发鲁莽，打牌时简直乱无章法。而对手很擅长分析他人的心理，机敏地察觉到了他的变化。在连续两晚的切磋中，凡纳输了个精光。出于礼节，对方不能夺走他的最后一支烟，但收走他的最后一块钱与礼节并无抵触。对手对凡纳可谓毫不留情。当凡纳最后一次走出喜马拉雅俱乐部时，他把能借的朋友都借了个遍，名下却没有任何财产，口袋里更是空空如也。

以上便是帕米利与克拉戈霍恩从第八大道北侧那家脏兮兮的二流餐厅的侍者凡纳口中打听出来的情报。凡纳的叙述起初跟挤牙膏似的，但说着说着，他就在情绪的驱使下滔滔不绝起来……

九

两人走出餐厅，朝高地走了三十多分钟后，比尔终于开口了。东尼一言不发地走在他身旁，仿佛遭受了这辈子的第一次彻底崩溃。

"最开始的时候，我们查的是'罗伊·特里斯有没有在桥牌桌上出千'。一想到我们历经波折走到了这一步，我就忍不住想笑！特里斯——天使牌——喜马拉雅俱乐部——肯德里克——凡纳——"

"别提他！"东尼插嘴道。

"为什么？"

"一想到我因为同情他，冒着闹肚子的风险，每周至少去一次那家乱糟糟的餐厅，我就……哼！"

"凡纳可比你惨多了。毕竟你是以顾客的身份去的，他却是餐厅的侍者啊。"

"他活该！"

"确实，恐怕是这样。怎么说呢，也许这就是上天的安排吧，作弊的人迟早是要遭报应的。凡纳也在赎罪呢——他有很多罪要赎。东

615

尼，如果你还有恻隐之心，就每周去那家店吃一顿吧。"

"为什么？"

"也许有朝一日，你能将凡纳带回正道，而这定是你向这个世界赎罪的方法。你就不这么想吗，东尼？"

"也是……我考虑考虑吧。"

比尔点了点头，仿佛在说"这就对了"。"要赎罪！赎罪！每个人都无法逃避。"

"那肯德里克呢？"

"他也不例外。你想想，他在大杀四方之前可是忍受了整整一年堪比奴隶的生活啊。如果他能把这份心思用在正经的工作上，怕是早就做出一番成绩出人头地了。"

"这会儿他正在墨西哥逍遥快活呢。"

"没错，应该能逍遥个大半年吧。"

"他赢的那些钱够他吃喝玩乐一辈子了。"

"也不知为什么，赌徒往往都守不住钱。用那种方式得来的钱是绝不会长久的。那种钱就跟天使一样——跟堕天使一样，长了一双翅膀。正直的人可以为了保护自己的财产寻求警方的保护，但肯德里克不行。要是有人发现了他的秘密——毕竟他身在墨西哥啊……你觉得他有几分机会活命？"比尔狠狠摇头，"根本没戏。我觉得在那两个人里，凡纳反而是更走运的那个，因为他的小命还在啊。至于肯德里克，我敢肯定他已经一命呜呼了。我甚至敢下两倍的赌注。毕竟那是他煞费苦心得来的钱，只要他还有一口气，就绝不会撒手。问题是，在墨西哥那种地方，人命是很便宜的——便宜得可怕。"

"也许吧，也许吧……"东尼也感叹了几句。沉思片刻后，他转向朋友说道："打从一开始，我就百思不得其解，不知道你为什么会对这件事产生这么大的兴趣。因为你喜欢冒险吗？"

"一个过了六年放浪生活的人，怎么会喜欢冒险呢？"

"那是为什么？"

比尔快活地咧嘴一笑："我今天早上不是告诉你了吗？——那仿佛已经是很久以前的事了——我调查这件事只是出于友谊，是想保护你的名誉。"

"我的名誉？"东尼难以置信地反问道。

"就这么简单。被你一通羞辱之后，特里斯忽然记起你是我徒弟，就跑来我这儿抗议了。"

"他去找过你？"东尼发出喘息般的声音。

"我就是这个意思，"比尔表示肯定，"如今你应该也明白了，特里斯是无辜的。他一开始就想通了整件事的关节，我也很快反应了过来。特里斯想洗清自己的冤屈，但他想要的不仅于此。他坚信，如果纸牌上真的有记号，那就一定是你干的，还想把你送进监狱！不光是你，还有你的朋友们！特里斯是个精明的人，脑子转得飞快，如果我没有接手这项调查，恐怕形势已经逆转了，深陷窘境的已经是你了?！"

东尼听得面色发紫。"可我是清白的啊！你比谁都清楚不是吗？"

"可是有时候，我们很难证明这一点啊，东尼。特里斯不也是无辜的嘛，但他也没能证明自己的清白，不是吗？"

东尼咽下一口唾沫。"我的朋友们也得向特里斯郑重道歉……"

"那是当然！"

"这事我会去协调的。你要求特里斯支付的酬金也由我出。"

"这才算公正的态度。"

"你这一路的花销我也包了。多少钱我都赔。"

比尔微微一笑。"你刚才也听到了，我答应了凡纳，只要他肯道出实情，我就给他一百块。"

"好，这笔钱我出。"

"那你能不能在写支票的时候额外多写个零呀？"

"凭什么啊？"东尼抗议道。

"没什么理由啦，只是我这人向来多愁善感。一想到自己用一百块——用区区一百块让凡纳出卖了灵魂，我心里就过意不去啊。我想让他相信自己的灵魂至少值一千块，好歹帮他找回点自尊心。"

东尼点了点头。"我可以理解你的心情。到时候我会把支票开成一千块的。那这次的酬金……"

"那可不便宜哦。"

"我有思想准备。"

"特里斯也是。他可真精明！他表示，他会让你的朋友们都赔一大笔钱，凑出足以令我满意的金额。"

东尼不禁微笑。自从他开始效仿这位朋友，贯彻"只观摩而不亲自上阵"的方针，他的财政状况已逐渐好转，银行存款很是可观。一想到这儿，他的心情便轻松了许多。

"比尔，我是不会被你报出的数字吓破胆的，你尽管开价吧。"

"那你可要大出血了。"

"那也是我活该。"

"好极了，那我就不客气了，"比尔伸出一只手，"付我五十二张天使牌吧——五十二张带记号的牌，五十二个堕天使。我想把它们钉在卧室的墙上，留作纪念。"

【作者附记】

这个故事的核心元素好似天方夜谭，却改编自著名魔术师罗伯特·胡迪讲述的真人真事。

一个叫比安科的西班牙老千在大批纸牌上做好记号，再装回包装盒，贴好封条，以低廉的价格卖给了某巴哈马俱乐部。而他本人也跟随那批纸牌前往古巴，在赌桌上大赚一笔。

一切都是那样顺利。谁知，一个叫拉霍佳德的法国老千拿了几副牌回家，打算在上面做记号。但他惊讶地发现，牌上已经有人做过记号了。拉霍佳德早就知道比安科"手气"正劲，立刻意识到做记号的就是那个西班牙人。他找到比安科，表示自己可以保守秘密，但要求比安科赚了钱要分一半给他。

比安科不情愿地接受了他的提议，却在几个月后不堪折磨，一走了之。拉霍佳德一个人苦苦支撑了一段时间，奈何他的本领本就不如比安科，以至于出千时被人识破，终被警方逮捕。在法庭上，人们证实了在牌上做记号的人并不是他，他也没有把这种牌送进俱乐部，却无法证明"他早就知道纸牌上有记号"。公诉方败下阵来，拉霍佳德无罪释放。

后来，连拉霍佳德也销声匿迹了。没人知道他和比安科的下落。

杀手

欧内斯特·米勒·海明威｜Ernest Miller Hemingway

（1899.7.21—1961.7.2）

> 如果海明威的硬汉派写作风格对推理小说产生了某种影响，
> 那么影响力最大的当属本作。短小精悍的对话，将寥寥数页
> 的小品升华成了杰出的文学作品，更塑造了现代杀手的雏形。
> 一身黑衣、透着狠劲的台词、因手枪鼓起的口袋……现代推
> 理小说何时才能冲破《杀手》的束缚？
>
> ——乱步评

亨利快餐厅的门开了。两个男人走进来，坐在柜台边。

"来点什么？"乔治问道。

"不知道，"其中一个说道，"阿尔，你想吃什么？"

"没想法，"阿尔说道，"我也不知道想吃什么。"

外面的天快黑了，窗外的路灯也亮了起来。柜台边的两个男人看着菜单。尼克·亚当斯在柜台的另一侧端详着他们。他们是在他和乔治说话的时候进来的。

"我要一份烤猪腰排配苹果酱，外加土豆泥。"第一个人表示。

"那个还没有。"

"那你们干吗把它放在菜单上？"

"因为那是晚餐的菜品，"乔治解释道，"过了六点就能点了。"

乔治瞥了眼柜台后面墙上的钟。

"现在才五点。"

"那个钟都走到五点二十了。"第二个人说道。

"它快了二十分钟。"

"切,就该把这该死的钟给砸了,"第一个人说道,"那还有什么可点的?"

"三明治可以随便点,"乔治回答,"有火腿鸡蛋、培根鸡蛋、牛肝培根,还有牛排。"

"我要炸鸡饼配青豆和奶油酱,外加土豆泥。"

"那是晚餐的菜品。"

"合着我们想吃的全是晚餐的,嗯?你们还挺会做生意啊。"

"火腿鸡蛋还是有的,也可以选培根鸡蛋、牛肝……"

"那我就要火腿鸡蛋吧。"那个叫阿尔的男人说道。他戴着一顶圆顶硬礼帽,穿着黑色大衣,规规矩矩扣着胸前的每一颗扣子。他的脸又小又白,双唇紧闭。他的脖子上围着一条真丝围巾,还戴着手套。

"来份培根鸡蛋。"另一个人说道。他的身材和阿尔差不多。虽然相貌并不相似,衣着打扮却仿佛一对双胞胎。两人都穿着过于紧身的大衣。他们身体前倾,将手肘支在柜台上。

"有喝的没?"阿尔问道。

"有银啤、拜沃和干姜水。"乔治回答。

"我问你们这儿有没有酒?"

"就我刚才说的几种。"

"这镇子可真要命,"另一个人说道,"这里叫什么来着?"

"萨米特。"

"你听说过吗?"阿尔问他的同伴。

"没有。"同伴回答。

"住这儿的人晚上都干些什么?"阿尔问道。

"吃晚餐呗，"同伴说道，"都来这儿享用丰盛的晚餐。"

"没错。"乔治说道。

"你觉得我们没说错？"阿尔问乔治。

"当然。"

"你小子还挺机灵。"

"当然。"乔治回答。

"我看够呛，"另一个小个子说道，"他机灵吗，阿尔？"

"蠢货一个，"说着，阿尔转向尼克，"你叫什么？"

"亚当斯。"

"又一个机灵小伙，"阿尔说，"你不这么觉得吗，马克斯？"

"这镇子到处都是精神小伙。"马克斯说道。

乔治将两盘菜品端上柜台，一盘火腿鸡蛋，一盘培根鸡蛋。又在旁边摆上两盘作为配菜的炸土豆条，然后关上了与厨房相通的传菜窗。

"你点了哪个？"他问阿尔。

"你不记得了？"

"是火腿鸡蛋吧？"

"小哥脑袋挺灵光啊。"马克斯说道，欠身取来那盘火腿鸡蛋。用餐时，两人都没有摘下手套。乔治在一旁看着。

"你看什么呢？"马克斯瞪着乔治。

"我没看啊。"

"胡扯，你明明在看我。"

"马克斯，小伙子也许是想开个玩笑，别放在心上。"阿尔劝道。

乔治笑了。

"你用不着笑，"马克斯对他说，"你根本用不着笑，知道吗？"

"知道了。"乔治回答。

"他说他知道了，"马克斯转向阿尔，"这小子说他知道了。这话说得多漂亮。"

"真是个聪明的小伙子。"阿尔说道。两人继续用餐。

"柜台那头的机灵小哥叫什么来着？"阿尔问马克斯。

"喂，机灵小哥，"马克斯对尼克说道，"你绕到柜台对面去，和你的小伙伴站一起。"

"你想干什么？"尼克问道。

"不干什么。"

"你还是过去为好，机灵小哥。"阿尔说道。尼克绕去了柜台后侧。

"这是干什么？"乔治问道。

"不关你们的事，"阿尔说道，"谁在厨房里？"

"那个黑鬼。"

"那个黑鬼是谁？"

"那个黑鬼厨子。"

"叫他过来。"

"你要干什么？"

"我让你叫他过来。"

"你们把这里当成什么地方了？"

"我们他妈知道这里是什么地方，"那个叫马克斯的说道，"我们看起来有那么蠢吗？"

"少说废话，"阿尔对同伴说道，"何必跟这个小鬼争辩？你给我听着，"他对乔治说道，"叫那个黑鬼过来。"

"你们要拿他怎么样？"

"不怎么样。动脑子想想啊，机灵小哥，我们能拿一个黑鬼怎么样？"

乔治推开与厨房相通的传菜窗，喊道："萨姆，过来一下。"

通向厨房的门开了。黑人厨子走了进来。"什么事？"他问道。柜台旁的两个人打量了他一番。

"行了，黑鬼，你给我站那边去。"阿尔说道。

黑人萨姆穿着围裙站在原处，看着坐在柜台边的两人。

623

“好的，先生。”黑人说道。阿尔走下凳子。

“我带着黑鬼和那个机灵小哥回厨房去，”他说道，“黑鬼，回厨房去。你和他一起，小哥。”小个子阿尔跟着尼克和厨子萨姆走进了厨房。门在他们身后关上。那个叫马克斯的男人和乔治隔着柜台对面而坐。他没看乔治，而是看着柜台后那面扁又长的镜子。亨利快餐厅的前身是一家酒吧。

“话说小哥，”马克斯盯着镜子说道，“你怎么不吭声呢？”

“你们到底要干什么？”

“喂，阿尔，”马克斯大声喊道，“这个小哥想知道我们到底要干什么。”

“那你就告诉他呗。”阿尔的声音从厨房传来。

“你觉得呢？”

“我不知道。”

“你是怎么想的？”马克斯虽然在说话，眼睛却一直盯着镜子。

“我不想说。”

“喂，阿尔，机灵小哥不想说他觉得这是怎么回事。”

“行了，我听得见。”阿尔在厨房说道。他用一瓶番茄酱撑开了往厨房送盘子的窗口。

“听着，小哥，”他从厨房对乔治说道，“你再往外站一点。马克斯，你也再往左挪点。”

那语气像极了指挥一群人拍集体照的摄影师。

“跟我说说话呗，机灵小哥，”马克斯说，“你觉得接下来会发生什么？”

乔治一言不发。

“我来告诉你吧，”马克斯说道，“我们要杀一个瑞典佬。你认识一个叫奥利·安德烈松的大个儿瑞典佬吗？”

“认识。”

"他每晚都来这儿吃饭，是不是？"

"有时候来。"

"他总是六点来吧？"

"如果他来的话。"

"我们都知道，小哥，"马克斯说道，"聊点别的吧。你看不看电影？"

"偶尔看。"

"你得多看看。电影对你这样的小哥有好处。"

"你们为什么要杀奥利·安德烈松？他得罪你们了吗？"

"他压根就没有机会得罪我们。因为他甚至都没有见过我们。"

"他只会见到我们一次。"阿尔在厨房里说道。

"那你们为什么要杀他？"乔治问道。

"是帮一个朋友做的，只是帮朋友的忙而已。"

"闭嘴，"厨房里的阿尔说道，"你他妈话太多了。"

"嘻，我只是想逗逗这位小哥嘛，是不是啊，小哥？"

"就你话多，"阿尔说道，"黑鬼和我这儿的小哥在自娱自乐呢。我把他们捆得像修道院里的好闺蜜似的。"

"你还在修道院待过？"

"天知道。"

"你肯定在犹太教修道院里待过。你就是从那种地方出来的。"

乔治抬头望钟。

"要是有人进来，你就告诉他们厨子不在。如果那人还不肯走的话，你就说你去后面亲自替他们做。懂了吗，机灵小哥？"

"懂了，"乔治回答，"完事以后，你会把我们怎么样？"

"那得看情况，"马克斯说道，"不到时候，谁也不知道。"

乔治抬头望钟。六点十五分。临街的门开了，电车司机走了进来。

"嗨，乔治，"他说道，"能来份晚餐吗？"

"萨姆出去了，"乔治说道，"大概半小时后回来。"

"那我还是换家店吧。"电车司机说道。乔治看了一眼钟，六点二十分了。

"不错啊，小哥，"马克斯说道，"能演成那样，真是个十足的小绅士。"

"他知道不能让人瞧出来，否则我会一枪爆了他的头。"阿尔在厨房里说道。

"不，"马克斯说道，"才不是呢，这位小哥很能干，够机灵。我喜欢。"

到了六点五十五分，乔治说道："看样子他是不会来了。"

在此期间，快餐厅还来了两个客人。一个人要外带，乔治不得不去厨房做了份火腿鸡蛋三明治给他带走。进厨房一看，只见阿尔将礼帽推到脑后，坐在传菜窗边的凳子上，把枪身截短的霰弹枪的枪头搁在架子上。尼克和厨子被捆在角落里，背靠背，嘴里都塞了毛巾。乔治做了三明治，用油纸包好，装进纸袋拿了出去。

客人付完钱便走了。

"这小哥什么都会干，"马克斯说道，"会做菜，别的干得也溜。谁家姑娘找了你，下半辈子就能享福了。"

"是吗？"乔治说道，"你们要等的奥利·安德烈松大概不会来了。"

"再给他十分钟。"马克斯表示。

马克斯盯着镜子和钟。眼看着时针走到了七点，又走到了七点零五分。

"出来吧，阿尔，"马克斯说道，"撤吧，他不会来了。"

"最好再等五分钟。"阿尔在厨房里说道。

在这五分钟里，快餐厅又来了个客人。乔治告诉他厨子病了，把人劝走了。

"你们他妈就不能再找个厨子吗？"那人挖苦道，"你们不是开餐厅的吗？"说完便扬长而去。

"走吧，阿尔。"马克斯说道。

"两个小哥和黑鬼怎么办？"

"他们没问题的。"

"你真这么想？"

"当然，这事到此为止了。"

"我看不妥，"阿尔说道，"太马虎了，都怪你话多。"

"切，见鬼去吧，"马克斯说道，"随便聊聊怎么了，不然多尴尬？"

"你总是这样，话太多。"阿尔走出厨房。截短的枪身在过于紧身的大衣腰部撑出一个鼓包。他用戴着手套的手整了整大衣。

"回见，机灵小哥，"他对乔治说道，"你挺走运的。"

"这话倒是没错，"马克斯说道，"你就该去赌马，小哥。"

两人走出餐厅。乔治隔着窗户看着他们从路灯下走过，穿过马路，那紧身大衣配礼帽的打扮好似一对杂耍艺人。乔治推开弹簧门来到厨房，给尼克和厨子松绑。

"我不想再掺和这种事了，"厨子萨姆说道，"我受够了。"

尼克站起身。他也是第一次被人用毛巾堵住嘴。

"哼，"他说，"这算什么？"他想说句大话装出若无其事的样子。

"他们本打算杀了奥利·安德烈松，"乔治说，"他们本想等他来吃饭的时候动手。"

"奥利·安德烈松？"

"没错。"

厨子用双手拇指摸了摸嘴角。

"他们都走了吧？"他问道。

"嗯，"乔治回答，"已经走了。"

"我可受不了，"厨子说道，"真是受够了。"

"听着，"乔治对尼克说，"你最好去奥利·安德烈松那儿看看。"

"好。"

"我劝你别掺和，"厨子萨姆说道，"少管闲事。"

"你不想去就别去。"乔治说道。

"扯上这种事不会有好结果的,"厨子说道,"不要惹不必要的是非。"

"我去瞧瞧,"尼克对乔治说道,"他住哪儿?"

厨子转身走了。

"小男孩永远都知道自己该干什么。"他说道。

"赫希的出租屋。"乔治对尼克说道。

"那我去去就来。"

快餐厅外,路灯透过光秃秃的枝丫洒落在地。尼克沿着电车轨道一路走去,在下一盏路灯处拐进小巷。小巷的第三栋房子就是赫希的出租屋。尼克走上两级台阶,按下门铃。开门的是个女人。

"请问奥利·安德烈松在家吗?"

"你想见他?"

"对,如果他在的话。"

尼克跟着女人上了楼梯,来到走廊的尽头。她敲了敲门。

"谁啊?"

"有客人找,安德烈松先生。"女人说道。

"我叫尼克·亚当斯。"

"进来。"

尼克推门进屋。只见奥利·安德烈松和衣躺在床上。他曾是一名重量级职业拳击手,相较于他的身材,这张床显得太小了。他枕着两个枕头,没看尼克一眼。

"什么事?"他问道。

"我是亨利快餐厅的,"尼克说道,"刚才店里来了两个人,把我和厨子捆了起来,说要杀你。"

说出口才觉得整件事听起来似乎有些可笑。奥利·安德烈松一言不发。

"他们把我们关在厨房里,"尼克接着说道,"想等你来吃晚饭的时候开枪打死你。"

奥利·安德烈松盯着墙壁，一声不吭。

"乔治觉得我应该来知会你一声。"

"我也没办法。"奥利·安德烈松说道。

"我会告诉你他们长什么样。"

"我不想知道他们长什么样，"奥利·安德烈松如此说道，盯着墙壁，"不过多谢你特意来报信。"

"这没什么。"

尼克盯着躺在床上的彪形大汉。

"你不想让我去报警吗？"

"不用，"奥利·安德烈松说，"那样无济于事。"

"那我能做点什么吗？"

"不必了，没有法子可想。"

"也许他们只是虚张声势。"

"不，不只是虚张声势。"

奥利·安德烈松翻身对着墙壁。

"唯一的问题是，"他对着墙说道，"我就是下不了决心出门。我已经在这儿待了一整天了。"

"你就不能溜出这个镇子吗？"

"不，"奥利·安德烈松说道，"我不想再东躲西藏了。"

他盯着墙壁。

"事已至此，做什么都没用了。"

"就不能想办法解决吗？"

"不行了，是我搞砸了，"他用依然不带抑扬顿挫的声音说道，"没有办法可想。再过一阵子，我大概就能下决心出门了。"

"那我回去跟乔治说说。"

"再见。"奥利·安德烈松说道。他没看尼克一眼。"多谢你特意过来。"

尼克走出房间。关门时，他看见奥利·安德烈松仍然面朝墙壁，和衣躺在床上。

"他都一整天没出来了，"女房东在楼下说道，"大概是不舒服吧。我也劝过他，'安德烈松先生，这样一个秋高气爽的好日子，你应该出去散散步的'。可他好像没那个心情。"

"他不想出门。"

"他肯定是不舒服，真可怜，"女人说道，"他是个大好人，以前是拳击手。"

"好像是的。"

"要不是他那张脸，真是一点都瞧不出来。"她说道。两人正站在玄关门内。"因为他是那么和善。"

"那就这样吧，晚安，赫希夫人。"尼克说道。

"我不是赫希夫人，"她说道，"这房子是她的，我只是替她打理罢了。我是贝尔夫人。"

"好的，晚安，贝尔夫人。"尼克说。

"晚安。"对方说道。

尼克沿着昏暗的小巷折回亮着路灯的街角，再沿电车轨道走回快餐厅。乔治在柜台后面。

"见到奥利了？"

"见到了，"尼克说道，"他把自己关在房里，不肯出门。"

听到尼克的声音，厨子打开了与厨房相通的门。

"我不想听这些。"说完，他便关上了门。

"跟他说了吗？"

"当然，都告诉他了，不过他好像知道这是怎么回事。"

"那他打算怎么办？"

630　　"不怎么办。"

"他会死在他们手上的。"

"我看也是。"

"他肯定是在芝加哥惹上了什么事。"

"也许吧。"尼克说道。

"真要命。"

"太可怕了。"尼克说道。

两人没再言语。乔治伸手拿出一条毛巾，擦了擦柜台。

"他到底干什么了啊？"尼克说道。

"肯定是出卖了什么人。他们会为这个杀人的。"

"我打算离开这个镇子。"尼克说道。

"也好，"乔治说道，"也许这是个好主意。"

"一想到他明知道有人要他的命，却待在屋里一动不动地等着，我就受不了。太恐怖了。"

"嗯……"乔治说道，"那我劝你还是别再想了。"

奥特摩尔先生的双手

托马斯·柏克 ｜ Thomas Burke

（1886.11.29—1945.9.22）

包括埃勒里·奎因、约翰·狄克森·卡尔、安东尼·布彻（Anthony Boucher）、霍华德·海克拉夫（Howard Haycraft）在内的十二位一流推理小说家与评论家曾票选过推理小说有史以来最出色的短篇小说，当时得票数最多的就是托马斯·柏克的本作。爱伦·坡的《失窃的信》、柯南·道尔的《红发会》分列二、三名，但得票数与冠军相差悬殊。谜团的设置与整体结构出类拔萃，是名副其实的珠玉之作。埃勒里·奎因如是说——No finer crime story has ever been written, period.（没有比这更精彩的犯罪故事了。）

——乱步评

“杀人——”老光把我的烟斗递过来说道，“杀人是世上最简单的事情之一，比杀死一只鸭子还容易。虽然它并非全无危险，但简单这一点是错不了的。而且对拥有某种特定天赋的人来说，它不仅简单，还非常安全。那些比我血色更好的人为了逮住去年发生的那起无差别连环凶杀案的罪魁祸首急得面无血色。我跟你一样，不知道他或她究竟是谁。但我有一套关于凶手的假设。如果你没有急事的话，就听我说说吧，权当是听个小故事。”

632

那天晚上，我也没有其他事情要做，第二天也打算窝在自己的象牙塔里悠闲度过，便央求他把那个故事讲给我听。于是他锁了收银机，关了象牙院门，跟我讲述了他对马隆区连环凶杀案的"假设"，直到次日黎明。内容大略如下。

一月某个傍晚的六点，怀布罗先生穿过伦敦东区那蛛网般密布的小巷朝自家走去。他离开平时上班的泰晤士河畔，坐火车来到高街。此时此刻，他已远离喧嚣，走在一片叫"马隆区"的地方。那一带的小巷如棋盘的网格一般错综复杂。高街的人群与灯火都不会涌入这些小巷。往南走上几步，便是涌动的生命洪流。但是这里——唯有慢吞吞的脚步声和低沉的心跳。他此刻所在的地方是伦敦的臭水塘，也是欧洲游民最后的避难所。

他也耷拉着脑袋，步履缓慢，仿佛是在配合街道的氛围。乍看似是在为某种迫切的问题揪心，其实不然。他并没有什么烦心事。走得慢不过是因为他站了一整天罢了。心不在焉地垂着头，则是因为他在琢磨妻子晚上做鲱鱼还是鳕鱼，而且他正试图决定，在这样一个夜晚吃哪种鱼会更有滋味。那是一个湿雾弥漫的夜晚，教人吃不消。雾气渗进了他的咽喉和眼睛。湿气积蓄在人行道与车道上，在落下斑驳灯影的地方散发着阵阵油光，教人看着都觉得浑身发冷。相较之下，他的遐想是那样舒适祥和，让他打从心底里期待晚餐的来临——无论届时摆上餐桌的是鲱鱼还是鳕鱼。他将视线从遮挡视野的阴森砖瓦房移开，投向半英里外。亮着瓦斯灯的厨房、火光摇曳的暖炉和布置妥当的餐桌浮现在他眼前。炉子上摆着吐司，旁边则是不住作响的水壶，诱人的鲱鱼香味……还是鳕鱼？也有可能是香肠。这一幕幻影为隐隐作痛的双脚注入了悸动的能量。他晃了晃肩膀，甩掉那肉眼不可见的湿气，加快了走向现实的脚步。

然而,怀布罗先生没能在那晚用上晚餐——不只是那晚,而是"永远"。因为他马上就要死了。另一个男人走在离他百码多远的某个地方。他和怀布罗先生颇为相似,与其他人亦然。但与此同时,他缺少了使人类得以和平共处,而不至于沦为丛林中的疯子的唯一品质。他是一个心死之人,并且自食其果,带来了死亡和腐败产生的丑恶有机体。这个披着人皮的玩意暗自说道,怀布罗先生怕是这辈子都吃不到鲱鱼了。这也许是心血来潮,也许是出于一定的考量(谁也下不了定论)。他并不憎恨怀布罗先生。事实上,他几乎对怀布罗先生一无所知,只知道他是街上的一个熟悉的身影。然而,占据了空虚脑细胞的某种力量驱使他信手选中了怀布罗先生。一如在餐厅的五六张餐桌中选中了一张平平无奇的桌子,一如从装着半打外形相似的苹果的大盆里挑出一个苹果,一如大自然在这颗地球的某个角落掀起一阵龙卷风,夺走了当地五百个居民的生命,却又让另外五百个居民毫发无伤——那个男人就是这样选中了怀布罗先生。如果你我也在他日常观察的范围内,大概也有同样的概率被他选中。此刻他正呵护着那双白色的大手,蹑手蹑脚地走过暗如水底的巷子,逐渐逼近怀布罗先生的餐桌与他本人。

　　他不是一个坏人。事实上,他善于社交,待人友好。和大多数犯罪成功者一样,他在旁人眼里是一个值得尊敬的人物。然而,想要杀死某个人的念头潜入了他那颗腐败的心。而且他既不敬畏神明,又不害怕他人,所以他打算付诸实践,再回自家的餐桌去。我可不是随口乱说的,这是不争的事实。通晓人情的人也许会觉得匪夷所思,但杀人犯行凶后必须坐下来吃饭,也必定会这么做。他们没有不吃的理由,该吃的理由倒是很多。首先,为了隐瞒罪行,他们必须将肉体层面与精神层面的活动力提升到最高。其次,过度努力会让人饥肠辘辘,而且欲望得到满足的状态也能带来解放感,将人引向最原始的欢愉。没有凶杀经验的人总以为杀人犯时刻都在为自身的安全揪心,对自身行为的恐惧令他们倍受煎熬。殊不知,这种类型的杀人犯才是少数。自身的安全当然是眼下的一大关切，但大多数杀人犯有一项显著的性格特征——虚荣心。在虚荣心和征服感的相互作用下，他们坚信自身的安全是可以保障的。而且一旦通过进食恢复了力量，他们就会着手处理保障安全的事务。那心态像极了第一次操办大型晚宴的年轻女主人——略有些焦虑，但也仅此而已。犯罪学家与侦探总说，再聪明狡诈的杀人犯也一定会犯错，无一例外——而这个小小的错误，足以证明他的罪行。然而，这句话只说对了一半。这一真理只适用于被逮捕的杀人犯。没有落网的杀人犯何其多，可见许多杀人犯完全没有疏漏。那个人也是如此。

至于恐惧与良心的苛责，监狱牧师、医生与律师表示，他们在会见那些已经宣判、死期将至的杀人犯时发现，对自己的行为表现出悔悟与精神层面的苦恼的人少之又少。他们中的大多数反而会为"许多杀人犯逍遥法外，自己却偏偏被抓到了"愤慨不已，要么就是为"自己的行为是完全正当的，却被法院判了刑"而愤愤不平。我们也不知道他们在杀人之前有多么正常，有多通晓人情，但是在杀人之后，他们的良心便全然不见了踪影。毋庸置疑，将杀人与悔悟联系在一起的人不是把该隐的悔悟这一世俗的假设用作了思考的基础，就是将自己那孱弱的心理素质映射在了杀人犯身上，于是接收到了错误的反馈。让爱好和平的人与这种杀人犯做到精神互通本就是强人所难。因为他们与杀人犯有着不同的精神类型，与他人之间的化学反应和人际关系也截然不同。有些人有能力杀死一个人，乃至两三个人，也确实这么做了，却还能泰然自若地做着日常的工作。有些人则是无论遭到如何过火的挑衅，也不会伤害对方分毫。而后者会认定，杀人犯虽然走向了他的餐桌，心中却充满了悔悟的痛苦与对法律制裁的畏惧。

那个拥有一双白色大手的男人和怀布罗先生一样，心思已经飘向了晚餐的餐桌。但在那之前，他还有事情要办。等他滴水不漏地办完那件事，他就能将更多的注意力放在餐桌上了。到时候，他就能和双手尚未被鲜血玷污的昨天一样，怀着平静的心绪回归餐桌。

那就继续走吧，怀布罗先生。一边走，一边看看那街头巷尾的熟悉风景吧。每晚都能见到的景象，也只能再瞧最后一眼了。去追逐那鬼火般的餐桌吧。在心中细细勾勒出它的温暖、颜色与温情，让那和煦的家庭气息肆意闯入你的鼻腔吧。因为你再也无法坐在那张餐桌旁了。在距离你十分钟路程的地方，追逐着你的幻影已在心中暗暗起誓。你的命运已经注定。你们继续前行——你与那个幻影——两个缥缈而微小的人走在刷着蓝色涂料的人行道上，走在绿色的空气中。继续走吧。但走得太急，弄痛了疲惫的双脚就不好了。因为你走得越慢，就能吸到越多黄昏时分的绿色空气，就能看到越多梦幻的灯影与鳞次栉比的小店，就能听到越多伦敦人群的悦耳喧嚣和萦绕着街头风琴师的哀伤音调。对你而言，这一切都是无比珍贵的，怀布罗先生。此刻的你却对此一无所知。但要不了十五分钟，你就会体验到顿悟它们是何等宝贵的两秒钟。

继续走下去吧，穿过这片疯狂的棋盘。你已来到拉各斯街，正在东欧游民的住处之中穿行。再过个一分钟，便能走进忠义巷。那里有一片为寄生在伦敦的饭桶和失败者提供庇护的旅馆。这条小巷散发着他们的气味，那平静的黑暗仿佛充满了掉队者的号哭。然而，你察觉不到那些不触及五感的东西。跟先前的每一天一样，你目不斜视地穿过那条小巷，来到布林街，继续慢步而行。路旁的公寓楼住满了外国人，从地下室到顶层都是。每扇窗户都在漆黑的墙壁上开出了柠檬色的小洞。窗户之后则上演着奇妙的生活。虽然那些人的着装与伦敦人或英国人不尽相同，但他们的生活在本质上与你一样快乐。你一直过着那样的生活，只是这种生活将在今晚画上句号。哼唱《卡塔之歌》的声音从头顶远处传来。在一扇窗户背后，是正在进行宗教仪式的一家人。其他窗户背后则是正在为丈夫倒茶的妻子，还有在打理长靴的男人、给婴儿洗热水澡的母亲。这样的光景你已见过无数回了，却从没有放在心上，此刻也一样。可你要是知道自己再也看不到了，定会将它们放在心上。你再也看不到了，这并不是因为你的寿数尽了，而是因为一个在街上与你时不时擦肩而过的人擅自夺走了自然那值得敬畏的权力，决定置你于死地。所以你不注意到它们也好，因为你在其中扮演的角色已经结束了。你再也看不到我们在世俗生活中的美好时刻了。留给你的唯有惊恐的瞬间，以及深不见底的黑暗。

　　虐杀者的人影愈发迫近，在你的背后不过二十码。你能听见他的脚步声，却没有要回头的意思。因为你太熟悉那些脚步声了，因为你住在伦敦，因为你置身于每天都会经过的安全地带。你能通过直觉清楚地了解到，背后的脚步声来自与你一样的人类。

　　可你听不出脚步声中的异样吗？——随不祥的节拍回响的某种东西。它诉说着注意，注意，小心，小心。杀、人、犯，杀、人、犯……字字分明，你却听不到吗？不，脚步声又岂会生变。它没有任何特征。无论是坏人还是好人，其双脚都会发出同样平静的声响。然而这些脚步声啊，怀布罗先生，会将一双手带去你身边。而手总是变幻莫测的。背后的那一双手正为了准备你的死放松筋骨。你每天都会见到无数双人手。可你有没有察觉到这双手真正的恐怖之处？——它本该是信赖、爱与敬意的象征。你可曾想过，这种拥有五根触手的人体器官有着不祥的潜力？不，你从没想过。因为你见过的每一只人手都是带着慈爱与友情向你伸出的。尽管眼睛也可以憎恶，双唇也可以刺击，但唯有这双挂在肩头的器官才能将积蓄已久的邪恶精力转化成死亡的电流。可供撒旦进入人体的门何其多，但遵循其意志的仆从只有这双手。

　　再过一分钟，怀布罗先生，你就会深刻认识到人手的恐怖。

　　你几乎已经到家了。你已经拐进了自家所在的那条街——卡斯帕街，置身于棋盘中央。小屋有四个房间，面朝马路的那扇窗户映入眼帘。街上很暗，三盏路灯只能将光斑似的玩意投在路上，这种状态反而比一片漆黑更容易令双眼困惑。四周很暗——而且空荡荡的，不见一个人影。房屋的前厅也都没有亮灯。因为家里人都在厨房用晚餐。唯有房客住的楼上亮着稀稀拉拉的灯光。街上只有你和跟踪你的人，你却没有察觉到他的存在。因为你早已见惯了他，所以注意不到。哪怕你回头看到了他，也只会说一句"晚上好"，然后继续走你的路。"他也许是个杀人犯"的假设甚至无法让你发笑，因为它过于荒唐。

终于，你走到了院门口，掏出了房门钥匙。你走了进去，把帽子和外套挂好。厨房里的妻子说，回来啦。从厨房飘来的香味好似妻子的回声。(是鲱鱼！)你应了一声。就在这时，尖锐的敲门声撼动了房门。

快逃，怀布罗先生。不要靠近那扇门，也不要碰它。立刻逃跑，逃离这栋房子。和妻子一起逃去后院，翻过篱笆。要么就向街坊邻居呼救。总之，千万别碰那扇门。不行，怀布罗先生，不能开门……

可他还是开了门。

这就是所谓的"恐怖的伦敦连环扼杀案"的开端。之所以用"恐怖"一词，是因为此事有着超越普通凶杀案的元素。没有动机，还带着某种黑魔法的味道。每起扼杀案都是在发现尸体的街上不见凶手的人影，也没有可疑人物的情况下发生的。案发现场都是不见一个人影的小巷。小巷尽头有警官把守。警官背对小巷片刻，转身回头，却发现扼杀案又发生了，只得带着噩耗冲入夜色。他眺望了每一个方向，却没见到一个人，也找不到其他目击证人。有时则是警官正在一条僻静狭长的街上巡逻，突然被叫去了一栋发生了命案的房子，而且在短短数秒前，他才见过生龙活虎的被害者。这一次也是一样，无论朝哪个方向望去，都看不到人影。警哨一响，案发地区立刻拉起警戒线，警方对附近的每一户人家都进行了地毯式搜索，却找不到一个可疑人物。

分局的巡佐最先汇报了怀布罗夫妇遇害一事。他在前往分局上班的途中路过卡斯帕街，发现九十八号的房门是开着的。探头望去，只见走廊的瓦斯灯照亮了躺在地上纹丝不动的人。确定那是尸体后，他立刻吹响警哨。待其他警官赶到，巡佐带着其中一人入室调查，并安排其他人把守附近的街道，搜查临近的人家。然而，警方没能在室内与街上发现任何指向凶手的线索。他们审问了左右两侧与对面的街坊，可是没有一个人看到可疑人影，或是听到异常的声响。只有一个人听到了怀布罗先生回家时的动静——那人表示，他每天六点半都会听到怀布罗先生把钥匙插进门里的响声，用那声音对表都不成问题。但他也只听到了开门声而已。在巡佐的哨声响起前，他再也没听到任何声响。没人看见可疑人物出入案发房屋的前门或后门，尸体的脖子上也没有指纹或其他证据。警方把被害者的侄儿找来检查家里的财物，发现财物并无损失。而且他的伯父本就没有值得偷的东西。没人动过家中寥寥无几的现金，屋里也没有翻找、打斗的痕迹。没有任何迹象可循，唯有一场残忍而肆意的谋杀。

在街坊邻居和同事的心目中，怀布罗先生是个老实、和善、顾家的人。这样一个人怎么会有仇家。不过"被害者没有仇家"也是常态。冷酷无情、一心想要加害于某人的敌人基本不会置对方于死地。因为杀掉对方，就等于是把对方送去了没有痛苦的世界。警方就这样陷入了绝境。没有指向凶手的线索，也无法锁定杀人动机。摆在他们眼前的，唯有"怀布罗夫妇遇害了"这一事实。

消息传开后，伦敦全城为之战栗。马隆区的居民则陷入了强烈的恐惧之中。两个善良的人遇害了，不为利欲，不为复仇。凶手却逍遥法外，而且对他而言，杀人似乎不过是一时的心血来潮。他没有留下任何证据，如果他没有同伙的话，似乎也没有理由不让他继续逍遥法外。一个头脑聪慧、绝世独立、不惧人神的人只要动起真格，就有可能让一座城市乃至一个国家屈服在自己脚下。然而，寻常的罪犯极少有头脑聪慧的，而且往往厌恶孤独。哪怕没到寻求共犯支持的地步，也至少要找个人倾诉一番。他的虚荣心需要在第一时间感受到自己所作所为的效果。因此他一定会去酒馆、咖啡厅之类的人群聚集地，并迟早在同伴们的欢声笑语中说漏嘴，让无处不在的警方耳目轻而易举地立下大功。

然而，警方彻查并监控了廉价旅馆、酒馆和类似的场所，并暗中许诺线人，提供情报者将得到一大笔奖金，人身安全也有保障，却始终没能得到关于怀布罗事件的任何线索。凶手显然没有朋友，也不与人来往。有类似作案前科的人也被传唤至警局接受质询，但每个人都能证明自己的无辜。没过几天，警方就被逼进了死胡同。案子几乎就发生在警方的眼皮子底下——面对世人的嘲笑，警方铆足了劲，绷紧神经投入每天的巡逻工作。到了第五天，他们变得更加躁动不安了。

当时恰是主日学校的孩子们举办年度茶会和余兴活动的季节。在一个浓雾重重的傍晚，当伦敦化作一个摸索幻影的世界时，一个穿着正式的衣服鞋子、脸蛋光洁、头发刚洗过、打扮得漂漂亮亮的小女孩穿过罗根巷，朝圣迈克尔教区会堂走去。可她没能抵达会堂。在六点半之前，她并没有真的死去，但是从走出家门口的那一刹那开始，她就跟死了没什么两样。某个貌似男人的人影走在与那条巷子相接的街上，看到她走了出来。从那一刻起，她便已经死了。那个人影的白色大手穿过雾霭，从她的背后伸出，在十五分钟后抓住了她。

六点半，刺耳的警哨声宣告了案件的发生。人们闻声赶来，在米诺街某座仓库的门口发现了小内莉·弗里诺夫的尸体。发现怀布罗夫妇的那位巡佐也是最先赶到的人之一，他让属下守住关键位置，用强压着怒火的激烈语气下达各项指令，狠狠训斥负责这条街的警官。"我亲眼看见你站在巷子的尽头，迈格森！你去那种地方干什么？你在那儿待了整整十分钟才回来！"迈格森开始为自己辩解，说他一直盯着巷子尽头的可疑分子。巡佐却打断了他："盯着可疑分子有什么用？！我们要找的不是可疑分子，而是杀人犯！就会偷懒——所以你的辖区才会出这种案子！你给我好好想想世人会怎么说！"

正所谓好事不出门，坏事传千里。一眨眼的工夫，四周便围了一圈面无血色、惴惴不安的人。身份成谜的怪物再次现身，而且这一次，他竟将魔爪伸向了孩童。浓雾中的一张张脸上写满了憎恶与恐惧。但救护车与更多的警官赶到了现场，迅速将人群驱散。就在这时，巡佐的担忧化作现实。"就在警察的眼皮子底下……"人们的窃窃私语从四面八方传来。事后，警方通过调查发现，住在这附近的四个人（他们都没有任何嫌疑）在案发的数秒前相继走过了仓库门口，却什么都没看到，也什么都没听到。他们没有在小女孩活着的时候见到她，也没有看到她的尸体。除了他们自己，街上也不见其他人。警方再次陷入动机不明、线索全无的窘境。

出于伦敦市民的性格，这一带并未陷入恐慌状态，却沉入了焦虑与恐惧的深渊。毕竟平时走惯了的街头巷尾出了这种事，再发生什么事都不奇怪。在街头、市场与商店，人们一见面便聊起这个话题。太阳刚落山，女人们就会立刻把门窗锁好，决不让孩子走出自己的视线范围。趁天亮的时候把东西采购好，装出若无其事的样子，却忧心忡忡地等待丈夫下班回家。他们以伦敦人特有的、掺杂着幽默的达观，隐藏了接连萌发的不祥预感。拜一个长着两只手的人所赐，他们日常生活的节奏与主旋律都被打乱了。一个藐视人性、不惧法律的人总能让他们的生活被不情愿地打乱。他们逐渐意识到，支撑着他们赖以为生的和平社会的柱子，其实是谁都能掰断的稻草。法律只能在遵守法律的人中发挥效力。警察也只对惧怕警察的人起作用。区区一个人，竟能用他的双手令全社会陷入前所未有的危机。他让社会就这个问题进行思考，并为这个明确的事实瞠目结舌。

在社会仍沉浸在前两次攻击带来的震撼中难以自拔的时候，他又发动了第三次攻击。他意识到了自己的双手所创造的恐怖，并且作为一个曾经品尝过众人的战栗带来的快感的演员，他再一次感到了饥渴，渴望向大众再一次宣扬自己的存在。

在小女孩遇害三天后的周三早晨，送上早餐桌的报纸让全英国的人知晓了一起更为震撼而残虐的案件。

周二晚九点三十二分，一名警官正在贾尼根路巡逻，并在克莱明街的坡顶处向他的同事彼得森打了招呼。他分明看见同事沿着那条街往下走了。他明确表示，当时街上并没有其他人，唯有一个他认识的跛脚擦鞋匠擦肩而过，走进了对面（也就是同事所在的那一侧）的公寓。当时他特意观察了前后左右的情况（其实每位警官都有这样的习惯），十分确定街上没有人。他在九点三十三分见到了巡佐，敬了礼。巡佐问他有无异常，他回答没有，然后就继续巡逻去了。他负责的区域到离克莱明街不远的地方为止，所以他走到辖区尽头之后折了回来。九点三十四分，他再次来到坡顶。就在这时，他听见了巡佐沙哑的声音。"格里高利！你在吗？赶紧过来，又出事了！天哪，这不是彼得森吗？！他被掐死了！快，快把大伙儿叫来！"

这便是"恐怖的连环扼杀案"的第三起，之后还发生了第四、第五起。五起骇人的案件注定将进入未知和不可知的领域。不过一无所知的仅限于当局与普通民众。有人知道凶手的真身，只不过知晓这个秘密的不过两人而已。一个是凶手本人，另一个则是年轻的报社记者。

这位青年负责为《每日火炬》报采访本案。他走遍了这一带的小巷，只希望能碰巧遇到突发的案件。与其他热心记者相比，他并不是特别能干。但他很是耐心，也比其他人更靠近这起案件。通过不懈的凝视，他终于把魔神般的凶手召唤到了行凶时的垫脚台上。

最初的几天过后，记者们便放弃了拿下独家头条的念头，因为他们找不到任何线索。他们在固定的时间聚集在警局，共享每一条情报。警官的态度倒是和善，但也仅此而已。那位巡佐与记者们讨论了每一起案件的细节，就凶手的犯罪手法进行了尽可能的说明，并介绍了与案件有着共通之处的过往案例。至于动机，他提到了毫无动机可言的尼尔·克利事件[1]和心血来潮的约翰·威廉事件[2]，并暗示记者警方已经采取措施，本案将在不久的未来水落石出。但他没有就"警方采取的措施"多说一句话。负责本案的督察围绕谋杀案这一主题侃侃而谈，可一旦有记者将话题转向警方针对本案采取了怎样的措施时，他便闪烁其词。无论当局掌握了怎样的线索，他们似乎都不打算向报社记者透露。对警官而言，这一系列的案件是无比沉重的负担。而唯一能保住警方颜面的方法，就是靠他们自身的努力将凶手逮捕归案。苏格兰场当然也行动了起来，要求辖区警方上交他们搜集到的资料。然而，辖区警方想靠自己的双手挣来解决本案的荣誉。尽管在侦办其他案件时，与报社联手能带来诸多益处，但他们唯恐在推理与计划尚未敲定的时候走漏了风声，招致败北的危险。

因此巡佐也不过是泛泛而谈，接连抛出各种耐人寻味的推理，而那些假设都是在场的所有报社记者早就考虑过的。

没过多久，那位青年记者便放弃了关于"犯罪哲学"的每日早课。他决定走遍街头巷尾，从这一系列的凶杀案对民众的日常生活产生的影响说开去，写几篇精彩的报道。这项工作本就令人郁闷，而映入眼帘的景象又增添了几分郁闷。垃圾遍地的道路，歪斜的房屋，脏兮兮的窗户——一切都无比凄惨，甚至无法勾起见者的同情。那是失意诗人的苦楚。凄惨与苦楚是外国人一手缔造的。他们没有固定的住所，没有付出心血去建立一个可以定居的家园，却也没有继续放浪的生活，于是就用这种应付一时的方法过着他们的日子。

1　汤玛斯·尼尔·克利医生（Dr. Thomas Neill Cream，1850—1892），人称"兰贝斯毒师"，是一名苏格兰裔加拿大医生和连环杀手，在美国因被指控将有毒物交给情妇用来毒杀丈夫而被捕入狱。出狱后前往伦敦，其间伦敦发生多起妓女被杀案，他被伦敦警方证明至少杀害了其中一名妓女，最终被处决。有人怀疑他就是"开膛手杰克"。

2　约翰·威廉爵士（Sir John Williams，1840—1926），维多利亚女王的好友，并担任她生产比阿特丽丝公主（Princess Beatrice）时的产科医生，他在其中一名血亲汤米·威廉（Tony Williams）2005 年出版的著作《杰克叔叔》（Uncle Jack）里，被控犯下开膛手的罪行。这位作者宣称手上握有的资料显示这位医生认识所有受害人，并杀了她们且将其肢解，以进行关于不孕的研究。

青年记者几乎毫无斩获。他只看到了写满愤怒的面容，只听到了关于凶手的真面目和神出鬼没之谜的荒唐臆测。由于被害者中有一名警察，对当局的非难已经偃旗息鼓。如今这个神秘的凶手已被传奇的帷幕所笼罩。人们看着别人，那眼神仿佛在说："也许是他。"确实有这种可能。与杜莎夫人蜡像馆里的杀人犯有着相似气质的人已不再是人们的寻觅对象。他们要找的是一个铤而走险，犯下了这些罪行的男人或蛇蝎妇人。他们把注意力转向了外国人。英国从没发生过这般凶恶的犯罪，行凶手法的精妙也是前所未见的。于是人们怀疑起了罗马尼亚游民与卖地毯的土耳其人。这个思路似乎没错。这些东欧人——他们了解各种骗术，又没有真正的宗教信仰——没有任何东西能将他们限制在界线之内。从那些地方归来的水手们聊起了能让自己消失不见的魔术师。有神秘功效的埃及秘药与阿拉伯神药的故事广为流传。那群东欧人也许真有这个本事，谁知道呢。他们奸诈狡猾，会悄无声息地游走。英国人岂会像他们那样消失不见。凶手肯定在那群人之中，错不了——他会某种邪术——人们认定凶手肯定是个魔术师，所以找了也是白找。他有一种力量，能使他们屈服，并使自己毫发无伤。迷信不费吹灰之力便突破了理性的外壳，钻进了每个人的心。那个凶手可以做任何他想做的事，而且绝不会被旁人发现。人们对这两点达成了共识，怀着充满愤恨的宿命论走上街头。

跟报社记者讲述自己的观点时，人们也是环顾左右，压低嗓门，生怕被"他"听了去，惹上杀身之祸。案发地区的居民无时无刻不在琢磨这个凶手，也做好了随时向他扑去的思想准备，奈何他的力量对人们产生了巨大的影响。如果有人（比如一个长相普通、身材矮小的男人）当街大喊"我就是那个怪物"，人们压抑已久的怒火会不会真化作一股洪流将他压倒吞没？或者他们会不会突然在那张司空见惯的脸上和那普普通通的身形中看到一些令人毛骨悚然的东西？会不会在普普通通的鞋帽中看出某种不寻常的东西，标志着他是一个他们的武器绝无法吓倒或刺穿的人？他们会不会像一看到浮士德剑下的十字架就退缩的魔鬼那样，一看到这个杀人魔就心生怯懦，从而给他逃跑的时间？我不知道。但人们坚信他有不可战胜的力量，一旦遇到上述事态，他们就完全有可能出现这种犹豫。不过，这种事态并未发生。今时今日，这个谋杀欲得到满足的普通人仍在人群之中，继续被人看到，受人观察，一如往常。但人们做梦也不敢想象他竟会是那样一个人，直到此刻也没有人想到这一点。于是此时此刻，人们依然跟往常一样观察着他，仿佛在观察一根灯柱。

人们对凶手那不可战胜的力量的信仰几乎得到了证实。因为在警察彼得森遇害的五天后，在伦敦全城的警探将经验和灵感倾注在锁定与追捕凶手的时候，他发动了第四次与第五次攻击。

那位年轻的记者每晚都会去案发地区闲逛，直至截稿时间。那天晚上九点，他正走在理查兹巷。理查兹巷是一条狭窄的小道，一部分是露天摊位，一部分是住宅。青年走在住宅区。巷子的一边是工人阶级的住宅，另一边则是铁路货场的围墙。巨大的围墙给小巷蒙上了一层阴影。阴影和人影全无的市场摊位那尸骸般的轮廓组合起来，将小巷烘托成了一个奄奄一息、浑身冻僵的人。在其他地方好似金色佛光的路灯，到了这里却如宝石般冰凉。青年感受着冻结的永恒时光的诉说，心想自己已厌倦了这一切。就在这时，冰霜被一举打破了。在他迈出一步的时候，寂静和黑暗被高亢的尖叫撕破。尖叫中夹杂着喊声："救命！救命！他在这里！"

在他还没来得及思考该怎么做的时候，巷子便重拾生气，仿佛刚从睡梦中苏醒。每间小屋的门都被迅速推开，弯成问号的人影从房屋和小巷的各处涌了出来，就好像隐形的居民一直在等待着这一声呼喊。他们像路灯的柱子一样呆立了一秒多钟。接着，警哨声给他们指明了方向。于是鬼影般的人群冲上了坡道。年轻的记者紧随其后，身后还跟着更多的人。人们从主干道和周围的小巷涌来。有的是晚餐吃到一半；有的穿着拖鞋，换了衬衫，本在享受悠闲时光；有的拖着不灵便的脚蹒跚而行；有的身强力壮，拿着火钳或各自的吃饭家伙。在汹涌的人潮中，星星点点的警官头盔格外显眼。他们一窝蜂地涌向巡佐与两位警官指的一间小屋。后面的人大声催促："快进去！抓住他！绕到后面去！翻墙！"前面的人则大喊："退后！退后！"在这一刻，被未知的危险压抑已久的群众爆发了怒火。他就在这里——就在这个现场。这一次他肯定逃不了。所有人都把注意力集中在小屋上，所有的视线都锁定了小屋的门窗和屋顶。每个人的心思都集中在一个神秘人身上，盼着将他消灭。因此，没有一个人在关注其他地方。没有人关注那条狭窄、拥挤的小巷和摩肩接踵的人群，所有人都不记得在人群之中寻找那个从未在被害者身边停留过的怪物。所有人都没意识到，他们集结起来的复仇十字军为凶手提供了完美的藏身之处。他们只看到了房子，只听到了房门被撞破、前后窗被粉碎和警官命令下属追赶的声音。他们继续前进，无比专注。

然而，他们没有找到凶手。他们只得到了凶杀案发生的消息，只瞥到了一眼救护车。他们的怒火只能发泄在警察身上。后者正在驱散人群，认为他们妨碍了警方的工作。

年轻的记者拨开人群，挣扎着走到小屋门口，好不容易从把守那里的警官口中套出了消息。这间小屋里住着一个靠退休金过活的水手和他的妻女。出事时，一家人正在吃晚饭。乍一看，似乎是某种毒气在三人用餐时袭击了他们。女儿死在暖炉前的地毯上，手里拿着一块涂了黄油的面包。父亲从椅子侧身倒下，舀了米饭布丁的勺子还留在他的盘子上。母亲几乎倒在桌下，膝头有杯子的碎片和打翻的可可。但警方很快就排除了"中毒"这一可能。因为只消看一眼被害者的脖子，便知这也是"连环扼杀案"的一部分。警察们呆立于案发现场，环视四周，心中的天平顿时倒向了世人的宿命论。因为他们束手无策。

这是他发动的第四次袭击。他已经夺走了七条人命。如你所知，他后来还杀了一个人——而且就在那个晚上。在那之后，本案就成了一起"悬而未决的伦敦恐怖事件"，被尘封在史册之中。而那个凶手也过回了他的体面生活，几乎从不想起自己的所作所为，哪怕想起来，怕是也不会为之苦恼片刻。他为什么罢手？天知道。他为什么要开始呢？这个问题也无从答起。事情就那样发生了。不难想象，就算他想起了那些日日夜夜，他对它们的看法恐怕也跟我们对童年时犯下的愚蠢、肮脏的小罪的看法一样。我们会说，那不是真正的罪过。因为那时的我们还没有自我意识，也没有自我认识，不过是荒唐无知的孩童罢了。我们会回顾当年的自己，以"不懂"为由宽宏地原谅自己。这个凶手大概也不例外。

世上有的是他那样的人。尤金·阿拉姆[1]在谋杀丹尼尔·克拉克之后过了十四年平静美满的生活，没有被自己的罪行所困扰，其自尊心也没有被动摇分毫。克里平医生[2]谋杀了他的妻子，和情妇愉快地生活在埋有妻子尸骸的房子里。杀害弟弟的康斯坦斯·肯特[3]被无罪释放后过了五年的太平日子，直到后来自首。乔治·约瑟夫·史密斯[4]和威廉·帕尔默[5]在朋友的环绕中过着祥和的生活，全然没有为自

1　尤金·阿拉姆（Eugene Aram，1704—1759），英国语言学家，在约克郡纳尔斯伯勒担任校长期间，涉嫌犯下多起当地谋杀案，于1759年被抓捕归案并判处死刑。

2　霍利·哈维·克里平（Hawley Harvey Crippen，1862—1910），美国医生，因谋杀其妻子在伦敦被绞死，是有史以来第一个借助无线电报被抓获的罪犯。

3　康斯坦斯·肯特（Constance Kent，1844—1944），英国人，女性，1860年因涉嫌谋杀了自己年仅四岁的同父异母弟弟而被捕，但被认定证据不足，无罪释放。五年后突然自首，承认自己是该案的唯一凶手，因此被判死刑，后获得维多利亚女王的豁免，改判二十年苦役。

4　乔治·约瑟夫·史密斯（George Joseph Smith，1872—1915），英国犯罪史上著名的"新娘杀手"，与有钱女士结婚，确定对方买了巨额保险，受益人是自己后，就把对方杀死，涉嫌先后谋杀三任妻子。

5　威廉·帕尔默（William Palmer，1824—1856），人称"鲁格利投毒师"，是一名英国医生，在19世纪最臭名昭著的案件中被判犯有谋杀罪。查尔斯·狄更斯称帕尔默是"有史以来站在老贝利法庭上的最大恶棍"。

己犯下的毒杀和溺杀所带来的恐惧与悔恨所困扰。查尔斯·皮斯[1]在执行最后的计划，用尽自己的好运之前，一直都以喜好古董的可敬市民的形象示人，过得顺风顺水。这些人的罪行在一段时间之后被碰巧揭露出来，而超乎我们想象的更多杀人犯仍过着体面的生活，并将在体面中死去。他们永远都不会被发现，也不会有人怀疑到他们头上。那个凶手恐怕也会如此。

不过他是侥幸逃过了一劫。也许正是这段侥幸逃脱的经历才使他停了下来。他之所以能逃之夭夭，只因为年轻的记者做出了错误的判断。

记者花了点时间才了解到案件的全貌，然后立刻打了十五分钟的电话，把报道发回报社。十五分钟后，他总算挣脱了工作的刺激，只觉得身体疲惫，精神涣散。他还不能回家。报社的截稿时间是一个小时之后。于是他走进一家酒馆，想喝杯酒，吃些三明治。

他将工作的事情赶出脑海，在酒吧里四处张望，为老板挑选表链的品位和他藐视一切的态度而感叹，并认为一家管理到位的酒馆的老板过得比报社记者舒坦多了。就在这时，不知从何处闪现了火花般的灵感。他没在想"恐怖的连环扼杀案"，他的心思都在三明治上。这样的三明治在酒馆很是罕见。面包切得很薄，涂了黄油，火腿也不是两个月前切的，是火腿该有的样子。他想到了这种食物的发明者三明治伯爵，然后是乔治四世和历代乔治，以及那个苦思"苹果布丁里为什么会有苹果"的乔治的传说。他想知道乔治是否也会为"火腿三明治里为什么会有火腿"苦思冥想，以及他要过多久才会想到，除非有人把火腿放进去，否则它是不可能出现在三明治里的。他站起身，打算再要一份三明治。就在那一刻，他头脑中某个正在运转的角落抓住

1　查尔斯·皮斯（Charles Peace，1832—1879），在曼彻斯特杀死一名警察后逃到家乡谢菲尔德，在那里迷恋上了邻居的妻子，最终开枪打死了她的丈夫。在伦敦定居后多次行窃，在繁华的布莱克希特郊区被抓获，逮捕他的警察受伤。最终在阿姆利监狱被绞死。他的故事启发了许多作家和电影制片人。

了破案的关键。三明治里有火腿，那肯定是有人把它放了进去。死了七个人，那肯定是有人去案发现场杀了他们。没有飞机或汽车钻得进一个人的口袋。因此，那个凶手脱身的方法不是撒腿就跑，就是站在原地不动。因此——

如果自己的推理没错，如果总编有足够的胆量放手一搏……尽管这套推理仍在臆测的范畴之内，他还是在心中勾勒起了登上头版的报道。这时，老板的喊声传来："打烊了！不好意思，请各位都出去吧！"这令他意识到时间不早了。他站起身，走进了屋外的迷雾世界。雾气中有轮廓不规则的圆盘状水塘，有流转的巴士灯光。他确信自己掌握了真相。然而，即便他能证明自己的推论，报社的方针是否允许他将真相报道出来呢？他并没有把握。因为他掌握的真相有一个巨大的缺点。它虽是事实，却又不可能是事实。它足以撼动报刊读者所坚信的、编辑们想方设法让读者坚信的一切。世人也许会相信，凶手是个卖地毯的土耳其人，有一手隐身的绝招，却断然不会接受这个真相。

事实上，并没有人要求大众接受真相。因为这个故事到头来还是没有被写出来。反正截稿时间已过，肚子已被三明治填饱，青年很愿意加三十分钟的班来证明自己的推理。他开始寻找自己认定的那个男人——有一头白发、长着一双白色大手的男人。要么就是司空见惯，谁都不会多看一眼的人。青年打算把自己的推论冷不丁地甩到那个人面前，单枪匹马闯进那个被恐怖与凄惨的传说包裹的男人的势力范围。乍看之下，这种行为似乎是过人勇气的体现——毕竟他将被一个令整个郊区陷入恐惧深渊的人摆布，无望及时得到他人的援助。然而，这并不是发自勇气的行为。他没有考虑到其中的风险，也没有考虑到对雇主的义务和对报刊的忠诚。他不过是在本能的驱使下，想要把案子查个水落石出罢了。

走出酒馆后，他缓步来到芬格尔街，朝德维尔市场走去。他知道自己应该能在这里找到那个人。不过，他甚至不必走去市场。因为他在洛塔斯街的转角处看到了那个男人（抑或是形似那个男人）的身影。这条街的路灯很是昏暗，所以他看不分明，唯有一双白手映入眼帘。蹑手蹑脚走了二十来步，他便追上了。在铁桥与街道的交叉口，他终于确定那就是自己要找的人。他凑上前去，问出本地居民逢人便说的一句话："怎么样，看见凶手没有？"那人停下脚步，用犀利的眼神打量着他，确定记者不是杀人犯后才开口说道：

"啊？别说是杀人犯了，一个人影都没见着。今晚怕是没戏了。"

"那可不一定。我一直在琢磨这个凶手，于是便有了一个想法。"

"当真？"

"当然当真。就在十五分钟前，我突然灵光一闪，意识到大家都是睁眼瞎。因为那个凶手一直都直视着我们的脸。"

那个男人再次转头望向青年。他的眼神与动作，都透着一股对这个似乎知晓内情的青年的怀疑。"哦，是吗？既然你这么有把握，何不说来听听？"

"我正准备说呢。"两人并肩而行，走到那条街与德维尔市场相交的尽头。这时，记者不动声色地回头望了那人一眼，然后把手指搭在他的手臂上。

"嗯，在我看来，整件事非常简单。唯有一点还不太明白，那就是动机。我想把它查个清楚。怎么样，让我们来一场男人之间的对话吧，奥特摩尔巡佐。你杀害那么多无辜之人的理由究竟是什么？"

巡佐停下了。记者也停下了。天空反射了伦敦全城的灯火，明亮得几乎能看清巡佐的脸。巡佐看着他，脸上浮现出兼具气质与魅力的爽朗微笑。说时迟那时快，记者的双眼僵住了。巡佐的微笑持续了若干秒。然后，他开口说道：

"嗯，实话告诉你吧，记者先生，我也不知道。我是真的不知道。事实上，我也为此沉思过许久。但我跟你一样——也产生了一个想法。众所周知，我们无法控制自己的思想，不是吗？某些想法会在不经意间浮现在我们的脑海中。但人们都以为，身体是可以自由支配的。为什么呢？嗯？我们的思想不知是从何处继承来的——来自在我们出生的几百年前就已经死去的人。身体也是用同样的方式继承来的不是吗？脸、脚、头——它们不一定是属于我们的。也不是由我们创造出来的。是它们找到了我们。难道想法就不能像进入我们的头脑一样进入我们的身体吗？嗯？想法这个东西就不能像头脑一样存在于神经和肌肉中吗？也许我们肉体的各个部分并不是真正的我们，而是某个想法突然钻了进去。就好像有想法——"他对准记者的咽喉伸出双臂，露出戴着白手套的大手和长满汗毛的手腕，快得记者根本没看清楚——"钻进了我的双手那样！"

铤而走险

安东尼·伯克莱 | Anthony Berkeley Cox

（1893.7.5—1971.3.9）

伯克莱本名安东尼·伯克莱·考克斯。（请注意，其首字母恰好是 ABC！）此外还以法兰西斯·艾尔斯（Francis Iles）的名义发表过作品。伯克莱名义的代表作为《毒巧克力命案》（1929），艾尔斯名义的代表作为《杀意》（1931）。本作堪称长篇小说《毒巧克力命案》的雏形，其精妙的结构足以在同时代的作品中大放异彩。

——乱步评

后来，罗杰·谢林汉姆时常想起被报刊称为"毒巧克力命案"的那起案件。在他遇到的种种案件中，它也许是策划得最为周密的谋杀案。动机是那样明显，只要你知道该去哪里寻找——奈何谁都不知道该从何处下手。作案手法是那样显而易见，只要能抓住要害，就不会发现不了——可就是没人抓得住。若能认识到掩盖了蛛丝马迹的是什么，识破真相就不是难事——问题是，谁都没认识到。要不是凶手做梦也料想不到的一丁点霉运，这起凶案怕是早已被列入了经典谜案的清单。

在案发一周后的某天夜里，总督察莫里斯比在阿尔巴尼的罗杰家讲述了此案的经过。案情梗概如下。

十一月十五日星期五上午十点半，威廉·安斯特鲁瑟爵士一如既往地走进位于皮卡迪利大街的俱乐部——入会门槛颇高的"彩虹俱乐部"，并询问有没有寄给自己的信件。侍者交给他三封信，外加一个小包裹。威廉爵士走向宽敞的休息室，打算去暖炉边查阅信件。

过了一会儿，另一位名叫格雷厄姆·伯瑞斯福特的会员走进俱乐部。他收到了一封信和两份印刷品。他也慢步走向壁炉，对威廉爵士点头致意，但没有搭话。两人不过是点头之交，彼此之间说过的话怕是不超过十句。

草草看完信后，威廉爵士打开包裹，随即哼了一声，显得很不愉快。见伯瑞斯福特看着自己，威廉咕哝着将随包裹寄来的信递给了他。伯瑞斯福特一边憋着笑（因为威廉爵士的言谈举止一直都是会员们的笑料），一边看起那封信。原来信是一家叫"梅森父子"的巧克力厂商寄来的，说他们将推出一款专为男士设计的酒心巧克力，希望威廉爵士收下这盒两磅重的样品，贡献宝贵的意见。

"他们当我是合唱团的小姑娘吗？"威廉爵士愤然说道，"让我写推荐信赞扬这愚蠢透顶的巧克力？想得美！我非得向那群无能的委员提提意见不可，竟敢容许如此荒唐的事情发生在这家俱乐部，简直太不像话了！"

"嚯，我倒是有些兴趣，"伯瑞斯福特说道，"这让我想起来一件事。昨晚，我和妻子一起去了帝国剧院。当时我们打了个赌，看谁能在第二幕结束前猜出凶手是谁。如果她赢了，我要送她一盒巧克力。如果是我赢了，她就给我一百支香烟。最后是她赢了，所以我得买巧克力给她。你看过那部戏吗？——叫《嘎吱作响的骸骨》，还挺有意思的。"

威廉爵士表示他没看过，听那语气便知他火气未消。

"这么说来，你恰好需要一盒巧克力？"说这句话的时候，他的语气温和多了，"那就把这盒拿去吧，反正我也不要。"

伯瑞斯福特先是礼貌地婉拒，但最后还是接受了。对他而言，这是莫大的不幸。他很富有，买一盒巧克力根本不在话下，可是能省点事总归是好的。

万幸的是，巧克力盒的包装纸和包裹的说明信没被扔进壁炉。要知道，寄给他们的信的信封都被扔进了火里。相较之下，便知这是何等幸运了。事实上，威廉爵士把包装纸、说明信和绳子揉成了一团，递给了伯瑞斯福特，而伯瑞斯福特只是把它们扔到了壁炉围栏里面。后来，侍者把这团东西理了出来。由于他生性一丝不苟，它们被规规矩矩地扔进了垃圾桶，最后得以被警方找到。

此时此刻，本案的三位主人公仍对即将降临的悲剧无知无觉。其中，威廉爵士无疑是最引人注目的一个。他看上去大概四十八九岁的样子，红光满面，身材矮胖，有着典型的乡下大地主风貌。他的言谈举止也没有偏离传统一步。他的日常习惯（特别是对女士的态度）也传统极了——就是那种刚勇狂妄、目中无人的准男爵式传统。他也确实是准男爵。

相较之下，伯瑞斯福特就普通多了。他今年三十二岁，性情文静而内敛，身材高大，肤色黝黑，相貌也不算英俊。他的父亲留下了一笔遗产，所以他很富有，不过他不喜欢过游手好闲的日子，因此经营着好几项事业。

正所谓钱能生钱。格雷厄姆·伯瑞斯福特继承了遗产，又用自己的双手创造了财富，还在命运的指引下与另一笔财富结了婚。他的妻子是利物浦某已故船主的女儿，拥有近五十万英镑的遗产继承权。但财产只是附属品。他是因为需要她才娶了她。即使她身无分文，他也会同她结婚的（他的朋友们都这么说）。她身材修长，为人正派，极有教养。因为她的年纪已经不小了，所以性格早已定型（三年前与伯瑞斯福特结婚时，她已经二十五岁了）。她完全符合他对妻子的理想。从某种角度看，她有点清教徒的味道。而伯瑞斯福特年轻时虽然也有些放荡，但没到无可救药的地步，而且在步入婚姻殿堂之前，他就做好了思想准备，甘愿为妻子做一个清教徒。说白了就是，伯瑞斯福特成功缔造了现代世界的第八大奇迹——美满婚姻。

谁知，一场无可挽救的悲剧突然降临在这对伉俪的头上。万恶之源正是那盒巧克力。

在午餐后喝咖啡的时候，伯瑞斯福特一边开着玩笑，一边将巧克力递给妻子，以偿还那光荣的债务。妻子当场便打开了巧克力盒。她发现上面一层好像只有樱桃白兰地和马拉斯金酒口味的。她把盒子递给丈夫，请他一起品尝，但伯瑞斯福特拒绝了，表示吃巧克力会影响咖啡的风味。于是妻子独自吃下了第一块巧克力。巧克力一入嘴，她便惊呼道："酒心的味道好辣，吃着都烫嘴！"

伯瑞斯福特告诉她，这盒巧克力是新产品的样品。但妻子的感想让他生出了疑心，于是他也尝了一块。巧克力中的液体在口中扩散，带来阵阵刺痛。虽然没有到无法忍耐的地步，但还是很不舒服。不仅有灼痛感，嘴里似乎还有浓烈的杏仁味。

"老天，"他说道，"确实很辣，搞不好里头灌的是纯酒精。"

"不会吧！"妻子又尝了一块，边吃边说，"这也太呛人了，但我好像还挺喜欢这种味道的。"

伯瑞斯福特也尝了第二块，却愈发觉得难以下咽。他斩钉截铁道："别吃了，舌头都发麻了。我要是你就不会再吃了。我总觉得这巧克力里加了不太好的东西。"

"是哦，也许这只是实验品吧。确实很辣，辣得我都尝不出它到底好不好吃了。"

片刻后，伯瑞斯福特出门去城区谈生意。临走时，妻子仍在品尝巧克力，似乎是想确定自己到底喜不喜欢那种风味。直到很久以后，伯瑞斯福特仍清楚地记得当时的对话。因为那是他最后一次见到活着的妻子。

他是两点半左右出的家门。三点四十五分，伯瑞斯福特坐出租车从城区来到俱乐部，整个人仿佛处于虚脱状态，几乎是被司机和侍者抬了进去。两人事后回忆道，当时伯瑞斯福特的脸色就跟死人一样苍白，双目无神，嘴唇也是毫无血色，全身冰凉。但他的神志似乎还很清醒，上了台阶后，他就在侍者的搀扶下自己走进了休息室。

吓坏了的侍者想立刻去请医生，但伯瑞斯福特最不喜欢小题大做，坚决不许他请医生，说自己肯定是消化不良，休息一会儿就没事了。但侍者一走，他便和刚巧在休息室的威廉·安斯特鲁瑟爵士说道：

"我刚刚突然想到，搞不好就是你给我的那盒巧克力害的。我当时就觉得那些巧克力不太对劲了。我得回去看看我妻子的情——"话还没说完，他便没了声。原本无力地瘫在椅子上的身体突然挺起，牙关紧锁，菜色的双唇骇人地抽搐着，双手死死揪着椅子的扶手。与此同时，威廉爵士闻到了强烈的苦杏仁味。

威廉爵士意识到眼前的人正徘徊在生死边缘，不禁大吃一惊，高声喊来侍者，并差人去请医生。休息室中的其他人也凑了过来，帮忙把神志不清、抽搐不止的伯瑞斯福特挪到一处躺着更舒服的地方。医生还没赶到，俱乐部就接到了伯瑞斯福特的管家打来的电话。管家用惊慌失措的声音询问自家老爷是否在俱乐部，如果在的话，请让他立刻回家，因为夫人生命垂危。事实上，那时伯瑞斯福特夫人已经气绝身亡了。

伯瑞斯福特捡回了一条命。因为他摄入的毒物不如妻子那么多。妻子在他出门后至少又吃了三块巧克力，而他体内的毒物没有迅速发作，所以医生才能及时赶到，救回他的命。事后调查显示，他并没有摄入致命的剂量。当晚八时许，伯瑞斯福特恢复了意识，第二天便几乎恢复如初。

不幸的伯瑞斯福特夫人却没能等到医生，毒发后立刻陷入了昏迷。

接到夫人的死讯后，警方立刻开展调查，发现她是被毒死的。不久后，他们便认定问题出在那盒巧克力上。

　　警方盘问了威廉爵士，从垃圾桶中翻出了说明信与包装纸。不等伯瑞斯福特脱离危险，刑事部的督察就约见了"梅森父子"的经理。伦敦警察厅办事从不磨蹭。

　　根据威廉爵士与两名医生的证词，警方得出了现阶段的推论："梅森父子"的某个雇员因粗心大意犯下了重大过错，在巧克力中加入了过量的苦杏仁油。因为医生断定，这种物质就是伯瑞斯福特夫人的死因。谁知公司经理立刻推翻了警方的假设，表示"梅森父子"从未使用过苦杏仁油。

　　经理还提供了更加耐人寻味的事实。看完了包裹中的说明信后，他难掩惊讶，当即断言这是一场骗局，说他们公司从未寄出过这样的说明信和样品，甚至从未探讨过推出新款酒心巧克力的事情。不过那盒毒巧克力确实是他们公司生产的常规商品。

　　经理拿起一块巧克力，拆开包装纸，仔细检查了一番，然后请督察注意观察巧克力底部的某种痕迹。据说那是在巧克力外侧钻孔导致的。通过小洞抽出巧克力中的液体，再灌入毒物，最后用软巧克力把洞堵住，操作起来并不难。

　　督察用放大镜查看后，对他的意见表示赞同。显而易见，有人企图毒害威廉·安斯特鲁瑟爵士。

　　警察厅投入了双倍的警力。他们将巧克力送去专业机构分析，同时再次传讯威廉爵士，以及已经苏醒过来的伯瑞斯福特。医生坚持要求等到第二天再将妻子的死讯告诉伯瑞斯福特，因为他的状态非常虚弱，巨大的打击极有可能威胁到他的生命。所以警方没能从他口中问出特别有价值的线索。

　　威廉爵士也没能提供有助于解开谜团的材料，甚至想不到一个有理由杀死自己的人。他与妻子处于分居状态，在遗嘱中将她指定为第一继承人。但是经法国警方确认，案发时她身在南法。爵士的地产位

657

于伍斯特郡，被用作一笔高额贷款的抵押，并明确指定由其侄儿继承。不过地租可以勉强偿还抵押贷款的利息，而且那位侄儿比威廉爵士本人富有得多，因此侄儿没有行凶动机。调查就这样陷入了死胡同。

分析结果包含了两项值得深究的事实：加入巧克力的毒物并非苦杏仁油，而是与之气味相似的硝基苯，这令人略感意外。这种物质主要用于生产苯胺染料。上层的每块巧克力的樱桃白兰地和马拉斯金酒中都掺入了六量滴硝基苯，而下层的巧克力并没有毒。

其他线索似乎都派不上用场。警方查出"梅森父子"的信纸出自默顿印刷公司，却难以查明凶手是通过怎样的途径得到了它。唯一的发现是纸张的边缘已经发黄，这说明它已经有些年头了。打信用的打字机也没有任何发现。包装纸是司空见惯的牛皮纸，上面有手写的大写字母，是威廉爵士的姓名缩写。包裹是前一天晚上的八点半到九点半从南安普敦街的邮局寄出的，除此之外一概不知。

唯有一事毋庸置疑。企图毒害威廉爵士的人根本不打算为此赌上自己的性命，无论那人是男是女。

"谢林汉姆先生，我们查到的就这些，"莫里斯比总督察说道，"要是能锁定寄送巧克力的人，案件就能水落石出了……"

罗杰点点头，若有所思。

"多么残忍的案件啊。我昨天刚巧碰见了一位伯瑞斯福特的老同学。因为伯瑞斯福特比较时髦，而我的朋友是个传统的人，所以他们没什么交情，但当年住的是同一栋宿舍。朋友告诉我，妻子的死对伯瑞斯福特的打击很大。希望你能尽快揪出那个寄巧克力的人，莫里斯比。"

"我也想啊，谢林汉姆先生。"莫里斯比阴郁地说道。

"综合手头的线索，世界上的任何一个人都有可能是凶手……"罗杰沉思道，"引发本案的会不会是女性的嫉妒？威廉爵士的私生活似乎并不检点，也许他与许多女性牵扯不清。"

"巧了，我正在往这个方向查呢，谢林汉姆先生，"总督察用责备的口吻回答，"我一开始就想到了这种可能性。要我说，此案的一大特征就是'凶手是女人'。只有女人才会寄毒巧克力给男人。如果凶手是男人，八成会寄下了毒的威士忌样品之类的东西。"

"这点确实关键，"罗杰边想边说，"你的意见很对。威廉爵士就没有提供什么有价值的线索吗？"

"没有啊，"莫里斯比略显不爽，"更贴切的说法是'他不乐意提供线索'吧。起初，我以为他是有怀疑对象的，想要包庇某位女士，但我现在不这么想了。"

"嗯……"罗杰似乎还没想通，"这起案子就不能让你联想到什么吗？之前没有疯子给警察厅厅长寄毒巧克力吗？毕竟巧妙的犯罪行为总会引来一些人的模仿。"

莫里斯比两眼放光。

"你竟然也想到了这茬，真是太有趣了。实不相瞒，谢林汉姆先生，这也是我最后得出的结论。我探讨过各种可能性，但是据我所知，没有一个人对威廉爵士的死感兴趣。无论是为了牟利，还是为了报复，或是别的什么动机，反正没人打过这个主意。我越想越觉得，寄巧克力的是个无法用法律评判的女人，她有着狂热的宗教信仰，从未见过威廉爵士。如果事实真是如此……"莫里斯比叹了口气，"我们恐怕很难有机会逮住她。"

"只能等机会找上门来。机会这个东西总会在你意想不到的时候降临，"罗杰用轻松的口吻说道，"而且幸运女神一定会站在你这边。许多案件都是靠那么一点点碰巧的幸运圆满解决的，不是吗？《名叫巧合的审判者》——倒是个极好的电影标题。但这句话其实点破了真相。我并不迷信，但迷信的人一定会说，那并非巧合，是神明在替被害者报仇。"

"可是谢林汉姆先生，"同样不迷信的莫里斯比说道，"说句老实话，

659

我根本不在乎那是不是巧合，只要能让我逮住真凶就成。"

如果莫里斯比是为了借用罗杰·谢林汉姆的智慧才上门拜访的，那他必将失望而归。

其实罗杰与总督察英雄所见略同，他也认为本想毒死威廉爵士，却意外害死了伯瑞斯福特夫人的犯罪计划可能出自某个罪恶的疯子。因此，尽管他在之后的两三天里反复思考这起案件，却一点都不想接手。此类案件需要进行大量的调查取证，而他一个普通人没有足够的时间，也没有足够的权限。罗杰对此案的兴趣仅限于学术层面。

谁知一个多星期后碰巧发生的一件事，使这种兴趣从学术层面转移到了客观层面。说这是运气使然也不为过。

那天，罗杰刚刚摆脱"买一顶新帽子"带来的烦闷，走在邦德街上。走着走着，他突然看到贝瑞卡·勒·弗莱明夫人迎面走来。她个子矮小，直觉却很敏锐，还是个富有的寡妇。她极度崇拜罗杰，一有机会便逮住他不放。问题是，她实在是太健谈了，话匣子一开便没完没了。罗杰已经算很健谈的了，却也是招架不住。他想立刻穿过马路躲开她，奈何车水马龙，没有给他留出一丝缝隙。万事休矣！

弗莱明夫人欢天喜地地朝他走来。

"天哪，谢林汉姆先生！我正想去找您呢。快跟我说说，我决不外传！您是不是在调查可怜的琼恩·伯瑞斯福特夫人的案子？"

罗杰挂上在社交场上历练出来的浅笑，僵硬而恍惚。他本想打断对方，却是徒劳无功。

"听说那件事的时候，我真是吓坏了——真的吓坏了。因为琼恩和我是好朋友啊，说我们亲如姐妹都不为过。而且最吓人的是，琼恩是自己惹祸上身的，我真是毛骨悚然啊！"

罗杰顿时没有了逃跑的念头。

"你说什么？"他好不容易插入一句疑问。

"这就是人们常说的'悲剧性讽刺'吧。"弗莱明夫人连珠炮似的说道，"这事确实很有悲剧色彩，不过我从未听说过如此骇人的讽刺。想必您也知道，琼恩跟她的丈夫打了个赌。最后是她丈夫输了，所以要送她一盒巧克力。要是没有这个赌约，威廉爵士就不会把毒巧克力给伯瑞斯福特先生了，最后死的也是他自己，不是吗？话说谢林汉姆先生……"弗莱明夫人突然压低嗓门，皱着眉头扫视四周，仿佛是在策划某种阴谋。"有件事我从未对别人提过，但您肯定能品出它的价值——琼恩在打赌的时候作弊了！"

"此话怎讲？"罗杰很是困惑。

他的神情令弗莱明夫人发自内心地欢喜。

"因为她看过那场戏啊！是我们一起去的，当时还是上演的第一周。所以她早就知道凶手是谁了。"

"嚯，原来是这样！"正如弗莱明夫人所想的那样，罗杰表现得很是惊讶，"名叫巧合的审判者！我们每一个人都无法逃避他的制裁。"

"您是说因果报应吗？"夫人没能完全理解罗杰的话，继续说道，"确实……可我万万没想到琼恩会遇到这样的事情，这也太荒唐了！因为她是个大好人啊。她是那么富有，却对钱十分吝啬，但这也不是什么大不了的问题。当然，她在钱这方面有点拖她丈夫的后腿，但我一直觉得琼恩是个很正经的人，谢林汉姆先生。因为普通人会把荣誉、真理、光明正大这些理所当然的东西挂在嘴边。但琼恩不是这样的，她会明明白白地说，这样做是不光明正大的，那样太卑劣了。到头来，她还是为自己的卑劣行为付出了代价，真可怜。老话果然没说错啊……"

"什么老话？"罗杰似乎中了这番长篇大论的催眠术。

"静水流深。琼恩肯定是个城府很深的人。"弗莱明夫人叹了口气。在社交层面，像她这样认定事情定有隐情显然是个误会。"因为琼恩肯定欺骗了我。她一直在我面前装出一副正派的样子，注重名誉和诚信，可是她明明不可能做到那个境界。我总觉得，在这样一件小事上都要欺骗丈夫的人，说不定——可怜的琼恩已经不在了，我也不想说她的坏话，但她终究不是死脑筋的圣人啊。我……"弗莱明夫人许是觉得自己说得有些过分，连忙订正道，"心理学可真有意思，您就不这么认为吗，谢林汉姆先生？"

"有时候确实如此，"罗杰用凝重的口吻附和道，"话说你刚才提到了威廉·安斯特鲁瑟爵士。你也认识他吗？"

"我认识他许多年了，"弗莱明夫人没有表现出特别的兴趣，"他这人着实不太正经，到处拈花惹草，玩腻了就随手一扔——不过……"夫人急忙补充道，"这都是我听人说的。"

"要是女方不肯分手呢？"

"哎哟，这我就不清楚了。您知道他最近跟谁勾搭在一起吧？"

弗莱明夫人刷了腮红的脸颊又红了几分。她快速说道：

"他跟一个叫布赖斯的女人走得很近。她的丈夫好像是靠石油或者汽油发家的，非常富有。大约是从三周前开始的吧。从某种角度看，他也对琼恩·伯瑞斯福特的死负有一定的责任，照理说，这次的事情应该会让他清醒一些不是？可也不知是怎么的，他一点都……"

罗杰心不在焉。

"可惜你那天晚上没有与伯瑞斯福特夫妇一起去帝国剧院。如果你在场，他们就不会打那个赌了，"罗杰用天真无邪的语气说道，"你应该不在吧？"

"我？"弗莱明夫人惊呼道，"天哪，我怎么会在啊！那晚我去亭台剧院看新上演的歌舞短剧了。加贝尔斯托克夫人订了包厢，请我与她做伴。"

"哦，这样啊。那剧还挺不错的，尤其是那个叫《永恒的三角关系》的小品，写得很妙啊。你觉得呢？"

"《永恒的三角关系》？"弗莱明夫人反问道，显得不太自信。

"对，是上半场的。"

"哦！那我大概是没看到，因为我迟到了。"弗莱明夫人哀伤地说道，"我好像总是迟到……"

罗杰努力将话题锁定在剧院上。不过在分别前，罗杰问清楚了一件事：她有伯瑞斯福特夫人和威廉爵士的照片。她也同意把照片借给罗杰用几天。她一走远，罗杰就拦下一辆出租车，直奔她的住处。既然征得了她的同意，那还是立刻行动为好，免得再一次为此付出代价。

女仆毫不怀疑他的来意，立刻带他进了客厅。客厅一角放着一些银边相框，不少照片的主角都是弗莱明夫人的朋友。罗杰饶有兴致地端详了一番，最后带走了六张，而非之前说好的两张。照片里的人分别是威廉爵士、伯瑞斯福特夫人、伯瑞斯福特、两位与威廉爵士年纪相仿的男性朋友和弗莱明夫人本人——罗杰不想让旁人发现自己的行踪。

他在忙碌中度过了那一天。

如果弗莱明夫人在一旁看着，她定会一头雾水，毫无头绪。比如，他去了一趟公共图书馆，查阅参考文献。之后乘出租车前往盎格鲁东方香料公司的总部，表示想与约瑟夫·李·哈德威克先生见面。谁知工作人员告诉他，总部并没有叫这个名字的人，其他子公司也没有。罗杰似乎对此大感失望。打听了一些关于总部与子公司的情况后，他才告辞离去。

然后，他驱车前往一家致力于保护个人资产，并向客户提供投资建议的著名公司，点名要见威尔先生和威尔逊先生。他化身为公司的客户，表示自己想投资一大笔钱，并填写了一张标有"绝密"字样的特殊信息表。

接着，他又去了一趟皮卡迪利大街的"彩虹俱乐部"。

他对侍者做了自我介绍，全然不提自己与伦敦警察厅有关，然后提了许多关于案件的问题，问得非常细。

"案发前一天晚上，威廉爵士没在俱乐部用餐，是吧？"最后，罗杰仿佛是随口一问。但他料错了。威廉爵士每周在俱乐部用餐三四次，那晚也不例外。

"可他那晚应该不在这里啊……"罗杰显得十分失落。

侍者的态度很是坚决，表示自己记得一清二楚。他还叫来了餐厅的服务生证实自己的说法。服务生也记得，威廉爵士当晚吃得比较晚，直到九点才离开餐厅。他在俱乐部度过了那个夜晚，至少是那个夜晚的一部分。因为在半个小时后，服务生亲自去休息室给他送过威士忌和苏打水。

罗杰离开了俱乐部，坐出租车前往默顿印刷公司。

他似乎想使用某种非常特殊的信纸，对负责接待自己的年轻女店员详细而准确地描述了那种纸张的特征。店员掏出样品簿，让他翻翻看里面有没有合适的。罗杰一边翻阅样品，一边对店员说道，是他的好朋友介绍他来默顿公司的，而他现在碰巧带了那位朋友的照片。店员也说这件事情挺巧。

"我的朋友应该在大约两周前来过这里，"罗杰掏出照片说道，"你还有印象吗？"

店员接过照片，一副没什么兴趣的样子。

"哦，我记得他，他好像也是来订信纸的。原来那是你的朋友啊，世界真是太小了。这种信纸最近卖得很好。"

罗杰回家用餐。餐后他觉得心神不宁，便慢步走出阿尔巴尼大街，朝皮卡迪利大街走去。他一边沉思，一边沿着皮卡迪利广场绕圈，又在习惯的驱使下停下脚步，细细端详挂在亭台剧院外的歌舞短剧新作海报。走着走着，他来到了杰明街，站在帝国剧院门前。他看到了《嘎吱作响的骸骨》的海报，得知戏是八点半开演。抬手看表，恰是八点二十九分。总得找些事情打发时间的，于是他便走进了剧院。

第二天一早，罗杰前往伦敦警察厅，拜访了莫里斯比。

"莫里斯比，"罗杰开门见山道，"我想请你帮忙找两个出租车司机。

其中一位在伯瑞斯福特案的前一天晚上九点十分左右把一位乘客从皮卡迪利广场或广场附近送到了南安普敦大街的尽头。另一位则把人送回了广场。第一程的路线不一定完全准确，来回都坐同一辆出租车也是有可能的，但我认为可能性不大。总之你能不能帮我找找看？"

"你这是要干什么啊，谢林汉姆先生？"莫里斯比满腹狐疑。

"推翻一个有趣的不在场证明，"罗杰淡定地回答道，"对了，我知道给威廉爵士寄毒巧克力的人是谁了，正在为你夯实证据链呢。找到了出租车司机记得打我家的电话。"

说完，罗杰扬长而去。莫里斯比只得呆呆地目送他的背影。

他把那天剩下的时间用在了挑选二手打字机上。他似乎特别中意汉密尔顿四号打字机。店员想推荐其他款式给他，他却不屑一顾，说他有个朋友在三星期前刚买过一台，说是特别好用。"他不是在这家店买的吗？不是？你们这三个月没卖出过一台汉密尔顿四号打字机？真是奇了怪了……"

只有一家店的店员告诉他，他们在上个月卖出过一台汉密尔顿四号打字机。这让事情变得更离奇了。

罗杰在四点半回到家里，等候莫里斯比的电话。到了五点半，电话终于来了。

"十四个出租车司机挤在我的办公室里，"莫里斯比没好气地说道，"你要我拿他们怎么办？"

"留住他们，等我过去，总督察。"罗杰严肃地回答道。

然而，与十四位出租车司机的面谈可谓简单到了极点。罗杰将一张照片依次展示给每个人（但没有让莫里斯比看到），问他们有没有载过这位乘客。第九位司机毫不迟疑地说，他有印象。

见罗杰点了点头，莫里斯比就把司机们放走了，然后往桌前一坐，摆出一本正经的样子。罗杰的态度却与正经毫不沾边，只见他坐在桌子上，双腿一摇一摆。忽然，一张照片掉出了他的口袋，以正面朝下的状态飘落至桌下。罗杰似乎没有注意到。莫里斯比看见了，但没有去捡。

"谢林汉姆先生，你是不是可以告诉我，你葫芦里卖的到底是什么药了？"他说道。

"那是当然，莫里斯比，"罗杰和蔼地说道，"我帮你干了不少活。事实上，我已经帮你把案子破了。这就是证据。"他从钱包里掏出一封古旧的信，递给总督察。"这封信是不是和那封伪造的说明信出自同一款打字机？"

莫里斯比查看了一番，然后从抽屉里拿出伪造的说明信，细细对比。

"谢林汉姆先生，"他换上了严肃的神情，"这是从哪儿弄来的？"

"圣马丁巷的二手打字机店。大约一个月前，一个陌生的顾客买走了那个款式的打字机。我给他们看过照片，他们认出了那位顾客。店家对打字机进行过维修，然后在店里用过一阵子，以便确定它可以正常使用，所以我不费吹灰之力就找到了打印样品。"

"那台打字机在哪里？"

"嗯，大概在泰晤士河底吧。"罗杰微笑道，"我告诉你，本案的凶手不会把希望寄托在指望不上的巧合上。不过有没有找到打字机并不重要，因为证据已经很齐全了。"

"哦，打字机的问题算是搞清楚了，"莫里斯比也承认了这一点，"但'梅森父子'的信纸又是从哪儿来的？"

"你问纸啊，"罗杰淡定地说道，"那是从默顿印刷公司的信纸样品簿撕下来的。听说纸的边缘发黄，我就猜会是这样了。我们可以证明凶手动过那本样品簿，也能在其中找到纸张被撕去的痕迹，拿伪造的说明信一对比，你就会发现撕口是完全吻合的。"

"那真是好极了！"莫里斯比的语气也多了几分激动。

"至于我为什么要找出租车司机，是因为凶手有不在场证明。我刚才也说了，找到了司机，不在场证明就土崩瓦解了。在九点十分到九点二十五分之间，也就是包裹被投入邮筒的那段时间，凶手赶去了邮寄地点。去程可能坐了公交车或地铁，但回程应该是打了车的。毕竟时间不等人。"

"凶手究竟是谁，谢林汉姆先生？"

"凶手的照片就在我的口袋里，"罗杰还在卖关子，"话说你还记得我们那天说起的'名叫巧合的审判者'吗？就是很适合做电影标题的那句话。本案的顺利解决，也是多亏了这位审判者。我在邦德街上偶遇了一个愚蠢的女人，在机缘巧合之下了解到了一件事，这才灵光一现，想明白是谁给威廉爵士寄了巧克力。当然，我当时还无法排除其他可能性，所以事后还做了一番验证。总之，我是在邦德街的人行道上想通了整件事的来龙去脉。"

"凶手究竟是谁，谢林汉姆先生？"莫里斯比重复道。

"计划是何等周密，"罗杰若有所思道，"我们完全没有意识到，自己犯了一个本质性的错误。而那也是凶手打从一开始就希望我们犯的错误。"

"什么错误？"莫里斯比问道。

"凶手制造出了一种假象：他的计划出了差错，杀死了不该杀的人。这正是他的高明之处。他的计划没有出一点差错，收获了辉煌的成功。他也没有杀错人，死者正是他的既定目标。"

莫里斯比甚至忘记了呼吸。

"此、此话怎讲？"

"伯瑞斯福特夫人自始至终都是凶手的目标。这正是计划的巧妙之处。一切都在凶手的预料之内。他料定威廉爵士必然会把巧克力送给伯瑞斯福特，于是我们必然会在威廉爵士的人际关系网中寻找凶手，而不会关注死去的伯瑞斯福特夫人的关系网。也许凶手还预料到，我们会认定这场谋杀是女性所为。"

莫里斯比没有耐心等下去了，捡起了地上的照片。

"这……谢林汉姆先生，你不会是想告诉我……凶手是威廉爵士吧？"

"他早就想除掉伯瑞斯福特夫人了，"罗杰继续说道，"他确实喜欢过她，毫无疑问，尽管自结婚以来，他盯着的一直是她的钱。问题是，夫人极度贪恋自己的钱。他一心想得到她的钱，哪怕只得到其中的一部分也行，因为他急需用钱。奈何夫人就是不松手。他的动机是很明确的。我把他投资的公司列成了清单，逐一调查。结果显示，那些公司全都处于破产状态。他自己的钱已经耗光了，却还不足以填补亏空。困扰我们多时的硝基苯其实也不是什么难题。通过调查，我发现除了您提到的那些用途，硝基苯还可用于生产香料。而他名下也有香料行业的公司，叫'盎格鲁东方香料公司'。因此他知道硝基苯是有毒的。但我不认为本案使用的硝基苯出自他自己的公司。他干不出那么糊涂的事情。那些硝基苯可能是他自己合成的。连学生都知道用苯和硝酸合成硝基苯的方法。"

"可……"莫里斯比支支吾吾起来，"可威廉爵士……是伊顿公学的毕业生啊！"

"威廉爵士？"罗杰犀利地说道，"谁在说威廉爵士啊？我不是说了吗，凶手的照片就在我的口袋里。"他将那张相片递给总督察。"是伯瑞斯福特！他谋杀了自己的妻子。因为他想继续过奢靡的生活。"他用比之前更平和的口吻继续说道："他所爱的从来都不是他的妻子，而是妻子的钱。他设计了一套周密的计划，考虑到了有可能出现的每一种意外。考虑到警方也许会怀疑他，他带妻子去帝国剧院看戏，并在第一次幕间休息时溜出剧院，制造了合理的不在场证明。至于幕间休息是什么时候，我昨晚亲自去看了那场糟糕的戏，所以我知道第一幕什么时候结束。他利用那段时间赶去斯特兰德，寄出包裹，然后打车返回剧院。整个过程需要十分钟左右，不过即便他稍晚一些回到座位，也不会有人起疑心。之后的事情就简单了。他知道威廉爵士每天早上十点半来俱乐部，和时钟一样准时。他也知道，只需一点点心理暗示，威廉爵士就会把巧克力送给自己。而警方会以威廉爵士为出发点，追踪各种错误的线索。他之所以没有烧毁包装纸和那封伪造的说明信，是因为他算准了这些东西不仅可以转移警方的注意力，还能将案子伪装成某个不知名的疯子的手笔。"

"哦……你的推理真是太精彩了，谢林汉姆先生，"莫里斯比轻舒一口气，由衷地说道，"太精彩了。话说那位女士到底跟你说了什么，以至于你在一瞬间想通了案件的关节？"

"其实她告诉我的那些并没有太大的价值，是我从她的话语中捕捉到了案件的关键。她只是告诉了我，伯瑞斯福特夫人在知道那出戏的凶手是谁的情况下跟丈夫打了赌，而我推测，按她的为人，她是绝对干不出那种事情的。因此她并没有打赌。那个赌约从未存在过。由此可见，伯瑞斯福特一直在撒谎。赌约并非伯瑞斯福特想得到那盒巧克力的原因。伯瑞斯福特夫妇打过赌的唯一证据，就是伯瑞斯福特的证词，不是吗？当然，在案发当天下午，他一直等到妻子吃下巧克力，或者说是设法让她吃下了巧克力以后才出的门。她至少得吃六块，这样才能吃到致死量。所以他在注射毒药的时候精准控制了剂量，每块六量滴，以确保妻子吃够剂量。而他自己吃一两块也不会有大碍。这计划确实是滴水不漏。"

莫里斯比站起身来。

"多谢了，谢林汉姆先生，接下来该我出马了。"莫里斯比挠了挠头，"那句话是怎么说的来着，'名叫巧合的审判者'？不过伯瑞斯福特把一件很重要的事情托付给了这位审判者啊，谢林汉姆先生。如果威廉爵士没把巧克力送给他呢？要是他留下了巧克力，把它送给了自己的某个情人呢？"

罗杰用力哼了一声。此时此刻，他已经对伯瑞斯福特产生了某种个人层面的骄傲。

"关键就在这儿，莫里斯比。就算威廉爵士留下了巧克力，也不会造成太严重的后果。他不会犯那么愚蠢的错误。你不会是以为他给威廉爵士寄了毒巧克力吧？怎么可能！他寄给人家的巧克力根本没毒。他是在回家的路上把普通巧克力换成了毒巧克力。他才不会蠢到给'巧合'可乘之机呢，如果……"罗杰补充道，"'巧合'一词适用于这种情况的话。"

信望爱

欧文·S.科布 ｜ Irvin S. Cobb

（1876.6.23—1944.3.11）

> 欧文·S.科布是美国记者兼剧作家。本作为犯罪小说，描写
> 了三名逃犯因命运的作弄迎来了各不相同的结局。并非专攻
> 推理小说的英美作家也创作了不少优秀的犯罪小说。
>
> ——乱步评

慈爱的审判之主终将做出无比公正的裁决。

　　自太平洋沿岸驶来的快车即将进入新墨西哥州的某座城镇。在这一带，那座城镇的规模已经算相当大的了。可就在这时，列车突然停了下来。因为在将要驶入车站专用线的当口，司机注意到信号灯变红了。许是前方停着其他列车。

　　但列车并没有晚点许多。因为片刻后，信号机的壁板跟巫师的手指似的一动，红色信号立时变成了蓝色。于是列车再次驶动，停在了跟平时一样的位置上。

　　在列车离开这座车站前，有四名乘客下了车。而他们下车的地方是距离城镇最远的站台尽头，而且还是靠近铁轨的那一侧。所以其他乘客与工作人员恐怕都没注意到。这也是人们过了很久才发现他们消失不见的原因所在。

四人下车的方式也有些不同寻常。他们先打开了第三节卧铺车的连廊门，然后心急火燎地用脚猛踩手柄，把踏板放下来，第一个人先下来，第二个迅速跟上。单单是这样，倒也没什么稀奇。问题是这两人踏上地面之后，便回过身去伸出双手，接过了第三个人那失去了意识的沉重身躯。那人耷拉着四肢，脑袋也无力地向后垂着。紧接着，压轴的第四个男人现身了。抬着第三个人的身子，移开踏板，把人交给同伴的也是他。

　　他们蜷缩在连廊的阴暗处待了一小会儿。看来在开展下一步行动之前，他们也有过片刻的犹豫。

　　不过这份犹豫——如果这真算得上犹豫的话——也只持续了短短的一瞬间。第一个人与第二个人用僵硬而不自然的动作抬着第三个人，将那具没有意识的身体放在了铁轨右手边稍稍隆起的路堤侧面的煤渣上。

　　第四个人俯身弯腰，把双手伸进第三个人全身上下的口袋摸索了一番。片刻后，他与身后的两人说了几句话，同时把某个东西塞进自己的夹克内侧，又用双手隔着衣服拍了拍。

　　"找到了。"第四个男人如此说道。他有些外国口音。另两人连忙冲向他，伸出双手。

　　"现在还不行，在这里搞太惹眼了，"第四个男人厉声道，"先逃远点。照我说的办！"

　　第四个男人轻轻一跃，跳上路堤，巧妙地利用卧铺车的阴影打掩护，朝停止不动的车尾走去。另两人也是有样学样。三人走过了眺望室与吸烟室组成的最后一节车厢，排成一列沿铁轨行进，不久后便消失在了夕暮的昏暗中。

　　三人的脚步是那样沉重。每个人看起来都不太对劲。之所以这么说，是因为三个人都像极了在修道院的房间里闷头行走，向上帝虔诚祷告的修道僧。垂着头，脸朝正前方，仿佛正盯着某个肉眼看不见的目标，眼睛眨也不眨，双手相扣于身前。

　　三人就这么走着，走着。当列车再次启动，消失在车站尽头的弯角后，他们才停下脚步，迈着沉重的步子聚集到一处。要是此刻有人站在他们身旁，便会立刻明白那虔诚的姿势缘何而来。原来那三人都戴着手铐。

　　领头的男人摊开手掌，露出其中的一串钥匙。饶是四周光线昏暗，他的手指依然灵巧。他逐一检查了拴在钥匙圈上的钥匙，挑出正确的几把，先为另两人打开手铐，再把钥匙递给其中之一，让对方帮自己打开。

　　在这三人之中，一直拿着那串钥匙的人，也就是第四个下车的人似乎最为深谋远虑。他用鞋尖在铁轨边那混有小石子的土地上挖了个浅浅的坑，把手铐埋进去。

　　接着，三人凑在一起商议了一番。商议过后，他们似乎敲定了让谁带走某件显然非常有价值的东西，然后分道扬镳。

　　其中之一独自走上了从西南方向通往城镇的路。另两人则大致往西走，不过前方有沙漠，恐怕需要一整天才能走出来。两人加快了脚步。虽然好不容易捡回了一条命，但走得太急恐怕会消耗太多的体力，他们的走法似乎也考虑到了这一点。一旦被捕，便是万劫不复。在这方面，在与两人分别后选择走向城镇的那个男人也不例外。

　　三人搭乘同一趟列车本是巧合。法国人拉斐特与意大利人威尔第（他说自己的姓氏在英语里是格林[1]）相识于旧金山的监狱牢房。他们曾躺在同一间牢房等候遣返回国。两人都是这个月因逃亡罪被捕的，有关部门迅速办妥了将他们驱逐出境的手续。

　　为节约劳力与成本，有关部门决定把两人送去纽约。反正他们已

1　Verde 在意大利语中是"绿色"的意思，与英语中的 Green 对应。

经提前发电报联系过两国警方,对方会派人穿越大西洋前来引渡罪犯。这也算是一石二鸟了。至于这段前往纽约的漫漫长路,则由两名旧金山刑警负责押送。

刑警与囚犯搭乘的列车抵达南加利福尼亚的某个车站(南下至美墨国境的支线在此分流)时,一位同样带着囚犯的司法部探员上了车。

那个囚犯是西班牙人,名叫马努埃尔·加扎。他是最近刚落网的通缉犯,即将被遣返回国。他与司法部探员在这座车站坐上了两名囚犯所在的车也是出于机缘巧合,并非提前商量好的。

于是,带着加扎的探员立刻和两位旧金山刑警打成了一片。出于种种原因,他们决定结伴而行。旧金山上车的四个人订的位子原本在特等车厢的旁边,探员跟卧铺车的列车员打了招呼,把他们几个换了过来。

到了星期五下午,六人便坐在了一起。用晚餐时,三名押送者把三个囚犯赶去餐车。中途路过各节车厢,人们交头接耳,一阵骚动。一行人来到餐车时,更是引发了一场轰动。

戴着手铐的囚犯们不方便用刀叉,所以给他们安排的都是能用勺子或手吃的东西(比如汤、蛋卷、柔软的蔬菜、派、米饭布丁)。刑警们点了两份进口的烟熏鲱鱼,一人一份。

那天在车上吃了烟熏鲱鱼的人只有两位来自旧金山的刑警。要不了多久,司法部的探员便会由衷庆幸自己所属的新教教会不同于天主教会,没有周五不准吃肉的规定。因为离开餐车一两个小时后,两位旧金山刑警就因为剧烈的腹痛挣扎了起来——变质鲱鱼造成的尸碱中毒着实棘手。

其中一位刑警的病情似乎相当严重。当晚,当列车开到毗邻加利福尼亚与亚利桑那州境的一座车站时,他被人抬下了车,送往医院。列车停靠期间,在当地开诊所的医生上车给情况不那么严重的那位刑警(名叫麦卡沃伊)吃了药,待病情稍稍稳定下来之后,又在他的手臂上打了一针，并表示他应该能在二十四小时内起身行走。

所以当天晚上，司法部探员只得让麦卡沃伊睡在了隔壁车厢尽头的下层卧铺，开着走廊门，坐着监视那群在特等车厢无所事事的囚犯。

囚犯都戴着手铐，尽管只有一个人盯着，但探员目光炯炯，那表情仿佛在说："不要轻举妄动，否则我要你们好看。"他从麦卡沃伊的钥匙串里抽出法国人和意大利人的手铐钥匙，装在自己的钥匙圈上。毕竟麦卡沃伊的情况若是突然恶化，他就得独自完成后半程的押送工作了。

第二天早上，麦卡沃伊有所好转，但还是浑身无力，精神也有些涣散。不过他在白天静养了整整十二个小时，所以当晚便已恢复到了可以监视囚犯的状态。

麦卡沃伊躺在卧铺，司法部探员则靠坐着特等车厢的沙发，一刻不停地监视他们的囚犯。

三个囚犯坐着吞云吐雾。押送者不在旁边的时候，他们也会随便聊上几句。

西班牙人加扎和法国人拉斐特的英语相当好，所以两人主要用英语交流。意大利人威尔第（或者格林，叫哪个都行吧）则几乎不会说英语，所幸加扎在那不勒斯待过三年，会说意大利语，所以加扎会帮忙把他说的话翻译给法国人。除了去餐车用餐，三人基本都待在特等车厢。

火车之旅的第二天晚上，麦卡沃伊似乎还很不舒服。于是司法部探员决定独自带囚犯们去餐车，不劳烦他起身了。

"走吧，伙计们，吃饭去。"

探员让三人走成一列，自己负责殿后。一行人沿火车的走廊前行，一如既往。就在这时，列车的行驶节奏被打乱了。哐啷哐啷……眼看着列车即将停靠在那个临近新墨西哥州城镇的车站。

当列车摇晃着停稳时，四人已经走到了第三节客车厢。当探员穿过第二节客车厢的连廊，正要走过两节车厢的连接处时，列车剧烈摇晃了一下，把他的帽子晃了下来。探员轻轻"切"了一声，弯腰去捡帽子。这一弯腰，就撞到了走在最后面的囚犯，也就是他跟前的加扎。

机敏的西班牙人抓住了这个突然降临的机会。他将身子转了半圈，高举戴着手铐的双手，对准那空空如也的头顶用力一击。探员都来不及哼上一声便扑倒在地，不省人事了。

没人目击到这一幕。后来，囚犯们通过站台另一侧的车门逃之夭夭的时候，也没有一个人来到这里。所以直到很久以后，人们才发现囚犯逃跑了——

迷迷糊糊的麦卡沃伊坐起身，叫来服务生，问四个人上哪儿去了。服务生找遍了列车的角角落落，却没见到他们的踪影。人们这才意识到事态的严重性。当时已经快九点了。

囚犯们整天闷在车厢里，自然而然聊起了各自的身世。不幸的境遇打开了三人的心扉，而三人共同面临的生命危险也促使他们推心置腹，讲述起了自己的辛酸史。

"他很理解我，"法国人指了指意大利人，对加扎说道，"我俩特别聊得来。他不太会说英语，但好歹能听懂一些。你也听我说说，体会体会我的凄惨境遇吧。"

法国人讲起了自己的过往。他本是马赛的码头工人，杀死了一个女人。他有充分的理由这么做。后来，他被警方逮捕，接受了审判，因谋杀罪被判处死刑。但是在行刑的两三周前，他越狱了。

他隐姓埋名逃到了美国，一住就是三年。谁知一个女人因为嫉妒向警方检举了他。他与那个女人同居，所以没对她设防。看来他的霉运总是来源于女人。

"我这条命肯定是保不住了，可我受不了那种死法啊！"法国人浑身一颤，"等着我的是断头台啊。断头台肯定是魔鬼的发明。嗯，我越想越觉得那玩意儿就是这么来的。那群人会用皮绳把上断头台的人绑在木板上。脸是朝下的，但一抬眼就能看到啊——这谁受得了啊！头得卡在有凹槽的架子上，但脖子还能转，于是便忍不住往上瞧。死死盯着，就跟丢了魂似的。磨得锃亮的铡刀就悬在你的头顶上。"

"但也只能看到一小会儿吧，"西班牙人宽慰道，"在看到的那一瞬间就咔嚓了，这不就完了吗？"

"一瞬间？对我这个上刑场的人来说，那简直跟永恒一样漫长。伸着脖子等在铡刀下的那段时间里，我肯定会觉得自己活了几百遍，又死了几百遍。然后才是身首异处的时刻。我的身子会被一刀两断啊。寻常的死法我都不怕，可死在断头台上——天哪，光是想象我都毛骨悚然！"

西班牙人加扎的身子稍稍前倾。法国人和意大利人并排而坐，而加扎坐在他们对面。

"要我说啊，"加扎说道，"你可比我走运多了。我说真的。我的审判还没结束呢——因为我在上法庭之前逃离了那个无聊透顶的国家。"

"你还没上过法庭啊？"法国人插嘴道，"那还是有希望得救的——说不定还能逃得了。我是彻底没戏了。我刚才也说了，我的死刑已经是板上钉钉的事儿了。"

"看来你还不了解西班牙的法庭。听你刚才的口气，大概是一无所知吧。西班牙的法庭就两个字——嗜血。它对我这样的罪行是毫无怜悯的，只会毫不留情地施以刑罚。

"而且那刑罚还不是寻常的刑罚。我来给你们说说吧。犯人被拽上法庭之后，法官会这么说：'证据确凿，你的罪行昭然若揭。杀人偿命，天经地义。'

"假设我是这么回答的：我确实杀了人，但我是一时冲动，也有充分的理由，又没折磨人家。他几乎是当场毙命的，没有受罪，一下子就结束了。搞不好他断气之前都不知道自己要死了。如果法庭要因为这件事判我死刑，那也应该给我一个痛快，别让我多受罪，不是吗？

"你觉得法官会答应我吗？做梦！他们只会把我送上螺旋绞刑架（Garrote）。所谓螺旋绞刑架，就是一把又大又结实的铁椅子。我的双手、双脚和躯干都会被绑在上面。头则靠着一根直立的柱子。柱子上装着领子似的铁圈。他们会把我的脖子卡进去，然后行刑人再旋转后面的绞棍，勒紧那铁圈。

"行刑人有时会慢慢转动绞棍，全看人家的心情。铁领子会渐渐勒住你的脖子，嵌进颈骨。垂死的死刑犯因痛苦不断挣扎。我亲眼见过那场景，所以清楚得很。你的气管会被一点点勒住，直至死亡的那一刻。我绝不是胆小懦弱的人，也知道只要时候到了，无论如何都是要死的。可我宁可上断头台，也不想死在螺旋绞刑架上。什么样的死法都比螺旋绞刑强！"

西班牙人猛地往后一靠，面色阴沉。轮到意大利人开口了。

"一场缺席审判定了我的罪，"他跟西班牙人解释道，"我甚至无法为自己辩护。不过这样能让他们省不少力吧——这是意大利法庭的习惯，在被告缺席的情况下审判。我就这样被判有罪。但意大利没有死刑，所以我被判处了无期徒刑。我马上就要回国服刑了。"

西班牙人加扎耸了耸肩，不过这个动作的意思显而易见。

"开什么玩笑，"意大利人继续说道，"你不是在意大利待过几年吗？你不记得意大利的无期徒刑是怎么回事了吗？犯人是单独关押的，跟被活埋没什么区别。孤身一人被关在牢房的高墙之中，这就是不折不扣的坟场啊。见不到一个活人，也听不到任何人的声音。哪怕你扯着嗓子大喊大叫，也不会有人搭理。沉默与黑暗……你会在那无尽的黑暗与沉默中逐渐疯狂，走向死亡。

"意大利人钟爱音乐与阳光，喜欢跟朋友谈天说地，每时每刻都要跟别人黏在一起。你知道对我们来说，那种日子是多么痛苦吗？离开了这些东西，我们就活不下去。那种日子无异于永不间断的折磨。沉默与黑暗中的一个小时比一年还要漫长，一天则比一个世纪更加漫无边际。久而久之，人就会发疯。

"想出这种刑罚的人深知，这种日子对意大利人而言比任何一种死刑都要残酷。我显然是这三个人里最倒霉的一个。没有比我将要接受的刑罚更可怕的东西了。"

但另两人不敢苟同。三人围绕这一点争得不可开交，讨论了整整一天。然而直到夕暮将至，他们依然坚持己见。

后来，他们因西班牙人的机智逃出了那趟火车。西班牙人靠抛硬币拿到了那把从昏迷不醒的探员那里夺来的枪，并向意大利人提议结伴同行一段时间。

法国人拉斐特独自离队，朝东南方向走去。他走远后，西班牙人沉思道：

"他就是个乐天派。说起断头台的时候还郁闷得要死呢，整个人都蔫了，可是一摘手铐，他又说自己好像时来运转了。才逃出火车五分钟，他就摆出了一副对未来成竹在胸的样子。"

"我可没这本事，"意大利人回答道，"说不定前头还有各种危险等着，不过我们好歹是重获自由了。把握是没有的，但我重拾了希望。你呢？"

西班牙人晃了晃肩膀。这是一个模棱两可的动作，也许他只是深吸了一口气。两人并肩走在铁路上，步履不停。

先看看成竹在胸的法国人拉斐特离队后做了些什么吧。这一带当然不可能有人认识他，但他也没有表现出慌忙逃窜的样子。拉斐特谨慎地绕着那座新墨西哥州的城镇走了一圈，然后藏身于灌木丛中，等待黎明的到来。第二天早上，他走上了与铁路平行的高速公路。

开私家车（当地人管这种车叫"蜗牛"）的游客捎了他一程，把他送到了四十英里开外的某座支线车站。他在那里上了火车（他身上的钱不多，但足够买车票了），坐到了百来英里之外的终点站，一路上并没有人起疑。

之后他换乘慢车，穿过科罗拉多州的尽头，进入堪萨斯州。在逃离押送火车的四十八小时后，他成了密苏里州堪萨斯城后街的某家三流酒店的住客。

他在酒店待了两天两夜。酒店总共六层，他的房间在顶层。除了吃饭、买报纸，他几乎没下过楼。吃饭是因为一顿不吃饿得慌，买报纸则是因为报上有他们三个逃犯的消息。报纸反复强调"三名逃犯应该在一起"。看到这样的报道，拉斐特松了口气，更加确信自己的未来是一片光明了。

谁知在他住进廉价酒店的第三天早晨——当他正要沿走廊走去电梯的时候（酒店只有一部客梯），他的双眼捕捉到了异样。酒店的楼梯就在拉斐特的房间和电梯铁栅栏门的正中间。走过楼梯口的时候，他那双警觉的眼睛瞥见两个穿西装的男人站在楼梯下面。

他们呆立在楼梯上。这个动作不足以让拉斐特判断出他们是打算上楼还是下楼。恐怕是因为他们看见了自己，所以才把身子一缩，贴墙站住了。

拉斐特却装作没看见，好不容易才压住扑向那两个人的冲动。冲过去有什么用！难不成你能撞开他们跑下楼去吗？！唯一的出路就是电梯。不过……拉斐特暗想，也许是我多心了。也许是我神经过敏了，误会了。我以为他们是一看到我就躲进了楼梯的阴暗处，说不定他们跟我一点关系都没有……按了铃，等电梯上楼的时候，拉斐特反复宽慰自己。

没想到伴随着"嘎达嘎达"的响声，一股霉味的破烂电梯很快就上来了，里面只有一位穿着衬衫的电梯员。进电梯时，拉斐特用非常自然的动作侧头望了一眼，但没有看见那两个人。

电梯开始下降。因为只有拉斐特这一位乘客,电梯没有中途停靠,直接下到一层。一层是酒店的办公室与大堂。电梯暂停片刻,然后上升了一英尺,又猛降了五六英寸。电梯员的操作不太熟练,费了一番工夫才把电梯调整到和大堂的地面一样高的位置。

就在电梯员磨磨蹭蹭的时候,拉斐特在一瞬间摸清了周围的情况。他果然没料错。只见两个男人站在电梯的铁栅栏门外,目不转睛地往里看,整个身子几乎都压在门上。他们正以高度警觉的表情与态度等候他出来。尽管他们穿着便装,但拉斐特一眼便能看出,他们都是刑警。

楼上楼下都有刑警守着,无路可逃。不过他还有一条算不上太好的生路。立刻把电梯开上去,停在三层或四层,然后冲出去,走酒店后侧的紧急逃生梯,说不定还能逃得了,但前提是那里没有刑警把守——拉斐特趁电梯员忙活的时候构思了这套计划,并立即付诸实践。

拉斐特使出全身力气,一拳砸向可怜的电梯员的下巴。电梯员顿时晕死过去,不省人事。他把那具瘫软无力的身子挪去角落,让电梯员靠坐在墙边,随后抓住电梯的控制杆。电梯开始上升,但拉斐特并不会开电梯,再加上情绪焦急,以至于无法自如操控,一不留神就开到了顶层。他好不容易才掌握诀窍,把电梯开了回去,在下降途中将控制杆往回拉。

他在恰到好处的时候缓缓拉动了控制杆,比方才更听使唤的电梯立即放慢速度,逐渐靠近和三楼的地面一样高的位置。电梯缓缓下降,但拉斐特不等它停稳便一把拉开内侧的安全门卡扣,撬开外侧的金属门,把头伸了出去。谁知门又往回关了,于是他只能蜷缩着身子往外钻。

电梯员是个血气方刚的爱尔兰人,手脚很快。尽管他挨了一拳,几乎失去了意识,但好斗的本能似乎并没有陷入沉睡。事后他回忆道,自己几乎是下意识地、忘我地抱住了拉斐特的一只脚。在对方用另一只脚把他踹开之前,他成功让对方在电梯里多逗留了短短的一瞬间。

但他表示,自己绝对没碰过电梯的控制杆。因为他当时趴在电后方，根本够不着。所以他说，他也想不通电梯为什么会在那一刹那全速运行起来——关于这一点，所有人都是百思不得其解。

反正电梯从那一刻起开始全速下降了。电梯员蜷缩在地，大声呼救。但拉斐特在同一时间发出了更骇人的惨叫。头在外，躯干在内——电梯的下降好似巨大而沉重的铡刀，令他身首异处。

那就说回西班牙人与意大利人吧。逃离火车当晚，两人几乎一直在走，来到了离他们放置司法部探员的位置相当远的地方。而且一直走就不会觉得冷了。即便是夏天，沙漠的夜晚也是寒冷刺骨的。黎明前，两人看到了一列停靠在专用线上的货车，车头朝西。这列车来得真是时候。

他们迅速爬上露天车厢，钻进农机后面躲了起来。尽管没吃上早餐，但其他方面没有任何不便。两人就这样在火车上坐到了正午时分。然而，他们到头来还是被机械师发现了。对方厉声吼道："给我滚下去。"

谁知见他们坐在地上，把半个身子藏了起来，机械师的语气顿时温柔了不少。他改口说道："算了算了，你们爱待多久就待多久吧。"说完便急忙朝列车前方跑去，似是要跟司机和乘务员通报什么天大的消息。

两人决定下车。因为看清两人的长相时，机械师脸上有惊愕的表情闪过。两人心想，警方应该已经开始搜捕他们三个逃犯了，他们的长相特征肯定也通过电报发给了各地的车站（事实确实如此）。货车的时速至少有二十英里，但机械师走远之后，两人当机立断跳向铁轨右侧的坡面，在地上滚了好几圈，仿佛被子弹击中的兔子，撞到干燥的沟底才停住。

意大利人格林破了点皮，身上有几处擦伤，但没有大碍。西班牙人加扎却在落地时严重扭伤了脚踝。他只得扶着格林的胳膊，拖着伤腿走离铁轨。

对他们来说，当务之急就是尽可能远离铁轨。他们随便定了个方向，在灼人的阳光下沿着蜿蜒起伏的旷野前行，姑且决定走到通往北方地平线尽头的孤山。五颜六色的断层清晰可见。

两人整整一下午才走了五英里多。加扎的左脚踝肿得跟象腿似的，他眉头紧锁，每走一步都是钻心的疼。他心想，自己恐怕走不了太远。格林也很清楚这一点，已经在暗暗琢磨甩掉加扎的法子了。他最讨厌规矩、法则之类的玩意，却深谙自卫之法。两人在酷暑、口渴与疲劳中苦苦挣扎……

走啊走，总算走上了一座小山丘。低头望去，正下方有一间小屋。小屋后则是一大群羊。小屋跟前有个身着连体工作服的男人，正在剥一头大死牛的皮。

山丘上的两人还没来得及藏身，他便看见了他们，立刻站起身来。两人只能朝他走去。那人看着缓缓走来的两人，浅黑色的脸上写满了好奇。他就带着那样的表情盯着他们看。看这长相，他不是墨西哥人，就是混血的印第安人。

加扎晃晃悠悠地走过去，用英语打了声招呼。对方却只是摇头，仿佛在说"我听不懂"。于是加扎又用西班牙语试了试，这回人家立刻就答应了。他们用西班牙语"噼里啪啦"聊了一通。不一会儿，穿工作服的男人拿起挂在门口、套着个湿袋子的瓶子，请加扎与格林敞开肚子喝里面的水。那水被晒得温热，还有股苦味，但是对干渴无比的咽喉而言，那就是无上的甘霖。见男人走回了小屋，加扎给格林翻译了他们刚才聊的内容。

"他说这间小屋就他一个人住，这倒是方便了我们，"加扎快速说道，"他在一个多星期前离开墨西哥，来这边找工作。某个古灵格——就是白人——雇用了他。那个白人是养羊的，牧场开在几英里外。白人用一辆送羊的卡车把他带到了这里，让他专门照顾那群羊。还留下了够吃一个月的粮食。换句话说，白人牧场主要三个星期之后才会过来。他说他在这一带没有熟人，只认识白人雇主。而且他来这里之后还没见过一个活人呢。所以在见到我们的时候他才会那么激动。"

"你是怎么跟他说我们的？"格林反问道。

"我告诉他，我们开车出来旅游，昨天晚上在一处陡坡翻了车。车坏了，我的脚也扭了。脚伤总不能不治吧，于是我们就想抄近路去附近的镇子求助，没走高速公路，结果在旷野迷了路，从早上走到现在，好不容易才找到这里。他信了，真是个单纯的家伙。既没文化又天真的墨西哥人。"

"但他确实心善，你瞧，"加扎指着那头剥到一半的牛说道，"他说，这头牛是三天前发现的，八成是从某家牧场跑出来的，但他也不知道具体是哪家。据他所知，这附近没有养牛的牧场，大家都是养羊的。

"这头牛生病了，走起路来摇摇晃晃的，老在一个地方打转，就跟瞎了眼睛似的，还口吐白沫。他说，牛羊不小心吃了某种杂草就会出现那种症状。他心想，也许过一阵子那牛就好了，便在牛角上拴了绳子，把它牵来了这儿。但昨天晚上，牛还是死了。所以他今天一早就开始剥牛皮了。他这会儿正在屋里给我们做吃的呢。真是个善心人。"

"可吃完东西以后呢？总不能一直待在这儿吧？"

"哎呀，别着急嘛，兄弟，我有个好主意……"西班牙人的语气颇具威严，而且充满自信，"先把肚子填饱，养精蓄锐，抽根烟喘口气，琢磨琢磨那个法子，然后……嗯，到时候你就知道了。"

墨西哥牧羊人端来马口铁做的杯盘，里面盛有豆子和油腻的培根、切得很薄的玉米蛋糕与难喝的咖啡。两人饱餐一顿，还跟牧羊人一起抽了用玉米皮卷的烟。

就在牧羊人蹲下身，在酷热而静止的空气中吐出一个烟圈时，加扎"嘿咻"一声站起来，装出要再去喝口水的样子，拖着腿朝门口走去。走到另两人身后时，他掏出司法部探员的枪，扣动扳机。枪口几乎都能碰到人了。小屋的主人后脑中弹，向前倒去。脸一着地，他便伸长四肢，抽搐了几下，然后再也没有动弹。

意大利人格林以杀人专家自居，可饶是他也没料到这一出，震惊不已。何必杀掉牧羊人呢？哎，慢着——也许下一个死的就是我……想到这里，格林顿时因惊恐抽搐起来。他连忙起身，后退几步。

"别紧张啦，"西班牙人却快活地说道，"我不会害你的。我是为了让你逃走才干掉了他。你昨晚不是说自己重拾了希望吗？

"我是心中有爱的人——对你的爱，对自己的爱，还有对躺在地上的这个男人的爱。你瞧，他再也不用受苦了。他活着的时候是那么蠢，就跟个土块似的一无是处。他孤零零住在这里，过着隐士一般的日子。而我送他去了更美好的世界，比这儿舒坦多了。我杀他可是一片好心啊……"他用脚尖给地上的尸体翻了个身，"不过在送他上天堂的同时，我也考虑到了你——还有我们俩。我这就解释给你听。首先，我们要把尸体埋在房子的泥地下面，湮灭行凶的证据。然后，你把屋里的吃食打包背上，水瓶也可以一并带走。那把枪也给你好了。

"接着，你要找石头多或地面比较硬的地方走，这样不会留下脚印。离开这儿，躲进山里。我也不确定你需要躲多久，总之躲到来这里找我们的人放弃搜捕为止吧。我伤了脚，跟着你就是累赘，到时候两个人都逃不掉。但你一个人走的话——你有枪，也有口粮，腿脚还快，还是有希望逃掉的。"

"可……可你呢？你要怎么办?! 你是——打算牺牲自己吗?! "意大利人瞠目结舌，话都说不利索了。

"我会留在这里，等搜捕队来。就这么简单。一个人静静地等他们来。要不了多久，他们就会找来了。那列货车上的人会帮他们带路的，他们会顺着我们的脚印找过来。保守估计，我今晚就能见到他们了。"

见意大利人一脸莫名，加扎大声笑道：

"你是不是想不通我为什么要这么做？是不是把我当成一个无比

宽宏热心的人啦？哎呀，这话是没错，但我还没善良到这个份儿上。你要是觉得我那么天真，那可就大错特错了。只要用这个法子，不光你能得救，我也能同时得救啊，兄弟。"

他弯下腰，抬起死去的墨西哥人的脸。"我第一眼看到他的时候就发现了。你瞧出来没有？他跟我身材相似，肤色也是一模一样。我俩真的很像，不是吗？他说的是带口音的西班牙语。对我来说，模仿那种腔调再容易不过了。我只要换上他的衣服，把蓄着的胡子剃掉，那个白人牧场主也绝对瞧不出来。

"我待会儿就换上他的衣服，至于我的衣服，要和尸体一起埋掉。再过十分钟，这把胡子也会消失不见。他刚刮过胡子，小屋里肯定有刮胡刀。如此一来，我就能摇身一变，化身为这个可怜的墨西哥人了。"

意大利人哈哈大笑，走到西班牙人跟前，亲吻他的两颊与嘴唇。

"原来是这样啊！"他不禁欢呼，"实话告诉你，我还以为你是个残酷冷血的家伙呢，因为一时心血来潮就杀了赏我们一口饭吃的人。原谅我吧！你真是太聪明了！太厉害了，你真是个天才！不过兄弟——"意大利人再次生出疑问。"等搜捕队找到这里，你要怎么跟他们解释啊？"

"这才是最关键的一步。我需要你在走之前找条绳子把我捆起来。双手捆在身后，双脚也要捆牢。反正他们要不了多久就会找过来，这点苦我还是吃得了的。只要我以这样的状态出现在搜捕队面前，编个故事骗过他们还不是小菜一碟啊。

"到时候，我准备这么说——正坐在阴凉处剥死牛皮的时候，两个男人突然出现，朝我扑来。我的腿就是在搏斗时伤到的。最终，我被他们打垮了。他们捆住了我的四肢，抢走了屋子里的吃食逃跑了。对方肯定会问那两个混蛋长什么样，我当然是对答如流，而且还描述得非常准确。因为我只要照着此刻站在我跟前的你和我自己的长相与衣着说就行了啊。

"那趟货车的机械师肯定会这么说：'没错没错，就是他俩！我在车上看见的两个人就长这样！'他肯定会立刻相信我的说辞。于是我就掌握了主动权。他们必然会接着问我，那两个恶棍往哪个方向逃了。我会告诉他们，那两人往南去穿越沙漠了。到时候，他们就会照我说的，往南找'结伴而行'的两个人。问题是，你已经往北走了，躲进了山里。这计划带不带劲？

"万一对方死活不信我，我就这么说：'你们带我去找一个多星期前雇我来这儿放羊的白人老爷就知道了！老爷会替我作证的！'如果他们真带我去找那个白人，而他也为我作证了（这点绝对没问题），那我就能无罪获释了。要是成了，那可真是要笑掉大牙喽。"

在赞叹与感激的作用下，意大利人再次亲吻加扎。

两人说干就干，每一步都做得小心谨慎，不放过一丝细节，也考虑到了各种意料之外的情况。意大利人做好了出发的准备，而西班牙人也剃光胡须，换上死者那身带着汗臭味的衬衫与脏兮兮的工作服，背过身去，让同伙把他的手绑在身后。这时，他们才发现屋里没有足够绑住他双腿的绳索。仅有的一截绳头已经用来绑手了。

西班牙人说，要不就这样算了。要是真把脚也捆住，红肿疼痛的脚踝肯定会愈发难受。问题是，搜捕队的人要是看到他没被五花大绑，那肯定是要起疑心的。好在意大利人想了个绝妙的办法，完美解决了这个问题。他甚至为这灵光一现骄傲不已。

意大利人格林用墨西哥人的切肉刀把生牛皮切成若干细长条，然后让西班牙人坐在地上，背靠支撑小屋的一根木桩，用牛皮绳圈住他的腰部和手臂，绕去木桩后侧系紧。绑成这样，西班牙人绝不可能靠一己之力挣脱。牛皮绳还带些湿气，比较柔软，略具弹性，但没有变松或被扯断的风险。

就这样，意大利人用牛皮绳捆住西班牙人的身子，背起装有吃食的袋子，献上几个发自内心的吻以示对恩人的感激，祈祷他的成功，然后便转身道别，离开了小屋。

　　意大利人对这种大陆西南部的旷野一无所知，也没有丝毫经验。但他走得还算快。在日落之前，他一路向北。到了晚上就窝在带有五颜六色断层的孤山背后，裹着死去的墨西哥人留下的一块散发着怪味的毯子入睡。天亮以后，他走进了更险峻的荒地，来到了教人头晕目眩的断崖中段。那似是一条在机缘巧合下自然形成的山路。他小心注意脚下，朝疑似山谷的地方走去。

　　谁知走到山谷深处时，脚下的岩石突然断裂，害得他跌下山路，撞到了别的石头，与之一起滚下了断崖。与此同时，更大的岩石自上方滚落，堵住了自然侵蚀而成的那条路。坠落的巨岩震撼了四面八方的断崖，撞翻了被连根拔起的松树，掀起无数酸性的尘土，教人窒息，泥沙更是如瀑布般崩涌而下。

　　意大利人好不容易捡回一条小命，逃出了危机四伏的山路，来到一处安全的地方。回头望去，崩塌几乎蔓延到了山路的尽头，把山谷的入口都堵上了。别说是人了，就连山羊都没法翻过那锯齿般耸立的崖体。换句话说，追兵被彻底挡在了这道天然屏障之外。

　　他欣喜若狂，继续往前走。但没走多久，他便发现了一个大问题，片刻前的好心情也在一瞬间烟消云散。原来，他走进的这座山谷是没有出口的。无论往哪个方向走，都是死路一条——这是西部常见的封闭山谷。左右两侧与正前方都是高得吓人的断崖绝壁，根本爬不上去。断崖矗立在他眼前，俯视着他，仿佛下一刻就要将他压瘪。而他显然已经不可能原路折返了。于是乎，意大利人格林便成了瓶中之蝇与瓮中之鳖，上天无路，入地无门。他走遍了这间宽广牢房的角角落落，细细调查。他找到了一眼泉水，水带点碱性，却颇为可口。既有水，又有些许吃食，只要省着点吃，就能撑上几个月。可以后呢？别说是以后了，在那几个月里，他还能有希望吗？在饿死之前的那些日子里，他将不得不面对自己无比惧怕的孤独。

意大利人威尔第（格林）想来想去，只得一屁股坐下，掏出手枪，对自己扣动了扳机。

西班牙人也算得上高智商罪犯了，却还是百密一疏。据他预测，搜捕队会在四小时内现身，最多也不会超过五小时。可他们来到小屋的时候，已过去了将近三十小时。

为什么会晚这么多？因为那个货车机械师虽然在露天车厢的收割机下面发现了躲躲藏藏的两人，却不记得那是哪一段路了，毕竟四周没有任何显眼的标记物。而且向四处发出通知，集结武装搜捕队也花了不少时间。过了整整一天还多，搜捕队才在铁轨边找到两人的脚印，并沿着脚印找到了惨死牧羊人的小屋。

两人逃跑时留下的脚印很是清晰——除了地面为石块覆盖的地方，两组沉重的脚印一路通往沙漠。一旦锁定脚印，搜捕队便很快找准了方向。走上小山丘一看，支撑小屋的木桩边竟坐着个被五花大绑的男人。

搜捕队急忙赶去，却发现——那人已经死了。他的脸被晒得黝黑，空洞的双眼睁得巨大，仿佛在瞪着队员们一般。舌头无力地耷拉着，临死前的痛苦令他弓起了僵硬的双腿。

队员们凑近一看，这才意识到他的死因，不禁深感同情。那人全身都被生牛皮捆住了，还坐在户外，被灼热的阳光灼烤了整整一天。

太阳的热气使刚被剥下的生牛皮发生了急剧的变化。某些物体具有遇热膨胀的特性，生牛皮却恰恰相反，在炎热的环境下会收缩变硬，堪比钢铁。

因此，在艳阳的灼烤下，那个可怜的西班牙人身上的生牛皮逐渐收紧，勒住了他的胃部、胸口、肩膀和手臂。对他来说，这感觉肯定不好受，但这并非他的死因。

真正的死因，是将他的脖子牢牢绑在木桩上的那条牛皮绳。起初，在木桩后侧系紧的绳子只是"缠"着他的脖子而已。但随着时间的推移，它越勒越紧，好似铁圈，以骇人的力量逐渐了结了他的性命。换言之，西班牙人加扎死于一场名副其实的螺旋绞刑。

一个叫斯佩德的男人

达希尔·哈米特 ｜ Dashiell Hammett

（1894.5.27—1961.1.10）

> 伟大的哈米特创造了纯美式推理小说。他塑造了两位私家侦探，一位是"大陆侦探社"的无名探员，另一位便是萨姆·斯佩德。斯佩德登场的作品寥寥无几，长篇仅有《马耳他之鹰》。本作则是短篇的代表作，1932 年发表于《美国杂志》（*The American Magazine*）。
>
> ——乱步评

萨姆·斯佩德把座机往边上一推，瞥了眼手表。快四点了。

"喂——"

秘书艾菲·佩林吃着巧克力蛋糕，从外面的办公室探出头来。

"告诉席德·怀斯，我今天下午没法如约见他了。"

艾菲把最后一块蛋糕塞进嘴里，舔了舔食指与拇指的指尖。"这已经是本周的第三次了。"

萨姆·斯佩德咧嘴一笑。他笑起来的时候，眉毛、嘴巴和下巴连成的 V 字形脸就会显得更长。"我知道，但是我得出门挽救一条人命啊，"他朝座机扬起下巴，"马克斯·布利斯刚打电话给我，说有人恐吓他。"

艾菲笑道："那个人是不是叫'良心'呀？"

691

斯佩德抬起眼，没再看卷到一半的烟。"你了解他的情况？"

"也就你知道的那些。我只是想起了他把弟弟送进圣昆汀监狱那件事。"

斯佩德耸肩道："他还干过各种糟糕的事。"他点了烟，伸手去拿帽子。"但他现在老实多了。萨姆·斯佩德的客户都是虔诚而正直的人。要是我没在关办公室之前回来，你就先回去吧，艾菲。"

他来到渚布山的大型公寓，上到十层，按下"10K"号房的门铃。一个身材魁梧的男人立刻开了门。他穿着一身皱巴巴的深色衣服，头几乎全秃了，手上拿着一顶灰色的帽子。

"哟，萨姆，"对方微微一笑，小却犀利的眼睛比片刻前温和了不少，"你来这儿干什么？"

"汤姆……"斯佩德一脸木然，声音也不带一丝抑扬顿挫，"布利斯在吗？"

"你问他在不在？"汤姆·珀豪斯警探一撇厚实的嘴唇，"这你就不用操心了。"

斯佩德的眉毛立时碰了头。"嗯？"

另一个人来到了汤姆身后的小门厅。他比斯佩德和汤姆都矮，但体格健壮，有一张红润的方脸，留着修得很短的灰白胡子，着装整齐，黑色的圆顶礼帽戴在脑后。

斯佩德越过汤姆的肩膀朝那人打招呼。"你好啊，邓迪。"

邓迪警司微微点头，走到门口。一双蓝眼睛写满了警惕与怀疑。

"怎么回事？"他问汤姆。

"马、克、斯、布、利、斯，"斯佩德一字一顿道，"我是来找他的。他也想见我。懂了吗？"

汤姆笑了，邓迪却没有。汤姆说道："可惜你们之中只有一个能如愿。"他瞥了邓迪一眼，就此收声，不自在地动了动。

斯佩德皱起眉，不耐烦地问道："他是死了，还是杀了人？"

邓迪将那张方脸凑近斯佩德，每一个字似乎都是从下嘴唇里挤出来的。"你为什么这么想？"

"我来找布利斯，却被两位重案组的警官挡在门口，猜不到才怪了。我总不会以为你们只是在打牌吧。"

"少啰唆，萨姆，"汤姆没正眼看另两人，嘟囔道，"马克斯·布利斯死了。"

"被人杀了？"

汤姆缓缓点头，注视着斯佩德问道："你知道什么？"

斯佩德故意用冷淡的口吻回答："他刚给我打了个电话，大概是三点五十五分吧。我挂电话后看过表，那时离四点还差一分多钟。他说有人要他的命，让我立刻来一趟。听口气，他似乎是真的很担心。事情都到了这个地步，也难怪……"他动了动自己的其中一只手，"于是我就来了。"

"他有没有提到是谁在恐吓他，或是恐吓的内容？"邓迪问道。

斯佩德摇头道："没有，他只说有人要杀他，他是真的怕了。所以我也没耽搁，立刻赶了过来。"

"那他有没有说别的……"邓迪急忙插嘴。

"没了。你们就不能先告诉我到底出什么事了吗？"

邓迪的回答言简意赅。"进来瞧瞧吧。"

汤姆表示："蔚为壮观。"

门边有张玻璃面板小桌。一个男人正往桌上撒白粉。他停下手里的动作，回头说道："哟，萨姆。"

萨姆·斯佩德点头道："你好啊，费尔斯。"接着，他又跟两个站在窗边说话的刑警打了招呼。

马克斯·布利斯张着嘴躺在地上，身上的衣服被脱去了几件。他的咽喉肿胀瘀黑，发青的舌尖伸出嘴角，明显肿胀。他裸露的心口处被用黑色墨水画了一个五角星，中间有个"T"。

斯佩德俯视尸体，默默站了一会儿，然后开口问道："他是以这种状态被发现的？"

"差不多，"汤姆回答，"我们稍微挪了一下。"他指着摆在桌上的内衣、衬衫、背心和外套。"这些衣服都散落在地。"

斯佩德摸了摸下巴。略带黄色的灰色眼眸是那样恍惚。"尸体是什么时候发现的？"

"我们是四点二十分到的。是被害者的女儿打电话报的警，"汤姆指了指里屋的房门，"一会儿就找她问话。"

"她知道什么吗？"

"天知道，"汤姆不耐烦地说道，"她一直都不太配合。"他转向邓迪道："是时候跟她聊聊了吧？"

邓迪点点头，对窗边的一个刑警道："检查一下被害者的文件，麦克。应该有人恐吓过他。"

"好。"麦克拉下帽子，走向房间尽头的绿色办公桌。

另一个人从走廊而来。他戴着宽边黑帽，大概五十岁的年纪，身材肥硕，面色发灰，皱纹深重。这位脸色不太好的刑警对斯佩德说道："你好啊，萨姆。"然后他转向邓迪道："被害者在两点半左右接待过客人，那人待了一个多小时。是个穿着棕色衣服的金发男人，个子很高，四十到四十五岁，姓名还不清楚。是从开电梯的菲律宾人那儿打听到的。那人上下楼时坐的都是他开的电梯。"

"确定只待了一个小时？"邓迪反问道。

面色难看的刑警摇头道："目前还不确定，但电梯员表示那人是在三点半之前走的。他下楼的时候，下午的报纸还没送来。"他把帽子往后推了推，挠了挠额头，然后用粗壮的手指指着死者胸口上的星形图案，用悲凉的口吻问道："这算怎么回事？"

无人作答。邓迪问道："电梯员还能认出那个访客吗？"

"他说他能，但我也没把握。他说没见过那个人。"面色难看的刑警将视线从死者身上移开，"接线员列了一张被害者的通话人员名单。萨姆，近来可好？"

斯佩德表示还行，然后缓缓补充道："马克斯的弟弟西奥多就是一头金发，个子很高，年纪也是四十到四十五岁……"

邓迪的蓝眼迸发出犀利的光芒。"弟弟？"

"还记得格雷斯通信托公司诈骗案吧？他们兄弟俩都有牵扯，但马克斯让弟弟背了黑锅，结果西奥多被判了一年到十四年的不定期刑，进了圣昆汀监狱。"

邓迪缓缓点头。"嗯，我想起来了。那西奥多·布利斯现在在哪儿？"

斯佩德耸耸肩，开始卷烟。

邓迪用手肘戳了戳汤姆："赶紧去查！"

"好。问题是，那个访客三点半就走了，而被害者四点不到的时候还活着——"

"万一那人摔断了腿，没本事溜回来就麻烦喽。"面色难看的刑警调侃道。

"少磨蹭！"邓迪再次下令。

"这就去办。"汤姆走向电话。

邓迪对那个面色难看的刑警说道："联系报社，核实一下今天下午的报纸究竟是几点送到的。"

刑警点点头，走出房间。

正在搜查办公桌的刑警喃喃道："啊……"他一手拿着信封，一手拿着一张纸，回过头来。

邓迪伸出手问："发现什么了？"

刑警又自言自语了一声，把纸递了过去。

斯佩德越过邓迪的肩膀望去。

那是一张司空见惯的小纸片，上面用铅笔写了一段话，字迹工整，毫无特征。

当你收到这封信的时候，我已来到你身边。这次你休想逃脱。让我们好好算清这笔账。

签名是一个中间有"T"的五角星，与死者胸口的图案一模一样。

邓迪伸出另一只手，接过信封。上面贴着法国的邮票，地址是用打字机打出来的。

美利坚合众国 加利福尼亚州

旧金山

阿姆斯特丹公寓

马克斯·布利斯 收

"邮戳是巴黎的，本月二号寄出，"邓迪立刻掰手指算了算，"应该是今天寄到的。"他缓缓折好信纸，塞进信封，插进外套口袋，然后对找到信的刑警说道："继续找。"

刑警点头应下，回办公桌去了。

邓迪转向斯佩德问："你怎么看？"

"没劲。教人不爽。"斯佩德说话的时候，嘴里叼着的褐色的卷烟随之上下摇晃。

汤姆放下电话。"他上个月十五号出狱了。这就让人去查他的行踪。"

斯佩德走到电话旁，拨通了哈利·达雷尔的号码。"你好啊，哈利，我是萨姆·斯佩德。嗯，我很好。太太怎么样？……嗯……对了，哈利，我问你，五角星中间有一个大写的 T 是什么意思？啊？怎么拼？哦，我知道了。要是尸体上画着这个图案呢？……我也不知道。嗯……多谢。下次见面的时候详聊。嗯，打我电话……多谢，再见……"

邓迪和汤姆站在边上听着斯佩德打电话。他回头说道:"那人很懂这种玩意。他说那个图案是中间画着希腊字母 T(Tau)的五芒星,以前的巫师经常用。也许玫瑰十字会(Rosicrucians)的人现在还在用。"

"玫瑰十字会是什么玩意?"汤姆问道。

"说不定是被害者的弟弟西奥多(Theodore)的首字母呢。"邓迪说道。

斯佩德耸耸肩,随口回答:"如果西奥多·布利斯想让所有人知道是他干的,写下自己的名字确实是最方便的法子。"

他带着沉思的表情继续说道:"圣何塞和洛马角都有玫瑰十字会的人。我不认为是他们干的,但姑且值得一查。"

邓迪点点头。

斯佩德看了看桌上的死者衣物。"口袋里有东西吗?"

"都是些寻常的物件,"邓迪回答,"都放在那边的桌上了。"

斯佩德走到桌边,低头望向堆在衣服旁边的表与表链、钥匙、钱夹、通讯录、纸币、金色铅笔、手帕和眼镜盒。他没有碰它们,却逐一拿起了死者的衣服。先是衬衫,然后是内衣、背心和外套。桌上还有一条蓝色领带。他皱起眉头说道:"这领带还是新的。"

邓迪、汤姆和此前一直默默站在窗边的助理验尸官(身材瘦小,肤色浅黑,一看就是知识分子)一起凑过来,盯着那条不带一丝皱纹的蓝色领带。

汤姆没出息地哼了一声,邓迪嘟囔了几句。斯佩德把领带翻过来,只见标签上印着伦敦某男士服饰店的名字。

斯佩德快活地说道:"这里是旧金山,会用那奇怪的星形符号的玫瑰十字会成员分布在洛马角与圣何塞。恐吓信是从巴黎寄出的,领带则来自伦敦的商店……真够凑巧的。"

邓迪瞪了他一眼。

那个脸色难看的刑警回来了。"下午版的报纸确实是三点半送到的,"他的眼睛略略睁大,"怎么了?"他穿过屋子,走向大伙聚集之处。"另外,没人看到三点半之前离开的金发男人回来。"他困惑地盯着那条领带。汤姆沉吟着,轻吹一声口哨:"这是一条崭新的领带。"

邓迪转向斯佩德,没好气地说道:"大概就是这么回事。被害者跟弟弟结了仇。而这个弟弟刚出狱。三点半的时候,有一个长得像他兄弟的人离开了这里。二十五分钟后,被害者给你打电话,说他被人恐吓了。又过了三十分钟,他的女儿回来一看,发现被害者已经被掐死了。"他戳了戳肤色浅黑的矮个助理验尸官的胸口:"是掐死的吧?"

对方明确回答:"没错,动手的是个男人。女人没那么大的手。"

"OK,"邓迪再次转向斯佩德,"恐吓信也找到了。也许他就是因为那封信才跟你打了电话,也许他今天被弟弟恐吓了,于是立刻找了你。不过我们先别乱猜了,还是在已知事实的基础上思考吧。首先——"

调查办公桌抽屉的刑警说道:"又找到一个!"他的神情颇有几分得意。

然而,回头望去的五个人(斯佩德、汤姆、邓迪、助理验尸官与脸色难看的刑警)都露出了同样冷漠的眼神。

调查办公桌的刑警却毫不介意,开始大声念信:

亲爱的布利斯

这是我最后一次催促你还钱,望你在下个月初全部还清。如有拖延,后果自负。至于后果是什么,你应该也有数。这绝非玩笑。

丹尼尔·塔尔波特

刑警咧嘴一笑。"塔尔波特(Talbot)……又冒出来一个 T 打头的家伙,"他拿起信封,"邮戳是圣地亚哥的,上个月二十五号。"他奸笑道:"需要调查的城市也多了一个。"

斯佩德摇摇头。"洛马角就在圣地亚哥附近……"

他和邓迪一起走过去看那封信。高档信纸，蓝色墨水，信封上的地址也是用蓝色墨水写的，但字迹很难辨认，字母棱角分明，看起来和那封用铅笔写的恐吓信截然不同。

斯佩德讽刺道："也算是找到不少线索了。"

邓迪不耐烦地摆摆手，沉吟道："还是只看已知的事实吧。"

"好，"斯佩德点头道，"不过已知的事实都有哪些？"

无人作答。

斯佩德从口袋里掏出烟草和卷烟纸。"不是说要跟死者的女儿聊聊吗？"

"嗯。"邓迪一个转身，突然皱起眉头，俯视着地上的尸体，向肤色浅黑的助理验尸官问道，"查完没？"

"好了。"对方回答。

邓迪冷冷地对汤姆下令："那就把尸体运走吧。"接着，他又对脸色难看的刑警说道："见过死者的女儿之后，我还想见见那个电梯员。"

他走向汤姆刚指的里屋房门，敲了敲门板。

"谁啊？"略显刺耳的声音传来。

"邓迪警司。我想和布利斯小姐谈谈。"

片刻的沉默后，屋里人回答："请进。"

邓迪推门进屋，斯佩德紧随其后。那是一间卧室，墙上黑、灰、银相间。只见一个壮实而丑陋的中年妇女坐在窗边，穿着黑色衣服，系着白色围裙。一个年轻的姑娘躺在床上。

姑娘把手肘撑在枕头上，手掌托着脸颊，仰望中年妇女。她显然只有十八岁左右，一身灰色套装，留着金色短发，面部轮廓硬朗，五官非常对称。她并没有看走进卧室的两人。

邓迪与中年妇女说话，斯佩德则点着了烟。"我们有两三个问题想问你，胡珀太太。你是布利斯家的管家，对吗？"

"是的。"胡珀太太如此回答。声音依然略显刺耳，灰色的双眸死死盯着对方，眼窝凹陷。她摆在膝头的手很是粗糙，一看就是位相当可靠的大婶。

"你对布利斯先生遇害一事了解多少？"

"我什么都不知道——今天早上，我请假去奥克兰参加侄儿的葬礼。回来一看，你们几位已经在家里了，而……布利斯先生……"

邓迪点头道："那你对此事有什么看法？"

"没什么看法——"她的回答很简短。

"你就没有要出事的预感吗？"

床上的姑娘——米莉安·布利斯突然将视线从胡珀太太身上转移开，坐起身。她显得十分激动，瞪大双眼道："这话是什么意思？"

"就是字面意思，"邓迪回答，"他被人恐吓了。在遇害的几分钟前，他打电话给斯佩德先生说了这件事。"他朝斯佩德扬起下巴。

"可谁会——"她没把话说完。

"我还想请教二位呢，"邓迪插嘴道，"谁和他有深仇大恨？"

米莉安大吃一惊，盯着邓迪。"谁会——"

这回轮到斯佩德开口了："但确实有人恨他的。"他的话语十分残酷，但语气十分温和。米莉安·布利斯将视线转向了他。斯佩德继续说道："你不知道有人恐吓令尊？"

米莉安用力摇头。

斯佩德向胡珀太太发问："你呢？"

"不知道。"

他将注意力转回米莉安。"你认识丹尼尔·塔尔波特吗？"

"认识啊，他昨晚来家里吃了晚饭。"

"他是谁？"

"这……我只知道他住在圣地亚哥，大概是跟家父一起做生意的吧。不过我之前没见过他。"

"他们的关系如何？"

米莉安微微皱眉，缓缓回答："看着还不错……"

邓迪问道："他跟布利斯先生一起做什么生意？"

"塔尔波特先生是金融家。"

"是要成立公司？"

"嗯，差不多吧……"

"塔尔波特住哪家酒店，还是已经回圣地亚哥了？"

"我不知道。"

"你还记得他长什么样吗？"

米莉安再次皱眉沉思。"高个子，红脸膛，头发和胡子都是白的……"

"年纪很大了？"

"六十岁上下吧，至少有五十五岁了。"

邓迪望向斯佩德。斯佩德把烟捻灭在梳妆台上的烟灰缸里，继续提问："你最后一次见到你叔叔是在什么时候？"

米莉安涨红了脸。"你是问泰德叔叔？"

他点点头。

"是……"说到一半，米莉安咬住了嘴唇，"当然是……呃，他刚出狱的时候……"

"他来过这里？"

"嗯。"

"来见令尊？"

"对。"

"两位的关系如何？"

米莉安睁大眼睛："他们都不是会把情绪表露出来的人，可到底是血脉相连的兄弟啊。家父似乎给了叔叔一笔钱，做新生意的启动资金。"

"这么看来，他们的关系还是不错的？"

"嗯。"米莉安的口气，就好像她不想说一个多余的字一样。

"那你叔叔住在哪里？"

"邮政街。"米莉安还报出了门牌号。

"之后你就再也没见过他？"

"嗯，叔叔羞于见我们……因为他坐过牢……"她抬起一只手，没有继续说下去。

斯佩德问管家胡珀太太："你也没再见过西奥多·布利斯先生？"

"没有。"

斯佩德嘴唇紧抿，缓缓说道："哦，看来你们都不知道他今天下午来过这里。"

两人同时摇头。

"为什么——"

这时，有人敲了敲门。

邓迪说道："进来。"

汤姆把门打开一道缝，只把头探了进来。"被害者的弟弟来了。"

米莉安身子前倾，喊道："泰德叔叔！"

汤姆身后出现了一个身着棕色西装、一头金发的高个男人。他的皮肤晒得黝黑，将牙齿衬托得分外白净，清澈的眼眸看起来也更蓝了。

"出什么事了，米莉安？"西奥多·布利斯问侄女。

"爸爸死了！"米莉安痛哭起来。

邓迪朝汤姆点点头。汤姆给西奥多·布利斯让路，让他进入卧室。

他身后还跟着一个女人。她走得很慢，显得犹犹豫豫。此人年近三十，高个金发，身材也不错，能归入美女的范畴。她的长相颇为知性，能给人留下不错的印象。她戴了一顶褐色小帽，穿着水貂皮外套。

西奥多·布利斯搂住侄女的肩膀，亲吻她的额头，然后坐在床上。

"没事了，没事了……"他结结巴巴地安慰道。

米莉安看到了那个金发女子，用朦胧的泪眼打量了她一会儿，然后说道："啊，你好，巴罗小姐。"

西奥多·布利斯清了清嗓子。"她已经是布利斯太太了。我们今天下午结了婚。"

邓迪很是不悦地回望斯佩德。斯佩德却卷起了烟，似乎正憋着笑。

米莉安吃了一惊，沉默片刻后说道："恭喜，祝你们幸福……"新婚的布利斯太太喃喃道："谢谢……"米莉安则转向西奥多·布利斯说道："恭喜你，叔叔。"

西奥多轻拍米莉安的肩膀，紧紧搂住她，满腹狐疑地仰望斯佩德和邓迪。

"你哥哥刚去世，"邓迪解释道，"是谋杀。"

爱丽丝·布利斯太太倒吸一口气。西奥多搂着侄女的手更用力了，却是面不改色。"谋杀？"他重复道，声音里写满了难以置信。

"没错，"邓迪把手插进外套口袋，"你今天下午来过这里是吧？"

西奥多晒得黝黑的脸立时苍白了几分。他回答"对"，语气平稳。

"那你待了多久？"

"一个小时左右。两点半到的——"他转向新妻，"我打电话给你的时候快三点半了，对吧？"

爱丽丝·布利斯点头道："对。"

"然后我就走了。"

"你跟哥哥提前约过？"邓迪问道。

"没有，我打电话去他办公室……"他望向妻子，"人家告诉我他回家了，于是我就过来了。我想在和爱丽丝离开之前见他一面……也希望他能来观礼，可惜他来不了。他说他在等人。我们聊得太投入，以至于我在这里逗留的时间比计划长了一些，所以我打电话给爱丽丝，让她直接去法院所在的市政大楼等我。"

邓迪思索片刻后问道："几点？"

"你是问我们在市政大楼见面的时间吗？"西奥多·布利斯望向妻子。

新婚的爱丽丝·布利斯"哧哧"一笑："三点四十五分。我比你先到，一直在看表。"

西奥多用格外慢的语速继续说道："我们是四点零五六分的时候办的结婚手续。因为见证人维特菲尔德法官要审理案件，我们等了十来分钟。他来了之后，我们又等了五六分钟，仪式才正式开始。你可以去查，应该是高等法院的二号厅。"

斯佩德转身向后，指着汤姆说道："去高等法院问问吧？"

"OK。"汤姆走出卧室。

"如果事实如你所说，那就没问题了，"邓迪说道，"不过我还有几个问题。你哥哥在等谁？"

"我也不知道。"

"他有没有提起自己被恐吓的事？"

"没有。他很少和别人说自己的事情，跟我这个亲弟弟都很少提。有人恐吓他？"

邓迪抿了抿嘴。"你们的关系如何？"

"很好啊。你想问的就是我们处得好不好吧？"

"是吗？"邓迪反问道，"你们就不恨对方吗？"

西奥多·布利斯松开侄女。血色逐渐褪去，使他那张晒黑的脸带了几分诡异的黄色。"大家都知道我蹲过大牢，你大可明说。如果你指的是这件事的话——"

邓迪点头，咕哝道："所以？"

"所以？"西奥多·布利斯烦躁地站起身，"所以我恨他？荒唐！我们都和那件事有牵扯，他成功脱身了，我却没有。无论他有没有被判有罪，我都会进监狱。把他拖下水对我没有一点好处。所以我们商量好了，我一个人去坐牢，他在外面善后。事实证明，我们的计划很成功。你去查查他的银行账户就知道了，在我出狱当天，他就开了一张两万五千美元的支票给我。你还可以咨询国家钢铁公司的股票部门，他们会告诉你，他把自己名下的一千股转给了我。"他抱歉地笑了笑，坐回床边。"抱歉，警方会问这些也很正常。"

邓迪无视了他的道歉，问道："你认识丹尼尔·塔尔波特吗？"

"不认识。"

新娘子爱丽丝开口道："我认识。我的意思是，我见过他。因为他昨天来过办公室——"

邓迪扫视她的全身上下。"办公室？哪里的办公室？"

"我是……我曾经是布利斯先生的秘书，所以……"

"你说的布利斯先生，是被害者马克斯·布利斯？"

"对。昨天下午，确实有一位丹尼尔·塔尔波特先生来过办公室，但我也不确定他是不是你问的那个人……"

"出了什么事？"

爱丽丝望向丈夫。西奥多说道："你知道什么就尽管告诉他们吧。"

于是她继续说道："其实也没出什么大事。他们一开始好像都很生气，但是一起离开办公室的时候却是有说有笑的……啊，对了，他们走之前，布利斯先生把我叫去，让我吩咐特拉帕——特拉帕是公司的会计——开一张支票给塔尔波特先生。"

"支票给出去了？"

"给了，是我交给对方的……金额是七千五百多美元。"

"那笔钱是做什么用的？"

爱丽丝摇头道："我也不知道。"

"你是被害者的秘书，应该知道他和塔尔波特谈的是什么事吧……"

"我确实一无所知。连塔尔波特这个名字都没听说过。"

邓迪转向斯佩德，后者面无表情。邓迪瞪了他一眼，对坐在床上

705

的西奥多说道:"今天下午见到你哥哥的时候,他系着什么样的领带?"

西奥多眨了眨眼,盯着邓迪的身后,然后闭上眼睛。片刻后,他睁眼说道:"是一条绿色的……唔,看到了我能认出来。你问这个干什么?"

爱丽丝插嘴道:"是浓淡不一的绿色斜纹相间的领带吗?他今早在办公室系的就是那条。"

"他的领带放在哪里?"邓迪询问管家胡珀太太。

管家起身回答:"在他卧室的衣橱里,我带你去看看?"

邓迪和新婚夫妇随管家离开卧室。

斯佩德将帽子放在梳妆台上,问米莉安·布利斯:"你是几点出的门?"他坐在了床脚。

"今天吗?大概一点吧。我约了人共进午餐……迟到了一小会儿。然后我去买了点东西——"她全身颤抖,没再说下去。

"那你是几点到家的?"斯佩德的声音十分温和,仿佛在问一些显而易见的事情。

"应该是四点多吧。"

"然后呢?"

"我发现家父倒在地上,就打电话——我不记得电话打去了公寓的办公室还是警局。我也许是昏倒了,也许是歇斯底里了……反正回过神来的时候,警察和胡珀太太已经守在我身边了。"她直视着斯佩德的脸。

"有没有叫医生?"

她垂眼道:"没有,我应该没给医生打电话。"

"如果你知道他已经死了,那确实不用找医生。"斯佩德用随意的口吻说道。

米莉安沉默不语。

"你一看就知道他死了?"

她抬眼盯着斯佩德，眼神呆滞。"他确实死了啊。"

斯佩德微笑道："我就是好奇你有没有在打电话之前确认他还有没有气。"

米莉安抬手捂住喉咙，咳嗽着回答："我、我真的记不清了。我大概是认定他已经死了吧。"

斯佩德点点头，一副"我很理解"的样子。"如果你报了警，那就说明你知道他是被谋杀的。"

米莉安十指交错，盯着双手。"嗯，大概吧……太可怕了……我也不知道自己当时是怎么想的，怎么做的……"

斯佩德倾身向前，压低声音劝道："我不是刑警，而是令尊雇的私家侦探。但我来迟了几分钟。所以从某种角度看，我现在是为你服务的。如果有什么不方便告诉警方的——"见邓迪带着西奥多·布利斯夫妇与管家回到米莉安的卧室，斯佩德便没往下说。"有什么发现吗？"

邓迪回答道："衣橱里没有他今早系的绿领带。"他用怀疑的目光扫过斯佩德和米莉安。"胡珀太太说，在尸体旁边发现的那条蓝色领带是刚从英国寄来的六条领带之一。"

西奥多·布利斯问道："领带有那么要紧吗？"

邓迪皱起眉头。"发现尸体的时候，死者衣冠不整，而他身边的领带是全新的，一次都没用过。"

"凶手会不会是在他换衣服的时候进来行凶的？"

邓迪额上的皱纹更深了。"问题是，那条绿领带上哪儿去了？总不能是被他吃了吧。"

斯佩德说道："他不是在换衣服的时候遇害的。一看衬衫的领子就知道，他被人掐死的时候肯定穿着它。"

汤姆推开房门。"西奥多·布利斯先生说得没错。我找法官和法院职员基特里奇核实过了，在三点四十五分到四点零五分或十分之间，两位确实身在市政大楼。我让基特里奇来这里认人，确认他们是不是出现在市政大楼的那两个人。"

邓迪回了句"OK"，从口袋里拿出那封铅笔写的恐吓信，把信纸折了几下，只把中间有"T"的五芒星露出来。"有人认得这个吗？"

米莉安下床走到大伙身边。看过那个符号之后，所有人都抬起双眼，面面相觑。

"都不认得？"邓迪再次问道。

胡珀太太喃喃道："看着像布利斯先生胸口的图案，可……"其他人纷纷摇头。

"有谁见过没有？"

所有人都回答，没有。

"OK，请各位在这里稍等。也许过会儿还有其他问题要问。"

"啊，布利斯先生，"斯佩德喊住西奥多·布利斯，"请问你跟太太认识多久了？"

西奥多转身望向斯佩德，满脸莫名。"当然是出狱后才认识的……"他谨慎地斟酌措辞，"怎么了？"

"那就是上个月才认识的，"斯佩德似在自言自语，"是通过你哥哥认识的吗？"

"对，我第一次见她是在哥哥的办公室里。你问这个干什么？"

"今天下午在法院的时候，二位一直都在一起？"

"是啊，"西奥多·布利斯不假思索道，"你为什么要问这些？"

斯佩德友好地微笑道："我的工作就是问各种问题。"

西奥多也笑了笑。"其实我并不介意，"他笑得更深了，"事实上，我撒了个小谎。我们没有一直在一起。我去走廊里抽了根烟，但在此期间，爱丽丝一直坐在原处。因为门是玻璃做的，我在走廊也能看到她。"

斯佩德的微笑与西奥多一样灿烂。"不看玻璃门的时候，你也待在能看见门的地方吗？我的意思是，如果她离开法庭，你就一定会有所察觉？"

西奥多脸上的微笑消失不见。"那是当然。再说了，我总共只出来了五分钟左右。"

"多谢。"斯佩德回答道。他随邓迪走进起居室，关上了身后的门。

邓迪斜睨了斯佩德一眼。"有什么发现？"

斯佩德耸了耸肩。

马克斯·布利斯的尸体已经被运走了。

调查办公桌的刑警与脸色难看的刑警旁边的沙发上，坐着两个身着电梯员制服的菲律宾人。两人有着杏色的皮肤，紧挨着对方。

邓迪对翻找办公桌抽屉的刑警说道："找一根绿色的领带，麦克。把这套公寓、这个街区和周边的街区翻个底朝天，说什么都要找到。需要人手尽管调。"

"OK！"刑警站起身，把帽子拉到眉眼处，然后走出房间。

邓迪转身望向两个菲律宾电梯员。"你们中的哪一个见过穿棕色西装的男人？"

个子略矮的电梯员起身回答："是我。"

邓迪打开卧室房门，把西奥多·布利斯叫过来。"布利斯先生。"

西奥多走到门边。

菲律宾电梯员的神情顿时轻松不少。"对，就是这位先生……"

西奥多还杵着，邓迪就当着他的面关了房门。"坐吧。"

电梯员赶忙坐下。

邓迪绷着脸瞪着电梯员，搞得两人坐立不安，然后问道："今天下午，你们还给什么人开过电梯？"

两人同时摇头。"没别人了。"矮个电梯员回答。为了讨好对方，他笑得整张脸都只剩下嘴了。

邓迪上前一步，厉声吼道："胡扯！这家的小姐不也坐过电梯吗？"

高个子电梯员连忙点头道："是的，是我为小姐他们开的电梯。我还以为你问的是其他人。"他也拼命挤出笑脸。

邓迪瞪着电梯员道："我不需要你揣测我的意图，你只需要回答我的问题。我问你，'小姐他们'是什么意思？"

被邓迪一瞪，电梯员急忙收起笑容，低头看着双脚中间的地板。"是小姐和一位男士……"

"男士？刚才那个？"邓迪扬起下巴，指了指西奥多·布利斯所在的卧室。

"不是他，是另一位先生。他不是美国人，"电梯员抬起头，再次满脸放光，"我想他应该是亚美尼亚人。"

"为什么？"

"因为他不像美国人，说的话也不一样……"

斯佩德笑道："你见过亚美尼亚人？"

"没有，所以是我猜的……"电梯员没敢继续说下去，因为邓迪闷哼了一声。

"他长什么样？"邓迪问道。

电梯员抬起肩膀，张开双臂，指着斯佩德说道："他跟这位先生一样，个子很高……头发和胡子都是黑色的，穿着非常……"他使劲皱着眉头，"呃，非常考究的衣服，长得很英俊。拿着手杖，戴着手套，鞋上有鞋罩，很沉稳……"

"年轻吗？"邓迪插嘴道。

电梯员点头回答："嗯，很年轻。"

"他是什么时候走的？"

"五分多钟后……"电梯员回答。

邓迪动了动下巴，仿佛在咀嚼一般。"他们几点来的？"

电梯员再次张开双臂耸肩道："四点……要么就是四点十分。"

"在我们警方赶到之前，还有其他人坐电梯吗？"

两个电梯员齐齐摇头。

邓迪撇撇嘴，对斯佩德说道："把米莉安·布利斯喊来。"

斯佩德打开卧室房门，微微躬身道："能否请你过来一下，布利斯小姐？"

"怎么了？"米莉安气势汹汹。

"不会占用你很多时间，"斯佩德开着门，突然对西奥多说道，"你也一起来吧。"

米莉安·布利斯缓缓走进起居室，她的叔叔西奥多·布利斯紧随其后。两人出来之后，斯佩德关好房门。看到电梯员，米莉安的下唇微微抽动，惶惶不安地仰望邓迪。

"电梯员说，你今天下午和某个男人一起回来过……"

她的下唇再次发颤。"啊？"她似乎想装出一副吃惊的样子。西奥多·布利斯快步穿过起居室，站在她身前，本想说些什么，却又改了主意，退回她身后，捧着胳膊靠着椅背。

"我问的是和你一起来这儿的男人，"邓迪语速很快，毫不客气，"他是谁？人在哪儿？为什么离开这里？你为什么没提起他？"

米莉安双手掩面，哭了出来。"因为……这不关他的事啊……"她透过指缝断断续续道，"他不是凶手，我说出来只会给他添麻烦……"

"好一个顶天立地的男子汉，"邓迪讽刺道，"他生怕自己的名字上报，就自己溜走了，把你独自一人撂在尸体边上……"

米莉安抬起头。"他也没办法啊！"她嘶吼道，"他太太爱吃醋，要是她知道他又和我在一起，肯定要闹离婚的。到时候，他就身无分文了……"

邓迪望向斯佩德。斯佩德俯视那两个左顾右盼的菲律宾电梯员，指了指通往走廊的房门。"你们可以走了。"

电梯员立刻告辞。

"到底是谁？"邓迪问米莉安。

"他和这事……"

"他是谁？"

米莉安双肩一垮，眼眸低垂。"鲍里斯·斯梅卡洛夫。"她的声音是那么轻。

"怎么拼？"

米莉安拼了一遍。

"住在哪儿？"

"圣马克酒店。"

"除了跟富婆结婚，他还有别的工作吗？"

米莉安气得抬起头，却连发怒的气力都没了。"没有。"

邓迪一个转身，对脸色难看的刑警说道："把他抓来。"

刑警嘟囔着去了走廊。

邓迪转向米莉安道："你们爱着对方？"

米莉安露出嘲讽的神色，鄙夷地看着他，一言不发。

"令尊已经死了，就算斯梅卡洛夫先生的妻子和他离婚，你也有足够的钱让他娶你。"

她再次以手掩面。

"难道不是吗？"邓迪又强调了一遍。

米莉安摇晃着向前倒去。斯佩德扑过去接住了她，毫不费力地将她抱起，送进卧室。出来的时候，他顺手关了房门，倚在门上。"别的暂且不论，这次的晕倒是演出来的。"

"没一句真话。"邓迪咆哮道。

斯佩德咧嘴笑道："应该制定一部法律，让罪犯自己找齐证据配合警方调查。"

西奥多·布利斯微微一笑，坐在窗边的办公桌后。

邓迪的声音透着不爽。"你什么都不用操心，委托人死了也不要紧。

可我不行，不把案子破了，上司、记者和各种人的唾沫星子都能把我淹死。"

"别气馁，"斯佩德宽慰道，"迟早能抓住凶手的。"他神情严肃，唯独那双略带黄色的灰眼仍带着笑意。"也没必要到处乱翻了。不过最好还是核实一下那位管家大婶到底有没有去参加葬礼。我总觉得她有些古怪。"

邓迪目露疑色，打量了斯佩德一会儿，然后点头道："我会让汤姆去查。"

斯佩德转向汤姆，摆了摆手指说道："她十有八九没参加什么葬礼，可别让她混过去。"

他打开卧室房门，喊来胡珀太太。"珀豪斯警探想找你了解情况。"

汤姆·珀豪斯询问了葬礼的举办地点和出席人员的姓名，记在笔记本上。在此期间，斯佩德坐在沙发上，卷了一支烟，吞云吐雾起来。邓迪眉头紧锁，瞪着地毯来回踱步。西奥多起身问斯佩德，他能否回卧房和妻子待在一起。

汤姆记下必要的信息，说道："多谢，胡珀太太。"然后转向斯佩德和邓迪道了声"回见"便出门去了。

管家杵在原地，不吵不闹，看着十分可靠，就是长得丑了些。

斯佩德仍坐在沙发上，侧身盯着管家那双眼窝深陷却不失镇定的眼眸，指着汤姆刚走出去的那扇门说道："别担心，只是例行公事。"他抿了抿嘴。"说实话，你对这件事怎么看？"

胡珀太太的声音很是镇定，却依然刺耳。她面不改色道："我认为这是上帝的审判。"

邓迪不再踱步。

斯佩德反问道："什么？"

她的声音透着自信，没有一丝一毫的亢奋。"因为罪的工价乃是死。"

邓迪走向胡珀太太，仿佛逼近猎物的猎手。在管家看不到的沙发之后，斯佩德摆摆手，阻止了他。斯佩德的表情和声音都透着好奇，却表现得和管家一样淡定。"罪？"

胡珀太太的口气不像是在引用《圣经》，更像是在诉说自己的信念。"凡使这信我的一个小子跌倒的，倒不如把大磨石拴在这人的颈项上，扔在海里。"

邓迪大声问道："哪个小子？"

"小姐。"

邓迪皱起眉头。"被害者的女儿？"

"马克斯·布利斯先生的养女。"

邓迪似是气急了，方脸上红一块白一块。"怎么没人提过这茬？她竟然不是被害者的亲女儿！"他摇了摇头，仿佛是要甩掉粘在头上的东西。

哪怕邓迪勃然大怒，管家仍岿然不动。"去世了的夫人体弱多病，所以他们没有孩子。"

邓迪动了动下巴，仿佛在咀嚼。片刻后，他用重拾平静的声音问道："被害者对布利斯小姐做了什么？"

"我也不清楚，但你们去查一下小姐的父亲——我是说她的亲生父亲——留给她的遗产，应该就知道是怎么回事了。"

斯佩德打断了她。每说出一个字，他都要用手画个小圈，以明确自己的意思。"你的意思是，你并没有确凿的证据证明死者侵占了养女的遗产？你只是怀疑——"

管家扪心作答，语气平静。"我就是知道。"

邓迪望向斯佩德。斯佩德仰视邓迪。斯佩德两眼放光，眼神中却没有丝毫愉悦。邓迪清了清嗓子，指着陈尸之处说道：

"你认为，这是上帝的审判？"

"是的。"

他全然没有表现出给对方下套的样子，反问道："也就是说，你也不知道是谁杀害了他，但他是代表上帝做出了裁决？"

"这个问题轮不到我回答。"

邓迪的脸又变成了红一块白一块，他的声音听起来就好像喉咙里卡了东西。"够了。"然而，当管家走到卧室门口时，他的眼神再次犀利起来。他喊住她说："等等！"管家转向他。"你不会是玫瑰十字会的吧？"

"我只是基督徒。"

邓迪吼道："好吧，好吧。"说完便背过身去。管家走进卧室，关上房门。他用右手掌心擦了擦额头上的汗，不耐烦地喃喃道："这家人是怎么回事啊？"

斯佩德耸肩道："你也可以找个时间查一查自己家。"

邓迪顿时脸色铁青，双唇紧抿，几乎血色全无，盖住了他的牙齿。他攥紧拳头，朝斯佩德扑去。"你到底——"斯佩德稍稍吃了一惊，还笑了起来。见状，邓迪立刻刹车，岔开视线，用舌尖舔了舔嘴唇，然后俯视了斯佩德一眼，随即再次挪开视线，挤出微笑粉饰尴尬。他喃喃道："你的意思是，家家都有本难念的经吧。"这时，门铃响了。他快步走向通往走廊的门。

斯佩德的脸微微抽动，显得饶有兴趣。这样的表情让他看起来更像个金发恶魔了。

和善的声音从门后传来。来人拖拖拉拉道："我是高等法院的吉姆·基特里奇。有人让我来一趟……"

基特里奇穿着一身紧绷的衣服，陈旧的布料磨得发亮。他身材肥胖，面色红润。进屋后，他朝斯佩德点头道："我认得你，斯佩德先生，我还记得伯克和哈里斯的案子。"

斯佩德起身与他握手。"你好。"

邓迪走去卧室门口，叫来西奥多·布利斯夫妇。基特里奇一看到他们便笑开了花。"你们好吗？"他又转向邓迪说道："就是这两位，没错。"他环顾四周，似是在找地方吐口水。"三点五十分左右，这位先生来到法院，问法官什么时候有空。我告诉他，再等十分钟就好。于是他们就等了一会儿。四点休庭的时候，法官为他们主持了婚礼。"

"多谢。"邓迪送走了他，又把布利斯夫妇打发去卧室，很是不爽地皱起眉头。"这下怎么办？"

斯佩德坐回沙发上。"从这里到法院所在的市政大楼要十五分钟。所以他们不可能在等待法官的时候溜回来，也不可能在婚礼结束后赶在米莉安·布利斯到家之前回到这里。"

邓迪愈发不悦。他张了嘴，却见脸色难看的刑警带着个高个子、脸色苍白的年轻男人进来了，便没有吭声。他的长相与菲律宾电梯员描述的那个"与米莉安·布利斯在一起的男士"完全吻合。

脸色难看的刑警介绍道："邓迪警司、斯佩德先生，这位是鲍里斯……呃……斯梅、斯梅卡洛夫先生。"

邓迪冷冷地点头。

斯梅卡洛夫立时开口。他的俄罗斯口音还没有重到让人听不懂的地步，尽管他把"r"这个音发得像"w"。"求你了警官，请你务必替我保密。要是被人知道了，我就完蛋了，这辈子都毁了。我是无辜的！别说是谋杀了，我从头到尾都跟这件可怕的事情没有一点关系！可——"

"慢着，"邓迪用粗壮的手指戳向斯梅卡洛夫的胸口，"没人说你跟谋杀案有牵扯，但请你不要走远，以便我们能随时联系上你了解情况。"

他夸张地张开双臂，掌心向上。"可我帮不上你们啊，我还有妻子——"他使劲摇头，"不行，说什么都不行。"

脸色难看的刑警对斯佩德说道："真要命，这些俄罗斯人的脑子都不正常。"他的声音是那么轻，与其面貌极不相称。

邓迪盯着斯梅卡洛夫，用善解人意的口吻说道："看来你麻烦大了啊。"

斯梅卡洛夫简直快哭出来了。"求你设身处地替我想想……"

"我拒绝，"邓迪语气冷淡，但对他多少产生了一些同情，"不过在美国，谋杀可不是儿戏。"

"谋杀！我之所以跟这件事扯上关系，只是因为命运的作弄……"

"你是说，你是碰巧和布利斯小姐一起来了这里？"

看表情，他似乎很想回答"是"，却缓缓说出一个"不"字，随后越说越快。"但这和米莉安的父亲遇害毫无关系，我真没骗你。我们用了午餐，然后我送她回来。她问我要不要进屋喝杯鸡尾酒，我就答应了，仅此而已，我真没撒谎！"他再次张开双臂，掌心向上，朝斯佩德挥去，"你也有可能遇到这种事的，不是吗？"

"确实，世事难料，"斯佩德回答道，"马克斯·布利斯知道你在和他女儿交往吗？"

"他知道我们是朋友——"

"可他知道你结婚吗？"

"这……这我就不知道了……"斯梅卡洛夫谨慎地回答道。

邓迪断言："被害者不知道你是有妇之夫。你也知道他不知道，是吧？"

斯梅卡洛夫舔了舔嘴唇，闭口不言。

"你觉得他要是知道了，会干出什么事来？"邓迪追问道。

"我不知道。"

邓迪走到他跟前，从牙缝中挤出骇人的吼声："给我交代清楚！"

斯梅卡洛夫瑟瑟发抖，脸色煞白，后退一步。

这时，卧室的门开了，米莉安·布利斯冲了过来。"你吼他干什么？"她火冒三丈，"我都说了，这件事跟他没有任何关系！一点关系都没有！"她凑到斯梅卡洛夫身边，握住他的一只手。"你们只想找他的麻烦！对不起啊，鲍里斯，我本不想让警察去烦你的……"

斯梅卡洛夫咕哝了几句。

"这倒是真的。"邓迪点点头，又转向斯佩德说道："你说会不会是这样——被害者发现斯梅卡洛夫是有妇之夫。他在他们用完午餐之前赶回家里候着，威胁斯梅卡洛夫说要跟他妻子告状。斯梅卡洛夫一气之下，把人给掐死了……"他斜眼瞥了米莉安一眼。"如果又要假装晕倒，那就开始你的表演吧。"

斯梅卡洛夫惨叫着扑向邓迪，双手朝他抓去。邓迪一声怒吼，结实的拳头正中他的脸。斯梅卡洛夫被生生打飞，撞到椅子才停住，与椅子一起瘫倒在地。邓迪对脸色难看的刑警说道："带他回局里——作为重要证人。"

"OK。"刑警捡起斯梅卡洛夫的帽子，把人扶起来。

因为米莉安没关卧室门，西奥多·布利斯、他的新娘和管家胡珀太太都站在门口看到了这一幕闹剧。米莉安跺脚号哭，冲着邓迪喊道："卑鄙小人！我非起诉你不可！你有什么权利……"然而，在场的人几乎都没在关注她，而是注视着被脸色难看的刑警拽起来带走的斯梅卡洛夫。他的鼻子和嘴角都有斑驳血迹。

邓迪对米莉安喝道："闭嘴！"然后从口袋里掏出一张纸。"这是今天从公寓拨出的电话列表。听到有印象的号码就说一声。"

他念起了电话号码。

胡珀太太最先发话。"这是肉铺的电话，我出门前打的。"她还说，第二串电话号码是食品店的。

邓迪继续往下念。

"这是圣马可酒店的号码，"米莉安说道，"是我给鲍里斯打的。"她还认出了两串号码，是她打给朋友的。

西奥多表示，第六串号码是他哥哥办公室的电话。"应该是我打给爱丽丝的，让她直接去法院等我。"

念到第七串号码时，斯佩德说道："这是我办公室的电话。"最后一个发话的是邓迪："这是报警电话。"

斯佩德快活地挖苦道："收获不小啊。"

这时，门铃响了。

邓迪走去开门，与进来的刑警在门口聊了起来。但他们的声音太低，起居室里的人听不清楚。

电话响了。斯佩德接了起来。"喂……不，我是斯佩德。稍等……嗯……"他听对方说了一会儿，"OK，我会转告邓迪的。唔……不知道，我让他给你回电吧。好，知道了。"

回头望去，邓迪正站在门口，双手背在身后。"是奥加打来的，"奥加就是那个脸色难看的刑警，"他说斯梅卡洛夫在去警局的路上彻底失控了，只能给他穿上专门对付狂暴犯人的拘束衣。"

"早该送他去精神病院了，"邓迪低吼道，"你过来一下——"

斯佩德跟着他走进小小的门厅。与走廊相连的门口站着一位身着制服的警官。

邓迪把手拿到身前。只见他一手拿着深浅不一的绿色细斜纹相间的领带，一手拿着月牙形白金镶钻领带夹。

斯佩德弯下腰，盯着领带上的几处不规则小污点。"血？"

"也许只是泥点，"邓迪回答，"是这位巡警在街角的垃圾桶里找到的，裹在报纸里。"

"是我发现的，"制服警官得意扬扬地点头道，"藏在垃圾桶深处——"见两人都没在看自己，警官便闭嘴了。

"最好是血……"斯佩德说道，"如果是凶手在打斗过程中受伤出血了，那他就有理由取走领带，并把它藏起来。总之进去问问他们吧。"

邓迪把领带塞进口袋，又把握着领带夹的手插进去。"唔……就说领带上的污渍是血好了。"

两人回到起居室。邓迪扫视西奥多·布利斯和他的妻子、米莉安与管家胡珀太太，一副看每个人都不顺眼的样子。他掏出口袋中的手，伸向前方，打开拳头，露出其中的月牙形镶钻领带夹。"这是什么？"

米莉安·布利斯最先开口："哎呀，这是家父的领带夹。"

"哦，"邓迪的语气很是冷淡，"他今天戴了吗？"

"他每天都戴着。是吧……"米莉安望向其他人。

西奥多·布利斯的新婚妻子回答："是的。"其他人也纷纷点头。

"这是在哪儿找到的？"米莉安问道。

邓迪再次审视在场的所有人，那眼神似乎在说，他愈发不喜欢他们了。他的整张脸都发红了。"他每天都戴着……"邓迪挖苦道，"可你们都没提过这领带夹。也没有人问'他一直戴着的领带夹上哪儿去了'。非得等到它出现，你们才装出一副回过神来的样子。"

西奥多插嘴道："这么说也太不公平，我们怎么会注意到什么领带夹——"

"我不管你们是怎么想的，看来是时候跟你们讲讲我是怎么想的了。"他从口袋里拿出那条绿色领带，"这是被害者的领带吗？"

"是的。"胡珀太太回答道。

邓迪说道："上面有血，但不是被害者的血。因为被害者身上只有掐痕，除此之外没有一处外伤。"他皱起眉头，盯着每一个人的脸。"凶手企图掐死一个戴领带夹的人，和他扭打起来——"

邓迪没有说下去，而是转头望向斯佩德。

斯佩德走向胡珀太太。她粗糙的双手紧扣在身前。斯佩德抓起她的右手，翻过来，取下那团被她握在掌心的手帕。只见她的掌心有一道大约两英寸长的伤口。

胡珀太太老老实实让他检查伤口，神情依然平静，一言不发。

"这伤口是怎么来的？"斯佩德问道。

"把晕倒的小姐扶上床的时候被别针划伤的。"胡珀太太平静地回答。

邓迪"哈"了一声，挖苦道："它足够判你死刑了。"

管家面不改色。"上帝自有裁决。"

斯佩德在喉咙深处发出某种怪声，松开了胡珀太太的手。"整理一下已知的情况吧，"他对邓迪咧嘴一笑，"看来你不喜欢那个带 T 的五芒星。"

邓迪喃喃道："一点都不喜欢。"

"我也一样。塔尔波特对马克斯·布利斯的恐吓也许是动真格的。不过他们之间的问题似乎已经解决了。那就意味着……啊，等等。"他走到电话旁，打去自己的办公室。在等待秘书艾菲接电话的时候，他继续说道："领带的情况还不太清楚，但只要验一下血型就行了。"

他对秘书说道："艾菲啊，我问你，在布利斯给我打电话之前的半个小时里，你有没有接到过可疑电话？像是在制造口实的那种……嗯，之前。好好回忆一下。"

他捂住话筒，对邓迪说道："毕竟世上有不少一肚子坏水的家伙。"

他松开手说道："嗯……嗯……克鲁格？哦……男的女的？多谢了，艾菲。不，我应该能在半个小时之内回去。等我一下，我请你吃晚餐。那就这样……"

斯佩德转身说道："在马克斯·布利斯打电话给我的半小时之前，有人打电话到我办公室，问我的秘书'克鲁格先生在不在'。"

邓迪皱起眉头："那又怎样？"

"我的办公室没来过叫克鲁格的人。"

邓迪额头上的皱纹更深了。"克鲁格究竟是谁？"

"不知道，"斯佩德语气温和，"我从没听说过这个名字。"他从口袋里取出烟草和卷烟纸，对西奥多·布利斯说道：

"让我们看看你的伤口吧。"

"啊？"西奥多反问道。其他人则茫然地看着斯佩德。

"伤口。"斯佩德略有些不耐烦地重复道。他的双眼盯着正在卷烟

721

的手。"就是你掐死哥哥的时候被领带夹划伤的地方。"

"你疯了吗？"西奥多·布利斯吼道，"我——"

"你是想说，凶案发生时，你正在法院办婚礼是吧？"斯佩德卷好了烟，舔湿纸的边缘，再用食指黏合。

新婚的布利斯太太结结巴巴地说道："可……呃……马克斯·布利斯先生给你打了电话——"

"我可没说马克斯·布利斯确实给我打了电话。我不确定打电话的是不是他本人。毕竟我不知道他的声音是什么样的。我只知道有个男人打电话给我，说他是马克斯·布利斯。可是个人都能这么说。"

"但接线局的记录显示，电话是从这里拨出去的啊？"

斯佩德摇摇头，微笑道："确实有人从这里打电话给我，但不是马克斯·布利斯打的。我刚才不是说了吗，在那个所谓的马克斯·布利斯打来的半小时前，有人打电话过来找'克鲁格先生'。"

她原本盯着斯佩德的脸，此刻却将写满惊诧的蓝眼睛转向了新婚丈夫。

西奥多·布利斯用随意的口吻说道："这不过是个无聊的误会，爱丽丝。你——"

斯佩德没让他说完。"你知道他在法院等法官的时候去走廊里抽了会儿烟。而走廊里有电话亭。只要有一分钟，他就能假冒马克斯·布利斯打一通电话。"他点了烟，把打火机放回口袋。

"胡说八道！"西奥多·布利斯厉声道，"我杀他干什么？"见妻子惊恐不已，他露出一个安抚的微笑。"别担心，爱丽丝。警察做事就是——"

"OK，那就把手伸出来瞧瞧吧。"斯佩德说道。

西奥多·布利斯回头直视斯佩德，一手背在身后。"想得美！"

面无表情的斯佩德露出那种恍惚的眼神，走上前去。

在电报山的朱莉亚斯城堡餐厅，斯佩德和秘书艾菲·佩林坐在一张小桌旁。从身旁的窗户望出去，只见金门湾后的渡船来来回回，将明亮的灯火从一座城镇运往另一座城镇。

"也许西奥多·布利斯去找他哥哥马克斯的时候并没有动杀心。他只想要到更多的钱。但两人一言不合，扭打起来。手一碰到他的脖子，积蓄已久的怨恨便在一瞬间爆发了。直到马克斯断了气，他才把手松开。不过我得先声明，这只是我的想象罢了。是我结合若干线索、新婚妻子的证词和西奥多·布利斯本人的证词推测出来的。尽管他本人的证词没什么用处。"

艾菲点头道："爱丽丝·布利斯是个善良忠诚的好妻子。"

斯佩德喝了口咖啡，耸耸肩。"整颗心扑在那样的丈夫身上又有什么用呢？现在她也知道了，他之所以向她求婚，不过是因为她是马克斯的秘书。之所以在两周前申领结婚许可证，也是为了哄爱丽丝开心，以便得到马克斯和格雷斯通信托公司诈骗案有关的证据的复印件。爱丽丝起初大概也是上了西奥多的当，以为他是被冤枉的，想帮他洗清污名，所以才从马克斯的办公室拿出了那些复印件吧。"

他又啜了口咖啡。"今天下午，西奥多·布利斯前往哥哥马克斯的公寓，要求他给钱，否则就送他去圣昆汀监狱，让他尝尝自己当年受过的罪。两人打了起来，西奥多杀死了马克斯。掐住马克斯的脖子时，领带夹刺入了西奥多的手腕。要是有人看到领带上的血迹和他手腕上的伤口就麻烦了。于是他一不做二不休，取下尸体身上的领带，找来另一条替代。因为现场要是没有领带，警方肯定会起疑。只是他不太走运——他随手抓到的是挂在衣橱最外侧、刚从伦敦寄来的新领带。他正想给死者系上领带，却心生一计：不如脱掉几件死者身上的衣服，迷惑警方。如果死者没穿衬衫，领带没系在脖子上也不会惹眼。结果在脱衣服的时候，他又想出了一个好主意，决定再搞点让警方头疼的东西出来。于是他在死者的胸口画了一个他在某处见过的符号，就是那个神秘的五芒星。"

斯佩德喝完咖啡，放下杯子，继续说道："开始动手脚之后，他想出了各种歪点子。再伪造一封恐吓信，签上马克斯·布利斯胸口的符号好了。下午送到的信件恰好就放在办公桌上。随便挑一个收信人姓名住址是用打字机打的，又没写寄信人姓名住址的信封就行。他大概是觉得法国寄来的信能为案件增添几分异国谜影，让警方晕头转向吧。他把那个信封里的信纸抽出来，换上用铅笔写的假恐吓信。但这就叫画蛇添足。每条线索都是那么可疑，以至于我们甚至怀疑起了那些看起来很正常的线索，比如电话——

"万事俱备，他只需要从某个地方打一通电话，制造不在场证明就行。他在黄页的私家侦探页面找到了我，打电话过来，谎称要找克鲁格先生。在那之前，他先给金发的爱丽丝打了电话，说阻碍他们结合的一切问题都已经解决了，而且他突然在纽约找到了工作，要立刻出发，让她赶紧去高等法院所在的市政大楼，十五分钟后在那儿碰头。这不仅仅是为了制造不在场证明。因为他不仅要瞒过警方，更要瞒过爱丽丝，不能让她怀疑自己。爱丽丝知道他不喜欢马克斯。要是她怀疑他接近自己只是为了找到马克斯的把柄，问题就麻烦了。因为她将种种线索结合起来，就有可能逼近真相。

"做好这些准备工作之后，西奥多·布利斯便离开了哥哥家。他是大大方方走出去的。唯有一件事令他放心不下，那就是塞在口袋里的那条沾了血的领带与领带夹。虽然他仔细擦拭了领带夹，但警察仍有可能注意到碎钻周边的血迹，这是莫大的风险。就在他顺利走出公寓的时候，报童迎面走来。于是他买了一份报纸，裹住领带和领带夹，扔进了街角的垃圾桶。看起来没问题。这样就万无一失了。警察没理由去找那条领带。收垃圾的环卫工人也不会打开一团皱巴巴的报纸。万一（其实这样的万一根本不可能发生）有人找到了领带和领带夹，也不会怀疑到他头上。因为他有牢不可摧的不在场证明。

"接着，他驱车赶往市政大楼。楼里有的是电话亭，他随时都能借口上厕所溜出去打电话。事实上，他甚至不需要找借口。在等待法官的时候，他假装出去抽烟——然后打电话跟我说：'斯佩德先生，我叫马克斯·布利斯。有人恐吓我……'"

艾菲·佩林点点头，然后问道："他为什么挑了个私家侦探，而不是直接报警呢？"

"大概是怕警方怀疑自己吧。尸体一旦被发现，警方自会介入，到时候他们也许会追查死者的报警电话。但私家侦探往往只能通过报刊了解到案件的发生。"

艾菲笑道："所以是你的运气好呗。"

"这叫运气好？"斯佩德皱起眉头盯着左手手背，"我因为揍了西奥多·布利斯一拳弄疼了手，委托也泡汤了。无论最后是谁拿到马克斯·布利斯的遗产，只要我寄账单要调查费，对方铁定会抗议。"斯佩德举起一只手，喊来侍者。"希望下次能交好运吧。要看电影吗，还是说你有别的安排？"

两瓶调料

邓萨尼勋爵 │ Lord Dunsany

（1878.7.24—1957.10.25）

> 邓萨尼勋爵是爱尔兰著名剧作家、小说家，创作了大量怪奇、幻想短篇小说。本作是所谓的"奇妙余味"型推理小说的代表作，内容涉及"隐藏尸体"的诡计，不过作品的最后一行着实耐人寻味，已然超越了破解诡计的范畴。
>
> ——乱步评

我的名字？敝姓史密瑟斯，是个微不足道的推销员。我推销的商品叫南南莫牌调味酱，专门用来搭配原味肉菜。我的工作就是向食品店批发这款产品。不过我对这款产品很有信心，坚信世上没有比它更好的调料了。这话可一点儿都不夸张，因为它完全不含危害人体的酸性物质。所以这款产品相当好卖。要不是这样，我也不会做这买卖了。不过我也打算过一阵子尝试一些需要花心思推销的商品。因为越不好卖的东西，赚头就越多，这是我们生意人的常识……

总之，眼下我的生意做得顺风顺水，还租了一套与身份不相符的大房子——您问我为什么提这些？因为我将要讲的故事便是因此而起。听我说完以后，诸位一定会大吃一惊。因为诸位肯定想象不到，我这种没受过教育的人竟说得出这种故事来。但除我以外的人都选择闭口不谈，所以您还是姑且听我讲讲吧。

那时我刚开始做卖调料的生意，正在伦敦寻觅住处。毕竟要到处跑生意，我无论如何都得住在市中心，否则实在是不方便。

于是我找了个尽是些阴森楼房的地段，进了当地的一家中介公司。我想租那种只有床和橱柜的单元房。可当时中介在接待一位体面的绅士。中介只顾着带绅士看房，根本懒得搭理我。我又不能傻等着人家想起我，就跟着绅士一起去看房了。人家要找的房子可跟我不一样，是相当豪华的套房，有起居室、卧室和浴室，几乎跟小型公馆差不多了。我跟林莱先生就是这么认识的。他就是跟着中介去看房子的那位绅士。

"房租略贵了些。"他如此说道。

房子的管理员走到窗口，剔起了牙。如此一个简单的动作，竟堪比滔滔不绝的雄辩，这着实令我吃惊。言外之意：我手上有的是房子，也有的是人要租房，我可以带你去其他房子看看，要是还不满意的话，那还是找别家吧，我继续等下一位客人就是了——他露骨地"大放厥词"，却是默默看着窗外，不停地剔牙。

我走到林莱先生身边说道：

"先生，要不我们合租吧？我出一半房租。我绝不会打扰到您的，因为我白天都在外面跑，您有什么要求我也会照办的，肯定比养一只猫还省事。"

听到这儿，您大概会很纳闷，不知我怎会说出这种莫名其妙的话来。但更令人意外的是，林莱先生竟然一口答应了。我是个卑贱的商人，他却是体面的绅士，仔细想来，这样两个人合租一套房确实荒唐。但他肯定是觉得我比窗边的那个人更可靠吧。

"但卧室似乎只有一间……"

"我在那个小房间打地铺就行了，您放心——"

我如此回答。

"那是门厅啊。"

窗边的男人猛一回头，叼着牙签说道。

"没问题，要是床铺挡道了，我就立刻把它塞到柜子后面去——"

听到我这么说，绅士思索片刻。管理员则继续保持沉默，俯视窗外的伦敦街景。

过了一会儿，管理员问绅士：

"二位是朋友？"

"是的。"

林莱先生如此回答。这个答案真是妙极了。

我为什么要这样提议呢？我也知道，就凭我现在的身份，就算房租打对折，我也租不了这么好的房子。但我听到了绅士跟管理员说的话——他说他刚从牛津大学毕业，打算在伦敦小住一阵子，休养生息，同时找一份工作。

实不相瞒，我就想利用这一点。诸位也许会觉得莫名其妙，不知道牛津的教育对我这样的小商人有什么效用。我告诉您，效用大了。只要能跟着林莱先生，沾点他的书卷气，搞不好销量能翻上一番呢。到时候，我就能涉足那些更难推销的商品了，销量涨三倍都是有可能的。我有信心利用好这一丁点书卷气。只要稍微掌握一点学问，就能轻易让别人误以为你有两倍于此的涵养。想表现自己读过弥尔顿[1]，并不需要把《地狱》（*Inferno*）从头到尾背下来，能报出一半足矣。

好了，还是言归正传，说回那个骇人的故事吧。您也许想笑话我，说我区区一个小商人，怎么可能说出什么惊天动地的故事。那就姑且听我说下去吧。

就这样，我们租下了那套房子。但我很快就把自己一心想要沾的牛津书卷气忘得一干二净了……

因为林莱先生是位着实不可思议的人物。该说他是奇人呢，还是

---

1 约翰·弥尔顿（John Milton，1608—1674），英国诗人、政论家、民主斗士。代表作品有长诗《失乐园》《复乐园》和《力士参孙》。

天才呢……他总能源源不断地抛出各种奇思妙想。不仅如此，我每次想到好主意，他都能立刻猜出来。就连我想要说的话，他都能提前说出来，这样的情况不知发生了多少次。他施展的可不是什么读心术，也许说那是"灵感"还更贴切些。

那段时间，我总是白天在外奔波，傍晚回家。为了忘却工作的辛劳，我会让自己沉浸在棋局之中。可我愣是没法在他面前研究棋局。因为在我对着棋子苦思冥想的时候，他走过来瞧上一眼便说：

"你是想走这个棋子吧？"

"亏您能看出来。不过您知道我打算怎么走吗？"

"应该是这三格中的一格吧。"

"天哪！没错！不过我又想，无论怎么走，这个子都会被吃掉的。"

我口中的"这个子"总是王后。于是他便会这么说：

"没错，往那儿走并不明智。就好像你早就料到那个子会被对方吃掉一样。"

情况也正如他所说。他总是料事如神，摸清别人的心思——这便是他的过人之处。

就在这时，昂吉发生了那起骇人的谋杀案。诸位可能已经不记得了，事情是这样的：一个叫斯蒂格的男人在北当斯山租了一栋小木屋，跟一个姑娘住在了一起。我之前也没听说过那个人的名字。

那姑娘有两百英镑的存款，结果斯蒂格榨干了她的钱，姑娘本人也消失得无影无踪。苏格兰场想尽了办法都没能找到她。

我之所以注意到这件事，是因为我碰巧看到了报上的文章，说斯蒂格买过两瓶南南莫调料。我很是佩服，感叹阿瑟索普的警察竟能把这些鸡毛蒜皮的小事查出来。看来警方只是不知道那姑娘是生是死，其他方面都已经查得清清楚楚了。

就是因为那两瓶南南莫，让我对斯蒂格留下了深刻的印象。所以某天跟林莱先生一起用餐的时候，我才碰巧提起了这件事。毕竟我每天从早跑到晚，就是为了推销这款调料，只要是和它有关的事情，哪怕是再无聊的小事，我都会高度关注的。

"您这么擅长破解棋局，为什么不研究研究阿瑟索普的谜案呢？——我想破了脑袋都没想明白。我总觉得那起案子跟棋局一样深奥，不，也许比棋局深奥得多。"

"那可不一定。谋杀案的平凡怕是连棋局的十分之一都没有。"

"那起案子不一样，连苏格兰场都被凶手耍得团团转呢。"

"是吗？"

"可不是吗，警方简直是一败涂地啊。"

"怎么可能——"话虽如此，他似乎立刻产生了兴趣，有意了解更详细的情况。于是我就在餐桌上把从报上看来的那些一五一十说给他听。

据说姑娘长得娇小可人，有一头漂亮的金发。您问她叫什么名字？她叫南希·埃尔斯。她有两百英镑左右的存款，和斯蒂格在那栋小屋一起住了五天。可后来，姑娘不见了踪影，再也没人见过她，斯蒂格却在那儿继续住了两个星期。

斯蒂格跟街坊邻居说姑娘去了南美，后来又改口说她去的是南非，自己从没说过她去过南美。她银行里的存款都被提走了。与此同时，斯蒂格的账户里却多了一百五十镑。

派驻昂吉村的巡警是在机缘巧合之下怀疑上斯蒂格的。他发现斯蒂格只去蔬果店买菜，似乎是个素食主义者。对那位警察而言，素食主义者大概是很稀罕的吧。从那以后，他就开始格外留心斯蒂格了，盯着他的一举一动。他的监视非常到位，苏格兰场后来找他了解情况的时候，他也几乎是无所不知，唯独不清楚那个失踪的姑娘究竟上哪儿去了。总之，他把调查结果汇报给了五六英里外的阿瑟索普警局。于是那边派人过来，开展了正式调查。

通过调查，警方发现在姑娘失踪以后，斯蒂格几乎没离开过小木屋和周围的院子。只要监视的时间够长，再普通的人也能找出些许疑点，这次也不例外。渐渐地，警方便发现了可疑之处。

不过话说回来，如果斯蒂格不吃素，昂吉村的警察就不会对他起疑心，林莱先生也不会有判断的依据。如此想来，也许这就是冥冥之中的定数吧。

因为斯蒂格并没有特别明显的疑点，最多就是莫名其妙多出了一百五十英镑。而且这也不是阿瑟索普警局发现的，而是苏格兰场的人查出来的。

对了，昂吉村的巡警还发现了一件事，我差点忘了。这件事跟落叶松有关。苏格兰场的人听说以后也颇感意外。直到最后，林莱先生好像也没能破解这个谜团。我就更不用说了，当然是一头雾水。

事情是这样的：小木屋的院子角落里本来有十棵落叶松。斯蒂格租下小屋的时候就征得了房主的同意，可以随意处置那些松树。从南希·埃尔斯疑似出事的那天起，他便干起了砍树的差事。

在接下来的一个多星期里，他每天去院子里三次，埋头砍松树。全部砍倒后，他又把树砍成了两英尺左右的木柴，整整齐齐码放起来。真是莫名其妙，天知道他到底想干什么。也许他想找个用斧头的借口，可谁会因为这个干上足足两个星期的重活呢？再说了，要杀南希·埃尔斯这般娇小的姑娘也用不着斧头，随便一把刀就能了结她的性命，碎尸万段。

另一种猜测是，他劈柴是为了焚尸。问题是，他压根没动过那些木柴，只是将它们整整齐齐堆在院子里罢了。大家都觉得可疑，却无论如何都无法破解这个谜团。

我把事情的来龙去脉仔仔细细告诉了林莱先生。差不多就这些了。啊，对了，差点忘了。还有一个疑点。斯蒂格买了一把肉铺用的大号切肉刀。都说罪犯常会做些异乎寻常的事情，但斯蒂格做的这件事倒也不算荒唐。毕竟要切碎一具女尸，确实需要一把那么大的刀。

然而，现实情况不允许警方因此将他逮捕归案。碎尸自然是为了焚尸，可警方全然没有发现焚尸的迹象。烟囱虽然时不时冒烟，但警方很快便查出，那不过是寻常的炊烟而已。

警察在这方面确实经验丰富。法子是驻村巡警想出来的，请求了阿瑟索普警局的支援。小木屋四周是一片树林，于是警方在东南西北四个方向各找了一棵合适的树，悄悄爬上去，闻了闻飘来的烟味。他们闻了许多次，却从没闻到过焚烧肉类的气味，怎么闻都是普普通通的炊烟。阿瑟索普警方的思路还是不错的，可惜没能找到将斯蒂格送上绞刑架的决定性证据。

后来，伦敦警察厅派人过来核实了这一情况，逮捕斯蒂格的依据反而愈发薄弱了。那么查了半天，警方究竟查出了什么名堂呢？他们用白粉笔在院门口做了些隐蔽的记号。可好几天过去了，记号丝毫没有变淡。换句话说，斯蒂格没在南希失踪后出过门。对了，我还说漏了一点。除了切肉刀，他还买了一把大号锉刀。但锉刀的网纹上并没有疑似骨头的粉末，切肉刀上也没有血迹。当然，这肯定是因为他仔细清洗过那些刀具。总之，我把和案件相关的细节都告诉了林莱先生。

在继续往下说之前，我想先跟诸位讲一讲我当时的心境。也许是我多管闲事吧，但我总觉得对此事放任不管是非常危险的。虽说我不学无术，大家可能听不进我的意见吧，但这个斯蒂格毕竟是杀人犯啊。就算他是无辜的，这件事背后也肯定潜伏着一个凶恶的杀人魔。那个姑娘肯定是被人害死的。

世人也许会觉得，案子到这里已经告一段落了。可谁知道杀人魔还会干出什么坏事呢？站在凶手的角度看，只要迈出第一步，那就很难刹住了。再说了，一个有胆子杀人的残暴凶手一旦对警方的搜查产生畏惧，天知道他会干出多凶恶的事情来。

能给人们带来乐趣的杀人犯只存在于小说里。据说有些妇人也喜欢在夜半时分独自坐在炉边翻看这样的小说。可是在现实生活中碰上了这样的案件，那就得另当别论了。凶手破罐子破摔了怎么办？哪怕没到这个地步，他也完全有可能为了隐瞒自己的罪行狗急跳墙。他的性格会与行凶前截然不同。今后发生类似的案件时，也请大家千万不要忽略了这一点。

于是，我问林莱先生：

"听完我的叙述，您有什么头绪没有？"

"调查过下水道吗？"

"苏格兰场派来的探员也想到了下水道。阿瑟索普警局的人也是，这大概是警察的职业直觉吧。反正每位警官都怀疑过下水道，也进行了调查。小木屋的下水道是一条细管，通往屋外的污水池，似乎并没有乱七八糟的东西进入池子——嗯，我的意思是，并没有可疑的东西被排进污水池……"

林莱先生又提出了两三个想法，却都已经被苏格兰场的人排除掉了。

说来也是滑稽，如果那位先生听到这里便掏出放大镜赶往犯罪现场，那我的故事也会更有意思一些。奈何他就这么淡定地坐着，全然没有要去犯罪现场测量脚印、寻找警方没发现的凶器的迹象。不过他压根就没有放大镜——

其实我们完全可以说，警方已经把所有能搜集到的证据都集齐了。每项证据都指出那个姑娘就是他杀害的，却也同时指出了"他并没有销毁尸体"。尸体依然不见踪影。姑娘显然没去南美，更不可能去南非。那一大堆松树劈成的木柴——那显然是每个警察都想深入调查的线索，却没人猜得透它究竟意味着什么。

话虽如此，证据其实已经很充足了。林莱先生也没有提出要去犯罪现场搜集更多的证据。眼下的问题是，该如何根据手头的证据做出判断。说实话，我是一头雾水，苏格兰场的专家们似乎也一样。林莱先生好像也没整理出一个头绪。

要不是我碰巧记住了一件看似无关紧要的小事，还告诉了林莱先生，这起案件恐怕会沦为悬案，与类似的无数起案件一样尘封于黑暗之中。

林莱先生起初好像也不是很感兴趣。但我对他的本领坚信不疑，心想只要能维持住他的兴致，他就一定能破案。

"您这么擅长破解棋局，破个案子应该也不是难事。"

"别开玩笑了，棋局比这样的案子难上十倍。"

"那您就赶紧把案子破了呗。"

"既然你这么起劲，就帮我去侦查侦查'那局棋'吧？"

他就喜欢这么说话。当时我们已经合租了半个多月，所以我已经非常了解他的行事风格了。他是让我去昂吉的小木屋实地考察一下。诸位肯定会纳闷，他为什么不自己去，非要让我去呢？……

其实原因很简单。要是他亲自去乡下四处查探，恐怕就很难想出个所以然了。只有舒舒服服地坐在暖炉跟前，沉浸于冥想之中时，他的头脑才会灵光乍现。要进入这样的理想状态，也得费一番工夫呢。总之，我第二天就坐火车出发了。一踏出昂吉车站，闯入眼帘的便是北当斯山那连绵起伏的丘陵。

"去村子得上山吗？"

我问搬行李的工人。

"对，那边不是有条小路吗？沿着它一直往上走，就会看到一棵大水松。到那儿右拐就行。那是棵大树，不会看不到的。然后……"

他给我详细讲解了走法，生怕我迷路。上路后，我才深切体会到搬运工的指点是多么可贵。不过"有人指路才找得到"的情况已经一去不复返了。这起案件令昂吉名声大噪，写信时都不用写郡名，也不用写收发中心所在的镇名，写上"昂吉"就能寄到。但我去的时候，昂吉还是老样子。想到昂吉今日的热闹景象，我便不由得感叹村子的领导着实精明，竟把一起案件用作了宣传自己的绝佳材料……

那丘陵沐浴着灿烂的阳光，形成一道丰盈的曲线。不过骇人的杀人案尚未水落石出，在这里描述五月小径的百花齐放与百鸟争鸣也只会让诸位更加困惑，所以我就不再赘述周边的风光了。

——带一个姑娘来这里真是再合适不过了。

我不禁喃喃道。一想到有人在这般秀丽祥和、百鸟声喧的地方动手杀人，我便义愤填膺，说什么都要将那罪犯绳之以法。

走到小屋后，我越过篱笆，走进院子，探头打量屋里的情况，却没有瞧出任何异样。好不容易有了些像样的发现，仔细一琢磨却意识到那都是警方早已掌握的线索。不过，我越看越觉得那堆松木柴不对劲，在脑海中挥之不去。

我靠在篱笆上，反复思考这起案件。山楂花的甜香扑鼻而来。透过树丛望过去，便是那堆积成山的木柴。而木柴之后，也就是院子的另一头，则是一间小巧精致的木屋。我就这样来到了案发现场，在心中逐一梳理形形色色的假设。而梳理的结果是，我意识到自己再绞尽脑汁也是徒劳，还不如把动脑筋的工作都交给那位刚从牛津毕业的林莱先生。将自己的所见所闻如实汇报给他才是明智之举。

差点忘记说了，其实我那天一早就去了一趟苏格兰场，然后才上的火车。不过在那里并没有发生值得一提的事情。他们问的都是我也想知道的，我无法提供令他们满意的答案，他们也没有提供更多有价值的信息。

到了昂吉，情况就截然不同了。当地人热情好客，为我提供了诸多便利。村子的巡警甚至允许我进入小木屋考察，只要我不碰家具就行。这使我得以在室内观察院子的情况。从室内望出去，最先映入眼帘的便是落叶松的树桩。十来个树桩排成一列。我注意到，树桩的切口很是粗糙，不难想象砍树的是个没经验的外行人，是花了九牛二虎之力才砍断的。于是我便做出了一项推论（后来我把这项推论告诉了林莱先生，他也夸我很有观察力）——那个斯蒂格根本不知道该怎么砍树。

村里的巡警似乎也有同感。于是我趁势说道，大概是他用来砍树的斧子太钝了。但这一回，巡警没有立刻表示同意，而是陷入了沉思。

那个叫斯蒂格的男人在南希失踪之后没出过一次门，但每天都会去院子里砍柴——这件事我应该已经交代过了吧？我在村里核实了这一点。昂吉的巡警也说，他们不分昼夜轮番监视这间木屋，非常确定斯蒂格没有离开过。

他们的努力大大缩小了调查范围。唯一令我遗憾的是，我本希望发现这一点的是林莱先生，而不是普通的警官。他那么厉害，只要他愿意，就能轻易发现。

这种类型的故事总少不了小说似的意外情节，这次的案件也不例外。警方对斯蒂格产生怀疑的契机是他光吃素，只去蔬果店买菜。要不是有如此诡异的传闻，警方压根不会怀疑到他头上，他也许就能逍遥法外了。也许我们可以说，是肉铺老板的怨念让他露出了马脚。因为一点小事栽跟头的例子还少吗？

做人啊，还是得老老实实的。哎呀，好像扯远了。不过跑题也是故事的有趣之处——我还想多跑跑题呢。但时间有限，还是言归正传吧。

我搜集了各种各样的情报。据说大家一般管罪案的情报叫"线索"。这些所谓的线索好像都派不上什么用场，但我还是想尽办法去搜集了。比如斯蒂格在村里都买过什么东西。我连这些鸡毛蒜皮的小事都查清楚了。我甚至知道他买过不太苦的盐，知道他问鱼铺要过冰，还在蔬果店采购了大量的蔬菜，这个我刚才已经说过了。那家蔬果店叫作"梅金父子商店"。

我也跟村里的巡警聊了很久。他叫斯拉格。我最想不通的是，为什么警方没有在姑娘失踪后立刻进行入室调查。他回答道：

"哪有这么简单。那姑娘刚失踪的时候，我们也没想到这会是一起凶杀案啊。听说斯蒂格吃素以后，我们才起了疑心，展开了调查。但我们又没有逮捕令，没法把他抓起来审问姑娘的下落。"

"那你们进屋调查的时候有什么发现吗？"我问斯拉格。

"就找到了一把大锉刀，还有那把切肉刀和斧头。那斧头肯定是他买来砍人的。"

"也许是用来砍树的呢。"

"话、话是这么说——"他不情愿地说道。

"不过话说回来，他为什么要砍树啊？"

"关于这个啊，警署的领导已经有了想法，但人家是不会跟我们这些小喽啰解释的。"

问题还是出在那堆木柴上。

"那姑娘到底是不是被他杀了啊？"我问道。

"他说她上南美去了。"

对话的其他内容我已经记不清了。反正斯拉格说，木屋里的锅碗瓢盆都被洗得一干二净。

我坐傍晚时分的火车往回赶，好将调查到的事实汇报给林莱先生。我特别想和诸位分享我临走时看到的暮春傍晚风光。柔和而宁静的黄昏暮色将阴森的小屋包围，仿佛是在祝福它一般……但诸位肯定还是对凶杀案的下文更感兴趣吧。

回去之后，我把自己的所见所闻统统讲给了林莱先生，有些乍看没什么必要讲的都讲了。最叫人头疼的是，当我想一笔带过的时候，他会反复要求我再说详细些，不要放过任何一个细节。

"你不可能判断出什么是重要的，什么又是可以省略的。说不定女仆扫出来的一颗锡图钉，能让一起悬而未决的凶案水落石出。"

确实是这个道理没错，可我不管他上的是伊顿公学还是哈罗公学，只要他说出来的话自相矛盾，那我就不能置之不理。如各位所知，正因为我提起了南南莫，案子才迎来了曙光。除了我，还有谁会注意到"斯蒂格买了两瓶南南莫"这种事？林莱先生却认定我判断不出什么是重要的，什么是不重要的，这未免有些过分了。

说实话，我都迫不及待要跟他提起南南莫了。因为光是去昂吉村那天，我就卖掉了足足五十瓶呢。我用"斯蒂格买过两瓶"这件事巧妙宣传了一番。不过对我这样的生意人来说，这样的小花招还不是信手拈来呀，只要不是傻子，是个人都会耍。但是对林莱先生而言，这都是无关紧要的。问题在那之后——

照理说，没人能看穿别人肚子里的心思。所以就算你策划了人世间最惊心动魄也最惊恐骇人的案件，只要不采取行动，只要让它停留在思绪的层面，那就不会被任何人看到。不过那天晚上，我能看出林莱先生的思维不是特别活跃。在晚餐前和用餐期间，以及餐后坐在壁炉前聊天时，我注意到他的思维遇到了一个难以逾越的障碍。

这个障碍并不是"斯蒂格处理尸体的方法"，而是"他为什么要天天去院子里砍树，一砍就是整整两个星期"。我还在村子里打听到，他付了房主二十五英镑，作为允许他砍树的报酬。这件事着实难倒了林莱先生。

那么斯蒂格究竟是用什么方法把尸体处理干净的呢？我们确实能提出各种假设，可这些假设已经被警方推翻得差不多了。说他深更半夜把尸体埋了吧，粉笔做的记号仍是原样。说他把尸体运去了别处吧，可调查结果显示他没出过院门一步。莫非是把尸体烧了？烟囱飘出烟雾的时候，警察也闻过气味，却没有闻出一丁点肉被烧焦的怪味。他们还爬上小屋周围的树仔细嗅了嗅，却没能发现丝毫可疑的迹象。

实不相瞒，我对林莱先生的聪明才智崇拜不已。就算我没念过多少书，也能看出他的脑袋里蕴藏着异乎寻常的智慧。我本以为，林莱先生不费吹灰之力就能侦破这种案子。没想到真出事的时候，警方步步领先，林莱先生却迟迟没有要反超的意思，这令我颇感失望。

——他反复问我，有没有人拜访过小木屋？有没有人从这小屋带走什么东西？这让我如何回答才好呢。无奈之下，我只得发表两三句没什么用处的意见，打算找机会再提一提南南莫。他却犀利地打断了我。

"如果是你，你会怎么做呢，史密瑟斯？你会用什么方法处理尸体呢？"

"假设我杀了南希·埃尔斯？"

我反问道。

"没错。"

"我根本干不出那种事，当然也没考虑过那种问题。"

听到这话，他叹了口气，目不转睛地盯着我的脸，仿佛在说：真是个叫人头疼的家伙。

"我确实没有当侦探的天赋。"

我又补充了一句，而他只是不耐烦地摇头。他盯着炉火，继续沉思了一个多小时，然后摇摇头，起身进了卧室。

我这辈子都忘不了第二天发生的事。这天我照常出门推销南南莫，忙到傍晚才回家。九点多的时候，我与林莱先生坐下来共进晚餐。在这种单元房开火很是麻烦，所以我们总是吃冷餐随便对付一下。那晚也不例外，林莱先生吃起了沙拉。直到现在，那晚的一切都历历在目……

当时，我又想起了在昂吉村卖出一大批南南莫的事情，越想越得意。其实出事之后，南南莫在那一带已经家喻户晓了，哪怕换个外行人去，推销起来都容易得很。总之，那晚我的心情好极了。不过话又说回来，无论如何，能在那样一个小村子卖掉五十瓶（准确地说是四十八瓶），也确实是值得炫耀的成绩。

所以我忍不住提起了这件事。但话一出口，我便意识到林莱先生对南南莫全无兴趣，便迅速结束了这个话题。不过林莱先生真是太善解人意了，您猜他怎么了？他立刻猜出我为什么住了口，伸手说道：

"给我来一瓶你那个南南莫调料吧，我想用它拌沙拉——"

我感动极了，差点就要给他了。好在我立刻想起，南南莫是不能用来拌沙拉的，只能用于咸味肉菜。瓶子的标签也写得清清楚楚。

于是我告诉他：

"南南莫只能给肉菜调味。"

我也说不清楚什么叫"咸味的菜肴"，不过——

话音刚落，诡异的表情浮上他的脸庞。我都不知道人的脸还能有如此戏剧性的变化。

他沉默了许久，一言不发。但他的表情完美诠释了他的心情，就跟见了鬼似的——不，这样的形容还不够贴切。他就像是看到了某种从没有人见过，也从没想过会见到的东西一样——也许这么说会更贴切些。

终于，他用截然不同于以往的声音——更低沉、更稳重的声音说道：

"不能搭配蔬菜？"

"完全不合适。"我如此回答。

听到这话，他的喉咙深处立时发出抽泣般的怪声。我做梦也没想到，他的情绪竟会有如此之大的波动。我本以为，在伊顿公学、哈罗公学这种地方接受过教育的人，心都会变得跟石头一样，冷静而僵硬。可眼前的林莱先生竟会如此惊愕——尽管他眼里没有泪花，但我能看出他非常亢奋。

接着，他一字一顿，缓缓说道：

"是人都会犯错，他大概是把南南莫用在了蔬菜上。"

"错一次还有可能——但绝不会有第二次的。"

我如此回答。还有更好的说法吗？

谁知，他竟把我的话重复了一遍又一遍，仿佛它有什么重大的意义。"错一次还有可能——"他就这样陷入了沉思。渐渐地，连我都觉得自己刚才的那句话似乎带有某种骇人的含义了。

见他神情严峻，迟迟不开口，我主动问道：

"怎么了？"

"史密瑟斯——"他说道。

"嗯？"

"你听我说，史密瑟斯。我需要你立刻打电话给昂吉村的那家食品店打听一件事。"

"什么事？"

"据说斯蒂格买过两瓶南南莫，我觉得他应该是一次性买了两瓶，而不是先买一瓶，隔几天又买了一瓶——我想核实一下。"

我本以为他会再说几句话，便等了一会儿，可他没有要详说的意思。于是我便出门打电话去了。这通电话还费了我不少工夫。因为当时已经九点多了，我只能联系驻村巡警，请他帮忙调查。对方告诉我，斯蒂格的两瓶南南莫不是同一天买的，中间隔了六天。我回房告诉了林莱先生。进屋时，他微笑着迎接了我，可我说完巡警的调查结果后，他的眼神顿时一变。

像他这样细细琢磨每一件事，身子迟早要垮的。见他默默沉思了许久，我说道：

"您应该喝杯白兰地，早些上床歇息。"

可他的表情仿佛在说，"现在不是歇息的时候"。

"我得立刻和苏格兰场的人谈谈。麻烦你再出去帮我打个电话，请他们立刻派个人过来——"

"这么晚了，苏格兰场的警探肯定不会来的。"

林莱先生两眼放光，摆出毅然决然的态度，与平时判若两人。

"你告诉他们，南希·埃尔斯已经不在人世了——明白了吗？总而言之，让他们立刻派个人来。详细的我自会跟他解释。"

随后，他又补充了一句，大概是解释给我听的。

"眼下必须严密监控斯蒂格，找出别的把柄逮捕他——"

一通电话之后，苏格兰场立刻派人来了，而且是阿尔顿督察亲自出马。

等候期间，我频频与林莱先生搭话。好奇是一方面，另一方面是见他盯着炉火苦思冥想，我也想帮着舒缓一下情绪。可无论我如何发问，他好像都不愿解释。

"谋杀本就可怕。如果凶手处心积虑想要掩盖自己的罪行，情况就会越发骇人。"

除此之外，他一句话都不肯多说。

"世事纷杂，很多事还是不知道为好。"

这话倒是没错。我宁可不知道这起案件的真相。其实林莱先生到头来还是没跟我解释。但我听到了他跟阿尔顿督察说的一句话，自己猜出来了。直到现在，我还为自己的多此一举而后悔。

也许诸位还是就此合上书页，不要往下看为好。嗯，爱看凶杀故事的人也不行。因为诸位爱看的凶杀故事都带点浪漫的元素。而实际发生在社会上的案件要恶毒得多，可憎得多，也骇人得多。

阿尔顿督察一到，林莱先生便默默摆手，指了指他的卧室。两人走进里屋，低声交谈起来，我一个字也听不见。

我目送他们进了卧室。督察是个精力充沛、开朗活泼的人。

过了一会儿，他们走出卧室，从我面前穿过，走向门厅。就在这时，我听到了他们的轻声对话。这也是督察在我面前说的第一句话。

"林莱先生，你说他为什么要砍树呢？"

林莱平静地回答：

"不过是为了有个好胃口罢了。"

银面具

休·沃波尔 ｜ Hugh Walpole

（1884.3.13—1941.6.1）

> "奇妙余味"的代表作之一。休·沃波尔是英国著名作家。本作发表后广受好评，后被改编为戏剧《谋财陷阱》（*Kind Lady*），搬上了百老汇的大舞台。令人毛骨悚然的读后感着实难以言喻……
>
> ——乱步评

索尼娅·赫里兹小姐参加完威斯顿家的晚宴，正在往回走。这时，不远处传来了说话声。

"如果您方便的话——就一小会儿——"

威斯顿家与她家只隔了三条街，所以她选择步行回家。此时此刻，她离自家门口只有几步之遥。夜已深，四周人影全无，国王路的喧嚣仿佛也隔着层层幔帐，听不分明。

"可我——"她开口说道。天气很冷，寒风吹过她的脸颊。

回头望去，只见一位十分俊美的青年站在眼前。他是如此英俊，仿佛小说的主角。身材高挑，一头栗色的秀发，肤色白皙，气质优雅——天哪！一切都是如此完美！他穿着寒酸的蓝色西装，冻得瑟瑟发抖。

"可我——"她重复道，想要继续往前走。

743

"哦，我知道，"青年连忙打断了她，"每个人都这么说，这也是理所当然。如果我站在您的立场上，也一定会这么说的。但我不能退缩。我不能两手空空地回到妻儿身边。我们没有火，没有食物，除了遮风挡雨的天花板一无所有。都是我的错，都怪我。我不求得到您的怜悯，只希望您能出手相助。"

他抖得那么厉害，仿佛随时都会倒下。她不禁伸手去扶。一碰到他的手臂，就能感觉到在薄薄的衣袖下颤抖的身子。

"没事的——"他喃喃道，"只是饿了……所以才会像这样——"

她刚享用了一顿奢侈的晚餐，也喝了不少酒，足以令她做出鲁莽之举。然而在意识到这一点之前，她就已经打开了那扇暗绿色的房门，将青年带进了家里。这也太荒唐了！又不是什么都不懂的小年轻。她已经五十岁了，尽管身体结实，强壮如马（除了心脏有点小问题），但也足够聪明，不至于干出莫名其妙的事情。她不是那种愚蠢无知的女人。

她很聪明，却有一个坏习惯：过分冲动的乐善好施。年轻的时候便是如此。她这些年犯下的错（岂止一两次）都能归咎于"感性战胜了理性"。她也认识到了这一点（别提有多清楚了），因为她的朋友总是苦口婆心地劝她。过五十岁生日的时候，她告诉自己："一把年纪了，不能再犯傻了。"可现在呢？深更半夜，她竟把一个萍水相逢的年轻男人带回了家。要知道，他完全有可能是个奸邪狡诈之徒。

不一会儿，他就坐在了她的玫瑰色沙发上，吃着三明治，喝着威士忌苏打。他似乎被绝美的家具摆设深深震撼了。她心想："如果他在演戏，那演技着实了得。"不过他是个懂得鉴赏美术的人。他能看出挂在屋里的那幅郁特里罗[1]是早期的作品，也知道那位大师的早期

1　莫里斯·郁特里罗（Maurice Utrillo，1883—1955），法国画家。

作品更为重要。他知道那幅在窗下交谈的两位老人属于西克特[1]的"中部意大利人"系列，认出了多布森[2]的头像和卡尔·米勒斯[3]的青铜麋鹿杰作。

"看来你是个艺术家，画画吗？"她问道。

"我并不是画家，而是皮条客、小偷和您所能想象的任何一种无赖，"他激动地回答道，"我也该走了。"说着，他便站起身来。

他看起来已经精神抖擞了。她几乎不敢相信，眼前这个人就是半小时前不得不扶着她的胳膊走路的年轻人。而且他是一位绅士。这一点毋庸置疑。而且他拥有一个世纪前的美，那是年轻的拜伦与雪莱所特有的美，却无法在年轻的拉蒙·诺瓦罗[4]与罗纳德·考尔曼[5]身上看到。

好吧，他最好还是走吧。她确实希望他不会开口要钱，威胁要闹事（更多是为了他，而不是为了她自己）。毕竟她有一头雪白的头发，有结实的宽下巴与结实的体魄，怎么看都不像是会受胁迫的人。他显然也丝毫没有要威胁她的意思。只见他向门口走去。

"哦！"他发出惊叹的低吟。他驻足于她最美妙的藏品之一——银质小丑面具跟前。小丑在微笑，显得活泼而阳光，没有遵循小丑的传统，演绎永恒的悲伤。它是当代最伟大的面具大师索拉特的杰作之一。

"好看吧？"她说道，"它是索拉特的早期作品，但我认为它是他最出色的作品之一。"

"用银来打造这副面具真是再合适不过了。"他说道。

"是的，我也这么认为。"她表示赞同。这时，她意识到自己还没

有打听过他的困境，没有问过他可怜的妻儿，更没有了解过他的过往。不过她觉得，也许这样更好。

"多谢您救我一命。"他在门厅说道。她手里拿着一张一英镑纸币。

"好吧，好吧，"她微笑着回答，"我真是个傻瓜，这么晚了还让一个陌生人过屋——至少我的朋友都会这么说我的。可我不过是老太婆一个——还有什么好怕的呢。"

"也许我会割断您的喉咙。"他一本正经道。

"确实不是不可能，"她说道，"但你若真这么做了，恐怕也无法全身而退。"

"不，这年头也不一定了。毕竟警方没有抓住凶手的本事。"

"好吧，挽安。拿去吧，它至少能给你带来一些温暖。"

他收下了一英镑，漫不经心道："谢谢。"接着，他停在门口说道："那个面具……我从没见过如此美妙的东西。"

关门后，她回到起居室，叹了口气——

"多英俊的年轻人啊！"这时，她忽然发现家里的白玉烟盒不见了。那是个绝美的烟盒，原本放在沙发边的小桌上。去茶水间切三明治之前，它还好端端放在原处。肯定是他偷的。她找遍了家中的角角落落。毫无疑问，就是他偷的。

"多英俊的年轻人啊！"她走向二层的卧室想道。

索尼娅·赫里兹看似尖酸刻薄，性格强势，内心却渴望爱情与理解。虽然她年过五旬，白了头发，但表面上仍很活跃，充满活力，少睡少吃也无妨，跳得动舞，喝得了鸡尾酒，桥牌可以打到天荒地老。然而，她其实并不爱喝鸡尾酒，也不爱打桥牌。她浑身上下散发着母性的光辉，有一颗脆弱的心。这里的"脆弱"不仅是精神层面的，也是肉体层面的。心脏的毛病一旦发作，她就得服下药丸，躺下静养，不允许任何人前来探望。她与同一时期、同一生活方式的所有女人一样，她有足够的勇气，值得更体面的生活。

总而言之，她是一个正经人，无须多余的理由。

　　但她的母性压倒了一切。如果她再多付出一些爱，她至少有过两次步入婚姻殿堂的机会，可惜她真正爱的男人并不爱她（那已经是二十五年前的事了）。所以从那时起，她一直装出鄙视婚姻的样子。如果她有一个孩子，她的天性就会得到满足。奈何好运没有眷顾她，以至于她只能将母性发挥在别人身上（表面上装出刻薄冷漠的样子）。那些人利用她，有时甚至还要嘲笑她，却从未将她放在心上。"天真的老好人"成了她的雅号，而且她总是游离于朋友们的现实生活之外。与赫里兹家有亲戚关系的罗凯基家、卡德家与纽马克家的人只会在餐桌多出空位、聚会人数不够时找她来凑数，或是使唤她去伦敦帮忙采购，在他们遇到麻烦、被人说坏话的时候找她倾诉一番。她是那样孤独。

　　两星期后，她再次见到了那个年轻的小偷。那天傍晚，青年在她为晚宴更衣时找上门来。

　　"有个年轻人在门口。"女仆露丝前来通报。

　　"年轻人？谁啊？"她如此反问，心里却已经猜到了来人的身份。

　　"我也不知道，索尼娅小姐，他不愿意透露姓名。"

　　下楼一看，只见青年站在门厅，手里拿着白玉烟盒。他穿着一身体面的衣服，却仍是饥肠辘辘的模样，整个人很是憔悴，显得十分窘迫，可又英俊得令人难以置信。她把他带到他们上次对话时待过的房间。他把烟盒递过去说道："是我偷的。"说话时，他的双眼仍盯着银面具。

　　"多么可耻！"她说道，"那你接下来打算偷什么？"

　　"我妻子上周赚了一些钱，"他说道，"所以我们可以稍微喘口气。"

　　"你不做任何工作的吗？"她问道。

　　"我画画，"他回答道，"但没人看得上我的画。因为它们不够现代。"

　　"一定要拿几幅你的画给我看看。"说到这里，她便意识到了自己是多么软弱。并不是他的长相给了他支配她的力量，而是某种既无助又挑衅的东西，就像一个淘气的孩子明明讨厌自己的母亲，却总是向她寻求帮助。

"我带了一些。"说着，他走去门厅，带了几张画布回来展示给她看。画糟透了——都是腻味的风景画和多愁善感的肖像画。

"不是很好啊。"她表示。

"我知道。您也知道，我有绝佳的审美品位。我只欣赏最顶级的艺术品。比如您的烟盒、那边的面具、郁特里罗……但我只能画出这种东西来，真让人气愤。"他对她笑了笑。

"您不买一幅吗？"

"哦，但我不想要啊，"她回答道，"得赶紧收起来。"因为她知道十分钟后，她的客人就会来了。

"那就买一幅吧。"

"不，这种画，我当然不——"

"有什么关系嘛，买一幅吧。"他凑过来，抬头看着她那宽厚慈祥的脸，仿佛一个央求大人的孩子。

"唔……多少钱？"

"这个二十镑，那个二十五——"

"天哪，太荒唐了！它们根本一文不值！"

"以后会涨价的，您不懂现代绘画。"

"我很确定这些画的价值。"

"求您了，买一幅吧。那幅有牛的画还不错啊。"

她坐下来，开了一张支票。

"我真是太傻了。拿去吧，我再也不想见到你了。再也不见！哪怕你来了，我也不会放你进来的。在街上跟我搭话也没用。你要敢骚扰我，我就报警！"

他满意地接过支票，默默伸出手来，轻握了一下她的手。

"把它挂在光线合适的地方，就不会那么难看了——"

"你需要一双新鞋。这双鞋太糟糕了。"

"多亏了您，我可以买新鞋了。"说完，他便走了。

那天晚上，她听着朋友们的尖酸讽刺，心里却惦记着那个年轻人。她甚至不知道他的名字。她只知道他是一个无赖，有一个可怜的年轻妻子和一个饥肠辘辘的孩子，那是他自己说的。三人形成的光景在她脑海中挥之不去。从某种角度看，他还算诚实，毕竟他把烟盒还给了她。但他也知道，如果不把烟盒还给她，他就再也见不到她了。他立刻便意识到，她是一座绝妙的金矿，而且她已经买了一幅糟糕的画——尽管如此，她还是不认为他是个彻头彻尾的无赖。一个对美丽的东西如此热衷的人，不可能是完完全全的饭桶。瞧瞧，他一进屋就直奔银面具，凝视着它，仿佛注入了自己的灵魂！她坐在餐桌前，说着最愤世嫉俗的话语，但只要望向挂着银面具的蓝色墙壁，她便能重拾柔和的心境。她总觉得，那快活的面具上似乎有青年的影子。可究竟是哪里呢？小丑的脸颊很胖，嘴巴很宽，嘴唇也很厚——然而，然而，可是——

在接下来的几天里，她每次去伦敦时都会不由自主地观察路人，看他在不在人群之中。她很快就发现了一件事，他比她见过的任何一个人都要英俊。但她之所以对他念念不忘，并不是因为这份英俊，而是因为他想让她对他好，她也想——非常非常想对某个人好。

她只觉得那张银面具的圆润脸颊愈发消瘦，空洞的眼里迸发出了新的光芒，整张脸逐渐变化……这种幻象占据了她的心智。这无疑是一件很美妙的事情。

过了一阵子，他再一次出乎意料地现身了。

那天晚上，她从剧院回来，抽完最后一支烟，正准备上楼去卧室。这时，有人敲了敲门。照理说，来客都该按门铃——没人会用她在某天闲来无事时去古董店淘来的猫头鹰敲门器。这敲门声使她确信，来人是他。露丝已经上床睡觉了，所以她亲自去开了门。门外的人果然是他——还有一个年轻的女人与一个婴儿。三人走进起居室，尴尬地站在火炉旁。就在那一刻，在她看到他们扎堆站在火炉旁的刹那，

749

她第一次感到了恐惧。她突然意识到自己有多弱小——一看到他们，她似乎就变成了水。她，索尼娅·赫里兹，五十岁，过着随性的生活，除去心悸，全身都很健康——这样一个人，竟变成了水。她只觉得有人在自己耳边低语，小心点。

年轻的女人很是引人注目。红头发，肤色白皙，身材纤瘦，气质优雅。婴儿裹在披肩里，睡得很沉。索尼娅端来饮品和吃剩下的三明治。青年露出那迷人的微笑，凝视着她。

"我们今晚不是来抢东西的，"他说道，"我只是想请您看看我的妻子，也想让她看看您的美术品。"

"好吧，"她没好气地说道，"但不能待太久。时候不早了，我正准备休息呢。再说了，我明明让你别再来了。"

"是艾达求我带她来的，"他朝年轻女人扬起下巴说道，"因为她非常渴望见到您。"

年轻女人始终没有说一句话，只是闷闷不乐地盯着前方。

"行吧，但请你们尽快离开。对了，我还不知道你叫什么名字呢。"

"亨利·阿伯特。那是艾达，孩子也叫亨利。"

"好。那天回去之后，你过得怎么样？"

"托您的福，我们很好，能吃饱穿暖。"

但他很快就不吱声了，女人也一言不发。在一段尴尬的沉默之后，索尼娅·赫里兹建议他们离开。他们却没有要走的意思。半小时后，她强烈要求他们回去。他们起身了，但走到门边时，亨利·阿伯特转向办公桌说道：

"谁在为您写信？"

"没人为我写信，都是我自己写的。"

"您应该雇个人，能省去不少麻烦。我可以为您效劳。"

"不用，没有那个必要。好吧，晚安。再见——"

"我会为您效劳的，您也不需要支付我报酬，反正我闲着也是闲着。"

"不必了……晚安,再见。"她将他们关在门外,却迟迟无法入睡。她躺在床上,满脑子都是他,心乱如麻。对他们三人的母性柔情温暖了她的身体(年轻女人和婴儿显得那样无助),焦虑的颤抖则使她浑身的鲜血冰冻。无论如何,她不希望再见到他们了。可她真的那么想吗?当明天来临时,当她走在斯隆大街的时候,她会不会盯着每个人看,希望那个人碰巧是他?

三天后的早晨,他来了。那天下着雨,所以她决定用这段时间来算账。露丝带他进来的时候,她正坐在办公桌前。

"我是来为您写信的。"他如此说道。

"不行,"她厉声说道,"请回吧,亨利·阿伯特。我受够了——"

"怎么会呢。"说着,他便坐在了书桌前。

她将为接下来发生的事羞愧终生——半小时后,她就坐在沙发的角落向他口述信件的内容。她很喜欢看着他坐在那里,尽管她不愿承认这一点。她将他视作同伴。无论他沦落到怎样的境地,他确实是个绅士。那天早上,他表现得非常好,写得一手好字,遣词造句也很得体。

一星期后,她笑着对艾米·韦斯顿说道:"亲爱的,你相信吗?我雇了一个秘书。一个非常漂亮的年轻人——你也不用这么鄙视我吧。你也知道,好看的年轻人对我来说不算什么——而且他确实为我省去了不少麻烦。"

在这三个星期里,他的工作态度十分端正。每天准时到达,恭敬守礼,将她吩咐下去的事情办得妥妥帖帖。在第四个星期某日的十二点四十五分左右,他的妻子来了。这一次,她看起来惊人的年轻,仿佛只有十六岁左右。她穿了一件朴素的灰色棉布衣服,剪短的红色头发在苍白脸颊的衬托下显得格外亮眼。

照理说,青年知道赫里兹小姐总是独自用午餐,也看到了为一人布置好的餐桌与简单的一人份餐具。但不留他们共进午餐似乎有些尴尬。所以她只能留下他们，尽管她并不情愿。这顿午餐吃得并不愉快。他们两人在一起的时候无趣极了。因为妻子在场时，青年很少说话，而妻子也一言不发。而且，这对夫妻让她隐约产生了某种不祥的预感。

用过午餐后，她把他们送走了。他们也没有反抗。但那天下午外出购物的时候，她下定决心，说什么都要一劳永逸地摆脱他们。诚然，他的陪伴令人愉快。他的微笑，他淘气的幽默感，还有那态度——我是个无家可归的无赖，以行骗为生，但我喜欢你，所以对你网开一面……这一切的一切都吸引着她。但真正令她担忧的是，他在她身边待了好几个星期，却没有开口要钱。不仅没要钱，更没有提出任何要求。他肯定是有什么企图，他的脑子里肯定有什么计划。在某个早上，他定会用那个骇人的计划狠狠吓她一跳。在明亮的阳光下，在车水马龙的呼啸声中，在周围树木的沙沙声中，有那么一瞬间，她看到了判若两人的自己，惊愕不已。她怎会如此软弱？她那健壮、结实而强势的身体，光彩照人的玫瑰色脸庞，浓密的白发——这一切都消失不见了。取而代之的是一个胆小软弱的小老婆，她紧紧抓住公园的栏杆不放，眼神惊恐，双膝发颤。有什么好怕的？她并没有做错什么。警察就在身边。她从不是个胆小鬼。可是一回到家，她便产生了一种奇怪的冲动，想要离开她在沃波尔街的舒适小家，把自己藏在某个没人找得到的地方。

那天晚上，一家三口再次现身。她本想看会儿书，度过一个舒适的夜晚，再早些就寝，却被敲门声打乱了计划。

这一次，她摆出了非常坚决的态度。当他们站在一处时，她起身说道：

"这里有五英镑。到此为止了。如果你们中的任何一个人再次出现在这里，我就报警了。好了，请回吧。"

年轻女人轻喘一声，晕倒在地。那是如假包换的晕厥。她喊来露丝，想了所有可想的办法。

"她就是没吃饱。"亨利·阿伯特说道。最后，由于艾达·阿伯特迟迟不醒，她被送去客房安顿下来，索尼娅还为她请来了医生。医生检查了她的情况，表示她需要静养和补充营养。这恐怕是整件事的关键时刻。如果索尼娅·赫里兹在这一危机中表现出适当的果决，把阿伯特一家（包括那个昏倒的人）赶到寒冷无情的大街上，想必她此刻仍是一位精神矍铄的老妇人，正与朋友们享受桥牌的乐趣。然而，她的母性在这一时刻占了上风，阻碍她做出那样的决定。年轻女人双目紧闭，脸颊几乎和枕头一样苍白，显得十分疲惫。婴儿（她就没见过如此安静的婴儿）躺在母亲床边的小床上。亨利·阿伯特在楼下写索尼娅口述的信。其间，索尼娅·赫里兹抬头看了一眼银面具，被小丑脸上的微笑深深震撼。在此刻的她看来，那无异于猛烈的冷笑——几乎是嘲笑。

艾达·阿伯特晕倒三天后，她的姨妈和姨父爱德华兹夫妇找上门来。爱德华兹先生是个红脸大汉，精力充沛，穿着鲜艳的马甲，乍看像酒馆老板。爱德华兹夫人是个瘦小的尖鼻子女人，声音低沉。她骨瘦如柴，但感情丰富，平坦的胸前戴着一枚大号老式胸针。他们并排坐在沙发上，表示他们是来探望心爱的外甥女艾达的。爱德华兹夫人扯着嗓子说话，爱德华兹先生则是一副自来熟的态度。不凑巧的是，韦斯顿夫人和另一位朋友刚巧在这个时候拜访了索尼娅。她们没有待很久。见到爱德华兹夫妇时，她们表现出了明显的惊愕，亨利·阿伯特那熟稔的态度更令她们目瞪口呆。索尼娅·赫里兹可以看出，她们产生了非常糟糕的误会。

一星期后，艾达·阿伯特仍躺在楼上的房间里，似乎完全无法挪动。爱德华兹夫妇时常上门探望。有一次，他们甚至带来了哈珀夫妇和他们的女儿艾格尼丝。他们深表歉意，说赫里兹小姐应该可以理解他们因为担心艾达坐立不安的心情。这群人挤在客房，同情地注视着那张闭着眼睛的苍白面庞。

后来，两件事同时发生了。露丝辞职走人。韦斯顿夫人登门拜访，与索尼娅进行了坦诚的交谈。夫人以一句不祥到极点的话开场："我想你应该知道，亲爱的，大家都在说……"她告诉索尼娅，大家都在传索尼娅·赫里兹和一个年轻流氓住在一起，那人年轻得可以做她的儿子。

"你必须立刻把他们都赶走，"韦斯顿夫人说道，"否则你在伦敦就没有一个朋友了，亲爱的。"

朋友走后，索尼娅·赫里兹哭成了泪人。都多少年没哭过了。她到底是怎么了？她不仅失去了意志和决心，身体也非常不舒服。心脏每况愈下，无法入睡。家里也是乱七八糟，所有东西都落满了灰尘。有没有办法让露丝回来工作呢？她置身于某个可怕的噩梦中。这个美得骇人的青年似乎对她有某种权威。话虽如此，他并没有威胁她。他所做的只是微笑。她也丝毫没有爱上他。这一切必须结束，否则她就完了。

机会在两天后的下午茶时间降临。爱德华兹夫妇前来探望艾达。艾达还很虚弱，脸色苍白，但好歹能下楼。亨利·阿伯特也在，还有那个婴儿。索尼娅·赫里兹觉得身子很不舒服，但还是强撑着与所有人说话，特别是那位尖鼻子的爱德华兹夫人。

"你们必须明白，"她说道，"我也不想不近人情，但我也有自己的生活。我很忙，承受不了这么多。我不想显得自己冷酷无情，也很愿意提供些许帮助。不过阿伯特夫人已经好多了，可以回家了——是时候与诸位告别了。"

"我知道，"爱德华兹夫人坐在沙发上仰望索尼娅，"您一直都很善良，艾达也很感激您。但现在让她出门，就等于是杀了她啊。她只要一动，就会当场晕倒。"

"我们无处可去。"亨利·阿伯特说道。

"但是爱德华兹夫人——"索尼娅没把话说完，怒气油然而生。

"我们家只有两个房间，"爱德华兹夫人平静地说道，"我很抱歉，可我丈夫整晚都在咳嗽——"

"哦，可这样下去怎么行啊！"赫里兹小姐喊道，"我受够了，我对你们已经很慷慨了——"

"那我的工资呢，"亨利说道，"这几个星期的工资呢？"

"工资！好，我会付的——"赫里兹小姐突然停了下来。她意识到了几件事。她意识到，由于厨师那天下午辞职了，家里只剩她一个人了。她意识到，这群人没有丝毫的慌乱。她意识到，她的所有物（西克特、郁特里罗、沙发）都充满了忧虑。他们的沉默与纹丝不动令她害怕极了。她走向办公桌，心悸愈发严重，只觉得心脏仿佛被人掐住了似的，剧烈的痛苦传遍全身。

"求求你，"她喘着气说道，"抽屉里……小绿瓶……快！求你了，求你了！"

她记得的最后一幕，是亨利·阿伯特冷静地俯身看着自己的英俊脸庞。

一周后，韦斯顿夫人来访。开门的是艾达·阿伯特。

"我是来探望赫里兹小姐的，"她表示，"我最近都没见过她，打了好几次电话都没通。"

"赫里兹小姐病得很重。"

"天哪，真可怜。我能见见她吗？"

艾达·阿伯特用宁静温和的语调宽慰道："医生嘱咐她闭门谢客。可否告知您的姓名？等她好转了，我会立即通知您的。"

韦斯顿夫人走了。她跟朋友们聊起了这件事："可怜的索尼娅，听说她病得很厉害。那群人似乎在照顾她。等她一好起来，我们就去看看她吧。"

伦敦的生活节奏很快。索尼娅·赫里兹本就不是大家关注的对象。赫里兹家的亲戚找上门来。接待他们的人非常礼貌，保证她一好起来就会立刻通知——

索尼娅·赫里兹躺在床上，却不是在她自己的房间。她睡在小阁楼的卧室里，那本是女仆露丝的住处。起初，她处于某种诡异的虚脱状态。她病了。她睡了又醒，醒了又睡。照顾她的是艾达·阿伯特，有时是爱德华兹夫人，有时则是一个她不认识的女人。他们的态度都很友善。她问，需要请医生吗？他们表示，不需要请医生，她有什么需要，他们都会立刻满足。

渐渐地，她恢复了元气。为什么她会在这个房间里？她的朋友在哪里？那群人送来的糟糕餐食是怎么回事？那些女人在这栋房子里做什么？

她和艾达·阿伯特爆发了冲突。她想下床，艾达却按住了她——而且轻而易举。全身的力量仿佛都消失不见了。她反抗了，用虚弱的身子尽力反抗了。然后哭了，哭得伤心极了。第二天，她趁房中无人下了床，却发现门被锁住了。她拍打着门。除了拍门的声音，她什么都听不到。她的心脏又开始了那种揪心的悸动。她只得爬回床上，虚弱地哭泣。当艾达带着面包、汤和水进屋时，她要求对方把门打开，她会自己下床洗澡，下楼去自己的房间。

"您还没好透呢。"艾达温柔地说道。

"不，我已经好多了。等我下了床，我就把你们都关进监狱，你们竟然——"

"别太激动，这对您的心脏不好。"

爱德华兹夫人和艾达给她洗了澡。她吃不到足够的食物，总是饥肠辘辘。

夏天来了。韦斯顿夫人去了埃特雷塔[1]。朋友们都离开了伦敦。

"索尼娅·赫里兹到底是怎么了？"梅布尔·纽马克在给阿加莎·本

　　1　法国海滨度假胜地。

森的信里写道，"我已经很久没见到她了……"

但没人有时间打听这件事。毕竟大家都有各种各样的事情要忙。索尼娅是个好人，但谁都不关心她……

亨利·阿伯特来找过她一次。"您的身体还是那么糟糕，"他微笑着说道，"我们正尽力为您效劳。还好您病重的时候有我们在身边。请您在这些文件上签字。因为在您痊愈之前，必须有人照料您的事务。再过一两个星期，您就能下楼了。"

索尼娅·赫里兹睁着惊恐的眼睛看着他，在文件上签了字。

秋天的第一场雨拍打着街道。起居室的留声机传出乐声。艾达和年轻的杰克逊·麦琪、健壮的哈利·贝内特翩翩起舞。家具都被推到了墙角。爱德华兹先生喝着啤酒。爱德华兹夫人在火炉前烤着她的脚趾。

亨利·阿伯特进来了，他刚卖掉了郁特里罗的画。众人用掌声欢迎他的到来。

他取下墙上的银面具，来到房子的顶层，走进屋里，打开悬着的电灯泡。

"谁来了——干什么？"充满惊骇的声音从床上传来。

"不干什么，"他安抚道，"艾达这就给您送茶来。"

他拿出锤子和钉子，把银面具挂在了赫里兹小姐能看到的，布满污渍的墙纸上。

"我知道您很喜欢它，"他说道，"觉得您肯定很想看到它。"

她没有回答，只是瞪大眼睛盯着面具。

"您确实需要找些东西看看。您病得太重了，我担心您再也不能离开这个房间了。所以有个东西看总归是件好事。"

他走了出去，轻轻关上身后的房门。

黄色鼻涕虫

亨利·克里斯托弗·贝利｜Henry Christopher Bailey

（1878.2.1—1961.3.24）

> 亨利·克里斯托弗·贝利写过多少以雷吉·福琼为主人公的推理短篇？柯南·道尔的福尔摩斯系列有五十六部短篇，切斯特顿的布朗神父系列有五十三部短篇，福琼系列的短篇竟有八十四部之多。其中不乏弑婴等凄惨情节，本作也以儿童的异常心理为主题，有着"奇妙余味"，在质与量这两个层面都堪称福琼系列的代表作。
>
> ——乱步评

大型轿车被一支花花绿绿的送葬队伍挡住，迟迟难以前进。队伍占据了道路中央，长得望不到头。道路两侧则是成群结队的卡车，同样动弹不得。福琼先生叹了口气，闭上双眼。

片刻后再次睁眼，只见他的车正要追过另一支送葬队伍。队伍的第一辆车与他并驾齐驱。驾驶席旁边放着一口孤零零的白木小棺材，许是为婴儿准备的。因为这条路通往布莱尼公墓……

轿车沿着狭窄的道路行驶了两英里多。两旁尽是破烂的店铺，仿佛随时都会同前倾倒。小巷在某些十字路口探出头来，深处是更加肮脏的简陋住宅。相较之下，沿街的房屋反而还像样一些。

街道告一段落后，便是布莱尼公地。轿车骤然加速。斑驳的草坪，裸露的沙地。浑浊的池塘边上，零星分布着几棵无精打采的乔木……车停在一栋砖瓦砌成的寒酸建筑门前。那是一座古老的济贫法医院。

踏上苯酚味扑鼻的玄关后，贝尔警司前来迎接。

"我来了。出什么事了？"

"女孩还有气。两个孩子应该都能得救。"

福琼先生被带到一间公用病房。被屏风挡住的内侧病床上，躺着一个小女孩。

她的脸与婴儿一般滚圆，脸色却十分苍白，呈现出不健康的浮肿。七月的空气闷热极了，她却盖着厚厚的被子，一直拉到脖子，皮肤却没有一丝血色。她睡得那么深，就跟死人一样……

雷吉·福琼在她身边坐下，把手轻轻伸进被子……为她把脉，并观察瞳孔的状态。

结束诊查后，他起身走开。一个护士跟着他走到门口。

"你觉得她几岁了？"他轻声问道。

"我也说不准……看着有七八岁了，身子却很虚弱。而且她刚被送来的时候话都说不利索，就跟婴儿似的。也许只有五岁左右吧。"

雷吉点了点头。

"看来是的。先这样吧，看看下一个。"

他走出公用病房，来到一个小房间。护士和医生正守在床前。

床上躺着一个男孩。他动个不停，呻吟不止，还不停地说胡话。

医生抬眼望向雷吉。

"如您所见，他还在说胡话。刚被送来的时候，他完全失去了知觉，我还以为他情况危急，就冒险打了一针吗啡。"

见雷吉原本温和的表情顿时冷峻起来，医生吓了一跳，不敢再往下说。雷吉却若无其事地点点头，朝病床走去……

男孩鼾声大作。一只瘦弱的胳膊甩在乱蓬蓬的头发上，憔悴的脸颊略带血色。上唇和眉间都挂着汗珠——他的眉毛并不难看。要不是显而易见的营养不良症状，这并不是一张令人不快的脸。但它显然不是一张孩子的脸——激烈的情绪与乖僻的欲望被原原本本地冻在了那张脸上。

雷吉把手伸进被子……他没穿衣服，身体虚弱得令人心痛……雷吉站了起来，他的脸依然定格在冷酷无情的决心中。

走出病房后，医生忧心忡忡地问道：

"我的处置没什么不妥吧——"

"你问吗啡？没问题。你的诊断是？"

在福琼先生冰凉的凝视中，年轻的医生愈发惴惴不安了。

"要是允请您看一看就好了……他应该快醒了——我认为是某种歇斯底里性发作。营养不良造成的神经过敏——他就是那种天知道会干出什么事情的人。"

"看来是的。他几岁了？"

"这……我也不好下定论。光听他说的胡话，您会觉得他已经不小了，因为他能滔滔不绝地说出各种艰深晦涩的词汇，还会引用《圣经》呢。乍看像十二三岁，但也许只有十岁，搞不好才八九岁。各方面的发育极不均衡，非常病态。"

"好像是这样，"雷吉轻声回答，"但还是得想办法救他——"

"到底是个苦命的孩子。"医生也说道。

雷吉与贝尔警司面对面在一间毫无装饰、非常煞风景的候诊室里。贝尔显得很焦虑。

"您怎么看，福琼先生？"

"也不是不能立案，关键看证据。"

"我最受不了牵扯到孩子的案件了——太残忍了。"

"还有什么证据？"

雷吉慢吞吞地说道。贝尔警司打量着他冷静的表情说道：

"证据？有的是。"

事情发生在布莱尼公地。公地有若干个池塘。故事的主人公——小男孩就住在其中一个池塘的岸边。某件事发生后，警方开始持续关注那个名叫艾迪·希尔的男孩。发现那件事的是公地的一位看守。这个池塘是孩子们放玩具船的好地方。

艾迪·希尔买不起玩具船。他整个上午都在岸边徘徊，看着其他孩子玩船。到了中午，孩子们纷纷回家吃饭。当时恰好无风，一艘玩具船停在了池塘中央，纹丝不动。

一小时后，看守看到艾迪·希尔走进池塘。之后，他便不知所终。孩子们吃完饭回来，却发现船不见了。它的小主人哭着向看守抱怨。看守不住地安慰，保证会睁大眼睛仔细寻找。几天后，他发现艾迪·希尔和他的妹妹贝茜躲在公地的金雀花丛里玩偷来的玩具船。他没收了船，叫来他们的母亲告状。母亲赶忙道歉，保证会好好教育孩子。

他们的母亲开了一家小杂货店。她在十几年前嫁给了第一任丈夫，婚后一直住在那里。她与街坊四邻相处融洽，每周日都去教堂——她的第二任丈夫布莱特曼也与她一样勤劳，甚至比她更虔诚。

学校的老师们对艾迪和妹妹的印象还不错。尤其是艾迪，因为他活泼开朗，就是有点爱幻想，做事粗心大意。妹妹则有些呆头呆脑。不过两个孩子都算乖巧，不如其他孩子那般调皮。

"查得挺清楚啊，"雷吉低语道，"光今天就查出来这么多？"

"哦，不，这都是有记录的，"贝尔回答道，"都写在另一起案件的调查报告里——"

"哦……也就是说，他们是有前科的。说来听听。"

所谓的另一起事件发生在那天下午的主日学校。放学后，艾迪·希尔和同学们一起打扫教堂。就在这时，牧师突然走了进来，发现艾迪正拿着捐款箱。箱里面装着教区委员们筹来的善款，用于改造学校设施。

艾迪没有必要，也没有权利碰捐款箱。然而他旁边的长椅上，分明放着几枚铜钱与六便士银币。而他身上不可能有钱。在牧师们的审问下，艾迪承认他把箱子倒过来晃了晃，弄出了里头的钱币。而他的妹妹守在旁边，为哥哥犯下的罪行瑟瑟发抖。

牧师把他带去警局，指控他犯有盗窃罪。

"好严厉的牧师……"雷吉喃喃道。

"这样的处置确实严厉了些，但捐款箱之前就遭过贼，所以牧师盯得格外紧。后来，孩子的母亲赶了过来，哭着央求牧师网开一面，但牧师没有答应。于是艾迪就被送上了少年法庭。福琼先生，您也知道少年法庭是什么样的氛围，法官肯定就像慈父一样，语重心长地教育了他。"

"法官是怎么说的？——干出这等坏事，你就不害怕吗？你将母亲推下悲哀的深渊，让她愁白了头发，搞不好她可是要进坟墓的。你活着是人们口中的小流氓，死了也会下地狱——想必他是这么教育人家的吧。"

"这我就不清楚了……我曾听过另一个孩子因为类似的事情受的训诫，当时那位法官讲得格外细致。艾迪接受的训诫就更不用说了。这也难怪，毕竟那孩子碰了教堂的捐款箱，这可是要遭报应的啊。不过您怎么突然提起地狱了？"

"不是我要提，是我听说那个孩子今天说胡话的时候一直提到地狱，于是我便猜这个词也许是在训诫时刻进了他的脑海。这也能让我确信，今天寻上的那件事确实是他干的。有这些证据就足够了。接下来要做的，就是探究他为何会做出那么可怕的事情。"

"孩子的案子处理起来真是让人郁闷，"贝尔警司沉着脸说道，"孩子有时比大人还要冷酷残忍，更没有人性。跟性格扭曲的孩子打过交道的都知道，他们真能干出教人一听就毛骨悚然的事情来——要是能在他们真的犯事之前实施训诫就好了。"

"没错，你说得很对。我也想防患于未然。然后呢？"

他催促警司往下说，语气里透着一股难以抑制的不耐烦。贝尔吃了一惊，仰望他说道：

"然后就是今天早上发生的那件事了。大致情况我刚才都在电话里告诉您了。后来我们又了解到了一些细节。今天一早，艾迪带着妹妹来到了村子的公地。自从出了上次那件事，艾迪一去公地，看守就会紧紧盯着他。今天早上，兄妹俩也没有明确的目的地，只是闲逛去了大池塘那儿。行为异常的孩子都有心血来潮的倾向，艾迪也不例外。那个大池塘根本就不适合孩子们玩耍。因为它太深了，孩子下水游泳是很危险的。人们只会去那里给狗洗澡，或是钓鱼。而且他们去得特别早，四周都没有人。

"艾迪和贝茜沿着土堤一路走去。一个目击证人说，妹妹一直在哭，艾迪似乎在责骂她。后来，哥哥突然把妹妹推进了池塘，然后自己也跳了下去。

"看守连忙跟割草的农夫取来救生圈扔了过去，艾迪却没有要抓住它的意思，而是牵着妹妹的手不断往深处走。他们走到了两个人都踩不到底的地方，沉了下去，然后又浮上水面。看守跳下去救人，妹妹失去了知觉，艾迪却拼命反抗。"

说到这里，贝尔警司停了下来，观察对方的表情。但雷吉一言不发。他的脸上既没有意见，也没有情绪。

"如您所知，援救溺水者的难度非常高。一不小心，救助者自己也会有生命危险。好在两个孩子都被救了上来。问题是，为什么哥哥要把妹妹推下水呢——也许他们只是闹着玩，结果下手太重了。但孩子毕竟是孩子，出了事便惊慌失措，只是为时已晚……"

贝尔再次仰望福琼，十分在意那张过于冷静、毫无情绪波动的脸。

"我是说，如果不是那孩子被救上来之后举止反常，我是不会拿这个问题来烦您的。见妹妹昏迷不醒，看守便给她做了人工呼吸。谁知艾迪见状大喊——不行！贝茜已经死了，她必须死！

"看守惊讶地问道：'你小子是想让她死吗？'艾迪回答：'没错，我想。她非死不可。'

"说完便发起了狂。看守跟农夫一起按住了他，他拼命挣扎，还嚷嚷着'要是活过来了，就得跟我一起下地狱了，你们为什么不让她死啊'。看守他们把艾迪送去了警局，他一路上一会儿引用《圣经》，一会儿描述下地狱之后要经受怎样的折磨，一刻都不消停。"

"这案子着实诡异……"雷吉喃喃道，"他是如何具体描述地狱酷刑的？"

"我当时没在场，但据在场的人说，艾迪的神情举止甚至让他们产生了恐惧。至于他具体说了什么，那当然都是些不着边际的话，好像还提到了什么永生不死的蛆虫——福琼先生，您相信世上有这么荒唐的事情吗？"

"倒也不是完全不可能有。"

"不过那孩子看着弱不禁风，竟然还有力气把妹妹拽下水。"

"确实，这一点很关键。两个孩子的健康状态都很糟糕。女孩明显营养不良。男孩的心理发育也不健全。但即便是那样一具孱弱的躯体，一旦紧张起来，也能迸发出巨大的能量。单靠精神力也足够他成事了。"

贝尔长叹一声。

"您说他真是故意的吗？这么想未免也太残忍了——"

"除此之外，别无其他可能。"

雷吉喃喃道。贝尔警司动了动身子，显得很不自在。他曾数次见证福琼先生做出冷酷的判断，铁面无情地揭发他人的秘密——但他并不认为这就是他的真面目。

雷吉换了个舒服的坐姿，徐徐道来。根据警司的描述，他的语气像极了在讲台上授课的老师（尽管这是他最讨厌的评语）。

"造成这种局面的理由存在若干种可能性。最肤浅的观点是，这个男孩只是一个早熟的流氓。妹妹知道了他犯下的罪行，所以他企图淹死妹妹，以免她告密。成年人也经常干出这种事，不过这种情况在青少年犯罪中格外常见。"

"确实，"贝尔点头道，"这么看来，他肯定干了什么天大的坏事，以至于要杀掉妹妹灭口。"

"这就不好说了。不过，他确实偷过东西。而且还是两次——每次都有确凿的证据。只是警方可怜他，所以没有严厉处罚。这次的事情当然也可以酌情轻罚，不过他本人似乎为之前犯下的偷窃罪自责不已，很是痛苦——恐怕这就是造成今早那起事件的原因。"

"好吧，这么想确实合乎情理。"

"没错，他觉得自己孤立无援。企图谋杀妹妹也是负罪感作祟。这么解释应该是没问题的。但我们也可以换一个角度看。那个男孩的精神已经彻底崩溃了。无论是在肉体层面、智力层面还是精神层面，他都堪称'不健康'的标本。也许他根本就不想杀死妹妹，却在激情的驱使下做出了自己并不想做的事——"

"这倒是更说得通。"

贝尔警司似乎松了一口气。

"你真这么想？那他为什么一口咬定自己确实想杀她？"

"也许事情的真相正如您刚才所说，他就是精神错乱了。这是最说得通的解释，或者说，是唯一说得通的解释。您的第一个推论同样无法解释刚才的疑问。您想啊，如果他真是为了掩盖自己的罪行才行凶的，那他为什么要高呼自己是真的想杀了她呢？孩子也知道杀人是比偷窃更恶劣的罪行。无论从哪个角度看，他都只可能是疯了。"

雷吉垂眼道：

"你之所以把我叫来这种地方，就是想让我出具证明，说那孩子精神错乱了吧。如果这样能帮到他的话，我倒是可以给出诊断。你是个仁慈的人。但遗憾的是，真相满足不了你那颗温柔的心。那孩子的精神状态确实反常（abnormal）。如果这个诊断能帮助你达成目的，那当然再好不过了。只是我不能断定他是个疯子。这需要请专科医生进一步诊断。"

"无论如何，陪审团都会相信的——"贝尔自言自语道。

"那是自然，我也这么认为。陪审团和你一样，都是慈悲为怀。但这与我无关。我的任务是发现真相——还有一种可能性。男孩的动机正如他所说。他之所以杀死妹妹，是为了防止她堕落，避免她遭受地狱的折磨，这个观点也与事实相符。他养成了偷窃的恶习。有人向他灌输了一种可怕的观念，让他认为自己注定要下地狱。就在这时，他发现妹妹也有沾染恶习的趋势。他惊愕不已，决定在她还未彻底堕落的时候杀了她，觉得这样也是为她好。"

"有这样的想法还不算疯狂吗?！"贝尔喊道。

"确实反常——但称不上疯狂。"

"这就是疯狂啊！他要是为自己的堕落而后悔，大可改过自新，回归正道。如此一来，妹妹肯定也会跟着他学好。"

"嗯，常识确实如此……"

雷吉严厉的脸上浮现出一抹轻蔑的微笑。"可常识在这种情况下有什么用呢? 如果他坚信自己要下地狱——也坚信妹妹会走他的老路，对他而言，杀死妹妹就是救她的善举，是合乎逻辑的，合理到极点。贝尔，你真的了解孩子吗? 有些孩子会乖乖接受大人教给他们的东西，但也有一部分孩子会格外当真。大人把这种状态称为反常。艾迪·希尔就是反常儿童的典型。"

他转过身来，凝视贝尔的脸。在迟暮的阳光中，一双碧蓝的眼睛沉浸在忧郁之中。

“大概十二三岁……太糟糕了，因为太邪恶而活不下去——不，也许是因为太善良。耐人寻味的案子。”

贝尔犹疑不决道：

“您似乎还拿不定主意——要我说，把这种孩子送去感化院（home）才是最妥当的。我这就去安排。”

“感化院！”

雷吉不禁高呼，然后笑道：“面向精神缺陷儿童的收容设施啊……没错，这样也好。”

他起身走到窗前，望向窗外的暮色。

“但这两个孩子有自己的家（home），也有母亲——孩子的母亲在做什么？”

“她在这儿守了好久，真可怜，几乎快疯了——她不相信艾迪会做那种事，说他绝不会那么做。因为他非常疼爱妹妹，说我们肯定是搞错了。”

“这也很正常。母亲会有这样的反应再自然不过了，但她的观点不一定正确。因为这绝不可能是意外。总之先跟她见面谈一谈吧。”

“如果您想见她的话——”警司不情愿地起身说道。

“我并不想见她。我讨厌这起案件。我是被你们硬拽来的。”

说着，两人走出房间。

不知不觉中，从公地回家的人群渐渐稀疏。布莱尼的小巷变得分外安静，人影寥寥无几。

唯有一家小店提前打烊。那是艾迪·希尔的家，几乎褪色的招牌上写着他父亲的名字，每扇窗户后面都没有光亮……贝尔警司拍了拍门板，却无人应答。他绕去商店侧面的小门说道：

“也许敲这扇门就能听见了。这边也是希尔家的吧。”

说着，他按了门铃，敲了敲门。

片刻后，一个女人探出头来，默默盯着他们。里屋传来男人连续不断的说话声。

　　路灯的亮光照亮她的全身。她的打扮朴素而整洁，憔悴的脸上风韵犹存。

　　"还记得我吧，布莱特曼夫人？我是贝尔警司。"

　　"我知道，又出事了吗？艾迪怎么了？"

　　"他们恢复得很好。我只是想找你了解些情况——"

　　"两个人都恢复得很好？——太好了！我们也得救了！"

　　她转身喊道："马修！马修！孩子们都好起来了！"

　　男人仍用之前的语调说着话，没有回答她。

　　"方便进屋说吗？"贝尔问道。

　　"快请进！多谢您的关照，我丈夫也很想见您。我们正在祈求上帝的怜悯。"

　　她带领二人走过一条擦得闪闪发亮的走廊，来到商店后方的房间。只见一个男人正跪在地上祈祷。他高声重复着祷告——上帝啊，感谢您每个清晨的施舍，阿门，阿门。祷告到此为止。

　　他在二人面前起身。那是一个高大而消瘦的人，满脸胡须，眼神阴郁。他转向妻子说道：

　　"怎么了，这两位有什么事？"

　　"他们是为了孩子们的事来的，马修。"妻子走过去握住丈夫的手，"这位是警司，对我们格外关照。"

　　男人呼吸一滞。

　　"原来是这样，有劳二位了——快请坐！弗洛丽，怎么不招呼客人坐下啊！"

　　摆椅子的声音响起。

　　"给二位添麻烦了。孩子们情况如何？"

　　"恢复得很好——两个孩子的情况都不错。"雷吉回答。

　　"上帝保佑，"他微微一笑，阴郁的眼睛闪烁着光芒，"我们的祈祷得到了回应。"

"是的，他们已经脱离生命危险了，"雷吉说道，"但这并不是唯一重要的事情。我们还得找二位问清楚，他们为什么会差点淹死。"

"肯定是你们搞错了，肯定是的，"女人喊道，"艾迪他不会的——他干不出那种事的！绝对不可能——对吗，马修？"

"没错——我是不会相信的。"

布莱特曼迅速回答。

"你们会这么想也正常，"雷吉点了点头，"但我们必须把事实确认清楚。"

"这是自然，您尽管问吧——"

布莱特曼低头道。

"那我就不绕弯子了。艾迪是个相当顽劣的孩子吧？"

布莱特曼看了看一脸悲哀的妻子，又转向他们。

"警察都知道——他偷过东西，还不止一次。当然，都是些小东西……好在上帝怜悯我们，救了他一条命。我们夫妻坚信，这一次他的灵魂也定能得到救赎。"

"这也是我所坚信的，"雷吉点头道，"他偷东西有什么特殊的理由吗？"

布莱特曼摇了摇头。

"我们为他做了力所能及的一切。"母亲哀伤地说道，环顾整个房间。虽然破旧简陋，但屋里打扫得一尘不染。

"是啊，"布莱特曼也说道，"能做的都做了。可诱惑这个东西真是太可怕了，都不知道它是怎么溜进来的，孩子根本招架不住。"

"是啊。你们平时给他们多少零花钱？"

"艾迪从十岁开始拿零花钱，每周两便士。贝茜是一便士。"

布莱特曼甚至有些得意。

"哦……那今天早上有没有发生过会让贝茜或艾迪寻死的事情？"

"完全没有啊！"布莱特曼转向妻子，"是吧？——他们玩得很开心，不是吗？"

"是啊，可不是嘛！"妻子急切地说道，"他们最喜欢去公地玩了。今天早上也是随便扒几口饭就冲出去了。可……可……"

她放声大哭。

"别难过了，弗洛丽，别哭了。"布莱特曼轻拍妻子的肩膀。

"好，我知道了，"雷吉站了起来，"哦，对了，艾迪——或者贝茜有没有在家里偷过什么东西？钱或是别的……"

布莱特曼盯着他的脸，似乎一脸惊讶。

"您——您怎会有这样的怀疑！孩子和父母之间，哪来偷不偷的——"

"话是这么说……嗯，是我冒昧了。孩子的情况若有变化，我们会立刻通知二位。晚安。"

"多谢，那我们就在家等消息了。晚安。"

布莱特曼彬彬有礼地道谢。布莱特曼夫人也顶着哭肿的脸道了谢，将两人送出了门。丈夫在她身后喊道：

"弗洛丽！别把门闩上，威文夫人还没有回来——"

"知道了，知道了。"

妻子如此回答，跟二人告别后关了门。

雷吉走了两三步后停了下来，回头望去。店面和刚才一样，放下了卷帘门，每扇窗都是漆黑一片。

"怎么样，咱们的专业人士有什么看法？"

"不是正如您所料吗？"

"是啊，就是司空见惯的和睦家庭。忙忙碌碌、汗流浃背干活的小商人。信仰虔诚，守着老房子，仿佛它是一枚崭新的别针。一切都与报告相符。"

770　他深吸一口夜雾。

"真是一座潮湿的老房子。"

"那是杂货店特有的气味。各种各样的商品混在一起——"

"确实，你说得没错。一切都和人们想象的一样。但我还是头一回听说'威文夫人'这个名字，她是谁？"

"我也不知道，听起来像是房客——"

"好像是。也就是说，艾迪和贝茜家里还有一位居民。不过她还没回来。事情都办完了，我们可以回家了。这一天可真不好受。明天恐怕也会遇到许多不愉快。不过我明天早上会去看看他们的。上帝啊，救救他们吧！"

不知不觉中，他的手抓住了贝尔的手臂……

次日早上八点，福琼来到了贝茜·希尔的床边。他想了许多办法，却毫无用处。贝茜继续睡了半个多小时才醒。

她一睁眼，他便接手了护士的工作，喂她吃涂了黄油的面包与热牛奶。女孩贪婪地将食物扫荡干净。她似乎并不觉得自己置身于此地受人照料有什么奇怪。

"好姑娘，"雷吉帮她擦了擦嘴角，"感觉好些了吗？"

女孩叹了口气，又躺了下来，抬起一双大眼睛仰视福琼。

"叔叔，你是谁呀？"

"叫我福琼先生吧。怎么样，身子舒服吗？"

"嗯，很舒服，"大眼睛带着不解和疑惑环视四周，"这是哪儿呀？"

"布莱尼医院。你掉进池塘了，是大人把你送来的。你还记得吗？"

她摇了摇头。

"艾迪也在这里吗？"

"嗯，在的，他在睡觉。但你不用担心，他很好。你们吵架啦？"

棕色的眼睛突然噙满泪水。

"艾迪是不是还在生我的气呀？我——我不会那样发火的，可艾迪非要我到水里去。我不肯，艾迪就很生气……"

雷吉轻抚她的头发。

"不哭不哭，是艾迪不好。他怎么能冲这么可爱的小姑娘发火呢。但他也不是天天都这样吧？"

"当然不是了，艾迪对我可好了。"

"那他昨天为什么会发火呢？"

棕色的眼睛睁得更大了。

"因为我太淘气了，因为威文阿姨的事情……我进了阿姨的房间，我还以为她不在呢。她房间里有时候有甜点的。可她昨天在的。她骂我，说我是个小偷——说我们都是小偷。艾迪就很生气，把我拽了出去还不消气，气得要命——他说我不可以堕落。我明明没有堕落嘛，可我一说，他就气得不行，说我要是变成他那样，就会下地狱的。然后他就拽着我往泡塘里走了。我拼命喊'我不去！我不去！'，可他——"

"你当然不肯去了，真可怜。是艾迪错了。但现在已经没事了。"

"艾迪还在生我的气吗？"她低声问道。

"怎么会呢，艾迪已经不生气了。谁都不生你的气，大家都很疼你。所以你要赶快好起来呀。"

"啊！"贝茜欣喜地抬起头，"告诉艾迪——我很抱歉。"

"没问题，我会转告他的。"

雷吉亲吻小姑娘的手，转身离开病房。护士在门口等他，雷吉轻声问道：

"她夜里醒过吗？"

"醒过——一睁眼就问艾迪在哪儿。多可爱的孩子啊，满心惦记着艾迪。看得我都哭出来了。"

"你可以让她说，"雷吉的表情突然严峻起来，"但你千万不能主动提起艾迪。"

他走进艾迪所在的病房。医生守在床边，见福琼进屋，他转头过来说道：

"情况好多了。昨晚睡得很好，醒来之后也很安静。只是口渴得厉害，我给他喝了些掺了少许咖啡的牛奶。现在已经好多了，正闲着无聊呢。"

雷吉在病床边弯下腰。男孩躺在床上，安静得仿佛死了一般。消瘦的脸颊全无血色，唯有一双眼睛锁定雷吉，跟着他动了动。眯起的眼皮之间露出一双小小的绿色眼眸，却好像没有对上焦。看来他的识别能力尚未恢复，感性与理性也处于停滞状态。雷吉把手伸进被子搭脉，发现他全身冰凉，出了许多汗。

"有哪里痛吗？"

"我累了，太累了。"

"嗯，我知道，过一阵子就好了。"

"不，不会的，只会更糟。我就不该活过来的，"虚弱的声音里透着怒气，"我根本就不想活过来。活着又有什么用。好不容易能死成了——死了该有多好。"

"胡说八道！"雷吉厉声说道。

男孩发出颤抖的呜咽。

"我没胡说！还是死了的好！"他扯着嗓子喊道，面容因恐惧而扭曲，"我原来很怕死的，可死的过程很宁静，很舒服！可我又活过来了，一切都跟原来一样，又得继续活下去了。"

"你就这么不想活下去吗？你要是死了，留下贝茜一个人孤零零的，多可怜啊。她很想你，她很快就会好起来的。"

"贝茜？贝茜也在这儿？跟我一样？——"

那双绿得不自然的眼睛瞪得硕大。

"对，她也在这儿。但她比你快乐得多。"

男孩抽泣起来。

"你哭什么？她开开心心的不是很好吗？孩子就该开开心心的啊。

你应该也不想让贝茜去死的。"

"不，我就是想弄死她。你明明知道我做了什么——"

"我知道你带着她跳进了池塘。多傻啊。因为当时你太激动了，对吧？你这么做的原因究竟是什么？"

"他们会告诉你的。"男孩嘟囔道。

"'他们'？"

"看守、巡警、法官——每个人都会告诉你，我是个流氓，是个小偷。但我没办法啊。我只能想法子不让贝茜也变成坏孩子。"

"你不是坏孩子，贝茜当然也不是。你怎么会这么想呢？"

"可她到底还是变坏了。我发现了，她也发现了。威文夫人说我们都是小偷。所以——我不得不杀掉她——"

"这也太荒唐了。你也没有害死她。人没那么容易死。"

"怎么不容易了，地狱明明就在那里。在那里，蛆虫永远都不会死——"

医生发出轻轻的惊呼。

见男孩痛苦地扭动身体，雷吉用力握住他的手。

"还有上帝，慈悲的上帝——贝茜不会变成坏孩子的。你也不会。你不需要做恶人。现在也有人保护你了。"

握着的手更用力了。

"感觉到了吗？"

男孩微微张开双唇，敬畏地抬起头。

"我会时不时来看你的，今天就先回去了。有困难尽管来找叔叔……再见。"

离开病房前，福琼在门口停留片刻，盯着病床看了一会儿。

医生在门外的走廊喊住了他。

"您听到了吗，他又说起地狱了——我本想再跟您详细说说的，但考虑到您一早就坐车过来了，肯定很累——"

雷吉平和的脸上再次浮现出冷酷的严峻表情。

"跟灵魂打交道绝非易事，但又不得不做——"他透过垂下的眼皮盯着对方，"知道那个发现溺杀未遂的看守叫什么吗？嗯？福克斯？哦，多谢。"

他离开医院，走向公地。

盛夏的阳光将草坪烤得干枯发黄，道路两边经常被人踩的地方已然秃了好几块。雷吉看到了一个穿棕色制服的看守，上前打听了福克斯的住处。

福克斯是个语速极慢、思维迟钝的退伍老兵。

毫无疑问，艾迪确实曾试图杀死贝茜。那不是打打闹闹时不慎发生的意外，他打从一开始就抱着那样的企图——福克斯一字一句地说道。

"艾迪那样的孩子我见得多了，脾气暴躁，想要什么就非得把它弄到手，否则就气得直跺脚……但这种孩子总比跟小羊羔似的成天哭哭啼啼的强，只是得好好教训，不然长大就成无赖了。艾迪那孩子就是这种类型。

"啊？你问那艘船？对，肯定是艾迪偷的。这孩子贼精贼精的，但孩子到底是孩子。一样要玩，他大可去怀蒙德公园玩啊，可他偏要在公地躲起来玩，这不是等着大人去抓吗？不过他们兄妹俩好像特别喜欢公地的荆豆丛，成天窝在里头玩。昨天出事之前，他们也在那一带晃悠呢。你要去那边看看吗？要的话我就带你去。"

雷吉确实想去。两人爬上公地的山坡，朝小沙丘尽头的荆豆丛与荆棘丛走去。

看守用手杖指了指坑里的一片沙子。

"那是艾迪最喜欢的地方，我们就是在那儿发现了他藏起来的船。"

雷吉走向那个地方。沙子被小手堆成了矮墙，上面点缀着小石子、金雀花的黄色花瓣和荆棘的白色花瓣。

"一看就是那对兄妹干出来的事！"看守气愤地奏响凯歌，"他们就是这副样子，明知道这里不许摘花，却偏要摘！"

雷吉没有回答，而是环顾这个过家家用的花园。

"咦！"

他喃喃道。"花园"的另一头，分明躺着一只女式手包。

"哎哟喂，"看守哼了一声，"这是又偷东西了啊。"

雷吉掏出口袋里的手帕，隔着手帕捡起手包，然后继续观察四周的情况。他发现地上有许多小脚印。他沿着小脚印，越走越远。

回来时，看守说道：

"看来他们把这地方走遍了。"

"是的，"雷吉低语道，用探索的目光打量着看守，"最近有人报失说他们丢了包吗？"

"据我所知还没有。如果有人报案的话，主任肯定知道，你去问他好了。这会儿他应该在山上的树林里。"

山上长满了白桦树、野苹果树和山楂树。走近一看，只见公地管理主任正在树林边上和两个男人说话。他们没穿棕色制服，显然不是看守。凑近了才发现，其中之一是贝尔警司。他匆匆忙忙走下山坡。

"我本想去医院找您来着，福琼先生，想通知您威文夫人的事情——不过，想必您已经知道了。"

"是昨晚那位还没回来的女士吧。我还什么都没听说。"

"听说您来了公地，我还以为您已经知道了呢。她昨晚一直都没回去。今天一早，布莱特曼就急急忙忙来了警局，打听他家房客威文夫人的消息。据说她昨晚彻夜未归，布莱特曼认为她一定是出了什么意外。威文夫人在他们家住了好几年，生活非常规律。每天不是去教堂，就是跟在教堂认识的朋友喝喝茶——碰到这种晴朗的夏日，她会带些吃的去公地坐上一整天。昨天早上，她也带着三明治和装着茶水的保温瓶，还有织毛衣的东西出门去了。她在外面待到天黑也很正常，所以谁都没放在心上，还以为她是回家路上去朋友家坐了坐，顺便用了晚餐。她有家里的钥匙，所以就像我们看到的那样，布莱特曼夫妇没有闩门，直接上床睡觉了。毕竟他们因为孩子们的事情疲惫不堪，所以很快就睡着了。今天早上布莱特曼夫人端茶上楼的时候，才发现老人家没回来。于是布莱特曼就赶来警局了。您就不觉得奇怪吗？"

"是挺奇怪的，尽是些教人不舒服的事情。调查得越深，烦心事就越多……"

贝尔警司一脸讶异，把他带去远离看守的地方。

"您也有这种感觉吗？我也是——话说您还没听说她失踪的时候就来这儿找东西了，方便透露原因吗？"

"哦，我就是想核实一下关于艾迪的那些报告。"

"那您查出什么问题没有？"

"没有，报告似乎很准确。"

"孩子们好像恢复得不错。"

"是的，接下来就看他们的运气了。"

"真可怜，"贝尔咕哝道，"您到底是怎么看他的，福琼先生？"

"他是个聪明的孩子。有锐气，富有想象力。孩子就应该是这样的——只是性格有些乖僻。"

"您是说他心理扭曲吗？"

"差不多吧，不过眼下最要紧的问题不是艾迪的灵魂会变成什么样，而是发生在现实中的案件。手头的证据都不充分，不合乎逻辑，而且让人很不是滋味。我刚去过艾迪和贝茜的秘密基地，发现了这个。就是他们藏那艘船的地方。"他把那只女式手包递给警司。

"天哪！"贝尔警司一把抢过手包，"您把它包起来了？是要提取指纹吗？"

"应该会有指纹的，肯定能派上用场。"

"您明明不知道那个老妇人失踪了，为什么要找包呢？"

"不是我刻意去找的，只是想去碰碰运气。我之所以去，只是因为想看看他们的秘密基地罢了，结果碰巧发现了这个包。"

"您昨晚就听说了威文夫人还没回来，今天一早又去查看了艾迪藏赃物的地方，您是不是料到了会在那里发现什么线索？"

"不不，那倒不是。我确实了解到了一些你们尚未掌握的情况。贝茜告诉我，她昨天溜进威文夫人的房间偷东西，被人家逮到了。威文夫人骂她是小偷，还说他们全家都是小偷。贝茜大概是真的想偷东西，所以艾迪才会铁了心要淹死她，让她干干净净地死去。但我也还没想好要如何处置他们——"

"一切都那么疯狂。"

"是啊。我实在无法理解艾迪为什么要做到那个地步——总之你先检查一下那个包。"

贝尔小心翼翼地打开手包。薄荷味扑鼻而来。包里有一个装着薄荷糖的纸袋，两块脏兮兮的手帕绣有"F. W"，寄给威文夫人的空信封，一瓶苏打薄荷糖片——外加几把钥匙。

"这确实是威文夫人的包。"雷吉喃喃着往里看，"可包里一分钱也没有。"

他盯着贝尔的脸，露出冷静、无情、充满探究的眼神，一如平时。后来贝尔警司每每提起这起案件，都会说起那犀利的目光。

"偷窃是一种有一必有二的行为。那孩子也有这种倾向。"

"这应该是他偷的，"贝尔盯着他说道，"不过福琼先生，您好像非常冷静。我佩服您直视现实的勇气。说实话，我觉得心里堵得慌。"

"情绪是派不上用场的，"雷吉忧心地说道，"我们必须查明真相，也想了解真相——无论它是多么骇人。"

"道理我也懂，"警司阴沉地说道，"我来这儿就是为了找那位老妇人。我们已经查清了她的习惯。夏天一到，她就会天天来这片公地，一坐就是一整天。"

雷吉让人拿来一把帆布折叠椅，往上面一坐，点燃烟斗，闭上眼睛……

"福琼先生！"

片刻后，贝尔警司冲到福琼跟前喊道。福琼嘴唇微张，漏出少许烟雾，身体的其他部位却是纹丝不动。

"找到她了！您大概已经料到了——"

"是的，因为在这里找到她是非常顺理成章的。"

福琼先生有一种奇特的能力：他能直接从仰卧姿势切换到直立姿势。一位生物形态学教授曾在某次医院会议上分析过他的这种特殊技能，说那是无脊椎动物的终极进化形态。

只见他的身子微微起伏，然后便从折叠椅上站了起来。

"好，她在哪儿？"

贝尔警司带他走进树林。地面没有长草，但沙质土壤被落叶形成的地毯盖住了，不至于裸露在外。野苹果树下的山楂丛中有若干个坑，显然是恋人们约会的好地方。其中一个坑毗邻树林的边缘。在小山丘如汽船的甲板一般隆起的地方，好几个人站在一起。

灰色的沙土上，躺着一具女尸。死者个子不高，穿着深灰色的外衣与黑白两色的上衣。帽子戴在一侧，点缀在灰白色的头发上，与惨白而扭曲的面容形成了鲜明的对比。嘴唇紧抿，树梢倒映在微微睁开的眼中。

雷吉绕尸体走了一圈，每一步都走得格外谨慎，仿佛一条狗在思考要如何对待另一条狗。

尸体旁边有一个棕榈叶编的篓子，里面装着打毛线的工具、保温瓶、三明治等物品。

雷吉看了看那些东西，又望向死者的脸，却没有看太久。他更感

779

兴趣的是那个女人的裙子。他弯下腰，反复检查裙子，然后站起身四处走动，不时翻动各处的干沙。

过了一会儿，他回到尸体旁。此时此刻，冷酷到残忍的微笑已再次浮现在他的脸庞。他转向贝尔警司。

"叫个摄影师来。"他喃喃道。

"已经打电话叫了。"

雷吉仍盯着他。

"已经叫了？你怎么会——想得如此周到？"

"呃，只是例行公事——"

贝尔反而怔住了。

"哦，是吗？例行公事啊……"

尸体旁的雷吉再次弯腰，将手伸向女人的嘴……然后从口袋里拿出一个东西，撬开她的嘴，仔细查看口腔内的情况……接着，他合上她的嘴，突然蹲下来，再次打量起尸体的每个角落，仿佛好奇心突然涌上心头……

他解开上衣的胸口，发现内衣上有黑色的斑点。他弯下腰，闻了闻，再揭开贴身内衣。

"有伤口吗？"

"好像没有。"

雷吉把上衣放回原位，起身走去放置保温瓶与三明治的地方。他把一个没吃完的三明治掰成两半看了看，然后轻轻放下。又拿起保温瓶摇了摇，瓶子里的液体少了许多，他倒了一些在杯子里。

"是茶吗？"警司问道，"看着像浓茶。"

"好像是。"

他尝了一口之后立刻吐出，又把杯子里的东西倒回保温瓶，盖好瓶盖，还给贝尔。

"这下清楚了。死因是草酸或草酸氢钾中毒——可能是后者。此毒物俗称柠檬盐。茶水中含有这种物质，尸体也有明显的中毒症状，舌头和口腔被腐蚀成了白色，明显收缩。死亡时间应该在二十四小时之前。当然这个结论还不够准确。"

"是吗？这案子真是越来越让人不舒服了。"

"有吗？"雷吉垂下双眼，"你觉得不舒服？可惜我们无法顾虑你的感受。案子就是案子。已经有各种耐人寻味的证据浮出水面了。"

"有很多证据吗？！"警司怒目而视，"这明明是一起寻常的毒杀案。"

"没错，柠檬盐很容易买到。"

"谁都能买到？"

"对，它平时是用来去除污渍、擦拭黄铜的。但用量够大的话，也能让人当场毙命，所以是一种相当棘手的化学药剂。"

"如果艾迪有心下毒，也能搞到吗？"

"应该能，嗯，他能用一两便士买到致死量——在任何一家药店都能买到。"

"哦——那我让人仔细检查一下尸体。"

"我已经检查过了。好一起骇人的案件，令人毛骨悚然的案件。"

"可不是嘛！老太太像往常一样来树林里消磨时间，却没想到有人在茶水里下了毒。她被毒死了，手包被偷走了，里面的钱一分不剩。而包出现在了艾迪平时藏赃物的地方。老太太刚断气的时候，艾迪还企图把亲妹妹淹死在池塘里。您觉得这意味着什么？这两件事之间存在怎样的关联？——那种毒药连小孩都能买到。肯定是其中一个孩子为了偷到那一点点钱下了毒。但贝茜的心智跟婴儿没什么两样，所以基本可以肯定是艾迪干的——从这个假设出发，就可以解释他之后的行为了。他染上了偷窃的恶习。妹妹深知哥哥下的罪孽，所以艾迪企图淹死她灭口。得知妹妹获救后，他立刻编造了一套谎言，说自己是为了防止妹妹堕入地狱才下的杀手。多么可怕的头脑！多么邪恶的智慧！他的智慧企图将他的罪行与一切都归咎于妹妹，不容任何人反驳。妹妹是那样弱小，没有能力证明自己的清白。哥哥则装出一副对妹妹的行为火冒三丈的态度，隐瞒自己的罪行。"

"嗯，也许是这么回事。不过你有些激动过头了。这种调查最忌讳情绪用事。情绪会生出偏见，夸大某个事实，让你忽视其他事实。你刚才的意见已经表现出了这两种倾向。我们不该忽视贝茜说过的话——她说她昨天早上溜进威文夫人的房间时被逮住了。检查一下那个手包吧。我坚信你们肯定会检测出贝茜的指纹。"

"天哪！"贝尔盯着他说道，"这案子真是太让人郁闷了。我就没遇到过这么糟糕的案子。竟然要指控几个孩子犯了谋杀罪——"

"是啊，因为它将灵魂堕落这一现象清清楚楚展现在了我们眼前。但案件尚未结束，应该还有若干耐人寻味的事实躲过了我们贝尔警司的慧眼。咦，有人正快步朝我们走来。哦，是负责现场勘验的人吧。"

"没错，有摄影师和指纹采集员。"

"来得真快。"

雷吉朝他们走去。

"你们是从哪儿赶来的？动作还挺快。"

"我们之前就乘车来了这附近，具体位置已经通过电话告诉我们了。"

"很好。那就请各位开工吧。请格外留心死者的裙子，就是这条。"

他指了指死者的裙子。

"请务必把裙子拍清楚。"

"好的。"

摄影师忙活起来。雷吉转向贝尔说道：

"他们应该不会漏掉尸体身上的任何一枚指纹。记得提醒他们别忘了三明治的包装纸，还有保温瓶和手包。大概就这些。我的任务已经完成了，你们可以把尸体运去停尸房了。"

"好。"

贝尔回头发号施令。但片刻后，他就被裙子上闪闪发光的奇异条纹吸引住了，目不转睛地盯着。

雷吉走到他身边。

"你也注意到了，嗯？"

贝尔不明所以，投来不解的眼神。对方脸上却是开始查案后首次浮现的满意微笑，这令他更加困惑了。他弯下腰，细细审视那道反光的条纹。

"已经拍过照片了。"

雷吉拉着贝尔的胳膊，把他带到远离摄影师和指纹采集员的地方。

"怎么样，你那颗犀利的头脑对裙子上的那条线有什么看法？"

"还不好说——而且我也不明白您为什么这么看重它。"

"哎哟，是吗？这可如何是好。那可是关键的证据啊，决定性的证据。"

他带着贝尔走出树林，穿过公地。贝尔的两名属下跟在后面，与两人保持一定的距离。

"决定性的证据？"贝尔沉思片刻，"我只觉得那是一道污渍啊。莫非柠檬盐能留下发亮的污迹？"

"哦，不，那种物质根本不会发亮。"

"难道是她吐在了裙子上？"

"不，也许她呕吐过，但没吐在裙子上。那道污迹并不是呕吐物。"

"我也觉得不像。那会是什么呢？"

"我想到了艾迪提起过的——在那里，虫是不死的 [1]……"

"我的上帝！"贝尔嘀咕道，"虫子？"

他打了个寒战。"我完全不明白您的意思。这听起来太疯狂了。"

"一点都不疯狂，还非常合理。我已经跟你分析过艾迪的性格了。

---

1 《圣经·马可福音》9∶48："Where their worm dieth not, and the fire is not quenched."原文为"9∶44"，但内容与之不相符。

不过，若要使用更准确的科学术语的话，那并非蛆虫，而是鼻涕虫。裙子上的条纹是鼻涕虫爬过的痕迹。"

"哦，原来是这样，"贝尔似乎松了一口气，"还真是，鼻涕虫爬过的地方确实会留下那样的痕迹。因为痕迹逐渐变干了，所以才会发亮。"

"这就想明白啦，厉害。"

雷吉如此夸赞，贝尔却没有表现出很高兴的样子。

"鼻涕虫又不是什么稀罕玩意，至于这么大惊小怪的吗？我承认，一想到鼻涕虫在死者身上爬过，我就觉得很恶心，但也只是恶心而已，并没有什么深意。那具尸体在树林里躺了一整夜，鼻涕虫在夜里出来活动再正常不过了——"

"哎哟，说这种话可是有损警方威信的。不充分的观察和尽是谬误的判断能管什么用。"

"多谢指教——那么请问我的观察与判断究竟错在了哪里？"

饶是贝尔警司都有些不爽了。

"再好好想想。你的大方向没错。鼻涕虫确实会在夜晚出没。喜欢黑暗是它们的习性。到这儿还没有问题，错的是鼻涕虫出现的条件。

"尸体在树林里，地面并非草坪，而是稀松干燥的沙子。鼻涕虫不喜欢这样的环境。如果我在那里发现了鼻涕虫或它们的踪迹，我反而会很惊讶。但为慎重起见，我还是在尸体周围找了找——尽管你们对此漠不关心，我对待这个问题还是相当谨慎的。果不其然，我没能找到其他痕迹。哎，我还没说完呢，听好了。一条鼻涕虫爬过了老太太的裙子，在各处留下了黏液。但黏液造成的痕迹仅限于裙子，并没有延伸到地面上。那么，鼻涕虫究竟上哪儿去了？是奇迹吗？——如果可以的话，我不愿相信一条鼻涕虫的消失是一场奇迹。世间存在一种不科学的迷信，认为腹足动物能够神出鬼没。但我是坚决不信的。那不过是观察力欠佳的体现。"

"您到底发现了什么？您通过鼻涕虫搞明白了什么？"

"哦，贝尔，"雷吉投去责难的眼神，"这不是显而易见的吗？当鼻涕虫爬过裙子时，那位老太太并不在发现尸体的地方。"

"就这？她大概是喝下了毒药，毒发倒地，然后挣扎着爬到了那个地方，死在了那里。这也没什么好奇怪的啊。"

"怎么不奇怪了，明明有好几处疑点。听着，老太太的死因是草酸中毒。如果她是用最后一丝力气爬到了那里，又怎会带上她的保温瓶和三明治呢？难道她在鼻涕虫到处乱爬的时候保持不动，然后暂时恢复了意识，挪到了树林里？那她肯定会想办法求助。可要是进了树林，反而不容易被人看到——所以她为什么要这么做呢？而且那种地方根本就不会有鼻涕虫。你瞧，那里的沙土十分干燥，几乎要被盛夏的阳光烤焦了。照理说，那种地方是绝不会出现鼻涕虫的。那道痕迹必然是在其他地方形成的，所以我才说那是决定性的证据。"

"您的意思是，老妇人是在别处被毒死的，然后被搬到了这里？"贝尔警司皱起眉头思索起来，"有道理，确实有这个可能。您的解释非常合理。但陪审团能理解您对鼻涕虫的解释吗？我觉得他们十有八九是不会接受的，因为这套理论过于精妙了。"

"是吗？"雷吉低声说道，"那案子就更复杂了。到目前为止，我们还没有搭建起多精妙的理论——不过既然是这样，那我也可以调整一下搭建理论的思路。线索还有的是。首先，老太太呕吐过，那是草酸中毒的常见症状。但呕吐物弄脏的是内衣，而不是外衣。你仔细想想，这是非常反常的。你好好想想。即使是陪审团，也一定会对此产生疑问。再顽固的验尸官也一样。法官也不例外。我已经梳理过一遍了，但还想再确认一下。这一次，我想请诸位能干的警探助我一臂之力。随我来吧。"

"您想做什么？"

"贝尔，我要找布莱特曼夫妇问话，希望得到他们的旁证。没有他们的证词，我们就无法继续调查下去了。"

"好吧，您尽管去吧，"贝尔黯然同意，"我们对老太太的情况还了解得太少，都不知道她是什么来路。"

"我要调查的并不是那些事，"雷吉喃喃道，随即又补充了一句，"稍等一下。"

当时，他们已经穿过公地，来到了医院跟前。雷吉的车正停在那里等候。他走过去对司机说了几句话。

"我去哄了哄司机，"雷吉回来后对警司说道，"我一直把萨姆撂在这儿，搞得他有些不高兴——走吧。"

他们又来到了那家寒酸的杂货店。橱窗里摆放着少许罐头。门是关着的，但没有上锁。一有人推门，就会有铃声响起。他们走了进去，发现店内空无一人。他们在各种气味混杂的店里站了一会儿，其中最浓郁的就是肥皂味。

布莱特曼夫人走出里屋，边走边用围裙擦拭沾了水的胳膊和双手。丰满的脸上写着疲惫，布满汗水。一看到他们，她便惊恐万分，颤抖着高呼：

"是你们！又出什么事了吗？"

"孩子们的情况很好，放心吧，"雷吉说道，"我觉得还是通知你一声比较好——"

她凝视着他，泪水夺眶而出。

"感谢上帝！多谢您特意来通知我。"

"不，你不需要感谢我，这都是分内之事——"

但她还是谢了又谢，颇有些神经质。

"那威文夫人有消息了吗？"

"我正想和你聊一聊这件事。布莱特曼先生在吗？"

"不好意思，他出门去了。有她的消息吗？"

786   "嗯，是有一些。布莱特曼先生不在啊，那真是太不凑巧了。他去哪儿了？"

"去他干活的地方了。"

"在后院？"

"不，不，去他自己的店了。"

"哦，他有自己的生意？"

"是的，先生，就是家卖家具的小店。卖二手家具。"

"哦，好吧。能请邻居喊他赶紧回来一趟吗？——你觉得呢？"

雷吉转向贝尔。

"就这么办吧。那家店在哪儿，夫人？"

她咽了口唾沫。

"就在转角处的史密斯大楼。您随便找个人打听一下就能找到。
但他不一定在店里，可能出去办事了。"

贝尔大步走出去，派一名下属去找人。

"我们去屋里等他吧，"雷吉建议道，"正好我也有两三个问题要
问你。"

"哦，好，只要是我能回答的——这边请。"

她掀开柜台的挡板，打开通往里屋的玻璃门。屋里的情况与昨天
一样，干净整洁。即便如此，她还是不停地解释：

"家里太乱了，实在抱歉——因为孩子们的事，我都没时间打扫
卫生了。再加上威文夫人下落不明——请问她究竟出什么事了？有消
息没有啊？"

"有是有，但不是什么好消息，"雷吉回答道，"谁都见不到活着
的威文夫人了。"

那张大汗淋漓的脸立时煞白，眼珠都快蹦出来了。

"她死了！天哪，太可怜了！可你们是怎么查到的啊？她是怎么
死的？"

"我们在公地发现了她的尸体。"

布莱特曼夫人仍然盯着他，双唇微张，瑟瑟发抖。她用围裙捂住脸，弯腰抽泣起来，发出歇斯底里的哭声。

"看来她是个好人。"

雷吉表示同情。布莱特曼夫人抽抽搭搭地告诉他，老太太是个热心肠的好人，每个人都很喜欢她。

"是吗？那真是太不幸了——不过我的问题是关于孩子们的。他们昨天是什么时候出的门？"

布莱特曼夫人仍用围裙捂着脸啜泣，似乎没有听到。

"我问昨天上午，"雷吉重复了一遍，"艾迪和贝茜是什么时候出的门？你应该还记得——"

片刻后，她从围裙下抬起一双哭得红肿的眼睛。

"什么时候出的门？我记不清了。应该是用过早餐就出去了，可能是九点左右。"

"我猜也是，"雷吉喃喃道，"因为他们就是那个时候被人从池塘里救起来的——"

"嗯，肯定是的，我想起来了，是九点。可这和威文夫人有什么关系？"

"你不知道吗？"

她焦虑地瞪大眼睛。"啊？真有关系吗？"

店门口的铃响了，她起身去迎接。原来是贝尔警司进来了。

"找到我丈夫了吗？"她喊道。

"还没有。福琼先生呢？"

里屋的雷吉叫道：

"我在这儿！"

夫人将警司带进里屋，一会儿看看这个，一会儿看看那个。

"布莱特曼先生不在店里？"

"不在，店里似乎一个人都没有，静悄悄的。"

"哦……"雷吉喃喃道。

"我不是说了嘛，"夫人开口说道，"他可能出去办事了。因为他需要上门估价、竞拍什么的，经常不在店里。"

"你确实这么说过，确实……"雷吉的声音还是很轻，"罢了，还是说回正题吧。我听说孩子们昨天出门之前，贝茜好像跟威文夫人闹了点矛盾——"

夫人低下头，拨弄着她的围裙。

"你昨天晚上没有提起这件事。"

"我不想说。我觉得这没什么要紧的，也不想从我嘴里说出任何不利于贝茜的事——您应该能理解我的一片苦心。"

泪水再次夺眶而出。

"贝茜都告诉我了。"雷吉说道。

"贝茜告诉您了！天哪，太可怕了。她还是个孩子啊！为什么会变成这样……我一直在用心养育他们，他们那么可爱，却干出了那么——但这也是上帝的旨意吧——"

"究竟发生了什么？"

"威文夫人对孩子们总是很严厉，因为她没生过孩子。贝茜溜进了她的房间，被她逮住了。她大闹一通，说贝茜跟艾迪一样爱偷东西。我不知道贝茜在她屋里做了什么。孩子们总会做出各种莫名其妙的事情。见贝茜哭了，艾迪就发火了，那孩子向来暴躁。我连忙按住他们，跟威文夫人道歉，让她别生气。她也很快消气了。她对我和布莱特曼都很好，是个很善良的人。"

"那威文夫人是什么时候出去的？"

"应该是那件事发生后不久。夏天的时候，她喜欢去公地消磨时间。"

"哦，我知道了。"

雷吉起身望向后院。那里晾着一些衣物。

"威文夫人昨天穿了什么样的衣服？"

"呃——"因为话题切换得太突然，布莱特曼夫人面露惊讶，"我记不清了——应该是一件深色外衣。她习惯在出门的时候戴整齐。"

她似乎非常紧张，两颗眼珠都快弹出来了。

"可您刚才不是说尸体已经找到了吗？那您应该知道她穿了什么啊。"

"我目前只知道她在公地的时候穿着什么，而我想知道的是她去公地之前——也就是在家里的时候穿着什么。"

"还是那件外衣——她从来不穿外套的——昨天她穿了什么来着？我想不起来了——不过我觉得她在家穿的应该也是一样的衣服。如果那天要出门，她一起床就会换上出门时穿的衣服，懒得一个早上换两次——"

"是吗？她没穿挂在那里的罩衣吗？"

雷吉指了指晾在后院与储物室之间的深色罩衣。

"不，我确定她没穿。那件衣服是脏衣篓里的。"

"所以她是打算今天洗了那件衣服是吧？嗯，好，那就带我们去威文夫人的房间看看吧。"

"好的，只是房间里还很乱，什么都没来得及收拾——"

她带他们上了楼——一路上，她不停地道歉，说家里到处都乱七八糟的，整理起来实在很费工夫。

然而，威文夫人的房间很是整洁，打扫得也很干净，与走廊和楼梯一样一尘不染。护墙板的油漆都快剥落了，也许是擦得太频繁了。壁纸似乎也有些年头了，上面的玫瑰花蕾图案都褪色了，几乎与桃色的背景融为一体。床边铺着皮草地垫。房间中央摆着一张摇摇晃晃的圆桌，下面垫着磨损严重的地毯。它们是房间里仅有的两样遮住地板的东西。圆桌旁边有一把藤椅，空荡荡的暖炉旁也有一把小藤椅——除此之外，房间里就只有铁床架、柜子、梳妆台和洗脸台了。洗脸台上镶嵌着满是污渍的镜子。

布莱特曼夫人一进房间便拉拉这个，推推那个。

"都没好好打扫过……"

"这些家具都是她自己的吗？"

"不，她是空手来的。这些是我们为她置办的。"

"她那么穷吗？"

"我也不知道她是怎么过的，也没有刻意问过。我们不是那种人。她应该是有些积蓄的。据说她年轻时在大户人家干过很多年，她经常提起当年的事情。"

"她有亲戚吗？"

"好像没有，孑然一身。所以她才会来我们这儿当房客吧，因为实在无处可去。在租下我们家的房间之前，她一直渴望有个家。所以她特别怕寂寞，经常掉眼泪，说她不知道以后该怎么办。她那么可怜，我们当然是不会难为她的。不过据我猜测，她的积蓄大概已经所剩无几了。"

雷吉环视整个房间。四周的墙上钉着许多写有《圣经》名言的卡片。

"那是我丈夫为她写的。"

布莱特曼夫人一边解释，一边朗读其中一段话，哭了起来。

"哦——'在我父的家里，有许多住处[1]'……"

雷吉缓缓朗读，再次环视这个空荡荡的房间。布莱特曼夫人抽泣着说："她已经去了天堂。她终于能过上幸福快乐的日子了。"

贝尔警司检查了炉旁的每一层柜子，里面除了衣服别无他物。接着，他走到梳妆台前。

"她好像没有任何证券，只找到了这个。"

---

1 原文出自《圣经·约翰福音》14：2。

他举起一个钱盒，里面的钱币哗哗作响。

"这……我也不太清楚……"

布莱特曼夫人呜咽着回答。雷吉站在桌旁边问道：

"她平时是在这里用餐的？"

布莱特曼夫人想了想，回答道：

"她基本都是下楼吃的。她喜欢和我们一起吃，说这样更有家的感觉。"

雷吉拨弄着桌子，轻轻一拉。只见桌下是一块裂开的胶合板。他弯下腰，揭开垫在桌下的旧地毯。地毯下的地板是湿的。

布莱特曼夫人走了过来。一看到潮湿的地板，她便喊道：

"肯定是她弄的！大概她打翻了水，所以用地毯遮起来了。她总是自己打扫房间，一不留神就——"

雷吉一声不吭，又在房间里转了一圈。他在窗边停了一会儿，然后转身走向门口。

"我要拿走这个钱盒，夫人。"贝尔警司说道。

"哦，请便——虽然它不是我的……如果您需要的话，就带走吧，"她的目光在雷吉与贝尔之间游走，"二位查完了？"

"这间屋子查得差不多了。"雷吉打开房门。

下楼时，店门口的铃铛又响了，布莱特曼夫人急忙跑去接待。雷吉与贝尔也回到了店后的房间。

"可怜的老太太，"贝尔咕哝道，"不难想象她过的是什么日子——住在寒碜的屋子里，孤零零的，积蓄也见了底——会自寻短见也是在所难免。"

"嘘，别说话。"

男人的声音从店里传来，听着很是老实。

"你好啊，老板娘，我想买点柠檬盐，大约两便士的分量就够了。有货吗？"

布莱特曼夫人回答：

"我们店里没有。"

"啊？可我听说你们是卖的啊，是断货了吗？那可太糟糕了……"

"我们从来不卖的，是谁告诉你我们家有货的呀？"

"好吧，大概是哪里搞错了，反正也不是什么要紧事。那我该去哪儿买呢？"

"我怎么知道，我都不知道柠檬盐是什么东西。"

"你不知道吗？那可真是奇了怪了，柠檬盐是用来擦金属的呀。"

贝尔对雷吉使了个眼色，因为说话的男人是他的司机。但雷吉面不改色，表情依然冷峻。

"我们家从来没卖过。只要是药店卖的东西，我们家都没有的。"

"那真是太遗憾了。"

铃声再次响起，看来司机已经走了。

"整天都要进进出出接待这群蠢货——"

布莱特曼夫人发着牢骚，气喘吁吁地回来了。雷吉开口便问：

"威文夫人昨天是和你一起用餐的吗？——还是在她房里吃的？"

"是在这里吃的，跟平时一样——她喜欢跟大家一起吃饭。"

她用红肿的眼睛瞥了对方一眼，随即岔开视线。

"那她的最后一餐是早餐还是午餐？"

布莱特曼夫人似乎强忍着放声大喊的冲动。

"当然是早餐啊，午餐是她带出去的点心和茶水。"

"那些餐食是什么时候准备的？"

"我一早就做好了，因为我知道她会出门去——她总是很早出门。用早餐的时候，那些东西就放在餐具柜上。"

"也就是说，那些东西是在孩子们出门前准备好的？在老太太和贝茜闹矛盾之前？"

布莱特曼夫人咽了口唾沫。

"是的。"

"哦，多谢。话说她保温瓶里的茶泡得很浓啊。"

"她就爱喝浓茶，越浓越好。我也是。"

"倒是正好，"雷吉说道，"再带我们去地窖看看吧。"

"啊？"她吃了一惊，退至墙边，"地窖？"

她死死盯着雷吉，本就凸出的眼球几乎蹦出眼眶，眼白布满血丝。她抬起颤抖的手，撩开盖在汗津津的额上的碎发。

"为什么要去地窖？地窖里什么都没有啊。"

"我们就是想下去看看。"

她发出一声呻吟，跌跌撞撞地打开后门，抓着门柱，望向铺着石板的后院呆立了好一会儿。

只见布莱特曼那张长满胡须的脸从储物室探出头来。"听说二位在找我？"边说边将高瘦的身子往外挪。

她向丈夫做了一个手势，凑过去低声说道：

"马修！他们让我带他们下地窖。"

"什么?！"

布莱特曼看了雷吉和贝尔一眼，眼神中满是惊愕与阴翳。

"真不知道地窖有什么好查的。"他将妻子一把拽到身边，温柔地抚摸她的头发，"可是弗洛丽，他们要是想查，我们也无法阻挠，总不能妨碍警方办案啊。我们也没什么要藏着掖着的,尽管带他们去吧。"

她发出了某种难以名状的怪叫。

"没关系的，别担心，去吧。"布莱特曼安抚道。

"怎么回事？"贝尔警司噘着嘴说道，"原来你一直都在这儿？我还把布莱特曼夫人的话当真了，派人去外面找你呢。你为什么躲着不出来？"

"我是刚进来的，"布莱特曼淡定地回答，"从后院的院门进来的，正忙着收拾洗漱间呢，因为内人特别爱干净。所以我压根就不知道二位来了。家里上上下下都查过了吧？哦，没关系，我一点都不介意，这也是例行公事嘛。不过二位是在找什么呢？"

"布莱特曼夫人会给我们看的。"

说着，雷吉用力抓住了她的胳膊。

"别这样！"

她哀号道。

"别闹！千万别犯傻！"布莱特曼厉声说道，"你明知道地窖里什么都没有。诸位尽管查好了，我也去。"

"有手电筒吗？"雷吉问贝尔警司。

"有，"贝尔走回房，"但还是用这盏灯吧。"

说着，他点亮了灯。

雷吉拉着颤抖的女人走出房间，来到走廊。

"那就是通往地窖的门吧。打开它。"

贝尔把灯举在头顶，紧随其后。布莱特曼夫人被雷吉拽着，跌跌撞撞走下楼梯。布莱特曼也跟着他们。

潮湿的霉味扑鼻而来。灯光照亮了宽敞的地窖，映入眼帘的是砖墙与裸露的泥地，外加堆在角落里的炭。还有一些麻袋、包装箱和木桶之类的杂物。总的来说，昏暗的空间空荡荡的，只有灯火在湿气中摇曳。

"这是黏土……"雷吉喃喃自语，又对布莱特曼笑了笑，"这不就对上了吗？"

"我不明白您的意思——"布莱特曼说道。

"嗯，你也许是听不懂。贝尔，拿手电筒来！"

他接过警司的手电筒，照向地窖的角落。

"哦，找到了。"他转向贝尔，指给他看。那里有许多鼻涕虫爬过的痕迹，闪闪发光。

"我看到了，看到了……"贝尔喃喃道。

就在这时，布莱特曼夫人突然发出一阵歇斯底里的笑声。

雷吉四处走动。他弯下腰，从钱包里掏出一张纸，用它从木桶的侧板上刮下了一些东西。然后，他又从黏土地面上刮了些东西下来，发出满意的叹息。

接着，他站起身来，用手电筒四处照了照。最后，光圈锁定了楼梯下方的地面。

"就是那儿。"

话音刚落，布莱特曼夫人就尖叫起来。

"没错，我知道，你果然把她放在了那儿。贝尔，你看。"

光圈照亮了他的手指，而手指正指着一条鼻涕虫留下的痕迹。

"这种虫子只会爬，不会飞。"

他转身面朝布莱特曼夫人，将手中的纸猛地递到她眼前。纸上分明有两条黄色的鼻涕虫。

她向后退去，发出厌恶与恐惧的哭喊。

"呃……先、先生们，请稍等一下，"布莱特曼结结巴巴地说，"请不要这样，你们没有必要这样吓唬一个可怜的女人。走吧，弗洛丽，我们先出去。"

他拉住妻子的手。

"你要去哪里？"

雷吉的声音还是那么轻。女人纹丝不动，双眼仍死死盯着那两条黄色鼻涕虫。

"在那里，虫是不死的……"

雷吉缓缓说道。

她再次发出歇斯底里的笑声。说时迟那时快，她甩掉丈夫的手，转身倒下，扭动着身体，喊着胡话……

"就是这么回事，布莱特曼先生。"

雷吉转身对他说道。

"你真是太残忍了！"布莱特曼悲痛万分，跪倒在妻子身边，开始为她的罪过祈祷宽恕。

"来人！"

贝尔警司大声召唤他的下属，冲上楼去……

过了一会儿，雷吉离开了布莱特曼家，留下一名刑警把守。

街对面挤满了叽叽喳喳的围观群众。而他的司机摆出一副超然的态度，在离人群有些距离的地方抽着烟。一看到他，司机便丢下烟头，跟了上来。两人并排坐下。

"刚才我表现得怎么样？演得好吗？"司机如此邀功。

"很好，好极了，卓有成效。啊，小心侧面，别撞到了。毕竟我们最擅长搞破坏了。我们的工作就和垃圾焚烧站的焚烧炉一样，性能优秀，但工作本身非常无趣。要是有人问'你还有别的功能没有'，也没法抬头挺胸地说'有'。但我们可以安慰自己，这些工作是有利于社会的——萨姆，我想先去趟玩具店。"

"啊？"萨姆很是不解。

"玩具店。找一家尽可能大的玩具店，赶紧的。"

阳光洒满了艾迪·希尔的病房。病床上架着一座用金属条组装、以螺栓固定的桥。好壮观的模型！艾迪正与雷吉一起搭建桥梁的支柱。

贝尔警司敲门进屋。一看到床上的景象，他便吃了一惊，投来责备的眼神。

"我当您在忙什么呢，原来在忙这个啊……"

"是啊，它总有一天会派上用场的，"雷吉转向男孩，"今天就到这儿吧，你拼得很好，不过不能拼太久，把自己累着了。"

"我不累，"男孩急切地抗议，"真的，我一点都不累！"

"嗯，你是不太累，越来越精神了。但还有明天呢！而且你还有更重要的事情要做，得好好养精蓄锐啊。”

"没关系的嘛……"

但男孩还是乖乖躺下了。他看了看桥梁模型，又看了看雷吉。"我可以把它放在这里吗？"

"当然可以，放床边的桌子上吧，一睁眼就能看到。自己动手做一样东西是不是很有意思呀？你以后还会做出许许多多的东西。那我走了，明天见。"

他与贝尔一起离开病房。

"怎么了，出什么事了？"

"是这样的，这起案子好像没那么容易解决。我想请您去一趟停尸房，见证尸检的全过程。"

"小事一桩。这案子其实很简单。死者已矣。我更关注那个男孩，那才是拯救生命的工作。"

"我不是说您不对，只是案子还没彻底解决，案情依然错综复杂。医生向我们汇报说布莱特曼夫人疯了。"

"没错，她是疯了。那又怎样？"

"是您把她逼疯的，用那些鼻涕虫！"

"你还不明白吗？我听到艾迪说出'在那里，虫是不死的'，便猜测他见过那个地窖。也许是梦见的。但无论如何，都不是我逼疯了那个女人。她早就疯了。也许在医学层面，她还算不上疯子，在法律层面也一样，但在道德层面，她就是个彻头彻尾的疯子。都是那位布莱特曼先生干的好事，我只是揭开了真相而已。他也对男孩用了同一招，所幸计划没有成功，以后也不可能实现了。这才是最关键的。我们在这方面取得了胜利与成功。然而，这件事也带来了许多令人不快的记忆。我还以为会有人指着我的鼻子骂我混蛋呢。"

说到这里，他轻轻挽住贝尔的胳膊。

"也劳你费心了。"

"我也没出多少力，"贝尔说道，"不过每次碰上这种案子，我都会痛感自己已不再年轻了，到现在还没把案情梳理清楚。"

"哎呀，别嚷嚷嘛。我想吃点东西了，你也还饿着吧？来我家吧。"

萨姆一路往回开。车上的两人始终一言不发。雷吉在车的角落里伸了个懒腰，闭上眼睛，并建议贝尔也眯一会儿。到家后，他们享用了爱丽丝烹饪的辣味舌鳎与顶级牛排，然后才打开话匣子。他们讨论了厨娘爱丽丝的厨艺，讨论了眼前的罗曼尼·康帝葡萄酒的风味，还讨论了将专为贝尔准备的斯蒂尔顿蓝奶酪与覆盆子摆在一个盘子里会不会串味。

然而来到书房后（贝尔面前摆着白兰地，雷吉则是苏打水，两人都点了烟斗），他们便讨论起了案情。

"你刚才说案情错综复杂？"雷吉开口说道，"这话可不对，案情明明一点都不复杂，只剩一些常规的手续了。那是你的下属和律师们该做的事，很容易解决。

"至于案件的经过，你应该已经非常清楚了。寡妇布莱特曼夫人守着那家小店，就在这时，虔诚的布莱特曼盯上了她，成功当上了她的第二任丈夫。

"那家店很小，收入也寥寥无几。渐渐地，布莱特曼生出了贪欲。他不让孩子们吃饱穿暖——巴不得他们早点病倒，早点消失。这样就能摆脱养育孩子的重担了。

"与此同时，他招了威文夫人当房客。他告诉妻子，自己是可怜老太太，但事实并非如此。他认定老太太有些积蓄。你的下属应该能查到这方面的线索，发现布莱特曼榨干了她仅有的积蓄，开了他的二手家具店。这种事很常见，你应该也不是头一回遇到。"

"确实很常见。寡妇和有点小钱的老太太被看似虔诚的男人骗得团团转……"

"没错，这是一场令人不快的游戏。他赢下了第一局，但两个孩子不如寡妇那么好骗。局势愈发诡异了。饶是心智不成熟的孩子，也不会因为惧怕上帝的惩罚而轻易变成小流氓。他是个理性与情感都很坚定的孩子，威文夫人更是难缠。她没有像他那可怜的妻子那样，全心全意相信布莱特曼。计划迟迟没有进展。威文夫人开始频频追问她投资的钱。从贝茜的描述也能看出，她是个锱铢必较的女人。让你的下属往这个方向查，肯定能查到她到处找人抱怨，已经是流言满天飞了，但其中不乏真相。其他流言蜚语应该也能在审判时派上用场，没有比它们更适合用来营造法庭氛围的了。"

"您的意思是，要把这些证据用在公审上？"

"不不不，公审要堂堂正正地开战。我不想拿孩子当枪使，这样太卑鄙了。我没有那么残忍，不打算让艾迪走上证人席，指认他那可怜的疯狂母亲是谋杀的共犯，否则他这辈子就毁了。艾迪受的罪已经够多了，好在那可恶的布莱特曼已经不能再伤害他了。

"我向来反对让孩子出面作证，甚至想号召全英国的医生证明他们不适合做那种事。哪怕没有艾迪的证词，也能毫不费力地证明布莱特曼有罪。

"这个我们暂且不论。事态一天天发展，布莱特曼逐渐意识到他有必要除掉威文夫人。不想办法杀人灭口，她定会将他关进监狱。天性狡猾的他心生一计，决定利用艾迪的偷窃前科。而且贝茜前一天企图偷威文夫人的东西，这件事也可以利用起来。布莱特曼决定借此将黑锅扣在孩子们头上。不过当威文夫人喊出'你们都是小偷'的时候，最惊恐的恐怕是布莱特曼自己。

"这就是促使他行凶的原因。他肯定早就准备好了——他在老太太最爱喝的浓茶里加了柠檬盐。谁知，意料之外的事情发生了。听到威文夫人的谩骂，艾迪产生了一种崇高的冲动：将妹妹救出堕落的深渊。谁都没想到他会淹死亲妹妹。狠毒的布莱特曼听到这个消息时，还以为那是天赐良机。既然艾迪邪恶到对妹妹动手的地步，那他就完全有可能犯下更歹毒的罪行。

"威文夫人喝了茶就觉得不舒服，回房吐了，吐在了罩衣和内衣上的这些证据已经足够充分了。你应该也注意到了，那个房间的地板是湿的。布莱特曼夫人今天肯定又用抹布擦了好几遍。毕竟她是个热衷于打扫卫生的女人。

"于是威文夫人就这样一命呜呼了。柠檬盐起效很快。这也是不幸中的万幸，老太太没受太多罪。夫妻俩把尸体藏在地窖里。他们的计划非常周密。他们趁着夜深人静，把尸体抬去了公地，装有毒茶的保温瓶也没忘记扔——还有老太太的手包。抛尸地点是艾迪常去的秘密基地——接下来要做的，就是等待警方'查明真相'。一切都是恶毒的小流氓干的。他杀害了老太太，偷了她的钱，妹妹看到了这一幕，所以他要淹死她灭口。你们曾一度相信这套推论。这个计划是多么缜密啊。直到昨晚，我们还被蒙在鼓里——"

"可您一开始就起疑心了不是吗？"

"没错，我一开始就觉得不太对劲。首先是尸体散发的气味。那是一种潮湿的霉味。我立刻联想到了地窖。其次是布莱特曼家的氛围，没有一丝轻松与欢乐。但我对自己的推论没有十足的把握，所以选择了静观其变，这是我的失策。敌人的计划却精妙无比。但布莱特曼夫妇太着急了，也犯了致命的错误。他们只脱下了脏兮兮的罩衣，却没有换掉内衣。而且他们也没有考虑到 Limax flavus 的习性。"

"那是什么？"贝尔问道。

"黄色鼻涕虫的正式名称，地窖鼻涕虫。这也是一锤定音的证据。我也没想到鼻涕虫能发挥如此重要的作用。你们若想完善证据链，不妨去调查一下布莱特曼的家具店。他肯定有一辆货车。只要能证明他昨晚用过货车，证据链就完整了。剩下的就是些简单的手续了。但我不得不说，这是一起令人郁闷的案子，"他用一双大而严肃的眼睛凝视着贝尔，"布莱特曼的妻子也真够可怜的！他把妻子调教得很好，让她甘愿为了丈夫谋害自己怀胎十月生下的孩子和可怜的威文夫人……还有比这更悲惨、残酷的处境吗?！"

"不过您下手也够狠的。"

"哦，不，我也怀着一颗仁慈的心。只是她已无可救药了。我仅剩的任务，就是拯救孩子们。而她——要不是那个畜生逼疯了她，她肯定也会不惜一切代价来救他们的。她也曾有过一颗善良的心。她应该不会对我的所作所为怀恨在心，满口怨言。"

"啊?您说这个干什么——那就是个疯女人……"

贝尔很是惊讶。

"哦，我说的是最后的审判，"雷吉喃喃道，"验尸安排在明早?如果需要我在场的话，就去刚才那家医院接我吧。我应该在帮艾迪拼模型。等桥拼好了，再拼一艘船。他好像对船很感兴趣。"

好球

埃德蒙·克莱里休·本特利 ｜ E. C. Bentley

（1875.7.10—1956.3.30）

因《特伦特最后一案》（1913）闻名的菲利普·特伦特竟在
高尔夫球场展现了自己的推理才华。收录于本特利的短篇集
《特伦特探案集》（*Trent Intervenes*, 1938）。

——乱步评

"不，我当时碰巧在国外，"菲利普·特伦特说道，"看不到英国
的报纸。直到这星期过来这边，都没听说那起奇案。"

罗伊登上尉矮小而消瘦，有一张褐色的脸。片刻前，他还专注于
一项精密（且被禁止）的工作——拆解自动电话机。而此时此刻，他
暂停了手上的工作，伸手去够烟盒。两人身在坎普斯山会所的上尉办
公室。办公室有一扇巨大的窗户，恰巧能看到这座有趣的高尔夫球场
的十八号果岭。上尉在记忆里翻箱倒柜，目光在长满荆豆的斜坡上游走。

"哦，你管那叫奇案，"上尉往烟斗里塞着烟丝，"不光你一个人
这么说。大概是因为他们喜欢神神秘秘的事情吧。好比你借宿的那户
人家的科林·亨特，他也说那是奇案。但也有人不敢苟同。他们认为
整件事有非常自然的解释。反正我敢说，我可以告诉你的情况和别人
一样多。"

"因为你是球场的书记？"

"也不光是因为这个。从某种角度看，我也算是那场死亡的见证

者了——再不济也是在不远处目击到整个经过的人之一。"罗伊登上尉如此说道。他一瘸一拐地走向壁炉台，取下一个银色的盒子。盒盖上有英国皇家工兵团（RE）的徽章与标语的浮雕。"特伦特先生，来支烟吧。如果你想了解那件事的话，那我就跟你讲讲吧。想必你已经听说了一些关于亚瑟·福利亚的传闻。"

"我几乎对他一无所知，"特伦特说道，"我只知道他的风评似乎不太好。"

"没错，"罗伊登上尉谨慎地说道，"你知不知道他是我的姐夫？不知道？哦。事情发生在四个多月前的星期一——呃……对，是五月的第二个星期一。福利亚习惯在早餐之前打上半场。除了星期天——他对星期天的过法格外讲究。他几乎每天都会自己扛着球杆，一个人出去打球，风雨无阻，仿佛那是什么值得他倾注生命的事业似的，每一球都要反复钻研。也算是功夫不负有心人吧，他的球技相当了得。差点只有二，打安德肖的时候总是零差点。

"他总是在八点十五分之前出现在一号洞发球区，打到九点回家——他家离这儿就两三分钟的路程。出事的那个星期一早晨，他也跟平时一样来到了球场——"

"时间跟平时一样吗？"

"差不多。不过他因为一点鸡毛蒜皮的小事跟工作人员吵了两句，在会所耽误了两三分钟。这也是人们最后一次看到活着的他——我的意思是，最后一次在可以跟他说话的近处看到他。九点出头的时候，我跟布朗森出去打了一圈，在那之前就没人去过一号洞——布朗森是我们这边的神父，我跟他一起在牧师会馆用了早餐。他跟我一样腿脚不便，所以只要时间凑得上，我们就会一起打。

"我们打完一号洞，然后走路去下一个发球区。就在这时，布朗森指着远处的二号洞球道说：'咦？你看，那边好像出事了。'定睛一看，草坪上趴着一个男人，一动不动。话说二号洞周边——近处的一半地面是凹下去的，形成了一个坑，哪怕那里有人，你也无法在球场的其他地方看到，除非你站在正上方的边缘处。你过去看看就知道了。而当时我们恰巧在发球区的正上方，所以才能看见倒在地上的人。于是我们立刻冲了过去。

"那人正是福利亚。毕竟那是福利亚打球的时间段，我们冲过去之前就认定那一定是他。他已经死了，以一种活人绝不可能摆出来的姿势躺在地上。身上的衣服都破了，甚至还带着焦痕。头发也是——福利亚打球时从来不戴帽子——脸和手也一样。装球杆的包落在几码开外的地方，而他正用着的二号木杆就在尸体边上。

"乍一看，他身上并无外伤。我见过太多惨不忍睹的尸体，但神父似乎受不了这样的场面，于是我让他回会所请医生和警察过来，我来守着尸体。不一会儿，医生和警察就赶到了。他们完成各自的工作之后，尸体就被救护车运走了。我亲眼所见、亲身经历的就这么多，特伦特先生。既然你住在亨特家，那他应该已经跟你说过死因审理的情况了吧。"

特伦特摇头道："还没。今天用过早餐后，科林跟我提起福利亚莫名其妙死在了高尔夫球场，可说到一半就有人上门找他了。我刚好要申请两个星期的球场使用许可，便决定找你了解一下案子的情况。"

"哦，"罗伊登上尉说道，"死因审理的情况我好歹也知道一些——因为我也得在法庭上讲述发现尸体的经过，以及我在其中扮演的小小角色。至于福利亚为什么会变成那样……关于死因的医学证据着实教人摸不着头脑。所有人一致认为，福利亚是受到了某种巨大的刺激，所以他全身的组织都有严重损毁，好几处关节都脱臼了。但这种刺激没有剧烈到造成外伤的地步。在其他方面，大家的意见就不统一了。最先查看尸体的是福利亚的主治医生，他断定死因是雷击。那位医生表示，当时球场确实没下雷雨，但整个周末都在打雷，而闪电这个东西常会跟人开这样的玩笑。但警方的法医柯林斯对事发当天的天气抱有疑问，而且他认为，就算真如主治医生所说，福利亚是被雷劈中了，那他的脏器损伤也不应该那么严重。再者，如果真是雷击，那电流应该会集中到铁头球杆上，可掉落在尸体旁边的那一包球杆都完好无损。所以柯林斯认为现场肯定发生过某种爆炸，却想不明白究竟是什么东西炸了。"

特伦特摇了摇头说："这样的猜测恐怕是无法说服法庭的。不过站在法庭的角度看，那大概也是他们能力范围内最诚实的见解了。"说完，他默默抽了一会儿烟。在此期间，罗伊登上尉忙着用骆驼毛刷修理电话机。"不过话说回来，"片刻后，特伦特开口说道，"如果真发生过那样的爆炸，肯定会有人听见声响的。"

"应该会有很多人听见，"罗伊登上尉回答道，"只是——这一带的居民都不会把爆炸的响声放在心上的。因为那条路后面有一座采石场，早上七点一过，那边就会时不时传出爆破声来。"

"闷闷的、很难听的巨响？"

"特别难听，"罗伊登上尉说道，"所以我们这些本地居民根本不会把爆炸的声音当回事。因此尽管柯林斯是个正经人，但他的证词在本质上——借用你的说法，并无法将事态解释清楚。且不论福利亚是不是遭了雷击，至少这种猜测是说得通的。验尸官与陪审员也都听说过大晴天打雷的事情，所以比较容易接受这个观点。反正他们最后得出的结论是，福利亚死于天灾。"

"就像歌里唱的那样，'没人敢断定那是谎言'。"特伦特给出了这样的评语，"还有其他人作证吗？"

"有几个，不过这方面的事情你可以去问亨特，他也在场。抱歉我先失陪了，"罗伊登上尉说道，"我约了人在镇上见面。过会儿会有其他工作人员为你的使用许可签名。如果你愿意的话，可以立刻上场打球。"

特伦特回借宿处用午餐时，科林·亨特夫妇十分起劲地为他补充了案件的细节。两人都断言法庭的判决是一派胡言。他们认为，柯林斯医生是有真本事的，霍伊尔医生却是个胡说八道的老糊涂，他对福利亚之死的解释根本站不住脚。

他们都认为其他人的证词完全派不上用场，但相当耐人寻味。据说福利亚在二号洞开球之后，曾有人看到过他。当时他正朝遭遇死神的地方，也就是坑底走去。

"但罗伊登告诉我，"特伦特说道，"除非你站在那个坑的正上方，否则看不到坑里的人。"

"没错，那个证人就在死者的正上方，"亨特回答，"他说自己当时在距离死者头顶一千多英尺的高空。他是英国空军（RAF）的，开着轰炸机从离这儿不远的贝克斯福德营地出发参加训练，所以他刚好在那个时候路过了球场上空。他不知道地上的人是福利亚，只能辨认出有个男人从二号洞发球区走了过去。毕竟放眼望去，球场上的活物就福利亚一个。那个开飞机的人叫格赛特，他是俱乐部的临时会员，对福利亚还是比较了解的——或者说，只要他有心了解，就能跟其他人一样了解福利亚——但他不可能在天上认出福利亚。不过他确实在出事的时间看到了球场上的人，所以为了证明'福利亚临死前没跟任何人在一起'，法庭采用了他的证词。还有一个人目击到了福利亚，也和他很熟。那人曾在球场当过球童，后来在采石场找了份工作。那天他在半山腰上干活，看到福利亚打完了一号洞，朝二号洞走去——当然，当时福利亚是孤身一人。"

"哦，看来这一点已经得到了充分的论证，"特伦特说道，"他确确实实是一个人待着的。但他还是出了事，只是我们还不知道具体发生了什么，又是如何发生的。"

亨特夫人将信将疑地哼了一声，点了根烟。"嗯，是的，"她说道，"但我个人觉得，这并不重要。毕竟艾迪斯嫁了他以后过得那叫一个苦……

哦，艾迪斯是福利亚的妻子，也就是罗伊登的姐姐。只是她从来都不说——她也不会说的。毕竟她不是那种人。"

"她确实是个好人。"亨特说道。

"可不是嘛！大多数男人都配不上她。要我说啊，"亨特夫人为特伦特补充道，"如果科林动不动就骂我，对我拳打脚踢，哪怕我是大家有口皆碑的贤惠女人，大概也忍不了太久。"

"我又不会这么对你。我之所以成了今天的模范丈夫，菲尔，就是因为怕被人指指点点。不过我要真是这种人，我家这位怕是会在出事之前把我一脚端开吧。话说艾迪斯确实从没抱怨过，但她在福利亚出事之后表现出的变化证明了一切。搬去跟弟弟一起住之后，她整个人都是那么轻松、那么幸福，比福利亚活着的时候装出来的样子快活多了。"

"就算没出事，她肯定也不会跟福利亚一直过下去。"亨特夫人幽幽道。

"是啊。我当年要有机会，就把她娶回家了。"亨特感慨万千地附和道。

"哼，就你这德行，肯定第一轮就被刷下去了。"亨特夫人说道。

"雷尼、格罗塞特、桑迪·巴特拉这个级别的配她还差不多——不过菲尔，你应该已经在茶话会上聊尽兴了吧？对了，今天下午打球的事说好了吗？"

"嗯，跟那个唠唠叨叨的剑桥大学化学教授一起。"特伦特说道，"他看我的表情就好像他想泼我一脸硫酸一样，但好歹是同意我进球场了。"

"碰上他也算你运气不好，"亨特如此品评，"他几乎跟外表一样老，不过在短击这方面简直是个恶魔。而且他非常熟悉那座球场，闭着眼睛都知道该往哪儿打。你是不知道，其实他心眼不坏，就是嘴臭了点。对了，他看到了福利亚是如何打完了最后一球——要是打中了，那肯定是个好球。你倒是可以问问他。"

"我会的，"特伦特说道，"俱乐部的工作人员也是这么说的，所以我才约了教授一起。"

科林·亨特的预言在那天下午变为现实。海德教授赢了他五杆，在十七号球场一马当先，最后一洞打出一记四英尺的推杆，赢得了比赛。走出果岭时，教授仿佛是在回答特伦特一般，开口说道："没错，我知道福利亚死得蹊跷。"

特伦特两眼放光。因为在比赛期间，教授说的话不超过十句。打完二号洞之后，特伦特曾委婉地提及此事，换来的却只是威吓般的低吼。

"我看到了他击出的最后一球，"老绅士继续说道，"尽管我没看到击球的人。一记伟大的二号木。而且——那应该是凑巧吧，他把球打到了离洞口不足两英尺的位置。"

特伦特沉思片刻后说道："你的意思是，你当时在二号果岭附近，只见球飞过山坡，朝洞口滚了过去？"

"没错，"海德教授说道，"你也得打成那样才行——如果你有那个水平的话。今天你本该有机会的，如果第二杆能再长个三十多码就好了。我从没打出过那样的球，但福利亚经常能打出来。你是先打出了一击绝妙的一号木，然后隔着山坡盲打第二杆。如果那一球足够完美，也许能上果岭。先不说这个了。我家就在果岭附近。那天用早餐前，我在院子里散步，碰巧瞥了果岭一眼，只见球飞越山坡，落在了洞口边上。我当然知道这球是谁打的——因为福利亚总是在那个时间打球。换成别人，我大概会等他推第三杆，再送上祝贺。但我知道那是福利亚，所以就进屋去了，过了很久才听说他出事死了。"

"所以您没有亲眼看到他是如何击出那一球的？"特伦特如此说道，陷入沉思。

教授将一双蓝眼睛转向特伦特，带着愠怒说道："我哪有这个本事？我不会透视，看不到坚硬大地之后的东西。"

"我知道，我知道，"特伦特说道，"我只是想回溯你的思考过程。你没看到那人击球的动作，就知道那是第二杆——还料定他会推第三杆。而且你还知道，他用的是二号木杆——"

"这有什么，"教授的语气很是严肃，"那不过是因为我碰巧知道他的打球风格。以前我经常在早餐前跟他一起打九洞。结果有一天，他大发脾气，从那天起我就再也没跟他一起打过球。所以我知道他习惯在第二杆把球打过山坡——不是每次都能上果岭就是了。而他打这一杆的时候总会用二号木杆。"教授用尴尬的口气补充道："我也承认自己的猜测不一定准确。也许那一杆并不是福利亚的第二杆。但我完全没有考虑过这种可能性，因为发生的概率太低，无异于空谈。"

第二天早上，待其他人各自出发后，特伦特在没人关注的第二洞球道上埋头练习了一个多小时，然后跟球童主管稍微聊了一会儿，又去高尔夫专卖店买了一根新的二号铁杆，博得了高尔夫专家的好感。他看准机会，提起了亚瑟·福利亚的最后一球。他说他今天早上打出了十多记令人满意的一号木，想利用第二杆把球送上果岭，却以失败告终。专家法汉姆·麦克达姆摇了摇头，说很少有人能用那么大的力气击球。他偶尔能成功一次，却也不是每次都行。福利亚本就力气大，技术也过硬，所以才能打出那样的球。

特伦特问福利亚爱用哪种球杆。"就是你用的那种。对了……"麦克达姆说道，"那球杆就在我这儿，是出事之后送来的。"说着，他把手伸向橱顶。"有了。这玩意一直放在我这儿也不是回事，可也没人来取，害得我都快忘了。"

特伦特抽出二号木杆。杆头很硬，杆面镶嵌着某种坚硬的白色材料。他看着球杆，沉思片刻后点评道："这球杆的质量确实不错。"

"是啊，对行家来说还是不错的，"麦克达姆说道，"我自己是不讲究什么象牙杆面的。有人觉得象牙杆面更有弹性，我看也没多大区别。"

"也就是说，他的球杆不是在你这儿买的？"说这句话的时候，特伦特仍在仔细查看杆头。

"不，就是在我家买的。这种球杆很流行的时候，我从尼尔森那儿进了一大批货。上面应该还有我家的刻印呢，"麦克达姆补充道，"你仔细找找，就在平时盖戳的位置。"

"是吗，我怎么找不到呢——哦，你是说这个吧？都糊得认不出来了。"

"咦，我瞧瞧……"说着，专家伸手接过球杆。"难怪认不出来，"查看片刻后，他如此说道，"我一看就知道——刻印是被人磨掉了。谁会干这种蠢事啊？木头的表面被削掉了一点。岂有此理。你说这人图啥呢？"

"确实令人费解，"特伦特说道，"不过这也不是什么要紧的事。无论那人图什么，我们都不可能知道。"

十二天后，特伦特从敞开的书记办公室房门探出头来。只见罗伊登上尉正摆弄着某种装置的零件，一副乐在其中的样子。零件的核心像是电线做成的线圈。

"忙着呢？"特伦特说道。

"哦，快请进，快请进，"罗伊登上尉热情地说道，"这个不赶时间——再弄上一个小时就完工了。"上尉放下了尖嘴钳。"都怪电力公司把这儿的电改成了交流电（AC），害得我得重新缠真空吸尘器的线圈了，麻烦得很。"他俯视着散落在桌上的各类零件器具，眼神里满是怜爱。

"这说明你是顶天立地的硬汉子，耐得住这样的苦差事。"特伦特送上了这样的评语。罗伊登哈哈大笑，用毛巾擦了擦手。

"可不是嘛，"他说道，"我就喜欢捣饬机器。真不是我自夸，碰上这种事情啊，我都会亲自动手，让蹩脚的工匠瞎折腾反而危险。粗心大意的工匠实在太多了。好比一年多前，电力公司派人来这儿装新的保险丝盒，结果那人用螺丝刀的时候触了电，晕倒在厨房，差点就没命了。"罗伊登拿出烟盒递了过去。特伦特决定接受他的好意，却看着盒盖上的浮雕文字若有所思。

"多谢。上次看到这个烟盒的时候，我就猜到你是英国皇家工兵团（RE）的了。'Ubique''Quo fas et gloria ducunt'正义与荣耀无处不在——嗯。我还挺纳闷的，不明白工兵团为什么要用这样的格言。"

"天知道，"上尉说道，"根据我的经验，工兵绝不会去正义与荣耀的所在。干的是最脏的活，却享受不到一点荣耀——工兵的工作向来都是如此。"

"但值得欣慰的是，"特伦特指出，"工兵是科学时代的宠儿，其他兵种跟他们相比那都是外行。真有位工兵跟我说过这话。对了上尉，我今晚要走了。今天过来，是为了感谢你让我度过了一段愉快的日子。"

"那真是太好了，"罗伊登上尉说道，"欢迎下次再来。多打几场，你就知道这边的球场也不赖了。"

"我对球场满意极了。会员们也很友善，还有书记……"特伦特停顿片刻，点了根烟，"而且那起奇案也很有意思。"

罗伊登上尉微微扬眉。"你是说福利亚之死？这么说来，你也认为那是奇案了？"

"嗯，没错，"特伦特说道，"我认为他是被人杀害的，而且十有八九是有计划的谋杀。所以我稍微调查了一下，最后证实了自己的猜测。"

罗伊登上尉拿起桌上的笔刀，机械性地削起了铅笔。"你是说，你不同意死因审理的陪审团的意见？"

"对。那个判决将谋杀与人为因素全部排除在外，但我不敢苟同。

雷击这一推论似乎说服了陪审团，至少是陪审团的一部分，但我不认为这个观点有多精妙。我听说柯林斯医生在法庭上提出了反对意见。他还指出福利亚的球杆明明是铁做的，却没有任何损伤。在我看来，单这一条就足以彻底排除雷击的可能性。自带球杆的人在击球时一般会把球杆放在离自己几英尺远的地方。而且福利亚明知那几天在打雷，却把球杆放在身边，可见他是在全无提防的状态下被电死的。"

"哦……他好像确实没注意球杆的位置。但我也不知道这一点是否关键，"上尉说道，"毕竟雷电经常跟我们开些奇妙的玩笑。我曾亲眼见过雷电劈中一棵小树，却完全没伤到周围那些比它粗上两倍的大树。反正我也认为雷击这一推论是完全站不住脚的。那天早上的天气确实有点要打雷的架势，但这一带并没有下雷阵雨。"

"没错。不过我细细琢磨了一下关于福利亚球杆的线索，然后突然意识到，似乎没有一个证人在死因审理中提及这最关键的球杆。根据你与神父目击到的情况，大家都认定福利亚出事的时候正好在用二号木杆击球。毕竟木杆没在包里，而是落在他身边。而海德教授也看见福利亚打出的球越过山坡上了果岭。遇到这种情况的时候，仔细研究每个细节是个非常不错的法子。当然，能用来研究的材料已经所剩无几了。毕竟那都是四个月前的事情了。但我认为福利亚的球杆是一定能找到的。在那种情况下，球杆会被送去哪里呢？我想到了一两处可能性比较大的地方，便去碰了碰运气。我想先侦查一下球童主管的储物室，便问我能不能把自己的包放在他那儿寄存一两天。结果他告诉我，存包得去高尔夫专卖店。于是我就去麦克达姆那儿聊了聊。果不其然，我发现福利亚的球包还在店里的货架上。我立刻把里头的球杆都检查了一遍。"

"然后就发现不对劲的地方了？"罗伊登上尉问道。

"不过是些许蛛丝马迹，但足够我开动脑筋了。第二天，我驱车赶往伦敦，去了一趟尼尔森运动用品店。你肯定知道那家店吧？"

罗伊登上尉谨慎地削着笔尖，点头回答："没人不知道。"

"也是。我知道麦克达姆是从那儿进的货，便请他们拿出几根那款特制的球杆给我看看——就是批发给麦克达姆的那种杆面镶嵌象牙板的二号木杆。福利亚在麦克达姆那儿买过一根。"

罗伊登再次点头。

"我在尼尔森见到了一位负责球杆业务的先生。聊着聊着——你也知道，很多细微的线索是聊出来的——"

"尤其是在……"上尉面露微笑，"这方面的专家引导对话的情况下。"

"多谢夸奖，"特伦特说道，"总之，我了解到几个月前，有人买走了一根特制球杆，店员对当时的那位顾客还有印象。为什么店员记得那么清楚呢？原因之一是，那位顾客点名要那款又重又长的球杆——要知道顾客的个子并不算高，体格也不算健壮，那款球杆对他来说实在是太长也太重了。店员委婉地表达了这个意思，顾客却全然听不进去，非说他知道什么样的球杆最适合自己，硬是把球杆买走了。"

"要我说，这种人就是十足的蠢货。"罗伊登若有所思地评论道。

"我倒不这么想。他只是犯了我们每一个人都有可能犯的错误。而且店员记得那位顾客的原因不仅于此。据说他走路有点跛，不是陆军军官，就是退役军官。那位店员也当过兵，他说他在这方面是绝不会看走眼的。"

罗伊登上尉拿来一张纸，一边听特伦特说话，一边缓缓画着小小的几何图形。"继续吧，特伦特先生。"他平静地说道。

"那就说说回福利亚之死吧。他从不在星期天打球，这意味着每逢星期天，他的球杆应该都会暂存在储物柜里——也许说'肯定'在储物柜里会更贴切一些吧。总之，杀害他的凶手很清楚这一点。在星期天的夜里，球杆一直都在柜子里——如果凶手要动的手脚比较费时的话，这个条件就是必不可少的。凶手的地位允许他自由出入会所的

814

储物室，手握储物室的万能钥匙。而且据我猜测，他非常了解高性能炸药（HE），有着大量的实践知识。在陆军——"特伦特停顿片刻，打量着桌上的烟盒说道，"就有一支非常需要这类知识的部队。"

罗伊登仿佛突然想起了自己应该尽到地主之谊，连忙打开盒盖，将烟盒推向特伦特，劝道："再来一根？"

特伦特道了谢，照他说的做了。然后说道："工兵团肯定有专门研究炸药的队伍。毕竟——据我所知——爆破是工兵团的重要职责之一。"

"没错。"罗伊登上尉谨慎地给立方体的其中一面涂上阴影。

"'Ubique'……"特伦特盯着盒盖，若有所思，"如果一个人有'无处不在'的本领，就能在同一时刻分身两处。在一处杀人，同时在一英里开外的地方跟朋友共进早餐。不过还是说回我们的问题吧。你应该已经猜到了我对福利亚之死做出了怎样的推测。我坚信，有人在他出事前的那个星期天拿出了他放在储物柜里的二号木杆。那人卸下了象牙板，在它背面挖了一个洞，填入炸药。我不知道他的炸药是从哪儿搞来的，但他使用的炸药应该是在任何一个地方都能轻松获取的东西。"

"哦，搞到炸药应该不是什么难事，"上尉如此说道，"如果那个人真的像你说的那样精通高性能炸药，那他一定可以用谁都能买到的材料调配出炸药来。好比四硝基苯胺，就是一种很容易调配出来的炸药——要我说，这种物质应该很符合他的要求。"

"原来如此。接着，他大概是在象牙板内侧安装了微型雷管，如此一来，只要有人用二号木杆大力击球，炸药就会被点着。做完这些手脚之后，再把象牙板装回原位。这项工作相当考验技巧，因为杆头的重量不能有丝毫差错。凶手得保证挥动球杆的手感与平衡感和加工前完全一样。"

"这确实是细活，"上尉附和道，"但也不是完全不可能做到。不过实际操作起来肯定比你描述的更麻烦。比如，他应该需要把象牙板磨薄一些。但麻烦归麻烦，可行性还是有的。"

"没错，我也这么认为。据我猜测，那个凶手肯定知道一号洞比较短，用不着二号木杆，所以福利亚要打到二号洞的坑底才会取出那根木杆，而且无论坑底发生了什么，都不会有人看见。事实上，福利亚在事发当天打出了一记好球，把球送上了果岭。至于在那一刻发生了什么事，我们虽然无法百分百确定，但可以做出合理的推测。下一个问题是，在爆炸发生后，球杆怎么样了？——炸剩下了什么？当然是杆柄。那杆柄上哪儿去了？回顾一下尸体被发现时的情况，你就会意识到这个问题并不难回答。"

"此话怎讲？"

"关键在于'谁发现了尸体'。最先发现尸体的是两位球手，其中一位惊慌失措，无暇观察周遭的情况，急急忙忙回到了会所。而另一位……据我推测，他独自留在尸体附近的时间至少有十五分钟。警察赶到现场一看，尸体旁边躺着一根完好无损的二号木杆，又长又重，无论从哪个角度看，都跟福利亚常用的球杆一模一样——唯有一点不然——杆头的刻印被磨掉了。那个刻印恐怕不是'F. 麦克达姆'，而是'W. J. 尼尔森'。那根球杆是从别人的球杆包里拿出来的——如果福利亚的二号木杆没被炸得粉碎，那它的残骸恐怕就藏在那个人的包底。我要说的就这些……"特伦特站起身，张开双臂，"这下你应该明白我为什么说这起奇案很有意思了吧。"

罗伊登上尉沉思片刻，凝望窗外，然后直视特伦特那双若有所问的眼睛。"如果你所想象的那个人确实存在，"上尉冷冷地说道，"那他应该是个相当谨慎的人——说他很幸运也行吧。因为他没有留下任何你所谓的不利证据。而且，他做那些事，恐怕是出于某种私人的、无法告诉别人的理由。也许是他深爱的某个人受尽了脾气暴躁、欺软怕硬的暴徒的欺负。假设那个暴徒的暴力行为不断升级，已经到了失控的地步。对你想象中的那个人而言，事态堪比不分昼夜的地狱。恐怕除了他采用的那个方法，没有任何法子可以终结这一切。嗯，特伦特先生，如果我做出的这些假设都成立呢？"

"嗯——我猜也是这样，"特伦特说道，"那个人——假设他真的存在——他肯定也受尽了煎熬。不过无论如何，他的所作所为都与我无关。那我就告辞了——尽管心情不那么畅快——再见。"

指甲

威廉·艾里什｜William Irish

（1903.12.4—1968.9.25）

> 看过了科利尔，再看另一位短篇名家的作品——威廉·艾里
> 什最伟大也最短小精悍的短篇《指甲》。五年过后，十年过
> 后……当各位读者在餐厅享用炖菜的时候，这篇作品定会突
> 然浮现在脑海之中！
>
> ——乱步评

退休警司莫罗在朋友的带领下坐到墙边的小桌旁。

"这家店的菜很有名，"邀请他的朋友也落了座，摊开餐巾说道，"你是第一次来吧？"

莫罗环视四周，似乎没什么把握。"罗贝尔餐厅……"他喃喃道，"等等，我想起来了！想当年我还在凶案组的时候，来这家店抓过杀人犯——可最后还是让他跑了。点完菜再跟你讲。"他拿起菜单，但只瞥了一眼。"这家店你常来吧？——有什么推荐菜吗？"

"尝尝他们家的招牌炖兔肉吧，"朋友建议道，"是一人一小份的陶罐炖菜，据说是用秘方做的呢。"

"那就来一份吧。"莫罗回答。

"来两份炖兔肉，"朋友对服务生说道，"顺便告诉罗贝尔，我今晚带了新客来。"接着，他转向莫罗："他肯定会在我们吃完的时候出

来的,好听你夸夸他家的菜——他每次都这样,净想显摆那道炖兔肉。"他将身子缓缓靠向椅背。"离上菜还有一会儿,你先讲讲当年那个案子吧。"

"好,"莫罗拿了片面包,"那是五年前的事了。一天晚上,有个人遇害了……"

比此刻年轻五岁,腰围也要少上五英寸的莫罗警司沿着摇摇晃晃的铁楼梯,走进位于地下的古董店。一名年轻男子来到店门口迎接。"就等您来了,警司。"

"你好啊,弗雷彻。目前掌握了哪些情况?"

"跟您汇报一下大致的案情,"下属回答道,"被害者名叫韦林·汉密尔顿,独自居住在这家店的里屋。作案时间是昨晚上半夜,作案目的应该是劫财。被害者似乎攒了不少钱。他用来藏钱的盒子被人撬开了——里面空空如也。被害者没有亲戚朋友。"

这家店的内部比外面看起来更加混乱。在莫罗眼里,它空有"古董店"的名头,与垃圾堆放场别无二致,怎么看都像是店主特地挑了一些谁都看不上的玩意摆出来。角落里摆着一具瘆人的日本铠甲。墙上挂着偃月刀、长枪与古老的火绳枪。还有中国的坐像、南洋的战鼓,小装饰柜上甚至摆着土耳其水烟斗。

"小心,被害者就在那儿!"见莫罗试图穿过塞满货品的两个陈列柜,弗雷彻连忙喊道。莫罗险些踩到倒在地上一动不动的那团东西,脚下一晃。

他很是烦躁地摆了摆手。"把乱七八糟的破烂收拾收拾,腾点地方出来。摊成这样,蹲都蹲不下来。"说着,他弯下腰,细细凝视地上的尸体。"我来瞧瞧……"一把佛罗伦萨古董匕首插在尸体胸口,把手裹着毛毡。

"凶器原本好像是挂在那面墙上的。"弗雷彻解释道。

"这么看来，凶手并没有预谋。因为他没有提前准备凶器。汉密尔顿走出里屋，想要制服强盗，而强盗抄起手边的匕首捅死了他，"他指了指被害者的脚，"他的脚背为什么缠着绷带？"

"验尸官认为他可能有关节炎，那只脚也没穿鞋。据说他近期都没法正常走路。"

"通往地面的铁楼梯晃晃悠悠的，他肯定也爬不了，这段日子他八成是足不出户。"莫罗起身说道，"好，带我去看看那个装钱的盒子吧。"

"盒子里确实放过钱。因为盒盖内侧卡着纸币的碎片，可能是一美元的，也可能是五美元、十美元的。应该是凶手夺钱的时候撕碎的，这也说明盒子原本塞得挺满。就是这个。"

莫罗从纸张碎片看起。"这确实是纸币，有明显的红蓝底纹。"接着，他将视线转向了盒子本身。那是来自东方的漆器木盒，内侧铺着薄薄的铜板。盖子边缘的漆有多处磨损与剥落。

"盒子明明没上锁，凶手却好像费了一番工夫才打开，"莫罗指出，"你看明白这盖子的机关没有？这里有个小小的凸起，按下它就能开。但凶手不知道，就把指甲插进了盖子和盒子之间的缝隙，企图用蛮力把盒子撬开。"他把提前准备好的便携式放大镜凑近盒子，观察衬里部分。"结果盖子突然掀起，把他的手指弹开了。他似乎因此受了伤。金属镶边上有一条隐约可见的黑色细线——是血迹。这个盒子是在哪儿发现的？"

弗雷彻带警司走向发现盒子的地方。莫罗弯腰检查地面。"这里有血迹。这里也有。应该是凶手用什么东西缠住手指之前滴落的——"他对下属做了个手势。"给我一张纸，什么样的都行。"接着，他用纸捞起了什么东西，递了过去，"知道这是什么吗？"

那玩意很小，质地与贝壳相似。弗雷彻端详了一会儿，说道："这——这不是指甲吗？"

"没错，凶手的指甲掉了。指甲会这样完完整整地掉下来，说明凶手可能原来就有伤。反正那指甲肯定是被盒子的边缘扯下来的。也许指甲本来还松松垮垮地挂在手指上，是凶手自己扯下来的。他的好运算是到头了。脱落的指甲要过好一阵子才能长回原样，只要在那之前逮到凶手就行。"他将那骇人的小证物包好，塞进口袋。

"凶手肯定来过这里很多次——因为他能在垃圾堆里找到藏钱的盒子。汉密尔顿肯定是太粗心了，让凶手看到自己打开盒子拿出了钱。"

"照您这么说，凶手应该不是来店里买过东西的客人，而是问汉密尔顿收钱的人……"弗雷彻喃喃道。

"我想去里屋看看。"

那是一间煞风景的小屋，除了简易床铺与餐具柜别无一物。莫罗没有放过一处细节，以经验老到的目光审视四周。打开餐具柜一看，里面只有几个药瓶。他回头望向弗雷彻："医生说他最近得了关节炎，连上下楼梯都吃力。而你又查出他没有亲戚朋友。那他是怎么解决吃饭问题的？这间屋子里好像只有空饼干盒。"

弗雷彻挠了挠头。"对哦，我怎么就没想到——"

"他肯定会找人给自己送饭，比如走不动路之前常去的附近餐馆。那凶手很有可能是服务生或外卖员。这两类人完全符合条件，因为他们有机会带着盖好的托盘或篮子多次来到这里。他们不是古董店的顾客，汉密尔顿反而要从钱盒里掏钱付给他们。调查方向已经很清楚了。去查附近的餐馆，最远不过三四个街区，揪出那个掉了指甲的服务生！"他往双手掌心呵气，两手搓了搓，"破案只是时间问题！"

罗贝尔餐厅的服务生安迪有些莫名的心神不宁。他站在厨房，背对着主厨罗贝尔。主厨正在烹制他引以为傲的炖兔肉。只见他将剥了皮的兔子切成大块，扔进架在炭火炉上的六个小锅。

罗贝尔是个和善的法国人。主厨帽下的脑袋光溜溜的，秃得一根毛都不剩。只要厨房里有人，他总会自言自语。"今天下午出了桩怪事。开门前，有个男人突然跑来二楼找我，说有事要谈。我一看就知道他是刑警，不穿制服的那种。"

安迪停下了切小萝卜的手。他低着头，用戴着白手套的手握紧削皮刀，竖起耳朵细细听着，一言不发。

"那人跟猫头鹰似的盯着我看，还问我店里有没有哪个服务生伤到了手指，"罗贝尔耸了耸肩，"我当场就告诉他，这我哪儿知道啊。我们店有严格规定，每个人上班的时候都要戴白色棉手套，时刻保持双手的清洁。"

安迪纹丝不动，听出了神。

"结果那人回了我一句，那我就自己查，你不想说就算了。"罗贝尔指了指通往前厅的门，"他就坐在那儿呢，我刚才路过的时候看见了。你说这到底算怎么回事啊？"

"我也不知道。"安迪闷声回答。

罗贝尔用围裙擦了擦手。"好了，炖透了，只差最后一步调味了。我去下面拿香料。你帮我盯着火啊，安迪。要是火小了就加点煤。"他打开通往楼下储藏室的门，快步下楼去了。

安迪咽了口唾沫，仿佛喉咙里卡了东西。他回过头，凝视火红的炉火，然后走向堆在房间角落里的煤袋，舀了一勺，弯腰扔进炉子。接着，他回头查看周围的情况。那一刻，厨房里只有他一个人。晚市期间，这样的机会绝无仅有。

他从衬衫内侧掏出了什么东西，撕了一次，两次……套着白手套的手指瑟瑟发抖。他将撕碎的东西扔进火舌窜动的炉子。碎片之一飘落在地。那分明是纸片，以白色为底色，带有红蓝两色的底纹，还用绿色印着"20"。他捡起碎片，丢进火里，盖好炉盖。在鲜红烈焰的照耀下，他依然面如土灰。

转门开启，一个服务生冲了进来。安迪用僵硬的动作走回操作台。

但服务生没有多看他一眼，而是拿起餐盘扛在肩上，直接杀回了前厅。

安迪假装追上去，却停在门口。他单手扶着门，透过镶嵌在上方的玻璃窗谨慎地观察前厅的情况。尽管时间还早，店里已经有了零星几桌客人。他们大多是常客，都是熟面孔——唯有一人不然。一个男人坐在里侧靠墙的餐桌旁。安迪很确定他从没来过。那人没有丝毫期待美味佳肴的样子，都没瞧菜单一眼。服务生过去点单时，那人说了几句话。服务生神情惊讶，表现出片刻的迟疑。那人神色冷峻，用不由分说的口气重复了一遍之前说过的话。安迪清楚地看到，服务生缓缓脱下两只手套，以掌心向下的状态伸出两只手给对方查看。那人冷冷地点了点头，服务生这才慢吞吞地把手套戴好。

安迪没有再磨蹭。他离开门边，粗暴地脱下围裙，扔到背后，快步穿过厨房，走向通往小巷的后门。然而，他一开门便顿住了。因为小巷的口子上分明有个一动不动的人影，那是个背对着路灯的男人。他彻底封死了安迪的退路。要走，就必须从他面前经过——因为小巷的另一头是死胡同。

安迪转过身，茫然回到厨房。他已走投无路，焦急地环视四周。罗贝尔缓缓上楼的凝重脚步声传来。

留给他的时间只有一分钟。时间一分一秒过去……

一分钟后，罗贝尔慢悠悠地现身。此刻安迪正站在操作台边，整个人几乎都压在台面上。他的脸上全无生气，苍白无比。罗贝尔吃了一惊，喊道："你怎么了？不舒服吗？肚子疼？"

"主厨，今晚就让我回去吧……"安迪用蚊子叫一般的声音说道，"我实在撑不住了……"他的额头渗出豆大的汗珠。

另一位服务生冲进厨房喊道："四号桌的女士要一份炖兔肉！"

罗贝尔是个体贴的雇主。"好，你回去吧，安迪。我看你是不太舒服。乔治，麻烦你今晚照顾一下安迪负责的那几桌。"

安迪依然面如死灰，然而当他摇摇晃晃地走到小巷时，他似乎甩掉了所有的包袱，重拾了冷静。不过挡路的男人立刻伸手拦住了他。"慢着，把手伸出来我看看。"

安迪服从命令，伸出瑟瑟发抖的双手，掌心向下。他没戴手套，右手食指缠着厚厚一层被血浸透的纱布。

"把纱布拆了！"男子怒吼道。

安迪根本就不需要那么做。他只是稍稍把手往下一放，湿了的纱布便自然而然脱落了。原来纱布没有任何东西支撑，拇指与中指之间只剩鲜血淋漓的空档，空无一物。

"凶手就是他吧？"莫罗的朋友听得入迷。

"错不了，"莫罗皱起眉头，"但找到他也没用，因为我们没有证据。送饭的时候，他戴着白手套，所以案发现场找不到指纹。沾了血的手套肯定也被他处理掉了。他承认自己给汉密尔顿送过几次饭，但其他服务生也一样。前一天晚上他带着餐盘回到店里之后，也有人目击到活着的汉密尔顿。问题是，谁在餐盘被收走之后溜进店里抢了那老爷子的钱？我们无论如何都得找到那根手指。

"下属把人抓回来的时候，我气得一声大吼：'糊涂！还不快去找手指！手指比他要紧多了！'

"于是我们所有人都杀回店里。他落网不到十分钟，我们就把店里翻了个底朝天。炉火统统浇灭，以便翻找炉渣。截下垃圾袋，逐一检查。面粉袋子和店里的容器也全部被清空彻查过了。可到头来还是没找出那根手指。

"当然，那家伙声称他是切菜的时候手一滑，不小心砍断了手指，痛得昏死过去，醒来之后也痛得死去活来，天知道指甲有没有掉，反正就是一个劲儿地装无辜。

"我们审了他好几天，他愣是没松口。汉密尔顿的钱下落不明，我们既没有找到他用过那些钱的证据，也没能推翻他在案发时的不在场证明。我们被他狠狠摆了一道。谁都知道他就是凶手，可是找不到那根没了指甲的手指，就无法证明这一点。

"直到今天，我每次想起那案子，心里都不是滋味。它是我堪称完美的刑警生涯中唯一的污点。我至今都不知道那根手指究竟上哪儿去了，不知道他究竟是如何在那么短的时间里让手指消失得无影无踪……"

"罗贝尔来了。瞧我说什么来着，他就想知道自家的招牌菜合不合你的口味。"朋友说道。

"哦，炖兔肉真是太美味了，"莫罗对老主厨说道，"美味极了！"

"您爱吃就好，"罗贝尔傲然挺胸，"托您的福，这道菜我们家做了二十年了，还从没客人投诉过——"说到这里，他耿直地纠正道，"呃，话说回来，还真有人投诉过。一天晚上，我们家的一位常客把我叫了出来——她是个比较挑剔的阔太太。那已经是很久以前的事了，大概是因为那晚店里出了点事，害得我没法安心做菜吧。

"那位太太对我说：'罗贝尔，这里头用的都是兔肉吗？我觉得有几块口感不太像啊……'"

十五个杀人犯的奇迹

本·赫克特｜Ben Hecht

（1894.2.28—1964.4.18）

> 推理小说的诡计不一定是为了杀人……医生是文明社会的特
> 权阶级，哪怕杀了人也不用接受法律的制裁。面对十四个杀
> 人犯，初来乍到的新人道出了怎样的秘密？这是一篇读后感
> 颇为畅快的佳作。
>
> ——乱步评

　　医学专家的机密会议总是蒙着一层神秘的面纱。这叫人不由得怀疑，医生之所以用神秘主义武装此类会议，是为了防止俗人了解他们的知识水平。毕竟一旦知晓其中的奥秘，我们这些自古以来的"小白鼠"定会丧失勇气，不敢再凭着"医生没把我当研究素材，而是在给我治病"的妄想，将自己的身子交给药品、手术刀与不明所以的医学咒语。

　　在现代的医学专家集会中，最具神秘感的莫过于纽约市的"X 俱乐部"，其成员都是著名的医学泰斗。这一小群医生每三个月齐聚俯瞰东河的沃尔顿酒店，在每一扇门都锁得严严实实、连最能干的记者都打探不到一点消息的房间里密谈至天明。

　　至于他们在集会上讨论了什么，在这二十年里无一人知晓。频频参加各类集会的美国医学会会长全然不知，X 俱乐部成员的同事妻友亦然。由于医生的保密能力极强，哪怕是在没什么好隐瞒的时候，他

们也会像赶往集合地点的轰炸机飞行员那样守口如瓶。

既然如此，我又怎么知晓长久以来不为人所知的机密会议的内容？答案很简单——因为战争。战争这种东西不仅会打破它本身的神秘，还会为世间万物的神秘画上终止符，X 俱乐部的机密会议也未能幸免。世界不得不重新审视人们的生活方式与灵魂，于是便落下了这场小小冒险的帷幕。在俱乐部的十五位医学泰斗中，有九人穿上军装，就任战区医院的院长。其余几位则因为年龄与疾病留在了本国——进而因工作量陡增忙得不可开交。科学的一部分虽然不情愿地留下了一小撮关注给非战斗人员的不幸，却也没有将目光完全从陈旧的战场上移开。在那里，人类仍在屈辱地死去。

*　　　　*　　　　*

"俱乐部都解散了，我们恐怕也不会再聚了，我应该没有理由继续保守秘密了！"某天夜里，阿雷克斯·休谟博士在晚宴席上对我说道，"你有幼稚的浪漫主义思想，所以听完我的叙述后，你大概会义愤填膺。你肯定会把那一切替换成某种形式的邪恶故事，抹去 X 俱乐部所拥有的深刻的人性科学意义。不过我并没有改良小说技术的野心，否则结果就一定会沦为将感伤替换成真理、将灰姑娘替换成伽利略。"

他就是这么说的，不过我决定略去这位朋友的开场白（言外之意"我对这个世界无所不知"）。诸位应该也看过几本能体现出休谟博士的潜意识有多疯狂的著作。看过的人一定知道这颗秃顶的脑袋有多么博学。如果你没有看过，还请相信我的评语：他是个天才。据我所知，没有人比他更擅长穿行于太阳神经丛[1]的沼泽（它显然是人世间大多数不完美和混乱的根源）。如果你依然对他的伟大才能抱有疑问，他就会发出嘲弄与讽刺的笑声，堪比超心理学者的战斗号角。他有一张

1　太阳神经丛在腹部，以肚脐为中心向四周展开，就像太阳散发光线那样，因此得名。　　827

滚圆的脸，噘起的嘴呈现出怀疑与矛盾带来的慢性苦笑的形状。人类的灵魂无异于肮脏恶心的泥沼，而参透了这一点的人也只能露出这样的表情。和大多数在地下劳作的工人一样，我这位戴着厚重眼镜的朋友也有一双几乎失明的眼睛。他的身材则与大多数精神病医生看齐，矮胖如气球，神似拿破仑。

X俱乐部最后一场充满戏剧色彩的集会在三月的某个雨夜上演。尽管天公不作美，全体成员依然尽数出席。因为这次集会有了一个很吸引人的地方，就是俱乐部将吸纳一名新会员。

俱乐部委派休谟博士安排好新人的首次亮相。因此萨姆埃尔·华纳博士跟着这位顶着圆脸、老成持重的前辈走进了俱乐部的"正殿"。

作为医学界的天才（换句话说，就是世人有口皆碑的天才），华纳博士年轻得惊人。而且对他而言，"他被选为X俱乐部的成员"这件事也恰恰证明了他用锯子、斧头与骨钻施展的魔术得到了世人的认可。因为向他伸出橄榄枝的十四位年长的俱乐部成员都是各自专业领域的第一人，换言之，他们就是医学界的贵族阶级。门外汉不一定听说过他们的名字，靠医术身居高位之人并不会受到太多的关注，一如绽放在高山之巅的火绒草的茎。战争堪比神奇的广告牌，可以无限放大小人物的虚荣心，也可以将对荣誉的向往转变为自我牺牲性质的爱国激情，却终究无法打乱医术泰斗的无名状态。他们刚把遮蔽其功绩的罩子转移到前线，眼下正忙于在伤员中推广自己的知识。

新会员长得眉清目秀，神情有些紧绷。一双深色的眼眸散发着沉稳的光芒与勤奋刻苦的热度。一张大嘴时不时挂上朦胧的微笑，但这是外科至生的常见习惯，因为他们长期接受不让反应干扰注意力的训练。

在场的会员有一半是他平日里十分敬重的现代医学界英雄。与这些名声在外的会员寒暄过后，华纳博士在角落里落座，低声婉拒了嗨棒、鸡尾酒和不兑水的白兰地。他的表情依然紧张，挺直矫健的身子坐在椅子上。与其说他是来开会的，倒不如说他更像一个即将上场比赛的运动员。

九点一到，威廉·蒂克博士要求与会者放下餐食饮品，宣布X俱乐部第五十三次集会正式开幕。房间装饰得漂漂亮亮，而这位上了年纪的名医端坐在房间一头的桌后，盯着眼前的这群人。

蒂克博士将七十五年的生涯平均奉献给了两件事，"努力发展医术"和"努力抹杀医术"——至少，接受过其严格教导的几千个医学生产生了这样的印象。作为东部某著名医科大学的内科教授，蒂克博士是"成才靠侮辱"这一教育理论的信奉者。因此直到今天，有些名医一想起这位有着胆汁质[1]的眼睛、因关节炎弯腰驼背的老蒂克对含苞待放的年轻人才的批判都会惶恐万分，有些人则是一想起他讲述的医学哲学就毛骨悚然。

蒂克博士告诉轮番坐满教室的一群群学生，医学是一门高贵的学问，但同时也是表达人类犯下的谬误与痴愚的最古老方式。与探究人体奥妙的尝试相比，探究天堂奥妙的尝试以失败告终的次数还要更少一些。"如果你们以科学家自居，那我希望你们记住，你们将从我这里学到的一切，都会被迅速视为医学界土著人的胡言乱语。无论我们做了多少研究，实现了多少进步，医术终究徘徊在钓鱼与鬼故事之间。"

"医疗面临着两大障碍，"蒂克在执掌教鞭的四十年里反复强调，"第一是患者的欺骗性。他们总在装病，总爱诉说虚幻的痛苦。第二是不完美的头脑。这种不完美不仅存在于医学领域，在处理其他事务时也不例外。这样的头脑不足以帮助我们不带偏见地观察，或是不让虚荣心阻碍我们明智地使用头脑接受知识，最重要的是，不带虚荣心地运用智慧。"

此时此刻，桌后的蒂克正严肃扫视着在场的所有"不完美"的人。

1　人的四种气质类型之一，其特点是情感发生迅速、强烈，动作的发生也迅速、强烈、有力。属于这一类型的人大都热情、直爽、精力旺盛、脾气急躁、心境变化剧烈。

待整间"教室"归于寂静后，他将视线转向华纳博士那张俊朗却写满紧张的脸。

"今晚有一位新的医学天才加入我们的行列，"他开口说道，"我还记得他初出茅庐的时候，出现了甲状旁腺功能亢进症的症状，并伴有肾脏损害。尽管如此，他也不是没有一丝一毫的天赋。萨姆，为了让你更好地融入我们，我来介绍一下本俱乐部的宗旨。"

"我已经跟他说过了，说得相当彻底。"休谟博士插嘴道。

"如果休谟博士的介绍和他的著作一样，那就不是越听越明白，而是越听越混乱了。"蒂克冷然说道。

"我完全听懂了。"华纳回答道。

"你懂什么？你早就对精神病学野心勃勃，我也一直在警告你不是吗？精神病学就是一场针对医学的阴谋。也许有朝一日，我们的医学会被它彻底颠覆。在那一天到来之前，我们必须格外小心，不能和这个敌人走得太近。"

自不用说，休谟博士听到这话便露出了戏谑的微笑。

"因此，无论休谟医生是怎么跟你说的，我都得再明确一下。"蒂克继续说道。

"如果您想浪费时间的话，就请便吧。"新会员露出神经质的微笑，用手帕擦了擦脖子。

身材肥胖的妇科名医弗兰克·罗森博士"哧哧"一笑，对休谟低语道："蒂克今晚状态不错嘛。"

"大概是施虐情结为老家伙注入了活力。"休谟说道。

"华纳博士，"蒂克继续说道，"X俱乐部的会员之所以像这样定期集会，是因为我们有一个值得玩味的目的。集会每三个月一次，如果有人在此期间犯下了谋杀罪，就要在集会上当众坦白。当然，我所说的'谋杀'是医学层面的概念。如果某位成员坦白了因激情而非愚蠢犯下的谋杀罪，我们反而会松一口气吧。事实上，华纳博士，如果

830

你最近刚杀害了妻子，或是除掉了叔伯，想要卸下心头的重担，我们很愿意怀着敬意倾听你的诉说。你在这里说的每一个字都不会传进警察和医学会的耳朵里。每一位会员都可以向你保证。"

老蒂克停顿片刻，目不转睛地盯着愈发紧张的新会员。

"看样子，你应该还没杀过一个亲戚朋友，今后恐怕也不会。要出人命，那也是因为工作……"他很是遗憾地叹了口气，"休谟医生肯定站在精神病学的角度告诉你，坦白有益于灵魂的健康。但是在我看来，这根本毫无意义。毕竟我们相聚此地并不是为了改善灵魂。我们真正的目的是科学。因为我们没有勇气公开自己的过错，因为我们过于博学也过于伟大，不应该受到一无所知的门外汉的批判，也因为我们用于示人的那副违背人性的完美无缺的面孔并不利于软弱的人性，我们才创办了这个俱乐部。你找遍全世界，都找不出第二个我们这样的医学专家组织，毕竟俱乐部的每个成员只能夸耀各自所犯的错误。那么……"

蒂克对新人微微一笑。"我们将什么视作真正意义上的'崇高的科学谋杀'呢？我想对此做出明确的定义。那就是'杀死一个相信医生、将自己交给医生的人'。听着，患者的死亡不一定与谋杀画等号。我们只关注那些患者因医生做出的错误诊断或者能被证明有错的医学治疗与手术而一命呜呼，要不是碰上了这个医生，患者完全可以长命百岁的情况。"

"关于这些，休谟已经介绍得很清楚了，"新会员略显烦躁地嘟囔道，但随即朗声说道，"我毕竟是第一次参加集会，与其让我打头阵，还不如请各位名震四方的同仁先讲，让我先学习学习吧。不过我确实有相当重要的案例要与各位分享。"

"是谋杀吗？"蒂克问道。

"是的。"新会员如此回答。

老教授点了点头。"好，我们定将洗耳恭听。不过在你讲述之前，还有几位杀人犯等待着我们的制裁。"

新会员没有作答，仍以无比拘谨的姿势笔直坐在椅子上。此时，包括休谟在内的数人已经意识到，这位年轻的外科医生之所以呈现出这副模样，恐怕不仅仅是因为胆怯畏缩。有某种强烈的、费解的东西在萨姆·华纳的心中翻腾，首次出席X俱乐部集会的紧绷感在房间里弥漫开来。

著名的神经学家菲利普·卡迪夫博士将一只手搭在华纳的胳膊上，平静地说道："无论你打算在我们面前讲述什么，都不需要为此备受煎熬。我们在医学领域都是相当杰出的人物，但我们每一个人犯过的错肯定都比尔严重得多，无论你究竟做了什么。"

"不好意思，请保持肃静，"老蒂克教训道，"这里可不是给受到良心谴责的精神病患调养身心的疗养院，而是治疗谬误的场所。而且我们也想用有序、科学的方式运营这个俱乐部。卡迪夫，如果你想握住萨姆·华纳的手，那就尽管握吧，那是你的自由。但请你务必保持安静。"

话虽如此，他却突然对新会员微微一笑，继续说道：

"实不相瞒，我也很想赶紧听我们年轻的朋友华纳博士讲讲，像他这般学识渊博的伟大学者怎么会害死自己的病患。论好奇心，我不逊色于你们中的任何一个。但我们必须让自己的好奇心稍等片刻。因为上次集会有五人缺席，我们需要请詹姆斯·斯维尼博士再坦白一次。"

斯维尼博士站起身，将散发出阴森光芒的眼睛转向上次缺席的五人。哪怕是在这群人里，他的诊断水平也是数一数二的，在东部仅次于老蒂克。

他的语气不带抑扬顿挫，一如往常，仿佛心不在焉。"其实我上次已经讲过了，既然有人没听到，那就再讲一讲吧。为了用荧光透视法做检查，我把某个患者送去了X光室。我的助手看着他服下钡餐，让他站在荧光透视机下。半小时后，我前去了解进展。然而一看到荧光板后的患者，我就对助手库洛克博士说，眼前的事态着实令我惊愕，我从没遇到过这样的情况。而库洛克早已呆若木鸡，甚至无力肯定我的说辞。

"我分明看见，患者的整个胃部与食道下段全无蠕动的迹象，仿佛是用石头做的，并且严重膨胀。在调查过程中，我发现这种现象愈发显著了。最令我们心焦的是，我们两个都不知道该如何处理这种情况。事实上，库洛克博士当时已经出现了明显的歇斯底里症状。不久后，患者就陷入了濒死状态，倒地不起。"

"天哪！"缺席上次集会的数人异口同声喊道。卡迪夫博士则问："原因是什么？"

"原因很简单，"斯维尼回答，"让患者服下的'钡餐'在杯底结成了硬块。原来，我们用石膏粉填满了患者的肚子。恐怕是石膏的压迫造成了致命的冠状动脉梗阻。"

"咦，"新会员说道，"为什么那种东西会进到杯子里？"

"因为调配环节出了差错。"斯维尼低声回答。

"那位患者在冒险闯进你的诊察室之前，身上还有没有不舒服的地方？"卡迪夫博士问道。

"解剖结果显示，他的主要问题是胃部与食道的硬化，"斯维尼回答，"但种种迹象体现出，他可能有些许幽门痉挛的倾向。患者说他经常嗳气，问题也许就出在这儿。"

"看来这称得上一场名副其实的谋杀，"老蒂克说道，"和皮格马利翁[1]做的事恰恰相反。"

老教授停顿片刻，又将眼眶发红溃烂的双眼转向华纳。"在进入下一个环节之前，我应该把俱乐部的全称告诉你——'以X为地标的俱乐部'。但我们平时更常用简称，因为它更好听。"

---

1 希腊神话中的雕塑家，爱上了自己制作的象牙雕像，恳求爱与美的女神阿芙洛狄特为雕像注入生命。

"确实是简称更好些。"新会员如此说道。他的两颊似乎泛起了潮红。

"那么……"老蒂克看了一眼写着草草几行字的纸，当众宣布，"有请今晚的审判计划书上的第一位被告，文德尔·迪威斯博士。"

那位身材优美的胃病专家起身时，房间里鸦雀无声。迪威斯很注意自己的态度，一如他对医学的关注。他长得高大结实，花白的头发梳得整整齐齐，面无表情——无论患者的情况有多危重，遭受着多大的痛苦，那张脸都不见一丝慌乱，好似硕大的桃色面具。

"今年夏末，有人请我去某个工人家里看病，"他开口说道，"参议院议员贝尔请选区的一些穷苦人家去野餐，导致蒸汽设备安装工人哈洛维茨的三个孩子食物中毒。坏就坏在孩子们在野餐时吃了太多的东西。组织野餐的议员觉得自己有一定的责任，恳请我为孩子们看病，于是我就去了一趟哈洛维茨家。过去一看，三个孩子中的两个病得很重，上吐下泻。一个九岁，一个十一岁。母亲把三个孩子吃下的各种东西列成清单给我看——他们吃得实在太多了。我让他们服用了大量的蓖麻油。

"另一个七岁的孩子倒是没那么严重。他脸色苍白，发着低烧，略感恶心——但没有发展到呕吐的地步。我一看便知，这孩子也是轻度的食物中毒。于是我给他开了等量的蓖麻油——这纯粹是以防万一。

"当天半夜，孩子的父亲打电话给我，说七岁的孩子情况不太好，两个大一点的孩子倒是好多了。我让他不必担心，肯定是那个孩子的症状出现得比较迟，到第二天早上就会和哥哥姐姐一样好转了。

"放下听筒的时候，我产生了不小的满足感。因为我成功预测了老幺的症状，提前开了蓖麻油给他。第二天正午时分，我再次前往哈洛维茨家。两个大的几乎都好透了，七岁的那个却是一副病入膏肓的样子。据说孩子的父母一早便频频打电话找我。当时他已经烧到了四十多度，全身滚烫，两眼凹陷，生出了明显的黑眼圈，表情痛苦，鼻孔张开，嘴唇发紫，皮肤摸上去凉凉的、黏黏的。"

说到这里，迪威斯博士停顿片刻。著名的肺病专家弥尔顿·莫里斯博士插嘴道："那个孩子是不是在几小时后咽下了最后一口气？"

迪威斯博士点点头。

"那事实就是一目了然的了，"莫里斯博士平静地说道，"你第一次上门诊查的时候，那个孩子就已经患上了急性盲肠炎，而蓖麻油弄穿了他的盲肠。你第二次去的时候，一切为时已晚，盲肠炎已经恶化成了腹膜炎。"

"没错，"迪威斯博士缓缓回答，"事实正如你所说。"

"用蓖麻油进行的谋杀……"老蒂克的语气中带着嘲笑的意味，"其中还掺杂着对穷人的漠不关心。"

"不，"迪威斯博士说道，"那三个孩子都参加了野餐，都吃多了，也都表现出了同样的症状。"

"也不完全一样啊。"休谟博士插嘴道。

"你的意思是，换作是你，就会对第三个孩子做一番精神分析了？"迪威斯博士咧嘴一笑。

"不，"休谟回答道，"如果患者说他肚子疼，还觉得恶心，我就会像每个蹩脚医生都会做的那样，检查患者的腹部，于是就会发现他腹部僵硬，无论按不按都疼。"

"没错，照理说还没毕业的医学生都能毫不费力地诊断出来，"卡迪夫博士表示赞同，"可不幸的是，我们已经丢掉了学生时代的谦逊。"

"迪威斯博士的谋杀案例包含了道德层面的教训，但我认为案例本身非常索然无味，"老蒂克说道，"正好肯尼斯·伍德博士也递了便条过来，那就请伍德博士发言吧。"

出生在苏格兰的外科名医站起身来。在医科大学上学时，他就已经是赫赫有名的奥运健儿了。直到今天，他依然保持着健壮的体格，手掌硕大，双肩隆起。他柔和的声音里有一种深沉的共鸣，充满了男性的力量。

"听完我的案例，诸位也许会为如何命名这场谋杀而犯愁。"伍德博士冷笑着环视在场的各位同仁。

"莫非是基于外科手术的谋杀？"蒂克说道。

"我看不一定，"莫里斯博士抗议道，"因为肯这般技艺娴熟的外科医生绝不会失手切断患者的腿。"

"诸位也许会将其命名为'愚钝造成的平庸谋杀'吧。"伍德博士用柔和的声音说道。

老蒂克以带着嘲讽的口吻插嘴道："要是你多放点心思在诊断而非铅球上，就不至于害死一个又一个患者了。"

"这是我近三年里的第一次汇报，"伍德内敛地回答道，"而且我每天都要做四五台手术，包括假日。"

"没关系，肯尼斯，"休谟博士说道，"外科医生有三年杀一次人的特权。尽管如此，鉴于你们所面临的诱惑——这仍是一个罕见的记录。"

"继续说你的谋杀吧。"蒂克说道。

"好——"说到一半，这位体格健壮的外科医生转向与自己同在一家医院的新会员，"你也知道急性胆囊炎会表现出什么样的症状吧，萨姆？"

华纳模棱两可地点了点头。

伍德博士继续说道："那个患者是深夜被送来医院的，主诉剧烈腹痛。我对她进行了检查，发现疼痛起源于腹部右上象限，向后背与右肩散射，完全符合胆囊炎的特征。于是我给她开了鸦片制剂，但没有任何效果。正如诸位所知，这一点能佐证我的诊断。因为鸦片不会对胆囊造成任何影响。"

"这我们都知道。"新会员烦躁地说道。

"抱歉，"伍德博士咧嘴一笑，"我只是不想漏掉任何一个细节。言归正传。见鸦片不起作用，我就开了硝化甘油缓解疼痛。当时她烧到了三十八度。到了第二天早上，疼痛变得更严重了，这让我肯定她的胆囊穿了孔。于是我做了手术，可打开腹腔一看，她的胆囊并没有任何问题。一小时后，患者气绝身亡。"

　　"解剖结果呢？"斯维尼博士问道。

　　"我先不说结果，"伍德回答道，"诸位应该能猜到吧？不妨说说看——诸位觉得，那个患者究竟得了什么病？"

　　"你查过那个女人的既往病史吗？"片刻后，卡迪夫博士问道。

　　"没有。"伍德如此回答。

　　"啊哈！"蒂克嘲笑道，"瞧我说什么来着，又一个瞎治的大夫！"

　　"毕竟当时情况紧急，"伍德红着脸说道，"症状又那么明确……那样的患者我都处理过几百个了。"

　　"事情应该是这样的，"蒂克毫不客气地说道，"伍德博士误会了疼痛的原因，害死了那名女性患者。除了胆囊，还有什么器官会引起这位优秀的外科医生所描述的疼痛？"

　　"心脏。"莫里斯博士立刻作答。

　　"很接近了。"伍德说道。

　　"患者剧烈疼痛，却不了解既往病史。如果是我的话，肯定会在做手术前检查一下她的心脏。"蒂克表示。

　　"如果负责她的是您，肯定能做出最正确的选择，"伍德平和地回答，"解剖结果显示，死因是右冠状动脉降支的梗死。"

　　"照理说，做个心电图就能查出来的，"老蒂克说道，"而你也根本不用靠近心电仪，只需要问一个问题就行了。哪怕不问她本人，也可以打电话问问她的邻居，了解一下她有没有出现过剧烈运动后胸腹疼痛的情况——如此一来，你就会意识到出问题的不是胆囊，而是心脏。是初级医学生才会犯的错误害死了她。"

"这是第一次，也是最后一次，"伍德平静地说道，"在我们医院，心脏病方面的错误再也不会发生了。"

"很好，很好，"老蒂克回答，"诸位，今晚汇报的犯罪都幼稚极了，不足以用作讨论的材料。这些案例只能告诉我们，科学与愚钝不过一线之隔，而我们对这一点已经有了无比深刻的认识。好在今晚我们迎来了一位新成员。他虽然年轻，却已将外科锯子用得炉火纯青。早在一小时前，他就来到了这个房间，扭扭捏捏地等候发言的机会，仿佛一个真正的犯罪分子，在良心的苛责与想要坦白一切的欲望的驱使下出了一身冷汗。诸位，有请俱乐部的新成员，最年轻的被告，萨姆埃尔·华纳博士！"

华纳博士突然难掩兴奋之色，站在了十四位著名同仁的面前。只见他两眼放光，无论是将精力与体力消耗殆尽的疲劳，还是已经在他那年轻的容颜上留下痕迹的灰暗表情，此刻都已消失得无影无踪了。

前辈们表现出了程度各不相同的烦躁，一言不发地望着他。即便目前仅有的证据是他在态度中透出的蛛丝马迹，他们依然确信，这个年轻的医生满脑子都是漏洞百出的理论与半吊子的医学发现。因为当年的他们也是如此。因此他们打算好好享受一番，缓缓靠向椅背。对生出白发的医学专家而言，把舞帽¹狠狠扣在科学之子头上是最美妙的享受。老蒂克盯着同仁们的脸，抿嘴一笑。每个人的表情都像极了把教鞭藏在背后的老师。

华纳博士用湿手帕擦了擦脖子，微笑着环视在场的杏林贵族，那神情仿佛在说"我知道你们在想什么"。

"我打算深入详细地讲述这个病例，"他开口说道，"因为我认为它包含了十分耐人寻味的问题，丝毫不逊色于诸位在实际工作中遇到的难题。"

　　1　dance cap，即学校老师给差生戴的圆锥形纸帽。

妇科医生罗森博士哼了一声，但没有多言。

"患者是一名年轻男子，甚至可以说他还是个男孩。"华纳专注地说道，"十七岁的他有着过人的才华——他是个诗人，所以我才会认识他。我在某本杂志上看到了他的诗作，大受震撼，就给他写了信。"

"是押韵的诗吗？"伍德博士一边给老蒂克使眼色，一边问道。

"是的，"华纳回答道，"我通读了他的全部稿件。他的作品算是某种革命诗歌，是针对不公正的呼号。他对各种类型的不公正做出了辛辣的、火热的……"

"打住！"罗森博士插嘴道，"这位新会员似乎对集会的作用有些许误会。这可不是探讨文学的集会啊，华纳。"

"在你正式开始叙述之前，我还要提醒你一下，"休谟博士微笑着说道，"自卖自夸的话就不必说了。真想听的话，去每年的外科研讨会就能听个够。"

"诸位，"华纳说道，"我完全没有自卖自夸的意思。请放心，我的叙述自始至终围绕谋杀展开。而且这场谋杀的性质凶恶至极，诸位绝对闻所未闻。"

"那就行，"卡迪夫博士说道，"继续吧。另外，我建议你稍微放松一点，讲到一半紧张得晕倒就不好了。"

"没错，"伍德博士忍俊不禁，"我想起这位莫里斯第一次坦白时的情景。当时他哭得直打嗝，我们给他灌了六杯威士忌才止住呢。"

"我不会中途晕倒的，请诸位放心，"华纳说道，"话说那位患者在请我出诊的两个星期之前就已经病了。"

"你不是他的朋友吗？"迪威斯博士插嘴道。

"是的，但他并不相信医生。"

"你说他不信医生？"老蒂克含笑说道，"倒是个脑袋灵光的孩子。"

"他确实很聪明，"华纳竭力说道，"我去他家一看，发现他的病情已经非常严重了，顿时惊慌失措，立刻把他送去了医院。"

"哦，看来他是个兜里有钱的诗人。"斯维尼博士说道。

"不，住院费是我出的，"华纳回答道，"我尽可能一直陪在他身边。他的病症始于腹部左侧的剧痛。他起初想请我去看看，但三天后疼痛有所缓解，他就以为自己已经好了。谁知过了两天，疼痛卷土重来，还发起了烧，甚至出现了腹泻的症状。粪便中有黏液与血液，但没有检验出阿米巴之类的病原体。病到这个地步，他才联系了我。

"根据他的症状报告，我给出的诊断是'溃疡性结肠炎'。因为痛处在左侧，不可能是盲肠的问题。我给他开了磺胺脒[1]和肝素，让他多吃高蛋白食品——主要是牛奶。我们对患者进行了悉心的治疗与不间断的观察，他的情况却每况愈下。疼痛扩散至整个腹部，无论是否按压都有痛感，左侧直肌愈发僵硬。我们全力治疗了两个星期，却还是没把他救回来。"

"解剖结果显示问题出在哪儿？"伍德博士问道。

"没有做解剖，"华纳回答道，"因为男孩的父母百分百信任我。他本人也一样。两位家长都坚信，我为了救他尝试了所有可行的办法。"

"那你怎么知道自己的诊断出了错？"休谟问道。

"因为事实摆在眼前。患者死了，并没有康复，"华纳烦躁地回答道，"在他咽气的那一刻，我便意识到是自己的误诊害死了他。"

"倒是个合乎逻辑的结论，"斯维尼博士说道，"毕竟模棱两可的治疗算不上不在场证明。"

"诸位，"老蒂克在桌后发出带着嘲笑的声音，"我们这位能干的新会员显然杀害了他的挚友，一位伟大的诗人。下面就请诸位踊跃告发他的诊断吧。"

然而，没有一人发言。医生都足够敏感，能够察觉到隐藏在表面之下的东西，察觉到没有被提及的错综复杂的内幕。此时此刻关注着

　1　用于治疗细菌性痢疾和肠炎，或用于预防肠道手术后感染。

华纳表情的十四位医生几乎全都意识到，这件事似乎另有隐情。这位外科医生表现出来的紧张、昂然的态度、隐约透着嘲弄的口吻……这一切都体现出，关于诗人丧生一事，他必定还有未尽之言。医生们小心谨慎地逼近了这个问题。

"患者是什么时候死的？"罗森博士问道。

"上周三。问这个做什么？"华纳反问道。

"死在哪家医院？"这回轮到迪威斯发问了。

"圣米迦勒医院。"华纳回答道。

"你说他的父母一直很信任你，"卡迪夫说道，"而你的态度中有某种莫名的苦恼。难道是警方介入调查了？"

"不，"华纳回答道，"我出色地实施了一起完美犯罪。警方对此事一无所知。就连我亲手害死的人都满怀着对我的感激咽下了最后一口气。"他微微一笑，环视在场的众人。"怎么样？也许诸位都无法证明我的诊断有误。"

这种毫不客气的挑衅激怒了其中一位会员。

"不就是推翻你的诊断吗？这有何难。"莫里斯博士说道。

"搞不好有陷阱。"伍德盯着华纳缓缓说道，几乎要用目光将他的脸凿穿。

"真有陷阱的话，那就是这个病例的复杂性吧，"华纳立刻回击，"看来诸位更偏爱我今晚听到的那些基于治疗不当的简单案例。"

片刻的沉默后，迪威斯博士以柔和的声音发问："他是不是在腹泻之前有过剧烈腹痛？"

"没错。"华纳回答。

"如果是这样的话，"迪威斯以冷静的口吻继续说道，"从表面看，暂时性的症状缓解与几天后的复发确实能让人联想到溃疡——唯有一点不然。"

"我可不敢苟同，"斯维尼博士低声说道，"华纳博士的诊断堪称愚蠢的典范。他所描述的症状与溃疡性结肠炎毫无关系。"

华纳两颊一红，下巴的肌肉微微抽动，透着怒意。"如要出言羞辱，还请多少给出一些科学依据。"

"这还不容易，"斯维尼温和地回答，"按照你的描述，患者很晚才出现腹泻与发热的症状，这便能基本排除溃疡性结肠炎的可能性。蒂克博士，您有何高见？"

"肯定不是溃疡。"蒂克目不转睛地看着华纳的脸，如此回答。

"你刚才说，患者最后表现出的症状之一是整个腹部按压有痛感？"迪威斯博士用悦耳的声音问道。

"没错。"华纳回答。

"假设你对病例的描述准确无误，那我们便能据此推导出一个显而易见的事实。整个腹部按压有痛感，这是腹膜炎的特征。如果你们做了解剖，就一定会发现胃肠穿孔，外加内容物溢出和肠套叠。"

"我并不这么认为，"癌症研究所的研究员威廉·津那博士开口说道。他身材矮小，顶着一张鸟一般的脸，声音低得几乎听不清楚。房间重归寂静，所有人都小心谨慎地等待他继续往下说。

"迪威斯博士提到的肠套叠不可能发生在这个病例身上，"他说道，"因为患者才十七岁啊。我从未听说过在这个年龄段发生肠套叠的例子。如果他有肠道肿瘤的话，那当然要另当别论，可他若是有肿瘤，就不可能活那么久。"

"至理名言。"老蒂克如此感叹。

"我也考虑过肠套叠，但也出于同样的理由排除了这种可能性。"华纳表示。

"会不会是肠扭转？肠扭转应该也会表现出你刚才描述的症状。"伍德博士发表了意见。

"不可能，"罗森博士说道，"肠扭转意味着坏疽和三日之内的死亡。按华纳的描述，他陪了患者两个星期，而且患者请他去之前已经病了两个星期了。病程如此之长，足以排除肠扭转和肠道肿瘤。"

"还有一种可能性——也许他的盲肠在左侧。"莫里斯博士说道。

"那也不可能，"伍德博士立刻反驳，"如果盲肠在左侧，最先出现的症状就不会是华纳所描述的剧烈腹痛。"

"唯一可以确定的是，有溃疡之外的原因导致了穿孔。顺着这条线往下分析不就行了？"斯维尼博士提议。

"这倒是，"莫里斯博士说道，"根据病症的发展状态，患者得的应该不是溃疡性结肠炎。在我看来，他所遭遇的肯定是另一种类型的穿孔。"

华纳博士用湿手帕擦了擦脸，小声说道："我完全没想到异物穿孔的可能性……"

"你应该想到的。"卡迪夫博士责备道。

"打住打住，"老蒂克打断了他，"别偏题了。诸位认为是什么造成了穿孔？"

"患者已经十七岁了，不至于误吞别针。"卡迪夫回答道。

"除非他对别针有异常癖好，"休谟博士也开口说道，"华纳，患者想不想活下来？"

"据我所知，他比谁都想活下来。"华纳用阴郁的声音回答。

"既然如此，那似乎就可以排除自杀的可能性了，"卡迪夫博士说道，"看来我们要处理的问题确实是肠道穿孔，而不是潜意识的穿孔。"

"应该不会是鸡骨吧，"伍德博士说道，"因为鸡骨肯定会先戳穿食道，绝不会下到胃里。"

"没错，华纳，"老蒂克说道，"怀疑范围已经逐步缩小了。你所描述的疼痛扩散经过，正意味着感染的不断扩散。症状的发展过程则意味着穿孔而非溃疡。而这种类型的穿孔与吞入异物挂钩。我们已经排除了别针与鸡骨，只剩下一个寻常的选项了。"

"鱼骨。"斯维尼博士说道。

"没错。"蒂克回答道。

华纳仍保持站立姿势，带着紧张的神色倾听众人对这一诊断的认可。蒂克如此宣布：

"看来我们已经达成了一致。如果萨姆·华纳及时做手术取出造成脓肿的鱼骨，就能将患者救活，但他按溃疡性结肠炎进行了治疗，最终杀害了那名患者。"

华纳快步穿过房间，走向挂大衣与帽子的衣柜。

"你要去那里？"伍德博士的声音从身后传来，"集会才刚开始呢。"

华纳冷笑着穿起了大衣。

"我不能再磨蹭下去了。感谢诸位的诊断……"他说道，"你刚才说这件事说不定有陷阱。没错，这个陷阱就是，我的患者还活着。我按溃疡性结肠炎治疗了两个星期，但是在今天下午，我意识到自己的诊断是错误的——我还意识到，如果找不到真正的病因，他定会在二十四小时内死去。"

华纳挺立在门口，两眼放光。

"请允许我再次感谢诸位的诊断。多亏了诸位，我的患者才能死里逃生。"

半小时后，X俱乐部的会员们齐聚于圣米迦勒医院的一间手术室。他们都与在沃尔顿酒店享受"医学万圣节"时判若两人。医生一旦直面疾病，就会换上另一副面孔。老态龙钟的医生也好，疲惫不堪的医生也罢，都能从危机中吸收活力。蹒跚的步履就此远去，在走进手术室的那一刻，他们的后背与彪悍的战士一般笔直。当他们面对生与死的问题时，一双双惺忪红肿的眼睛仿佛都写满了伟大与美丽。

一位黑人少年沉睡在手术台上。穿着白色手术服的华纳博士俯身忙碌着。

其余十四位X俱乐部会员观望着手术的进程。华纳敏捷的动作似乎令伍德颇为满意，只见他连连点头。罗森清了清嗓子，似乎有话要说，却被主刀医生那干净利落的手部动作堵住了嘴。在场的人都一言不发。几分钟过去了。护士们保持沉默，将各种器械递给主刀医生，鲜血甚至溅到了她们手上。

十四位伟大的医学专家满怀希望地凝视吞下了鱼骨的有色人种少年那憔悴而无意识的脸。再位高权重的国王与教皇，都不会有机会在如此之多的医学天才的屏息凝视中卧于病床。

突然，满头大汗的外科医生用镊子夹住了什么东西，将手高高举起。

"洗一下，拿去给那边的先生们看看。"他对护士轻声吩咐。

他的双手一刻不停地忙碌着。只见他将排脓管插入伴有脓肿的空洞，再将磺胺胨撒入打开的腹腔，以免发生感染。

老蒂克上前一步，接过护士送来的那个东西。

"是鱼骨。"他说道。

X俱乐部的会员们将鱼骨团团围住，仿佛那是什么难以言喻的瑰宝。

"取出了这个小玩意，这名患者就能继续写诗批判这个世界的贪欲与恐惧了。"老蒂克用带着嘲讽的口吻低声说道。

三星期后，那位黑人诗人彻底康复了。休谟讲述的故事到此为止，晚餐也早已用完。当我们一起走上因战争变得昏暗的纽约街头时，夜色已深。望向报亭摆出的各类报刊，不同的唯有标题的字号。为了向杀戮的规模致敬，标题的字号也越来越大了。

看着那些标题时，尸横遍野的战场光景浮现在眼前。但与此同时，我的脑海中也出现了另一幅画面——画面中包含着对美好世界的希冀。那正是十五位著名且博学的英雄在医院的手术室为拯救误食鱼骨的黑人少年而英勇作战的一幕。

危险人物

弗雷德里克·布朗 | Fredric Brown

（1906.10.29—1972.3.11）

> 将本作定义为"仅以精妙的话术织就的短篇"恐怕也不为过。天生的故事讲述者弗雷德里克·布朗结合强劲的悬念，刻画了在小车站候车室偶遇的两人的内心起伏。科利尔、艾里什、赫克特·布朗……不知各位读者有没有通过这几篇作品感受到短篇推理的质变？
>
> ——乱步评

贝尔福廷站在小火车站的站台尽头，身子微微一颤。空气很是冰冷，但发抖并非因为寒意，而是因为远处响彻天际的警报声。夜幕中，远处传来的哀声隐约可闻——那是恶魔的呻吟。

半个多小时前，他第一次听到了警报声。当时他还坐在小镇大马路旁的理发店里。那是一家只有一位理发师的小店。理发师跟他解释了警报响起的原因。

"不过……那地方离这儿足有五英里呢。"贝尔福廷自言自语道。话虽如此，他的内心并没有平静下来。一个豁出命的人完全有可能在一小时里走完五英里。况且，医院也许没有及时发现他逃了出去。嗯，肯定是这样。如果当时就发现了，十有八九能抓到。

说不定那人是今天下午逃出来的。也就是说，他已经在外头乱跑了好几个小时。话说现在几点了？七点出头。打算坐的那趟车八点不到才到站。他心想："最近天黑得可真早……"

贝尔福廷出了理发店，快步走向车站。对一个有哮喘的人而言，他的步速着实快了些。爬上通往站台的楼梯时，他已是气喘吁吁。所以在穿越站台之前，他放下公文包，稍事休息。

虽然气息尚不平稳，但他告诉自己，到了这儿就没事了，剩下这点路慢慢走就好了。于是他迈入了被黑暗笼罩的户外。拿起公文包时，异常沉重的手感险些令他心惊。他这才想起：对了，包里有把转轮手枪。

对任何一个人而言，随身携带枪支都是非同小可的大事——哪怕枪里没装子弹，哪怕枪是用纸裹着的，哪怕装弹药的盒子也用纸包了起来，与枪分别放在公文包的两个夹层。奈何他为了某些法律事务来到此地约见委托人玛格特罗伊德先生时，对方求他帮个忙，让他把枪捎去密尔沃基，转交给自己的哥哥，还说他已经跟哥哥商量好了。

"走海运特别麻烦，"玛格特罗伊德先生说道，"我都不知道该怎么寄。不知是当包裹寄好呢，还是走铁路好呢，或是用其他法子？搞不好邮寄枪支本就是犯法的，我也不太清楚。"

"应该不至于，"贝尔福廷对委托人说道，"因为有专做枪支邮购的商家。不过可能需要用特殊的配送渠道。"

"反正你会直接回密尔沃基，多带样东西不会有多麻烦的。而且你也不需要把枪送去我哥那儿，只要给他打个电话，他自会去你的办公室取走。实不相瞒，我已经写信告诉他了，说我会请你帮忙捎回去。"

话都说到这个份儿上了，贝尔福廷实在找不出不至于惹客户生气的借口。于是他就带上了那把枪。他也并不介意自己手里有那样一个玩意。

"这该死的哮喘……"他一边打开候车室的门，一边嘟囔道，"还有这乡下地方的破药店，连治哮喘用的麻黄碱都没有，真要命。下次来的时候得带个五六片……"

他眨了眨眼，好让眼睛尽快适应周遭的亮度，然后环视四周。除了他，屋里只有一个男人。那人身材高瘦，衣着寒酸，两眼布满血丝。贝尔福廷进屋时，他坐在椅子上，用双手托着脸。见有人进来，他抬头说道："你好……"

"你好，"贝尔福廷简单应了一句，"这天——嘶——是越来越冷了。"

挂在售票窗口上方墙面的时钟指着七点十分。还得等四十五分钟。贝尔福廷能透过窗口看到车站办公室里的情况。头发花白的工作人员面朝另一侧的墙壁，对着老式打字机笨拙地敲击。贝尔福廷并没有去售票窗口，因为他提前买了往返票。

高瘦男子坐在候车室墙边的小号凸肚煤炉边上。而煤炉的另一侧放着一把看起来很舒服的摇椅。但贝尔福廷并不打算立刻穿过候车室坐下。

由于他患有哮喘，走得又急，他的气息仍不平稳。所以他想先调整好呼吸。要是他坐下了，肯定得立刻说话。要是他每说完一句就要喘上半天，就得跟人家解释自己那愁人的老毛病了。

为了给自己找一个"在原地站一会儿"的借口，他转身向后，隔着门上的玻璃向外张望，仿佛是在观察外面的人。

然而，他在观察的其实是自己映在玻璃上的倒影。矮胖的身材，油光红润的脸颊，头发日渐稀疏的脑袋。

不过头发都被帽子挡住了。而那副玳瑁框眼镜为他的脸增添了几分稳重。眼镜非常适合他，因为他素来觉得自己是个相当稳重的人。他今年四十岁。如无意外，他会在五十岁前成为一流公司的顾问律师。

警报声再次响起。

贝尔福廷微微一颤，然后横穿过候车室，坐在了煤炉边的摇椅上。把公文包放在地上的时候，只听见"咚"的一声。

"你坐七点五十五分那趟车？"高瘦男子开口搭话。

贝尔福廷点头回答：

"我去密尔沃基。"

"我坐到麦迪逊。看来我们要结伴同行两百英里了，不如聊聊吧？我叫琼斯，是萨克斯涂料公司的会计。"

贝尔福廷也做了自我介绍，然后问道：

"我还以为萨克斯涂料公司在芝加哥呢……"

"麦迪逊也有分店。"

"哦……"贝尔福廷说道。轮到他起个话题了，可他全然不知该说什么才好。就在两人沉默不语的时候，警报再次响起，而且比之前的更响。贝尔福廷顿时一个哆嗦。

"一听到那声音，我就毛骨悚然。"

高瘦男子拿起拨火棒，打开炉盖。"这里可真冷，"他拨了拨火，"那警报是怎么回事啊？"

"有个人从专门关罪犯的精神病院逃跑了，"贝尔福廷下意识压低了声音，"大概是个杀人魔。因为那医院关的都是那种人。"

"哦……"高瘦男子心不在焉地回了一嘴。他把火拨得更旺了，然后"咔嚓"一声盖好盖子，坐回椅子上，手里依然拿着拨火棒。

这令贝尔福廷意识到，眼前这煤炉虽然不大，配的拨火棒却颇有分量。高瘦男子张开两条长腿，在双膝之间摇晃那根拨火棒。他没看贝尔福廷的脸，而是目不转睛地盯着那根摇来晃去的棒子。突然，他开口问道：

"那人长什么样？你知道那个罪犯的体貌特征吗？"

"唔……不知道。"贝尔福廷回答。突然，他看见沉甸甸的拨火棒画出一道弧线。

那一刻，他倒吸一口冷气。不，不会的。不，搞不好……话说回来，确实有些不对劲——

刹那间，他明白了"不对劲"的理由。他第一眼看到高瘦男子的时候，便觉得对方的衣着打扮有些寒酸。但此时此刻细细一打量，对方身上并没有丝毫寒酸之处。穿的衣服也是高档货——至少有中上水准。只是衣服不合身罢了。

那身衣服是为中等身高的人裁剪的。薄外套也一样。原本被熨烫成翻折状态的裤脚被放了下来，熨烫的折痕还清晰可见。所以裤子才会以一种诡异的状态垂在脚踝处。哪怕把裤脚翻下来，裤子还是短了一英寸左右。薄外套的衣袖与上衣也不例外。

贝尔福廷一动不动地坐着，尽可能不看他，却没有停止用眼角余光探索。那人的白衬衫领子显然太大了。毫无疑问，那件衬衫是为脖子更粗的男士缝制的。而琼斯从领口伸出来的脖子实在太细了，与衣领形成了宽大的缝隙。

而且，琼斯的眼神是那样粗暴，眼中布满血丝——

贝尔福廷心想，逃跑的疯子肯定会先往火车站走，而且专挑离医院很远的小车站。这座车站就很合适。他必然会在半路上闯进别人家里弄一身便装，换下原来穿的病号服。说不定，他甚至会为了搞到一套新衣服杀掉一个偶遇的路人。但别人的衣服穿在他身上当然不可能合身。

贝尔福廷端坐在原处，全身僵硬。他能感觉到自己的脸渐无血色，愈发冰凉。当然，也许是他想多了。可是——

他说他叫琼斯？这一听就是为了应付自我介绍编的假名。萨克斯涂料公司也是到处宣传的大公司，很容易想到。

但他说自己要去麦迪逊，这便露了马脚。

不过他又说那边有分公司，糊弄过去了。

他好像连个行李箱都没拿。衣服也就身上穿的那些，而且那些衣服怎么看都不像是他的。肯定是偷来的。搞不好是杀了人抢来的。他在一个多小时前才杀过一个人，一个脖子粗短、矮胖身材的人——

拨火棒缓缓画着弧线，仿佛施展催眠术的道具。瘦高男子睁着一双充血的眼睛,将视线从拨火棒慢慢挪向贝尔福廷的脸。"你——"说到一半,他话锋一转,"你怎么了?没事吧?"

贝尔福廷咽了口唾沫,好不容易才挤出些声音。"没……没事。"

那双充血的眸子盯着贝尔福廷看了好一会儿,然后缓缓转向不断摆动的拨火棒。瘦高男子并没有把他刚才说到一半的话说完。

他察觉到了……贝尔福廷茫然心想,他好像看穿了我的心思。他意识到我发现了他的真实身份。如果我现在起身往外走,他就会立刻猜到我打算报警。不等我走到门边,他就能用拨火棒向我发动攻击。

不,他根本用不着拨火棒。只要他想,就完全可以用双手掐死我。不,他应该会用拨火棒的。瞧他摆动拨火棒的动作,还有看着棒子的眼神,他肯定想把它用作凶器。

如果我不慌不乱,老老实实待在这里,他还会杀我吗?难讲。那可是个疯子啊,根本不需要理由。

贝尔福廷已是口干舌燥,两片嘴唇仿佛被粘住了一般。所以在开口说话之前,他不得不用舌头舔湿嘴唇。得跟他说几句话,想到什么说什么,好歹稳住他。贝尔福廷谨慎地吐出每一个单词,生怕说到一半卡住,显得自己结结巴巴。

"这天是……越来越冷了……"话音刚落,他便想起自己才说过一模一样的话。罢了罢了,翻来覆去同一句话也是常有的事。

瘦高个瞧了他一眼,然后再次垂下眼眸说道:"是啊。"他的声音没有抑扬顿挫,天知道他脑袋里在想什么。

就在这时,贝尔福廷突然想起了那把枪。枪用纸包着,塞在公文包里,没装子弹。如果枪就放在他兜里,还装了子弹,那该有多好啊。就没有办法可想了吗?——

绞尽脑汁思考对策时,一扇挂着"男厕所"牌子的门映入眼帘。这招行得通吗?走向那扇门的时候,那家伙会不会出手阻拦?

他缓缓起身，拿起公文包。额头上尽是豆大的汗珠。

他鼓起勇气，用尽可能平静的声音说道："我失陪一下。"接着，他绕去煤炉和高瘦男子坐着的那把椅子后面，朝厕所门走去。

一进厕所，他便立刻关上门，寻找门闩。谁知这扇门并没有门闩，连插钥匙的门锁都没装。拉开公文包的拉链时，他的双手瑟瑟发抖。

环视四周，却找不到任何派得上用场的东西。也没有一扇可以钻出去的窗户——高处倒是有一扇小窗，但他根本够不到，也找不到东西堵门。厕所的小隔间装了破破烂烂的插销，但一个正常的成年男人完全可以用单手破门而入。

这里并不安全。事已至此，他唯一的选择就是把子弹装进手枪，把枪藏在衣服口袋里，确保自己走出厕所之后能随时拔枪射击。而且，他也不能在这里逗留太久。得赶紧弄好，赶紧……

琼斯满腹狐疑地盯着紧闭的厕所门，耸了耸肩，又用拨火棒翻了翻煤块。

那人也太奇怪了。怎么看都像个疯子。我只是想找个人在火车上聊聊天而已，要是只有他那样的人同路，那还不如吃点零食打发时间呢。对了，干脆在车上打个瞌睡得了。

毕竟昨晚折腾了一宿，想睡多久都睡得着。真没想到会在这穷乡僻壤喝成这样。姐姐麦吉越喝越起劲，姐夫汉克也是半斤八两。酒水不算高档，但是管够。好歹是场纪念宴会嘛。邻居威尔金斯家的人也都喝了个烂醉。

不过……琼斯越想越不痛快。在"喝得烂醉"这方面，我也好不到哪儿去。为了吸两口新鲜空气晃晃悠悠走去后院，结果一头栽倒在烂泥坑里。我那身衣服还洗得干净吗？这下可好，回麦迪逊之前只能借汉克的衣服穿了。

近期可不能再这样醉生梦死了。喝的时候是挺快活的，可第二天实在太难受了。哪怕熬到第二天晚上，那滋味也不好受啊。还好今天不用去上班。顶着这样一双通红的眼睛去办公室，肯定会被同事笑话的。

明天——哼，让萨克斯涂料和账簿见鬼去吧。

要不是分店长老罗杰斯说，再过两三个月就派我去地方城市跑业务，我明天就要把辞呈拍到他桌上了。我的销售业绩也没那么糟糕，而且没人比我更熟悉涂料了。所以要我再跟账簿搏斗两个多月，我也认了。

厕所门开了，神色诡异的矮个男子走了出来。琼斯回头望去。然后——没错，他看见那个男人的表情依然带着几分疯狂。天哪，他的脸是那样僵硬，表情是那样不自然，仿佛贴着一张面具。

而且他的步态也非常奇怪——这回，他左手提着公文包，右手则深深插入大衣口袋。

他干吗要提着公文包上厕所？总不会是怕有人趁着他上厕所的时候抢包吧？不过，要是包里有什么贵重物品，比如珠宝什么的，那就得另当别论了。不对，他一开始把包撂下的时候，我分明听见了"咚"的一声，宝石可没有那么重。这分量感倒是更像枪械。可卖枪械的推销员怎么会把样品装在茶色公文皮包里到处跑呢。

琼斯很是好奇地看着对方以一手插兜的姿势将公文包放在地上，坐回椅子。但这一回，他没有听到那声"咚"。公文包看起来比刚才轻了不少，落地时发出的声响也很轻，就好像里头什么都没装，要么就是只放了两三张资料。说时迟那时快，公文包倒了下来，一看便知里面没装什么有分量的东西。矮个男子把它扶起来靠在摇椅上，免得它再次倒下。那包是空的，至少那个有分量的东西已经不在里头了。

在莫名好奇心的驱使下，琼斯将视线从可疑的公文包转向了上方那张紧张万分、毫无血色的脸。

这人怕是不太正常吧？他真是疯子吗？

警报声在沉默中隐约回响。一听到那响声，矮个男子便惊恐不已，面色大变，但随即又恢复了原先的僵硬状态。

琼斯顿感头皮发麻。他装出若无其事的样子，迅速垂眼望向手中的拨火棒。这是他唯一能用来对付杀人魔的武器——当他意识到这一点时，拨火棒两侧的膝盖都因紧张变得僵硬了。

怎么现在才反应过来？

还记得走进候车室的时候，那人气喘吁吁，环视四周，还隔着门上的玻璃向外张望，生怕有人跟踪自己。

在之后的一段时间里，他的表现还算正常。疯子都是这样的，他们会时不时表现出很正常的样子，几乎与正常人难以区分。

他肯定是那个杀人魔！琼斯心想。他想杀了我不成？所以他的举止才那么奇怪？莫非疯狂正逐渐占据他的心智，逼得他动手杀人？

不过他的个头那么小，我应该可以轻易制服他。但大家都说疯子有股牛劲。所幸我在力气这方面还是有些自信的。前提是，他手里没枪。

就在这时，琼斯突然猜出了原本放在公文包里的东西。他知道疯子为什么要进厕所了——肯定是为了把枪从公文包转移到大衣右侧的口袋里。此时此刻，那人正用右手握着枪，正用手指扣着扳机。

琼斯继续假装低头看拨火棒，同时以眼角余光偷瞄大衣口袋的凸起处。口袋里确实有枪。不过照理说，就算他把手插在兜里，应该也不至于鼓成那样。而且枪身的轮廓在口袋下方形成了小小的褶皱。看来那应该是枪身大约五六英寸长的转轮手枪。

琼斯暗想，如果对方真是那个逃跑的疯子，那他应该不会把警报响起的理由告诉我。不过当时是我主动问了他，所以他也许会觉得，我早就知道警报是怎么回事，一看到他气喘吁吁走进候车室就起了疑心。他生怕扯谎会露出马脚，就跟我说了真话。还有那寒酸的名字——

贝尔福廷……八成是从小说里看来的。我就没见过几个名字那么奇怪的人。

可现在推理这些又有何用？"对方有枪"已经是无法撼动的事实了。杀人魔想用枪对付你，你却在优哉游哉地推理，这还得了。

不过话说回来，他为什么要在这里等着？

汽笛声自远处而来。琼斯没有转头，而是斜眼瞥了眼墙上的钟。还差十五分钟，七点五十五分的客车不会这么早来。看来那应该是去反方向的货车。

错不了。列车逐渐靠近的声响传来，怎么听怎么像货车。那趟车并没有减速。这时，他听见有人打开了车站里的另一扇门。他猜到，那应该是工作人员走出办公室往站台去了。确实有脚步声在站台响起，只是被飞速迈进的列车发出的轰鸣声盖住了。

当车头开到候车室的正对面，恰好出现在窗外时——那人等的就是这一刻，因为震耳欲聋的轰鸣声定能盖住枪声。

琼斯如坐针毡。他紧紧攥着拨火棒，手指的关节都发白了，身子的重心也稍稍前倾。如此一来，他就能在对方迈出一步的同时抢起武器。他能透过疯子的大衣料子隐约看出手枪的轮廓，在对方抬起枪口的刹那——

列车的轰鸣声步步逼近，愈发响亮——愈发震耳欲聋——一刻高过一刻。

枪口在琼斯倾身向前的同时抬起。

一个穿着饰有黄铜纽扣的深蓝色制服的男人把手伸到身后，小心翼翼地关上门，转向坐在煤炉两侧的两人。他们的神情都不太对劲，似乎紧张得一塌糊涂，仿佛受了什么惊吓，浑身僵硬地坐在椅子上。

要不干上一票？不，这未免太过危险。制服都到手了，可以大摇大摆地坐火车逃到没人抓得到我的地方。不过用插在腰带上的手枪干掉这两个家伙，怕是也不费吹灰之力——只要穿着这身制服，就有了光明正大带枪的权利。

"二位晚上好。"他开口说道。那两人一个喃喃自语，另一个则一声不吭。摆弄着拨火棒的瘦高个问道："抓住那个疯子没有啊？"与此同时，他用眼角余光瞥了眼对面的矮胖男子，仿佛是在发送某种信号。

穿着制服的男人哈哈大笑。"还没呢，我看是抓不住了。"

有意思，太有意思了。

"要抓他怕是比登天还难了。他在文斯维尔杀了个警察，搞到了手枪和制服。可警察还什么都不知道呢！"

说到这儿，他又笑了出来。伸手去拿腰间的手枪时，他还在"咻咻"地笑。

谁知不等他把枪拔出枪套，自矮胖男子的口袋射出的一枚子弹就牵着火花掠过了他的耳朵。而拿着拨火棒的瘦高个已经横穿过候车室朝他冲了过来。他还没来得及举起拔出来的枪，矮胖男子就开了第二枪，命中了他的手臂。拨火棒也已对准他的脑袋挥下。他低下头，堪堪躲过瘦高个的攻击……

当他苏醒过来时，驶过车站的货车在远处拉响了汽笛。与此同时，有人在站务员办公室激动地打电话联系警方。

他的手脚被捆住了。他挣扎了一会儿，接着让自己放松下来，叹息了一声，随即抬头仰视伫立在跟前的两个男人。他想起了片刻前发生的种种。

在他进来的时候，这两人早已做好准备，料到了骚乱的到来。早在那个时候，矮胖男子就已经握住了手枪。而瘦高个也已经在挥动手里的拨火棒了。照理说，人在突然发动攻势之前必须摆出相应的准备姿势，可这两个人就跟炸药一样，说炸就炸。

真要命，这么危险的家伙到处跑，他还是回精神病院过太平日子吧，好歹还有人伺候。这两人差点就把他弄死了。搞不好他俩都是疯子。肯定是这样没错。

推理群星闪耀时

编者 _ [日]江户川乱步　　译者 _ 曹逸冰

产品经理 _ 马宁　　装帧设计 _broussaille 私制　　产品总监 _ 李佳婕
技术编辑 _ 顾逸飞　　执行印制 _ 梁拥军　　策划人 _ 许文婷

营销编辑 _ 郭刘名

果麦
www.guomai.cn

以 微 小 的 力 量 推 动 文 明

图书在版编目（CIP）数据

推理群星闪耀时 ／（日）江户川乱步编 ；曹逸冰译
. — 杭州 ：浙江文艺出版社，2023.5（2024.4 重印）
ISBN 978-7-5339-7120-5

Ⅰ．①推… Ⅱ．①江… ②曹… Ⅲ．①侦探小说－小
说集－日本－现代 Ⅳ．① I313.45

中国国家版本馆 CIP 数据核字（2023）第 003500 号

推理群星闪耀时
[日] 江户川乱步 编
　　　曹逸冰　　译

责任编辑　於国娟
装帧设计　broussaille 私制

出版发行　浙江文艺出版社
地　　址　杭州市体育场路 347 号　邮编 310006
经　　销　浙江省新华书店集团有限公司
　　　　　果麦文化传媒股份有限公司
印　　刷　河北鹏润印刷有限公司
开　　本　880 毫米 ×1230 毫米　1/32
字　　数　719 千字
印　　张　27.5
印　　数　43,001—48,000
版　　次　2023 年 5 月第 1 版
印　　次　2024 年 4 月第 6 次印刷
书　　号　ISBN　978-7-5339-7120-5
定　　价　98.00 元

版权所有　侵权必究
如发现印装质量问题，影响阅读，请联系 021-64386496 调换。